dtv

Der 81jährige Patrick Delaney lebt in einem Altenpflegeheim und blickt auf sein Leben zurück: Im Ersten Weltkrieg wird er als 19jähriger Soldat nach Frankreich geschickt und erlebt mit seinen Kameraden den Wahnsinn des Krieges. Sein bester Freund, Daniel, der ihm viel über seine Geliebte Julia erzählt hat, fällt an der Front. Patrick, der den Krieg überlebt, kehrt zum zehnten Jahrestag der Schlacht, in der er seinen Freund verlor, nach Frankreich zurück. Dort begegnet er Julia, der Geliebten Daniels, die er nach Daniels Erzählungen sofort wiedererkennt. Inzwischen verheiratet und Vater eines Sohnes, findet er in Julia eine verwandte Seele und verliebt sich leidenschaftlich in sie. Sein Leben ist plötzlich anders und wird nie mehr so, wie es war. – »Auf allen drei Ebenen der Geschichte – Schützengräben im Ersten Weltkrieg, Liebe zu einer Frau, das Leben eines alten Menschen – erzählt der Autor spannend, einfühlsam, nicht ohne Humor und leise Melancholie. ›Damals, die Liebe‹ ist ein unterhaltendes und zugleich nachdenklich stimmendes Buch.« (Christiane Landgrebe in der ›Berliner Illustrierten‹)

Jonathan Hull arbeitete zehn Jahre lang für das ›Time Magazine‹ und erhielt für seine journalistische Arbeit verschiedene Auszeichnungen. Er lebt mit seiner Frau und seinen zwei Kindern in Marin County, Kalifornien. ›Damals, die Liebe‹ ist sein erster Roman.

Jonathan Hull

Damals, die Liebe

Roman

Deutsch von
Gabriele Gockel
und Bernhard Jendricke

Deutscher Taschenbuch Verlag

Ungekürzte Ausgabe
Oktober 2002
Deutscher Taschenbuch Verlag GmbH & Co. KG,
München
www.dtv.de

Titel der amerikanischen Originalausgabe:
›Losing Julia‹ (Delacorte Press, New York 2000)

Umschlagkonzept: Balk & Brumshagen
Umschlaggestaltung: Stephanie Weischer
unter Verwendung einer Fotografie von
© Getty Images Hulton/Edward G. Malindine
Satz: Dörlemann Satz, Lemförde
Druck und Bindung: Druckerei C. H. Beck, Nördlingen
Gedruckt auf säurefreiem, chlorfrei gebleichtem Papier
Printed in Germany · ISBN 3-423-20570-9

Alle Kunst ist ein Aufbegehren gegen das
menschliche Schicksal.

André Malraux

Am frühen Morgen des 26. Oktober 1980, auf einer Lichtung bei einem Wald in Ostfrankreich, fand ich den Leichnam eines älteren Amerikaners namens Patrick Delaney, der zusammengesunken an einem kleinen Denkmal aus Granit lehnte. Darin eingraviert waren die Namen von 152 amerikanischen Soldaten, die an ebendiesem Tag des Jahres 1918 gefallen waren. Auf dem Boden neben dem Körper lagen ein abgenutztes, in Leder gebundenes Tagebuch, ein Stift, ein leeres Glas und eine Flasche Scotch aus den zwanziger Jahren, dessen Etikett über und über mit Autogrammen beschrieben war.

Dies ist seine Geschichte.

– Natalie

Paris, 12. Dezember 1981

ERSTER TEIL

Ich war froh, daß es regnete. Nicht bloß ein Nieseln, sondern dicke Tropfen, die wild auf uns herabprasselten und zu unseren Füßen tanzten. Irgendwie schien es angemessen, daß es so unwirtlich war, als wir alle, überwältigt von so vielen Namen, dastanden und uns der Regen die Tränen aus den angespannten Gesichtern wusch. Auch die Wolken waren genau richtig, düster und feierlich zogen sie langsam vorüber, schmerzbeladen. Am stärksten berührten mich jedoch die Vögel, zu Dutzenden in jedem Baum, laut und eindringlich. Ich weiß noch, daß ich ihnen lauschte und dabei dachte, wie vertraut sie klangen, so daß ich die Augen nicht länger als einen Moment schließen konnte, ohne rückwärts zu taumeln.

Es war meine erste Reise nach Frankreich seit damals. Ich hatte den Zug von Paris nach Reims genommen, dort ein Auto gemietet und war fünf Stunden unterwegs gewesen, wobei ich mich zweimal verfahren hatte. Charlotte war in Paris bei unserem damals dreijährigen Sohn Sean und ihrer Schwester Margaret geblieben, die mit uns aus den Vereinigten Staaten angereist war. Ich wußte, daß Charlotte mich nicht zu der Zeremonie begleiten würde. Sie hatte kein Verständnis für Schlachtfelder und Veteranentreffen und fragte mich nur selten nach meinen Erlebnissen an der Front. Ich machte ihr deswegen jedoch keine Vorwürfe und war froh, daß sie sich nicht beklagte, als ich ihr ankündigte, ich würde sechs Tage fortbleiben.

Ich bin nie zurückgekommen. Nicht vollständig.

Das war 1928, zu einer Zeit, als noch immer in ganz Frankreich und Belgien Tausende von Denkmälern errichtet wurden – hohe weite Bögen mit schier endlosen Reihen eingravierter Namen, bescheidene Tafeln und Kreuze auf kleinen umzäunten Gedenkstätten, einsame Obelisken und Statuen auf Dorfplätzen –, jedes gepflegt von Müttern und Vätern und Ehefrauen und Geliebten, die sich alle erinnerten, lebhaft erinnerten.

Page und ein paar andere waren in ihren alten Uniformen gekommen, nur wenig verändert. Ich hatte meine nicht dabei. Charlotte sagte, ich sehe albern aus, als ich sie anprobierte, aber das war nicht der Grund, weshalb ich sie zu Hause gelassen hatte. Als ich vor dem Spiegel stand und mich betrachtete, kam ich zu dem Schluß, daß ich mich nie wieder so sehen wollte. Nie wieder.

»Ist doch irgendwie seltsam, wieder hier zu sein, nicht?« meinte Page, zündete sich die dritte Zigarette hintereinander an und verbarg sie zum Schutz vor dem Regen in der hohlen Hand. Er kam mir übermäßig gealtert vor, und ich fragte mich, wie viele Jahre der Krieg einem Menschen wohl raubt. »War mir unschlüssig, ob ich kommen sollte.«

»Freut mich, daß du's getan hast«, sagte ich.

»Macht mich ganz fertig, wenn ich an die Kameraden denke.«

Ich nickte.

»Wenigstens kriegen wir diesmal was von Frankreich mit.«

»Ja, wenigstens das.«

Ich schlug vor, uns am folgenden Freitag in Paris zu einem Lokalbummel zu treffen, aber er wollte schon am nächsten Morgen mit seiner Familie in Urlaub fahren. Für alle Fälle schrieb ich ihm den Namen des Hotels auf, in dem Charlotte und ich wohnten, und sagte ihm, er solle doch anrufen, obwohl ich nicht so recht daran glaubte.

Das Denkmal, ein langer, eins zwanzig hoher rechteckiger Granitblock, war in ein weißes Tuch gehüllt. Ganz in der Nähe standen zwei kleine Tische mit Speisen, hergerichtet von einem örtlichen Komitee meist übergewichtiger Französinnen, die unaufhörlich lächelten und uns mit großem Vergnügen die Wangen küßten. Nach einigen Ansprachen wurde das Tuch entfernt und am Sockel ein Kranz niedergelegt. In einem Augenblick der Stille schloß ich fest die Augen und ließ mich von den Vogelstimmen davontragen. Als ich sie wieder aufschlug, erblickte ich sie.

Von der ersten Sekunde an wußte ich, daß sie es war, obwohl ich sie nie zuvor gesehen hatte. All die langen Nächte, in denen ich Daniels Beschreibungen gelauscht und mir ihr Gesicht vorzustellen versucht hatte, während er ihre Briefe vorlas und sich dabei seine Stimme mit dem dumpfen Grollen der Geschütze in der Ferne vermischte.
Um sie besser sehen zu können, stellte ich mich auf die Zehenspitzen und reckte den Hals über die kleine Menschenmenge. Sie stand am hintersten Ende - vermutlich war sie erst spät dazugestoßen. Unsere Blicke trafen sich nicht, dafür sah ich sie aber deutlich im Profil. Ein klein wenig größer, als ich mir ausgemalt hatte, dunkleres Haar, teilweise verdeckt von einem Tuch. Trotz der Entfernung fand ich sie überwältigend.
Als die Zeremonie zu Ende war, schritt sie langsam nach vorne zu dem Denkmal und legte beide Hände darauf, als würde sie beten. Dann beugte sie sich vor und studierte die Namen.
Ich rührte mich nicht, sah ihr nur zu. Sie mußte es sein. Julia. Die Frau, die Daniel hatte heiraten wollen. Die Mutter des Kindes, das er nie kennengelernt hat. Mir fiel wieder ein, wie Daniel mir von seinem Gefühl erzählt hatte, als er ihr das erste Mal begegnet war; daß er es sofort *gewußt* hatte. Ich beobachtete sie, wie sie mit den Fingern über den Granit strich, bei Daniels Namen innehielt und sorgfältig jeden einzelnen Buchstaben nachzeichnete. Ich betrachtete die schlanken Hände, die schmalen Schultern, das Profil ihres Gesichts, ihr dunkelbraunes Haar. Sie neigte den Kopf ein wenig, als wollte sie Daniels in Stein gemeißelten Namen noch genauer lesen können.
Schließlich trat ich auf sie zu.
»Julia?«
Sofort wandte sie sich um, und ich blickte in diese leuchtenden grünen Augen, die sogar in ihrer Trauer zu lächeln schienen, genau so, wie Daniel es beschrieben hatte. Mir lief ein Schauder über den Rücken.
Also hatte ich mich nicht getäuscht. Und wie vollkommen sie aussah, vollkommener als in meiner Vorstellung, ein Gesicht, das man

instinktiv stundenlang berühren und küssen und bewundern möchte. Selbst wenn ich mir jetzt ihr Bild ins Gedächtnis rufe – das scharf geschnittene Kinn, die schmale Nase, die hervortretenden Backenknochen –, ist das, was mir am stärksten in Erinnerung blieb, das brennende Gefühl beim ersten Blick in ihre Augen, Augen, die mich bis ans Lebensende verfolgen sollten.

»Entschuldigen Sie, ich sollte mich wohl besser vorstellen. Ich bin ...«

»Nein, warten Sie, ich weiß, wer Sie sind.«

»Wirklich?«

»Patrick. Patrick ... Delaney. Habe ich recht?«

»Ja, aber woher wissen Sie das?«

»Ich habe viel von Ihnen gelesen, aus Daniels Briefen.« Sie reichte mir die Hand. »Freut mich, Sie kennenzulernen. Ich hätte nie gedacht ...«

»Ich auch nicht.«

Der Regen wurde stärker, und bald eilten die Leute zu ihren Wagen. Ich sah, wie Page mir zuwinkte, während er sich mit einem Schirm abmühte.

»Sie sind ja ganz naß. Sollen wir nicht lieber gehen?« fragte ich und wünschte mir, ihr einen Schirm anbieten zu können.

»Das macht mir nichts aus«, sagte sie. Langsam lief ihr ein Regentropfen über die Wange und hielt kurz an ihrem Mundwinkel inne. Ich konnte kaum meinen Blick von ihr abwenden. Was genau fesselte mich so an ihr? War es nur ihr Aussehen? Sie war keineswegs eine glanzvolle Schönheit. Ihre Erscheinung hatte sogar etwas Schlichtes – kein modischer Haarschnitt oder gezupfte Augenbrauen –, aber genau das machte sie so anziehend. Ihre warmen, sanften Gesichtszüge waren verblüffend natürlich, als würden sie immer gleich aussehen, egal ob sie gerade aus dem Bett kam oder zum Essen ausging. Ihr scheues Lächeln und die leuchtenden Augen – was für ein Leben in ihnen steckte! – ließen auf eine faszinierende Mischung aus Stärke und Verletzlichkeit schließen. Als ich merkte, wie ich sie anstarrte, zwang ich mich wegzusehen.

Ein Wagen nach dem anderen rollte auf die Straße und preschte

davon. Einen Augenblick lang standen wir verlegen da, dann schritten wir langsam um das Denkmal und starrten es an. Nach einigen Minuten hörte es auf zu regnen.
»Ich habe zwei Wochen lang in San Francisco nach Ihnen geforscht«, sagte ich schließlich. »Und sogar Suchanzeigen in die Zeitungen gesetzt.«
»Ist das wahr? Tatsächlich?« Sie wirkte überrascht.
Ich nickte; es war mir peinlich. »Ich hatte Daniel versprochen, Sie zu suchen, obwohl ich keine Ahnung hatte, was ich Ihnen sagen sollte, wenn ich Sie finden würde.«
»Das war sehr nett von Ihnen.« Sie berührte mich an der Schulter, und ihr Blick verriet mir, daß sie bewegt war.
»Ich war ja nicht gerade erfolgreich.«
»Leider bin ich sehr oft umgezogen. Nach dem Krieg habe ich drei Jahre in Seattle gelebt und dort unterrichtet.«
»Malerei? Daniel sagte, daß Sie ...«
»Ja, ich male immer noch.«
»Ich würde mir gerne ein paar von Ihren Arbeiten ansehen.«
»Lassen Sie mir noch ein paar Jahre Zeit.« Sie nahm das Tuch ab und schüttelte ihr dichtes braunes Haar, dann fuhr sie sich mit der Hand durch die weichen Locken. Ihre Gesten waren langsam und bewußt.
Ich zog meinen Mantel aus und legte ihn auf die Einfassung des Denkmals. Wir setzten uns darauf und blickten hinüber zu dem aufgeweichten Feld, das immer noch von Stacheldrahtresten verunstaltet war. Schilder mit der Aufschrift TERRAIN INTERDIT in großen roten Lettern warnten vor dem Betreten. Julia wandte sich um und strich mit den Fingern über die frisch eingravierten Namen.
Schweigend saßen wir da. Ich fühlte mich unsicher neben ihr und überlegte, was ich sagen sollte. Von Daniel erzählen? Vom Krieg?
»Sie haben ein Kind?« fragte ich schließlich.
»Ja, Robin.« Jetzt lächelte sie wieder. »Eine Freundin von mir kümmert sich um sie. Es ist das erste Mal, daß wir getrennt sind.«
Ich dachte an Sean, der immer vor Freude juchzte, wenn ich von der Arbeit nach Hause kam, und den Flur entlang zur Eingangstür sauste. Inzwischen fehlte er mir schon: sein pausbäckiges Gesicht-

chen, seine Art, Wörter falsch auszusprechen, sein endloses Herumtoben. Nach seiner Geburt hatte ich mir sogar die Arbeit so eingerichtet, daß ich nicht beruflich verreisen mußte.
»Und Sie?«
»Ein Sohn. Er ist bei meiner Frau in Paris. Für so etwas wie hier hat sie nicht viel übrig.«
»Das geht den meisten Leuten so.« Natürlich hatte sie recht. Wahrscheinlich war ich deshalb so froh, daß sie gekommen war. Ich wußte, daß es Daniel viel bedeutet hätte. Der Tod ist etwas so Einsames, daß es den engsten Angehörigen offenbar wichtig zu sein scheint, zu erfahren, wo er einen ereilt hat. Daniel und die anderen waren nur ein paar Meter von der Stelle gefallen, an der wir jetzt standen.
Ich blickte auf den nassen Boden und sinnierte darüber, welche Überreste des Kriegs er wohl noch in sich barg.
»Darf ich Sie etwas fragen?« sagte Julia, stand auf und drehte sich zu mir um.
Ich hob die Hände. »Was immer Sie wollen.«
»Warum sind Sie gekommen?«
Ich muß sie erstaunt angesehen haben.
»Würden Sie nicht lieber alles vergessen? Ich kann mir nicht vorstellen, woran Sie denken.«
»Und ich kann mir nicht vorstellen, wie ich erklären soll, woran ich denke.«
Sie blickte mich so eindringlich an, daß ich wegsehen mußte. Wie sollte ich denn all die Gründe beschreiben, die mich dazu gebracht hatten, nach Frankreich zurückzukommen? »Hier fühle ich mich ihnen näher. Einem großen Teil von mir selbst. Es ist schwer zu erklären, aber ich mußte kommen.«
»Um Abschied zu nehmen?«
»Um sie zu besuchen.«
Ein trauriges Lächeln legte sich auf ihr Gesicht. Ich trat neben sie, und beide blickten wir auf die Wiese, die langsam von einem dichten Nebel verschluckt wurde.
Ich holte ein Päckchen Zigaretten aus der Tasche und bot ihr eine an. Dann entzündete ich ein Streichholz und hielt es ihr in der hoh-

len Hand entgegen; der Schein der Flamme spielte auf ihren Wangen. Ihr Gesicht erschien mir so wunderschön – diese durchdringenden, leicht zusammengekniffenen grünen Augen, als würde sie sich stark konzentrieren –, daß ich mich unsicher fühlte und mir verzweifelt wünschte, sie würde mich mögen, ein Wunsch, der immer genau die gegenteilige Wirkung hervorzurufen schien.
»Es wird kalt«, sagte sie und zog den Kragen ihres Mantels fester um den Hals. »Schauen Sie, der Nebel hat das Feld ganz eingehüllt. Wie ein Leichentuch.«
Die Scheinwerfer eines vorbeifahrenden Autos strichen über das Feld und beleuchteten für einen Augenblick das Denkmal.
Julia fuhr noch einmal mit den Fingern über die eingravierten Namen. »Es ist so einsam hier«, sagte sie.
»So sieht wohl die Hölle aus«, erwiderte ich und nahm einen tiefen Zug von meiner Zigarette.
»Das macht Ihnen nichts aus?«
»Eigentlich nicht. Um ehrlich zu sein, ich genieße es fast.« Es stimmte: Nachdem mich zehn Jahre lang die Erinnerungen verfolgt hatten, tat es gut, wieder hier zu sein. Es war traurig, aber gut, als würde ich hierher gehören.
Sie sah mich von der Seite an. »Wenn ich Sie also richtig verstehe, bevorzugen Sie dunkle, einsame und regnerische Orte?«
»Nur mit der richtigen Begleitung«, sagte ich und trat die Zigarettenkippe aus. Sie musterte mich noch immer und lächelte. Ich warf einen Blick auf meine Uhr. »Es ist schon spät. Wohnen Sie hier in der Stadt?«
»Im Hotel Concorde.«
»Dort wohne ich auch.«
»Ach wirklich?« Wurde sie ein wenig rot?
Wir gingen den Schotterweg entlang zu unseren Autos. »Ob ich Sie wohl heute abend zum Essen einladen dürfte?« Hoffentlich merkte sie nicht an meiner Stimme, wie aufgeregt ich war.
»Ja, sehr gern«, sagte sie.
Als sie eingestiegen war, wandte sie sich zu mir um, und ich sah, daß sie weinte.

»Patrick?« flüsterte sie. Ich beugte mich zu ihr hinab.
»Ja?«
Sie sah mich eindringlich an. »Ich muß wissen, was geschehen ist. Sie müssen mir ganz genau erzählen, was geschehen ist.«

*

Was geschehen ist.
Ich weiß es immer noch nicht genau. Nicht ganz. Zu viele Lücken. Aber ich stelle mir unablässig diese Frage, ich zermartere mir das Hirn bis zur Erschöpfung. Und immer komme ich auf jenen Tag zurück, als ich sie zum ersten Mal sah, jenes Gesicht, das mich mit diesen traurig-schönen Augen ansah, jene bebenden Lippen und jene sanfte, gepreßte Stimme.
Wieder und wieder kehre ich zu Julia zurück.
Ich sehe sie immer noch deutlich vor mir, auch wenn mich meine Augen allmählich im Stich lassen. Aber nicht mehr sehr lange. Schließlich bin ich jetzt einundachtzig, und alles tut mir weh, manchmal alles gleichzeitig: Füße, Knie, Hüften, Kreuz, Bauch, Kopf. Eine falsche Bewegung und bumm, der alte Delaney zerbirst auf kaltem Beton in tausend spröde Knochensplitter. Dann Lungenentzündung und langsames Ersticken, während besorgte Gesichter auf mich herabstarren, als sei ich in einer Glasvitrine ausgestellt: dickes, massives Glas, das sich mir schwer auf die keuchende Brust legt. Und schließlich ein erzwungener Rückzug durch pharmazeutisch erzeugte Nebelschwaden, die die Stimmen immer leiser werden lassen und verhindern, daß ich schreie, bis ich, Patrick Delaney, geliebter Vater von zwei Kindern, Großvater von drei Enkeln und Urgroßvater von drei Urenkeln, gescheiterter Ehegatte in einer gescheiterten Ehe (vor langer, langer Zeit und hauptsächlich meine Schuld), Liebhaber von vielen (aber nicht annähernd genügend vielen, was mir enormen Kummer bereitet) und ausgesprochen treuer Freund einiger weniger (die alle mit einer Ausnahme tot sind, der es aber kaum hören kann), mit einem letzten flachen und nach Verwesung riechenden Atemstoß verschwinde.
Scheiße.

Die Beerdigung habe ich bereits geplant. Nichts Steifes oder Pompöses. Nur ein paar Worte des Trostes, um die Hinterbliebenen zu besänftigen (zwecklos, darüber nachzudenken, was ich ihnen wohl hinterlassen habe), ein paar meiner Lieblingssongs – If Ever I Would Leave You, There's a Place for Us, »Shenandoah«; ich habe eine Liste zusammengestellt – und ein striktes Verbot von religiösem Brimborium, weil ich sowieso nicht im mindesten an dieses Zeug glaube. Meine Asche soll diskret in den Weinbergen des Nappa Valley verstreut werden – inmitten des tiefen, samtigen Cabernet, habe ich verfügt –, so daß mir auf den Lippen einer genußfreudigen Dame ein letzter Höhepunkt zuteil wird. Diese Anweisungen, handgeschrieben auf zwei Blättern, liegen in einem Umschlag in der obersten Schublade meines Nachttischs. Und warten.
So steht es um mich, obwohl ich gleichzeitig einen Hauch von Enthusiasmus verspüre. Daß ich immer noch Zahnseide benutze, ist einfach meine Art zu sagen: »Es liegt an Dir, Herr: Du kannst meinen Geist zerstören, aber nicht mein Zahnfleisch.« Noch nicht. Merkwürdig, wie wir uns das ganze Leben lang abmühen, unsere Zähne zu erhalten – der einzige Teil des Körpers, der höchstwahrscheinlich in ein paar Millionen Jahren aus dem Sand des Ostafrikanischen Rifts wieder auftaucht, auf daß unsere Schneidezähne zum Thema preisgekrönter Forschungsarbeiten werden. Beim Blick auf mein Gebiß fällt mir ein, daß mir als Junge das Sirren des Bohrers beim Zahnarzt und der üble Geschmack von Zahnschmelz mein pubertäres Gefühl der Unsterblichkeit auf brutalste Weise ausgetrieben hat. Den Kopf im Nacken und mit sperrangelweit aufgerissenem Mund wie eine zähnefletschende Bestie klammerte ich mich an die Armlehnen und kämpfte mit den Tränen.
Wo bist du jetzt, kleiner Junge? Ich starre in den holzgerahmten Spiegel über der kleinen Eichenkommode in meinem Zimmer und suche nach einer Antwort. An manchen Tagen erhasche ich einen Schemen von ihm in den Augenwinkeln, dem kleinen furchtsamen Jungen, der nun unter tiefen Schichten begraben liegt. Komm zurück, Junge! Manchmal sehe ich ihn in meinen Händen, die inzwischen schwielig und fleckenübersät, aber unbestreitbar auch seine Hände sind.

Ich sehe sie mit einem Ball hantieren, einen Baseballhandschuh kneten, stundenlang im Sand graben. Er ist ein freundlicher Junge, scheu und unsicher, aber voller Sehnsüchte. Die Knöchel sind noch unter Babyspeck verborgen. Er läuft linkisch wie ein neugeborenes Fohlen. Immer läuft er. Komm zurück!
An anderen Tagen sehen die Hände älter und dreckverschmiert aus, mit abgebrochenen Nägeln und Schnitten in der Haut, und zitternd ergreifen sie ein Gewehr. Der Lärm ist entsetzlich, und ich möchte ihn warnen, aber ich kann nicht, und ich sehe, wie er auf allen vieren durch den Dreck nach oben kriecht, mit diesen Händen, die sich hinauf recken, und taumelnd kommt er auf die Beine und läuft, läuft wie besessen, bis er in Rauch und Grauen verschwindet. Gib acht!
Und ich? Ha, ich sehe aus wie hundertzwanzig, mehr oder weniger. Die bescheidene Glut eines einst lodernden Feuers. Je älter ich werde, desto deplazierter fühle ich mich, wie ein Wochenendgast, der noch am Sonntag abend im Landhäuschen herumtrödelt, weil er nirgendwo anders hingehen kann. Wie peinlich, jemandem zur Last zu fallen. Besser, ich packe mein Bündel und ziehe weiter. Aber bitte, bevor ich gehe, sollte es da nicht irgendeine Lösung geben? Eine Lösung, bevor zum letzten Mal der Vorhang fällt? Erlösung? Buße? Die Letzte Ölung vielleicht? Ich sehe nichts dergleichen. Nur lose Enden, die umherschlagen und knistern wie abgerissene Stromkabel.
Manchmal morgens, wenn ich vor den Spiegel trete – was immer ein bitterer Moment ist –, schaudere ich zurück, entsetzt über das einst rotbackige Gesicht, das mit einem Schlag (so empfinde ich es zumindest) aschgrau geworden ist, bevor es schichtweise absackte wie billige Schindeln auf einem Abbruchhaus. Mein Haar, früher mal hellbraun und dicht, jetzt von einem stumpfen Grau, was keine Farbe ist, sondern das, was bleibt, wenn alle Farbe schwindet: das Zeug auf Leichen, die exhumiert werden, damit vielversprechende Mediziner untersuchen können, ob das arme Schwein tatsächlich mit Arsen vergiftet wurde, was natürlich der Fall ist.
Wenn ich auf die ausgezehrte Gestalt im Spiegel blicke, die mit flehenden Augen zurückstarrt, merke ich, daß mein Körper abgedankt hat. Die Anarchisten haben den Palast erobert.

Sie können mich nicht sehen, oder? Nicht, wenn Sie noch jung und unbesiegt sind. Ich bin schwarz-weiß, das zu grau verblaßt, Sie sind eine Pracht an Farbe. Mich treibt der Schmerz um, Sie die Leidenschaft. Ich bin ein Schatten, durchscheinend und gebeugt. Ein ALTER MANN. Ein SENIOR. Ein GREIS. Bestenfalls habe ich mich in eine dieser drolligen Karikaturen verwandelt, Omas und Opas mit fischigem Atem und geknöpften Strickjacken (Strickjacken deshalb, weil wir es nicht mehr schaffen, uns einen Pullover überzustreifen).
Für Sie sehe ich so aus, als wäre ich schon immer alt gewesen, eine dauerhafte Verunstaltung der menschlichen Landschaft und ein schmerzlicher Hinweis auf den Weg, der noch vor Ihnen liegt. (Aber *eigentlich* glauben Sie nicht, daß Sie selbst jemals so schlimm aussehen werden, stimmt's?) Mich foltert das Gesicht im Spiegel bereits, seit die ersten Anzeichen des Verfalls zu erkennen waren, als würde man schuldig gesprochen und bestraft für das Verbrechen, daß man einfach Tag für Tag ausharrt.
Gönnen Sie es mir doch, daß ich stets ausgeharrt habe, nie in einem abstürzenden Flugzeug saß, mir nie ein tödliches Virus einfing, nie von einem Auto überfahren wurde. Einundachtzig Jahre lang bin ich den Pfeil' und Schleudern eines wütenden Scheißlebens ausgewichen. Daneben gezielt, ihr Dreckskerle! Sechs Monate an der Westfront und die ganze gottverfluchte deutsche Armee - die Jäger mit den Stulpenstiefeln, die Landwehr und die Sturmtruppen, die Scharfschützen und die Flammentruppen und die Preußische Garde - konnten mir nicht das mindeste anhaben. (Oder vielleicht doch ein bißchen, aber nicht genug, um ihr Ziel zu erreichen.) Leck mich am Arsch, Ludendorff! (Du Schlächter.)
Doch zuletzt hat man mich doch auf meine geschwollenen Knie gezwungen, durch hunderttausend Erniedrigungen, kleine Schnitte mit der Klinge, bis mir das Blut aus dem Antlitz floß.
Und ich bin so müde.

*

Ich habe ein Schwarzweißphoto von mir. Darauf bin ich vierunddreißig, stehe am Meeresufer mit einem Kind in jedem Arm wie Atlas höchstpersönlich, das Haar angeklatscht vom Wasser, dessen Geschmack ich immer noch auf der Zunge spüre. Schatten heben meinen Bizeps hervor, die Kinnpartie, den Unterleib. Mein Körper, damals noch ein treuer Diener meiner Seele, war stärker als sein Herr und Meister und viel reizvoller, vor allem für Frauen.

Wie merkwürdig: In dem einen Moment blickte ich in die Zukunft, den Kopf voller Hoffnungen und Pläne – endloser Pläne –, und das nächste, was ich weiß – puff! Sprachlos stochere ich in den verkohlten Überresten meiner Vergangenheit herum.

Das Alter ist eine beschissene Niederlage.

Ich dachte, alt zu sterben sei einfacher als jung zu sterben. Jetzt kapiere ich, daß diese Erwartung es nur noch schlimmer macht. Stirb jung, und die Fäuste ballen sich vor Wut; stirb alt, und du zuckst bloß die Achseln. Wenn du jung bist und im Sterben liegst, begegnen dir alle mit Liebe und Mitgefühl. Voller Nachsicht erfüllt man dir die letzten Wünsche. Bist du aber alt und es geht zu Ende mit dir, tja, dann ist das eben der Lauf der Dinge, nicht? Brauch bloß nicht zu lange dazu, sonst erregst du Mißfallen: zuerst noch gezügelte Ungeduld, dann starren sie dich an, als würdest du den Fensterplatz in einem überfüllten Luxusrestaurant nicht räumen wollen, obwohl dein Kaffee schon längst kalt geworden ist und auf der fleckigen Tischdecke nur noch Krümel herumliegen.

Wie wäre es mit ein wenig Erschütterung, mit Rührung, wenn es sich herumspricht, daß mein baldiger Abgang bevorsteht? Wenn die Welt nur einen winzigen Augenblick lang bei meinem Dahinscheiden zusammenzucken würde. Es brauchten gar keine Flaggen auf Halbmast gesetzt zu werden (obwohl mir das *sehr* gefallen würde), es genügte schon ein Zucken, eine kurze Unterbrechung, bevor alle wieder in die hektische Betriebsamkeit des Lebens zurückkehren. Bitte, irgendwo ein bißchen Aufregung oder so was, nur nicht diese bitter-vernünftige Feststellung, daß er ein gutes Leben gehabt habe und seine Zeit gekommen sei, und es sei für ihn eh das Beste gewesen, nicht wahr, oje, ich sterbe gleich vor Hunger, sollen wir uns nicht vom Chinesen was kommen lassen?

Ich hatte mir vorgenommen, in diesem Alter tapferer zu sein, ein furchtloser alter Sack, den man nicht mehr einschüchtern kann. So etwas wie ein Rollenmodell für die Jungen und Verzagten, wie der letzte Veteran des Bürgerkriegs, der die Parade durch die Stadt anführt, mit hocherhobenem Kinn, funkelnden Augen, der alles gesehen und alles überlebt hat. Schließlich kann mir jetzt das Schlimmste, das mir passieren kann, sowieso jeden Tag zustoßen, warum also noch das bißchen Blähungen fürchten, wenn ich am Schwesternzimmer vorbeischlurfe?

Und wie ich die Blähungen fürchte, die das Altenheim so aufschreckt wie die Alarmanlage eines Autos. »Läßt du wieder das Glöckchen läuten?« witzelt der allgegenwärtige Oscar Bellamy und droht dem Übeltäter mit dem Finger, während er in seinem quietschenden Rollstuhl durch die Flure patrouilliert. Zum ersten Mal in meinem Leben sind Blähungen nicht mehr Anlaß für milde Erheiterung, sondern ein echtes Alarmsignal. Ein Verlust der Kontrolle. Ein Trompetenstoß aus der Hölle.

Kontrolle. Hier in »Great Oaks«, dem Heim für Betreutes Wohnen – und Sterben – bedeutet Kontrolle, einen Alarmknopf zur Verfügung zu haben. Alles andere gerät immer mehr außer Kontrolle, und deswegen sind wir ja überhaupt hier. Wir pissen uns in die Hose, wir salbadern vor uns hin, wir heulen hemmungslos, wir riechen, wir laufen langsam aus.

Das ist es, wirklich. Wir haben Sprünge und nicht mehr abzudichtende Lecks. Wir steuern auf den Tod zu, morsche alte Flöße, die auf dem Meer treiben, fix und fertig, ohne Leuchtfeuer, in beschissen hoffnungsloser Lage.

Ich muß mich wirklich ein wenig ausruhen.

> Lerne Dein Gewehr kennen. Das Gewehr ist die Kampfwaffe des Soldaten, die ihm die Regierung zur Verfügung stellt, damit er sein Land und sich selbst verteidigen kann.
>
> Das Gewehr ist der beste Freund des Soldaten.
>
> Er sollte es kennen und verstehen. Er sollte sich mit seinen Eigenheiten vertraut machen, sofern es welche hat – zum Beispiel, ob es eher zu hoch oder zu niedrig schießt. Und ebenso wie man auf die Eigenheiten eines Freundes eingeht, sollte der Soldat beim

Feuern auf die Eigenheiten seines Gewehrs achten – *es ist sein bester Freund.*

– *Handbuch des Gefreiten, 1917*

An diesem Morgen blickte ich in den Spiegel und sah nur die Umrisse meiner Uniform, neu und sorgfältig gebügelt. Wie alt bin ich? Neunzehn? Ein frischgebackener Soldat der American Expeditionary Forces. Einer von Pershings Landsern. Frischfleisch für die ausgezehrten Armeen im Westen, die in einem monströsen, dröhnenden Remis ausgeblutet sind.

Ich sitze steif neben Mutter und Vater im Gästehaus von Camp Merritt, höre mir ihre Anweisungen an, wie ich mich zu benehmen und was ich zu unterlassen habe und vor allem, daß ich auf mich achtgeben soll. An unserem letzten Tag bekommen wir unsere Stahlhelme zugeteilt, und jeder Mann erhält einen neuen Sicherheitsrasierapparat in einem khakifarbenen Etui mit einem Schützengrabenspiegel, ein Geschenk der Regierung. Am nächsten Morgen in aller Frühe marschieren wir durch die Dunkelheit zum Bahnhof von Cresskill. Dort besteigen wir den Zug nach Hoboken. Dann geht es durch die Stadt zu den Docks, wo uns lächelnde Helferinnen vom Roten Kreuz Kaffee, Krapfen und Äpfel servieren. Danach füllen wir die Gut-angekommen-Karten aus, die aus Frankreich nach Hause geschickt werden sollen.

Sechs Schiffe unterschiedlicher Größe warten auf uns, alle mit Tarnananstrich, um die deutschen U-Boote zu täuschen. Der größte Transporter hat an einer Bordwand die Silhouette eines kleinen Zerstörers aufgemalt, der in die entgegengesetzte Richtung fährt. Wir deuten darauf und lachen, als wir die Gangway hinaufklettern und den Müttern und Vätern und Ehefrauen und Tanten und Onkeln und Kindern zuwinken. Schwarzer Rauch quillt aus zwei dunkelgrauen Schornsteinen, während Taue, dick wie Pythons, auf den Pier geworfen werden, wo Möwen nach Eßbarem picken.

Frankreich. Teufel noch mal! Ich fahre nach Frankreich. Der Krieg! Ich höre die Kapelle spielen, Flaggen knattern im Wind, und die kühle Ozeanluft rötet mir die Wangen, als ich an der Reling stehe, mich vorbeuge, damit ich senkrecht nach unten blicken und sehen kann, wie das dunkelblaue Wasser vom Schiffsrumpf verdrängt wird. Die meisten Männer haben Befehl, unter Deck zu bleiben, solange wir im Hafen sind. Damit soll verhindert werden, daß deutsche Spione unsere Truppenstärke ausspähen. Aber mir und ein paar Dutzend anderen ist erlaubt worden, auf Deck zu bleiben, um zu lächeln und unsere Kampfhüte zu schwenken, damit die Winkenden auf den Piers und den kleineren Booten sich nicht ignoriert fühlen. Ein Feuerlöschboot salutiert uns mit großen Wasserfontänen, als wir die Freiheitsstatue passieren, wir, die tapferen Söhne Amerikas auf unserem Weg gen Osten, um dort auf die heldenhaften Söhne Frankreichs und Britanniens und Deutschlands und Rußlands und Italiens und Österreichs und Kanadas und Belgiens und Bulgariens und der Türkei und Australiens im größten Wettstreit des Mannestums in der menschlichen Geschichte zu treffen. Ein weltumspannender Krieg!

*

An Bord spielen wir Karten, studieren Sprachführer mit Redewendungen, hören uns Vorträge an und schlafen schichtweise. Der Kamerad, mit dem ich die Koje teile, ist seekrank, und ich bin ganz benommen von dem Geruch. Bei den zweimal täglich stattfindenden Notfallübungen zum Verlassen des Schiffs starre ich auf die dunkle schäumende See und versuche mir vorzustellen, dort hineinzuspringen. Nein, das Feuer müßte mir schon unterm Arsch lodern. Aber wie ist es mit Öl, das sich entzündet? Brennt es wirklich auch auf dem Wasser? Ich blicke zum Horizont und sehe einen der eskortierenden Zerstörer, ein dünner Rauchfaden steigt hinter der schnittigen grauen Silhouette auf, während er Richtung Frankreich kreuzt. Wir sind seit sieben Tagen unterwegs, drei liegen noch vor uns.

Als wir die Gefahrenzone erreichen, erhalten wir Schwimmwesten, die wir Tag und Nacht anbehalten müssen. Im Dunkeln meiner Koje weit unterhalb der Wasserlinie liegend, sage ich mir vor, was ich tun muß, wenn ein Torpedo einschlägt. Dann versuche ich mir auszumalen, wie der Krieg sein wird. Nicht, was geschehen wird, sondern was für ein Gefühl es ist, an der Front zu sein. Unter Beschuß zu liegen. Zurückzufeuern. Hinter meinem zusammengerollten Bettzeug spähe ich auf die anderen Männer, von denen einige schlafen, andere sich gerade ankleiden. Wenn sie es können, kann ich es auch.

Wir gehen in Saint-Nazaire an Land, ein Meer von eintönig olivfarbenen Khakiuniformen, das finster blickende Feldjäger mit Trillerpfeifen zwischen den dünnen Lippen in zwei Gruppen, eine rechts, eine links, teilen. Auf den Docks und Kais entladen Hunderte von schwarzen, in Overalls aus Köper gekleidete Schauerleute Kisten um Kisten, ihre Oberarmmuskeln spannen sich unter den schweißgefleckten Hemden, während hier und dort dumpf dreinblickende deutsche Gefangene unter Bewachung Kohle schaufeln. Wir treten in Reih und Glied an, marschieren, bleiben stehen, marschieren wieder, bis man uns schließlich zu Güterwaggons bringt, die mit Stroh eingestreut und viel kleiner sind als unsere. Auf den Außenwänden steht in großen weißen Buchstaben *»40 hommes – 8 chevaux«*. Wir sitzen sechs Stunden lang herum, bevor wir abfahren, bewacht von noch mehr Feldjägern, die entlang der Gleise postiert sind. Ich sehe zu, wie die Güterwaggons mit Pferden, Maultieren, Feldküchen, MG-Lafetten, Heuballen, Munition, Wasserkarren, Versorgungswägen, Artilleriegeschützen und Gegenständen, die ich noch nie gesehen habe, beladen werden. Wir fahren ein Stück, dann warten wir auf einem Nebengleis noch einmal zwei Stunden. Schließlich ruckt der Zug und holpert los, dading-dadong, durch die französische Landschaft, die erstaunlich friedvoll und unversehrt wirkt. Ein Land, das es bestimmt wert ist, verteidigt zu werden.

In Langres marschieren und üben wir mit Bayonetten, Gasmasken und Granaten, Stokes-Mörsern und Chauchat-MGs und hören den Vorträgen von streng blickenden französischen und britischen Verbindungsoffizieren zu, die in uns den Wunsch erwecken, ebenfalls bereits zu den Veteranen zu gehören. Wir heben Schützengräben aus, legen Stacheldraht und greifen dann Gräben mit sorgfältig orchestrierten Übungshandgranaten an, bis wir über und über in Staubwolken gehüllt sind. Und dann Woche für Woche exerzieren, bis uns die Langeweile in den Stumpfsinn treibt. Wir wollen nur noch eins: auf die Deutschen los, uns selbst in der Schlacht erproben! Zeigen, wozu Amerikaner fähig sind. Hunderttausende von Amerikanern.

Dann, endlich, bin ich an der Reihe. Ich gehe an die Front!

Ich streiche mit der Hand über den glatten Gewehrschaft meiner Springfield. Ich ziehe mir die Wickelgamaschen straff. Ich nehme Haltung an und salutiere. Ich marschiere weiter und weiter nach Osten, gebeugt unter dem Gewicht meines Tornisters.

Wenn du mich jetzt bloß sehen könntest, Vater.

Donnern in der Ferne. Ströme von Flüchtlingen. Unser Vormarsch beschleunigt sich. Nun verändert sich alles: Bäume sind abgeknickt und zerplittert, Bauernhäuser mit dicken Mauern liegen in Trümmern, zusammengestürzt zu Steinhaufen. Tote Pferde. Reihenweise Holzkreuze. Ist hier ein Leviathan Amok gelaufen? Die Erde bebt.

Vater?

Mutter?

O Scheiße.

Vater!

Was sagte noch der britische Dichter und Kriegsheld Siegfried Sassoon – daß der Krieg eine mörderische »Ausbeutung von Mut« sei?

Ungeheuerlicher Mut. Ungeheuerliche Ausbeutung.

Gruppenzwang, der im Amoklauf endet.

Schwester? Ich glaube, ich habe mein Laken beschmutzt.

> In keinem Krieg zuvor kann es ein vollkommeneres Ziel gegeben haben als diese feste Wand aus Männern in Khakiuniform … Es gab nur einen möglichen Befehl: »Feuert, bis die Rohre bersten.«
>
> – *Tagebuch des deutschen 57. Regiments*

Die Straße vom Denkmal zum Hotel war schmal und holprig. Als ich Julias Wagen folgte, versuchte ich an all die Dinge zu denken, die ich ihr sagen sollte. Aber ich konnte es nicht, jedenfalls nicht richtig. Ich wußte nicht, wo ich anfangen sollte.
Kurz nach sieben Uhr abends kamen wir am Hotel an. Mein Zimmer lag im dritten Stock, mit Fenster zur Straße, Julias im zweiten. Nachdem ich mir die Hände und das Gesicht in der Emailschüssel gewaschen hatte, stellte ich mich vor den freistehenden ovalen Spiegel und studierte die roten Linien, die sich über die Hornhaut der Augen ausbreiteten. Von den Augenwinkeln zogen sich die ersten Fältchen zu den Schläfen hin. Ich hatte immer angenommen, mein Aussehen würde sich mit den Jahren verbessern, ein Trost für die elende Zeit der Pubertät, als Akne und Testosterone sich dazu verschworen hatten, mich an den Rand des Wahnsinns zu treiben. Daß sich mein Äußeres im Laufe der Zeit zu verschlechtern schien, war mir erst vor kurzem aufgefallen.
Ich war nicht unattraktiv. Nicht zu klein, von schlanker, aber muskulöser Figur, hatte eine helle Haut, haselnußbraune Augen, volles Haar und ein Lächeln, das mir offenbar Vertrauen eintrug. Die Zähne waren ebenfalls in gutem Zustand, blieben jedoch meistens in meinem eher kleinen Mund verborgen. Doch obwohl mich kein augenscheinlicher Makel verunstaltete, war mein Äußeres immer nur mittelmäßig, und ich besaß nichts, was mich in die Riege der überdurchschnittlich Aussehenden emporgehoben hätte.
Ich ging hinüber zur Kommode, nahm den Kamm und versuchte eine gewisse Ordnung in mein Haar zu bringen, das hellbraun war und sich nur schwer bändigen ließ. Offen gesagt, wurmte mich mein durchschnittliches Äußeres, vor allem weil alle Frauen, die mich anzogen, eben nicht durchschnittlich aussahen, was bedeutete, daß ich ihnen gegenüber immer im Nachteil war. Und Julia? Ich dachte an ihr volles Lächeln, das unglaubliche Weiß ihres Nackens und die tiefliegenden Augen unter den dunklen Brauen. Ich stellte mir ihre vollen Brüste unter dem Kleid vor und wie es sich anfühlen würde, ihre sanfte Wölbung mit meinen Händen nachzuzeichnen. Aber Männer wie ich können Frauen wie sie niemals berühren. Daniel ja, ich nicht.

Ich bin immer schüchtern gewesen. Mein angeborenes Selbstvertrauen wurde von meiner Unbeholfenheit in sämtlichen Sportarten zunichte gemacht, so daß ich bei Büchern Zuflucht suchte, was wiederum weder meinem Auftreten noch meiner körperlichen Geschicklichkeit förderlich war. Und Mädchen – zumindest diejenigen, die mich interessierten – hatten mich von jeher ganz besonders eingeschüchtert, weil ich sicher war, daß sie meine sämtlichen Fehler genau durchschauten. Alles in allem war die High School eine Katastrophe für mich, von der ich mich immer noch nicht ganz erholt hatte. Bestenfalls hatte man in mir einen jener »netten Jungen« gesehen, denen Eltern gerne die Wange tätscheln und die von den Lehrern mit wichtigen Botschaften für das Direktorat beauftragt werden. Wenn ein attraktives Mädchen mit mir sprach, dann nur, um mir anzuvertrauen, wie sehr sie einen meiner athletischen Freunde bewunderte.
Und doch – am Denkmal hatte Julia aufmerksam gewirkt, sogar interessiert. Ich versuchte mir vorzustellen, was sie gerade in ihrem Zimmer tat und was wohl bei dem Gedanken, mich gleich zu treffen, in ihr vorging. Die vergeblichen Tagträume eines verheirateten Mannes. Pathetisch. Mein Herz schlug schneller, und ich stand vor dem Spiegel und starrte hinein.
Sei vorsichtig, alter Junge.
Um acht Uhr trafen wir uns im Foyer. Ich war zu früh gekommen, saß auf einem kleinen Sofa und blätterte desinteressiert in einer Zeitschrift.
»Oh, Sie sind ja schon da«, sagte sie. Dieses Lächeln. Ich erhob mich rasch. Sie trug jetzt eine weiße Bluse und eine burgunderrote Hose – Charlotte hätte im Leben keine Hose angezogen –, das Haar hatte sie hinter dem Kopf zu einem Knoten zusammengebunden, ein Paar schlichter runder Ringe aus Silber schmückte die Ohren. Ich mußte mich zusammennehmen, um nicht die sanften Linien ihres Nackens und ihrer Hüfte anzustarren, die noch alle möglichen anderen vollkommenen Proportionen ahnen ließen.
»Sie sehen … phantastisch aus«, sagte ich.
Sie lächelte verlegen. »Danke.« Einen Augenblick lang standen wir

nur schweigend da, dann blickte sie auf ihre Hände, zuckte zusammen und meinte: »Ich habe ja meine Handtasche vergessen.« Sie drehte sich um und lief die Treppe hinauf.
Als sie zurückkehrte, hielt sie die abgetragene braune Lederhandtasche hoch, als wolle sie vorführen, daß sie nun wieder sicher in ihrem Besitz sei, und sagte: »Ich bin schon seit einigen Tagen hier und habe ein wunderbares kleines Café entdeckt, nur ein paar Straßen von hier.«
»Dann führen Sie mich dorthin«, erwiderte ich, wobei ich ihr sanft die Hand auf den Rücken legte.
Draußen war die Luft kühler und gewürzt mit dem erdigen Geruch des Herbstes, der mich immer nostalgisch werden ließ. Wir schlenderten langsam dahin, wobei wir uns leicht berührten, und ich versuchte nicht daran zu denken, wieviel Zeit uns wohl bliebe, bevor wir uns wieder trennen müßten.
Ich betrachtete eingehend die Gebäude und registrierte, welche alt waren und welche seit Kriegsende neu erbaut worden waren. Als wir am Uhrturm vorbeikamen, fiel mir ein, daß ich hier in der Nähe einmal in einer Bar gesessen hatte, in der sich nun eine Bäckerei befand. Vielleicht wurde ja in dieser Stadt nicht mehr so viel Bier getrunken wie noch vor zehn Jahren.
»Das ist richtig aufregend für mich«, sagte sie. »Es ist ein so wunderbares Land.«
»O ja, wirklich eine Mordsgegend.«
Sie sah mich verwundert an.
»Tut mir leid«, sagte ich. »Es kommt nur daher, daß ich in Paris all diese Touristen gehört habe, die von der Kultur und Architektur und Küche schwärmten, als hätten sie völlig vergessen, daß ...« Ich wußte nicht, wie ich den Satz zu Ende bringen sollte.
»Was vergessen? Sagen Sie es mir.«
»Daß hier die Welt fast vor die Hunde gegangen wäre, das meine ich.« Ich zog eine Zigarette heraus und zündete sie rasch an.
Sie wartete, daß ich weitersprach.
»Es sollte nicht so bitter klingen.« Ich zwang mich zu einem Lächeln. »Als ich wieder zu Hause war, warfen mir meine Eltern im-

mer vor, ich sei zynisch geworden. Das Merkwürdige dabei ist, daß ich vor dem Krieg noch nicht einmal die leiseste Spur von Ironie an mir hatte. Ich war so *einfältig*.«

»Ich bin froh, daß Sie nicht mehr einfältig sind.«

»Tja, wenn ich zu verbittert klinge, sagen Sie mir, daß ich schweigen soll.«

»Ich glaube nicht, daß ich das möchte.« Sie sah mich eindringlich an und lächelte in einer Art, daß ich sie am liebsten geküßt hätte.

»Wie lange sind Sie denn schon in Frankreich?« fragte ich.

»Seit zwei Wochen, hauptsächlich in Paris. Hier erst seit einigen Tagen. Es ist ein ganz hübsches kleines Städtchen, bestimmt nicht mehr so, wie es während des Kriegs war. Wollen wir morgen vielleicht eine Spazierfahrt unternehmen? Ich würde mir gern ein wenig die Gegend ansehen.«

»Ja, das würde mir gefallen.«

Ein weiterer gemeinsamer Tag. Das war doch in Ordnung, nicht wahr? Dann dachte ich an Charlotte, und mir wurde etwas flau im Magen. Schuldgefühle? Nein, etwas Komplizierteres. Charlotte. Meine Frau. Mrs. Delaney. Seans Mami. Ich stellte mir ihr vertrautes Gesicht vor, ihre Gesten. Natürlich liebte ich sie. Sie war eine gute Ehefrau und Mutter, freundlich und verläßlich. Sehr solide. Mehr, als die meisten Männer verdienten. Warum also fühlte ich mich zu dieser anderen Frau so hingezogen? Warum wollte ich plötzlich alles von ihr wissen und ihr alles von mir erzählen? Ich schnippte die Kippe in den Rinnstein.

Ich war kaum eine Stunde mit ihr zusammen und schon fühlte ich mich so freudetrunken wie ein dummer Pennäler. Weil ich mir im Schützengraben monatelang ein Bild von ihr zusammengezimmert hatte und nun entdeckte, daß sie in Wirklichkeit noch besser aussah? Als wir unbefangen Seite an Seite schweigend wie alte Freunde dahinschlenderten, sah ich sie an und stellte mir vor, was für ein Gefühl es wäre, sie zu küssen.

Wieder überkamen mich Schuldgefühle, die aber schnell von Begehren abgelöst wurden.

Wir wanderten sechs Straßenblocks weit, bevor Julia merkte, daß

sie sich verlaufen hatte, dann noch einmal drei nach rechts und zwei nach links, bis wir schließlich das besagte Restaurant fanden.
»Ich wußte doch, daß es hier irgendwo war«, meinte sie sichtlich erleichtert.
»Daran habe ich nie gezweifelt.«
Wir setzten uns an einen kleinen Tisch in der Ecke, der nur von zwei gelben Kerzen in weißen Keramikhaltern beleuchtet wurde. Das Licht spiegelte sich in den kleinen Fensterscheiben und verlieh Julias Gesicht einen ausgesprochen schönen, warmen und lebendigen Ton. Ich betrachtete ihre Lippen und die Linien ihrer zarten Ohren, sah, wie sich ihre Stirn kräuselte, wenn sie lächelte, was ihr einen reizenden, unschuldigen Ausdruck verlieh. Sie aß sehr wenig, mit langen Pausen zwischen den einzelnen Bissen, und ich wußte nicht, ob aus Scheu oder weil sie in Gedanken war.
»Wo leben Sie und Robin jetzt?« fragte ich.
»In Monterey, aber wir werden wohl bald umziehen. Vielleicht nach Los Angeles.«
»Sie ziehen wohl oft um.«
»Es gibt so viel zu sehen.« Als sie das Weinglas an die Lippen hob, bemerkte ich, daß ihre Nägel bis zur Fingerkuppe abgebissen waren, was mich überraschte. Eine Angewohnheit seit frühester Zeit, oder war das erst mit dem Krieg gekommen? Ich konnte mir nicht vorstellen, wie sie an den Nägeln kaute, aber es machte sie noch menschlicher. Verletzlicher.
»Ich hatte auch vor, viel zu reisen, aber nach dem Krieg blieb ich einfach hängen, wegen der Arbeit und der Familie«, sagte ich und versuchte zu lächeln.
»Haben Sie denn das Gefühl, festzustecken?« fragte sie, ebenfalls lächelnd.
»Hin und wieder. Sie haben Glück, daß Sie etwas können, was sich überallhin mitnehmen läßt.«
»Manchmal fühle ich mich nur zu Hause, wenn ich umziehe«, sagte sie. »Dann erscheint alles frisch und lebendig, genauso wie damals, als ich noch ein Kind war.«
»Und wonach suchen Sie?«

»Was meinen Sie damit?« Die Frage schien sie in Verlegenheit zu bringen.
»Wenn Sie umziehen. Ich meine, Sie müssen doch dabei nach etwas suchen.«
Sie blickte stumm auf den Tisch.
»Tut mir leid, ich dachte, vielleicht ...«
»Ich glaube, ich suche nach etwas, was ich nicht mehr habe. Dieses Gefühl, ganz am Leben zu sein. Ich kann es nicht richtig beschreiben. Ich habe nur noch eine Erinnerung an dieses Gefühl.«
Als ich ihr in die Augen sah, spürte ich zum ersten Mal, wie groß ihr Schmerz war. Noch ein Kriegsopfer, nur daß bei ihr die Narben innerlich waren. Einige davon gewiß von der schlimmsten Sorte, sie schnitten ihr mit der Gewalt einer Aderpresse den Lebensfluß ab. Ganz am Leben sein. Ich dachte darüber nach, was das bedeutete – Freude, Staunen und Leidenschaft, all das, was ihr entglitten war. Dann dachte ich an Daniel. An die Kraft in seinen Augen und seiner Stimme, an seine männlichen, schönen Gesichtszüge und an die Art, wie er einem zuhörte, so daß man sich am Ende immer verstanden fühlte. Und wieder beschlich mich das Gefühl einer schrecklichen Unzulänglichkeit. Ich war ohne jeden Reiz, gewöhnlich und stumpfsinnig, und hatte gar nicht das Recht, dieser außergewöhnlichen Frau gegenüberzusitzen. Das Schlimmste aber war, daß ich mich unfähig fühlte, die Trauer aus ihrem Blick zu vertreiben.
Sie stützte die Ellbogen auf den Tisch und legte das Kinn in die Hände. »Sie sagten, Sie seien Buchhalter?« fragte sie.
»Ziemlich langweilig, leider. Dabei kann ich nicht einmal besonders gut mit Zahlen umgehen.« Meine Berufswahl war mir eine ständige Quelle des Kummers.
»Wie schade, daß es Sie langweilt.«
»Ehrlich gesagt, bin ich da einfach hineingestolpert. Die Firma ist der ganze Stolz und die Freude meines Vaters.«
»Erzählen Sie mir von ihm.«
»Sein eigener Vater war Bergmann in Pennsylvania. Starb mit sechsunddreißig in Antietam und hinterließ sechs kleine Kinder. Mein Vater war das älteste, und so ging er schon mit vierzehn in die

Mine, aber er war zu zart gebaut für diese Arbeit. Deshalb brachte er sich selbst das Lesen bei und erhielt schließlich von dem Bergwerksbesitzer ein Stipendium.«

»Was wurde aus der übrigen Familie?« Sie saß immer noch vorgebeugt da. Blickte mich an. Ich zündete mir eine Zigarette an und verfolgte, wie die Flamme am Zündholz zu meinen Fingerspitzen hoch kroch.

»Die beiden jüngsten Buben suchten sich Arbeit im Bergwerk, aber nur einer überlebte es. Mein Onkel William starb 1902 bei einem Unfall unter Tage. Meine Tanten gingen in die Textilfabriken arbeiten. Großmutter starb 1903.«

»Wie ist es mit Ihnen? Was wollten Sie als Junge werden?«

Ich wollte jemand sein, der dir gegenüber am Tisch sitzt. Bei diesem Gedanken wandte ich mich unwillkürlich von ihr ab. Dann sagte ich: »Tja, es ist mir etwas peinlich, aber ich muß gestehen, daß ich immer irgendein Künstler werden wollte. Ich wollte der erste Delaney sein, dessen Leben nicht ausschließlich darin besteht, sich abzurackern.«

»Warum ist Ihnen das peinlich?«

»Weil ich kein Künstler geworden bin.«

»Aber Sie hören sich auch nicht wie ein Buchhalter an.«

»Gott sei's gedankt.«

»Sie sehen nicht einmal aus wie ein Buchhalter«, sagte sie lächelnd.

»Wollen Sie mir etwa schmeicheln?«

Sie lachte und schlug die Augen nieder.

»Und wonach sehe ich aus?« Als sie wieder aufsah und mich einen Augenblick lang eingehend musterte, machte ich mich auf alles gefaßt.

»Wie ein zerstreuter Englischprofessor.«

Ich runzelte die Stirn.

»Was ist daran verkehrt?« fragte sie.

»Offen gesagt, hatte ich mir was Eindrucksvolleres erhofft. Ein berühmter Schriftsteller, so in der Art.«

»Eine Menge Frauen geraten bei ihrem Englischprofessor in Verzückung«, meinte sie lächelnd.

Ich wurde rot und winkte dem Ober, daß wir zahlen wollten. Interessierte sie sich für mich? Es schien mir unvorstellbar.
Als wir draußen auf der Straße standen und ich sie fragte, ob wir noch gemeinsam einen Schlummertrunk zu uns nehmen sollten, nickte sie. Ich konnte ihren Atem riechen, der feucht und einladend war. Rasch warf ich einen verstohlenen Blick auf ihre vollen Lippen, und die Vorstellung, sie zu küssen, rief erneut ein plötzliches brennendes Gefühl in meiner Brust hervor – das romantische Herz befindet sich doch in der Brust, nicht wahr? Immer dieses beengende, brennende Gefühl, wie eine Warnung oder eine Forderung.
Wir suchten uns eine kleine Bar an der Ecke und bestellten zwei Brandys. Die Männer starrten Julia an, aber sie schien es nicht zu bemerken. Sie kokettierte nicht, im Gegenteil, sie schien sich überhaupt nichts aus ihrem Äußeren zu machen. Während ich an meinem Glas nippte, dachte ich, wie wunderbar es wäre, die ganze Nacht lang mit ihr zu reden und dann gemeinsam den Sonnenaufgang zu betrachten.
»Zum Wohl«, sagte sie und stieß mit mir an. Nachdem sie einen Schluck genommen hatte, stellte sie ihr Glas sanft auf der Papierserviette ab und fuhr dann mit den Fingern über die abgerundete Tischkante. Überhaupt bewegte sie fast ständig ihre Hände, nicht aus Nervosität, sondern als ob sie neugierig wäre auf die Beschaffenheit der Dinge. Mehrere Male an diesem Abend legte sie ihre Hand auf meinen Unterarm oder meine Schulter, um dem, was sie sagte, Nachdruck zu verleihen, und ich fragte mich, ob sie wußte, welch ungeheure Wirkung das auf mich hatte. Ich mochte Menschen, die mit den Händen sprachen, wenn es natürlich aussah. Ich blickte auf meine eigenen Hände, die unbeweglich auf dem Tisch lagen, und befahl ihnen, sich an dem Gespräch zu beteiligen. Und schon bald erzählte ich genußvoll ein paar lustige Geschichten, bei denen ich mit den Armen herumfuchteln konnte. Als ich dabei mein Glas umstieß, lachte sie schallend.
»Brandy scheint Ihnen nicht so ganz zu liegen«, sagte sie und tupfte mir mit der Serviette die Flüssigkeit vom Hemd.
»Daran ist die Prohibition schuld. Ich bin nicht mehr in Übung.«

Sie ging an den Tresen, um mir ein neues Glas zu holen. Ich sah ihr zu, wie sie sich durch eine Reihe von Männern zwängte und dann mit dem Schankkellner lachte. Kein Wunder, daß ihr das Reisen gefiel, sie schien überall zu Hause zu sein. »Der geht auf mich«, sagte sie, als sie wieder zurückkam. Dankend nahm ich das Glas entgegen.

»Konnten Sie denn wenigstens bald danach wieder nach Hause?« fragte sie. Sie saß ganz nah neben mir, und ich blickte auf ihre mit zarten Sommersprossen übersäten Unterarme.

»Fünf Monate nach dem Waffenstillstand. Fünf verflucht langweilige Monate.«

»Sie waren sicher froh, wieder zu Hause zu sein.«

Ich zuckte die Achseln.

»Nein?«

»Würde man meinen, aber ich fühlte mich nicht so, wie ich gehofft hatte. Wir bekamen unsere Gratifikation von sechzig Dollar und eine Uniform, Mantel und Schuhe – sie ließen uns auch die Gasmasken und Helme als Souvenirs für die Heimat –, und fertig. Nach den Paraden und Ansprachen war es, als ob gar nichts gewesen wäre. Keine Trauer, jedenfalls nicht so wie in anderen Ländern. Alle gingen einfach wieder an die Arbeit.«

»Ja, mit so was beschäftigen sich die Leute nicht gern«, sagte sie.

»Vielleicht sollten sie sich aber gerade damit beschäftigen.« Ich spürte, wie wieder die Wut in mir hochstieg, und lehnte mich zurück. »Gerade hat man sich noch mühsam wieder hochgerappelt, nachdem in einem vollen Schützengraben eine Granate eingeschlagen hat, und im nächsten Moment hört man schon wieder irgendwelchen Leuten zu, die sich auf einer Abendgesellschaft über jemanden wegen seines Porzellangeschmacks lustig machen. Eine verdammt schlechte Überleitung, wenn Sie mich fragen.«

Sie nickte langsam, als habe sie genau verstanden.

Ich nahm einen kräftigen Schluck und genoß die Wärme des Brandys in meiner Kehle. »Für mich war das alles ein riesiger Betrug.«

»An denjenigen, die gefallen waren?«

»Und an ihren Angehörigen und den Verwundeten und allen, deren

Leben total zerstört war.« Ich ballte die Fäuste und atmete tief aus. »Wie dem auch sei, es tut mir leid ...«

»Das sollte es nicht.« Sie beugte sich zu mir und legte ihre Hand auf meine. Ich betrachtete die sanfte weiße Haut und die schmalen Finger und die kleinen Falten an den Knöcheln. Unter ihrer Hand sah die meine ungewöhnlich groß und abgearbeitet aus.

Plötzlich packte mich das Verlangen, sie nicht nur zu berühren und zu küssen, sondern ihr auch Dinge zu erzählen, die ich seit dem Krieg noch nie jemandem erzählt hatte, Dinge, die ich gesehen, getan und erlitten hatte. Ist es das, was Daniel meinte – daß man ihr alles erzählen konnte? Und ist es das, was die Dichter sagen wollen, wenn sie über zwei Seelen schreiben, die sich finden und die abseits der übrigen elenden, verlassenen Welt leben können? Wer würde nicht alles für eine solche Nähe geben? War dies meine Chance? Du verdammter Idiot, Patrick, du hattest doch deine Chance, weißt du nicht mehr? Und du hast Charlotte geheiratet.

»Ich habe Daniel dafür gehaßt, daß er sich freiwillig gemeldet hat«, sagte sie. Sie hatte sich wieder zurückgelehnt und umfaßte mit beiden Händen ihr Glas. »Er war so verflucht dickköpfig in dieser Sache.« Ihre Augen röteten sich. »Er tat es nur für seine Eltern, er wollte, daß sie stolz auf ihn waren und sie zurückgewinnen.« Dann versuchte sie zu lächeln. »Er mochte keine Schußwaffen. Ich konnte ihn nicht einmal dazu überreden, auf dem Jahrmarkt auf die Holzenten zu schießen.«

Mir kam in den Sinn, wie aufgeregt ich war, als ich bei der Ausbildung zum ersten Mal mit einem Enfield feuerte: der glatte Gewehrkolben, die Spannung des Hahns und das plötzliche Krachen des Schusses.

»Ich wußte, daß er nicht zurückkommen würde«, sagte sie und wischte sich die Augen. »Nachdem wir voneinander Abschied genommen hatten, brachte ich tagelang keinen Bissen herunter. Erst als ich merkte, daß ich schwanger war, begriff ich, daß ich durchhalten mußte.«

Und wie fühlte sich Daniel bei diesem Abschied? Wußte er es

auch? Ich versuchte mir die letzten gemeinsamen Minuten vorzustellen und wie er dann aus dem Zug heraus winkte.
Als ich das Glas ausgetrunken hatte und mir eine Zigarette anzündete, fühlte ich mich überraschenderweise betrunken.
»Ich bin so froh, daß Sie hier sind«, sagte sie und berührte dabei meinen Arm.
»Ich auch. Ich meine, ich bin froh, daß Sie …«
»Hab es schon verstanden.« Sie drückte mir neckisch den Arm, bevor sie ihre Hand wieder zurückzog.
Ich saß steif auf dem Stuhl und versuchte meine Gedanken zu ordnen. »War das ernst gemeint, daß Sie morgen mit mir einen Ausflug in die Gegend machen möchten?«
»Das würde ich sehr gern. Wirklich.«
Sie lächelte und erhob ihr Glas, obwohl ihr Blick immer noch traurig war. Schließlich machten wir uns auf den Rückweg zum Hotel. Einmal blieben wir stehen, um zum Himmel hinauf zu blicken. Er hing über uns wie ein riesiges Sieb, durch das das Licht rieselte. Im Foyer reichte uns der Portier die Schlüssel, und am Treppenaufgang wünschten wir einander eine gute Nacht. Ich wartete ein paar Minuten, bevor ich die schmale Treppe hinaufstieg. In der Nacht lag ich stundenlang wach im Bett, dachte an sie und überlegte, wie ich ihr je erklären sollte, weshalb so viele Männer zu in Stein gravierten Namen wurden.

*

Julia.
Julia Julia.
Was machst du mit mir?
Und wieso schüchtert uns Schönheit so ein, wieso bringt sie uns dazu, irgendwo tief im Inneren niederzuknien, zu beten und uns zu fragen, wie weit wir an das Heiligtum herankriechen dürfen, bevor wir verbannt werden?

*

»Bist du schon mal mit der Hand durch das Haar einer Frau gefahren, und es ist so weich, daß du hinsehen mußt, um dich zu vergewissern, daß es wirklich da ist?« fragte Daniel.
Natürlich nicht, aber ich ich war nicht gewillt, es Daniel gegenüber zuzugeben. »Das ist unvergleichlich«, sagte ich und schloß die Augen, als würde ich mich in Träumereien verlieren.
Daniel MacGuire und ich hatten die ganze Nacht lang Stacheldraht verlegt, und jetzt saßen wir in einem Verbindungsgraben und rauchten Zigaretten, die wir sorgfältig in den hohlen Händen verbargen wie einen gefangenen Schmetterling.
»Ich hatte eine Photographie von ihr, aufgenommen in Mendocino. Aber ich habe sie verloren.«
»Dann beschreib sie doch.«
Er lehnte sich zurück und lächelte. »Ich weiß nicht, wo ich anfangen soll.«
»Da hätte ich schon einen Vorschlag.«
Er stieß mir den Ellbogen in die Rippen. »Zuerst mal hat sie dieses tolle, unbändige Wesen – hab' ich dir eigentlich schon mal erzählt, wie wir uns eines Nachts auf diese kleine verlassene Jacht schlichen, die am Pier vertäut war? Und sie ist …«
»Ihr Aussehen. Du wolltest mir beschreiben, wie sie aussieht.«
»Ja, stimmt. Wart mal, sie ist ungefähr eins siebzig, schlank, aber sehr kräftig, mit Beinen wie … tja … was kann ich über sie sagen?« Ich stellte mir seidenbestrumpfte Beine vor, die von San Francisco bis nach Paris reichten. »Sie hat diesen neckischen, unschuldigen Blick und ein wunderbares Lachen. Was sonst noch?« Er schnippte die Asche seiner Zigarette ab. »Sie hat dichtes braunes Haar, das ihr nicht ganz bis auf die Schultern reicht, mit einem Seitenscheitel, volle Lippen und eine wunderschöne Nase. Und ihre Augen …« Er grinste noch breiter. »Sie sind strahlend grün, lächeln irgendwie ständig, und wenn man sie ganz aus der Nähe betrachtet, meint man, man würde hineinfallen.«
Daniel fiel als erster. Ich stolperte ihm bald danach hinterher.
Daniel? Es tut mir so leid.

Soll ich dir von Daniel und Julia erzählen? Ich bin mir nicht sicher, ob ich das kann, ob ich die Kraft dazu habe. Bestimmt nicht heute. Nicht, bis ich mich wieder besser fühle. Aber ich möchte schon. Wenn mir die Zeit dazu bleibt.

*

Ich schlafe nicht besonders gut, was eine Schande ist, jetzt, nachdem ich endlich einschlafen kann, wann immer ich möchte. Beim Abendessen trinke ich gewöhnlich ein Glas Rotwein, dann gegen neun Uhr abends zwei Daumen hoch Brandy, den ich schon im Bett zu mir nehme, während ich irgendein Buch oder eine Zeitschrift lese. Meistens lese ich eine Stunde lang, manchmal dieselben Seiten wie in der Nacht zuvor – auch wenn ich das nicht immer sicher weiß –, dann schlafe ich ohne großes Aufhebens ein, wobei meine letzten Gedanken um eine ausgewählte (und streng geheime) Gruppe von Frauen kreisen, zu denen ich lebenslang eine masturbatorische Beziehung gepflegt habe. Der Ärger fängt so gegen zwei Uhr morgens an, wenn ich aus meinen Träumen taumle, als hätte mich jemand aus einem fahrenden Zug gestoßen. Ich bemühe mich, mich nicht zu bewegen, und versuche dorthin zurückzuschleichen, woher ich gekommen bin, aber bald bin ich so wach, daß ich die Geräusche vom Flur wahrnehme. Ich spähe auf den Wecker neben dem Bett und hoffe, daß es bereits fünf oder halb sechs sein möge, aber meistens zeigt er zwei Uhr an, ein Schock, der mich noch mehr wachrüttelt. Dann überlege ich, ob ich einen Ausflug auf die Toilette machen soll, der zwar eine gewaltige Erleichterung verspricht, aber das Risiko in sich birgt, das bißchen Stoffwechsel, das noch in mir stattfindet, anzukurbeln und Schlaf vollends unmöglich zu machen. Oder ob ich mich nicht vom Fleck rühren und mich auf die Seite drehen soll, um den Druck in meiner Blase zu vermindern, und versuchen, mich in den Schlaf zurückzuschleichen wie ein Backfisch, der nach der Sperrstunde ins Elternhaus zurückschleicht. Ich vermute, daß in jeder Nacht ein gehöriger Teil der Menschheit von der Frage gequält wird, ob er nun pissen gehen soll oder nicht. Ob es wohl irgend jemanden gibt, der mit seiner Entscheidung glücklich ist?

Und gibt es jemanden, der sich um zwei Uhr nachts so durch und durch inkonsequent fühlt? So armselig? Ja, so erbärmlich wie der feige Löwe, der sich den Schweif vors Gesicht hält, am ganzen Leib zittert und sich am liebsten aus dem Staub machen möchte?
Abend für Abend stelle ich verwundert fest, daß ich wieder durch einen Tag gestolpert bin, ohne mich selbst zum Vollidioten zu machen, dann aber liege ich wach und erinnere mich an all die Male, wo ich mich zum Vollidioten gemacht habe. Zu einem kolossalen, epochalen Vollidioten. Es schüttelt mich immer noch bei dem Gedanken an Ereignisse, die fast ein Jahrhundert zurückliegen, wie damals in der High School, als ich den ganzen Tag über herumgelaufen bin, ohne den blutenden Pickel auf meiner Stirn zu bemerken, bis die süße, teure Cindy Wheeler, das hübscheste Mädchen im Lateinkurs, Mitleid mit mir hatte und mir ein Taschentuch (mit ihren Initialen) anbot, wodurch mein Selbstwertgefühl so in den Keller rutschte, daß ich mich davon nie mehr ganz erholt habe. Oder damals im College, als ich vor dem Philosophiekurs stand, um einen Vortrag über Hegels *Phänomenologie des Geistes* zu halten. Ich stand da und stand und stand, bis offensichtlich war, daß ich kein Wort herausbringen würde, und wurde schließlich schweißnaß und stotternd wie ein Dorftrottel zu meinem Platz zurückgeführt.
Oder als ich von der Frau Abschied nahm, die ich liebte, und nicht ahnte, daß ich sie nie wiedersehen würde.
Vielleicht haben von Schlaflosigkeit Geplagte mehr Schuldgefühle und Angst als andere Leute, oder vielleicht haben sie auch nur mehr Zeit, sich ängstlich und schuldig zu fühlen. Wie dem auch sei, wenn man an Schlaflosigkeit leidet, ist dieses Nicht-Schlafen das, was das Leben bestimmt, eines der zwei oder drei wichtigsten Persönlichkeitsmerkmale wie dick zu sein oder kleinwüchsig, reich oder scheu, Arzt oder Politiker oder Bluter. Nur schlimmer, besonders dann, wenn man ohnehin schon dick ist und kleinwüchsig und scheu.
Während manche Menschen Schäfchen zählen, neige ich dazu, mir meine Unzulänglichkeiten vorzurechnen und all die Dinge aufzulisten, die ich nicht gut beherrsche. Und so gegen vier Uhr morgens beginne ich gewöhnlich darüber zu sinnieren, welche Dinge

schlimmer sind – diejenigen, die mir zugestoßen sind oder diejenigen, die mir nicht zugestoßen sind. Aber das ist eine schwierige Entscheidung, eine, die ich Nacht für Nacht neu treffen muß, wobei ich die verpaßten Gelegenheiten gegen meine unerhörten Irrtümer abzuwägen habe wie ein Grenzvermesser.

Meistens schlafe ich gegen halb fünf wieder ein, versinke in ein psychedelisches Traumland, das mich entweder fesselt oder zu Tode erschreckt. (Als Kind glaubte ich, Träume seien die Methode, mit der mir Gott unter dem Siegel der Vertraulichkeit sagen wollte, daß ich total irre sei.) In unseren Träumen sind wir alle Exzentriker. Ja, sogar Verrückte.

Wenn es mir gelungen ist, um halb fünf oder fünf wieder einzuschlafen, wache ich in der Regel um halb sieben erneut auf und beginne im Kopf meinen Schmerz zu sortieren, bevor ich mich zu bewegen versuche. An schlechten Tagen bleibe ich fast den ganzen Vormittag über im Bett, wälze mich dabei manchmal hin und her, um den pochenden, stechenden Schmerz abzuschütteln. Wenn ich das Gefühl habe, daß es vielleicht etwas bringen könnte, greife ich mir die kleine Metallbox mit dem roten Alarmknopf, die neben meinem Bett hängt, und halte sie mir an die Brust, bereit, sofort zu drücken, sobald ich eine Herzattacke kommen spüre oder eine Blutung oder wenn ich meine Eltern vor mir sehe, die mich vom Ende eines hell erleuchteten Tunnels, den ich lieber nicht betrete, zu sich winken.

Ich weiß, man sagt, daß wir allein in diese Welt treten und folglich diese Welt auch allein wieder verlassen müssen, aber dieses Alleinsein beim Verlassen ist viel, viel schlimmer. An solchen Vormittagen, wenn mein Körper mit sich selbst im Krieg liegt, wünschte ich mir jemanden, irgend jemanden, der zu mir ins Bett kriecht und mir sagt, daß das Fieber bereits sinkt und ich morgen soweit auf den Beinen sein werde, daß ich wieder in die Schule gehen kann.

An guten Tagen rasiere und dusche ich mich immer, wobei ich mich sorgfältig an der Metallreling festhalte, die ringsum im Badezimmer angebracht ist. Ich wasche mir noch jeden Tag die Haare, obwohl das nicht auffällt, und gebe mir eine kleine Prise Parfüm auf beide

Wangen, um die Schwestern in Verwirrung zu bringen. (Wie kann etwas so Abstoßendes nur so *gut* riechen?) Der schwierigste Teil beim Ankleiden ist, die Beine in die Hose zu bugsieren, denn Arme und Beine sind nicht willens, sich in der Mitte zu treffen. Manchmal hilft mir jemand dabei - doch das deprimiert mich. Wenn meine Muskulatur wirklich steif ist, lege ich mich seitlich aufs Bett und versuche, mich soweit zusammenzukrümmen, daß ich die Hose zu fassen bekomme und sie heraufnesteln kann. Wäre ich nicht so heikel, würde ich einfach in dem verdammten Ding schlafen.

Um acht Uhr erscheine ich im Speisesaal zum Frühstück, das gewöhnlich aus ein paar Stückchen Melone, Kaffee und Toast besteht. Früher habe ich mir morgens enorme Mengen einverleibt, riesige Berge Pfannkuchen und Schinken, hinuntergespült mit frisch gepreßtem Orangensaft, den Brei zwischen meinen Zähnen zermalmend. Aber jetzt spielt mein Körper nicht mehr mit und verkraftet nicht mehr als ein paar magere Kalorien auf einmal. Die Schwestern sagen, ich würde zu sehr abnehmen, aber selbst Pizza und Eiscreme locken mich nicht mehr, was ziemlich unheimlich ist, so als würde man feststellen, daß man keinen Spaß mehr an Sex oder Musik hat. (Nein, soweit ist es bei mir noch nicht.) Ich überlege, ob ich je einen Tag lang einen ausgeglichenen Stoffwechsel hatte, bevor ich von dem Bemühen, abzuspecken, dazu übergegangen bin, möglichst zuzunehmen. Wenn ja, würde ich liebend gerne wissen, was ich da gegessen habe.

Nach dem Frühstück ziehe ich mich mit einem Buch oder der Zeitung zurück und setze mich, wenn ein schöner Tag ist, nach draußen auf die Terrasse oder - falls ich mich für eine der Vormittagsbeschäftigungen eingetragen habe - male, spiele Karten, backe Gebäck oder bastle in der kleinen Werkstatt herum, wo wir Ledergürtel und Geldbörsen und wertlose Schmuckstücke für unsere Enkelkinder zusammenschustern. (Ich hasse den Anblick alter Menschen, die wortlos herumsitzen und Perlen aufziehen und weben und Elmer-Leim einatmen.)

Beim Mittagessen habe ich am liebsten Suppe und ein gegrilltes Käsesandwich mit Tomatenscheiben und einer Menge Ketchup, aber natürlich nehme ich, was es gerade gibt. Danach gehe ich meistens wieder auf mein Zimmer und höre mir auf meinem Kassettenrekorder Musik an. Chopin, Mozart und Rachmaninow sind meine Hauptstützen, eine Art Heilige Dreifaltigkeit, der ich schon vor langer Zeit meine Seele verschrieben habe. Dagegen hat mich Filmmusik erst spät im Leben in Bann geschlagen: *Doktor Schiwago*, *Camelot*, *West Side Story*, *My Fair Lady*, *Alexis Sorbas*, *Der Mann von La Mancha*, *Exodus*. Manchmal schlafe ich dabei ein, meistens aber bleibe ich wach in dem orangefarbenen krätzigen Sessel in der Ecke sitzen. Dann, um halb drei, gehe ich für eine Dreiviertelstunde zur Heilgymnastik, von der ich vermute, daß sie meine Lebensdauer verkürzt, die aber dennoch eine Abwechslung vom Alltagstrott darstellt. Vor dem Abendessen versuche ich, im Aufenthaltsraum das eine oder andere Gespräch anzuknüpfen, denn danach bin ich oft zu müde, um etwas anderes zu tun als einfach dazusitzen und den Schwestern zuzuschauen, was gar nicht so schlecht ist, wenn man eh keine Lust auf etwas anderes hat. Dann geht es wieder ins Bett, mit Buch und Brandy, wobei ich mich schon auf die nächtlichen Dämonen und Ausschweifungen gefaßt mache.

*

Wo beginnen? Mit Daniel? Ja, mit Daniel, lieber Daniel.

Ich sehe ihn so deutlich vor mir. Schön wie ein Gott. Aber auch schneidig wie eine Peitsche. Die Dinge, die ich unbedingt herausfinden wollte, aber nicht konnte, schien er immer schon zu wissen, als gehöre er zu den Menschen, denen von Geburt an die Antworten eingegeben sind. Du warst so jung! Mein junger Freund Daniel, frierend und hungrig und mit angezogenen Knien sitzt du in einem mit einer Zeltbahn abgedeckten Stolleneingang mitten im Regen und schreibst Blatt für Blatt voll. Immer schreibst du.

Daniel MacGuire stammte aus San Francisco, aus einer Familie irischer Katholiken, die stolz darauf waren, ihre Herkunft bis zu einer tückischen Fahrt um Kap Horn zurückverfolgen zu können, letzte Etappe einer zwei Jahre dauernden Flucht vor der großen Hungersnot. Conor, sein Vater, war Steinmetz, genauso wie dessen Vater und Großvater vor ihm. Als Zweitältester von sieben Kindern – die beiden jüngsten starben an Scharlach – wurde Daniel mit fünfzehn von der Schule genommen, damit er seinem Vater zur Hand ging, der sich nach dem Erdbeben in San Francisco im Jahre 1906 vor Aufträgen kaum mehr retten konnte. Aber Daniel lernte weiter. »Ich hatte die Wahl zwischen Steinen und Büchern, und wozu zum Teufel sollte ich mein Leben damit verbringen, einen Stein auf den anderen zu schichten?« meinte er. Mit sechzehn hatte er in einer Abenteuerzeitschrift für Jungen seine erste Kurzgeschichte veröffentlicht. Obwohl er sich um eine Stellung bei einer Zeitung bewerben wollte, brachte er es nicht übers Herz, seinen Vater im Stich zu lassen, der einen kaputten Rücken hatte und sich bei der Führung seines Geschäfts immer mehr auf Daniel stützte. Eines Tages dann, an einem Sonntag nachmittag im September, ging Daniel am Stinson Beach spazieren und sah dort Julia.

»Sie hatte diesen kleinen Schemel und eine Staffelei und einen Blick, als wäre sie völlig in ihre Arbeit versunken, und mein einziger Gedanke war, wie umwerfend sie aussah. Ich bin wohl viermal an ihr vorbeigelaufen, bevor ich den Mut fand, zu ihr hinzugehen und sie zu fragen, was sie da malte.«

»Was war es?«

»Was war was?«

»Das Bild.«

»Ach so, ich weiß nicht mehr, ich war so von ihrem Gesicht gefangen. Total hingerissen, als wäre ich körperlich getroffen. Aber sie ist eine verdammt gute Malerin. Sie hat das Zeug, berühmt zu werden.«

Vielleicht sah auch ich sie am Strand sitzen, oder es war nur Daniels Gesichtsausdruck, als er mir von ihr erzählte, jedenfalls wurde Julia für mich schon bald zur Flucht aus dem Krieg, zu meinem persönlichen Schutzengel, der mich aus dem Irrsinn herausgeleitete, sobald ich die Augen schloß. Daniel schilderte mir Hunderte von Einzelheiten, und ich verknüpfte sie, bis daraus die schönste Frau, die ich je gesehen hatte, entstand, mein Engel der Schützengräben. Mein Zauber gegen die Verzweiflung. Meine Julia.

Ihr Vater kam bei einem Unfall in den Docks von San Francisco ums Leben, als sie noch ein Kind war. Ihre Mutter arbeitete als Bedienung in einem Café. Jeden Tag nach der Schule saß Julia an der Stirnseite der Theke und erledigte ihre Hausaufgaben oder zeichnete Bilder. Natürlich zeichnete sie lieber, meistens Landschaften, die mit spielenden Kindern oder Arbeitern beim Ausruhen bevölkert waren. Daniel sagte, sie porträtiere nur arme Menschen mit gegerbten, aber unzerstörten Gesichtern, und ich stellte mir vor, daß sie für die Reichen und diejenigen mit guten Beziehungen nichts übrig hatte.
Sie wuchs in verschiedenen schäbigen Einzimmerbehausungen bei den Docks auf, und Daniel beschrieb, wie sich die feuchte Luft der Bucht mit dem Geruch von Leder, Schweiß, nassem Holz und frischem Fisch vermischte, der jeden Tag in aller Frühe auf den Marktständen auslag. Wie Daniel (und ich!) hatte sie schon als Kind begeistert gelesen und sich tagelang in die Bücher vergraben, wenn die Nöte ihrer Kindheit über sie hereinbrachen. »Meine schöne Büchernärrin«, nannte er sie.
Ich versuchte inständig, mir das auszumalen. »Klingt, als hättest du jemanden gefunden, der dir ebenbürtig ist – ich meine natürlich nur, was das Schmökern betrifft«, sagte ich eines Abends, als wir in einem Schützengraben saßen, nachdem wir Wasser geholt hatten. »Ach nein, da übertrifft sie mich bei weitem.« Er zündete sich eine Zigarette an und inhalierte langsam. In der Reihe hinter ihm konnte ich die Glut anderer Zigaretten erkennen, die in der Dunkelheit wie Glühwürmchen tanzten. »Sie erzählte mir mal, sie habe aus den Büchern ihre Selbstachtung gezogen, und als ich sie fragte, wie das möglich sei, meinte sie, daß sie durch Bücher erfahren habe, wie es in anderen Menschen, sogar großen Menschen, innen drin wirklich aussieht. Und da sei nichts, was sie selbst nicht auch habe.«
Mit achtzehn erhielt sie ein Stipendium für das Studium an der Kunstakademie, brach es aber ab, als ihre Mutter krank wurde. Sie teilte ihre Zeit zwischen der Arbeit als Bedienung und der Pflege ihrer Mutter auf und malte nur noch nachts, wenn ihre Mutter schlief.

»Sie ist nicht so wie andere Frauen«, sagte Daniel. »Zumindest nicht so wie die, die ich kennengelernt habe.«
»Was meinst du damit?« fragte ich und starrte auf den Rauch, den er in die läusebefallenen Falten seiner Uniform blies.
Er sah mich an und lächelte. »Es ist nicht nur ihre Schönheit. Es gibt eine Menge Frauen, die schöner sind als sie. Aber sie hat diesen unglaublichen Zauber. Und sie ist völlig unkonventionell. Sie will nicht wie die anderen leben, mit all den engstirnigen Ambitionen und bunten Kleidern und abstumpfenden Gewohnheiten. Wir haben sogar schon darüber gesprochen, unser Leben reisend zu verbringen, nur unterwegs sein und Menschen kennenlernen und die Welt sehen. Die ganze: Südamerika und den Orient und sogar Afrika.« Sein Blick nahm einen sehnsüchtigen Ausdruck an. »Aber das beste an ihr ist, daß ich ihr alles sagen kann. Ich habe nicht geglaubt, daß so etwas möglich ist.«
»Alles?« Ich konnte mir nicht vorstellen, die Geheimnisse meiner Seele – und noch viel weniger diejenigen meiner Phantasie – einer Frau preiszugeben, ohne die schlimmsten Folgen befürchten zu müssen.
Er nickte.
»Sie hat nur einen Fehler.«
»Welchen?«
»Sie ist total zerstreut. Es ist fast zum Fürchten. Zum Beispiel, als ich sie am Strand traf, vergaß sie ganz die Uhrzeit und verpaßte ihren Bus nach Hause.«
»Wie günstig.«
»Du würdest ihr nicht einmal zutrauen, daß sie einen Topf Wasser kochen kann.«
»Sie ist Künstlerin, was erwartest du da?«
»Ich hoffe nur, sie vergißt nicht, daß sie in mich verliebt ist«, meinte er lächelnd.
»Wohl kaum. Habt ihr euch gleich von Anfang an zum Rendezvous verabredet?« Ich gierte nach Einzelheiten.
»Auf der Stelle. Es war unglaublich. Wir trafen uns, sooft wir konnten, manchmal am Strand oder in einem Park oder bei den Docks.

Oft saß ich nur da und sah ihr beim Malen zu, und ich mußte innerlich lachen, weil ich wußte, daß ganz gleich, wie talentiert sie war, nichts, was sie malte, so schön sein würde wie ihr Anblick beim Malen.«

»Seid ihr verlobt?«

Er lachte. »Machst du Scherze? Meine Eltern wollten sie nicht einmal kennenlernen. Sie ist nicht katholisch. Geht nicht einmal zur Kirche. ›Nicht, daß wir das Mädchen nicht mögen, Danny, aber bei Gott, wenn du eine Andersgläubige heiratest, wirst du die Familie für immer entzweien.‹ Das ist mein Vater. Mutter sagte nichts und rang die Hände, das ist ihre Art, zum Ausdruck zu bringen, daß ihr unbehaglich zumute ist. ›Der Glaube ist alles, was wir haben, Danny. Er macht uns zu dem, was wir sind.‹«

Zwei Monate darauf brannte Daniel mit Julia durch, Richtung Norden, an der Küste entlang bis nach Mendocino, wo sich Daniel in der Dichtkunst versuchte und Julia Malunterricht gab. Seine Briefe nach Hause kamen ungeöffnet zurück. Das war 1916. Ein Jahr darauf meldete er sich zur Armee, weil er sich ausrechnete, daß seine Eltern einen Sohn in Uniform nicht von sich stoßen würden, selbst wenn er eine Protestantin an seiner Seite hätte.

> Ich bete, daß du niemals ein modernes Bombardement erleben mußt, es ist einfach die entfesselte Hölle. Was man da zu sehen bekommt, ist zu entsetzlich, um auch nur darüber zu sprechen. Es gibt keine Möglichkeit, die Toten zu begraben, sie verfaulen langsam auf dem Erdboden, zerfetzt und wieder zerfetzt von den Granaten, und die Fliegen kommen in Schwärmen. Stell dir vor, du versuchst unter diesen Bedingungen etwas zu essen, dazu noch bis zu den Knien in Morast und Wasser, ununterbrochen vier oder fünf Tage lang. Ich bete zu Gott, es möge bald vorbei sein und dieses irrsinnige Abschlachten ein Ende nehmen.
>
> – *Reginald Gill, Australian Imperial Force, 1916*

Ich lernte Daniel erst in Frankreich kennen. Während ich jedoch zu den Ersatztruppen gehörte, war er schon ein alter Hase, zumindest in meinen Augen. Ich wurde rasch der von ihm befehligten acht Mann starken Korporalschaft zugeteilt, nachdem wir, der Entsatz, an einem überfüllten Nebengleis südlich von Paris zum Sammeln angetreten waren. Schon eine Stunde später marschierte das wiederaufgefüllte Kampfbataillon Richtung Front. In einer staubbedeckten Kolonne von Männern, Pferden, Lastautos und Munitionsprotzen, die wie ein Band die hügelige Landschaft durchzog, beeilten wir uns, der großen deutschen Frühjahrsoffensive entgegenzutreten, die die erschöpfte französische Armee zum zweiten Mal seit 1914 über die Marne zurückdrängte und nun Paris bedrohte.

Ich mochte ihn von Anfang an. Er war groß und breitschultrig, sein rötlich-braunes Haar war kaum zu bändigen, er hatte eine kleine Lücke zwischen den Vorderzähnen, ein sehr schön geschnittenes Gesicht, eindringliche haselnußfarbene Augen mit einem ständig forschenden Blick, ein kräftiges Kinn und schmale Lippen, die leicht lächelten. An seinen großen starken Händen konnte man den Muskeln und Sehnen bei der Arbeit zusehen, und seine Kondition war unglaublich. Außerdem besaß er die Angewohnheit, auf den Fußballen zu wippen, selbst wenn wir lange marschiert waren. Beim Lachen warf er den Kopf in den Nacken und schüttelte ihn, gab aber keinen Laut von sich. Ich habe zwar nur einmal gesehen, wie er weinte, aber manchmal, in der Dunkelheit während eines Bombardements oder wenn er bei einer Beerdigung neben mir stand, merkte ich es auch so. Doch am stärksten ist mir von Daniel in Erinnerung geblieben, daß er anscheinend jeden Muskel völlig unter Kontrolle hatte, was ungewöhnlich ist, wenn man unter Beschuß liegt. Und ganz gleich, was wir gerade taten, immer schien er mit etwas Wichtigerem beschäftigt zu sein, wie jemand, der gerade im Begriff ist, spontane Entscheidungen zu fällen.

Er war ein guter Soldat, viel tapferer als ich, aber nicht tollkühn, mit genau bemessenen, behenden Bewegungen, die ihm fast eine gewisse Eleganz verliehen, was im Krieg keine schlechte Eigenschaft ist. Doch er schien nie zu diesen Kommißtypen zu gehören, zu dieser schroffen, zigarrepaffenden Sorte von Vorgesetzten, die mich unweigerlich einschüchterten. Dafür war er viel zu geduldig und sprach viel zu leise, auf eine besänftigende, einfühlsame Art, die in einem den Wunsch erweckte, ihm alle Ängste und Geheimnisse anzuvertrauen. (Er war einer der wenigen, vor dessen Augen zu weinen sich andere Männer nicht schämten.) Von seinem Temperament her, denke ich, hätte er einen ausgezeichneten Arzt oder Priester abgegeben.

»Frisch vom Schiff?« fragte er, wobei er sich zurückfallen ließ, um neben mir zu gehen.

»Schon ein paar Wochen her«, antwortete ich und drückte die Schultern durch.

»Unser Haufen kann sich sehen lassen«, sagte er und taxierte mich dabei.

»Ich werde mein Bestes tun.«

Er nickte bedächtig, während er mich weiterhin musterte. Dann lächelte er freundlich und meinte: »Die ersten paar Mal habe ich mir fast in die Hose geschissen.«

Ich zuckte die Achseln. Die ersten paar Mal wobei? Bei Granatbeschuß? Bajonettattacken? Gasangriffen? Ich wollte ihn fragen, traute mich aber nicht.

»Ist schon verblüffend, an was man sich alles gewöhnt«, fuhr er fort und bot mir eine Zigarette an. Ich nahm sie. »Aber um ehrlich zu sein, mir wär es lieber, wir hätten uns nicht daran gewöhnt. Dann könnte es nicht so weitergehen.«

»Bist du schon lange hier?« fragte ich.

»Einige Monate.«

»Wohl ziemlich schlimm?«

»Noch schlimmer.«

Ich überlegte, ob er mich auf die Probe stellen wollte.

»Warum hast du dich zur Armee gemeldet?« fragte ich.

Einen Augenblick lang schwieg er. »Komplizierte Sache«, erwiderte er schließlich. »Und warum du?«

»Schien angebracht zu sein.«

»Ja, so schien's wohl, oder?« meinte er mit distanziertem Blick.

Eine Stunde später erreichten wir ein kleines Dorf, wo die Straßen so verstopft waren, daß wir zwei Stunden lang festsaßen. Mitten auf dem Dorfplatz hatte sich ein zornentbrannter Offizier auf dem

Dach eines Entlausungswagens aufgebaut und bellte von dort seine Befehle herunter.
Als es Nachmittag wurde, schnitten mir die Striemen des Tornisters in die Schultern. Im Geist ging ich mein Marschgepäck durch: hundert Schuß in den Patronentaschen, zwei Schultergurte mit jeweils sechzig Schuß, ein acht Pfund schweres Gewehr, Proviantbeutel mit Wäsche zum Wechseln, Seesack, Kochgeschirr, Soldbuch, ein zweites Paar Stiefel, Zeltbahn, Decke, vier Dosen Schwarzbrot, Mantel, zusammengerollt verschnürt auf dem Proviantbeutel, Feldflasche, Pistole, Spaten, Erste-Hilfe-Beutel, Bajonett, Gasmaske, die mir am Hals baumelte, und Helm. Zumindest einige Kameraden waren schmächtiger als ich. Ich suchte in ihren Mienen nach Anzeichen von Erschöpfung und wischte mir mit dem Ärmel die Stirn.
»Pershings Munitionszug«, sagte Daniel lächelnd.
»Was?«
»So nennen sie uns.«
»Ist mir egal.« Ich hakte die Daumen unter die Tornisterriemen, bog die Schultern nach vorn und lächelte.
Sekunden später war ein leise summender Ton zu hören. Ich blickte nach oben. Aus Richtung Süden kam ein Flugzeug im Sturzflug heran.
»Das ist eins von uns«, sagte jemand.
Als der Flieger über den Baumwipfeln war, kippte er zur Seite und warf einen kleinen Gegenstand ab, der wie ein Stein zu Boden fiel.
»Was war das?«
»Ein Kurierzylinder.«
»Vielleicht kommt er ja von deiner Mama«, meinte jemand weiter vorn. Gelächter.

*

Wir marschierten drei Tage lang mit nur kurzen Rastpausen. Manchmal querfeldein und durch Wälder, um die endlosen Karawanen zu umgehen, die die Straßen verstopften. Einen Großteil dieser Zeit redeten Daniel und ich miteinander, und danach wich er mir kaum mehr von der Seite, vor allem an der Front. Wir sprachen über

unsere Kindheit und unsere Hoffnungen für die Zukunft, und er erzählte mir von seinen literarischen Versuchen und vom Krieg: was er den Menschen antat und wie schwer es werden würde, den Landsleuten in der Heimat das alles zu erklären. Damals verstand ich wirklich nicht, was er meinte.
»Bist du denn nicht stolz darauf, dabei zu sein?« Das fragte ich ihn am dritten Tag, als wir den Befehl erhielten, uns zu Kampfeinheiten zu formieren.
»Stolz?«
»Ja. Zu Hause reißen sich Leute geradezu darum, hierher zu kommen. Sie fürchten, es könnte zu Ende sein, bevor sie eintreffen.« Ich packte die Ersatzdecke und die Stiefel aus.
»Nein, ich bin nicht stolz darauf.« Ich sah den ernsten Ausdruck in seinem Gesicht, und da ahnte ich zum ersten Mal, daß der Krieg vielleicht doch nicht ganz das war, was ich mir ausgemalt hatte.
Als wir um einen niedrigen, mit Pappeln bewachsenen Kamm marschierten, konnte ich unter mir das Steinskelett eines kleinen Dorfes erkennen. Von der Kirche war nur eine Ecke stehengeblieben, während der angrenzende Friedhof unbeschädigt schien. Ich stellte mir vor, wie an einem frostig kalten Wintertag eine große Hochzeitsgesellschaft aus der Kirche herausströmte und sich auf eine Reihe schwarzer Kutschen verteilte, während aus der Bäckerei Rauch aufstieg. Auf dem Kamm hörte ich zum ersten Mal in der Ferne ein schwaches Geräusch von einschlagenden Granaten. Es klang wie das dumpfe Knurren eines sehr zornigen Tieres.
»Die Geschütze, natürlich«, sagte jemand hinter mir. Die Neulinge unter uns gaben sich große Mühe, keine Angst zu zeigen.
»Ja, und zwar ziemlich viele«, erwiderte eine andere Stimme.
»Was meinst du, wie weit sind sie entfernt?«
»So ein paar Dutzend Meilen, schätze ich.«
»Hört sich nach ziemlich vielen Geschützen an.«
»Hauptsächlich französische 75er und deutsche 77er.«
»Was ist mit unseren Geschützen?«
»Wir haben keine Geschütze.«
»Wir haben keine?«

»Nicht viele. Wir verwenden eine Menge französische 75er.«
»Taugen die was?«
»Das sind die besten.«
»Verstehst du was von Artillerie?«
»Ein bißchen.«
»Man kann die Dinger sogar von Dover bis hierher hören.«
»Wo ist denn Dover?«
»In England. Jenseits des Kanals.«
»Verarscht du mich?«
»Ich verarsch dich nicht.«
»Wie weit ist das weg?«
»Sehr weit.«
»Müssen verflucht viele Geschütze sein.«
»Warte nur, bis wir näher dran sind.«
»Gottverdammt. Da wird's ganz schön heiß hergehen, was, Jungs?«
»Du sagst es.«
»Wird Zeit, daß wir mal mit Fritz ein Wörtchen reden.«
»Tja, das werden wir.«
»Scheiß Hunnen.«
Am späten Nachmittag war aus dem schwachen Hämmern ein donnernder Trommelschlag geworden, als stünde ein grausiges Stammesritual bevor. In einer Straßenkurve gruppierten sich mehrere Soldaten um einen Mann, der neben einem Baum auf dem Boden lag. Einen Moment lang bekam ich ein Indian-Motorrad zu sehen, das umgestürzt mit verbogener Vorderfelge neben ihm lag.
»Was ist mit ihm passiert?«
»Ins Gras gebissen.«
»Was?«
»Hat die Kurve zu schnell genommen. Es heißt, er hat sich das Genick gebrochen.«
»Schon mal mit so einem Ding gefahren? Teuflisch gefährlich.«
»Sieht aber ganz kommod aus.«
»Werd bloß nie Kurierfahrer.«
»Wieso nicht?«

»Weil du dann in der Scheiße steckst, deshalb. Das ist eine beschissene Selbstmörder-Einheit.«

Wir kamen an aufgegebenen Feldschanzen, kaputten Waggons und Bergen von leeren Proviantbüchsen vorbei. Viele Bäume waren umgeknickt, in die eine oder die andere Richtung, wie Maisstengel nach der Ernte. In einem Obstgarten zu unserer Linken stand unter einem feinmaschigen Drahtgeflecht, über das man farbige Tücher und Zweige ausgebreitet hatte, eine französische Geschützbatterie versteckt.

»Mein Cousin ist an der Artillerieschule in Fontainebleau«, sagte Jack Lawton, der mich einige Tage lang skeptisch beäugt hatte, bevor er mich der Korporalschaft für würdig befand – oder daß ich ihr eines Tages würdig werden könnte, falls ich nicht vorher getötet wurde. Er war ein finster dreinblickender Holzfäller aus Michigan. Eines Morgens bat er mich, ihm behilflich zu sein, zog ein Bündel Briefe aus der Tasche und fragte mich mit Flüsterstimme, ob ich sie ihm vorlesen könne. Großgewachsen und muskulös, mit dunkelblauen Augen und dichtem krausem Haar, das nicht nur seinen Kopf bedeckte, sondern auch Arme, Brust und Beine, war Lawton der stärkste in der Korporalschaft. Er war auch derjenige mit dem aufbrausendsten Temperament, was mir als eine unglückliche Mischung erschien, bis ich merkte, daß er ganz harmlos war – solange man sich nicht über sein leichtes Lispeln lustig machte, das sich zu verschlimmern schien, wenn er Angst hatte oder geil war (und letzteres war ausgesprochen häufig der Fall). Ich hätte nie geglaubt, daß jemand, der so entwaffnend stumpfsinnig war, zugleich so sympathisch sein konnte. Mit seinem tiergleichen Instinkt für Gefahren und seiner außergewöhnlichen Treffsicherheit – er traf sogar Ziele, die wir übrigen nicht einmal erkannten –, erschien er mir als der ideale Soldat, zumal er auch noch einen unerschöpflichen Vorrat an schmutzigen Witzen besaß.

»Verfluchte Artillerie«, meinte Vince Tometti, ein Hotelangestellter aus New Jersey. »Worauf zum Teufel glaubst du, daß die deutschen Kanonen zielen?« Tometti, der behauptete, neunzehn zu sein, war der schmächtigste Landser, den ich je gesehen hatte. Er hatte einen zarten Pfirsichflaum auf der Oberlippe und Schultern wie eine schlanke Frau. Zum Glück besaß er außerdem eine der besten Singstimmen an der Front, die er dazu nutzte, sich mehrmals die Woche mit einem riesigen Repertoire italienischer Liebeslieder von Pflichten freizukaufen. Die meisten der Lieder widmete er einem Mädchen in der Heimat namens Teresa, deren Bild er in seiner Hemdtasche in einem dünnen schwarzen Lederetui aufbewahrte. Er holte es oft heraus, um es zu betrachten, zu küssen und jedem zu zeigen, der ihm über den Weg lief. Sie war so hübsch, daß wir vermuteten, er habe die Photographie entweder gestohlen oder er verheimliche schreckliche Mißbildungen ihres Unterleibs.

Ich nahm einen großen Schluck aus meiner Feldflasche.

»Nicht so viel«, sagte Daniel. »Man kann nur einmal pro Tag nachfüllen.«

»Kein Scheiß?« Ich wog die Feldflasche in der Hand. Sie fühlte sich leicht an.

Hinter mir sang jemand:

Wenn das Meer voll Whiskey wär,
Und ich wär 'ne Ente,
Würd' ich bis zum Boden tauchen
Und saufen, was ich könnte.

Als wir einen Bach überquerten, sah ich tote Pferde, aufeinander geschichtet in einem Graben, die Körper steif und aufgedunsen. Auf der linken Straßenseite eilten alte Männer, Frauen und kleine Kinder hinter Muli- und Ochsengespannen und wackligen Schubkarren her, die unter ihrer Last aus Jutesäcken mit Nahrungsmitteln, Hühnerkäfigen, Kisten, zusammengerollten Federbetten und Möbelstücken ächzten. Dann strömte ein Regiment französischer Poilus an uns vorbei, ihre himmelblauen Überzieher dreckverschmiert, die Gesichter mitgenommen und unrasiert.

Ich konnte den Blick nicht mehr von diesen vorbeiziehenden Gesichtern abwenden. Manche waren vollkommen ausdruckslos, andere schienen irgendwie unaufhörlich zu zucken – wie jemand, der im nächsten Augenblick losheult oder einen Faustschlag erwartet.

Ich fragte mich, was passieren mußte, daß ein Mensch so aussah. Die meisten der Poilus starrten beim Gehen zu Boden, zu müde, um noch aufzublicken. Mehrere trugen einen Arm in der Schlinge, andere hinkten. Der Mantel eines Soldaten war vorne mit hellroten Flecken übersät. Ich überlegte, wie sie dort hingekommen waren.

»Jetzt seid ihr dran«, rief einer der Poilus. Seine linke Hand steckte in einem blutdurchtränkten Gazeverband.

»Kehrt um, es ist sinnlos«, sagte ein anderer.

»La guerre est finie«, rief ein hochgewachsener, hohläugiger Soldat.

Ich fing den Blick eines Franzosen auf. Er nickte und blieb stehen.

»Là-bas, c'est terrible.« Er schüttelte den Kopf.

»Ich kann kein Französisch. Schrecklich, was?«

»Les Allemands attaquent de tous côtés.«

»Was meint er?«

»Er sagt, die Deutschen greifen von allen Seiten an.«

»Oh.«

»Partout.«

»Schon gut, wir kümmern uns darum«, sagte eine Stimme mit Südstaaten-Akzent hinter mir.

»Darauf kannst du einen lassen«, meinte ein anderer.

Ein entferntes Wimmern wurde immer lauter und heulte durch die Luft.

»In Deckung!«

Wir flüchteten uns in einen Graben voller Pferdekot. BUMM! Die Druckwelle schlug mir ins Gesicht, zerriß mir fast das Trommelfell. Dann noch mal, und noch mal.

Herr im Himmel.

Wieder auf der Straße, weiter. Ich starrte auf den olivgrauen Leinwandtornister, der vor mir baumelte, auf das mit Riemen befestigte Bajonett links, den lotrecht auf der Rückwand befestigten kleinen Spaten und den zusammengerollten, auf der Oberseite verschnürten Mantel. Nur mit größter Mühe konnte ich die Augen offenhalten.

Wie schön wäre es, sich hinzulegen, nur für ein paar Minuten. Der Gedanke, ohne Schlaf in die Schlacht zu marschieren, trieb mir fast die Tränen in die Augen, große empfindsame Tränen des Protests,

die über die Wangen kullerten. Seit meiner Kinderzeit führt Schlafmangel bei mir dazu, daß ich mich von den alltäglichen Aufgaben völlig überfordert fühle. Im Kindergarten hat es deshalb viele tränenreichen Szenen gegeben, und ich brach einfach in großen Pfützen der Erschöpfung zusammen. Aber kämpfen? Mann gegen Mann mit Messer und Bajonett, wenn ich kaum mehr einen Fuß vor den anderen setzen kann?
Mir war ganz übel bei dem Gedanken, daß ein schrecklicher, nicht wieder gutzumachender Fehler begangen worden war.
Ein Stück weiter passierten wir ein provisorisches Feldlazarett, das man in den Ruinen einer großen Kirche aufgeschlagen hatte. Dann einen Verbandsplatz, wo Dutzende von Männern in Reihen unter Decken lagen, während andere mit frisch bandagierten Wunden umherwankten. Dort hörte ich zum ersten Mal die Klagelaute, die eine erbarmungswürdige Antwort auf die donnernden Kanonen zu sein schienen. Dem Klang nach war der Krieg wie ein Wettkampf im Schreien zwischen Mensch und Maschine. Nur konnte man den Menschen kaum hören.
Wir traten an den Straßenrand, damit fünf Ford-Ambulanzen passieren konnten. Auf den Trittbrettern klammerten sich Männer fest.
»Gas«, sagte jemand. Ich blickte mich um und sah eine Reihe Männer mit verbundenen Augen. Sie schlurften langsam von hinten heran, wobei sich der jeweils hintere an der Schulter des Vordermanns festhielt. Wir traten leise zur Seite, um sie vorbeizulassen.
»Seht mal, die verfluchten Sauerkrautfresser dort oben«, sagte jemand vor mir und deutete dabei zum Himmel. Ich blickte hoch; zwei silberfarbene Beobachtungsballons schwebten in der Ferne. Konnten sie uns erkennen? Ein paar Männer winkten.
»Hier sind wir, ihr Drecksäcke.«
Um neun Uhr abends stieg ich in einen Graben der dritten Linie, aß etwas Zwieback und eine Dose gepökeltes Rindfleisch – was mir Durst machte – und rollte mich mitten im Dreck zusammen. Während ich in den Schlaf sank, spürte ich, wie die Erde bebte und zitterte.

*

»Lust auf eine Partie Dame?« Es war der ewig von Blähungen geplagte Oscar Bellamy, der ständig auf der Jagd nach einem Partner ist. Ich saß gerade im Gesellschaftsraum, ein Buch unaufgeschlagen auf dem Schoß. Emily Dickinsons Gedichte.
»Klar, ich spiel mit«, sagte ich, bedauerte aber im selben Augenblick schon meine Zusage. Oscar roch ungewöhnlich schlecht.
»Toll!« Er klappte das Brett auseinander, das er in der rückseitigen Tasche seines Rollstuhls aufbewahrt, und baute die Steine auf. Ich zog als erster.
»Sag mal, wie lange bist du eigentlich schon hier, Oscar?«
»Seit vier Jahren. Sechs Monate nach dem Tod meiner Frau hatte ich einen Schlaganfall. Nur einen kleinen, aber er jagte mir eine Heidenangst ein, weißt du. Ich zog zu meiner Tochter und deren Familie, aber nachdem ich gestürzt war und mir die Hüfte gebrochen hatte, kamen wir zu dem Schluß, daß ich hier besser aufgehoben sei.«
»Wärst du nicht gerne wieder zu Hause?«
»Das kommt für mich nicht mehr in Frage«, sagte er und hüpfte mit einem seiner roten Steine über drei meiner schwarzen. »Außerdem gefällt es mir irgendwie hier, auch weil es verschiedene Kategorien der Betreuung gibt. Es ist nicht bloß ein Haufen kritischer Fälle, du verstehst, was ich meine. Und mit all den Tanz- und Liederabenden, den Vorträgen und Ausflügen – was kann man sich mehr wünschen?«
»Hast mich überzeugt. Ein Wunder, daß hier noch niemand seine Flitterwochen gefeiert hat.«
Er hörte mir nicht zu, sondern konzentrierte sich ganz auf das Spiel. »Nachdem Rose gestorben war, konnte ich mich im Haus nicht mehr selbst versorgen. Schließlich hatte sie ja gekocht und die Hausarbeiten erledigt. Guter Gott, ich habe nie mitgekriegt, wie sehr sie geschuftet hat, meine arme Kleine. Ich wäre fast verhungert. Schon mal versucht, Lasagne zu kochen? Man muß Bauingenieur sein, nur um die Zutaten in der richtigen Reihenfolge aufeinander zu schichten.« Laut ließ er eine Dame über das Brett hüpfen und schlug meine restlichen beiden Steine. »Noch eine Partie?«
»Eine noch.«

»Und wie ist's mit dir?« fragte er. Er hielt kurz inne, um an der Sauerstoffmaske herumzunesteln, die unter seiner Nase befestigt war. »Du bist hier seit ungefähr zwei Jahren, stimmt's?«
»Ja, nach meiner Bypass-Operation ...«
»Wie viele Bypässe?«
»Drei.«
»Ich habe zwei«, sagte er. »Frau gestorben?«
»Nein, wir haben uns schon vor vielen Jahren scheiden lassen.«
»Wie lang ist das her?«
»Wie lang? Ach Gott, ich weiß nicht. Das war, warte mal, 1932.«
»Echt wahr?«
»Sie hat wieder geheiratet. Wohnt jetzt in Florida. In irgendeiner Seniorensiedlung.«
»Ihr Mann lebt noch?«
»Schon vor Jahren gestorben«, erwiderte ich.
»Und du warst von Beruf ...«
»Buchhalter.«
»Ah ja, ein Mann der Zahlen.«
Diese Umschreibung ließ mich zusammenzucken. »Sofort nach der Scheidung habe ich gekündigt.«
»Die Arbeit gekündigt?« fragte er stirnrunzelnd.
»Die Arbeit gekündigt.« Ich lächelte. »Ich bin ein bißchen durchs Land gereist und hatte dann eine Stelle als Geschichtslehrer in einer kleinen High School in Vermont. Später habe ich das wieder aufgegeben und einen Buchladen eröffnet.«
»Deshalb liest du so viel.«
»Nein, deshalb habe ich einen Buchladen aufgemacht.«
»Also hast du allein gelebt, bevor du hierher kamst?«
»Bis zu meinem Herzinfarkt. Dann habe ich ein Jahr lang bei meinem Sohn gewohnt, aber er hat nur ein kleines Haus, und ich merkte, daß ich störte. Als die Ärzte den Krebs entdeckten, beschloß ich auszuziehen, bevor es schlimmer würde.«
»Du hast Krebs?« Er reckte interessiert den Kopf. »Welche Art Krebs?« Nichts fasziniert Senioren mehr als Krankheiten, insbesondere Krebserkrankungen.

»Magenkrebs«, erwiderte ich. »Scheint momentan etwas zurückzugehen.«
»Magenkrebs?« fragte er, wobei er das Wort langsam und betont aussprach. »Ziemlich üble Sache.«
»Jeder ist irgendwann mal dran, oder?«
»Tja, aber bei Gott, ich würde schon gern mitbestimmen, auf welche Weise.«
»Schön, wenn du noch eine Wahl hast«, sagte ich.
»Zum Beispiel kann ich den Gedanken nicht ertragen, zu ertrinken.«
»Da besteht keine große Gefahr.«
»Kann man nie wissen. Man kann schon ersaufen, wenn das Wasser nur ein paar Zentimeter tief ist. Hast du das gewußt?« Er hüpfte über zwei meiner Steine. »Und das Feuer. Jesusmaria, ich würde nicht gern verbrennen. Ich will nicht mal eingeäschert werden. Hab' zu meinem Sohn gesagt: ›Ich möchte zwar nicht einen Haufen Platz wegnehmen, wenn ich tot bin, aber auf keinen Fall will ich in einen gottverdammten Ofen geschoben und getoastet werden wie eine halbversengte belgische Waffel.‹ Natürlich machen mir auch Särge angst. Du weißt doch, manche der armen Schweine sind ja noch gar nicht tot. Ohne Scheiß. Hab' mal einen Artikel gelesen, glaub', es war im *Reader's Digest*, über jemand in England, der einen Haufen alter Särge aus dem achtzehnten Jahrhundert ausgebuddelt hat, und was findet er: Bei zehn Prozent von ihnen waren Kratzspuren auf der Innenseite! Zehn Prozent! Kannst du dir das vorstellen? Scheußlich, so zu krepieren. Noch schlimmer als Ertrinken, wenn du mich fragst.«
»Ich werd' nachprüfen, ob du auch wirklich kalt bist, wenn sie dich hinaustragen«, sagte ich, während er meine letzten Steine schlug.
»Danke Patrick, das weiß ich zu schätzen.«

Was beim Feuern zu beachten ist:
1. Beim Anvisieren nicht atmen. Erst tief einatmen, etwas Luft ausatmen und dann bis zum Abfeuern den Atem anhalten.
2. Exakt über Kimme und Korn zielen und den Abzugshebel gleichmäßig drücken. Beim Abfeuern das Auge offenhalten. Nach dem Abfeuern das Ziel einen Moment lang weiter im Auge behalten.

– Handbuch des Rekruten, 1917

Das erste, was ich in Frankreich getötet habe, war ein Pferd. Eines von unseren eigenen Pferden, ein kleiner, unterernährter Gaul, der von einem Bauernhof in Frankreich oder England oder vielleicht sogar in Amerika requiriert worden war. Wir marschierten durch die Region Aisne-Marne, neben uns überladene französische *camions*, der Straßenrand übersät mit verwesenden Tierkadavern, manche aufgebläht und mit abstehenden Beinen, andere aufgeschichtet zu Haufen aus Fell und Knochen. Als wir an einem Pferd vorüberkamen, das mit merkwürdig verdrehten Läufen auf der Seite lag, bemerkte ich, daß sich die Lider seiner großen braunen Augen bewegten – einmal, dann noch zweimal. Ich blieb stehen.

»Dieses Pferd lebt ja noch«, sagte ich.

»Nicht mehr lange«, meinte jemand im Vorbeigehen.

»Wir können es nicht so liegenlassen. Seht euch nur mal die Vorderbeine an«, sagte ich.

»Sind wohl beide gebrochen«, erwiderte John Giles und stellte sich zu mir an den Straßenrand. Giles war ein stämmiger, breitschultriger Farmer aus Ohio, der die Landwirtschaft so haßte, wie er Pferde liebte. Er träumte von einem Posten in der Kavallerie, bis er sah, was die Kavallerie mit den Pferden anstellte. Ich glaube, das erschütterte ihn mehr als das Gemetzel unter den Menschen. Die Tiere hatten schließlich keine Schuld daran.

Er sah sich das verkrüppelte Pferd genau an. »Wie lang der wohl schon hierliegt?«

»Ich gebe ihm den Gnadenschuß«, sagte ich.

»Was?« Giles jungenhaftes, über und über mit Sommersprossen gesprenkeltes Gesicht und sein ausgeprägter Überbiß machten den angestrengten Versuch, soldatisch zu wirken, zunichte.

»Ich gebe ihm den Gnadenschuß«, wiederholte ich und zog die Pistole aus dem Lederhalfter.

»Kannst dir dafür Schwulitäten einhandeln«, meinte Lawton.

»Wofür – weil ich die Mittagsruhe störe?«

»Tja, ist eben nicht ein deutscher Spion, den du da erschießen willst«, erwiderte Lawton.

Das übrige Bataillon marschierte stetig an uns vorüber. Ich beugte mich über das Pferd und streichelte ihm den Kopf. In seinen Augen stand der Schrecken, aber es bewegte sich nicht.
»Was für ein grauenvoller Ort für ein Tier«, sagte ich.
»Und was meinst du, wie wir uns fühlen?« meinte ein Soldat im Vorbeimarschieren.
»Wohin soll ich schießen?« fragte ich Giles.
»In den Kopf natürlich.«
»Das weiß ich«, erwiderte ich. »Aber wohin in den Kopf – damit er sofort tot ist.«
»Also, zwischen den Augen ist der Knochen ziemlich dick«, sagte Giles, beugte sich über das Pferd und deutete auf die Stelle. »Wie bei einem Bären. Schieß nur mal einem Bären in die Stirn, und er greift dich trotzdem weiter an. Vielleicht ist es am besten hinter dem Auge, sagen wir, da.«
»Genau da, ja?« Ich sah mir die Stelle näher an. »Meinst du das auch, Lawton?«
»Ja, da ist es am besten«, sagte er und trat einen Schritt zurück.
Ich blickte auf meine Pistole und dann auf das Pferd. Dann stellte ich mich seitlich neben das Tier, zielte mit ausgestrecktem Arm und feuerte. Nachdem ich die Pistole in den Halfter zurückgesteckt hatte, traten Giles, Lawton und ich wieder auf die Straße. Eine Stunde später sah ich erneut ein verkrüppeltes Pferd. Es lag auf der Seite, die Lippen geschürzt und mit klaffender Bauchhöhle, die glänzende hellrote, rosa und purpurnen Farben enthüllten. Ich blieb nicht stehen.

*

Als ich erwachte, war es völlig still im Hotel. Ich mußte von der Totenfeier geträumt haben, weil ich in den ersten Augenblicken meines wiederkehrenden Bewußtseins immer noch deutlich die Namen sehen konnte, als wären sie auf der Innenseite meiner Augenlider eingebrannt. Ich blieb eine ganze Stunde liegen und beobachtete, wie sich das Sonnenlicht allmählich durch eine Öffnung im Vorhang schob und eine dünne Scheibe von Staubpartikeln anstrahlte, die in der Luft tanzten. Ich stellte mir vor, wie Julia in ihrem Bett lag, und fragte mich, ob sie wohl auch schon wach war und vielleicht an mich dachte.

Nach der Morgentoilette unternahm ich einen Spaziergang in den Ostteil der Stadt. Dort hoffte ich das Haus eines französischen Ehepaars wiederzufinden, das ich im Juli 1918 kennengelernt hatte. Der Mann hatte seinen Vater 1870 im Krieg gegen die Deutschen verloren, und zwei seiner drei Söhne waren an der Westfront gefallen, einer an der Marne und der andere auf dem Chemin des Dames, dem Damenweg, der so heißt, weil hier die Töchter König Ludwigs XV. mit ihren Kutschen entlangzufahren pflegten. Daniel und ich waren drei Nächte lang bei dem Paar einquartiert gewesen, und ich hatte mir fest vorgenommen, sie einmal zu besuchen und ihnen für ihre Großzügigkeit zu danken.

Das Haus, ein zweistöckiges verputztes Gebäude mit Mansarde und Schieferdach, stand noch da. An den Fensterläden blätterte schon die dunkelrote Farbe ab, und die Blumenkästen zu beiden Seiten der Eingangstür waren leer. Ich klopfte und wartete mehrere Minuten, aber niemand antwortete. Ein Nachbar, der gerade auf seinem Fahrrad nach Hause kam, erzählte mir, daß Monsieur Luchère gestorben sei, sein Sohn Pierre, ein Invalide, aber mit der Mutter noch in dem Haus lebe. Vielleicht seien sie ausgegangen, und ich solle es später noch einmal versuchen. Ich bedankte mich und ging dann los, um zunächst einen Korb zu kaufen und schließlich der Reihe nach Brot, Käse und Wein, mit denen ich ihn füllte. An einer Straßenecke setzte ich mich nieder, um in meinem dürftigen Französisch eine Nachricht zu schreiben, die ich zusammem mit dem Korb vor der Eingangstür der Luchères hinterließ.

Als ich zum Hotel zurückkam, saß Julia vor dem Haus an einem kleinen runden Tisch, vor sich Kaffee und die Zeitung. Die Traurigkeit war aus ihren Augen verschwunden, und ich überlegte, ob sie wohl zu jenen Menschen gehörte, die jeden neuen Tag vollständig geheilt von den Verletzungen des vorangegangenen Tages beginnen.

»Hallo!« rief sie und lächelte mit solcher Begeisterung, daß ich fast über den Bordstein gestolpert wäre. Sie trug eine lavendelfarbene Bluse, das offene Haar floß ihr über die Schultern. Ich konnte kein Make-up an ihr entdecken, und das einzige Schmuckstück war ein schmaler Silberarmreif am linken Handgelenk. Von Daniel?
»Guten Morgen.«
Ich setzte mich und bestellte Kaffee. Ihre Gegenwart machte mich unsicher. Starrte ich sie an? Sah ich zerzaust aus? Möglichst unauffällig faßte ich mir an den Kopf und strich mir durchs Haar. Hätte ich mich doch nur ordentlich gekämmt.
»Wie lange bleiben Sie hier?« fragte sie.
Ich zögerte. »Vier bis fünf Tage. Ich habe zu meiner Frau gesagt, daß ich mich ein bißchen umsehen möchte. Und Sie?«
»Ich habe mich noch nicht entschieden.«
Ihre Augen wirkten noch grüner als zuvor, wie ein kostbarer Stein, der tief im Erdinneren geformt worden war. Rasch sah ich noch einmal auf ihre hübschen Gesichtszüge, ihre Nase und Lippen, ihre schlanken nackten Arme, bevor ich den Blick abwandte.
Sie griff zu ihrer Kaffeetasse, beugte sich vor und nahm einen Schluck. Dann stellte sie sie wieder vorsichtig auf der Untertasse ab, wandte sich mir zu und sagte: »Haben Sie immer noch Lust auf diesen Ausflug?«
»Klingt wunderbar. Ich dachte, wir fahren vielleicht zu dem Bergkamm östlich der Stadt. Ich könnte Ihnen ein paar Aussichtspunkte zeigen, falls ich sie noch finde.«
»Ja, das würde mir sehr gefallen«, erwiderte sie, und ihr Blick sagte mir, daß sie begierig darauf war, die Schilderungen aus Daniels Briefen mit den wirklichen Straßen und Schluchten und Feldern Frankreichs zu verknüpfen.
Wir fuhren los, hielten irgendwo auf dem Land und liefen eine Weile zu Fuß. Bei einer alten Steinmauer legten wir eine Rast ein. »Dort waren die deutschen Gräben.« Ich spürte in mir eine gewisse Anspannung, als ich auf die niedrige Kammlinie etwa achthundert Meter jenseits einer Ebene deutete. »Und wenn man genau hin-

sieht, erkennt man auch noch ein paar von unseren Stellungen.« Sie hielt die Hand über die Stirn und blickte mit zusammengekniffenen Augen zu den verwitterten Gräben hinüber, die sich durch die Felder schlängelten. Ich überlegte, ob ich ihr erzählen sollte, daß der Erdboden gar kein Erdboden war, sondern umverwandeltes Menschenfleisch. Ein gigantisches Dünge-Experiment. Ich nahm einen Klumpen Erde in die Hand, roch seinen feuchten, schwangeren Geruch und dachte: Dies hier in deiner Hand ist das Leben nach dem Tode.

»Wie das alles wirklich war, werden Sie wohl gar nicht schildern können?« fragte Julia.

Ich ließ den Erdklumpen fallen und wischte mir die Hand ab. »Es kommt nie richtig rüber, deshalb hab' ich es schon vor langer Zeit aufgegeben. Es reicht, wenn es nie wieder geschieht.«

»Macht es Ihnen etwas aus, wenn ich trotzdem frage?«

»Überhaupt nicht.« Ich blickte auf den kleinen Erdklumpen zu meinen Füßen. Ich mochte es, wenn sie mich etwas fragte.

»Eigentlich weiß ich gar nicht, was. Dabei dachte ich, ich hätte so viele Fragen …«

Sie verstummte und blickte über die Ebene. Ein einsamer Vogel ließ sich in unserer Nähe nieder, flog aber gleich wieder davon. Ich spürte ein Gefühl der Trauer in meiner Kehle aufsteigen.

»Ist es überhaupt möglich, es zu beschreiben?«

»Sie meinen …«

»Ich meine die schlimmsten Erlebnisse.«

»Nein, eigentlich nicht.« *Aber mach weiter, versuch es.*

»Wie war das, wenn um einen herum so viel … Tod war?«

Ich zuckte die Achseln, starrte auf die Gräben, stellte mir vor, sie wären voller Soldaten. »Es machte einem verflucht angst. Aber von einem gewissen Punkt an war die Angst so groß, daß mir merkwürdig ruhig zumute wurde. Es war, als müßte ich mir plötzlich um rein gar nichts mehr Sorgen machen.«

»Weil Sie Ihren Tod akzeptiert hatten?«

Ich lachte. »Nicht freiwillig. Manchmal schien er einfach unausweichlich, weil solche gewaltige Anstrengungen unternommen

wurden, ihn herbeizuführen, daß ich genauso gut das Unausweichliche annehmen konnte.«
»Und Daniel, wie hat er das gesehen?« Sie straffte sich fast unmerklich, als wollte sie sich für meine Antwort wappnen.
Ich überlegte einen Augenblick. »Ich weiß es nicht genau. Er schien immer so tapfer, fast furchtlos. Aber im Rückblick bin ich mir nicht mehr sicher. Heute kommt es mir eher so vor, als hätte er immer gewußt, daß er es nicht schaffen würde. Es gab etliche, die einfach dieses Gefühl hatten. Und sie hatten meistens recht.«
»Glauben Sie, daß er es wußte?«
»Das kann ich nicht sicher sagen.«
»Also wußten wir es beide«, flüsterte sie. Langsam schritten wir an den Rand eines Grabens, der teilweise von Regen und Wind zugeschüttet worden war. Halb unter dem Dreck begraben lag ein Gewehr. Eine Mauser.
»Bis Robin geboren wurde, hatte ich keine Angst vor dem Tod. Die Vorstellung, leiden zu müssen, erschreckte mich, aber nicht der Gedanke, nicht mehr zu leben.«
Ich dachte an Sean und daran, wie sehr er mich brauchte, wieviel ich ihm noch beibringen und vor wieviel ich ihn schützen mußte. Dann dachte ich an Daniel und was für einen wunderbaren, geduldigen und liebevollen Vater er abgegeben hätte. Bestimmt wäre seine Tochter der Glanzpunkt seines Lebens geworden.
»Freud sagt, daß uns der Gedanke an die körperliche Liebe umtreibt. Ich glaube aber, uns treibt der Gedanke an den Tod um«, sagte Julia. »Er überschattet alles.«
»Ich habe nicht viel von Freud gelesen«, erwiderte ich, und mir fiel wieder ein, wie Daniel mir erzählt hatte, daß sie eine unermüdliche Leserin war.
»Glauben Sie nicht auch, es ergibt durchaus einen Sinn, daß wir im Innersten schreckliche Angst vor dem Tod haben, wir es aber nicht zugeben können und deshalb über alles jammern? Schauen Sie nur, wie die Leute ihr Leben verbringen: Man möchte meinen, sie hätten alle Zeit dieser Welt. Es macht mich fast verrückt.«

»Aber man kann nicht erwarten, daß die Leute sich ständig mit der Tatsache beschäftigen, daß sie letzten Endes alles, was sie haben und lieben, verlieren werden.«

»Wieso nicht? Das könnte sie zum Nachdenken darüber bringen, was wirklich zählt.«

»Und was zählt wirklich?« fragte ich.

Sie sah mich an, als überlegte sie, ob sie mir ein ungeheures Geheimnis anvertrauen könne. Schließlich meinte sie: »Jemanden zu haben, den man liebt. Mitfühlend zu sein. Jeden Tag intensiv zu leben, so daß man die Dinge wirklich sieht und hört und schmeckt und fühlt.«

Wie wundervoll und selten es doch war, jemand auf diese Art sprechen zu hören. War es das, was mich zu ihr hinzog – daß sie über die wichtigen Dinge redete und nachdachte? Wie mir schien, taten das nur wenige Menschen, so daß ich das Gefühl der Einsamkeit nicht loswurde, vor allem nach dem Krieg nicht.

»Haben Sie denn jetzt das Gefühl, intensiv zu leben?« wollte ich wissen, obwohl mir ein wenig vor ihrer Antwort bangte.

Sie blickte mich an und lächelte. »Ja, das habe ich.«

»Gut.«

Ich hüpfte in einen flachen Graben und fischte eine verbeulte Feldflasche heraus, die noch dicht verschlossen war, schraubte sie auf und schnüffelte daran. »Sauer gewordener Wein«, sagte ich. »Muß ein Franzose gewesen sein.« Ich drehte die Feldflasche um und ließ die Flüssigkeit auf den Boden laufen, dann warf ich sie in den Graben zurück.

»Ich begreife nicht, wie man den Mut aufbringen konnte, anzugreifen. Einfach aufzustehen und auf die Deutschen zuzumarschieren.«

Mir fiel auf, daß sich ihre Gesichtsmuskeln anspannten.

»Es ist schon erstaunlich, was man alles macht, wenn man keine Wahl hat. An der Somme setzte ein britischer Offizier einen Preis für denjenigen Zug aus, der als erster einen Fußball über die deutsche Frontlinie kicken würde.«

»Es wurde Fußball gespielt?«

»Ja, Fußball. Sie wissen schon, Sport ertüchtigt und so.«

»Gütiger Gott. Hat jemand ... gewonnen?«
»Die Briten hatten sechzigtausend Mann Verluste – am ersten Tag. Die Tommies nannten ihn den ›Großen Scheißtag‹.«
Julia preßte sich die Hände an die Stirn und schüttelte langsam den Kopf.
»Haben viele Männer sich geweigert anzugreifen? Die Chancen waren ja wohl entsetzlich gering.«
Als sie mir geradewegs in die Augen sah, wünschte ich mir plötzlich, ihr erklären zu können, was wirklich geschehen war, ihr begreiflich zu machen, was hier stattgefunden hatte.
»Nicht viele. Wer sich weigerte, kam vors Kriegsgericht und wurde sowieso erschossen. Die Franzosen hatten wohl einige Probleme damit. 1917 gab es richtiggehend Meutereien. Ihre Generäle waren ganz versessen auf *l'attaque à outrance* – den Angriff auf Leben und Tod, die *Furia Francese.* Das machte es den deutschen Schützen furchtbar einfach. Ich glaube nicht, daß die Poilus – so nannten alle die französischen Soldaten, es bedeutet ›die Behaarten‹, wegen ihrer wilden Bärte –, ich glaube nicht, daß sie nicht ihr Vaterland verteidigen wollten. Sie protestierten nur gegen diese sinnlosen Angriffe auf Maschinengewehre. Es wurde einfach zuviel.«
»Also wurden sie erschossen?«
»Oder auf die Teufelsinsel deportiert. Es wurde alles ziemlich vertuscht. Und wird es immer noch.«
»Wer hat sie exekutiert?«
»Andere französische Soldaten.«
»Das muß entsetzlich gewesen sein. Von der Front geholt zu werden, um einen der eigenen Kameraden zu erschießen. Ich stelle mir das ganz grauenhaft vor: ein junger Kerl, der es einfach nicht mehr aushält. Mein Gott, wenn eine Mutter das gesehen hätte.«
Die Muskeln ihres Gesichts verhärteten sich wieder. »Waren es viele, die man exekutiert hat?«
»1915 gab es ein französisches Bataillon, das sich weigerte, über die Anhöhe hinüber nach Vimy vorzustoßen. Das ganze Bataillon kam vors Kriegsgericht.«

»Und was hat man mit ihnen gemacht?«
»Man wollte nicht alle exekutieren – zumindest war man sich nicht sicher, ob man das zuwege bringen würde. Statt dessen wurde jeweils ein Mann aus jeder Kompanie zum Tod durch Erschießen verurteilt.«
»Wie wurden die ausgewählt?«
»Der Kommandant jeder Kompanie zog den Namen aus einem Hut. Aber 1917, als die französische Armee fast zusammenbrach, war es noch schlimmer. Auf dem Weg zur Front blökten die Männer wie Schafe.«
Julia wandte ein wenig den Kopf zur Seite. Wir gingen eine Weile schweigend nebeneinander und setzten uns dann an den Rand eines großen Kraters. Sie holte eine Zigarette aus ihrer Tasche, zündete sie an und legte schließlich eine Hand auf ihren silbernen Armreif, den sie langsam hin und her drehte. »Sie wurden doch einmal verwundet, nicht? Daniel hat es erwähnt.«
»Ich bekam Gas ab. Aber nicht viel. Hatte Probleme mit der verdammten Maske. Nach fünf Tagen war ich wieder zurück.«
»Wie war das an dem Tag, als Daniel starb?«
»Ich hatte ein paar Stiche in der Schulter. Eine Gehirnerschütterung. Dann, in den letzten Kriegswochen, bekam ich ein paar Granatsplitter in die Hüfte. Aber keine dauerhafte Verwundung. Ich gehörte zu denen, die Glück hatten.«
Während ich beobachtete, wie sie über den Rand des Kraters spähte, dachte ich an die Verwundeten, die in dem schmutzigen Wasser ertranken, das sich am Boden gesammelt hatte.
»Ich hätte nicht geglaubt, daß es noch so viele Bombenkrater gibt«, sagte sie. »Die Gegend hier ist voll davon.«
»Wir haben eine ziemliche Unordnung hinterlassen, nicht? Männer sind einfach schlampig.«
Sie blickte mich stirnrunzelnd an und fragte: »Wie war das, wenn man unter Beschuß lag?«
Ich lachte laut auf.
»Wenn Sie lieber nicht …«
Ich überlegte kurz. *Versuch es. Versuch es ihr zu schildern.* »Am

schlimmsten war das Ausgeliefertsein, die Hilflosigkeit.« Ich hielt kurz inne und merkte plötzlich, daß mich das mehr erregte, als ich gedacht hatte. »Man konnte einfach nichts dagegen tun. Überhaupt nichts. Man duckte sich und betete und spielte die bekannten Spiele in seinem Kopf, um nicht verrückt zu werden. Man zählte sich sämtliche Gründe auf, warum man wahrscheinlich nicht getroffen würde, oder man sagte sich, daß man ohnehin nichts dagegen tun konnte, getroffen zu werden.
Anders war es mit den körperlichen Empfindungen. Ich könnte Ihnen sagen, daß die Erde zitterte und bebte, aber das würde es nicht wirklich beschreiben. Man hatte eher das Gefühl, daß die Erde bockte und ausschlug, als wollte sie einen abwerfen. Und der Lärm – als würde Ihnen jemand direkt aufs Trommelfell schlagen. Und dann die vielen Dinge, die überall herumflogen, Metallstücke und Holzteile und Dreck und Fleisch und Knochen, wie bei einem Wirbelsturm.«
»Das würde ich nicht aushalten.« Ihre Stimme zitterte. Ich hätte sie so gern in den Arm genommen und festgehalten.
»Das mußte man einfach, es gab keine andere Wahl.«
»Aber nicht jeder konnte das.«
»Einige wurden verrückt.« Ich lachte nervös. »Ein paar mußten wir auf Bahren festbinden. Sie wurden später in die Etappe geschickt, aber nicht für lange. Bei Offizieren war es anders. Wenn Offiziere durchdrehten, fand die Armee meist irgendwelche Vorwände, um sie schnell aus dem Verkehr zu ziehen. Ein paar Wochen Aufenthalt in Nizza, bis ihr Nervenkostüm wieder in Ordnung war.«
Ich erhob mich und ging hinüber zur zerfallenden Schulterwehr eines Grabens, der sich mehrere hundert Meter durch die Landschaft wand. »Wenn ich mich nicht irre, lagen wir irgendwo hier in diesem Sektor in Stellung. Selbst jetzt, nach zehn Jahren, kann man unser Werk noch erkennen. Mir tut schon der Rücken weh, wenn ich es nur ansehe.« Sie kam zu mir herüber. Ich glaube, sie wartete darauf, daß ich noch mehr erzählte, aber ich konnte nicht.
Als ich mich umwandte und über das Feld blickte, fühlte ich einen Druck auf den Ohren und bekam Atemnot. Ich blieb völlig re-

gungslos stehen und konzentrierte mich darauf, mein Gleichgewicht zu behalten. Als ich die Augen fest zusammenkniff und die aufgeblähten, von Fliegen übersäten Leichen mit verrenkten Gliedern und schwarz verfärbten Gesichtern wieder vor mir sah, spürte ich Ekel in mir hochsteigen. Ich sah Proviantbeutel, zerbrochene Spaten, Helme, Gewehre, Stiefel und Fetzen von Uniformen, die im Stacheldraht flatterten. Tiefe Bombenkrater, die halb mit stinkendem Wasser vollgelaufen waren, und im Wind umhertreibende Papierfetzen, Gürtelschnallen und Feldflaschen und Holzstücke und verbeulte Kochgeschirre und Patronengurte und Magazine von Chauchat-MGs und zerbrochene Pickel und Schaufeln, die die malträtierte Erde übersäten. Dann hörte ich das Stöhnen. Ein schreckliches Stöhnen und Schreien, während mir die beißende Luft allmählich Augen und Kehle verätzte. Männer schrien nach ihrer Mutter, nach Wasser, nach einem Sanitäter, nach Morphium, und einige flehten sogar, man solle sie erschießen, ganz schnell, ganz gleich von wem. Mein Gott, diese Schreie!

»Patrick?«

Wärme durchströmte meine Brust. Blut? Nein, das war es nicht. Ich öffnete die Augen und sah Julia vor mir. Sie starrte mich an, eine Hand sanft auf meinen Arm gelegt.

»Geht es Ihnen nicht gut?«

Der Wind blies mir heftig ins Gesicht. Blätter wirbelten über den Dreck. *Es ist vorüber.* Ich blinzelte ein paar Mal, dann stieg ich von der Schulterwehr herunter. Gefaßt. »Ist schon wieder vorbei«, sagte ich.

»Bestimmt? Ich habe keine Vorstellung, wie das hier auf Sie wirkt.«

Mir zitterten die Knie. »Wir müssen aufpassen, wo wir hintreten. Hier im Boden steckt noch so viel scharfe Munition, daß sie wahrscheinlich für einen weiteren Krieg reichen würde.«

Sie musterte mich immer noch eindringlich. Was sah sie? Konnte sie tief in mein Inneres blicken?

Wir gingen ein paar Schritte, dann blieb ich stehen und zündete mir eine Zigarette an. Ich inhalierte tief und blies in einem gleichmäßigen Strom den Rauch aus dem Mundwinkel.

»Es gibt etwas, das ich Sie schon die ganze Zeit fragen wollte«, sagte sie und drehte dabei ihren Armreif langsam hin und her.
»Und das wäre?«
»Glauben Sie an Gott?«
»Nein.«
»Überhaupt nicht?«
»Überhaupt nicht.«
»Ich auch nicht. Aber das hinterläßt ein tiefes Loch, finden Sie nicht auch?«
»Ein riesiges.« Ich nahm wieder einen tiefen Zug von meiner Zigarette. »Im Friedhof von Ypres gibt es einen hölzernen Kreuzgang. Zwischen dem Kreuz und der Christusfigur ging eine deutsche Granate nieder, explodierte aber nicht. Sie steckt immer noch dort, eingeklemmt im Holz.«
»Glauben Sie ...«
»Nein. Bei Hunderten von Millionen Granaten, die abgefeuert wurden, mußte so etwas zwangsläufig einmal passieren. Es ist nur kurios.«
»Haben viele Soldaten gebetet?«
»Klar. Ich ebenfalls. Warum auch nicht?«

I dreamed kind Jesus fouled the big-gun gears;
And caused a permanent stoppage in all bolts;
And buckled with a smile Mausers and Colts;
And rusted every bayonet with His Tears.

»Stammt von Wilfred Owen. Das ist eine Angewohnheit, die ich von Daniel übernommen habe: mir Splitter und Teile von Dingen zu merken.«
»Es ist eine schöne Angewohnheit«, meinte sie, lächelte mich an und fügte hinzu: »Ich glaube nicht, daß es die meisten Menschen ohne den Glauben an einen irgendwie gearteten Himmel aushalten.«
»Sie halten es nicht einmal mit einem solchen Glauben aus«, erwiderte ich.

Sie lachte. »Aber wenn man ihnen den Glauben nimmt, wenn sie also nicht an einen Ort glauben können, der besser und freundlicher und gerechter ist, dann müssen sie sich das Leiden hier auf Erden irgendwie erklären. Sie müssen einen Sinn in diesem Leben, hier auf Erden, finden.«

»Was niemand kann.«

»Genau. Und gerade deshalb gibt es so viel Verzweiflung.«

»Verzweiflung? Welche Verzweiflung? Sehen Sie hier irgendwo Verzweiflung?«

Sie puffte mich in die Rippen. Ich puffte zurück, dann nahm ich ihre Hand in die meine.

Als wir zum Auto zurückgingen, wandte sie sich plötzlich zu mir um und sagte: »Am Tag nach meiner Ankunft hörte ich von einer Frau auf dem Gemüsemarkt eine schreckliche Geschichte. Vor drei Jahren stieß ein junger französischer Bursche auf eine deutsche ... Stielhandgranate. Heißt das so? Jedenfalls muß sein Vater beim Pflügen dieses Ding nach oben befördert haben. Als der Vater nun sah, wie sein Sohn, die Granate in der Hand, über den Acker lief, rief er ihm zu, er solle sie fallen lassen und wegrennen. Aber der Junge schleuderte sie so heftig zu Boden, daß sie explodierte.«

»Ist er gestorben?«

»Drei Tage darauf.«

Der Wind wehte ihr die Haare ins Gesicht, so daß sie sich umwandte. »Und die Frau auf dem Gemüsemarkt konnte gar nicht fassen, daß der Vater dieses Jungen vier Jahre lang im Krieg gekämpft hatte, ohne einen Kratzer abzubekommen.«

*

Ich glaube, ich werde verfolgt. Ich habe es erst diese Woche gemerkt, als – ganz gleich, wohin ich ging – ständig Helen McCrackle auftauchte. Entweder ist das eine merkwürdige Reihung von Zufällen oder Helen hat ein Auge auf mich geworfen. Leider hat sie überhaupt kein Sitzfleisch, was es noch schwieriger macht, ihr aus dem Weg zu gehen.

Für eine, die schon auf die Hundert zugeht, ist Helen ja ganz nett.

Aber sie lauert mir ständig auf und löchert mich mit Fragen über meine Gesundheit und meine Enkel, manchmal zwei Mal am Tag. Und sie starrt mich mit ihren mattgrauen glasigen Augen an wie ein Hund, der einem beim Essen zusieht. Wenn ich zurückstarre, lächelt sie und nickt wissend, als hätten wir beide ein geheimes Bündnis miteinander geschlossen.

Ich habe ein Photo von Helen gesehen, aus ihrem früheren Leben. Es ist ein Schwarzweißbild, neun mal dreizehn, und steht in einem silbernen Schmuckrahmen auf ihrer Kommode. Zumindest behauptet sie, daß sie das in früheren Jahren sei. Ich habe da meine Zweifel. Die Frau auf dem Photo steht an einer Reling, die Hände übereinandergelegt, und blickt in die Ferne, als sähe sie dort ein Schiff am Horizont verschwinden. Sie ist schätzungsweise an die Dreißig, und sie ist schön. Ihr kastanienbraunes Haar fließt zu beiden Seiten ihres sanft geschnittenen Gesichts herab.

Die beiden Helens haben keine Ähnlichkeit miteinander. Absolut nicht. Nahezu unvorstellbar, daß die eine sich in die andere verwandelt hat. Die jetzige Helen kann ich nicht ansehen, ohne daß mir der Gedanke kommt, sie sei eine tragische Mutation; eine bösartige Zwillingsschwester, die Helen die Jüngere aus Eifersucht und Bosheit umgebracht, sie mit einem Kissen erstickt und unter der Terrasse verscharrt hat.

Und nun ist Helen die Ältere unablässig hinter mir her.

»Wie geht es dir heute, Patrick?«

Ich lasse mir ein paar Sekunden Zeit, bevor ich von meinem Buch aufblicke, in der Hoffnung, daß sie meine Unaufmerksamkeit registriert.

»Gut, danke.«

»Und den Enkeln?«

»Gut, danke«, murmle ich in mein Buch hinein.

»Wie viele sind es gleich wieder? Vier, nicht wahr? Oder waren es fünf?«

»Drei.«

»Ja, drei. Natürlich. Und du hast auch Urenkel, nicht wahr, Patrick?« Der Schwung in ihrer Stimme sagt: »Du alter Bock, du.«

»Ja. Auch drei.«
»Drei und drei.« Sie sagt immer »drei und drei«. »Und wie geht es denen?«
»Gut, danke.«
Langsam hebe ich mein Buch immer höher, bis es mein Gesicht verdeckt.
»Für welche Aktivitäten hast du dich denn heute nachmittag angemeldet? Um drei gibt es einen Kurs in Pappmaschee.«
»Ich habe mich heute für überhaupt nichts angemeldet.«
»Ach. Ich übrigens auch nicht.«
Einmal habe ich versucht, Helen abzuschütteln, indem ich beim Vordereingang rausging, dann so schnell ich konnte ums Haus flitzte und hinten wieder rein bin. Seit diesem Tag weiß ich, daß Helen schneller ist als ich.
Dingeling! machte Evelyn Stouffers Eieruhr, die sie als Ersatz für das Kurzzeitgedächtnis im Schoß liegen hatte. Dingeling! Zeit für das Frühstück. Dingeling! Zeit zum Mittagessen. Dingeling! Zeit, die Medikamente einzunehmen. Dingeling! Zeit, zu Bett zu gehen. Das Problem ist, daß Stouffer schwerhörig ist, so daß sie das Klingeln der Eieruhr nur mitbekommt, wenn sie das Vibrieren auf dem Schoß spürt.
»Evelyn, deine Uhr hat geschellt!« brüllte ich.
»Wie?« Sie sah mit diesem benebelten, leeren Alzheimer-Blick herüber.
»Deine *Uhr*, Evelyn. Sie hat geläutet!« schrie Helen.
»Ach, meine *Uhr*. Komisch, ich hab' sie gar nicht gehört.« Sie hielt sie sich vors Gesicht und starrte sie an. »Schon Mittagessen?«
»Wir hatten doch gerade erst Mittagessen«, erklärte ich und fragte mich, ob Evelyn nicht die eine oder andere ihrer Zimmergenossinnen in den Wahnsinn getrieben hatte.
»Wie? Tja, das ist komisch. Ich nehme meine Pillen doch gleich nach dem Mittagessen, wenn der Magen nicht mehr leer ist, wißt ihr. Warum habe ich mir dann die Uhr gestellt?« Sie hielt sie wieder hoch und starrte sie erneut an, als würde sie von ihr Aufklärung erhalten.

Ich erhob mich abrupt und hoffte, daß Helen in Evelyns Verwirrung verstrickt blieb.
»Wo gehst du denn hin?« fragte Helen.
»Auf die Toilette. Ich gehe auf die Toilette.«
Sie verzog das Gesicht zu diesem wissenden Lächeln, das Liebespaaren eigen ist, nur daß dieses Lächeln durch Dutzende von Furchen auf ihrem krokodilartigen Gesicht gebrochen wurde, Furchen wie ausgetrocknete Flüsse samt Nebenarmen, die man vom Weltraum aus sieht.
Ich drehte mich um und floh.

DAS BAJONETT (SEITENGEWEHR)
BEZEICHNUNGEN UND BESCHREIBUNG

Das Bajonett ist eine Stoßwaffe, bestehend aus drei Hauptteilen, nämlich Schneide, Parierstange und Heft. Die Schneide hat folgende Teile: Klinge, stumpfer Rücken, Hohlkehle, Spitze und Angel. Die Länge der Schneide von der Parierstange bis zur Spitze mißt 40,6 cm, die der Klinge 36,8 cm. Mit aufgepflanztem Bajonett mißt das Gewehr 150,8 cm. Das Gewicht des Bajonetts beträgt 453 Gramm; ohne Bajonett wiegt das Gewehr 7,8 Pfund. Bei aufgepflanztem Bajonett liegt der Schwerpunkt des Gewehrs unmittelbar hinter der Kimme.

– *Handbuch des Bajonetts, Kriegsministerium, 1913.*

Kurz nach drei Uhr morgens begannen uns die Deutschen zu bombardieren. In Erwartung ihres Angriffs hatten wir uns auf einem Akker südwestlich von Soissons eingegraben, als die ersten mörderischen Einschläge mir fast das Trommelfell zerrissen.
O Scheiße, das halte ich nicht aus. Dreckklumpen prasseln mir gegen Schultern und Helm. Ich presse mich gegen die Grabenwand. Schreie. Wer ist das? Ich werde nach hinten geschleudert, dann zu Boden. In meiner Wange sticht etwas. Sie ist feucht. Ich kauere mich immer mehr zusammen, wie eine Schnecke am Boden. Etwas Metallisches streift meinen Helm. Meine linke Hand schmerzt. Eine Gassirene? Nein, das sind die niedergehenden Granaten. Oder? Meine Gasmaske hängt in einem Beutel um meinem Hals, aber der hat sich wohl verheddert. Alles scheint durcheinander ge-

raten zu sein. Etwas hebt mich hoch und schleudert mich mit aller Gewalt wieder zu Boden. Mir ist speiübel. Ich kann nicht mehr. O Scheiße, Herr im Himmel.
Wieder hochgerappelt. Bin ich verwundet? Ich sehe auf Arme, Beine, Brust. Noch alles dran. Weiter hinten im Graben hält sich Tometti die Photographie von Teresa krampfhaft vors Gesicht und summt dabei ein Lied, während ihm die Tränen über die Wangen laufen.
Wieder eine Detonation, erneut liege ich am Boden. Eine Hand packt mich an der Schulter. Jemand zieht mich hoch. Es ist Daniel. Er deutet nach links, wo die Grabenwand eingebrochen ist. Männer beginnen zu schaufeln. Daniel schnappt sich einen Spaten und drückt ihn mir an die Brust. Los!
Mir schmerzen die Arme, als ich den Spaten in den Dreck steche; tief tief tief muß ich graben, noch tiefer. Etwas trifft mich im Gesicht. Meine Nase blutet. Weine ich? Mein Gesicht ist so naß. Wieder stürze ich zu Boden. Wer schreit da? Mein Trommelfell birst. Hört mit dem Lärm auf, bitte. Was liegt da auf der Erde? Ein Kopf. Johnson. Ich kotze.
Die Granaten schlagen jetzt weiter hinter uns ein. Ich stehe wieder auf den Beinen, benommen. Himmel, alles ist voller Rauch. Ich kann nichts sehen.
»Bajonette aufpflanzen!«
Jesus Christus. Mir zittern die Hände, als ich den stählernen Befestigungsring zu schließen versuche. Schneller, schneller, schneller. Vor und hinter mir im Graben höre ich, wie Dutzende von Bajonetten einrasten. Die Kotze brennt mir in der Kehle.
»Die Deutschen kommen!«
Hinter unseren Linien steigen Leuchtbomben auf und schweben, als würden sie von neugierigen Gespenstern hochgehalten, über uns. Zu meiner Rechten feuert ein Hotchkiss, Männer schreien und schießen, und ich höre ein gewaltiges Brüllen von jenseits der Schulterwehr. Ich klettere hoch, spähe über die Kante und sehe die Silhouetten von Männern, die auf mich zustürmen; Hunderte und Aberhunderte von Männern mit blitzenden Bajonetten und aufflammenden Gewehren. Sie kommen wegen mir.

Heilige Mutter Gottes.
Ich ziele und feure und lade und ziele und feure, während die Gestalten immer näherkommen, und jetzt erkenne ich Gesichter, Gesichter von jungen Kerlen und Männern mittleren Alters, die auf mich zurasen, und mein ganzer Körper will umkehren und davonlaufen und sich vor diesem Horror verstecken. Ihr Schweine!
Plötzlich preßt sich ein Gewicht gegen meine rechte Seite, und ich greife danach und drücke und ziehe, bis ich das Gesicht von Mark Castings sehe, kaum achtzehn, beleuchtet vom Mond. Sein Kinn hängt ihm seitlich auf die Schulter. Ich drehe mich um und lade und feure. Die Gestalten zögern. Ich beobachte, wie sie zu Boden stürzen. Die übrigen machen kehrt und laufen zurück.

*

Ich sehe den Mond, der Mond sieht mich, der Mond sieht jemanden, den ich gerne sehen möchte …

*

»Verdammte Scheiße, sieh dir das mal an«, sagt Giles, der quer über dem Kinn eine lange Schnittwunde und in den Augenbrauen getrocknete Erde hat. Die Sonne scheint, und ich spähe über die Schulterwehr. Dort liegen Dutzende, vielleicht Hunderte von Körpern. Manche bewegen sich noch. Und Fliegen. Überall Fliegen. Ich kann nichts essen.
»Stell dich nicht so blöd an, Delaney«, keift John Galston, Sergeant unserer Einheit, und deutet mit dem Löffel auf mich. Er war früher Polizist in Brooklyn und hat einmal die ganze Mannschaft eines deutschen MGs totgeschlagen. Galston ist klein und dick und dauernd in Aktion. »Ein Soldat kann immer essen. Alles, überall und jederzeit. Iß oder ich tret dir in den Arsch.«
Also esse ich, anschließend kotze ich alles wieder aus.
»Du bist eine gottverdammte Landplage. Man sollte dich in die Scheiß Etappe stecken zum Scheiß Wäschefalten.«
Liebend gern würde ich jeden verdammten Scheiß falten.

Gott segne den Mond, und Gott segne mich, und Gott segne jemanden, den ich gerne sehen möchte.

*

Am nächsten Morgen gehen wir zum Gegenangriff über. Daniel kauert neben mir, läßt die zehn Patronentaschen an seinem Gurt eine nach der anderen aufschnappen und schließt sie wieder.
»Alles in Ordnung?« fragt er.
»Alles in Ordnung.« Ich ziehe den braunen Lederriemen meines Helms straffer, dann fahre ich mit der Hand über den hölzernen Griff des Grabenmessers, das links an meinem Patronengurt hängt.
Um vier Uhr früh legt unsere Artillerie los. Zuerst die 155er, dann die 75er. Um fünf Uhr morgens, als unser Trommelfeuer einsetzt und alle fünf Minuten um hundert Meter weiter vorrückt, springen wir aus dem Graben.
»Bleib immer dicht an der Feuerlinie«, sagt Daniel.
»Ja, hoffentlich versauen sie's nicht«, erwidere ich.
Verzweifelt versuche ich, mein Zittern abzustellen. Daniel legt mir die Hand auf die Schulter. Ich sehe, daß sein Daumennagel vollständig abgerissen ist. »Paß auf: Du brauchst nichts weiter zu tun, als zusammen mit uns allen deinen Arsch aus dem Graben zu hieven, wie der Teufel loszurennen und auf alles zu schießen, was sich bewegt. Sei nicht der erste und nicht der letzte. Vielleicht holen wir uns sogar ein paar Souvenirs.«
Ja. Gut. Kapiert. Einfach rauskriechen und rennen. Das kann ich.
Wir sind ungefähr vierhundert Meter von der vordersten deutschen Linie entfernt, die an manchen Stellen mit zehn Meter tief gestaffeltem Stacheldraht geschützt ist. Galston warnt uns, daß einige deutsche Maschinengewehrnester unweigerlich den Beschuß überstehen werden. »Macht sie fertig, dann ist der Rest ein Kinderspiel«, meint er.
»Ja, kein Problem.«
Um vier Uhr dreißig muß ich dringend pissen, also laufe ich schnell durch den Graben Richtung Latrine, quetsche mich an Dutzenden

von zusammengekauerten Gestalten vorbei und stolpere zweimal über Rohrbomben. Bis jetzt verhalten sich die Deutschen ruhig, entweder sind sie auf dem Rückzug oder tief in ihren Gräben verschanzt, die – wie mir aufgefallen ist – viel besser sind als unsere.
Wieder auf meinem Posten, überprüfe ich mein Bajonett und kontrolliere, ob alle meine Taschen zugeknöpft sind. Mir brennen die Augen von dem schmutzigen Schweiß, der mir übers Gesicht läuft. Neben mir betet jemand den Rosenkranz. Der Gestank nach fauliger Erde, Schwefel, Scheiße und Urin erscheint mir ungewöhnlich stark. »Falls mir etwas zustößt, möchte ich, daß du an Julia schreibst, ihr mein Tagebuch schickst und dich um sie kümmerst«, sagt Daniel. Ich nicke. »Falls dir etwas zustößt, verspreche ich dir, daß ich nach dem Krieg deine Eltern aufsuchen werde.« Wieder nicke ich und stelle mir vor, wie Daniel, in einer schneidigen neuen Uniform, über und über mit Auszeichnungen behängt, den Hut in der Hand, bei uns zu Hause läutet. Und meine Mutter stellt ihre Teetasse auf den Unterteller zurück, legt sich den Schal um die Schultern und geht an die Tür.
»Noch zehn Minuten, Jungs.«
Ich ziehe den Helm noch einmal straffer, klopfe auf den Proviantbeutel, der mir um den Hals hängt, und greife zu meiner Gasmaske. Dann kontrolliere ich den Schlagbolzen meines Gewehrs, streiche mit der Hand über den glatten Schaft, befühle den Gurt mit den Patronen und Handgranaten und die metallenen Schlagringe am Griff des Grabenmessers und – Gott, mein Mund ist so trocken.
Das Bombardement unserer Artillerie geht plötzlich weiter vorne nieder. Auf der anderen Seite des Feldes bei den Deutschen ist immer noch alles ruhig. Ich blicke zur Seite und sehe Daniel, Giles, Lawton und Tometti, alle mit starrer Miene. Mir laufen plötzlich Tränen übers Gesicht.
Mama, mir ist schlecht.
Die schrille Pfeife des Captains ertönt.

*

Sechs von uns sitzen im Aufenthaltsraum, mürrischer als sonst. Emmett O'Rourke ist heute morgen gestürzt. Als er vom Frühstückstisch aufstand, hat er sich auf dem weißen Linoleumboden die linke Hüfte und den Ellbogen gebrochen. »Walt Wallers ist das gleiche passiert, und nach einem Monat war er tot«, sagt Mitzie Smith, eine unangenehm muntere Mitbewohnerin, auf deren fröhlichem Gesicht die Spuren von nahezu neun Jahrzehnten Dauerlächeln - nur Gott weiß worüber - eingegraben sind.

»Tja, ich glaube, Emmett hat sich bereit gemacht«, meint Bernie Mumford, der gerade auf seine Gehhilfe gestützt hereinschlurft und uns mit seinem unbarmherzigen Grinsen überschüttet. »Bereit für die Wiedervereinigung mit Lyddia.«

Bernie ist der selbsternannte Kaplan von Great Oaks und ständig auf der Suche nach Heimbewohnern, die er zur Reue und Aussöhnung bewegen kann, bevor ihr letztes Stündlein schlägt. Heute morgen sieht er besonders aufgeregt aus, als er in unser Schweigen platzt, und seine wilden Augenbrauen wandern ständig wie Jalousien rauf und runter. »Also, Jack, was würdest du anders machen, wenn du noch einmal von vorn anfangen könntest?« fragt er und bringt seine Gehhilfe zum Stehen. Mit Jack ist in Wirklichkeit das Lästermaul Oscar gemeint, der durch die Sauerstoffmaske vor dem Mund daran gehindert wird, Gemeinheiten abzusondern. Aber Bernie nennt alle Männer »Jack« und alle Frauen »Meine Liebe«.

»Bei Gott, ich würde alles anders machen«, sagt Oscar. Das mag ich so an ihm: Er ist immer noch voller Feuer. Wenn er nicht so schlecht riechen würde, könnte ich mich mit ihm vielleicht sogar anfreunden.

»Alles?« Bernie zieht ein verblüfftes Gesicht.

»Er nimmt uns auf den Arm«, meint Mitzie ziemlich vorsichtig. Mitzie gehört zum Typus des spindeldürren homo kaum-erectus mit blauem Haar, die vorherrschende Spezies hier in Great Oaks. Ihr Rückgrat ist so krumm wie ein verdörrtes Seepferdchen, so daß sich beim Stehen ihr Buckel auf gleicher Höhe wie ihr Kopf befindet. Sie ist herzkrank, leidet an grünem Star und hat die Angewohnheit, inmitten jeder Mahlzeit einzuschlafen, manchmal noch mit unzerkautem Essen im Mund.

»Alles außer der Dreierwette, die ich 1967 in Del Mar gewann, und der Zeit in der Sycamore High School 1923, als ich gegen die Trojans drei Homeruns geschafft habe und wir dadurch Landesmeister wurden.« Einige von uns zucken zusammen, weil sie fürchten, daß Oscar wieder einmal in einen Monolog über seine glorreichen Tage in Sycamore fällt.
»Wie kommt man nur zu einer solchen Einstellung?« fragt Bernie.
»Soll ich euch erzählen, wie ich dreißig Jahre in der Stahlindustrie vergeudet habe?« fährt Oscar fort und nimmt einen kräftigen Zug Sauerstoff durch die Nase.
»Nein!« schreit ein halbes Dutzend Leute auf.
»Sag uns lieber, was du anders machen würdest«, dränge ich.
»Zuerst einmal – ich hätte nie geheiratet.«
»Ich dachte, du hast Rose geliebt«, erwidere ich.
»Natürlich habe ich das. Es tut mir nur leid, daß ich sie geheiratet habe.« Er nimmt erneut einen tiefen Zug Sauerstoff. »Was ich wirklich wollte, war Baseball spielen. In der Oberliga. Und vielleicht ein paar Filmstars kennenlernen. Aber es kam so, daß ich Rose geheiratet und Stahl verkauft habe. Verstehst du, was ich meine?«
»Ich verstehe«, sage ich.
»Und wie ist es mit dir, Mitzie?« fragt Bernie.
»Ach, ich hätte nicht alles anders gemacht«, zirpt Mitzie. Als ich in Great Oaks einzog, schien Mitzie mit mir anbandeln zu wollen, aber seit einiger Zeit himmelt sie Bernie an. Mir hätte nichts Besseres passieren können. »Ich bin stolz auf das, was ich getan habe. Stolz darauf, wie ich meine Kinder aufgezogen habe. Stolz auf meine Enkel. Ich danke Gott für diese Gnade.«
Amen. Aber ich frage mich: War Mitzies Leben wirklich besser als das der meisten, oder hat sie es nur mehr geschätzt, oder sieht sie es im nachhinein anders? Ich vermute, sie verklärt es, das ist der entscheidende Dreh. Willst du in Würde alt werden, dann picke dir die richtigen Erinnerungen heraus. Das Alter verbringt man am besten am Schneidepult, stutzt dabei sein Leben auf die größten Höhepunkte zurecht und spult diese wieder und wieder ab, bis das Band schließlich abschaltet.

»Ich habe mir immer gewünscht, bei einem Abendball die Schönste zu sein«, sagt Helen und wirft dabei ein Auge, oder was davon noch übrig ist, auf mich. »Wo all die hübschen jungen Männer, die Crème der Gesellschaft, um meine Aufmerksamkeit buhlen.« Sie seufzt theatralisch und zwinkert mir zu. »Macht nichts, ich hatte auch meine gute Zeit.« Sie preßt die Hand an die Wange, als würde sie gerade aus einem Anfall von Schwermut erwachen. »Manchmal fühlte ich mich so hübsch, so klasse, daß ich einfach ausgehen mußte, um *gesehen* zu werden.«

»Noch jemand?« fragt Bernie, schürzt die Lippen und fängt an zu pfeifen, was für mich ein weiterer Grund ist, weshalb er mir auf die Nerven geht: Er pfeift ständig vor sich hin, als würde er uns einen Gefallen tun, wenn er für ein bißchen Hintergrundgeräusch sorgt.

»Ich hätte gern Klavierspielen gelernt«, flüstert Howard Bullard. Er flüstert immer und hat immer dieselbe limonengrüne Strickjacke mit den Ketchupflecken an. »Immerzu habe ich mir gewünscht, ich könnte Klavier spielen.« Howards fahle, sargträgergleiche Blässe läßt ihn wie einen jüngeren Mann erscheinen, der sich als Greis geschminkt hat. Er zwinkert ständig hinter seiner dicken Brille, die seine Augen riesig vergrößern, so daß es aussieht, als stünde er immer direkt neben einem und würde mit Mühe die Tränen oder ein Niesen unterdrücken.

»Und warum hast du es nicht gelernt?« fragt Mitzie.

»Meine Mutter hat jahrelang gespielt. Wunderbar.« Er hält kurz inne und schüttelt mit einem gequälten Lächeln den Kopf. In diesem Augenblick kommt mir in den Sinn, daß Howard wohl einer der nettesten Menschen in Great Oaks ist. »Ich weiß noch, wie ich nach dem Abendessen auf ihrem Schoß saß und zusah, wie ihre Hände über die Tasten glitten.« In Howards lebhafter Miene sehe ich seine Mutter. »Nach ihrem Tod habe ich ihr Klavier geerbt, einen Baldwin-Stutzflügel. Aber als mein Sohn Chris erkrankte, mußten wir es verkaufen, um die Arztrechnung zu bezahlen. Wegen der Depression und so.«

»Und wie ist es mit dir, Jack?« Bernie späht über seine Gehhilfe hinweg zu Jim Runyon hinüber, einem hochdekorierten Veteran des Koreakriegs, der schon mit fünfundsechzig durch mehrere Schlaganfälle gebrechlich war.

Ich versuche einzugreifen und lege meine Hand auf Runyons Arm. Er sieht verwirrt aus.

»Fragen wir lieber jemand ...«

»Ich hätte meinen Sohn nach Kanada gebracht«, sagt Runyon. Beim Sprechen wackelt sein Kopf leicht. Runyons Sohn Timothy – sein einziges Kind – wurde 1968 in Vietnam mit einem Säbel der Bauch aufgeschlitzt, als er versuchte, es seinem Vater gleichzutun. Alle schweigen. Ich drücke seinen Arm. Runyon beginnt zu weinen, wie er es mehrmals am Tag und vor allem zu den Mahlzeiten tut. Er sackt dann in seinem Rollstuhl nach vorn und starrt auf der Suche nach seinem Sohn in die Vergangenheit zurück.

Ich gehe nach draußen und bleibe stehen, beide Hände auf den geschnitzten Holzgriff des dunkelbraunen Spazierstocks gestützt, den mir meine Kinder nach meinem Herzinfarkt zu Weihnachten geschenkt haben. Der Wind frischt auf, und die Wolken sehen entfärbt aus wie frische Prellungen. Ich hebe ein wenig den Kopf. Es riecht nach einem aufziehenden Gewitter, ein sehr angenehmer Geruch, fast beruhigend. Langsam schließe ich die Augen, öffne sie aber wieder, als der Wind mir ins Gesicht schlägt. So fühlt sich für mich Natur an: eine kühle Brise mit dem Geruch von Rinde auf dem Gesicht. Sogar die Vögel sind jetzt still. Das einzige vernehmbare Geräusch ist der Wind, der mir um die Ohren streicht, und das sanfte Zischen der Luft in meiner Luftröhre, als würde mir die Erde ihren frischen Atem einhauchen. Seltsam, aber als ich zu den großen Eichen jenseits des Rasens hinüberblicke, meine ich, im Schatten ein Gesicht zu sehen.

Daniel?

Aber das kann doch nicht sein?

Ich klammere mich mit aller Kraft am Spazierstock fest.

Die Menschheit ist verrückt! Sie muß verrückt sein, wenn man sich ansieht, was sie tut. Was für ein Massaker! Was für Szenen des Schrekkens und des Gemetzels! Ich finde keine Worte, um meine Eindrücke wiederzugeben. Nicht einmal die Hölle kann so schrecklich sein. Die Menschen sind verrückt!

– Alfred Joubaire, Französische Armee, Tagebucheintrag vom 23. Mai 1916, kurz vor seinem Tod bei Verdun.

Als wir an jenem Abend ins Hotel zurückkamen, war es fast dunkel. Auf dem Bürgersteig verkaufte ein einbeiniger Franzose Tabak. Hatte ich sein Gesicht nicht auf der Straße von Paris nach Metz gesehen?

In der Eingangshalle reichte ich Julia ihren Rucksack.

»Darf ich Sie zum Abendessen einladen?« fragte ich.

»Ich bin sehr müde. Trotzdem danke.« Bereits auf dem Weg zur Treppe blieb sie noch einmal stehen: »Ich dachte daran, morgen vielleicht ein wenig zu malen. Wollen Sie mir Gesellschaft leisten?«

»Sehr gerne.«

Sie lächelte. »Also dann bis morgen.«

Ich nickte. »Bis morgen.«

Nachdem sie nach oben gegangen war, trat ich wieder auf die Straße und kaufte dem Franzosen eine Zigarre ab. Er sprach zwar kein Englisch, gab mir aber mimisch zu verstehen, daß er erkannt hatte, was uns verband. Ich überquerte die Straße und ging in eine kleine Bar, wo ich einen Krug Rotwein bestellte. Der Schankkellner grinste und sagte etwas über die Prohibition in Amerika. Dann tat er so, als hielte er ein Maschinengewehr in der Hand und ahmte mit seinen Lippen das Stakkato des Feuerns nach, wobei ich einen wahren Speichelregen abbekam.

»Ja, verrückt, nicht wahr?« sagte ich und trug den Krug zu einem kleinen runden Holztisch in der Ecke, der mit Brandflecken von Zigaretten übersät war. Dort blieb ich eine Stunde lang sitzen, nippte an dem kleinen, an einer Seite angeschlagenen Glas und nickte ab und zu einigen der Männer an den übrigen Tischen zu, die Karten spielten, lachten und unablässig rauchten.

Was in Gottes Namen machst du, Patrick? Plötzlich überwältigt von dem vertrauten Gefühl der Absurdität, lächelte ich in mich hinein. Darum ging es im Krieg doch eigentlich, oder etwa nicht? Um

den endgültigen Beweis der gigantischen, monströsen Absurdität des Menschseins. Liebt und sterbt, ihr erbärmlichen Dreckskerle. Die Franzosen und Briten verstanden das: daß der Krieg alles veränderte und aus der Menschheit und all ihren hilflosen Göttern Narren machte.
Und so sitze ich hier vor meinem Wein, und das einzige, woran ich denken kann, ist diese Frau, die ich eben erst kennengelernt habe. Auch absurd. Wirklich unmöglich. Sieh mal, Paddy, alter Knabe, du hast doch schon eine Frau und eine Familie. Eine gute Frau und einen wundervollen Sohn. Und deshalb scheißt du dir jetzt in die Hosen. Und das Verfluchte, das Gottverfluchte daran ist, daß du dir geschworen hast, nach dem Krieg vor nichts mehr Angst zu haben.
Nachdem ich den Wein getrunken hatte, machte ich mich zu einem Spaziergang durch die Stadt auf. Ein wenig schwankend streifte ich durch die engen nassen Straßen, die vom Mondschein besprenkelt waren, halb in der Erwartung, auf Gruppen von betrunkenen, grölenden Soldaten zu stoßen. Ich begann im Nordteil der Stadt und wählte meinen Weg so, daß er einen Kreis beschrieb. Die Luft war warm und feucht, und ich fragte mich, ob irgend jemand außer mir diese Atmosphäre mit Kindheit assoziieren würde, mit bloßen Füßen, nassem Gras, Glühwürmchen, Hitzegewittern und dem wiederholten Rufen der Mutter, doch endlich zum Essen ins Haus zu kommen.
Rechts neben einer Kirche fiel mir ein kleiner Friedhof mit einem rostigen schmiedeeisernen Zaun auf. Die Grabsteine und Statuen standen ganz schief, wie bei einem schlechten Gebiß, manche waren noch weiß, andere verwittert und schwärzlich. Es gab auch Engelsfiguren, einige davon in ehrfürchtiger Verbeugung, andere mit gesenktem Kopf und gefalteten Händen, hilflos und verwaist. Ich dachte an Julia und Daniel und daß das Wichtige vielleicht ist, jemanden zu haben, der um einen trauert. Zu wissen, daß Engel sich in Trauer verbeugen.
Ich hörte Gelächter und sah ein Stück weiter in der Straße ein französisches Pärchen, das Schulter an Schulter ging, als wollten sie einander stützen. Sie mußten jung sein, ältere Paare gehen kaum so. In diesem Zustand hat Daniel Julia verlassen, eingefroren in der

Zeit, als sie jung waren und sich beim Gehen noch aneinander schmiegten. Sie trägt für immer die Erinnerung an eine vollkommene Liebe in sich, was es ihr schwierig macht, einen anderen zu lieben. Es bricht einem das Herz, wenn man in Konkurrenz zu Engeln treten muß.

Ich zündete mir eine Zigarette an und warf das Streichholz in eine kleine Pfütze.

Wer ist also besser dran, derjenige, der lange genug die Liebe erlebt, um zu sehen, wie Teile davon zwangsläufig verblassen, oder derjenige, der die Liebe verliert, wenn sie noch unverdorben ist? Ich glaube, jeder der beiden ist auf andere Weise einsam, obgleich man beim Verlust einer noch vollkommenen Liebe wenigstens eine Erklärung für seinen Kummer hat, während dies nicht der Fall ist, wenn sie einem langsam in den Händen zerbröckelt.

Als ich zum Hotel zurückkehrte, fiel mir auf, daß ein Fenster im zweiten Stock noch erleuchtet war, vielleicht Julias Zimmer. Einige Minuten lang blieb ich auf der Straße stehen, weil ich hoffte, im Licht einen Schattenriß zu sehen. Dann trat ich ins Hotel, winkte dem Nachtportier zu, der in einem Sessel in einer Ecke bei der Treppe halb schlief. In meinem Zimmer zog ich die Schuhe aus, schloß die Fensterläden und legte mich angezogen aufs Bett. Ich schlief auf der Stelle ein.

*

Ich glaube, ich liebe dich, Julia.

Du träumst schon wieder.

Aber du bist doch hier. Hier bei mir. Morgen werden wir wieder zusammensein, und ich sehe dir beim Malen zu, bringe dich zum Lachen und erzähle dir von all den Dingen in mir.

Das war vor sehr langer Zeit.

Nein, nein, das stimmt nicht. Wie kannst du das sagen? Morgen. Wir werden morgen wieder zusammensein. Ich habe den Portier ein wunderbares Picknick für uns zusammenstellen lassen. Ich muß dir so viel erzählen! Und du mußt mir alles von dir erzählen, worüber du nachdenkst und was du hoffst und …

Aber Patrick …

Habe ich dir schon gesagt, was für einen wunderbaren Tag ich heute erlebt habe? So schön wie seit Jahren nicht mehr. Weißt du, ich habe seit langer Zeit nicht mehr richtig mit einem Menschen gesprochen. Was ich sagen will, ist, daß ich nach Daniels Tod niemand mehr kennengelernt habe, mit dem ich wirklich hätte reden können, jedenfalls auf diese Weise. Ich hatte es schon aufgegeben, verstehst du? Kannst du dir das vorstellen? Aber es stimmt. Bevor ich dich traf, hatte ich es aufgegeben. Aber du hast mich eines Besseren belehrt.

Patrick …

Und habe ich dir schon erzählt, daß ich in deiner Gegenwart ganz aufgeregt bin? Lustig, nicht, ein harter alter Landser, der sich von einer Frau einschüchtern läßt. Aber ich bin nicht wie Daniel, Julia. Ich bin nicht so mutig. Ich wollte, ich wäre mehr so wie er gewesen. Eines Tages vielleicht …

Lebe wohl, Patrick.

Lebe wohl? Aber ich muß dir doch so viel erzählen. Dich so vieles fragen. Worüber denkst du nach, wenn du diesen gewissen Blick hast, wenn du den Kopf abwendest und in die Ferne schaust? Und warst du gestern nacht auch so lange wach? Hast du im Bett gelegen und über Daniel nachgedacht, oder hast du etwas anderes im Kopf gehabt? Hast du etwa an mich gedacht? Und woher nimmst du beim Malen deine Ideen? Das würde mich interessieren. Eines Tages zeigst du mir Arbeiten von dir, nicht wahr? Und deine Tochter. Ich würde gern deine Tochter kennenlernen. Sie ist bestimmt sehr hübsch. Hast du ein Bild von ihr? Mein Sohn ist ebenfalls hübsch.

Lebe wohl.

Aber warte doch. Was soll ich denn in vier Tagen machen? Was soll ich machen, wenn ich wieder in Paris bin? Was soll ich machen, Julia?

»GUTEN MORGEN.«

»Julia?«

»Ich bin's, Sarah, Ihre Lieblingsschwester. Hier ist Ihre Medizin. Wer ist denn Julia?«

Es heißt, das Leben sei zu kurz, und das stimmt, sofern man nicht einsam ist. Einsamkeit kann die Zeit in die Knie zwingen – ein absoluter, äußerster Stillstand.
Ich habe Orte und Zeiten immer danach beurteilt, wie einsam ich sie empfand. Der gesamte Mittlere Westen zum Beispiel erscheint mir schrecklich einsam, Indiana mehr als Wisconsin und Wisconsin mehr als Ohio oder Illinois. Küsten sind regelmäßig weniger einsam als inländische Regionen, und wärmere Breitengrade sind deutlich weniger einsam als die kälteren. Eisenwarenläden wirken einsamer als Buchläden. Morgenstunden sind einsamer als Nachmittage, und die Stunden vor der Dämmerung können verheerend sein. Wien ist einsamer als Paris oder London, während Los Angeles einsamer ist als Miami oder Boston. Der Atlantische Ozean ist einsamer als der Pazifik, und die Karibik ist überhaupt nicht einsam.
Und dann gibt es noch die Altenheime.

*

Emmett O'Rourke ist tot.

*

Ich rutsche, nicht wahr? Der Boden unter meinen Füßen tut sich auf. Manchmal habe ich das Gefühl, als sei mein geistiges Auge kurzsichtig geworden: Je weiter entfernt etwas ist, ich meine zeitlich gesehen, um so klarer erscheint es mir. Mit der Zeit. Und jetzt sitze ich hier in der Eingangshalle und kann mich überhaupt nicht mehr daran erinnern, daß ich beschlossen habe, mich in die Eingangshalle zu setzen. Oder was ich zum Frühstück gegessen habe. Falls ich überhaupt gefrühstückt habe.
Ich weiß weder, wann die Verwirrung eingesetzt hat, noch wie weit meine grauen Zellen bereits auf dem Rückzug sind. Eine Meile, zwei Meilen? Eine ganze Armee in der Breite einer Front von hundert Meilen auf der Flucht? Oder ist mein Geist eingekesselt worden wie die deutsche Sechste Armee, festgenagelt und erfrierend vor den Toren Stalingrads? Eines habe ich gelernt: Der

Nebel im Krieg hat ein Gegenstück in Friedenszeiten – das Greisenalter.

An manchen Morgen spüre ich, wie mich eine gewisse Verwirrung umschließt wie Efeu ein altes Haus, so daß ich Tage und Monate und sogar meine Schuhe durcheinanderbringe. Ich vergesse, wie klar ich einst gedacht habe, wie scharf ich sehen konnte. So viele Dinge, die mir einst vertraut waren, wirken nun fremd, so daß ich nicht unterscheiden kann, was mir vertraut und was mir nicht vertraut sein sollte. Ich weiß nicht mehr, wieviel ich womöglich schon vergessen habe. Ich stelle mir Reihen um Reihen alter Bücher vor, die bei Berührung zerbröseln.

In einen kleinen Block, den ich in meiner Hemdtasche aufbewahre, schreibe ich alles, was ich wissen muß. Manchmal notiere ich mir alte Namen und Ereignisse, die aus meinem konfusen Gehirn herausspringen wie Fische aus einem Teich. Ich ermahne mich selbst, meine Medikamente einzunehmen und ein geborgtes Buch zurückzubringen, und sehe nach, ob der Reißverschluß meiner Hose hochgezogen ist.

Ich prüfe meine Kontoauszüge sehr sorgfältig, bis auf Heller und Pfennig. Nicht, daß ich kleinlich wäre, es ist nur so, daß mir nicht mehr viel an Einnahmen bleibt, wenn das, was ich habe, zur Neige geht. Aber ich knausere auch nicht. Trotz meines sinkenden Kontostandes bin ich mir sicher, daß ich mich eher verflüchtige als mein Geld. Das Rennen läuft!

Ich bin wirklich froh, daß ich keine Reichtümer besitze. Meiner Meinung nach ist es dann noch schwerer zu sterben. Nicht nur, daß man dann die Verfügungsgewalt über all diese BESITZTÜMER verliert, über all das Geld, die Aktien und Rentenpapiere, Autos und Antiquitäten, den Schmuck und die Gemälde und Ferienhäuser – in diesen letzten Tagen und Wochen läßt sich auch nicht mehr verleugnen, daß ein enormer Teil deines Lebens dafür draufgegangen ist, all diese BESITZTÜMER anzuhäufen und dich mit ihnen zu beschäftigen, Zeit, die du mit der Familie oder mit Freunden hättest verbringen können oder damit, Angeln zu gehen, zu reisen oder, ganz einfach, zu bumsen. Stell dir mal vor, alter Junge, du

hättest diese ganze Zeit bumsen können! Verstehst du mich, alter Junge? Genau, ich sagte bumsen! Nein, nicht Geld anhäufen. Bumsen!
Mir ist es tatsächlich gelungen, ein bißchen was auf die hohe Kante zu legen. Der kleine Buchladen, den ich eröffnet habe, nachdem ich das Unterrichten aufgegeben hatte, war nach zwei Jahren in der Gewinnzone und verschaffte mir ein regelmäßiges Einkommen, bis ich ihn 1968 verkauft habe. Als ich 1977 mein kleines Häuschen verkaufte, verwendete ich einen Teil des erzielten Geldes für eine Leibrente, mit der ich die Kosten für dieses Altenheim bestreite. Weitere 100000 Dollar habe ich als Erbe für meine Familie beiseite gelegt. Mein Sohn Sean, der jetzt fünfundfünzig ist, und meine Tochter Kelly, fünfzig, werden sich 60000 Dollar teilen oder was davon noch übrig ist, wenn meine letzten Rechnungen beglichen sind. Als das Haus verkauft wurde, haben sie den größten Teil meines Besitzes unter sich aufgeteilt, aber ich habe in einem angemieteten Schuppen noch einiges eingelagert. Er ist voll zweifelhafter Überraschungen. Auf einer Liste habe ich meine Lieblingssachen aufgeführt und wer was bekommen soll. Sie können selbst herausfinden, weshalb.
Die übrigen 40000 Dollar vermache ich meinen Enkeln und Urenkeln. Ursprünglich – wann immer das gewesen sein mag – hatte ich gehofft, soviel Geld zu hinterlassen, daß es für die Ausbildung eines meiner Nachkommen reicht. Dann aber las ich, daß ich dafür jährlich mehrere Hunderttausend – ich glaube, es war in dieser Größenordnung – beiseite legen müßte und daß bis zum Jahr 2000 oder so das Semester eine Milliarde Dollar kosten würde. Also werde ich statt dessen vielleicht was für ein Schulbuch springen lassen. Oder für eine Party.
Ich male mir oft aus, wie die Kleinen als Erwachsene aussehen werden, wie sich im Laufe der Jahre ihre Gesichter und Hirne und Seelen ausprägen. An manchen Tagen starre ich ihre Photos an, als würde ich über eine riesige Schlucht hinwegblicken – ich zu alt und sie zu jung, um uns jemals wirklich kennenlernen zu können. Und Gott möge verhindern, daß sie den Erinnerungen ihrer Eltern glau-

ben, damit ich als Bestandteil inkorrekter und langweilig vorgetragener Anekdoten durch die Generationen geistere. Oder vielleicht überdauere ich als eingefrorenes Gesicht auf verblassenden Photos, bis eines Tages ein Nachkomme mit ausgestrecktem Zeigefinger auf meine Nase piekst und fragt: »Wer ist DAS denn?«

Seans Enkel Kenneth ist sieben und hat übergroße Knie und Ellbogen, aber spindeldürre Gliedmaßen, die versuchen mitzuhalten und sich aufeinander abzustimmen. Außerdem hat er grüne Augen, lockiges braunes Haar und große Ohrläppchen. Matt mit seinen fünf Jahren ist ein kleiner Wirbelwind, blond, stämmig und unfähig, sich langsamer zu bewegen als ein Rennpferd. Kenneth mag zwar ein gemütvolles Wesen haben, aber Matt hat Feuer. Was davon besser ist, weiß ich nicht.

Dann gibt es da noch Katy, Enkelin meiner Tochter Kelly, mit ihren feisten Backen, die sich zu einem explodierenden Lächeln verziehen können, und blauen Augen wie Staubsaugern, die alles aufsaugen außer Kummer. Jedesmal wenn sie kichert, werden mir reflexartig die Augen feucht, als Gegengewicht zu so viel Freude. Wenn sie mich besuchen kommt, warte ich immer vor der Eingangstür auf sie, weil ich weiß, daß sie die letzten fünfzehn Meter mit weit vorgebeugtem Oberkörper und quietschend wie ein Schweinchen auf mich zurennt.

Mein kleines Schweinchen. In manchen Nächten, wenn der Schmerz nicht nachlassen will, liege ich auf der Seite und denke mir Kosenamen für sie aus: Pfirsichgesichtchen, Honigbärchen, Häschenbär, Engelsgesichtchen, Süßes Küchlein, Zuckerbärchen, Lutscherchen, Rosinentörtchen, Schnuckelchen. Manchmal, wenn ich ihre kleine weiße Hand in der meinen halte, bin ich ganz verzaubert und starre auf sie wie ein Tourist, der gebannt vor der *Pietà* steht.

Sie besuchen mich nicht oft, die Kleinen, trotz der Geschenke, die ich ihnen schicke und der großen Osterkörbe aus der Senioren-Bastelstube mit den Karten, die beim Aufklappen eine Melodie spielen, und den flachen Figürchen, die sich aufblähen, wenn man sie in Wasser taucht. Statt dessen bekomme ich Photos: lächelnde Gesichter, die aus Halloween-Kostümen hervorlugen oder sich über

Geburtstagskuchen beugen, oder ein Augenpaar aus der Tiefe eines Footballhelms. Ich bewahre sie alle ordentlich, an das Schwarze Brett über meinem Schreibtisch geheftet, auf. Sie bilden Schichten, die zurückreichen bis zu dem Tag, an dem ich im Mai vor zwei Jahren in Great Oaks einzog.

Es macht mir überhaupt keinen Kummer, daß sie nicht zu Besuch kommen. Ich selbst habe meinen Opa Neil auch nicht viel besucht, nicht einmal, als er alt war und im Sterben lag. »Du weißt ja gar nicht, was es ihm bedeuten würde, wenn du mit deiner Schwester einfach nur ein paar Stunden an seinem Bett sitzen würdest«, bettelte meine Mutter, die selber ein schlechtes Gewissen hatte, weil sie ihre Oma Claire auch nicht öfter besucht hatte, bevor sie mit sechsundsiebzig an Schwindsucht starb. »Mutter, Opas Atem riecht wie ein toter Fisch, und außerdem würde er sich gar nicht erinnern, daß ich ihn besucht habe, also was soll's?« sagte ich und lief zur Hintertür hinaus in den Wald, wo Jimmy und ich uns eine Bude aus Brettern zusammenzimmerten, die wir am Güterbahnhof geklaut hatten.

Jetzt ist die Rechnung beglichen, Opa, so wie sie meine Nachkommen begleichen werden, wenn sie dereinst selbst alt und krank und einsamer sind als die ärmsten Schweine und ihre Enkel, die sie so gerne liebkosen oder nur stundenlang anstarren würden, keine Lust haben, sie öfter zu besuchen als absolut notwendig, was mit der Zeit immer seltener und seltener sein wird.

Schlechtes Gewissen und Einsamkeit, die sich wie ein Familienfluch durch die Generationen ziehen.

*

Ich sehe sie wieder, ihr Gesicht tränennaß, ihre Augen suchen meinen Blick. Langsam, ganz langsam, strecke ich die Hand aus und lasse die Fingerspitzen über ihre Haut gleiten, erst über ihren Nakken, der so warm und zerbrechlich ist, dann über ihre Brüste und hinab entlang der sanften Kurven ihrer Hüften. Dann schlinge ich mit ganzer Kraft die Arme um sie und ziehe sie an mich, aber sie ist fort.

Von meinem Bett aus kann ich heute den Mond sehen, so rund und lachsfarben strahlt er, als könnte er vom Firmament fallen. Ich stelle mir Piraten vor, die kurz vor Sonnenaufgang an Deck sind, die Planken ächzen, und der Mondschein glitzert in einer geraden Linie vom Horizont auf dem Wasser. Sah Cäsar den Mond genau so, als er auf dem Weg zu einer orgiastischen Feier über das Forum Romanum schritt? Und wie war es bei Moses und Galilei und jenen ausgemergelten jungen Londonern, die während der Pest einen Karren voller Leichen hinter sich her zogen? Oder bei dem Indianer, der zusammengekauert an einem Feuer auf einer kleinen Lichtung hockt, umgeben von riesigen Urwaldbäumen, die im Flammenschein orange leuchten?
Und bei Julia?

*

Heute habe ich einen weiteren Zimmergenossen verloren. Frank Denton. Er war erst vor drei Wochen hier eingezogen. Muß zwanzig Jahre jünger gewesen sein als ich. Sah jedenfalls viel gesünder aus. Ich frage mich allmählich, ob Gott nicht an den falschen Strippen zieht.
»Patrick? Bist du wach?« flüsterte er zwei Nächte vor seinem Tod.
»Ja, bin ich.«
»Ist dir schon mal passiert, daß du dich im Dunkeln nicht mehr zurechtgefunden hast, gleich nachdem das Licht aus war?«
»Frank, ich finde mich schon bei eingeschaltetem Licht nicht zurecht.«
»Mir fiel gerade dieses Mädchen ein, mit dem ich auf dem College befreundet war. Meine Herren, sah die klasse aus.«
»So? Wie hieß sie denn?«
»Iris. Iris Perkins. Aus Rye, im Staat New York.«
»In der Erinnerung werden sie nicht älter, was, Frank?«
»Nicht die Spur. Ist schon sehr merkwürdig, aber einen Augenblick lang dachte ich …«
»Was? Was hast du gedacht?«
»Ich dachte, ich wäre wieder im Wohnheim der New York University, würde wach im Bett liegen und an Iris denken.«

Ich stellte mir den jungen Mann auf einem Kojenbett vor, zur Decke starrend, die Hände hinter dem Kopf verschränkt.

»Sie hatte tolle Beine«, sagte er. »Wie ein Reh und auch so behende. Wie eins dieser hohen Champagnergläser.«

»Du bringst mich um, Frank.«

»Ja, ich mich selber auch. Herr im Himmel. Das Verlangen läßt wohl nie nach, oder?«

»Nein, nur die Potenz«, erwiderte ich.

»Ja«, lachte er. »Aber das Lustige daran ist – auch als ich noch konnte, haben sich die guten Sachen hauptsächlich in meinen Träumen abgespielt.«

Ich dachte an Julia, an ihren Duft, das Gefühl ihrer Haut und die warme Feuchtigkeit ihrer Lippen.

»Aber doch nicht alles«, sagte ich.

»Nein, nicht alles.«

Frank hatte im Pazifikkrieg als Second Lieutenant bei den Marines gegen die Japaner gekämpft. In Tarawa sah er, wie vierzehn Marines in drei Meter tiefem, kristallklarem Wasser ertranken. »Unter stärkstem Beschuß landeten wir an diesem Strand«, erzählte er mir eines Nachmittags, als wir auf der Terrasse Karten spielten. »Überall schlugen die Kugeln ein, und riesige Wasserfontänen gingen auf uns nieder. Wir waren uns sicher, daß wir im Eimer wären, bevor wir noch das Land erreichten. Und Gott, was für ein Strand, wunderschöner weißer Sand, das Wasser von einer Farbe wie Rotkehlcheneier. Wie aus dem Katalog für die Flitterwochen, weißt du? Also, der Captain in dem Landeboot neben dem meinen muß die Panik gekriegt haben, denn er öffnete die Klappe zu früh, und die Jungs sprangen direkt ins Wasser und gingen sofort wie die Steine unter. Mein Gott, sie sanken bis auf den Grund, mit Rucksäcken von hundert Pfund Gewicht, und wir konnten glasklar sehen, wie sie kämpften, aber niemand konnte ihnen helfen, weil wir sonst alle zu Brei zerschossen worden wären. Eine ganze verfluchte Einheit steht auf dem Meeresboden und starrt zu uns hoch. Werde das nie vergessen, so wahr mir Gott helfe.«

Ich sah die Männer vor mir, ihre Gesichter, und ein dumpfer Schmerz breitete sich in meinem Unterleib aus.
»Du warst natürlich an der Westfront, Patrick, nicht? So eine Scheiße ist also nichts Neues für dich. Aber verflucht noch mal, man wird es einfach nicht mehr los.«
Ich frage mich, ob Frank auf die Gesichter dieser ertrunkenen Jungs oder die Beine von Iris geschaut hat, als eine krankhaft erweiterte Arterie in seiner Brust aufplatzte und er im Flur neben der Küche auf das Linoleum stürzte.
Ich hoffe, er hat die Beine von Iris angeschaut.

*

Den ganzen Juni und Juli über kämpften wir in der Region Aisne-Marne nordöstlich von Paris. Zuerst schlugen wir den deutschen Vorstoß zurück, dann rollten wir sie langsam auf, Bauernhof für Bauernhof, Dorf für Dorf, während die U.S. Expeditionary Forces in die Millionen anwuchsen. Überall war das geschundene Land mit Toten übersät, die oft wochenlang liegenblieben, ohne daß sie beerdigt wurden, so daß man kilometerweit laufen konnte, ohne dem Gestank zu entgehen.
Im September nahmen wir an dem riesigen amerikanischen Angriff auf die Frontausbuchtung bei Saint-Mihiel südlich von Verdun teil, wobei wir dreißig Prozent unserer Kompanie verloren, bevor wir während des letzten Vorstoßes auf den Schienenkopf bei Sedan eilig nach Norden in das Gebiet Meuse-Argonne verlegt wurden.
Zu dieser Zeit wußten wir kaum, wo wir waren oder wohin wir marschierten, und die Tage flossen zu einer seltsamen Mischung aus Entsetzen und Monotonie zusammen. Ein Unterschied war nur, ob wir gerade an der Front oder in der Etappe waren. Die meisten Dörfer, durch die wir kamen, lagen in Trümmern, die alten Gebäude pockennarbig von Granat- und Gewehrtreffern, die Straßen übersät mit Schutt, Tierleichen, ausgebrannten Lastwagen und Panzern. Andere Dörfer zerstörten wir selbst, um die verbissenen Deutschen aus ihnen zu vertreiben.
Von Mai bis zum Kriegsende im November schleppte sich unser

Bataillon unter dem Befehl unsichtbarer – und oft verfluchter – hochrangiger Kommandeure von Schlachtfeld zu Schlachtfeld, um eine Bresche zu schließen, einen Angriff zu führen oder die Frontlinie an dem schnell wachsenden amerikanischen Teil der Westfront zu halten. Manchmal kämpften wir während des Vormarschs, suchten Deckung in rasch ausgehobenen Schützenlöchern oder einem Unterschlupf. Dann wieder gruben wir uns tief ein, lebten gleichsam unter der Erde und machten uns auf die verzweifelten Gegenangriffe der Deutschen und unaufhörlichen Granatbeschuß gefaßt. Jeden Tag starben mehr Männer und trafen mehr Ersatzkräfte ein. Und irgendwie ging es immer weiter.
Die Tapfersten und die Gutmütigsten fielen als erste. Wir übrigen versuchten unser bestes, nicht wie Feiglinge dazustehen, aber manchmal, wenn wir den Befehl bekamen, ein deutsches Maxim anzugreifen, das in einem Betonbunker verschanzt und mit drei Staffeln Stacheldraht abgesichert war, machte mancher sich in die Hose, und die Angst hörte nicht auf. Der Körper wehrt sich eben wie ein bockiges, winselndes Tier, das ins Schlachthaus gezerrt wird.
Wir hatten alle großen Respekt vor den Bahrenträgern, die schon aus Prinzip Kopf und Kragen riskierten, um die Verwundeten und sogar die Toten zurückzuholen. Ich sah ihnen oft in die Augen, wenn sie losstürmten, und fragte mich, weshalb jemand den fast sicheren Tod für den Versuch riskierte, andere zu retten. Dabei kam ich zu dem Schluß, daß der Mensch eben alles tut, um seinem Leben einen gewissen Sinn und Wert zu geben, besonders wenn es danach aussieht, daß man ohnehin bald sterben wird.
»Irgendwie beneide ich sie«, sagte Daniel an dem Morgen, an dem ein Sanitätssoldat aus Minnesota einen Schuß in die Hüfte abbekam, als er einen Mann rausholte. Wir waren in der Dunkelheit kurz vor der Morgendämmerung aus den rückwärtigen Stellungen zu unserer zehntägigen Schicht an der Front gebracht worden und versuchten, die Lattenroste zu reparieren, die halb in den Schlamm zu unseren Füßen versunken waren.
»Du machst wohl Witze.«

»Zumindest können sie sich gut fühlen bei dem, was sie tun.«
»Bis sie erschossen werden«, erwiderte ich und zog an einer Holzplanke. »Du bist nicht zufällig Pazifist? Für den Führer einer Korporalschaft könnte das immerhin …«
»Ich weiß nicht.«
»Du weißt es nicht?« Ich rüttelte an einer langen Planke, bis ich sie freibekam.
»Ja und nein.«
»Mir war bisher nicht klar, daß man Pazifist sein kann und gleichzeitig auch nicht.«
»Ich hätte besser einer werden sollen. Aber jetzt ist es dafür zu spät, also bin ich keiner. Das meine ich damit.«
Er hob sein Werkzeug auf und ging zum Eingang des großen Stollens zehn Meter unter der Erde. Zum Schutz vor Gas hingen dicke nasse Decken davor. Ich folgte ihm, blieb aber kurz stehen, damit sich meine Augen an das Kerzenlicht gewöhnten, bevor ich die schmale Holztreppe hinabstieg. Unten saß ein halbes Dutzend Männer herum. Sie rauchten, schrieben Briefe, spielten Karten oder putzten ihre Waffen.
»Also, wann haltet ihr beiden endlich Hochzeit?« fragte Giles mit Blick auf uns. »Könntet euer Verhältnis ja schließlich mal legalisieren. Dann schmeißen wir vielleicht sogar eine Hochzeitsfeier.«
»Ich warte nur noch, bis Paddy mir einen Heiratsantrag macht«, erwiderte Daniel grinsend.
»Nur Mut«, meinte Lawton und sah mich dabei an. Ich versetzte ihm einen Rempler.
Da die Stühle und Kojen alle besetzt waren, hockten wir uns auf den Boden und lehnten uns an die Wand. Ich beobachtete, wie Giles bedächtig sein Bajonett säuberte und dabei kurz innehielt, um mit seinem schmutzigen Daumen die Klinge zu prüfen. Sein jugendliches Gesicht war irgendwie schmaler geworden. Die Sonne hatte seine Sommersprossen aufblühen lassen, wobei sich einige der größeren in rötliche Flecken verwandelt hatten. Man hätte ihn für schön halten können, wären da nicht dieser Überbiß und die Zähne gewesen, die kreuz und quer standen, als hätten sie über-

haupt nichts miteinander zu tun. Seine Augen, ganz rund und dunkelbraun, ließen etwas von seiner Sanftheit erahnen, die er dadurch zu verbergen suchte, daß er die Schultern hochzog und ständig ausspuckte. Seit kurzem waren sie ungewöhnlich blutunterlaufen, und ich glaubte ein leichtes Zittern seiner Hände zu bemerken.
»Was ich jetzt verflucht gut brauchen könnte, wäre ein riesiges Steak«, sagte er und hielt sich das Bajonett prüfend vor die Augen. Dann steckte er es in die Scheide zurück. Im Laufe der Zeit war mir Giles richtig ans Herz gewachsen, abgesehen von seiner schon fast krankhaften Angewohnheit, ständig über Essen zu sprechen. Ich glaube, bei ihm war Essen eine Metapher für alles, was er an zivilem Leben vermißte, aber seine Beschreibungen waren rücksichtslos und quälend: »Ein tolles großes, saftiges Steak, dünn geschnitten, und dazu vielleicht ...«
»Hör gefälligst auf mit dem Scheiß«, knurrte Lawton, der rücklings in einer hölzernen Koje lag, die Hände hinter dem Kopf verschränkt. Erst vor kurzem hatte ich erfahren, daß Lawtons Mutter gestorben war, als er fünf war, und sein Vater hatte ihn und seinen jüngeren Bruder von einer Tante aufziehen lassen, die sie regelmäßig schlug. Eines Morgens erzählte er das alles Daniel, als sei es wichtig für ihn, daß zumindest ein Mensch in Frankreich es wußte. Wenn ich ihn jetzt ansah, erinnerte er mich an einen zu groß gewordenen jungen Hund, der nie geliebt worden war.
»Ja, warum zum Teufel mußt du eigentlich immer über Essen reden?« meinte Lee Chatham, der aus Kansas stammte, dicke Wurstfinger und eine Gesichtsfarbe hatte, die viele ans Niemandsland denken ließ. Chatham war Sohn eines Predigers und erst vor ein paar Tagen zu unserer Einheit gestoßen, noch unverbraucht und voller Illusionen. Sein Bruder war zwei Jahre zuvor ins Lafayette-Geschwader eingetreten und bei Verdun gefallen. Chatham war gekommen, um ihn zu rächen. Ich hatte überlegt, ob ich ihm etwas erzählen könnte, was ihn auf das, was ihm bevorstand, vorbereiten würde, aber mir fiel nichts ein. So was funktionierte einfach nicht. Statt dessen nahm ich mir vor, beim ersten Beschuß in seiner Nähe zu bleiben.
»Ich gäbe eine ganze Viehherde für einen guten Fick«, meinte Law-

ton, dessen Lieblingsbeschäftigung darin bestand, uns mit Phanta1sien zu quälen, was er wie mit welcher Frau anstellen würde. Durch sein Lispeln – das im merkwürdigen Kontrast zu seiner beeindruckenden Körperfülle stand – bekam seine Lüsternheit einen amüsanten Unterton. (»Ich feh die faftige Möfe direkt vor mir.«)

»Laß dir bloß nicht einfallen, dir hier drin einen runterzuholen«, sagte ich.

»Ja, warum gehst du nicht hoch und versuchst, zu den Deutschen rüberzuspritzen«, meinte Giles, der stets ein gutes Steak einer nackten Frau vorgezogen hätte. »Wir nehmen Wetten darauf an.«

»Setze zehn Lucky Strike, daß er bis nach Berlin hinüber spritzt«, sagte ich.

»Ziel auf den Kaiser«, meinte Giles.

»Oder auf Ludendorff«, sagte ich. »Ja, spritz dem Schweinehund in sein beschissenes Gesicht.«

»Ihr Mädels seid doch nur neidisch«, sagte Lawton.

»Weißt du, was du bist« sagte Giles, räusperte sich und spuckte aus. »Ein geiler Ziegenbock.«

»Ich kenne euch Bauernlümmel aus Ohio schon«, erwiderte Lawton und schnippte den Stummel seiner Zigarette in Richtung Giles. Vor kurzem war mir aufgefallen, daß Lawton irgendwie angespannt wirkte, und ich überlegte, ob er vielleicht deshalb so viel über Sex redete, weil er seine Angst verbergen wollte.

»Also mal abgesehen vom Ficken – was hast du vor, wenn du wieder nach Hause kommst?« fragte ich. »Bleibst du bei der Holzfällerei oder machst du vielleicht ein Puff oder so was in der Art auf?«

»Hab' darüber noch nicht nachgedacht. Aber ich glaube, ich könnte im Nu eins auf die Beine stellen.«

»Ja, aber dann wirst du mit deinen Kunden teilen müssen«, sagte Giles.

»Du bekommst von mir einen Preisnachlaß für Anfänger«, gab er zurück.

»Leck mich ... nein, ich nehme es zurück. Leck mich lieber nicht.« Ich wandte mich an Daniel. »Wie ist es mit dir? Was wirst du tun, wenn du nach Hause kommst?«

Er sah von dem Brief hoch, an dem er gerade schrieb. Sein Haar war ganz verfilzt, das magere Gesicht unrasiert. »Ich weiß nicht. Ich würde gerne schreiben oder vielleicht unterrichten. Der Krieg hat irgendwie alles verändert, was wichtig ist, findest du nicht?«
»Was ist denn wichtig?«
Er überlegte einen Augenblick. »Mir fallen eigentlich nur drei Dinge ein, die noch einen Sinn haben.«
»Na – essen und ficken haben wir ja schon ... da bin ich ja mal gespannt«, meinte Giles und rieb sich das Kinn. Giles litt ständig unter Zahnschmerzen (er hatte sich sogar schon selbst einen gezogen) und an quälendem Sodbrennen, das er ausschließlich auf die Feldverpflegung zurückführte, insbesondere auf das von den Franzosen importierte argentinische Büchsenfleisch; viele verspotteten es als »Affenfraß« oder »Madagaskar-Pampe«.
Daniel lächelte und wandte sich wieder seinem Brief zu.
»Ich höre«, sagte ich.
Er sah mich wieder an. »Tja, ich würde gern das menschliche Leid irgendwie verringern, so wie ein Arzt oder jemand, der den Armen hilft. Irgendeine Kunst schaffen, die wirklich ein Protest gegen das Leiden ist. Oder unterrichten, vor allem kleine Kinder, was vielleicht weiteres menschliches Leid verhindert.«
»Ist Daniel nicht herzallerliebst?« spottete Lawton, der jetzt mit einem kleinen Holzsplitter zwischen seinen Zähnen herumstocherte.
»Blödmann«, meinte Giles. »Ich hab's im Urin, daß er eines Tages berühmt sein wird.«
»Jede Wette, du bekommst irgendwo ein Stipendium«, sagte ich.
»Frag doch Page, er ist der Studiosus hier«, meinte Lawton.
Nathaniel Page, ein Harvard-Student, sah von seinem Buch hoch, mit dem er in einer Ecke saß. Trotz seiner Erziehung, seiner Herkunft aus besseren Kreisen und seines guten Aussehens – großgewachsen, breite Schultern und ausgeprägtes Kinn – war Page vollkommen frei von Allüren. Ja, man konnte sogar sagen, er war umsichtig in seinen Reaktionen, kein Zauderer, sondern jemand, der sich offensichtlich seine Gedanken machte. Ich mochte ihn vom ersten Augenblick an. Mich faszinierte, wie er sich bemühte, mit all

dem, was der Krieg mit sich brachte, zurechtzukommen. Für einen Menschen wie ihn mußte es die reinste Hölle sein: ein Bursche, der drei Sprachen beherrschte, darunter Latein, der Newtons *Principia* gelesen hatte und doch nicht die einfachsten Worte finden konnte, um den Schrecken des Stellungskriegs zu schildern. Er war anspruchsvoller als die meisten anderen, deshalb wirkte es komisch, ihn in einem mit Wasser vollgelaufenen Graben zu sehen, aber er behielt sein Unbehagen für sich. Seiner Ansicht nach würde der Krieg so lange weitergehen, bis die Menschen daheim in Amerika, Deutschland, England und wo auch immer begriffen, wie entsetzlich er war. Es sei aber unmöglich, ihnen das begreiflich zu machen. Das bedrückte ihn am meisten - zu wissen, wie unbeschreiblich dies alles war.

»Was hast du auf deiner komischen Schule überhaupt studiert?« fragte Lawton. »Wie man Füchse jagt?«

»Philosophie.«

»Das würde ich auch gerne«, sagte Daniel.

»Es war nur Zeitverschwendung«, gab Page zurück, der zunehmend mürrischer wurde.

»Warum sagst du so etwas?« fragte Daniel, jetzt fast eingeschnappt.

»Weil es die Wahrheit ist.«

»Kein Scheiß?« fragte Lawton. »Du meinst, wir sind gar keine stumpfsinnigen Blödmänner?«

»Genau.«

»Was mußtest du denn hinblättern, um das zu lernen?« wollte Lawton wissen.

»Laß ihn in Ruhe«, sagte ich.

»Ein Vermögen«, meinte Page und wandte sich wieder dem Buch zu. Als ich ihn so dasitzen sah in seiner Ecke, tat er mir plötzlich leid. Ich stellte mir vor, wie verzweifelt er gewesen sein mußte, als er begriff, daß sein ganzes Studieren zu nichts nutze war.

»Wie ist es mit dir, Delaney?« fragte Giles und wandte sich mir zu.

»Was soll mit mir sein?«

»Was stellst du mit deinem erbärmlichen Leben an, wenn du wieder zu Hause bist?«

»Als erstes werde ich mich diversen Damen widmen, die auf mich warten.«
»Wie viele Schwestern hast du denn?« fragte Lawton.
»Arschloch«, gab ich zurück.
»Mal ernsthaft – was hast du vor?« fragte Daniel.
»Hab' noch nicht groß darüber nachgedacht. Vielleicht drücke ich wieder die Schulbank, weiß noch nicht genau.«
»Ich hab's nicht so eilig, wieder nach Hause zu kommen«, meinte Giles. »Würde mir gern Paris ansehen. Vielleicht finde ich ein Franzosenmädchen.« Für Giles machte der Krieg vieles dadurch wett, daß er eine Flucht vor dem Landleben daheim im bäuerlichen Ohio bot. Ich glaube nicht, daß er vorhatte, jemals zurückzukehren.
»Viel Glück«, meinte Lawton.
»Es ist mir ernst. Seit sechs beschissenen Monaten bin ich jetzt in Frankreich, und ich habe nichts von diesem Land gesehen. Wo ist denn all die großartige französische Lebensart, von der man so viel gehört hat?«
»Du bist zu spät dran«, erwiderte ich. »Hast du noch nicht gehört, daß hier Krieg herrscht?«
»Schon mal jemand in Deutschland gewesen?« fragte Daniel.
»Meine Eltern stammen aus Deutschland«, sagte Carl Frueller, ein kleiner, schmächtiger Bankangestellter aus Pennsylvania, dessen Schüchternheit Beschützerinstinkte in mir weckte. Frueller war ebenfalls erst vor kurzem als Ersatz gekommen, und ich zweifelte, ob er aus zehn Schritt Entfernung einen Kürbis treffen konnte.
»Sprichst du denn deutsch?« fragte Giles.
»Na klar doch.«
»Hast du dort irgendwelche Verwandten?«
»Ein paar.« Frueller sah verlegen drein.
»Ist dir je der Gedanke gekommen, in den Gräben dort drüben könnten vielleicht Cousins von dir stecken?«
»Ja, hab' darüber nachgedacht.«
»Und das stört dich nicht?«
»Nicht so sehr, daß ich nicht auf sie schießen würde.« Er lächelte gequält.

»Zu schade, daß die Deutschen sich nicht damit zufriedengegeben haben, Bier zu brauen«, sagte ich in dem Versuch, das Thema zu wechseln.
»1914 hat meine Mutter einen Brief bekommen, daß zwei ihrer Brüder an der Marne gefallen sind«, sagte Frueller.
Niemand erwiderte etwas darauf.
»Sie haßt den Kaiser.«
»Stimmt es, daß bei ihm ein Arm kürzer ist als der andere?« wollte Lawton wissen.
»Ja, er versteckt ihn im Hemd wie Napoleon«, sagte Daniel.
»Habt ihr schon mal überlegt, daß das vielleicht der Grund für diese ganze Scheiße hier ist?« fragte Page. »Ich meine – so wie Napoleon überempfindlich war, was seine Größe anging? Daß wir hier in diesem Dreckloch hocken, weil dem Kaiser sein zu kurzer Arm peinlich ist?«
Ich dachte eine Weile darüber nach: Eine ganze Generation von Europäern getötet, weil ein Mann kleiner ist als der Durchschnitt. Eine weitere Generation, weil der eine Arm eines Mannes kürzer ist als der andere. Über diese Absurdität mußte ich laut lachen, als ich die Stufen hochstieg, um Gaswache zu halten in einem Stichgraben, der sieben Meter weit aus unserer Linie zu den Deutschen hinüberreichte.

*

Wir waren kurz nach zwei Uhr morgens auf Patrouille im Niemandsland, als Chatham hustete. Er und Frueller wurden auf der Stelle von Kugeln getroffen und blieben tot liegen. Daniel und ich saßen drei Stunden lang in einem Bombenkrater fest. Wir beschlossen, nicht zu sagen, daß Chatham gehustet hatte. Es erschien uns nicht nötig.

*

Von November bis Neujahr wird Great Oaks mit Weihnachtsmusik überschwemmt, meistens fünfzehn Stunden am Tag. »Robert, rate mal, wie oft ich dieses Lied schon gehört habe.« Robert ist ordent-

lich, und zwar ordentlicher als die meisten. Er ist Mitte zwanzig, und vor kurzem hat er eine wunderschöne junge Frau namens Debbie geheiratet. Nachdem sie sich verlobt hatten, stattete sie unserer Station einen Sonderbesuch ab.
»Liegt aber doch irgendwie an Ihnen selbst, nicht?« fragt er lächelnd.
»An mir selbst? Robert, mein Junge, seit Thanksgiving habe ich ›Greensleaves‹ siebenhundertachtunddreißigmal gehört. Ich glaube, ›Jingle Bells‹ wird schon seit Oktober gespielt. Wir haben noch fünf Wochen vor uns, Robert. Noch fünf Wochen lang den ganzen Tag über Bing und Frank und all die anderen Schmalznudeln.«
»Das sollten Sie ganz locker nehmen, Mr. Delaney. Ganz locker.« Er geht hinüber zu meinem Abfalleimer und leert ihn.
»Und bald schon werden die Osterdekorationen aufgehängt! Überall Eier und Häschen, Robert! Hopp, hopp, hopp!«
In Great Oaks ist immer entweder Weihnachten, Ostern, Unabhängigkeitstag, Halloween oder Thanksgiving.
Eine Woche vor Weihnachten kommt eine Gruppe junger kirchlich aktiver Frauen mit Schoßtieren zu uns, damit wir Alten sie streicheln können. Einsame putzige Hündchen und Kätzchen, die sie uns auf unseren einsamen Schoß fallen lassen wie eine Tablette Alka Seltzer in ein Glas.
Ich für meinen Teil ziehe Hunde vor, und zwar aus dem einfachen Grund, weil Hunde Menschen vorziehen, während Katzen nur an sich selbst denken. (Gibt es eine narzißtischere Kreatur auf Gottes grüner Erde?)
»Hallo, ich heiße Anne, und das ist Baxter.« Eine hochgewachsene Brünette mit kurz gestutztem Haar setzt mir einen Basset-Welpen auf den Schoß. Ich bin zwar mehr an Anne als an Baxter interessiert, nehme aber, was ich kriege. Ich blicke hinab auf Baxter, der mich erwartungsvoll anstarrt und dabei wie wild mit dem Hintern wackelt. Sanft streichle ich ihm über den Nacken und genieße seine Wärme. »Gut so«, sagt Anne. »Genau so weitermachen.« Sie spricht zu dem alten Mann, den sie vor sich hat, nicht zu mir. Ich

sage zu dem alten Mann, er soll sich anständig benehmen und dankbar sein.

Ich erinnere mich, wie ich einmal an Heiligabend aus dem Keller ein schwaches Jaulen und Bellen hörte. Zusammengerollt lag ich unter meiner Decke und sah zu, wie sich der Schnee auf dem Fenstersims häufte. Stundenlang konnte ich nicht einschlafen, weil ich ständig überlegte, wie ich mein neues Hündchen nennen sollte: Rags, Scotty, Paws oder Chester? Ich war damals sechs. Als ich zwölf war, wurde Chester auf der Straße vor unserem Haus von einem Pferd getreten. Ich hielt ihn, während Vater den Tierarzt holen ging, und weiß noch, daß kein Blut zu sehen war, aber sein Fell war heiß und feucht. Ich erinnere mich auch noch an seine feuchten Augen, die mich flehentlich anstarrten, als wollte er mich etwas fragen. »Der Doktor meint, Chester muß eingeschläfert werden«, sagte Vater und legte mir die Hand auf die Schulter. Mit dicken Tränen in den Augen starrte ich hinab auf Chester, und es schnürte mir die Kehle zu, als sie ihn mir sanft aus den Armen zogen.

Gute Nacht, Chester.

Gute Nacht, mein Junge mit dem gebrochenen Herzen.

*

Silvester hat mich früher immer traurig gemacht. Es war eine sentimentale Traurigkeit. Inzwischen jagt es mir Angst ein. In Great Oaks beginnt der Countdown Mitte Dezember: Wer hält noch bis Neujahr durch, das wie ein rotes Band am Ende eines weiteren sinnlosen Marathons lauert? Nur wenige sterben kurz vor Weihnachten: die Aussicht auf eine familiäre Zusammenkunft stärkt den Überlebenswillen. Aber Silvester ist etwas für Liebespaare und Nachtschwärmer, nicht für die Familie. Kein Grund also, sich ans Leben zu klammern.

Dieses Jahr habe ich Dave MacKenzie im Auge, einen Klempner, der mit sieben Jahren bei einem Unfall auf dem Bauernhof sein linkes Bein verloren hat. Ich mag MacKenzie, weil er völlig ungekünstelt ist, eine sanfte Stimme und ein mitreißendes Lachen hat. Die unzähligen Fältchen, die wie Reihen von Gedankenstrichen von

seinen Augenwinkeln bis zu den Schläfen reichen, lassen auf eine Fröhlichkeit schließen, die mir immer gefehlt hat.
»Weißt du, was mir wirklich zu schaffen macht?« fragte er eines Tages, als wir draußen bei den Bäumen saßen.
»Was denn?«
»Ich bin jetzt so verflucht voll mit guten Ratschlägen, und keinen davon kann ich gebrauchen.« Er lachte auf seine sanfte Art. »Kann sie selbst nicht gebrauchen, und auch sonst will niemand etwas von ihnen wissen. Vor allem nicht meine Söhne.«
»Ist da auch was Originelles dabei?«
»Nein, ich glaube nicht. Sind aber trotzdem tolle Ratschläge. Können einem eine Menge Ärger ersparen. Sag mir mal, Delaney: Wieso ist es immer zu spät, wenn man endlich herausgefunden hat, was wirklich wichtig ist?«
»Zumindest ist man dann klüger«, erwiderte ich.
»Ich weiß nicht. Irgendwie schmerzt es noch mehr, wenn mir bewußt wird, was ich alles falsch gemacht habe.«
»Das ist Weisheit«, sagte ich.
»Weisheit? Ha! Weisheit ist nichts anderes als ein Trostpreis für das Altwerden«, sagte er. »Ein beschissenes Trostpflaster.«
Natürlich hatte er recht. Lieber jung sein und dumm.
Inzwischen ist MacKenzie wegen seines Prostatakrebses ans Bett gefesselt und fast blind, und sein Leben besteht aus Schmerzen und schmerzstillenden Mitteln. Dieses Weihnachten besuchen ihn seine sämtlichen fünf Kinder und deren Kinder, sie schieben sein Bett hinaus auf die Terrasse und verwickeln ihn in eine Unterhaltung. Meine eigenen Kinder sind dieses Jahr mit ihren Familien in Urlaub gefahren, aber das macht mir nichts aus. Es genügt mir, wenn ich auf meiner Bank sitzen und dabei zusehen kann, wie die MacKenzies dem Patriarchen ihre Geschenke auf den Schoß häufen und ihm die Päckchen beim Öffnen direkt vor die Nase halten.
»Sieh dir mal diesen Pullover an, Dad. Der steht dir ganz toll.« Eine Tochter, etwa vierzig und übergewichtig, hält den dunkelblauen Pullover hoch. »Und hast du die Socken gesehen, die Scott dir ge-

kauft hat? Toll, Dad.« Er lächelt, das erste Lächeln, das ich seit Monaten von ihm gesehen habe.

Ich schaue zu, als sie sich verabschieden. Jeder beugt sich noch einmal über MacKenzies Bett zu einem Kuß und flüstert ihm etwas zu. MacKenzie schläft schon, als die Schwestern ihn wieder auf sein Zimmer schieben, das Bettuch immer noch übersät mit Geschenkpapier.

★

Julia?

Ja, Patrick?

Ich bin so einsam, Julia.

Das weiß ich, Patrick. Ich weiß, daß du einsam bist.

Kennst du das Titellied aus dem Film *Exodus*? Ich habe es mir den ganzen Morgen auf dem Kassettenrekorder angehört, bis die Schwestern mich baten, es abzustellen. Es schien genau zu passen. Ich hatte nicht beabsichtigt, daß es so kommt.

Ich weiß, daß du es nicht vorgehabt hast. Ich mache dir deswegen überhaupt keinen Vorwurf.

Vielleicht wäre es besser gewesen, wir hätten uns nie getroffen.

Nein, um Himmels willen nein. Ich bedauere es nicht im geringsten.

Du hättest eine andere Frau finden sollen, Patrick. Du bist ein guter Mensch. Ein wunderbarer Mann. Und ich bin nur eine verrückte Frau, die den ganzen Tag malt und nicht einmal den Haushalt in Ordnung hält.

Ich wollte niemand anderen, Julia. Ich wollte dich. Ich will dich immer noch.

Es ist zu spät.

Zu spät? Weshalb ist es zu spät? Sag nicht, daß es zu spät ist, Julia.

Patrick, mein geliebter Patrick.

Du gehst fort, nicht wahr?

Bald.

Verlaß mich nicht. Weshalb verläßt du mich wieder?

Ich muß.

Warte bitte. Sag mir, daß du mich liebst. Ich muß zumindest das hören, Julia, bitte.
Aber dann muß ich gehen.
Ich weiß. Aber sag es mir. Sag diese Worte.
Ich liebe dich, Patrick.
Und wie geht die Geschichte von Patrick und Julia weiter, willst du es mir nicht sagen? Du mußt es mir sagen, bevor du gehst. Erzähl mir, wie wir noch einmal von vorne anfangen, und jeden Morgen erwache ich zu dem Duft deines Haars, und wir lesen nebeneinander im Bett Bücher, und wir gehen zum Konzert, und wir nehmen im Sommer unsere Kinder zum Zelten mit – warum erzählst du mir das nicht, Julia? Kannst du nicht?
Ich muß jetzt gehen, Patrick.
Kannst du nicht bleiben, nur dieses eine Mal? Hier, leg dich neben mich, und wir riechen gegenseitig den Geruch unserer Haut, und am Morgen mache ich Frühstück und husche zum Blumenhändler hinaus, um dir Rosen zu kaufen.
Ich liebe dich, Patrick.
Du liebst mich, du liebst mich wirklich?
Leb wohl, mein Geliebter.
Julia!
Ich erwache und sehe auf die Uhr: vier Uhr morgens.

*

Viel zu viele Schmerzen heute. Kann überhaupt keinen klaren Gedanken fassen.

> Anscheinend, wie von Zauberhand, hörte alles Schießen auf, und die Stille war verblüffend! Dann, als wir entlang der Schützengräben auf unseren Posten standen, hörten wir von den deutschen Linien, die nur gut tausend Meter entfernt waren, einen Chorgesang, einen wunderbaren Chor, der »Stille Nacht« anstimmte. Wir standen da, hörten zu, und die seltsamsten Gefühle ergriffen uns.
>
> – *Albert M. Ettinger, United States Army.*

31. Dezember. Ich streiche durch die Flure und pfeife dabei laut, um die Musik zu übertönen. An den Wänden hängen Bilder von Schulkindern hier aus dem Ort, die uns jedesmal in den Ferien mit Kunstwerken überhäufen. Mir gefallen die Bilder zwar, aber ich sehne mich nach einem Monet oder van Gogh, um das Ganze etwas aufzulockern. Der Infantilismus des Greisenalters läßt mich schier die Decke hochgehen.

Am Eingang zum Freizeitraum, der über und über mit roten, weißen und blauen Papierschlangen behängt ist, bleibe ich stehen. Der Fernseher in der Ecke, immer viel zu laut eingestellt, läßt feierlich ein weiteres Jahr Revue passieren, an dem wir nicht teilgenommen haben. Der Raum, ansonsten ruhig, ist angefüllt mit zwei Dutzend Feiernden und ebenso vielen Rollstühlen, Gehhilfen, Spazierstöcken und Kolostomiebeuteln. Diejenigen, die noch dazu in der Lage sind – und auch einige andere –, schlürfen aus Pappbechern billigen Sekt und glotzen dabei auf die flackernden Bilder, Bilder einer Welt, die ich immer weniger wiedererkenne. Ich sehe einer Schwester zu, die einen jämmerlich aussehenden, tief in seinen Rollstuhl gesunkenen Mann mit einem verrutschten Partyhütchen auf dem Kopf löffelweise mit pinkfarben glasiertem Schokoladenkuchen füttert. Ein Luftballon hängt an seinem Infusionstropf, und sein Hemd ist voller Eiscremeflecken. Tröten aus Papier werden geblasen. Ein Becher Sekt wird umgestoßen. Jemand beginnt zu schnarchen.

Auf dem Weg zurück in mein Zimmer fällt mir auf, daß MacKenzies Bett leer ist.

*

MacKenzies Beerdigung findet in der kleinen Kapelle auf dem Hügel hinter Great Oaks statt. Ich sitze allein fast ganz hinten, den Spazierstock zwischen den Knien. Seine Familie trifft ein: drei Töchter und zwei Söhne, gekleidet in Schwarz und Dunkelblau. Sie flüstern mit ihren Angetrauten und haben ordentlich gekämmte Jungen im Schlepptau und Mädchen, die mit Haarspangen und Bändern herausgeputzt sind. Als die Familie still den Mittelgang hinabschreitet, setzt Musik ein. Eine traurige Flöte knistert aus den kleinen weißen

Lautsprechern an den Wänden. In einem Augenblick der Stille höre ich sogar zweimal einen unterdrückten Schluchzer.
Weshalb unterdrücken wir bei Begräbnissen die Tränen, drängen unser Leid zurück, bis die Kehle schmerzt? Ich will kreischende Baptisten haben, die sich zu Boden werfen und sich vor Leid krümmen. Ich will Schmerz in voller Orchestrierung und empörtes Wehklagen und Schläge auf die Brust. Wie kannst du es wagen, uns MacKenzie zu nehmen! Verdammnis über dich!
Zu dumm, daß ich nicht bei meiner eigenen Beerdigung zusehen kann. Wäre die beste Gelegenheit, herauszufinden, wem wirklich etwas an mir liegt. Zuerst der kalte Schock des Telefonanrufs oder des Telegramms. Dann ein paar Tage für alle, um die Erinnerungen zu durchforsten, bevor sie schwarz gekleidet Schulter an Schulter in knarrenden Kirchenbänken aufgereiht werden, um sich eine Mischung aus herzzerreißender Poesie und Musik anzuhören, bis sich ihre Kehlen vor Kummer zusammenschnüren. Zwischen ersticktem Schluchzen und zuckenden Schultern schwillt die Musik immer lauter an, bis ich im rückwärtigen Teil der Kirche erscheine und triumphierend nach vorne schreite, ein Taschentuch in der Hand. Seid getröstet, meine Freunde, es ist nicht zu spät, mir Gutes zu tun und um Verzeihung zu bitten. Denn Patrick lebt! Vor dem Schlußgebet verlasse ich den Gottesdienst. Adieu, MacKenzie.

Die Ehrenformation marschiert langsam zu feierlicher Musik. Sobald die Formation gegenüber dem Grab eingetroffen ist, nimmt sie in Blickrichtung zu diesem Aufstellung.
Daraufhin wird der Sarg entlang der Ehrenformation zum Grab getragen. Während die Soldaten das Gewehr präsentieren, stimmt die Kapelle ein getragenes Musikstück an. Sobald der Sarg über dem Grab plaziert ist, endet die Musik, und die Gewehre werden abgesetzt.
Als nächstes befiehlt der kommandierende Offizier: Abteilung stillgestanden! Rührt euch! Die Ehrenformation geht in Rührt-euch-Stellung. Offiziere und Mannschaften senken den Kopf.
Wenn die Begräbniszeremonie beendet ist und der Sarg ins Grab hinabgelassen wird, befiehlt der kommandierende Offizier der Ehrenformation, in Habt-Acht-Stellung zu gehen und drei Salven mit Platzpatronen in die Luft abzufeuern. Ist die Ehrenformation größer als ein

Bataillon, wird ein Bataillon ausgewählt, die Gewehrsalven abzufeuern.
Ein Trompeter bläst dann den Zapfenstreich.

– *Exerzierordnung der Infanterie, United States Army. Kriegsministerium. 1911*

Eine Woche ist verstrichen, und die ganze Zeit nagte in mir das ungute Gefühl, etwas verlegt zu haben. So stöbere ich jeden Nachmittag meine Sachen durch und versuche herauszufinden, was ich womöglich verlegt haben könnte.
Wie absurd.

★

»Ich habe ein paar Blumen gekauft«, sagte Julia, als ich sie am nächsten Morgen im Hotelfoyer traf. Sie hielt einen kleinen Strauß in der Hand. »Vielleicht verschönern sie ein wenig mein Zimmer.« Sie hatte sich das Haar zurückgesteckt und trug ein einfaches olivgrünes Kleid mit einem kleinen Ausschnitt und so kurz, daß man ihre Beine sehen konnte, was mir fast den Atem nahm. Dann blickte ich verstohlen auf die Rundung ihrer Hüften und stellte sie mir nackt vor – oder versuchte es zumindest. Ich dachte an die Frauen in den Werbeanzeigen der Modemagazine, die ich als junger Bursche in der Bibliothek sorgfältig durchforstet hatte, um dann heimlich die Photos derjenigen herauszuschneiden, die ich besonders attraktiv fand. Julia aber wirkte viel natürlicher und strahlte eine Wärme aus, wie ich sie bei meinen Freundinnen aus den Magazinen nie gefunden hatte. Diese erlitten eines Nachmittags den Flammentod, als meine Mutter sie in meiner Schreibtischschublade entdeckte und befand, daß sie meiner Entwicklung nicht zuträglich seien.
»Die Blumen sind wunderschön«, sagte ich schließlich, als ich merkte, daß ich sie angaffte.
»Bin gleich zurück.« Sie drehte sich um und lief die Treppe hoch.
»Ich hole unser Picknick und erwarte Sie hier in der Halle«, rief ich.
Als sie wieder die Treppe herunterkam, trug sie eine kleine zusammengeklappte Staffelei, eine rechteckige gerahmte Leinwand und

ihren dunkelbraunen Rucksack bei sich, den sie sich um eine Schulter gehängt hatte. »Fertig!« meinte sie fröhlich mit einem breiten Lächeln, das ihre Zähne sehen ließ.
Bei der Fahrt saß sie neben mir, eine aufgeschlagene Straßenkarte auf dem Schoß und in einer Hand eine Zigarette. »Sehen Sie dort, diese Gräber«, sagte sie und deutete aus dem Fenster zu einem kleinen, mit einer niedrigen Steinmauer umgrenzten Friedhof. »Die Kreuze sind alle schwarz.«
»Deutsche«, sagte ich.
»Eine schreckliche Farbe für ein Kreuz«, sagte sie.
»Die Deutschen scheinen ziemlich versessen auf Schwarz zu sein«, erwiderte ich. »Sogar ihr Brot ist schwarz.«
»Aber ich finde, Grabsteine sollten nicht schwarz sein«, meinte sie.
Wir hielten an einem schmalen Schotterweg, der an einem alten Holztor endete. In der Nähe unter einem Baum lag die verrostete Karosserie eines Lastwagens und daneben ein Berg von 75-Millimeter-Geschoßhülsen. Ich trug ihre Staffelei und ließ sie vorangehen. Nach rund einer Dreiviertelstunde blieb sie plötzlich stehen und drehte sich zu mir um.
»Hier bleiben wir, hier ist es hübsch«, sagte sie und legte ihren Rucksack ab. Wir befanden uns am Rand eines Zedernhains, an dem ein Fluß entlanglief. Es lagen mehrere größere Steine herum, auf die man sich setzen konnte, und im Osten, jenseits einer weiten, mit kleinen blauen Blumen gesprenkelten Wiese, erhob sich aus einem Dorf mit grauen Steinhäusern ein granitfarbener, teilweise beschädigter Kirchturm. Ich stellte den Picknickkorb ab, sah mich um und überlegte, was sie hier wohl malen wollte.
»Wieso haben Sie sich zur Armee gemeldet?« Sie holte eine verschrammte flache Holzschachtel aus ihrem Rucksack, öffnete sie und suchte kleine silberne Farbtuben heraus.
»Weil ich jung war und dumm.«
»Sonst gab es keinen Grund?«
»Mit jung und dumm sein ist es in etwa erklärt.«
Sie blickte mich lächelnd von der Seite her an. »Ich gehe doch wohl hoffentlich nicht zu weit?«

»Tut mir leid, ich verstehe nicht.«
»Sie brauchen sich nicht dauernd zu entschuldigen.«
»Gut, dann lasse ich es.«
Sie wählte einen Pinsel aus und strich mit den Fingern über die Borsten. »Haben Sie irgendwelche Vorbilder?«
»Die sind alle tot.«
»Alle?«
»Ja, alle.«
Sie legte den Pinsel beiseite und nahm einen anderen. »Die Leute machen sich verrückt wegen ihrer Vorbilder. Ich las in der Zeitung, daß sich in Los Angeles zwei Frauen umgebracht haben, nachdem Valentino gestorben war.«
»Welche heldenhaften Taten hat der denn schon vollbracht?« Ich merkte an meiner Stimme, daß ich zornig war.
»Genau das ist der Punkt. Er mußte das gar nicht. Er mußte nur einen Traum anbieten.«
»Der wie aussah?«
»Daß einen ein Mensch wie Valentino retten könnte, wenn man ihm nur nahe genug kommt.«
»Was man aber niemals schafft.«
»Nein, wir werden nie gerettet werden, oder? Deshalb haben sich die beiden Frauen umgebracht.« Sie blickte mich an und wollte etwas sagen, zögerte aber plötzlich. Schließlich meinte sie: »Das ist genauso wie bei Liebesbeziehungen, meinen Sie nicht?«
»Was ist genauso?«
»Wir erwarten, daß sie uns retten, und sie können es nicht.«
Ich erwiderte nichts darauf. Wußte sie, was ich fühlte? Wollte sie mir sagen, daß sie mir nicht helfen konnte? Daß es niemand konnte?
Sie stellte die Staffelei mit Blick zur Wiese auf und betrachtete die blanke Leinwand, wobei sie die Hände in die Hüfte stützte. Ich wiederum betrachtete ihre Silhouette, wie sich ihre Brüste unter dem Kleid abzeichneten. In der Konzentration legte sich ihre Stirn ein wenig in Falten, und die Nase kräuselte sich ganz leicht an der Wurzel.
»Wenn also Valentino kein Held ist, wer ist dann einer?« fragte sie und wandte sich wieder mir zu.

Ich zuckte mit den Schultern. »Jemand, dessen Leben irgendwie bedeutungsvoller ist als unser eigenes.«
»Wenn wir also in dessen Nähe sind, gibt das unserem eigenen Leben mehr Bedeutung?«
»Kann schon sein.« Ich dachte an Daniel.
Sie drehte sich wieder zur Leinwand um und fing an zu malen.
»Ich werde mich mal ein wenig umsehen«, sagte ich. Sie nickte, ohne aufzublicken.
Ich hüpfte über zwei Felsen im Fluß und schlenderte in den Zedernhain, der zur Mitte hin immer dichter wurde und das Licht nur noch gefiltert durchließ. Da wir nordöstlich der Stadt waren, vermutete ich, daß dieses Stück Land 1914 mehrmals den Besitzer gewechselt hatte, dann bis zum Sommer 1918 kurz hinter den deutschen Linien lag, woraufhin es erneut mehrmals den Besitzer wechselte, bevor es von amerikanischen und französischen Truppen befreit wurde. Ich wandte mich um und blickte zu Julia hinüber, deren entfernte Gestalt, mit dem Rücken zu mir, von zwei schlanken Bäumen eingerahmt wurde. Mehrere Minuten lang stand ich so da, sah sie an und lauschte den Vögeln über mir. Dann ging ich ein Stück weiter, bis sie vollständig hinter den Bäumen verschwand. Einen Augenblick blieb ich bewegungslos stehen, dann legte ich mich rücklings auf das trockene Laub und sah hinauf zum Licht. Die himmelwärts strebenden Bäume schienen sich mir ein wenig entgegenzuneigen, und ich erinnerte mich, daß ich als Kind das gleiche Gefühl hatte, wenn ich mich auf den Waldboden legte und darüber nachsann, ob wohl der ganze Wald über mir zusammenstürzen würde.
Ich dachte an Sean, den ich sehr vermißte, an sein kleines Lachen, daran, wie er an meinem Hosenbein zupfte, wenn er spielen wollte, und an seinen süßen Gesichtsausdruck im Schlaf. Dann kam mir Charlotte in den Sinn, und plötzlich ergriffen mich Schuldgefühle und Zweifel. Erst stellte ich mich mit ihr zusammen vor, dann mit Julia, dann wieder mit Charlotte. Wie war es nur möglich, daß ich so unterschiedliche, unvereinbare Seiten in mir hatte? Vielleicht sind andere Menschen wie Spiegel, in denen wir uns selbst sehen,

Varianten von uns selbst, die sich dramatisch voneinander unterscheiden, je nachdem, wie das Glas geschliffen ist. Heiraten wir vielleicht Wunschbilder unserer selbst, und müssen dann zuschauen, wie diese sich auflösen? Und was sehe ich jetzt?

Bei dem Gedanken, in drei Tagen nach Paris zurückzukehren, krampfte sich mir der Magen zusammen. War ich denn so unglücklich verheiratet? Ich glaubte nicht. Ganz und gar nicht. Vielleicht waren wir nicht mehr so leidenschaftlich wie andere Paare, aber wir liebten einander. Wir hatten es uns bequem eingerichtet. Wir hatten uns ein gemeinsames Heim geschaffen. Und wir hatten ein Kind.

Weshalb also veränderte Julia alles?

Ich wußte weshalb, und es erschreckte mich. Sie veränderte alles, weil sie so viel mehr zu geben schien, mehr als ich jemals gefühlt hatte. Aber was genau? Ich preßte die Hände flach gegen die Stirn und versuchte mich zu konzentrieren. Es war die Chance – aber nur die Chance –, ganz zum Leben zu kommen, jemanden so vollständig zu lieben, daß man sich nie wieder einsam fühlen würde. Das war es doch, oder etwa nicht? Das Versprechen, von Liebe, Leidenschaft und Intimität ganz umschlungen zu werden, sich auf eine Art aneinander zu binden, die sanft die Seelen miteinander verschmolz. Ein Schmetterling flatterte vorüber und ließ sich auf einem Blatt in der Nähe nieder. Ich beobachtete, wie sich seine Flügel langsam öffneten und schlossen.

Also hatte Julia vielleicht unrecht. Vielleicht können unsere Beziehungen – die Liebe – uns retten, zumindest so weit, daß unser Leben schließlich am Ende lebenswert ist, trotz all des verdammten Elends und des Sterbens. Trotz des Abschlachtens.

Ich schloß die Augen und horchte auf den Klang des Windes in den Blättern und der Vögel über mir.

Noch drei Tage. Was würde ich dann tun? Einfach auf Wiedersehen sagen und eine Frau zurücklassen, bei der ich mich wohler gefühlt hatte als je in meinem Leben, allein durch ihre Anwesenheit? Und was war mit Julia? Was würde sie tun? Sie schien mir robuster als ich, entschlußfreudiger. Wie Daniel. Und doch auch so verletzlich.

Ich richtete mich auf, kniete mich auf den Boden und setzte mich auf die Fersen, die Hände auf den Oberschenkeln. Natürlich würde sie irgendwann wieder heiraten. Oder würde sie mit ihrer Tochter einfach durch die Lande reisen wie Zigeuner, als Überbleibsel eines längst vergessenen Kriegs?

Und welche Hoffnungen hatte sie noch für ihr Leben? Echtes Glück? Oder dachte sie, die beste Zeit habe sie schon hinter sich, so daß ihr als Quelle der Freude nur noch ihre Tochter blieb? Tief in ihrem Inneren schien etwas zerbrochen, durchtrennt zu sein, und doch war sie noch so voller Leben und Lachen.

Als ich mich erhob, fiel mir auf, daß aus der Erde links neben einem kleinen Schößling ein gebogener Metallrand herausragte. Ich rüttelte ein paar Mal daran, um das Ding freizubekommen, und zog dann kräftig. Es war ein deutscher Helm, vorne eingebeult, aber noch mit intaktem Leinwandgurt. Ich klopfte ihn einige Male gegen einen Baum, damit sich die Erde löste. Dann trug ich ihn ans Ufer, ein Stück unterhalb der Stelle, wo Julia stand, und wusch ihn sauber.

»Ich habe Ihnen etwas mitgebracht«, sagte ich, den Helm vorgestreckt, als ich wieder zu ihr zurückkam. »Aus deutschen Beständen. Sie haben 1915 die Form der Helme verändert. Die Pickelhaube mit dem Dorn war selbst dem alten Wilhelm ein wenig zu unpraktisch.«

Ich reichte ihn ihr. Sie starrte ihn an und drehte ihn hin und her. Mit den Fingerspitzen befühlte sie den rissigen grauen Stahl.

»Im Krieg haben wir eine Menge Souvenirs gesammelt«, sagte ich. »Helme, Messer, Medaillen, Kochgeschirre, einfach alles. Das war sehr weit verbreitet. Für eine gut erhaltene Luger konnte man sechzig Dollar bekommen.«

Sie sagte immer noch nichts. War sie irgendwie abgestoßen?

»Er hat etwas sehr Trauriges, sehr Bitteres«, meinte sie schließlich.

»Jeder Gegenstand hat seine Geschichte. Das ist vermutlich das Reizvolle an ihm.«

»Und das einzige, was man tun kann, ist zu überlegen, wie diese Geschichte lautet. Ist dieser Helm auf der Flucht weggeworfen worden, oder ist der Mann gefallen, der ihn getragen hat? Und diese Delle, woher mag sie stammen? Von einer Kugel? Einer Schaufel? Oder ist der Helm erst verbeult worden, als er zu Boden fiel?«

Sie gab ihn mir zurück. »Ich glaube nicht, daß ich ihn haben möchte«, sagte sie. »Vielleicht schenken Sie ihn lieber Ihrem Sohn.«

Ich nahm ihn und fühlte mich mit einem Mal ganz töricht. (Später legte ich ihn in den Picknickkorb und brachte ihn auf mein Zimmer.)

»Ich habe Hunger«, sagte sie. »Essen wir etwas.«

Wir setzten uns ins Gras, und ich beobachtete aus den Augenwinkeln, wie sie beide Beine auf eine Seite legte, sich halb auf die Knöchel setzte und dabei mit einem Arm abstützte. Ich öffnete den Korb und reichte ihr das Brot und ein Messer. Dann entkorkte ich eine Flasche Weißwein und füllte zwei Gläser. Als ich einen Schluck nahm, dachte ich plötzlich, wie unschicklich es war, daß ich hier als verheirateter Mann mit einer wunderschönen, alleinstehenden Frau auf einer Wiese saß und Picknick machte. *Aber ich fühlte mich unglaublich wohl dabei.*

»Lesen sie viel Gedichte?« wollte sie wissen und stellte ihr Glas auf dem Boden neben mir ab.

»Nur ein bißchen.«

»Daniel liebte Gedichte. Er sagte immer, die besten Gedichte seien wie kleine Gefäße mit Botschaften, die man auf keine andere Weise transportieren kann, Miniaturwelten wie winzige Gemälde oder Fabergé-Eier.«

»Schreiben Sie Gedichte?«

»Gelegentlich. Die meisten sind schrecklich. Aber ich mag das Gefühl, das ich dabei habe. Daniel sagte, entscheidend sei, daß man ab und zu die Dinge aus einem anderen Blickwinkel sieht, sonst würde man nicht mehr erkennen, was sie eigentlich sind.« Sie lehnte sich zurück, stützte sich dabei auf die Ellbogen und blickte zum Himmel hinauf. »Manchmal denke ich, wir leben nur einen kleinen Teil unseres Lebens.«

»Die Art, wie Sie reden, erinnert mich an Daniel«, sagte ich.

Fast unmerklich legte sich ein Hauch von Freude auf ihr Gesicht, was mich auf den Gedanken brachte, wie viel wir doch von den winzigsten Veränderungen im Ausdruck, der Stimme oder den Gesten eines Menschen ablesen können, vor allem wenn wir diesen Menschen lieben.

In diesem Augenblick lief ihr eine Träne über die Wange.

»Ich habe Sie aufgeregt«, sagte ich.

Sie schlug die Augen nieder. »Tut mir leid. Es ist nur, weil ich kaum eine Gelegenheit habe, über Daniel zu sprechen, außer mit Robin. Ich kenne nicht einmal jemanden, der ihn gekannt hat. Können Sie sich das vorstellen? Nachdem er gestorben war, war es, als habe er nie existiert. Die einzige Spur, die er hinterlassen hat, sind seine Briefe.« Sie hielt inne, ihre Brust hob und senkte sich langsam. »Und in Robins Gesicht.«

Ich legte ihr die Hand auf die Schulter. »Ich wünschte, ich könnte etwas dazu sagen.«

»Sie müssen nichts sagen. Ich bin froh, daß Sie hier sind.«

Sie brach ein Stück von einem Baguette ab und reichte es mir. »Ich mache mir Sorgen, daß ich Robin womöglich mit zu viel Liebe erdrücke. Aber ich habe ja niemand anderen.«

»Manche Kinder müssen Schlimmeres durchmachen.«

Sie nahm ein Stück Käse und wickelte es aus. »So oft wünsche ich mir, ich könnte Daniel fragen, was ich tun soll. Ich stelle mir dann vor, was er mir raten würde, wie er sich in einer bestimmten Situation verhalten würde.«

Ich stellte mein Weinglas ab. »Es gibt etwas, das ich Ihnen sagen muß.«

Sie blickte mich erwartungsvoll an.

»Daniel wollte Ihnen brieflich einen Heiratsantrag machen.«

Ihre Miene erstarrte.

»Es war in Form eines langen Gedichts. Er hat wochenlang daran gefeilt, und als er starb, war es Dutzende von Seiten lang. Ich habe ihm versprochen, Sie zu suchen und es Ihnen zu sagen, aber ich kannte nicht einmal Ihren Nachnamen. All Ihre Briefe sind mit ihm verschwunden. Alles.«

Einen Augenblick lang saß sie völlig reglos da und sah zu Boden. Ihre Hände zitterten ein wenig.
Nach einer Weile fragte ich: »Wie haben Sie erfahren, daß er tot ist?«
Sie versuchte, unter ihren Tränen zu lächeln. »Wir hatten ein sehr einfaches System, mit dem ich auf einer Landkarte immer verfolgen konnte, wo er sich gerade befand. Ich mußte nur die zweiten Buchstaben jeder dritten Zeile seiner Briefe aneinanderfügen, und schon konnte ich sehen, wo er sich aufhielt und wie die Dinge standen. So wußte ich, daß er an der Front war, und als keine Briefe mehr eintrafen, bedeutete das, daß er gefallen war.«
Sie trocknete sich das Gesicht mit einer Stoffserviette, holte tief Luft und setzte sich gerade hin. »Ich weiß wirklich nicht genau, was ich den Rest meines Lebens tun werde. Manchmal fühle ich mich schon sehr alt, als ob die besten Dinge in meinem Leben schon Erinnerungen seien, abgesehen von Robin.«
»Das dürfen Sie nicht denken.«
Sie zuckte mit den Schultern und reichte mir ein Stück Käse. »Meine Freunde raten mir, die Sache mit Daniel abzuschließen, einen anderen Mann zu finden und zu heiraten. Sie fürchten wohl, ich würde als alte Jungfrau enden.«
»Ich kann mir nicht vorstellen, daß es so kommen wird.«
»Aber ich möchte nicht heiraten. Warum sollte ich denn? Außerdem bin ich nicht gerade die Frau, nach der die meisten Männer in ihrem Leben suchen.«
»Ich weiß nicht ...«
»Es stimmt aber. Ich verabscheue es, zu kochen und die Wohnung zu putzen. Ich bin unordentlich und schlampig, und ich mag kein Make-up. Und ich schnarche.«
»Sie schnarchen?«
Sie errötete ein wenig. »Nur, wenn ich todmüde bin.«
»Ich glaube nicht, daß Sie schnarchen.«
»Nicht so, daß dabei die Fensterläden wackeln.«
»Daniel hat geschnarcht.«
»Ich weiß.«

»Ich glaube, ein paar Mal hat er damit die Deutschen wachgehalten. Ich habe mir immer Sorgen gemacht, sie könnten versuchen, ihn mit ein paar gutplazierten Granaten zum Schweigen zu bringen.«
»Ich habe ihn immer angestupst.«
»Ich auch. Allerdings mit den Stiefeln.«
Sie lachte und fragte: »Sind Sie gerne verheiratet?«
»Ob ich es gerne bin? Ja, sicher. Weshalb fragen ...«
»Ich möchte Sie nicht ausforschen. Ich frage nur deshalb, weil ich so viele unglückliche Paare sehe. Lieber bleibe ich mein ganzes Leben lang allein, als daß ich den Falschen heirate.«
»Niemand plant, den Falschen zu heiraten.«
»Natürlich nicht.« Sie nahm einen Schluck Wein und zündete sich eine Zigarette an. »Es hat mich immer verblüfft, daß so viele Leute tatsächlich jemanden zum Heiraten finden. Denn es erscheint mir so unwahrscheinlich, zur richtigen Zeit genau auf den richtigen Menschen zu treffen. Die meisten Männer, die ich kenne, sind schrecklich von sich eingenommen und reden stundenlang nur über sich.« Sie hielt inne und sah mich lachend an. »Aber Sie gehören nicht zu dieser Sorte.«
»Vielleicht habe ich nur nicht genug, worüber ich schwafeln könnte.«
»Da bin ich sicher.«
Sie lehnte sich wieder zurück, stützte sich auf die Ellbogen und ließ langsam den Rauch aus ihrem Mund aufsteigen. Ich sah auf die Konturen ihrer Brüste. Unter ihrem Kleid zeichneten sich die Brustwarzen ab. »Glauben Sie an Liebe auf den ersten Blick?« fragte sie.
»Ja«, antwortete ich, ein wenig zu schnell. »Oder zumindest an etwas, was dem recht nahe kommt.«
»Habe Sie das gespürt, als Sie Ihrer Frau zum ersten Mal begegnet sind?«
Ich wurde rot. »Nein, eigentlich nicht.« Ich suchte nach den richtigen Worten. »Ich fand sie anziehend. Sie schien nett zu sein. Es kam eher allmählich. Lustig, daß Sie danach fragen, denn die Jungs

in unserer Einheit führten endlose Debatten über Liebe und Verliebtsein. Wir mußten ja eine Menge Zeit totschlagen.«

»Klingt so, als sei das eine sehr ungewöhnliche Gruppe von Männern gewesen.«

»Es waren die besten.« Ich dachte an Giles, Tometti, Lawton und Daniel, an unsere nächtlichen Gespräche in einem Stollen, auf Wache oder beim Marschieren, an all die witzigen Geschichten, das Lachen, die dreckigen Witze, die Hoffnungen und Sehnsüchte und die Einsamkeit. »Ich glaube, das hat mich gerettet.«

»Und zu welchem Schluß sind Sie gekommen?« Sie lächelte.

»Was die Liebe betrifft? Nun, für den Anfang kamen wir überein, daß wir alle uns auf den ersten Blick verlieben wollten, so wie Sie und Daniel.«

Sie wirkte einen Augenblick lang irritiert.

»Aber wir konnten uns nicht einigen, ob eine Liebe auf den ersten Blick von Dauer sein könnte, ob sich dieses Gefühl, dieses Berauschtsein, diese Leidenschaft bewahren läßt oder einfach verblaßt. Nichtsdestotrotz wollten wir es unbedingt herausfinden.«

»Ich werde das jetzt wohl niemals mehr erfahren.« Sie nahm wieder einen tiefen Zug von ihrer Zigarette und drückte sie dann im Gras aus. »Sagen Sie, hatten Sie während des Kriegs eine Freundin?«

Ich unterdrückte das Bedürfnis zu lügen. »Nein. Um ehrlich zu sein, ich habe Daniel beneidet.«

»Es überrascht mich, daß sie keine hatten. Bestimmt wurden Sie als Jugendlicher von Mädchen umschwirrt.«

»Wie, wollen Sie mich veralbern? Ich, das Dickerchen, umschwirrt?«

»Dickerchen?«

Ich kicherte. »Es war eine Phase. Meine Mutter backte immer Plätzchen …«

»Dickerchen. Das ist lustig. Mich nannte man Rotauge.«

»Rotauge?«

»In der sechsten Klasse hatte ich mehrmals eine Bindehautentzündung. Sie wanderte von einem Auge zum anderen und dann wieder zurück. Es war ganz bezaubernd.«

»Ich hatte beim Abschlußball der High School auch eine Bindehautentzündung.«

»Ist nicht wahr.«

»Zum Glück hatte ich keine feste Tanzpartnerin.«

»Sie auch nicht? Sind wir nicht ein tolles Paar?« Sie strich mir mit der Hand über den Unterarm.

Ich sah ihr in die Augen. Sie *wußte* gar nicht, welche Macht sie hatte.

»In der Schule war ich immer sehr in mich gekehrt«, sagte sie. »In Gesellschaft anderer Kinder habe ich mich nie recht wohl gefühlt. Sie erschienen mir so unberechenbar. Und ich wurde gehänselt, weil ich mir nicht die richtigen Kleider leisten konnte. Kleine Mädchen können ganz schön grausam sein.«

»Also auch eine Einzelgängerin«, sagte ich selbstvergessen lächelnd, wobei ich noch ein Stück Brot abbrach, eine Scheibe Käse darauf legte und zu essen begann.

»Mir sind Einzelgänger lieber«, erwiderte sie. »Das sind die interessantesten Leute.«

»Wenn man sie dazu bringt, sich einem zu öffnen.«

Sie lachte. »Bevor ich Daniel kennenlernte, wußte ich nicht, daß man nicht so einsam zu sein braucht.«

War ich einsam, selbst mit Frau und Kind? Ich war es, und ich hatte es nicht einmal bemerkt.

Sie sah mich an. »Es ist schwer, den richtigen Menschen zu finden, nicht wahr? Jemand, den man lieben kann, ohne sich selbst zu verlieren.«

Ich nickte, fühlte mich von ihren Fragen ertappt. Was, wenn ich ihr einfach sagen würde, was ich empfand? Würde es sie erschrecken? Würde ihr Charlotte leid tun? Wie könnte ich ihr erklären, daß es nicht einfach nur körperliche Anziehung war, daß ich nicht einer dieser lüsternen Ehegatten auf der Pirsch war? Wie konnte ich ihr die Wahrheit sagen, ohne sie zu überrumpeln?

Ein Doppeldecker zog laut brummend am Himmel vorüber. Instinktiv ergriff mich ein Gefühl der Angst. Wir sahen dem Flugzeug nach, bis es verschwunden war. Dann drehte sich Julia wieder zu mir um. Plötzlich blickte sie ganz ernst. »Wie haben Sie den Krieg im nachhinein bewältigt, all die Dinge, die Sie getan und gesehen haben?«

»Ich bin mir nicht sicher, ob ich überhaupt etwas bewältigt habe.« Ich sah sie an, und sie hielt meinem Blick stand. In ihren Augen lag Neugierde, als würde sie nach etwas suchen.

»Wie oft treffen Sie sich mit den anderen, den Heimkehrern?«

»Früher einmal im Jahr. Wir haben uns immer bis zur Besinnungslosigkeit betrunken. Aber inzwischen verläuft sich das alles. Die einen wollen nicht mehr an den Krieg erinnert werden, und die anderen sind einfach zu sehr damit beschäftigt, ihre Kinder großzuziehen oder ihren Lebensunterhalt zu verdienen.« Julia stand jetzt ganz nah neben mir.

»Das Traurigste daran ist, daß es nicht mehr das gleiche ist, wenn wir zusammen sind. Die meisten der Jungs haben sich verändert. Sie sind mit dem Kopf ganz woanders. Ich erkenne sie kaum mehr wieder.«

»Das Leben ist eben so«, sagte sie, pflückte dabei ein leuchtend rotes Blatt von einem Ast und strich mit den Fingern über die Oberfläche, als wollte sie sich ihre Struktur einprägen. Ich stellte mir vor, wie ihre Fingerspitzen über meine Haut strichen.

Ich zündete mir eine Zigarette an, wedelte das Streichholz aus und ließ es fallen. »Wissen Sie, was das Allerseltsamste daran war, am Krieg, meine ich? Ich habe mich in dieser Zeit lebendig gefühlt wie nie zuvor. Alles: das Hören, der Geschmack, das Sehen, der Tastsinn, alles war verstärkt. Ich habe *jedes bißchen* mitbekommen.«

Das war das geheime Vergnügen am Krieg, oder etwa nicht? Daß wenigstens einmal im Leben alles stimmte. *Alles war von Bedeutung.*

»Das lag wahrscheinlich daran, daß man ständig in Gefahr schwebte, getötet zu werden.«

Ich lachte. »Aber klingt das nicht ein wenig erbärmlich, daß man uns eine Gewehrmündung an die Schläfe halten muß, damit wir das Leben in seinem ganzen Umfang schätzen können?«

»Ja, stehen Sie zu diesem Gedanken, er ist richtig.«

»Ich glaube, daß sich zu verlieben die gleiche Wirkung hat – ohne so viele häßliche Nebenaspekte.«
»Ach, wirklich?« Sie lächelte so breit, daß sich ihre Wangen bis zu den Augenwinkeln hochzuschieben schienen und sich ihre Nase leicht hob.
Am liebsten hätte ich ihr Gesicht in beide Hände genommen und sie auf Lippen, Augen und Kinn geküßt. War ich dabei, mich zu verlieben? Nein, ich hatte mich bereits verliebt, vom ersten Augenblick an, als ich sie sah, in ihre Augen, ihre Nase, ihr Haar, ihre Hände und ihren Geruch, in das, was sie sagte, und in den warmen Ton ihrer Stimme, in die Form ihrer Ohren, in ihre Gesten und ihr feines Lächeln. Besonders in ihr Lächeln.
Ich griff zur Weinflasche und schenkte mir noch etwas nach.
»Macht es Ihnen etwas aus, wenn wir noch ein wenig bleiben?« fragte sie. »Ich würde gerne noch ein bißchen malen, wenn es Sie nicht …«
»Überhaupt nicht.« Ich reichte ihr ein Glas, und wir standen uns direkt gegenüber. Dicke weiße Wolken zogen langsam vorüber, und es wurde ein wenig kühler. In der Ferne hatten sich mehrere Kühe am Hang eines Hügels zu einer Gruppe zusammengestellt. »Ich bin neugierig – wollten Sie schon immer Malerin werden?«
Sie nickte und nahm einen Schluck Wein. »Irgendwie fühle ich mich beim Malen besser. Nach Daniels Tod hatte ich an nichts anderem mehr Freude.«
Sie stand ganz nahe vor mir, den Kopf leicht zu mir angehoben. Ich sehnte mich danach, sie in die Arme zu nehmen. Durfte ich das? Nein, das ging nicht. So vieles sprach dagegen. Doch nichts davon überzeugte mich wirklich. Ich beugte mich vor und küßte sie rasch auf die Lippen, dann trat ich zurück, um ihr ins Gesicht zu sehen. Ich glaube, sie errötete leicht und ließ das Blatt in ihrer Hand fallen. Sie öffnete den Mund, als wollte sie etwas sagen, dann hielt sie inne, wandte sich um und ging zu ihrer Staffelei hinüber.

*

Als ich heute nachmittag im Aufenthaltsraum saß und von meinem Buch hochblickte, stellte ich fest, daß ich von den Namenlosen umringt war. Die Namenlosen sind Leute, die nicht mehr sprechen, Leute, deren Seelen schon lange entschwunden sind. Ihre Augen sind wie eingeschlagene Fenster eines verlassenen Farmhauses, durch dessen Verandastufen das Gras wuchert und dessen halb offenstehende Eingangstür in eine chaotische Düsternis führt. Sie sitzen den ganzen Tag nur herum, atmen ein und wieder aus. Sie atmen einfach nur. Ich nenne sie die Namenlosen, weil ich mir ihre Namen nicht merken mag. Nicht, nachdem sie schon gestorben sind. Wer will denn mit jemand Bekanntschaft schließen, der gar nicht mehr existiert?
Ich klappte mein Buch zu und ging schnell auf mein Zimmer.

*

Du bist in Ehren gealtert, Patrick.
Glaubst du? Ich nicht. Dieses Heim hier deprimiert mich. All diese alten Leute, und die meisten davon schon lange tot, nur wissen sie es nicht.
Ich möchte dich etwas fragen.
Nur zu, frag, was du möchtest.
Nur eine Frage.
Ich höre.
Tja, nach all diesen Jahren, nach allem, was du gesehen hast – glaubst du da immer noch, daß das Leben eine Tragödie ist?
O ja, Julia, das glaube ich. Aber es gibt darin auch ein paar heitere Augenblicke. Dieser hier gehört aber nicht dazu.

*

Giles und ich saßen in einem Horchposten bei den Ruinen eines Bauernhofes unter dem vollen Sommermond und versuchten angestrengt, die verschiedenen Geräusche voneinander zu unterscheiden. Husten. Metall, das gegen anderes Metall klopft. Knarrendes Holz von den Lattenrosten im Schützengraben. Gelächter. Und weit entfernt der Schrei eines Maultiers. Seit drei Wochen lagen wir den Deutschen gegenüber, fast ohne Ruhepause, und unsere Nerven waren bis zum Zerreißen gespannt.

»Was ist das?« fragte Giles.

»Was meinst du denn?«

»Na, das da!«

»Das ist hinter uns. Es kommt von unseren Linien.«

»Bist du sicher?«

»Ich bin sicher.«

Kurz nach vier Uhr morgens feuerten die Deutschen ein paar Salven über unsere Köpfe hinweg. Ich hörte die Kugeln in die Schulterwehr des Grabens hinter uns einschlagen. Kugeln klingen anders, wenn sie auf einen Körper treffen. Es macht dann suk, suk, suk. Darauf vielleicht ein Schrei oder ein tiefes Aufstöhnen.

Bisher noch kein Ton von dem Maxim irgendwo rechts von uns. Die MGs sprechen sonst sehr wohl, schnell und guttural, hämmern ihre wütenden Botschaften in einen Morsecode, der dechiffriert lautet: HASS HASS HASS HASS. Manchmal, wenn die Kugeln aus allen Richtungen schwirren, höre ich sie fragen: »Wo bist du, Patrick? Wir kommen dich holen.« Als ich sie zum ersten Mal hörte, erinnerten sie mich an die Holzfäller, die hinter unserem Haus arbeiteten. Es gibt sie nicht mehr. Die Artillerie hingegen spricht nicht, sondern kreischt, bringt die Erde in großen wilden Anfällen zum Beben. Aber nicht in dieser Nacht. In dieser Nacht klangen die 75er und 77er und 155er wie ein ersticktes Bellen in der Ferne, das dauernde Husten eines Urtiers, das schlaflos im Wald lauert.

»Wäre ein Stück Wildbret jetzt nicht genau das Richtige? Sagen wir mit ...«

»Hör bloß auf damit.«

Er zuckte die Achseln und strich sich über das Kinn. »Hast du letzte Woche im Feldkino diesen Chaplin-Film gesehen?«

»Verpaßt. War er gut?«

»War verdammt witzig.« Er kratzte sich erst am Hodensack, dann am Hintern, dann wieder am Hodensack. »Ich überlege, ob ich zu Hause in Cleveland nicht ein Filmtheater aufmachen soll. Was meinst du, was so was kostet?«

»Eine ganze Menge mehr, als wir an Sold dafür bekommen, daß wir hier rumhocken. Aber falls der Krieg noch zehn Jahre oder länger dauert, hast du vielleicht die Anzahlung zusammen.«
»Wahrscheinlich brauche ich dafür ein paar Geschäftspartner.« Er kratzte sich wieder und hustete dann leise in seinen Ärmel. Ich stellte mir vor, wie er daheim in Ohio am Eröffnungsabend herausgeputzt vor seinem neuen Kino stand, vor dem die Leute Schlange standen. Und wenn das nicht klappte, würde er etwas anderes finden. Giles war eben so, immer schmiedete er Pläne, wie er reich werden könnte. Er betrieb auch schon einen lukrativen Handel mit deutschen Souvenirs und französischem Cognac und versuchte ständig, mit den Lagerverwaltern der Kantinen vom Roten Kreuz ins Geschäft zu kommen. »Ich will einfach nur ein komfortables Leben haben«, sagte er immer. »Ich habe gesehen, wie sich meine Eltern Tag für Tag abrackerten – und wofür?« Seine Mutter Irene starb, als er elf war. Sein Vater war inzwischen bettlägerig und wurde von Johns jüngerer Schwester und deren Mann gepflegt, die die familieneigene Farm weiterführten.
»Schau dir bloß den Mond an, wie er dahockt und auf uns starrt«, sagte er. Der Mond kam mir viel näher vor als sonst, wie ein großes Stück Obst, das in Reichweite über einem hängt. Mit zusammengekniffenen Augen konnte ich Krater und Spalten erkennen, aber kein Gesicht. Ich habe im Mond nie ein Gesicht gesehen. Ganz leise summte ich: »Ich sehe den Mond, der Mond sieht mich, der Mond sieht jemanden, den ich gerne sehen möchte …«
»Pst, horch mal.« Er kroch auf die erhöhte Feuerstellung hoch.
»Hab' nichts gehört.«
»Pst!«
Das Geräusch eines Schrittes im Schlamm? Ich hob mein Gewehr, so daß die Spitze des Bajonetts auf gleicher Höhe wie der Rand des Grabens war. Plötzlich verspürte ich Ekel und einen Druck in meiner Blase. Giles zog eine Handgranate heraus, seine Finger spielten nervös an ihrem gezackten Metallrand herum. Wir warteten.
»Alles in Ordnung, es ist nichts«, sagte er sichtlich erleichtert. »Zu hell für einen Angriff. Die müßten ja total irre sein.«
»Die sind total irre.« Ich kauerte mich gegen die Grabenwand.

Er nahm seine Pistole aus dem Halfter, strich mit der Hand über den Lauf und steckte sie wieder zurück. Eine Weile später sagte er:
»Weißt du, was ich vermisse?«
»Was denn?«
»Meinen Hund. Ich vermisse meinen Hund.«
»Welche Rasse?«
»Ein Mischling. Hab' ihn Kratz genannt.«
»Kratz?«
»Seine Flöhe haben selber wieder Flöhe.«
»Man sollte besser dich Kratz nennen.«
Er puffte mich mit dem Ellbogen. »Wirklich. Ich vermisse ihn. Er wird ganz verrückt sein, wenn ich wieder nach Hause komme.« Er grinste übers ganze Gesicht.
Ich dachte an Chester und wie wir ihn unter einer Ulme im Wald hinter dem Haus begraben haben. Katherine und ich bastelten ein Holzkreuz, auf das wir mit großen roten Buchstaben schrieben: »Chester, 1904–1910«.
»Pst!«
»Was ist?«
»Hast du nichts gehört?«
»Nein, nichts.«

*

Wo war ich? Das Porträt, stimmt. Laß mich einfach einen Augenblick hier sitzen und die Augen schließen. So ist es leichter, zurückzuschweben. Zurück in die Zeit, als die Dinge so klar waren.

*

Nach dem Essen fragte ich Julia, ob ich mir ihr Bild ansehen dürfe, aber sie bat mich, noch ein paar Stunden damit zu warten. Hatte ich mit dem Kuß alles zerstört? Was dachte sie? Ich suchte in ihrem Gesicht nach einem Hinweis, fand aber keinen. So legte ich mich ins Gras, träumte eine Stunde mit offenen Augen vor mich hin und versuchte dann, die Zeitung zu lesen, die sie mitgebracht hatte, konnte mich aber nicht konzentrieren.

»Sie sind furchtbar geduldig«, sagte sie nach einer Weile.
»Ach, das macht mir nichts aus. Mir gefällt es hier.«
»Sie können es sich jetzt ansehen, wenn Sie möchten. Es ist noch lange nicht fertig, aber heute will ich nichts mehr daran machen.«
Ich erhob mich und ging zu der Staffelei hinüber. Sie trat ein paar Schritte zurück und beobachtete mich.
Es war Daniel. Er ging über eine Wiese, mit Blick zum Betrachter. Im Hintergrund war der beschädigte Kirchturm zu sehen, und ganz vorne erkannte man den Zipfel unserer Picknickdecke. Daniel war in Uniform, verschmutzt und leicht gebeugt unter der Last seines Tornisters. In der Hand hielt er seinen Helm, und das Gewehr hing über der Schulter. Aber was war das für ein Ausdruck in seinen Augen? Ich konnte nicht sagen, ob er traurig war oder glücklich, wagte aber auch nicht zu fragen.
Julia wollte wissen, was ich davon hielte, doch mir fehlten die Worte, also sah ich sie nur an und nickte, und sie nickte ebenfalls.

> Calm fell. From heaven distilled clemency;
> There was peace on earth, and silence in the sky;
> Some could, some could not, shake off misery:
> The Sinister Spirit sneered: »It had to be!«
> And again the Spirit of Pity whispered, »Why?«
> – *Thomas Hardy, ›And There was a Great Calm.‹*

Ich trug das Porträt von Daniel zurück zum Wagen. Es war schwierig, es zu halten und dabei nichts zu verschmieren, als wir vorsichtig am Fluß entlang, vorbei an liegengelassenen Rollen Stacheldraht, weiteren Haufen von Munitionshülsen und schließlich über eine große pockennarbige Weide zu unserem Parkplatz zurückgingen.
Es dämmerte, als wir unser Hotel erreichten. Im Foyer reichte ich Julia das Bild. Sie drehte es so, daß die richtige Seite oben war, und lächelte müde, ob aus Traurigkeit oder vor Erschöpfung wußte ich nicht zu sagen.
»Es war sehr nett von Ihnen, mich heute zu begleiten«, meinte sie.
»Es hat mir gefallen.«

»Ich habe mir vorgenommen, heute abend noch ein paar Briefe zu schreiben.«

»Ja, dann sehen wir uns wohl morgen wieder.«

Sie drehte sich um und ging auf die Treppe zu. Alles, was sie trug, schien so schrecklich schwer, daß ich ihr helfen wollte. Und ich konnte sie nicht gehen lassen ohne den Versuch, mich ihr zu erklären.

»Ach, hören Sie, das da heute nachmittag …«

Sie wandte sich um. »Nein«, sagte sie, schüttelte den Kopf und hob abwehrend die Hand. Dann lächelte sie.

Wir standen uns schweigend gegenüber und sahen uns nur an. »Ich wollte morgen vielleicht nach Verdun fahren«, sagte ich. »Hätten Sie nicht Lust, mich zu begleiten, falls Sie nicht zu beschäftigt sind?« Ich war furchtbar nervös. Klang meine Stimme seltsam? Mir erschien es jedenfalls so.

»Verdun?« Eine Pause. Sie sah mich an, einfach so. Sie starrte nicht, sondern blickte nur. Und dieses Gemälde, auf dem Daniel über eine Wiese auf mich zu geht. »Ja natürlich. Ich freue mich, daß Sie mich fragen.«

*

Danke.

ZWEITER TEIL

Jahrelang habe ich versucht, Julia zu malen. Nicht, daß ich irgendwie talentiert wäre. Vor langer Zeit habe ich Kurse besucht, und wann immer sie hier in Great Oaks Malunterricht anbieten, bin ich mit von der Partie. Die meisten meiner Versuche sind aber so peinlich, daß ich sie sofort wieder zerreiße. Das eine oder andere Bild verstaue ich in der Schublade, um es später nach gründlicher Prüfung ebenfalls wegzuwerfen. Der Lehrer meint, mir fehle der Sinn für die Perspektive. Alles ist ein bißchen verschoben, als würde man es durch den Zerrspiegel auf einer Kirmes sehen. Aber ich gebe nicht auf, und sei es auch nur aus Starrköpfigkeit. Manchmal male ich Landschaften, in der Regel französische Szenerien, die ich aus der Erinnerung hervorhole. Aber meistens versuche ich, Julia zu malen. Ich habe es noch nicht geschafft, sie richtig zu treffen – ihre Augen und ihr Lächeln. Aber ich habe nicht aufgegeben. Ich will es nur einmal richtig hinkriegen, bevor mein Hirn nicht mehr mitspielt. Dann müßte ich mir keine Sorgen machen, daß ich sie für immer verliere.
Ich zeichne auch einige der Schwestern. Und nicht immer ordentlich gekleidet. Offen gesagt – ich habe mich in drei von ihnen verliebt, oder um ganz ehrlich zu sein: Ich bin in eine von ihnen verliebt und von den anderen beiden hingerissen. Man könnte wohl meinen, daß so etwas in meinem Alter ein schlichter Fall von zweitem Frühling sei, eine großväterliche Schwärmerei für »junge Frauen, die deine Enkelinnen sein könnten«! Das stimmt aber nicht. Es ist lupenreine lüsterne Begierde, wie sie in jedem Winkel unseres Heims zelebriert wird, zumindest aber in meinem Kopf. Es

ist ein Verlangen, bei dem man sich die Brust zerkratzen, auf die Knie fallen, um einen einzigen, mit schmollenden Lippen dargebotenen Kuß und einen leichten Druck gegen die Lenden betteln möchte.

Meine Favoritin ist Sarah. Sie fasziniert mich deshalb so sehr, weil sie zu der seltenen Sorte von Frauen gehört, die zugleich Ehefrau und Geliebte sein könnten. Sarah ist geschieden und Mutter zweier Kinder, hat glattes schwarzes Haar, dunkelblaue Augen und die sanftesten Hände der ganzen Schwesternzunft. Sie ist die Florence Nightingale von Great Oaks, unablässig fröhlich und optimistisch (außer wenn es um ihr eigenes Leben geht), und verfügt über das seltene Talent, einen davon zu überzeugen, daß sie sich tatsächlich gern mit alten Leuten abgibt. Allerdings ist sie nicht ganz so sexy wie Janet, die junge Blondine vom Westflügel, aber sehr ernsthaft, absolut offen und aufrichtig, wenn sie ihre Hand auf die meine legt und mich mit diesen forschenden Augen ansieht, um sich zu versichern, daß es mir gut geht - und was kann ich für Sie tun? Und sie hat das schönste Lachen, ein kehliges Glucksen, bei dem sie übers ganze Gesicht grinst und sich leicht nach vorne beugt, so daß ich jedesmal zusammenzucke. Das Erstaunlichste - was mich wirklich umhaut - ist, daß ihr Mann sie sitzengelassen hat, wahrscheinlich weil auf einer Jacht vor der Küste Marilyn Monroe mit einem Glas eisgekühltem Champagner auf ihn wartete.

Janet, mein Liebling, ist verheiratet, was die Dinge kompliziert, aber sie ist nicht glücklich verheiratet, wodurch sich die Chancen erhöhen. Sie hat keine Kinder, möchte aber welche, was noch mehr Fragen aufwirft, und sie behandelt mich wie einen Staatsmann im Ruhestand. Das kann durchaus aufregend sein, auch wenn es mir lieber wäre, wenn sie in mir einen süßen knackigen Burschen sehen würde.

Janet trägt ihr dichtes blondes Haar, das knapp schulterlang und hinter den Ohren lockig ist, mit einem Seitenscheitel. Wahrscheinlich hat sie den schönsten Nacken, der mir je zu Gesicht kam, und in meinem Alter will das was heißen. Und erst ihre Brüste! Selbst im Winter, unter ihrem eleganten Pullover, sind sie unbestritten eine herrlich schamlose Erscheinung, was aber nicht von ihrem aufreizenden Arsch ablenken soll, dieser stetigen Verlockung, wenn er im Flur vor einem davontänzelt, links, rechts, links, rechts. Folgen Sie mir. Wohin du auch willst, Janet, du umwerfendes Geschöpf. Wenn ich nur eine Frau für eine Nacht haben könnte, dann wäre dies Janet, und am nächsten Morgen wäre ich tot. Au revoir!

Erica ist Mitte Vierzig, schätze ich, und etwa eins sechzig groß. Sie hat grüne Augen, dichtes schwarzes Haar und eine dunkle, mediterrane Gesichtsfarbe, schlanke, aber kräftige Beine, entzückende Knie und überaus geschmeidige Arme. Da sie schon zweimal geschieden ist, hat sie wahrscheinlich schon mit mehr Männern geschlafen als Janet und Sarah zusammen und ein paar von ihnen zum Frühstück wieder ausgespuckt. Am meisten fesselt mich aber, daß es ihr gelingt, zugleich entschieden und weiblich zu sein. Das macht mich schier verrückt.

Ich schlurfe über den Flur Richtung Schwesternzimmer, wo Sarah gerade ein Klemmbrett studiert. »Guten Morgen, Sarah«, sage ich und wünschte, ich könnte mein Gesicht in dieser weichen, geilen Mähne vergraben und noch einmal ganz von vorn anfangen.

»Hallo, Patrick«, zirpt sie und schenkt mir dabei ein strahlendes Lächeln, das mich traurig stimmt. Sie scheint sich immer so zu freuen, wenn sie mich sieht, daß ich gar nicht umhin kann, es persönlich zu nehmen, obwohl sie natürlich bei jedem so ist.

»Was für ein hübsches Kleid«, sage ich.

»Das ist meine Uniform, Sie alter Spaßvogel«, erwidert sie, womit sie erreicht hat, daß ich mich wirklich furchtbar alt fühle. Das Klemmbrett an die Brust gepreßt, macht sie sich auf den Weg durch den Korridor, wobei sie den Kopf leicht zur Seite neigt. Zittrig suche ich mir einen Sessel.

Ich würde gern noch mal eine Nummer schieben, bevor ich abtrete. Wirklich. Und um die Wahrheit zu sagen, werde ich mit zunehmendem Alter immer weniger wählerisch. (In manchen Nächten hält mich die Erinnerung an Frauen wach, die ich während meiner kurzen und fehlgeleiteten Blütezeit abgewiesen habe.) Im Grunde genommen bin ich ein geiler Jüngling von achtzehn Jahren, einge-

sperrt in den Körper einer ägyptischen Mumie. So wie das Jungsein bei den jungen Leuten schändlicherweise die pure Verschwendung ist, ist das Altsein bei den Gebrechlichen eine Verschwendung: All diese Weisheit hineingestopft in einen Hund, der nicht mehr zum Jagen taugt. Und ich gebe mich immer noch Hirngespinsten hin wie ein Backfisch.
Aber meine einsame Lüsternheit ist nicht einmal das, was mich am meisten schmerzt. Das Schlimmste ist, daß mich niemand mehr auch nur berühren will.

*

Oder ist es all die Reue, diese verzweifelte Kreatur, die das Leben eines alten Menschen jeden Tag, jede Stunde, jede Minute verfolgt? Manchmal, wenn ich die Panik aufsteigen fühle, möchte ich mir am liebsten ein zweites Glas Brandy einschenken und es hinunterstürzen, aber ich bin auf der Hut, weil andernfalls der Brandy und die Tabletten, die ich nehme, unversehens eine Party schmeißen, deren Gastgeber ich nicht sein will.
Heute ist mir besonders bang, ich verspüre ein Nagen oder Brummen in der Brust, als sei ich von Termiten befallen. Ich sollte zum Mittagessen gehen, bevor die Küche schließt, aber ich bin zu nervös, um mein Zimmer zu verlassen. Und da sitze ich nun in der Ecke in dem orangefarbenen Sessel mit dem fleckigen Bezug, der sogar durch ein Baumwollhemd hindurch kratzt.
Meine Gelenke schmerzen, und ich sehe alles noch verschwommener als sonst schon. Wenn ich noch jünger wäre, würde ich mir einen Termin beim Arzt geben lassen und ihm sagen, daß irgend etwas nicht stimmt, aber in meinem Alter geht man eh davon aus, daß etwas nicht stimmt. »Ja, natürlich fühlen Sie sich beschissen, Mr. Delaney, Sie sind einundachtzig. Ihre Eingeweide verdorren, und Sie werden bald sterben. Was Sie brauchen, ist kein Arzt, sondern ein Paläontologe.«
Ich greife mir ein Buch von dem Stapel in der Ecke. Aldous Huxley, *Die Pforten der Wahrnehmung*, und blättere bis zu einer Passage, die ich unterstrichen habe:

> Die meisten Männer und Frauen führen ein Leben, das schlimmstenfalls so schmerzlich, bestenfalls so monoton, armselig und beschränkt ist, daß das Bedürfnis, daraus zu flüchten, die Sehnsucht, sich selbst zu transzendieren, und sei es auch nur für wenige Augenblicke, eines der grundlegenden Bedürfnisse der Seele ist und immer war.

Dann klappe ich das Buch zu, erhebe mich langsam von meinem Stuhl und steuere auf mein Geheimfach im Wandschrank zu, um mir einen Schluck zu genehmigen.

★

Ich habe heute einen neuen Zimmergenossen bekommen. Ein kleiner Bursche mit wäßrigen Augen, deren Farbe schon längst verblaßt ist, wahnsinnig kleinen Füßen, die in babyblauen Slippern stecken, und großen Altersflecken über der ganzen Stirn. Ich brachte es nicht über mich, ihm zu erzählen, was mit seinen Vorgängern geschehen ist. Jedenfalls habe ich beschlossen, mich mit ihm nicht zu sehr anzufreunden. Der Abschied bringt mich jedesmal um.
Er heißt Martin Dansfield. Seine Tochter Trudy schob ihn im Rollstuhl herein. Sie ist eine große Nummer im Management einer Chicagoer Werbefirma. Ein richtiges Miststück, wenn Sie mich fragen. Sie hat ihm erklärt, wo er seine Hose aufhängen soll, in welche Schublade seine Unterwäsche kommt und daß er nicht zuviel telefonieren darf, weil sie ja die Rechnungen zahlen muß.
Als sie für einen Moment ins Badezimmer verschwand, habe ich mich zu ihm hinübergebeugt und ihm zugeflüstert: »Sag ihr, sie darf nicht so viel Klopapier verbrauchen, weil ich die Hälfte davon bezahle.«
Er lachte so laut, daß ich Angst bekam, er würde mir wegsterben.
Nachdem Trudy gegangen war, gab ich ihm eine kurze Einweisung, welchen Schwestern er aus dem Weg gehen sollte, an welche man sich wenden kann und welche ich schon für mich reserviert habe.
Dann brachte ich ihn runter in den Aufenthaltsraum, um ihn den anderen vorzustellen.

★

»Auf, auf, auf! Sie kommen noch zu spät zur Heilgymnastik!« Es ist Cindy, die Schwester, die ich am wenigsten mag. Sie stürmt ins Zimmer wie die Rädelsführerin eines aufgebrachten Mobs, der Frankensteins Schloß stürmt. Ich bin nach dem Mittagessen eingeschlafen, und jetzt steht sie neben meinem Bett, im Gesicht den Ausdruck milden Widerwillens. Ich glaube nicht, daß sie alte Leute mag, was ich ihr aber nicht verdenken kann.
»Wie sollen wir denn Ihre Muskeln in Schwung bringen, wenn Sie immer nur im Bett liegen? Auf, auf, auf!« bellt sie.
Früher habe ich meine Muskeln immer im Bett in Schwung gebracht, aber das interessiert keinen mehr. Langsam rapple ich mich hoch, ohne sie anzusehen. »Ich finde schon hin, danke«, murmle ich und nehme das Schälchen voller Tabletten, das sie mir barsch entgegenstreckt. Sie hat riesige Unterarme, und ich frage mich, ob es ihr gegen den Strich geht, daß sie alten Menschen hochhelfen muß, um ihren Lebensunterhalt zu verdienen. Ich hoffe nur, daß bei meinem Tod nicht sie es ist, die mich findet.
Das Gymnastikzimmer liegt zwei Flure hinter dem Aufenthaltsraum. Ich gehe zügig und überlege, wie lange ich wohl noch ohne Rollstuhl auskommen werde. Oft sehe ich die Dinger über das spiegelglatte Linoleummeer gleiten und ihre hochbetagte, recht gedächtnisschwache Fracht hin und her transportieren.
Hanford, der großgewachsene schwarze Heilgymnastiker mit dem breitesten Lächeln von ganz Great Oaks und vielleicht sogar ganz Kaliforniens, wartet auf der Schwelle auf mich. Und lächelt. Als wir uns das erste Mal begegneten, sagte er zu mir: »Wissen Sie, Patrick, manche Leute meinen, das Leben sei zu kurz, um sich irgendwelchen Mist gefallen zu lassen, und andere sagen, es sei zu kurz, um sich mit Mist abzugeben. Mein Problem ist, daß ich glaube, die meisten Leute stecken voller Mist.«
Er begrüßt mich, indem er mich an den Schultern packt und zu einem Laufband dirigiert. »Wie geht's denn so?« will er wissen.
»Bin scharf wie ein Tiger auf der Pirsch«, erwidere ich. »Ist nur noch eine Frage der Zeit, wann ich zustoße.«
»Na, dann haben Sie wohl zuviel Austern gegessen.«

»Herr im Himmel, wenn sie hier noch mal Austern auftischen, muß ich mir eine Nutte kommen lassen.« Ich halte mich am Handlauf fest und versuche, beim Gehen die Knie möglichst weit hochzukriegen. Der Regen trommelt gegen das Fenster, als wollte er hereingelassen werden. Mir fällt das metallische Ping-ping-ping der Regentropfen auf verrostetem Eisen wieder ein.

»Sie waren doch in Vietnam, Hanford, oder?«

»Hunderterste Luftlandedivision«, sagt er. Hinter ihm in der Ecke schwingt ein großer Ventilator hin und her.

»Üble Sache«, sage ich.

»Üble Sache. Haben Sie auch gedient?«

»Unter Pershing.«

Einen Moment lang muß er nachdenken. »Das war der Erste Weltkrieg, nicht? Anfang des Jahrhunderts, stimmt's?«

»Ich bin beeindruckt, Hanford. Manche Leute wissen nicht, ob ich nun im Rosenkrieg oder im Dreißigjährigen Krieg dabei war.«

»Ehrlich gesagt, ich dachte, Sie hätten an einem der Kreuzzüge teilgenommen.«

»Treiben Sie es nicht zu weit.«

Er drückt auf einen Knopf, woraufhin der Anstiegwinkel des Laufbands größer wird. »Möchten Sie mir erzählen, wie das damals war?«

»Ich komme hier ganz aus der Puste.«

Er verlangsamt die Geschwindigkeit. »Besser so?«

»Besser.«

»Waren Sie an der Front?«

»Ich konnte das Sauerkraut schon riechen.«

»Alle Achtung! Wie lange?«

»Ein paar Monate.«

»Verwundet worden?«

»Splitter«, erwidere ich und tippe auf den Schenkel.

»Gasangriff erlebt?«

»Ja.«

»Wie wirkt dieses Dreckszeug? Erstickt man?«

»Hängt vom Gas ab. Bei Senfgas konnte es Stunden dauern, bis man etwas spürte. Dann fing die Haut an, Blasen zu werfen, als würde sie sich abschälen, besonders in den Achselhöhlen und den Leisten, und die Augen verklebten einem, was sehr weh tat, und die Bronchien wurden einem zerfressen. Diejenigen, die es schlimm erwischt hatte, erstickten langsam.«

»Übles Dreckszeug.«

Ich nicke.

»Aber worum ging es da eigentlich?« will er ein paar Minuten darauf wissen.

»Worum es ging?« Ich schweige.

»Ja, wozu das Ganze?«

»Nun, vor allem wollten wir dem deutschen Militarismus ein für allemal einen Riegel vorschieben. Aber ich glaube, letztlich ging es allen um die Ehre.«

»Ehre? Scheiße.« Er zuckt die Achseln. »Pfeif auf die Ehre.«

»Wie ist es mit Ihnen, worum haben Sie gekämpft?« frage ich keuchend, als ich vom Laufband heruntersteige und das kleine weiße Handtuch nehme, das er mir reicht.

»Ach, das ist ganz einfach«, sagt er. »Ich habe gekämpft, um meine eigene Haut zu retten.«

Dann mache ich es mir auf einer Liege bequem, und er hebt mir die Arme und Beine an, während wir den Regen prasseln hören.

Als ich beim Angriff auf fünfzehn Meter an die deutschen Maschinengewehrnester herangekommen war, bohrte sich eine Kugel oben durch meinen Schädel ... Während ich dalag, sah ich die deutschen Schützen deutlich vor mir und hörte sie sprechen. Und sie konnten sehen, daß ich noch nicht tot war. Ich beobachtete, wie sie sich daranmachten, mir den Rest zu geben. Sie luden ihr MG nach und richteten es auf mich. Die ersten drei Kugeln gingen durch meine Beine und die Hüfte, und die übrigen ließen Staub und Dreck um meinen Kopf und Körper herum aufspritzen. Offensichtlich meinten die Boches, sie hätten ganze Arbeit geleistet, deshalb drehten sie das MG wieder in eine andere Richtung.

– *Joyce Lewis, United States Marines.*

Bumm, bumm, bumm. Ich schrecke aus dem Schlaf hoch, als ein Balken von der Stollendecke herunterstürzt und mir auf die Schulter knallt. Dann noch einer. Überall Staub und Rauch.
»Bist du verletzt?« will Daniel wissen, der sich gerade hochrappelt. Durch einen breiten Riß in der Decke fällt das Licht einer Leuchtbombe und erhellt sein Gesicht. Es blutet.
Eine weitere Detonation. Wir liegen wieder auf dem Boden, Daniels Beine über meinem Gesicht.
»Verfluchte Scheiße«, sagt er.
»Kannst du dich bewegen?«
»Ja, alles in Ordnung. Nichts wie raus hier, bevor es zusammenkracht.« Auf allen vieren klettere ich hinter ihm die Stufen hoch. Am Boden des Grabens haben sich Leute zusammengekauert. Andere hasten, tief gebeugt, hin und her.
»Ist ja wie ein gottverdammter Meteoritenregen«, flucht jemand links von mir.
Rechts sehe ich Lawton. Zusammengekrümmt hockt er neben dem Stolleneingang. Er zittert wie verrückt.
Ich arbeite mich vor zu Page. Er blickt völlig starr und blutet heftig aus der Nase. Ich klopfe ihm auf den Rücken.
Die Explosionen setzen wieder ein, und wir werfen uns auf den Boden. Schließlich packe ich meinen Helm und versuche verzweifelt, mich in den Dreck einzugraben. Splitter und Teile aus Metall und Holz und andere Trümmer fliegen durch die Gräben. Ich frage mich, ob ich verletzt bin oder blute, aber ich spüre nichts, weil mein Körper erstarrt ist. Er hat sich total verkrampft. Es ist, als würde ich mich an mir selber festhalten, damit ich von den Stößen nicht auseinandergerissen werde. Ich laufe durch den Graben, bis ich über Tometti stolpere, der sich in den Dreck kauert und leise eine italienische Ballade singt. Tränen laufen ihm über das schmutzige Gesicht. Ich denke an seine Freundin Teresa und überlege, was sie wohl davon halten würde, wenn sie ihn jetzt so sehen könnte.
Wieder ein fürchterlicher Einschlag. Bin ich verschüttet? Ich schiebe den Dreck beseite. Nein, ich kann atmen. Aber der Dreck steckt mir in Mund und Kehle.

»Hilf mir!« schreit Giles, der neben einem eingestürzten Abschnitt des Grabens steht. Hinter ihm sehe ich Daniel. Gott sei Dank. Wir schaufeln wie besessen mit Händen, Hacken und Spaten. Unter dem vulkanischen Himmel schimmert alles weiß, dann rot, es flakkert und blitzt durch den Rauch hindurch. Ich finde einen Finger, dann eine Hand. Ich wühle mich durch den Dreck auf der Suche nach einem Gesicht.

»Hier rüber. Delaney hat einen gefunden!« schreit Giles.

Ich bekomme eine Schulter zu fassen, dann ein Kinn und eine Nase. »Zieht!«

Es ist Tometti. Mund, Nasenlöcher und Ohren sind vollgestopft mit Erde. Mit den Fingern mache ich ihm den Mund sauber und schüttle ihn, bis er zu husten anfängt. Dann grabe ich weiter. Noch ein Verschütteter. Nein, ein Stiefel. Ich zerre an ihm, er läßt sich leicht herausziehen. Das Bein ist am Knie abgetrennt.

Page und ich versuchen verzweifelt, einen dritten Körper auszugraben, der anscheinend mit dem Gesicht nach unten verschüttet liegt. Plötzlich ein Ruf: »Zu den Gewehren! Jeder auf seinen Posten! Sie greifen an!«

Ich höre Schreie und merke, daß meine Finger bluten, als ich mich durch Dreck, Steine und gesplittertes Holz wühle, um an das Gesicht des auf dem Bauch liegenden Mannes zu kommen. Ich fühle ein Ohr, ein Büschel Haare. Ich ziehe sanft daran. Die Stirn fehlt. Page? Nein, ein junger Kerl aus einer anderen Korporalschaft. Ein Bauernbursche aus Nebraska, glaube ich. Ich lege seinen Kopf wieder zu Boden. Jemand packt mich und zieht mich weg.

Wo ist mein Gewehr?

Ein Minenwerfer rechts von mir und zwei der BAR, die wir die Nacht zuvor geholt haben, beginnen zu feuern. Ich horche und sehe mich um: Alles wird immer langsamer, bis ich mich völlig abgehoben fühle – der entfernte Beobachter einer seltsamen und schrecklichen Katastrophe. Mir dröhnen die Ohren, aber ich habe keine Angst. Langsam blicke ich nach links, dann nach rechts.

Nichts zählt mehr außer dem Feuer der Maschinengewehre. Ich lausche ihrer unbarmherzigen Arbeit, sie beharken das Gelände mit grimmiger, mathematischer Genauigkeit. Das ist es: Wir tragen ein grausames Zahlenspiel aus. Kugeln gegen Körper, Artilleriegeschosse gegen Bataillone, Bandagen gegen Wunden, Sanitäter gegen Verwundete, Gas gegen Lungen, Flammenwerfer gegen menschliches Fleisch. Was zählt, ist Masse und Menge, die Menge der Stiefel und Kochgeschirre, der Rationen und Gewehre, der Gefreiten und Leutnants, der Flugzeuge und Schiffe und U-Boote. Will nicht mal jemand nachsehen, wie das Spiel steht?

Die Deutschen sind jetzt in unserem Stacheldraht, aber ich habe keine Angst. Eher Wut. Ich schreie. Habe ich wirklich geschrien? Zerstört alles. Alles. Zorn und Zerstörung. Sofort! Stürzt euch auf diese gehörnte Bestie mit den gefletschten gelben Zähnen. Mit rasendem Zorn.

Versucht es mal bei mir.

Ich greife mir ein Gewehr, das neben einem niedergestreckten Körper auf dem Lattenrost liegt, und versuche, das Bajonett eines Kameraden aus der Scheide zu ziehen. Der Schnappriegel ist gebrochen, das Bajonett selbst verbogen. Ich werfe es beiseite und suche nach einem anderen. Dabei höre ich plötzlich deutsche Laute, schnell hervorgestoßen, zornig und ängstlich zugleich, und ich überlege, ob Deutsch vielleicht die eigentliche Sprache des Krieges ist. So klingt sie jedenfalls für mich, eine Reihe gebellter Befehle, die entlang der Kommandokette weitergegeben werden. Hört sich »Ich liebe dich« im Deutschen wirklich wie eine Liebeserklärung an, oder klingt es eher wie »Ich schlag dir gleich den Schädel ein«? Das interessiert mich sehr, weil in diesem Krieg die Sprache ein schreckliches Problem ist, zumindest für diejenigen von uns, die den Krieg gern in Worte fassen würden, es aber nicht können, weil es die dafür nötigen Wörter nicht gibt und nie geben kann. Gemetzel, mörderischer Beschuß, massenhaftes ritualisiertes Abschlachten, klaffende, vereiterte Wunden, schwarz vor Fäulnis und Fliegen, weiße, aus dem Fleisch ragende Knochen, zehntausend Mann an einem einzigen Nachmittag niedergemäht, ihre Leichen im Niemandsland ausgebreitet wie ein grotesker Teppich.

Endlich, mein Bajonett sitzt fest. Kalter Stahl. Ich bin kalter, unbarmherziger Stahl. Meine Fäuste sind geballt, und die Schläfen schmerzen, die Nackenmuskeln sind angespannt. Ich will meinen Tod hinter mich bringen. *Jetzt.* Als ich hochblicke, sehe ich einen Deutschen, dann zwei, dann drei, die mit ihren langen feldgrauen Mänteln und ausgestellten Helmen in unsere Gräben springen, mit Gewehren und Pistolen um sich schießen, Handgranaten schleudern und mit den Bajonetten zustoßen. Ich feuere mein Gewehr ab (hab' ich die Augen dabei geschlossen?), und dann zack zack zack stoße und schlitze ich in blinder Wut mit meinem Bajonett KREPIERT KREPIERT KREPIERT.

Daniel packt mich und schüttelt mich. Dann kriechen Page, Giles und ich hoch auf die Schulterwehr, legen uns auf den Bauch und schießen auf die zurückweichenden Schatten, die wie Gespenster über die pockennarbige, schwankende Erde davonfliehen.

Den übrigen Tag reparieren wir unsere Gräben, bestatten die Toten und füllen unsere Munitionsvorräte auf. Ich weiß noch, daß keiner von uns viel geredet hat, aber alle sehr genau zuhörten.

⋆

Bitte, lieber Gott, hilf mir! Bitte, lieber Gott! Bitte, lieber Gott …

⋆

In jener Nacht in der Finsternis, inmitten des Stöhnens und Klagens und des durchdringenden Korditgeruchs begriff ich, daß die Erde selbst blutete. Die Arterien ihrer Handgelenke waren tief aufgeschnitten entlang einer Linie, die man die Westfront nannte. Ich überlegte, wie lange es dauern mochte, bis sie ausgeblutet war. Noch ein paar Monate? Oder höchstens ein Jahr?

⋆

»Wenn sie doch nur zu schreien aufhören würden«, jammert Tometti und streicht sich mit den Handflächen übers Gesicht wie jemand, der meint, es würden Spinnen darüber kriechen. Das Stöhnen und Wimmern Hunderter Männer, hauptsächlich deutscher, wurde vom Niemandsland zu uns herübergetragen. Tometti zieht sein Messer heraus und versucht, eine schmale Scheibe von dem harten Brot abzuschneiden, das er aus seiner Tasche geholt hat, aber seine Hände zittern zu sehr, und so legt er das Messer beiseite. Dann verschränkt er die Arme vor der Brust und preßt die Hände in die Achselhöhlen.

Manche der Laute klingen fast wie von Tieren, das Kreischen zahlloser Kreaturen, kleine und große, die in Stahlfallen getreten sind. Meine Knie fühlen sich schwach an, und ich frage mich, ob man durch Laute bewußtlos werden kann.

»Das sind die verdammten Sauerkrautfresser«, sagt Lawton, dessen schmutziges Gesicht mit Schnitten übersät ist, manche davon zentimeterlang. Er klopft Tometti sanft auf den Rücken. »Nur die verdammten Sauerkrautfresser.«

»Ja, verdammte Sauerkrautfresser«, wiederholt Tometti flüsternd.

> Wer immer versuchen sollte, sich mir in den Weg zu stellen, den zerschmettere ich.
>
> – *Kaiser Wilhelm II.*

Unser erster Halt in Verdun war am Cimetière National de Douaumont am Ostufer der Meuse. Wir schritten durch endlose Reihen weißer Marmorkreuze, die über eine so absolute und intensive Stille wachten, daß sie gegen mein Trommelfell drückte wie Wasser am Grunde eines sehr tiefen Teichs. Der dort war gerade Vater geworden, und der neben ihm war der letzte von drei Brüdern, die alle gefallen waren. Und der sollte eigentlich Dichter werden, der andere Lehrer, und der da drüben ein großer Wissenschaftler, und der hier Schriftsteller, und der Priester, und der dort in der Ecke, der hättest du selbst sein können, *oui*?

Namen, endlose Namen, anklagend aufgereiht auf endlosen weißen Kreuzen.

»Ich denke immer an die Mütter«, sagte Julia. Sie wirkte, als fröre sie, hatte die Arme vor der Brust verschränkt. Ich erinnerte mich an das Schreien von Männern, die nach ihrer Mutter riefen; es war so häufig zu hören, daß man am Ende schon darauf wartete. Nur einmal habe ich einen Landser nach seinem Vater rufen hören, und das war ein Deutscher.

»Vielleicht sollte man alle auf dem gleichen Friedhof begraben«, sagte ich. »Alle gemeinsam, damit die Leute vor Augen haben, welcher Blutzoll gezahlt wurde. Können Sie sich das vorstellen, Millionen und Abermillionen von Grabsteinen und Kreuzen und Davidsternen in endlosen Reihen, ein Stein neben dem anderen?«

»Nein, das kann ich nicht«, antwortete sie und lehnte sich gegen meine Schulter.

Schweigend gingen wir zum Wagen zurück.

Auf der Fahrt zum Fort Douaumont sahen wir am Straßenrand mehrere in verschiedene Richtungen weisende Schilder, die vor übriggebliebenen Minen und Granaten warnten. Die *Zone Rouge.* Als wir an zwei Arbeitern vorüberkamen, die Bomben auf einen Lastwagen luden, bat mich Julia anzuhalten.

»Sind das scharfe Bomben?« fragte sie. Wir standen bei einem Stapel aus zwei Dutzend dreckverschmierten Zylindern.

Ich nickte. Die Franzosen lächelten, dann hoben sie vorsichtig eins der Geschosse hoch, hielten es mir nahe an den Kopf, der eine der beiden deutete auf sein Ohr, dann schwenkten sie es ein wenig hin und her. Ich konnte das Gluckern der Flüssigkeit im Inneren hören.

»Das ist eine Gasbombe«, sagte ich und trat einen Schritt zurück. Der Franzose lud sie sanft auf eine Holzpalette auf der Wagenpritsche, dann holte er die nächste.

»Was geschieht mit ihnen?«

»Man beseitigt sie.«

»Gibt es noch viele?«

»Ja, überall hier. Irgendwo habe ich gelesen, daß allein in der Gegend von Verdun die Deutschen und Franzosen zusammen über vierzig Millionen Granaten abgefeuert haben, und an die zehn Prozent davon sind nicht explodiert.«

»Und sie werden irgendwie weggeräumt?«

»Das werden wir kaum noch erleben. Frankreich hat im Moment weder das Geld noch die Arbeitskräfte, um mehr zu tun, als die schlimmsten Schlachtfelder abzuriegeln und zu hoffen, daß die verfluchten Dinger irgendwann einmal verrotten.«

»Verrotten sie denn?«

»Irgendwann einmal, ja.«

»Und solange stecken sie irgendwo im Boden?«

»Ja.«

»Mein Gott.«

Im Fort Douaumont – eine massige, mehreckige Betonfestung auf dem höchsten Hügel der ganzen Region – stiegen wir ganz nach oben zu dem Turm mit dem 75-Millimeter-Geschütz. Langsam wanderten wir umher, ließen den Blick über die sanfte Hügelkette entlang der Meuse schweifen. Die wenigen Waldflächen, die es gab, sahen krank aus, die höchsten Bäume in ihnen waren wohl kaum zehn Jahre alt. Auf riesigen öden Flächen wuchs nichts mehr. Ringsum wirkte die Landschaft zerwühlt und unnatürlich.

»Sehen Sie den Kirchturm dort drüben? Wir sind an ihm vorbeigefahren« fragte ich.

Julia nickte.

»Das ist das neue Beinhaus.«

»Beinhaus?«

»Wo die Überreste der nicht Identifizierten aufbewahrt werden.«

Sie blickte mich an, trat dann an die Kante des zerschossenen Forts und sah nach unten.

»Sie stehen jetzt auf der Spitze dessen, was man einst für die mächtigste Festung ganz Europas hielt«, sagte ich.

»Ist sie an die Deutschen gefallen?«

»Ein paar Monate lang. Aber es heißt, sie habe auch dann noch für die Franzosen gekämpft.«

»Wie meinen Sie das?«

»Im Munitionslager kam es zu einer Explosion. Das löste eine Kettenreaktion aus, und über sechshundert der deutschen Besatzer kamen um. Es war nicht möglich, sie ordentlich zu beerdigen, nicht bei dem Dauerbeschuß. Die verkohlten Leichen wurden deshalb einfach hinter einer der Kasematten aufeinander geschichtet.«

»Liegen sie noch dort?«

»Ja.«
»Wie die Bomben.«
Ich trat neben sie. »Wie die Bomben.«

*

Im Fort Vaux strichen wir mit den Händen über die bröckeligen, pokkennarbigen Mauern und sahen zu, wie ein Franzose – einer der vielen dekorierten *gardiens* an den Denkmälern von Verdun –, drei Schuljungen verjagte, die über die Ruinen kletterten und mit Holzstöcken aufeinander zielten. Ein weiterer Franzose, im Rollstuhl und mit Orden an der Brust, verkaufte Postkarten, und ein dritter bot seine Dienste als Fremdenführer an. »Hören Sie die wahre Geschichte von Verdun«, rief er mit starkem Akzent, wobei er mit zwei Fingern der linken Hand die Spitze seines Schnurrbarts zwirbelte.
Wir lächelten ihn höflich an und gingen weiter.
In Verdun selbst erkundeten wir Vaubans uneinnehmbare Zitadelle mit ihren kilometerlangen unterirdischen Gängen und Stollen, in denen Tausende französischer Soldaten vor den deutschen Kanonen Schutz gesucht hatten und viele Jahre zuvor während der Napoleonischen Kriege englische Soldaten vermodert waren. Dann gingen wir durch die Rue Mazel und aßen in einem Restaurant zu Mittag, gleich gegenüber der Stelle, wo gerade das riesige Siegesdenkmal errichtet wurde. In manchen Vierteln der Stadt fehlten ganze Straßenzüge, warteten auf den Wiederaufbau. Überall standen Baugerüste.
»Das ist überwältigend«, sagte Julia, als sie die Serviette auf ihrem Schoß ausbreitete, »dieses Gefühl, daß die Toten hier sind. Jetzt. Unter uns. Wenn man an Geister glauben würde …«
»… wären sie jetzt hier.«
Sie winkte dem Kellner, uns die Speisekarte zu bringen. Nachdem wir sie schweigend studiert hatten, bestellten wir. »Als ich in London war, habe ich das Zenotaph besucht«, sagte sie. »Es ist eine beeindruckende, große Betonplatte in der Nähe des Parlaments, ein leeres Grab, das vor einigen Jahren eingeweiht wurde. Und dort waren noch zwölf andere Frauen aus ganz Großbritannien, sie stan-

den da und blickten darauf, als suchten sie nach Spuren ihrer Angehörigen. Manche waren von weit her gekommen, nur um es zu sehen, wie bei einer Pilgerfahrt. Eine Frau, eine Mutter aus Kent, erzählte mir, sie habe während der Schlacht an der Somme über den Kanal hinweg das Donnern der Geschütze hören können, vor allem nachts. Sie sagte, das Geschirr im Schrank habe so vibriert, daß im ganzen Haus Lärm war. Sie lag im Bett und konnte tatsächlich hören, was ihr Sohn gerade durchmachte. *So* nah war es.«
Während ich aß, dachte ich, wie dankbar ich war, daß meine Mutter nie so etwas hatte hören müssen.

*

Ich verfolge die Nachrichten nicht mehr. Früher hatte ich die Zeitung schon beim Frühstück vor mir liegen und grummelte über diese Idioten vor mich hin, die die Welt regierten. Aber inzwischen erscheint mir das alles ganz und gar unwichtig, so belanglos wie das Wetter in Tahiti, wenn man gerade in Buffalo festsitzt. Was ich tatsächlich lese, sind die Todesanzeigen, die studiere ich genauso intensiv wie Börsenmakler die Aktienkurse. Kürzlich fiel mir auf, daß die meisten Verstorbenen beträchtlich jünger sind als ich, und um ehrlich zu sein, finde ich das ein bißchen entmutigend. Versicherungsstatistisch gesprochen stehe ich auf ziemlich dünnem Eis.
Ich ziehe die kürzeren Nachrufe den längeren Lebensbeschreibungen vor, die ein wenig ernüchternd auf alle die von uns wirken können, die niemals im Krieg einen Geheimcode entschlüsselt, nie ein Patent angemeldet oder ein florierendes Unternehmen gegründet haben, das sie ihren wohlerzogenen, Lebewohl sagenden Nachkommen hinterlassen könnten. Und ich studiere auch immer die Photos. Stammen sie aus dem Besitz von Familienmitgliedern? Fast immer bin ich mir sicher, daß es auch schmeichelhaftere Aufnahmen von George oder Henry oder Martha oder Carol geben muß. Großer Gott.
Mit fällt auch auf, daß – ganz gleich wie alt die Leute zum Zeitpunkt ihres Todes sind – die Photos in den Sterbeanzeigen ausnahmslos Menschen zeigen, die uns aus der Sicherheit ihrer mittleren Le-

bensjahre anlächeln, dieser gloriosen Hochwassermarke des Lebens, bevor sich alles in Scheiße verwandelt.

Ach ja, die mittleren Lebensjahre, der schmucke Gipfelpunkt des Lebens. Wie arrogant und großspurig sind wir herumstolziert, wir, die wir jetzt gebeugt in unterwürfiger Haltung durch die Flure im Heim schlurfen und uns dabei an den Infusionsständern festklammern. Wir hatten Häuser mit drei Schlafzimmern und geschwungenen Auffahrten, symmetrische Heckenreihen, Rosengärten, Barbecues, Hängematten und Hollywoodschaukeln. Wir hatten Wandteppiche, Hartholzparkett, Kerzenleuchter, Vorratskammern und Kellerräume, und jeden Abend Punkt sieben gab es Abendessen, zu dem die Kinder die Treppe herunterpolterten und die Hunde kläfften. Wir hatten Autos, Fahrräder, Eßgeschirre, Silberbestecke, Kleiderschränke, Schreibtische, Lesesessel, Sofas, Werkbänke, Werkzeugkästen und, bei Gott, all diese Verantwortung – in der Arbeit, zu Hause, in der Kirchengemeinde und im Viertel! Und alles war so unglaublich wichtig! Liebling, der Anruf ist für dich, ein Ferngespräch!

Was ist an dieser ganzen Geschäftigkeit schon dran? An all diesem Zeug? Hegen wir insgeheim die Hoffnung, wir müßten nur beschäftigt genug sein, nur genügend anhäufen, dann würde uns der Sensenmann für unsterblich halten?

Die vielleicht beste Methode, den exakten Gipfelpunkt des mittleren Lebensalters zu berechnen, ist mittels der ungefähren Tonnage. Am Dienstag, dem 12. August 1959, war der kürzlich Verstorbene – damals ein munterer Achtundvierziger – rechtmäßiger Besitzer von 2,9 Tonnen an Kleidung, Möbeln und Nippes.

Dann fängt es an, die Reihe von Ausverkäufen, Rückschlägen, Niederlagen, die dir den Boden unter den Füßen wegziehen. Einschränkungen und Rückzüge, die unweigerlich irgendwann in einem Klinikbett enden.

*

»Sie haben heute eine gute Farbe, Patrick«, meinte Sarah, die neben mir stand, während ich auf dem Bett saß. Sie strich mir sanft mit dem Handrücken über die Wange.

»Das macht mein irisches Blut. Deshalb sehen wir so gesund aus, wenn wir trinken. Himmel, ich laufe schon rot an, wenn ich mich nur runterbeuge, um einen Penny aufzuheben.«
»Und Sie sollten ihn mal sehen, wenn er den Penny nicht findet«, sagte Martin. Er saß auf dem Bettrand und angelte mit den Zehen nach seinen Hausschuhen.
Sarah lachte. »In einer Viertelstunde hält irgend so ein Finanzplaner einen Vortrag im Aufenthaltsraum – falls es Sie beide interessiert«, sagte sie.
»Nein, danke«, erwiderte ich. »Ich nehme mein ganzes Geld mit ins Grab.«
»Patrick reist nämlich lieber mit leichtem Gepäck«, meinte Martin.
»Und wie ist es mit Ihnen?« fragte sie zu Martin gewandt.
»Zum Teufel, ich mache überhaupt nichts.« Mit einem leisen Ächzen erhob er sich vom Bett und steuerte auf die Tür zu.
Nachdem er gegangen war, setzte sich Sarah neben mich aufs Bett.
»Ich möchte Sie gern etwas fragen«, sagte sie.
»Nur zu.«
»Sind die Männer tatsächlich so schrecklich, wie sie erscheinen, oder liegt es nur an mir?«
»Sie sind noch schlimmer«, entgegnete ich. »Viel schlimmer.«
»Ich habe gerade herausgefunden, daß der Typ, mit dem ich eine Beziehung habe – oder hatte –, ein Widerling ist.«
Das versetzte mir einen Stich von Eifersucht. »Und jetzt möchten Sie mich haben?« fragte ich und hoffte, daß sie mein Angebot ernst nahm. Seit kurzem schmachtete ich dermaßen nach ihr, daß ich zusammenzuckte, wenn ich sie nur ansah.
Sie lächelte und lehnte sich an meine Schulter.
»Warum ist es nur so schwer, einen netten, halbwegs attraktiven und intelligenten Mann zu finden?«
Ich mußte mich beherrschen, um nicht wild mit den Armen zu fuchteln wie ein Schiffbrüchiger, der ein vorüberziehendes Flugzeug auf sich aufmerksam machen will. »Es ist verrückt. Alle meine Freundinnen sind entweder geschieden oder unglücklich verheiratet. Sie sollten mal hören, was sie mir über ihre Ehemän-

ner erzählen! Es ist, als ob alle nur noch um der Kinder willen zusammenblieben, die das natürlich durchschauen.«

»Je mehr man mir von Liebe und Ehe erzählt, um so weniger weiß ich dazu etwas zu sagen.«

»Ich glaube, ich habe gerade eine schlechte Phase.«

»Tja, wenn es Sie tröstet: Mir geht es genauso.«

Sie lächelte und tätschelte mir den Rücken. »Ich belästige Sie mit meinen dummen kleinen Problemen.«

»Immerhin lenkt es mich von meinen eigenen dummen kleinen Problemen ab.«

Sie zögerte einen Moment, dann seufzte sie und sagte: »Ich weiß nicht recht, aber ich glaube, ich muß eine ganze Menge aufarbeiten. Gestern nach der Arbeit habe ich mir drei Bücher für Selbsthilfe gekauft. Das ist mein persönlicher Rekord.«

»Seien Sie bloß vorsichtig mit solchem Zeug. Als ich noch meine Buchhandlung hatte, habe ich Autoren von solchen Büchern kennengelernt, und ich sage Ihnen, nie zuvor in meinem Leben habe ich einen solchen Haufen von Neurotikern getroffen.«

»Das baut mich nicht gerade auf.«

Sie lehnte sich noch enger an mich, ich berührte mit der Nase fast ihre Wange. »In einem der Bücher habe ich gestern abend gelesen, daß man sich selbst mehr akzeptieren sollte. Und da habe ich mich gefragt, ob das bedeutet, daß ich auch die ängstlichen und selbstkritischen Seiten von mir akzeptieren soll. Oder finde ich nur dann inneren Frieden, wenn ich meine unangenehmen Seiten unterdrücke?«

»Vielleicht ist der innere Friede als Ziel ein wenig zu hochgesteckt?« sagte ich.

»Vielleicht brauche ich auch nur einen guten Apotheker.«

»Ist es denn so schlimm?«

Sie nickte, und da begriff ich plötzlich, daß sie zu den Leuten gehörte, die fröhlicher aussehen, als sie sich in Wirklichkeit fühlen, was meine ganze Einstellung zu ihr veränderte. Holt einen das mit einem Schlag ein, oder kann man mit all diesen inneren Narben durchs ganze Leben gehen?

»Wir werden alle still und leise verrückt. Oder manche auch nicht ganz so still und leise.«
»Wie Sie.«
»Wie ich. Und um damit fertig zu werden, mit diesen ganzen Belastungen, sucht sich jeder eine Ausflucht: Völlerei oder Drogen oder die Arbeit oder Beziehungen oder die Religion oder sonstwas. Jeder braucht irgendwas, dem er sich hingeben kann. Ich kenne keine einzige Ausnahme.«
»Wahrscheinlich haben Sie recht.«
»Ich habe verdammt recht. Die Frage ist nur, wie zerstörerisch diese Besessenheit jeweils ist. Kann man damit leben, oder bringt man bis Weihnachten dreihundert Pfund auf die Waage? Das ist die Frage.«
Sie lächelte. »Eigentlich wollte ich gar nicht so rumjammern. Ich habe einfach nur einen schlechten Tag.«
»Sie können mir jederzeit was vorjammern.«
Sie legte mir die Hand aufs Knie und streichelte es sanft. Mein ganzer Körper zog sich zu der Stelle, wo sie mich berührte, zusammen.
»Sie sind so süß«, sagte sie und erhob sich. An der Tür drehte sie sich noch einmal um und warf mir einen Kuß zu, wobei sie »Danke« flüsterte.
Fast wäre ich ohnmächtig geworden.

*

Heute nachmittag haben wir einen Luftkampf beobachtet. Zwei Fokker tänzelten träge wie große schwarze Mücken hoch über unseren Linien, als von Südwesten zwei Spads heranjagten. Die Fokker tauchten in eine Wolke, die Spads hinter ihnen her. Sekunden später schossen alle vier Maschinen auf der anderen Seite wieder heraus, nur war jetzt eine der Spads in vorderster Position. Eine Fokker stieß von hinten auf sie herab und fing an zu feuern. Aus der Entfernung klang das Maschinengewehrfeuer blechern und ging fast in dem Jubelgeschrei unter, das die Deutschen in ihren Gräben anstimmten. Die Spad begann zu rauchen und raste im Sturzflug Richtung Boden. Je schneller sie dabei wurde, desto lauter heulte sie.

»Er versucht, das Feuer zu löschen«, sagte Daniel. »Er muß es ausbekommen, bevor er zu tief ist.«

»Los, los, mach schon.«

Wie viele Menschen sahen dem Kampf dieses Mannes zu? Tausende? Zehntausende? Seltsam, aber sein Schicksal erschien uns viel wichtiger als unser eigenes. Viel heroischer.

»Er zieht sie wieder hoch.«

»Nein, tut er nicht.«

»O Scheiße.«

Die Spad zerschellte kurz hinter den deutschen Linien auf dem Boden, was dort einen fanatischen Applaus auslöste.

Oben am Himmel verschwanden die verbleibende Spad und die zweite Fokker erneut in einer großen einsamen Wolke hoch über dem Niemandsland. Plötzlich kamen beide Maschinen wieder zum Vorschein und steuerten auf uns zu, die eine direkt über der anderen. Sie schwenkten erst nach links, dann nach rechts und wieder nach links, und wir konnten die Köpfe der Piloten erkennen.

»Los, setz dich hinter ihn!« schrie ich.

»Zieht die Köpfe ein«, sagte Page

»Großer Gott, ich würde das nicht aushalten«, meinte Giles, als die Flugzeuge abrupt in vertikalen Kreisen noch oben zogen, bis sie fast senkrecht standen. Dann scherte die Spad Richtung Westen aus, ging im Sturzflug runter und zog über unsere Linien Richtung Heimat.

Wir gaben ein paar ungezielte Schüsse auf die deutsche Maschine ab, die die Verfolgung abbrach, sich erst nach Süden, dann nach Osten scharf in die Kurve legte und mit den Flügeln schwenkte, als sie die deutschen Linien passierte.

*

Ich trage mein Skizzenbuch immer bei mir. Es ist nicht sehr groß, und ich habe es gerne griffbereit für den Fall, daß ich den Drang verspüre zu zeichnen. Ich verwende Wasserfarben, Holzkohle, Zeichenstift, Tinte und Pastellfarben. An manchen Tagen wache ich auf und bin mir sicher, daß ich es heute hinbekomme, was aber nie passiert. Trotzdem werde ich allmählicher besser.

Während ich heute nachmittag draußen auf einer Bank saß und mit Wasserfarben malte, fing es an zu regnen. Mein Bild wurde tatsächlich besser, als die ersten Tropfen darauf fielen. Das Haar floß Julia über Wangen und Schultern, und ihre Lippen wurden voller, bevor sie mit den Wangen zusammenliefen. Ich habe keinerlei Versuch unternommen, das Bild abzudecken. Statt dessen genoß ich es, dabei zuzusehen, wie die Tropfen darauf zerplatzten und die Farben nach und nach ineinander zu verschwimmen begannen.
Wieder in meinem Zimmer legte ich das Bild vorsichtig auf die Kommode zum Trocknen. Als ich vom Abendessen zurückkam und einen Blick darauf warf, war ich ganz verblüfft, wie sehr mich die verschwommenen Rot-, Braun-, Orange- und Schwarztöne an den nächtlichen französischen Himmel bei einem Bombardement erinnerten.

*

Ich mag zwar kein Künstler sein, aber zumindest bin ich nicht schwerhörig. Vielleicht kann ich als einziger Insasse von Great Oaks – wir alle sind Insassen, alle, und stehen auf der Todesliste – immer noch die Eule hören, die in einem Baum hinter dem Haus nistet. Aber dennoch brüllt mich jeder an, nur weil ich weißes Haar habe.
»GUTEN MORGEN, MR. DELANEY!«
»WIE GEHT ES IHNEN HEUTE, MR. DELANEY?«
»HAT IHNEN DENN DIE SUPPE GESCHMECKT, MR. DELANEY?«
Wenn ich mal taub werde, dann bestimmt nicht aufgrund meines Alters.
Und dann die Gespräche, die eigentlich nicht für meine Ohren bestimmt sind, Unterhaltungen, die innerhalb meiner Hörweite stattfinden, als sei ich taub, stumm und blind und vergeßlich wie ein Säugling.
»Ich weiß nicht recht. Ich finde, er sieht schlechter aus. Er ist so mager geworden.«
»Magenkrebs ist das *Schlimmste.* Der Arme.«

»Es tut mir leid für ihn. Nicht ein einziger Besuch zu Weihnachten.«
Die wirklich Schwerhörigen sind leicht zu erkennen, weil sie so viele Stichworte verpassen. Sie haben den Kopf immer ein wenig vorgereckt und wissen nicht so recht, ob sie nun fröhlich dreinschauen, die Stirn runzeln oder überhaupt zuhören sollen. Zu den Mahlzeiten summt oder pfeift oder brummt immer irgendein Hörgerät, und das Auswechseln der Batterien ist Tag und Nacht zu beobachten: lächerlich alte Leute, die über lächerlich kleinen Apparaten kauern und versuchen, silbern glänzende winzige Knopfzellen, die sie weder sehen noch fühlen und gewiß nicht begreifen, herauszunehmen und neu einzusetzen.
»Wie um alles in der Welt hat man es geschafft, in etwas so kleines E-LEK-TRIZITÄT zu bekommen?« fragt Helen, die heute noch älter aussieht als sonst.
»O verdammt, jetzt ist mir die Batterie schon wieder runtergefallen!« heult Oscar und löst den zweiten Batteriealarm dieses Tages aus. Einmal habe ich an einem einzigen Nachmittag fünf Batteriealarme gezählt, und dabei bin ich mir sicher, daß das noch nicht einmal der Rekord war. Wir starren alle hilflos auf den Boden, als stünden wir rund um einen Pool, in den ein Kind gefallen ist, und keiner kann schwimmen.

*

Janet hat mich heute übersehen: Ich bin mir sicher, es war keine Absicht. Aber es war so. Sie hat einfach durch mich hindurchgeguckt. Als sei ich gar nicht vorhanden.
Das passiert jetzt oft. Als Greise sind wir alle unsichtbar wie Siegfried mit seiner Tarnkappe.

*

Den ganzen Tag verbargen wir uns unter Bäumen, damit uns die deutschen Flieger nicht entdeckten. Wir lagerten irgendwo vor Villers-Cotterêts nahe der Bahnlinie nach Soissons. Mittags fuhr ein großer Lastwagen vorüber, der an einem langen Drahtseil einen Bal-

lon hochzog. Einige Stunden darauf wurde der Ballon abgeschossen. Wir sahen, wie der Beobachter herabstürzte.
Ohne die Erlaubnis eines Offiziers, die allerdings nicht zu erwarten war, durfte bis zur Dämmerung niemand aus dem schützenden Baldachin der Bäume heraustreten. Ich schlief eine Weile auf dem Boden, schrieb dann einen Brief und legte mich anschließend erneut schlafen. In meinem Brief versuchte ich zu erklären, wie wir zwischen äußerster Angst und äußerster Langeweile hin und her schwankten, aber es gelang mir nicht richtig.
An diesem Tag hatten wir Post bekommen, aber die meisten der Briefe waren unleserlich. Sie waren irgendwo auf dem Transport naß geworden, die Tinte war verlaufen und hatte ganze Absätze mit blauen und schwarzen Flecken überschwemmt. Ich werde nie die Miene der Männer vergessen, die mühsam Seite um Seite mit verlaufener Tinte zu entziffern versuchten, Briefe, die in getrocknetem Zustand aussahen wie ein Wasserfarbenbild von Kinderhand. In einigen von ihnen war von Todesfällen und Geburten die Rede, andere waren die Antwort auf Heiratsanträge. Und nun hatten all diese Männer nichts als gewelltes, verknittertes Papier, daß sie nichtsdestotrotz in der stillen Hoffnung aufbewahrten, es würde ihnen eines Tages doch noch seine Geheimnisse enthüllen.
Beim Abendessen saß Daniel neben mir und zog ein kleines Musselin-Säckchen mit Rübenzucker heraus. »Hier, mach's dir ein bißchen süßer«, sagte er. Ich streute ein wenig davon auf meinen Graben-Krapfen aus Brot, der in ausgelassenem Speck gebacken war.
Daniel war gerade von einem dreitägigen Urlaub zurück; er hatte einen schwerverwundeten Cousin im Hospital von Toul besucht.
»Wie geht es ihm?«
»Wird nicht mehr laufen können.«
»Das tut mir leid.«
Daniel zuckte die Achseln und aß weiter. Kurz darauf hielt er inne und sagte: »Kannst du dir vorstellen, daß einige der Krankenpfleger deutsche Gefangene sind?«
»Wirklich? Machst du dir deswegen Sorgen?«
»Nein, ein paar von ihnen fand ich sogar ganz sympathisch.« Er

legte sein Brot beseite, wischte sich den Mund mit dem Ärmel ab und lehnte sich zurück.

»Was ist denn mit deinem Cousin geschehen …«

»Kugel in den Fuß. Hat sich entzündet. Sie haben ihm das Bein amputiert, direkt oberhalb des Knies.«

»O mein Gott.«

»Um den Wundbrand aufzuhalten. Sieht aus, als ob er's überlebt.« Er beugte sich wieder über seinen Teller, nahm das Brot und tunkte damit das restliche Speckfett auf. »Die schlimmsten Fälle von Wundbrand sind in einer Ecke mit einem Vorhang abgeschirmt. Aber man kann sie hören. Und riechen. Wenn das Fleisch einmal zu faulen anfängt, wandert die Fäulnis den ganzen Körper hoch, bis sie die lebenswichtigen Organe erreicht. Man kann zusehen, wie die Linie am Bein oder Arm täglich ein Stück höher rutscht.«

»Kann man denn nichts dagegen tun?«

»Nur amputieren. Aber wenn es am Arm oder Bein schon zu weit hochgewandert ist …«

»Herr im Himmel, das würde ich nicht aushalten.«

»Dort gab es auch einen Eimer.«

»Einen Eimer?«

»Voll mit Armen und Beinen.«

»Scheiße.«

Wir beendeten unsere Mahlzeit schweigend.

Nach dem Essen gesellten wir uns zu einer Runde Poker mit Giles und Page, bis Giles uns unser ganzes Geld abgeknöpft hatte und schließlich um die Essensrationen spielen wollte. Dann legte sich Daniel zu einem Nickerchen hin, schon nach wenigen Minuten hörte man ihn laut schnarchen. Ich beneidete ihn um seinen entspannten Gesichtsausdruck und fragte mich, ob er jemals Alpträume hatte. Ich hatte welche, und beim Aufwachen fühlte ich mich fast nie ausgeruht.

Ich war froh, daß Daniel wieder da war, konnte ihm aber nicht sagen, wie sehr ich ihn vermißt hatte. Er war mir ans Herz gewachsen wie ein älterer Bruder. Daß er mir in fast jeder Hinsicht überlegen war, störte mich nicht. Er wußte, daß ich zu ihm aufsah. Ich glaube, es hat ihm geschmeichelt oder ihn an seine jüngeren Brüder in der Heimat erinnert. In seiner Nähe fühlte ich mich auch sicherer, es war, als sei er einfach zu gut, als daß ihm der ganze Irrsinn etwas anhaben konnte. Ich wußte, daß er sich als mein Beschützer sah. Vielleicht hatte ihn meine Unschuld angezogen. Vor allem aber spürte er wohl, daß ich ihn verstand – seine Sensibilität und seine Liebe zu Julia und daß sie ihm Kraft gab.

Nachdem in der Dämmerung die letzten Lichtstrahlen verloschen waren, krochen wir wie Küchenschaben vorsichtig heraus. Tausende von uns kamen aus den Wäldern, den Stollen, Scheunen und Bauernhäusern hervor, eine lautlose Armee auf Beutezug. Im Westen durchschnitten Mündungsfeuer und Leuchtbomben die Dunkelheit wie riesige Glühwürmchen, die zum dumpfen Donnern der Artillerie tanzten. Die Landstraße war überfüllt mit Geschützlafetten, Lastwagen und Maultieren. Wie eine feierliche Prozession zog sich der Treck durch ganz Frankreich, an einem Ende gespeist von Fabriken, Zügen und Schiffen, am anderen Ende aufgezehrt von Explosionen, Gas, Kugeln und Klingen. Wir erhielten Befehl, uns zu beeilen.

»Irgendwo im Norden sollen die Deutschen die französischen Linien durchbrochen haben, habe ich gehört.«

»Ach du Scheiße. Und wir dürfen sie jetzt wieder zurückjagen.«

»Ich sag dir, mir tun die Franzosen leid. Sie haben das jetzt schon seit vier Jahren am Hals.«

»Vier beschissene Jahre, stell dir das mal vor.«

Ich starrte geradeaus auf Tomettis Tornister, der voller Flecken war. Überall roch es nach Schweiß und Urin, außer dort, wo es noch schlimmer stank. Drei Tage lang hatte ich Durchfall gehabt, begleitet von Krämpfen, unter denen ich mich nur so krümmte. Die Grippe? Ich betete, daß es keine Grippe sein möge. Aber alle sprachen davon, daß sie eine dritte Front gegen die Menschheit eröffnet habe. Ein junger Bursche aus Indiana starb nur vier Tage, nachdem er erkrankt war. Die Lungenentzündung hat ihn umgebracht. Es heißt, es sei wie Ertrinken. Julia schrieb Daniel, daß die Amerikaner in den Zügen und Bussen Gazetücher über dem Mund trügen und die Geschäftszeiten eingeschränkt würden, um die Ansteckungsgefahr zu verringern. Meine Mutter schrieb mir, daß drei Häuser in unserer Straße unter Quarantäne stünden und die kleine Janey Morgan gestorben sei. Es gab in Frankreich nicht einen Mann, der nicht lieber einen Schuß in die Kniescheibe bekommen hätte, als an einer Krankheit zu sterben. Es war einfach so jämmerlich, von so weit her nach Frankreich zu kommen und dann krank zu werden – in Uniform zu sterben, ohne Hoffnung auf Heldentum, zu sterben in dem Gedanken, daß nach dem Krieg der eigene Name vielleicht nicht einmal auf dem Kriegerdenkmal in der Heimatstadt stehen würde.

Ich sah, wie Giles beim Gehen mit dem Kopf hin und her wackelte, und fragte mich, ob er schlafwandelte. Wäre überaus praktisch, vor allem für einen Soldaten. Tief in meinen Gedärmen rumorte es wieder. Komisch, aber als ich mich zur Armee gemeldet hatte, war mir überhaupt nicht in den Sinn gekommen, daß der Krieg so ungeheuer anstrengend und nichts, aber auch gar nichts einfach sein würde, außer getötet zu werden. Wieder scherte ich aus und suchte mir einen Platz neben der Straße, um zu scheißen. Verdeckt von einem Baum beobachtete ich die wankenden Silhouetten, die beleuchtet vom Halbmond in einer endlosen Reihe vorbeischlurften, als habe die ganze menschliche Rasse beschlossen, sich in einer einzigen Nacht auf Wanderschaft zu begeben. Ich versuchte die verschiedenen Geräusche voneinander zu unterscheiden: heulende, keuchende Maschinen, schepperndes Metall, das Klappern der Hufeisen, knackendes Holz, ein wiehernder Maulesel, das dumpfe Stampfen Tausender von Stiefeln auf Dreck wie ein Tausendfüßler, der über eine Schnarrtrommel kriecht.

Ich mußte mich zwei Stunden lang durchdrängeln und mir einen Weg bahnen, bis ich wieder zu meiner Kompanie aufgeschlossen hatte, die man in der Dunkelheit nicht von den anderen Kompanien unterscheiden konnte. Schon eine Stunde darauf mußte ich mir erneut einen Platz zum Scheißen suchen.

*

Wir haben eine Menge aufzuholen.
Ich träume schon wieder, oder?
Patrick, ich bin es, Julia.
Du bist es, ja? Und ich muß dir so viele Dinge erzählen. Habe ich dir schon von meinem Bruder erzählt? Von meinem jüngeren Bruder Ian?
Nein, erzähl mir von ihm.
Er starb mit sechs Jahren an Pocken. Ich war damals neun. Es war schrecklich, Julia. Alle saßen zusammengesunken in seinem Zimmer. Mein Vater hockte wie versteinert in seinem Sessel im Wohnzimmer. Der Ausdruck auf den Gesichtern der Nachbarn, als sie uns Essen vorbeibrachten.
Es ist eine Tragödie, wenn Kinder sterben.
Nachdem er gestorben war, ging ich in sein Zimmer und blieb dort stundenlang sitzen. Es gibt nichts auf der Welt, das so vollkommen still und ruhig ist wie das Zimmer eines toten Kindes.
Es tut mir leid.
Der Priester versuchte, der Sache einen Sinn zu geben, aber ich konnte das nicht begreifen, ich nicht. Wenn Kinder sterben, ist das immer Mord, Julia. Immer.
Ja, ich verstehe.
Ich hatte eine ältere Schwester, Katherine. Sie starb vor zehn Jahren in Arizona. Ich vermisse sie immer noch, obwohl wir uns nie sehr nahe gestanden haben. Ich glaube, ihr Mann hat mich nicht leiden können. Er hielt mich für ein bißchen durchgedreht, weil ich diese ganzen Jahre über nicht verheiratet war.
Du bist alles andere als durchgedreht.
Danke, Julia.
Du siehst heute nicht gut aus.
Ich bin müde.
Schlaf doch ein wenig.
Ja, das tue ich.
Gute Nacht.
Gute Nacht.

Heute schaffe ich es nicht, mein Zimmer zu verlassen. Ich fühle mich einfach zu schwach. Es ist nicht diese Schwäche, die vom Alter oder etwa vom Krebs kommt, sondern eine Schwäche aus Traurigkeit, was noch viel schlimmer ist. Ich glaube allmählich, daß Traurigkeit eine organische Ursache hat, daß traurige Leute mit mehr Einsicht gestraft sind als andere. Während unser Lächeln unsere Misere Lügen straft, erkennen unsere Tränen sie an.
Vielleicht ist das der Grund, weshalb die einzigen Leute, die mich, abgesehen von Kindern, im Leben wirklich interessiert haben, diejenigen sind, die einen geliebten Menschen verloren haben. Leute, die noch nicht das ätzende Brennen des Todes gespürt haben, sind wie Studenten ohne Berufserfahrung. Die Welt ist für sie noch Theorie – die sie zwar geistig durchdrungen und heftig diskutiert, aber noch nicht richtig erlebt oder verstanden haben.
Jede Suche nach dem tieferen Sinn unseres Lebens muß bei unserem Tod beginnen. Das ist das grundlegende, überwältigende Dilemma der Menschheit. Aber die große Absurdität unseres Lebens – die ich erst jetzt klar erkenne – ist unser Umwille, zuzugeben, daß wir von Anfang an ganz schön in der Patsche sitzen. Wirklich komisch: mehrere Milliarden Menschen, die alle so tun, als wären sie unsterblich, als sei jeder von ihnen die insgeheime Ausnahme oder habe zumindest eine unbegrenzte Zukunft vor sich und könne deshalb bequem dabei zusehen, wie die Uhr vor sich hin tickt, ohne die mindeste Dringlichkeit zu verspüren. Und das Unglaubliche ist, man kann einen Weltkrieg überstehen und auch dann noch nicht das Beste aus der Zeit machen, die einem noch bleibt.

*

Letzte Nacht habe ich geträumt, ich hätte einen Jungen getroffen, der mir mit furchtbar traurigen Augen erzählte, er sei nie geboren worden. Als ich fragte, wie das denn möglich sei, erklärte er mir sehr bedächtig und sehr ruhig, sein Vater sei an der Front gefallen. Und dann sah ich hinter dem Jungen noch Hunderttausende andere Kinder, die einfach nur dastanden. Unendlich stumm.

*

Schnellfeuer. Der Rekrut lernt, mit einer Geschwindigkeit von etwa drei Schuß pro Minute innerhalb der effektiven Schußweite (550 bis 1100 Meter) und fünf bis sechs Schuß innerhalb des Nahbereichs (0 bis 550 Meter) zu feuern. Dabei nimmt das Nachladen die geringste Zeit in Anspruch, das sorgfältige Zielnehmen hingegen die meiste Zeit ... Mündungsgeschwindigkeit. Beim Austritt des Geschosses aus der Laufmündung erreicht es eine Geschwindigkeit von 823 Metern pro Sekunde. Das entspricht etwa 50 Kilometern pro Minute.

– *Handbuch des Gefreiten, 1917.*

Im Lauf der Monate entwickelte sich Lawton zum perfekten Scharfschützen. Sytematisch pickte er sich aus sechshundertfünfzig Metern Entfernung mit einem ruhigen Druck auf den Abzug unvorsichtige Deutsche heraus. Page schien immer stiller zu werden, während Tometti eine endlose Leier über seine Teresa herunterspulte und Giles durch den Handel mit deutschen Souvenirs ein kleines Vermögen anhäufte, wobei er den Großteil des Geldes zur Aufbesserung seiner Verpflegung mit Schokolade, Marmelade und Rauchfleisch verwendete. Daniel hielt uns mit seiner ruhigen Zuversicht und seinem untrüglichen Sinn für das Gelände alle zusammen, so daß wir uns instinktiv auf ihn verließen, selbst wenn er uns, beladen mit Säcken von Granaten, die uns um Hals und Schultern hingen, zu Stoßtruppeinsätzen hinausführte und wir durch die pechschwarze Nacht über einen Boden stolperten, der vom Bombardement aufgewühlt war wie die Nordsee.

In jenem Juli wurde ich zwanzig. Im August starb Pages Vater, und Tometti verbrachte mit einer leichten Schußwunde am Arm eine Woche im Lazarett. Außer gelegentlichen Vorführungen der Truppenbetreuung und Techtelmechteln in den Ruhezonen gab es wenig, was uns von der tief sitzenden Angst, Langeweile und Einsamkeit, die uns im Griff hielten, ablenkte. Gute Neuigkeiten schien niemand mehr gehört zu haben.

Vielleicht veranstalteten wir deshalb so einen Zirkus, als Daniel erfuhr, daß Julia schwanger war. Wir feierten das mit Brandy, den Giles organisierte, und grölten bis in die Nacht, bis die Feldjäger kamen und wir in unsere Zelte torkelten.

Es war seit Wochen das erste Mal, daß wir wieder Post bekommen hatten. Mehrere von uns saßen an der Wand einer verlassenen Scheune fünfundzwanzig Kilometer von der Front entfernt und rissen ungeduldig die Umschläge auf.

»Ich werde Vater!« rief er und schwenkte dabei den Brief. Seine Stimme überschlug sich fast. »Julia meint, es wird ein Mädchen, und sieh hier, sie hat mir eine Liste mit Namen geschickt. Ich soll alle einkreisen, die mir gefallen.« Er sprang auf und tänzelte umher wie eine russische Primaballerina, während er die Namen vorlas. Verschiedene Kameraden klopften ihm anerkennend auf den Rücken.

»Und was ist, wenn es ein Junge wird?« wollte ich wissen.

»In dem Fall nennen wir ihn Patrick. Wie gefällt dir das – vorausgesetzt, Julia ist einverstanden?«

Ich errötete und hoffte inständig, daß es ein Junge würde.

Daniel beschloß auf der Stelle, Julia zu heiraten. Er verbrachte Wochen damit, seinen Heiratsantrag auf einem kleinen Notizblock auszuformulieren, den er in seiner Brusttasche immer bei sich trug. »Ich glaube nicht, daß sie meinen Antrag erwartet – wegen meiner Familie –, aber ich war mir immer sicher, daß ich es wollte. Jetzt müssen wir eben brieflich heiraten, wenn das überhaupt geht, und zum Teufel damit, was andere Leute davon halten.«

»Wo wollt ihr euch niederlassen?« fragte ich.

»In San Francisco, falls meine Eltern nichts dagegen haben. Wir könnten auch nach Monterey oder sogar nach Los Angeles ziehen.«

So viel Spontaneität überstieg meine Vorstellungskraft.

»Ich nehme an, du hast dir noch nicht überlegt, wovon ihr leben wollt.«

»Julia kann Malunterricht geben und vielleicht sogar das eine oder andere Bild verkaufen. Und ich könnte versuchen, eine Redakteursstelle bei einer Zeitung oder Zeitschrift zu bekommen.« Daniel schrieb ständig, sogar wenn wir unter Beschuß lagen. Er sagte, daß sei die einzige Möglichkeit für ihn, zu begreifen, was er denkt. Er hatte drei Artikel über das Soldatenleben an eine New Yorker Zeitschrift geschickt, und einer davon war zur großen Freude des Bataillons sogar gedruckt worden.

»Ich wäre jetzt so gern bei ihr«, sagte er und setzte sich neben mich. »Ich vermisse sie wahnsinnig.«
»Himmel, ich vermisse sie auch«, sagte ich. Er lächelte sogar.
»Ich hätte mich nie zur Armee melden sollen. Was habe ich mir bloß dabei gedacht?«
»Gar nichts hast du gedacht. Wie wir alle.«
Er schloß für eine Weile die Augen und legte den Kopf in den Nakken. Dann las er den Brief erneut durch und reichte ihn mir. »Schau dir nur diese Handschrift an«, sagte er. »Das ist fast wie Kalligraphie.« Ich studierte die wunderbare Schrift und stellte mir vor, wie Julia sich nach dem Frühstück an ihren Schreibtisch setzte, über den Mann sinnierte, an dessen Seite ich kämpfte, und mit einem sanften Kratzen den Federhalter liebevoll über das Papier führte, wobei sie gelegentlich innehielt, um auf den Herzschlag des Babys in ihrem Bauch zu lauschen.

*

Heute beim Malkurs dachte ich, ich hätte ihre Augen hingekriegt. Ich war ganz nah dran: der Bogen ihrer Lider, die schmale Linie der Nase. Ja, die Konturen stimmten genau. Aber ich konnte sie nicht mit Leben füllen. Jedesmal, wenn ich die Pupillen malte, weigerte sie sich, mich anzublicken, so daß ich mich am liebsten über das Blatt gebeugt und ihnen Leben eingehaucht hätte. Aber ganz gleich, wie ich es anstellte, sie starrten immer nur geradeaus. Leblos. Als der Kurs zu Ende war, rollte ich das Blatt zusammen und warf es in den Mülleimer.

*

Heute morgen habe ich unter meinem Kopfkissen zwei Karten zum Valentinstag gefunden. Eine von Helen und die andere von Sarah. (Bin ich so ein Schwerenöter oder was?) Die Karte von Helen habe ich noch nicht geöffnet. Die Dicke des Umschlags läßt auf eine Leidenschaft schließen, mit der ich mich nicht abgeben möchte. Sarahs Karte hingegen habe ich mit ins Badezimmer genommen, die Tür verriegelt, mich auf die Toilette gesetzt und meinen Namen auf dem

Kuvert betrachtet, den sie mit einem großen roten Herz eingekreist hat. Die Karte selbst war eine aus dem Laden, mit Blumen und Herzchen auf der Vorderseite. Drinnen stand geschrieben:

Dem letzten der wahrhaft großen, herausragenden Männer. (Mein Liebesleben bestätigt das!) Von Ihrer nicht so ganz geheimen Bewunderin.
In Liebe, Sarah

Ich marschierte schnurstracks durch den Flur zum Telefon und bestellte einen Riesenstrauß Blumen, der ihr nach Hause geliefert werden sollte. Dann nahm ich den Bus in die Stadt und kaufte für sie eine große Schachtel Pralinen, die ich zusammen mit einer Nachricht im Schwesternzimmer hinterlegte.

⋆

Warum muß die Sehnsucht nach Liebe nur so quälend sein wie ein fürchterlicher Durst? Vielleicht deswegen, weil Liebe der Wunsch ist, gerettet zu werden und wir niemals wirklich gerettet werden können? Vielleicht entspringt die Liebe in Wirklichkeit unseren Ängsten. Liebe ist das Verlangen des Herzens nach einem Schmerzmittel, die tränenreiche Bitte nach einer riesengroßen Betäubungsspritze. Ja, das ist es: Liebe ist das einzige Betäubungsmittel, das tatsächlich wirkt. Und deshalb sehen Leute mit gebrochenem Herzen aus, als kämen sie gerade wieder zu sich. Und wer jemals einen Menschen gesehen hat, der gerade aus der Vollnarkose erwacht, weiß, daß das ganz dem Beginn eines gebrochenen Herzens ähnelt.
Aber wie die Liebe finden und halten und bewahren! Was für eine Wohltat, und wenn sie auch nur kurz währt, bevor sie verblaßt oder uns entgleitet. Seltsam, daß die Liebe – die launischste unserer Empfindungen – von Beginn an die Illusion der Dauerhaftigkeit hervorruft, genau wie die Schönheit, die doch wandelhaft und flüchtig ist, so zeitlos und unendlich erscheinen kann.
Die Liebe sollte triumphieren, denn sie ist das einzige, was stärker erscheint als selbst der Tod, der einzige Aufschub vor der jämmer-

lichen Absurdität des Lebens. Der Zauber der Liebe liegt nicht darin, daß sie alle Antworten gibt, sondern daß sie so viele drängende Fragen überflüssig macht. Denn die Liebe schenkt uns das Gefühl, mächtig wie ein Gott zu sein – und das ist es doch eigentlich, was wir wollen, oder etwa nicht?

★

Als wir gerade Holzplanken durch die Verbindungsgräben schleppen, um die Kampfgräben abzustützen, heult die Gassirene los. Sechs Sekunden, um sich die Maske überzustülpen. Das hat man uns eingebleut. Ich fummle noch nervös herum, als schon die Gasgranaten einschlagen. Jetzt, ich hab's geschafft. Oder? Ich greife zu meinem Gewehr. Der gespenstische Nebel kriecht über den Rand der Schulterwehr in den Graben hinunter wie eine Schlange. Eine gleitende Giftschlange. Tausende und Millionen von ihnen, die zischend auf mich zukommen.
Keine Panik, Patrick, jetzt bloß keine Panik. Atme ein. Gut so. Ist der Schlauch angeschlossen? Ich fahre mit der Hand darüber. Weitere Gasbomben explodieren. Scheiße, wie haben sie in der Ausbildung immer gesagt? Jetzt fällt es mir wieder ein. Normal atmen. Die Maske nicht absetzen, auch wenn man zu ersticken meint. Der Nebel legt sich über den Boden und setzt sich auf meiner Uniform fest, Maske und Gläser sind völlig beschlagen. Setz bloß die Maske nicht ab. Atme ich noch normal? Der zugewiesene Posten darf unter keinen Umständen verlassen werden. Bleiben Sie auf alle Fälle wachsam. Das Atmen fällt schwer und wird mit jedem Atemzug noch schwerer. Bekomme ich noch Luft, oder ist das Gas, was ich rieche? Die Maske nicht absetzen. Unter keinen Umständen die Maske absetzen. Wenn ich nur aus dem Graben herauskönnte, dorthin, wo nicht diese dicken Gaswolken sind. Der Granatenbeschuß hört auf. Ich blicke hoch und überlege, ob die Deutschen jetzt angreifen werden. Aber ich kann den Rand des Grabens nicht sehen. Nicht sehr gut jedenfalls. Allmächtiger, ich glaube, ich muß kotzen. Aber nicht in die Maske. Ich kann doch nicht in die Maske kotzen. Aber ich muß wirklich kotzen.

> Ihre Mienen schienen auf unbeschreibliche Weise im Entsetzen erstarrt zu sein. Ihr Gang und ihre Haltung verrieten völlige Niedergeschlagenheit, sie sackten unter dem Gewicht fürchterlicher Erinnerungen zusammen. Als ich mit ihnen sprach, waren sie kaum in der Lage zu antworten …
>
> – *Der französische Marschall Philippe Pétain über die von Verdun zurückkehrenden Truppen.*

Als wir uns Verdun näherten, bat mich Julia, zur Voie Sacreé zu fahren, der Straße, auf der Frankreich seine Jugend im Eiltempo nach Verdun befördert hatte, auf daß sie Verdun mit gleicher Geschwindigkeit in die Ewigkeit befördern konnte. Die umliegenden Felder waren übersät mit den Überresten von Bauernhäusern, Stapeln von rostigen Stacheldrahtrollen, verwitterten Wellblechplatten und Trümmern von Lastwagen und Waggons.

»Nicht zu fassen, daß es hier immer noch so schlimm aussieht«, sagte sie. Sie stand neben dem Wagen. »Ich hatte mir eigentlich vorgestellt, das meiste wäre weggeräumt … beseitigt.«

»Das war die einzige offene Straße nach Verdun«, erwiderte ich. »Nichts weiter als eine schmale Lehmpiste. Damit die Konvois nicht im Schlamm versanken, schaufelten Tausende von Männern entlang der ganzen Route Tag und Nacht Tonnen von Schotter unter die Räder der Lastwagen und Geschützprotzen. Es ist die französische Via Dolorosa.«

Ich wollte ihr mehr als das erzählen. Ich wollte ihr erzählen, daß sie gerade an der Hauptschlagader Frankreichs stand und daß die Deutschen vom 21. Februar 1916 an mit einem gigantischen Messer und der ganzen Wucht des Teutonischen Reichs zehn Monate lang auf diese Ader eingestochen hatten, wieder und immer wieder. Ich wollte ihr erzählen, daß das Blut einer ganzen Nation – der entsetzten, erschöpften Väter und Söhne Frankreichs – tosend über die Voie Sacrée hinweggeströmt war, um im bitteren Vergessen zu versickern.

Julia stand am Straßenrand neben einem Graben voller verrosteter Achsen und Motorteile. Als sie sich umdrehte und mich anblickte, wußte ich, daß sie sah, was ich sah: eine endlose Karawane überladener Transporter und Lastautos Stoßstange an Stoßstange und

schwankende Kolonnen verschmutzter und müder Männer, die sich dahinschleppten, alle dem Untergang geweiht.
Und es gab nichts, was wir ihnen zurufen konnten, als sie an uns vorbeizogen. Überhaupt nichts.

*

Zuletzt machten wir an einem kahlen Hügel bei Verdun halt, den die Franzosen Le Mort-Homme nennen, den Toten Mann. Man hätte darin auch einen schräg abfallenden Hackstock sehen können, auf dem die Soldaten in kleine Stücke zerhackt wurden, Stücke, die die französischen Armeegeistlichen immer noch jede Woche zusammensammeln und in das überquellende Beinhaus tragen, nachdem die Wildschweine sie ausgescharrt haben.
Wir wanderten langsam den Hügel hinauf, wo gerade eine Gruppe uniformierter Kadetten von der École de Guerre dem Vortrag eines finster dreinblickenden Offiziers mit dickem Schnurrbart und ordengeschmückter Brust lauschte.
»Was mag er wohl erzählen?« fragte Julia. Sie drehte dem böigen Wind den Rücken zu, strich sich das Haar aus dem Gesicht und lehnte sich an mich. Stirnrunzelnd biß sie sich auf die Unterlippe. Mir kam der Gedanke, daß sie zu den wenigen Menschen gehörte, die mit einer ernsten Miene genauso anziehend waren wie mit einer fröhlichen, vielleicht sogar anziehender.
Ich betrachtete den französischen Offizier und dann die jungen Gesichter der Kadetten, die regelrecht an seinen Lippen hingen. Beim Anblick seiner dramatischen Gebärden und blasierten Art überkam mich der Zorn.
»Ich sage Ihnen, was er nicht erzählt. Er erzählt nicht, wie es ist, wenn eine Granate in einen vollbesetzten Graben einschlägt. Er erzählt nicht, wie es dann aussieht und riecht und sich anhört und wie man sich fühlt, wenn man unter Brocken von menschlichem Fleisch begraben ist. Und ich glaube auch nicht, daß er ein Wort darüber verliert, wie entsetzlich schwer einem ein abgetrennter Kopf in der Hand liegt, wie furchtbar es ist, wenn man ihn für die Beerdigung aufheben muß, und wie …«

»Bitte, hören Sie auf«, sagte Julia.
»Aber es ist die Wahrheit. Sehen Sie sich ihre Gesichter an. Sie sind entschlossen, ihre Väter zu rächen. Zehn Jahre, und die Menschen haben schon vergessen. Großer Gott, noch ein paar Jahre, und alle gieren nach einer Revanche.«
»Sie sind noch so jung. Sie können es nicht besser wissen.«
»Vielleicht sollte jemand es ihnen sagen. Vielleicht hätten wir den Krieg an einem kurzen Abschnitt der Front, nur ein paar hundert Meter lang, einfach weiterführen sollen, damit sich jeder, den es nach Ruhm gelüstet, dort eine Kostprobe holen kann.«
Julia wandte sich um und blickte nach Osten Richtung Meuse, dann nach Nordwesten über einen niedrigen Hügel hinweg nach Montfaucon hinüber, wo der riesige amerikanische Friedhof Meuse-Argonne lag, der größte Europas. Überall sah die Erde entstellt aus wie die Haut eines Kindes, das man aus dem Feuer gezogen hat.
Die Kadetten nahmen Hab-acht-Stellung ein und salutierten.
Julia wandte sich zu mir: »Wollen wir gehen?« Sie hatte die Fäuste geballt und vermied es, mich anzusehen.
Während wir rasch hinter den Kadetten den Hügel hinab zu unserem Wagen stiegen, überlegte ich, ob sie wegen des Kriegs so aufgebracht war oder weil ich ständig davon erzählte. Aber ich mußte davon erzählen. War ich nicht deshalb nach Frankreich zurückgekommen?
Eine Stunde lang fuhren wir, ohne ein Wort zu wechseln, bis sie schließlich sagte: »Ich möchte keine Gedenkstätten mehr sehen.«
»Ist mir recht.« Stimmte das? Ich hatte doch den Friedhof Meuse-Argonne besuchen wollen. Vielleicht ein andermal.
»Kann sein, daß Sie es möchten, ich jedenfalls nicht.«
»Ich auch nicht. Keine Gedenkstätten mehr.«
»Gut.« Sie lächelte. »Warum besorgen wir uns nicht irgendwo eine Flasche Wein und machen einen Spaziergang?«
»Ausgezeichnete Idee.« Ich legte den rechten Arm auf die Rückenlehne hinter ihr.
Wir fanden einen kleinen Laden, der von einer halbblinden alten Frau geführt wurde. Sie hatte keine Vorderzähne mehr. Auf der La-

dentheke stand ein umgedrehter deutscher Helm, randvoll mit roten und grünen Bonbons. Eine Granathülse in der Ecke diente als Schirmständer. Die alte Dame starrte mich unentwegt an, als überlegte sie, ob sie mich kannte. Als wir bezahlten, schenkte sie jedem von uns ein Stück Zuckerwerk und deutete dann auf das Bild eines hübschen jungen Mannes, das in einem schmalen Holzrahmen hinter der Theke hing. Dann legte sie die Hand auf ihr Herz und neigte leicht den Kopf, eine Geste, die mich so stark berührte, daß ich kein Wort mehr herausbrachte.

Auf dem Rückweg zum Wagen fing Julia an, auf ihren Nägeln zu kauen, und brach plötzlich in Tränen aus. Ich wandte mich um, nahm sie in die Arme und hielt sie eng umschlungen. Sie bebte am ganzen Körper.

»Er ist nicht tot«, sagte sie und löste sich aus meinen Armen.

»Wer ist nicht tot?«

»Der Mann auf dem Bild. Er ist nicht tot.«

»Aber sie hat doch angedeutet, daß ...«

»Ich habe ihn gesehen. Er war im Raum hinter dem Laden. Er war schrecklich entstellt. Wie ein Monster. Es war grauenhaft.«

»Les gueules cassées.«

»Die was?«

»Die zerschmetterten Gesichter. So nennen die Franzosen sie. Überall in Europa versteckt man sie.«

»Ich hasse diesen Ort«, sagte sie und wischte sich mit dem Handrükken die Tränen von der Wange. »Nein, ich hasse ihn nicht. Ich hasse all diese Zerstörung. Ich hasse die Bomben, die Trümmer, die Gräber, die Wunden und die Mütter und Väter mit gebrochenem Herzen.«

»Ja, ich auch.«

»Und ich hasse Helme mit Bonbons drin.«

Sie lehnte sich an mich, legte den Kopf an meine Brust und begann wieder leise zu weinen. Ich strich ihr sanft über den Rücken wie einem Kind, dann schloß ich die Augen und überließ mich dem Duft ihres Haars.

Heute hat Kelly mich besucht. Sie war zu einem eintägigen Managementseminar in der Stadt und schneite zur Mittagszeit herein.

Ich blickte von meiner Suppe hoch, sah, wie sie auf mich zukam und merkte, daß es mir die Kehle zuschnürte, wie immer, wenn ich eins meiner Kinder oder Enkelkinder sehe.

»Dad!« Sie beugte sich hinab, umarmte mich fest und küßte mich auf die Stirn. »Du siehst gut aus heute. Es freut mich, dich essen zu sehen.« Die ganz Jungen und die ganz Alten stehen unter enormem Druck zu essen.

»Und du siehst umwerfend aus, Kelly«, erwiderte ich und hielt ihre Hand in meiner. »Was für ein Augenschmaus für einen alten Mann.« Mit ihren einundfünfzig Jahren wirkt Kelly wie eine Enddreißigerin, auch wenn ihr Sohn David bereits sechsundzwanzig ist und dessen Tochter Katy drei. Vielleicht hat sie sich deshalb so gut gehalten, weil sie niemals getrunken und geraucht hat, aber wahrscheinlich liegt es daran, daß Kelly schon mit einer gewissen Immunität gegen kleinliche Ängste zur Welt kam, die uns übrige Menschen zermalmt wie alte Zähne. Früher dachte ich, daß Menschen wie Kelly einfach härter sind als wir anderen; jetzt begreife ich, daß sie anders gestrickt sind.

»Du unverbesserlicher Schmeichler«, lächelte sie. Wir gingen nach draußen und setzten uns auf die Terrasse. Mir fiel auf, daß ihre Schuhe abgetragen waren. Hatte sie etwa finanzielle Probleme?

»Wie geht es dir, Dad?«

»Ganz gut. Wie steht es mit deiner Arbeit?«

»Immer das gleiche. Ich würde kündigen, wenn ich das Geld nicht bräuchte.«

»Deshalb gibt es bei den meisten Jobs wohl auch irgendwelche Prämien. Interessante Männer kennengelernt?«

Kelly ist Single, seit sie sich vor acht Jahren von Stewart scheiden ließ. Stewart war ein fader, kräftiger Bursche aus Dartmouth, der in die Fußstapfen seines Vaters, eines New Yorker Investmentbankers, trat und Kelly, von ein paar enttäuschenden Stunden pro Woche abgesehen, links liegen ließ.

»Keinen einzigen. Offen gesagt, Dad, mir ist nicht danach, wieder zu heiraten. Ich habe eine Menge guter Freunde. Ich bin nicht allein.«

»Du bist zu hübsch, um Single zu bleiben. Oder vielleicht bist du zu hübsch, um verheiratet zu sein. Ich weiß nicht genau, was von beidem zutrifft.« Wenn sie lächelte, zog sich ihr linker Mundwinkel weiter nach außen als ihr rechter, wie bei ihrer Mutter. Ich habe das immer sehr gemocht.
»Wolltest du denn noch einmal heiraten, nachdem du und Mom euch habt scheiden lassen?« Diese Frage hatte sie mir noch nie gestellt.
»Ich habe es versucht«, antwortete ich.
»Wer war die Auserwählte?«
»Eine Frau halt, die ich mal gekannt habe. Aber es hat nicht geklappt.«
»Oh, das tut mir leid. Das habe ich nicht gewußt. Eine unglückliche Liebe, ja?« Sie neigte den Kopf ein wenig, während sie mich ansah. Ich fragte mich, wie Stewart nur ein solcher Idiot hatte sein können.
»Tja, so war es eben«, sagte ich. Dann erhob ich mich, nahm in die eine Hand den Gehstock und in die andere ihre Hand, und wir spazierten über die Wiese.
»Ich hatte ein furchtbar schlechtes Gewissen, daß wir dich zu Weihnachten allein gelassen haben.«
»Ich sagte dir doch, daß du dir deswegen keine Sorgen zu machen brauchst. Es ist nicht so, daß ich hier immer allein bin.«
»Ich sorge mich aber. Du solltest bei deiner Familie leben. Willst du bestimmt nicht mitkommen und bei mir wohnen?«
»Es geht mir gut hier. Außerdem habe ich hier eine vorzügliche ärztliche Versorgung.« Die ärztliche Versorgung erwähne ich jedesmal, wenn meine Kinder mir vorschlagen, zu ihnen zu ziehen. Ich glaube, das befreit sie ein wenig von ihren Schuldgefühlen.
»Fühlst du dich denn nicht zu einsam?« fragte sie und sah mich eindringlich an. Sie roch nach Seife, und mir fiel wieder ein, daß ich abends nach dem Essen immer ihren glitschigen weißen Körper aus der Badewanne gehoben, sie dann in ein großes gelbes Badetuch gewickelt und darin auf unserem Bett hin und her gerollt hatte, wobei sie vor Lachen kreischte.

»Einsam? Ich habe hier kaum eine Minute Zeit für mich selbst, und du weißt ja, was für ein Einzelgänger ich bin.«
»Es gefällt mir einfach nicht, daß du hier wohnst, als hätten wir dich im Stich gelassen.«
Ich hob die Hand und schüttelte den Kopf.
Sie versuchte zu lächeln. »Brauchst du irgendwas? Bücher oder so? Ich kann dir alles schicken, was du willst.«
»Hast du vielleicht ein paar neuere Photos von Katy?«

*

Ich habe Magenschmerzen

*

»Was machst du eigentlich mit deinen Pennys?« Eleanor Kravitski starrte mich über den Mittagstisch hinweg an. Ihre Hand mit dem Suppenlöffel war auf halbem Weg zwischen Teller und Mund erstarrt.
»Meinen Pennys?« fragte ich zurück.
»Ja, deinen *Pennys*«, wiederholte sie. »In den vierundachtzig Jahren, die ich jetzt lebe, konnte ich bisher noch keine zufriedenstellende Methode finden, die ganzen Pennys loszuwerden, die sich so ansammeln. Kennst du eine?«
»Tja, Eleanor, wenn ich genau darüber nachdenke, muß ich sagen nein. Aber man könnte sie vielleicht in eine große Dose ...«
»Dann braucht man aber entweder zwei Tage allein schon dafür, sie in diese Münzrollen zu stopfen, die immer aufreißen und an den Enden aufgehen, oder man muß die Dose zur Bank tragen, was ich nicht schaffe.«
»Man könnte auch versuchen, sie gleich wieder auszugeben, wenn man welche bekommen hat.«
»Das klappt nie. Es ist unmöglich, die Pennys so schnell weiterzugeben, wie man sie bekommt, sofern man nicht will, daß sich an der Kasse eine lange Schlange hinter einem bildet, wenn man bei jedem Einkauf für einen Dollar Pennys hinlegt. Das geht einfach nicht. Weißt du, wie lange es dauert, Pennys abzuzählen, wenn man unter

Druck ist, und noch dazu, wenn man Arthritis hat? Tatsache ist, daß man pro Einkauf in der Regel nur etwa zwei bis drei Pennymünzen loswird, wenn man den Betrag passend abzählt, und das ist keine Methode, um eine große Pennysammlung loszuwerden.«

»Man könnte sich weigern, Pennys anzunehmen.«

»Das mache ich auch! Ich habe schon vor zwei Jahren aufgehört, mir Pennys herausgeben zu lassen. Ich sage immer, ich will sie nicht haben, danke sehr. Aber ich habe in meiner Kommode noch eine große Dose mit Pennys, was bedeutet, daß ich noch ungefähr die nächsten zehn Jahre jeden Betrag exakt abzählen muß, um sie alle loszuwerden. Dabei mache ich mir überhaupt nichts aus Geld, ich bin es nur leid, über die Pennys nachzudenken.« Der erstarrte Löffel kam wieder in Bewegung, und sie schlürfte weiter ihre Suppe.

Vier Tage darauf schlichen Haword und ich in Eleanors Zimmer und beförderten mit Hilfe eines Rollstuhls und einer Decke die Pennys aus ihrem Zimmer. Den Schatz begruben wir hinter dem Haus neben der größten Eiche. Es waren schätzungsweise an die sechzehn Dollar. Seither scheint Eleanor vor Glück zu strahlen. Ich bin sicher, sie glaubt, daß ihre Gebete erhört wurden.

*

Ich vermisse Julia so sehr.

*

Daniel, Page, Lawton und ich haben diesen August Sonderurlaub bekommen. Wir fahren für drei Tage nach Paris. Es ist die Belohnung dafür, daß wir drei deutsche Landser geschnappt haben, die mit amerikanischen Uniformen verkleidet versucht hatten, sich bei Vierzy, südlich von Soissons, zu unseren Linien herüberzuschleichen. Wir waren in Hochstimmung: An Passierscheine für Paris heranzukommen, war ausgesprochen schwierig, vor allem für Infanteristen, die, wenn sie in Erholung geschickt wurden, in der Regel in irgendein offizielles, vom Verein christlicher junger Männer geführtes »Urlaubsheim« kamen wie zum Beispiel das in Aix-les-Bains (das den Spitznamen »Aches and Pains« hatte).

Natürlich war noch keiner von uns je zuvor in Paris gewesen. So waren wir ganz aus dem Häuschen wie kleine Kinder, als wir aus dem Zug stiegen und mitten unter lauter Soldaten, Zivilisten und Frauen in wunderschönen langen Kleidern standen, die sich alle abküßten, umarmten und die Hände schüttelten. Ich weiß nicht, was ich erwartete, aber es war ganz anders als alles, was ich mir ausgemalt hatte. Die Läden waren voller Waren, und in den Kiosken konnte man für entsprechendes Kleingeld alles nur Erdenkliche bekommen, inklusive solche Souvenirs wie deutsche Helme, Koppelschlösser, Orden und Säbel. Obwohl viele Frauen schwarz trugen und Hunderte von Invaliden auf den Straßen Stifte und Zeitungen verkauften, schien der Krieg Paris nichts anhaben zu können. Selbstgefällig wiegte sich die Stadt in der Gewißheit, daß eine solch geistlose Zerstörung unter ihrer behäbigen, umkränzten Würde war. Die wenigen Gebäude, die bei Bombardements durch Zeppeline und Fernartillerie Schaden genommen hatten, waren bereits eingerüstet, und nichts deutete darauf hin, daß nur wenige Wochen zuvor die deutsche Frühjahrsoffensive so nah an Paris herangerückt war, daß man bereits mit der Evakuierung begonnen hatte.

Irgendwie verwirrte mich die geballte Schönheit dieser Stadt. Ich glaube, es war die überall aufscheinende Lebensfreude, die Picknicks in den Parks neben den säuberlich geschnittenen Blumenrabatten, die Sonnenschirme mit ihren leuchtenden Farben, die sorgfältig gebügelten Kleider, die Theater, die Düfte der Frauen und die Kunstmuseen; all das nur ein paar Stunden vom größten Leid der Menschheitsgeschichte entfernt. War Berlin auch so? Waren die Bierkeller voll lachender Menschen, und war ein guter Platz in der Oper immer noch die höchste Errungenschaft? Plötzlich überkam mich das entsetzliche Gefühl, daß der Krieg noch endlos weitergehen könnte. Weil er ja *so* schlimm gar nicht war.

Lawton machte unmißverständlich klar, daß er Paris nicht verlassen würde, ohne zuvor eine Dame beglückt zu haben, und hoffentlich mehr als nur eine. Page bestand jedoch darauf, daß wir als erstes alle zusammen eine Stadtbesichtigung unternahmen.

»Das wird selbst dir gefallen«, meinte Page und legte Lawton den Arm auf die Schulter, als wir dahinspazierten. »Erweitert deinen Horizont.«

»Ein guter Fick würde mir gefallen«, gab Lawton zurück, griff sich in den Schritt und marschierte breitbeinig wie ein Cowboy.

»Komm schon, Lawton, versuch, deine Hose wenigstens noch ein paar Stunden anzubehalten«, sagte ich.

»Ich gebe euch bis fünf Uhr. Länger kann ich nicht warten«, erwiderte er.

Zuerst spazierten wir schweigend dahin und schauten nur. Alles wirkte bemerkenswert alt auf mich, verwittert und abgenutzt, alles war so reich verziert, und ich dachte, wie oft es schon beschrieben worden war. Ich konnte durch keine Straße und an keiner Kirche vorbeigehen, ohne an die Millionen Menschen zu denken, die vor mir hier gewesen waren, all diese Schritte einer vergessenen Geschichte.

Als wir die Seine entlangschlenderten und zu der drohend aufragenden Conciergerie hinüberblickten, wollte ich Daniel fragen, woran er gerade dachte, aber er schien in den Anblick so versunken, daß ich ihn nicht stören mochte. Und als wir Notre-Dame betraten, bekam sein Gesichtsausdruck etwas Ehrfürchtiges. Die Kathedrale stand ganz oben auf unserer Liste, nicht, um dort ein Dankgebet zu sprechen, sondern um nach Hause schreiben zu können, daß wir in Notre-Dame ein Dankgebet gesprochen hatten. Dann wollten wir einen Blick auf Napoleons Grab werfen und steuerten deshalb den Dôme des Invalides an.

Wir traten im Gänsemarsch ein und stellten uns schweigend vor den riesigen roten Sarkophag.

»Ich habe gelesen, daß er in sechs Särgen begraben liegt«, sagte schließlich Page, der ein Faible für europäische Geschichte hatte, zumindest die bis 1914. »Wie ein Pharao. Der erste Sarg ist aus Zinn, der zweite aus Mahagoni, der dritte und vierte aus Blei, der fünfte aus Ebenholz und der sechste aus Eiche. All das steckt in diesem Sarkophag, einem einzigen Block aus rotem Granit.«

»Was, glaubt ihr, würde er von den Schützengräben halten?« fragte Daniel.

»Schwer, sich ihn mit einer Gasmaske vorzustellen«, erwiderte ich.
»Den Kaiser wird man auch nie mit einer Gasmaske sehen«, meinte Lawton.
»Wie hat Napoleon die Deutschen besiegt?« fragte Daniel.
»Keinen blassen Schimmer«, meinte Lawton. »Jedenfalls war er ihnen nicht zahlenmäßig überlegen.«
Danach gingen wir zum Eiffelturm, der von Soldaten bewacht und für die Öffentlichkeit gesperrt war. Daniel sah hoch und lachte. »Meine Eltern würden sagen, dies sei das Häßlichste, was sie je gesehen haben«, meinte er.
»Und was meinst du?« fragte ich ihn.
»Es ist großartig«, erwiderte er und starrte immer noch nach oben.
Als wir wieder die Seine überquerten, fielen mir die vielen Maler mit ihren Staffeleien auf, die entlang des Ufers standen, und ich dachte, wie absurd es doch war, daß sie so friedlich ihrer Tätigkeit nachgingen. Am Place de la Concorde bot ein hochgewachsener Jongleur mit rotem Hut vor einer großen Menge, die hauptsächlich aus Frauen, Kindern und alten Männern bestand, seine Kunststücke dar. In dem Kreis, der sich um ihn gebildet hatte, waren die vorderen Plätze für Männer in Rollstühlen reserviert, die lächelten und klatschten und ihre Rollstühle hin und her drehten. Nach der Vorstellung warfen wir ein paar Münzen in den Hut, den der Jongleur herumgehen ließ, und aßen dann in einem Café zu Mittag, bevor wir uns anschließend zum Arc de Triomphe aufmachten. Auf dem Weg dorthin begutachteten wir die erbeuteten deutschen Geschütze, die man entlang der Champs-Elysées aufgestellt hatte.
»Herrgott, bin ich scharf«, sagte Lawton, der uns nun Richtung Bois de Boulogne führte, wo es, wie er uns versicherte, nur so von leichten Mädchen wimmelte. Als wir am Rand des Parks ankamen, drehte er sich zu uns um und fragte: »Möchte eins von euch Mädels mich begleiten?«
Wir schüttelten alle den Kopf.
»Komm schon, Page, das wird dir guttun. Erweitert deinen Horizont.«

»Ist nicht die Art von Frauen, die ich bevorzuge.«
»Ach, die doofen sind die besten, glaub mir.« Er holte seine Brieftasche heraus und fing an, sein Geld zu zählen. »Ich weiß, bei Daniel ist alles Hoffen vergebens. Aber wie steht es mit dir, Patrick? Laß deinen Johannes mal raus. Na, wie wär's?«
»Ich glaube nicht«, erwiderte ich ein wenig verlegen.
»Laß deinen Johannes raus, und er fällt dir wahrscheinlich ab«, meinte Daniel, der sich über Lawtons bauernmäßige Geilheit amüsierte.
»Da habe ich Vorsorge gestroffen«, erwiderte Lawton und klopfte dabei auf seine Tasche. »Komm schon, Patrick, was hast du schon zu verlieren außer deiner Jungfräulichkeit?«
»Nein, ich glaube, ich besichtige lieber die Stadt.«
»*Die Stadt besichtigen?* Ja, was glaubst du denn, was ich vorhabe? Die Augen zumachen? Du hast die Wahl, Paddy. Frankreich *steht in deiner Schuld.* Und anschließend besaufen wir uns.«
»Vielleicht hättest du Patrick betrunken machen sollen, bevor du ihn gefragt hast«, meinte Page.
Lawton stand wartend da.
»Zieh schon los«, sagte ich. »Außerdem bleiben uns ja noch zwei Tage.«
»Wir treffen uns dann an diesem Vendôme-Dings – ist auf dem Stadtplan –, so gegen sieben«, sagte er und ging rasch davon.
Wir sahen ihm nach, wie er im Park verschwand. Dann machte sich Page auf, einen alten Freund zu besuchen, der in der amerikanischen Botschaft arbeitete. Daniel und ich schlenderten eine Weile ziellos umher, schließlich setzten wir uns auf die Freiluftterrasse eines Cafés und bestellten zwei Bier.
Während wir dasaßen, versuchte ich Daniel auf hübsche Frauen aufmerksam zu machen, die vorbeiflanierten, aber er schien in Gedanken woanders zu sein. Mit finsterer Miene starrte er in sein Glas.
»Bedrückt dich etwas?« wollte ich wissen.
Er zuckte die Achseln und winkte dem Kellner, noch eine Runde zu bringen.

»Erzähl es mir.«
»Es ist wegen Julia. Gott, ich hoffe, es geht ihr gut.«
»Ganz bestimmt.«
»Aber wer wird ihr mit dem Baby helfen? Ihre Mutter ist krank, und sie hat doch sonst niemanden. Und sie hat auch kein Geld. Und was ist, wenn mir etwas zustößt?«
»Dir wird nichts zustoßen.«
Er sah mich an, als wollte er in meinem Gesicht eine Bestätigung finden.
»Denn wenn es so wäre, müßte ich dir gewaltig in den Arsch treten, weil du deine bedauernswerte Korporalschaft im Stich läßt, und das können wir uns doch jetzt nicht leisten, oder?«
Er lächelte auf eine Art, daß mir plötzlich wieder bewußt wurde, wie hübsch er war.
»Komm, betrinken wir uns«, sagte ich, als das Bier kam.

> Ich habe keinen Bedarf mehr an solchen Spektakeln ... Ich hätte nicht mehr den Mut, den Befehl zum Angriff zu geben.
>
> – *Der französische Marschall Joseph Joffre, nachdem er einem erblindeten Soldaten einen Orden verliehen hatte.*

In meinem Wandschrank liegt ein deutscher Helm. Es ist der, den ich im Boden gefunden habe, als Julia ihr Porträt von Daniel malte. Mein letztes Erinnerungsstück.
Wegen dieses Helms habe ich mich heute nachmittag zum Idioten gemacht. Als ich in meinem orangefarbenen Sessel saß und den Helm betrachtete, sein kaltes, graues totes Gewicht im Schoß fühlte und mit den Händen über die Dellen und Schrammen strich, brach ich mit einem Mal in Tränen aus. Schwester Cindy fand mich. »Geben Sie mir dieses blöde Ding«, sagte sie, nahm den Helm und beförderte ihn in den Wandschrank, wo er krachend landete. »Wollten Sie denn heute nicht ein wenig schreinern? Hören Sie auf mit dem Heulen, und gehen Sie lieber schreinern.«
Sie zog mich hoch und reichte mir ein Taschentuch, damit ich mir die Tränen abwischen konnte, bevor sie mich auf den Flur eskortierte und zur Bastelstube schickte.

Deutschland zieht mich an, so wie man sich von einem Autounfall, dem Schauplatz eines Verbrechens oder von einem Erzschurken angezogen fühlt. Instinktiv teile ich alle deutschen Männer in ehemalige Soldaten und zukünftige Soldaten ein. Das hat vermutlich etwas mit meiner Generation zu tun. Und was die Nazis angeht – tja, wer ist nicht von den Nazis fasziniert? (Im Vergleich dazu waren die Deutschen, gegen die ich gekämpft habe, noch recht angenehme Zeitgenossen.) Wer kann dem widerstehen, wer sucht nicht beim Anblick der Bilder von Hitler, Göring, Goebbels und Himmler in ihren Augen, ihrer Haut und ihrem Haar nach einem Schlüssel zur Erklärung? Es ist der Teufel, den wir da vor uns sehen, nicht wahr? Die einst allegorische Furie von Feuer und Schwefel hat jetzt endlich und für immer ein Antlitz, viele verschiedene Antlitze sogar, die sich von unseren eigenen nicht sonderlich unterscheiden.

Der Teufel hat keine Hörner mehr.

1965 fuhr ich nach Deutschland. Es war eine dieser jährlichen Auslandsreisen, die ich seit meinem fünfzigsten Geburtstag unternahm, als ich beschlossen hatte, nicht mehr abzuwarten, bis mich wieder die Reiselust überkam. Ich erinnere mich, wie ich den Zug von München nach Dachau nahm, und als ich am Bahnhof ausstieg, stand da natürlich auf den Schildern immer noch »Dachau«; unter ihnen spielten Schulkinder herum. Es gab einen Bus zum Konzentrationslager, aber ich ging lieber zu Fuß, betrachtete die ordentlichen braunen und weißen Giebelhäuser und stellte mir vor, wie kleine makellose Sprößlinge des Dritten Reichs sich zu spielen erdreisteten, während nur ein paar Kilometer entfernt Menschen gefoltert und umgebracht wurden. Man sagt, daß jemand, der am Fluß wohnt, ihn nicht mehr rauschen hört. Trifft das auch auf Konzentrationslager zu?

In dem Augenblick, als ich durch das Tor aus Stein und Eisen mit dem Schild *»Arbeit macht frei«* schritt, krampfte sich mein Magen zusammen, nicht nur vor Abscheu, sondern tatsächlich vor Angst, als hätte ich die Höhle eines Drachens betreten, um dort in den hintersten Winkeln die Knochenhaufen zu untersuchen. Bloß wußte ich nicht hundertprozentig, ob der Drache auch wirklich schon tot war.

Im grauen Dunst stand ich auf dem *Appellplatz* und stellte mir Tausende von Männern in schnurgerade ausgerichteten Reihen vor, die die ganze Nacht lang in klirrender Kälte in dieser Haltung ausharren mußten, weil einer der Gefangenen einen Fluchtversuch unternommen hatte. Hat es hier immer geregnet? Ich dachte daran, einen der Fremdenführer zu fragen, ob über Dachau immer eine dunkelgraue Wolke hing, aber waren das wirklich Regentropfen oder nicht vielmehr Tränen auf meinem Gesicht?
Dann hörte ich aus der Ferne Musik, zuerst leise, dann immer lauter. Ich drehte mich um und sah, wie hinter den Strafblöcken eine Marschkapelle der Gefangenen auftauchte. Männer in verdreckten weißen Hemden und schwarz-grau gestreiften Hosen mit Flecken vom Durchfall auf dem Hosenboden, die Geige und Cembalo spielten, während sie einen verurteilten Häftling zum *Lagerarrest* eskortierten. Hinter ihnen gingen zwei Wachen her; sie lachten und rauchten Zigaretten. Und beim Wachturm hing ein Gefangener, aufgehängt an den Handgelenken, die Hände hinter dem Rükken gefesselt.
Regungslos stand ich da, schloß die Augen und rieb mir die Schläfen, bis die Häftlinge und Wärter verschwunden waren. Dann ging ich hinüber zur *Totenkammer* und zum *Krematorium*, deren Wände ich nicht zu berühren wagte, aus Angst, sie könnten noch warm sein. Bevor ich mich auf den Rückweg zum Bahnhof machte, kaufte ich eine Postkarte mit der Aufschrift »Nie wieder« und steckte sie in die Tasche. Unterwegs überlegte ich, daß »nie wieder« nicht annähernd genug war. Selbst wenn es das Beste war, was wir tun konnten, war es überhaupt nicht angemessen; selbst dann nicht, wenn kein einziger Tropfen Menschenblut mehr in Zorn vergossen werden sollte: Aber natürlich wird weiter und weiter Menschenblut vergossen, oder etwa nicht? Und während ich zuschaute, wie der Zug in den Bahnhof einfuhr, dachte ich, daß das wirklich Entsetzliche vielleicht gar nicht das war, was in Dachau geschehen war, sondern das, was nach Dachau geschah. Jetzt wissen wir mit Gewißheit und ein für allemal, daß die Menschheit nicht zur Vernunft zu bringen ist. Der Drache lebt.

»Wann läßt du uns denn mal ein Photo deiner Freundin sehen?« fragte ich Page. »Ihr beide seid doch verlobt oder was Ähnliches?« Wir saßen mit Lawton, Giles und Daniel in einer feuchten, verrauchten Bar. Es war der letzte Abend unseres Sonderurlaubs. Danach mußten wir wieder an die Front, die man sogar aus einer Entfernung von etwa dreißig Kilometern hören konnte wie ein weit entferntes Unwetter in der Prärie von Kansas. Der Raum war voll von französischen und amerikanischen Soldaten, und wegen des Stimmengewirrs konnten wir uns an dem groben runden Tisch, an dem wir saßen, kaum verstehen. Im Kerzenlicht hatte die stickige Luft fast eine gelbliche Färbung angenommen, und es roch nach Schweiß und Tabak, vermischt mit den Dünsten verschütteter Getränke, die den Boden ein wenig klebrig machten. Mich beschlich allmählich ein Gefühl des Ekels, und ich wußte nicht genau, ob es vom Rauch und Alkohol kam oder von der Vorstellung, daß ich schon bald wieder in einem Schützengraben hocken würde.
»Ich hab' es nicht mehr«, sagte Page und zog kräftig an seiner Zigarette. Seine Hände, die einen Bierkrug umfaßten, waren voller Schnitte und Kratzer, vor allem rund um die Knöchel. Ich blickte auf meine Hände, und sie sahen genauso aus, der Schmutz saß tief unter den Nägeln und in der Haut. Eine dünne Narbe lief über die linke Hand, die ich mir an einem Stacheldraht aufgerissen hatte. Schützengrabenhände. Sie sahen so ganz anders aus, als ich sie in Erinnerung hatte: sauber geschrubbt für die Kirche, um den Griff des Rechens gelegt, mit dem ich im Hinterhof das rote, gelbe und braune Laub zusammenkehrte, nervös mit einem Federhalter in der Schule hantierend. Ich hob sie hoch, spreizte die Finger weit auseinander und ballte sie fest zusammen. Das wiederholte ich ein paar Mal, bevor ich wieder zu meinem Bierglas griff.
»Du hast es nicht mehr?« fragte Giles und winkte der rundlichen, schon etwas älteren Kellnerin, die vierte Runde Bier zu bringen. Mit seiner Linken spielte er mit einem der beiden Eisernen Kreuze herum, die er bei den toten deutschen Landsern gefunden hatte, nachdem wir ihren Graben gestürmt hatten. Seither war er immer guter Laune.

»Ich hab' es nicht mehr.«
»Was hast du denn damit gemacht, es verkauft?« wollte Lawton wissen, dessen großes Gesicht ungewöhnlich ausgezehrt aussah, mit Augen, die vom Alkohol gerötet waren.
»Sie hat Schluß gemacht.«
»Mit dir? Sie hat mit dir Schluß gemacht?« fragte Lawton.
»Halt die Klappe«, sagte ich.
»Das ist schon eine kleine Überraschung, denke ich, denn wenn Mr. Page nicht die Partie des Jahrhunderts ist, dann ...«
»Ich glaube bestimmt, daß sich alles wieder einrenken wird, wenn du nach Hause kommst«, sagte ich, um ihn ein wenig aufzumuntern. Für mich war Page schon so gut wie verheiratet gewesen, und insgeheim hatte ich gehofft, nach dem Krieg zu einer rauschenden Hochzeitsfeier bei einer Bostoner Patrizierfamilie eingeladen zu werden.
Page zuckte die Achseln.
Deshalb war er also in letzter Zeit so schweigsam gewesen. Es tat mir leid, daß ich vor all den anderen dieses Thema angeschnitten hatte. Ich versuchte mir vorzustellen, wie hilflos er sich fühlte, so weit entfernt von ihr.
»Das ist ganz schön übel«, sagte Giles und schüttelte den Kopf. »Bin irgendwie froh, daß ich Meredith den Laufpaß gegeben habe, bevor ich eingezogen wurde. So muß ich nicht darüber nachgrübeln, ob sie mir wohl untreu wird. Nichts ist schlimmer, als in einem beschissenen Graben zu hocken und sich auszumalen, wie zu Hause irgendein Kerl in einem schön bequemen Bett deinem Mädchen den Verstand aus dem Hirn vögelt.«
»Hör auf mit dem Mist«, sagte ich. Ich sah, daß Page den Bierkrug noch fester umklammerte.
»Wer schmeißt denn die nächste Runde?« wollte Daniel wissen.
»Bin pleite«, erwiderte Lawton.
»Ich will dir mal was sagen«, gab ich zurück. »Du meinst wohl, wir bezahlen dir dein Bier, damit du dein Geld für die Nutten rauswerfen kannst?«
»Gar keine so schlechte Idee«, meinte Lawton und grinste schelmisch.

»Die nächste Runde geht auf mich«, sagte Giles und griff in seine Tasche.

Ich starrte in die kleine Flamme der roten Kerze, die in einer leeren grünen Weinflasche auf dem Tisch brannte. Die Flasche war fast völlig mit verschiedenfarbigen Schichten von Wachs überzogen, das im Laufe der Zeit heruntergetropft war. Ich dachte an all die Männer, die hier schon gesessen, gelacht und sich unterhalten hatten, und fragte mich, wie viele von ihnen wohl inzwischen schon tot waren.

»Gestern hab' ich von meinem kleinen Bruder einen Brief bekommen«, sagte Giles. »Er möchte wissen, wie viele Krautfresser ich schon erledigt habe.«

»Wie viele waren es denn?« fragte ich.

»Keine Ahnung.« Er blickte in die Runde. »Zählt ihr denn mit?«

»Bei den ersten drei hab' ich noch mitgezählt«, meinte Page, »dann hab' ich es aufgegeben.«

»Weil man ja nicht immer sicher sein kann«, sagte Giles.

»Nein, kann man nicht«, meinte Daniel.

»Jedenfalls ist Lawton nicht zu schlagen«, sagte ich und gab ihm einen Klaps auf den Rücken. Eine Woche zuvor hatte Lawton aus über siebenhundert Metern Entfernung einen deutschen Artillerieaufklärer von einem Glockenturm runtergeholt.

»Und was ist mit den Typen von der Artillerie, die Tag und Nacht diese Scheißdinger abfeuern?« fragte Lawton. »Das muß sich doch ganz schon zusammenläppern.« Wir schüttelten ernst den Kopf.

»Was wirst du denn deinem Bruder nach Hause schreiben?« fragte Daniel.

»Ich drohe ihm eine Tracht Prügel an für den Fall, daß er auf den Gedanken kommt, sich zur Armee zu melden.«

»Warum schreibst du ihm denn nicht einfach, wie es im Krieg ist?« wollte ich wissen.

»Ja, genau.«

»Das meine ich ernst.«

Er sah mich eindringlich an. »Hab' ich schon versucht. Aber ich kann es nicht.«

»Und wie ist es mit dir, Page?«
»Hab' jeden Versuch aufgegeben.«
»Daniel?«
Er schüttelte den Kopf.
»Schöne Scheiße. Wenn keiner von euch Schlaubergern den braven Leutchen zu Hause erzählt, was hier vor sich geht, wer zum Teufel soll es dann tun?« fragte Lawton. Er brüllte fast. Ich dachte an den Brief, den er mir kürzlich diktiert hatte. Er war für seine Eltern bestimmt. Mit keinem Wort hatte Lawton Tod und Gewalt erwähnt, als wäre das Schlimmste die unbequeme Unterbringung, als wären wir in einem riesigen Zeltlager, und einer hätte die Marshmallows vergessen.
»Ich wüßte gern, was die Deutschen schreiben«, sagte ich. »›Lieber Vater, es ist wie auf der Fasanenjagd. Bitte schicke mir mehr Schnaps.‹«
»Ihre Briefe unterscheiden sich wahrscheinlich gar nicht so sehr von den unseren«, sagte Daniel.
»Meinst du, sie glauben noch an einen Sieg?« fragte Giles.
»Vermutlich glauben sie nicht mehr, daß sie uns besiegen, aber sie glauben wohl auch nicht, daß wir sie besiegen«, erwiderte Daniel.
Ich zündete mir eine Zigarette an und nahm einen großen Schluck Bier.
»Meinst du, bei denen gibt's viele Deserteure?« fragte Giles.
»Bei weitem nicht genug, soweit ich sehen kann«, erwiderte Lawton.
»Hat einer von euch schon mal das Gefühl gehabt, diese Scheiße könnte ewig so weitergehen?« fragte ich und blickte dabei in die Runde.
»Ich schätze, es dauert noch ein Jahr«, meinte Page. »Höchstens zwei.«
»Zwei? Herr im Himmel, zwei Jahre halte ich diese Scheiße bestimmt nicht mehr aus«, sagte Giles.
Ich versuchte mir zwei weitere Jahre vorzustellen, aber es gelang mir nicht. Schon der Gedanke daran trieb mir fast die Tränen in die Augen. Ich wandte mich ab, griff nach meinem Bierglas und trank es aus.

An einem Tisch neben uns stimmten französische Soldaten ein Lied an.
»Blöde Schafe, die man zur Schlachtbank treibt«, sagte Lawton, der sichtlich betrunken war.
Schweigend hörten wir zu. Der Anblick dieser Soldaten machte mich schrecklich traurig. Mit trunkenem Lächeln und trübem Blick hatten sie einander die Arme auf die Schulter gelegt. Was, wenn ihre Mütter sie jetzt so sehen könnten? Ihre Freundinnen? Und wo würden sie in einem Monat sein? In einem Jahr? Und was war mit uns? Beim Zuhören verwandelte sich meine Traurigkeit allmählich in großen Zorn. Zorn darüber, daß wir hier waren, daß niemand, der nicht hier gewesen war, uns je verstehen würde, daß der Rest der Welt einfach ohne uns weitermachte. Dieser Zorn überkam mich jetzt häufiger. Mit ihm fertig zu werden war einfacher als mit der Traurigkeit und der Angst.
Als sie ihr Lied beendet hatten, klatschten wir und rückten wieder an unseren Tisch. Giles holte einen Satz Spielkarten hervor und begann zu mischen. Ich versuchte mich auf die schnellen Bewegungen seiner Hände zu konzentrieren, aber mir verschwamm alles vor den Augen. Ich blickte langsam in der Runde herum; zuerst auf Daniel, dann auf Page, dann auf Lawton, schließlich auf Giles. Plötzlich wurde mir bewußt, wie viel Spaß ich hätte, wenn nur nicht der Krieg wäre, und wie sehr mir diese Menschen fehlen würden, wenn er vorüber war.
»Ist das Leben tatsächlich so beschissen absurd, oder habe ich nur zuviel gesoffen?« sagte ich schließlich. Die Wort kamen mir nur schwer von der Zunge.
»Es ist absurd«, erwiderte Daniel, der müde aussah und ein ganz schmales Gesicht hatte.
»Danke.« Ich rülpste laut.
»Unser Paddy hat es verdammt noch mal auf den Punkt gebracht«, meinte Lawton lallend. Seine roten Augen zuckten beim Sprechen, und unter dem Tisch ließ er das rechte Knie ständig auf und ab hüpfen.
»Sieht so aus, als bräuchte Lawton eine Mütze voll Schlaf«, meinte

Giles und teilte die Karten aus. Eine Zigarette hing ihm im Mundwinkel, und wenn er inhalierte, hielt er den Rauch einen Moment lang zurück und lächelte genüßlich, bevor er ihn ausstieß.

»Ein Haufen Kanonenfutter, das ist es, was wir sind«, sagte Lawton und lehnte sich so weit zurück, daß ich schon fürchtete, er würde vom Stuhl fallen.

»Ja, Scheiße, du könntest jetzt genauso gut auf der Schulterwehr stehen und zu den Deutschen hinüberpfeifen«, sagte Page.

Lawton begann zu pfeifen.

»Gebt ihm noch ein Bier«, sagte Giles.

»Futter für die Würmer. Wir sind blödes Futter für die Würmer«, lallte Lawton, lehnte sich mit der Schulter an mich und hob sein Glas. »Auf die Würmer, die es noch nie so gut hatten.«

»Die Sache ist die, Lawton: Am Ende haben die Würmer immer gewonnen«, sagte Daniel. »Leben, lieben, sterben. Keine Antworten. Wenig Gerechtigkeit. So war es immer, und so wird es immer sein.«

»Da geht es mir ja gleich viel besser«, sagte Lawton.

Daniel fuhr fort: »Man kann also entweder sagen, das Leben sei sinnlos und grausam, oder man wehrt sich dagegen und versucht, im Leben einen eigenen Sinn und eigene Werte zu finden.«

»Ich fürchte, darin bin ich nicht besonders gut«, gab Lawton zurück.

»Wie ist es mit den Menschen, die dir wichtig sind?« fragte Page.

»Sie sterben einer nach dem anderen weg«, erwiderte Lawton und leerte sein Glas.

»Also meinst du, daß wir alle bescheuert sind?« fragte ich.

»Aber ganz bestimmt«, sagte Lawton.

»Dann trinken wir eben auf das Bescheuertsein«, sagte Giles und hob sein Glas.

»Auf das Bescheuertsein«, stimmten wir ein und stießen an.

> Was mir widerfährt, ist tragischer als das »Passionsspiel«. Christus hat nicht erlitten, was ich erleide. Es vernichtet mich.
>
> – *Isaac Rosenberg, British Army, in einem Brief vom 26. Januar 1918. Im Kampf gefallen am 31. März 1918.*

»Ich möchte dich etwas fragen«, sagte ich zu Daniel. Wir saßen in einem Stollen, nachdem wir den Morgen über Munitionskisten und Riesenkessel mit Verpflegung durch den Verbindungsgraben zur Feuerstellung geschleppt hatten. Daniel hatte sich gerade vor einem kleinen, an einen Holzbalken genagelten Spiegel rasiert und klopfte jetzt vorsichtig Zahnpastapulver auf seine Zahnbürste. »Du meinst also, daß es sich alles in allem doch lohnt? Zu leben, meine ich. Glaubst du, daß auf lange Sicht das Gute überwiegt?«
»Meistens ja«, sagte er.
»Ich nicht«, erwiderte ich. »Ich glaube nicht, daß das Glück in der Welt das Elend aufwiegt. Nicht eine Sekunde lang. Als das erste Kind in einem Feuer umkam oder die erste Mutter nichts mehr zu essen hatte, hätte man diese ganze Scheiße abblasen sollen, denke ich.«
Daniel drehte sich um und blickte mich an. Ich spürte, daß mir der Zorn im Gesicht stand, und hielt den metallenen Kaffeebecher, der kalt war, krampfhaft mit beiden Händen umklammert. Nachdem er sich die Zähne geputzt hatte, setzte er sich und schnürte langsam seine Stiefel auf, die über und über mit angetrocknetem Lehm verdreckt waren. Dann zog er sie aus, kratzte sie mit einem Messer sauber und streifte sich langsam die Socken ab, die er wie ein Heftpflaster von der Haut ziehen musste. Nachdem er sich die Füße massiert und sie untersucht hatte, nahm er aus dem Tornister ein frisches Paar Socken, zog sie an und schnürte seine Stiefel wieder zu. Danach legte er die wollenen Wickelgamaschen an, erhob sich, ging zum Stolleneingang und zog die als Tür dienenden Decken beiseite. Schließlich wandte er sich zu mir um und fragte nur: »Du bist noch nie verliebt gewesen, was, Patrick?«

*

»Daniel?«
»Patrick, ich bin es, Martin. Hier ist Martin, Patrick.«
Martin? Ach ja, Martin. Great Oaks. Gebrechlichkeit. Senilität. Langsam hob ich den Kopf und blickte auf meine fleckigen, gesprenkelten Hände, die ich in den Schoß gelegt hatte. Ich war auf dem Sessel in der Ecke unseres Zimmers eingeschlafen, das Kinn

war mir auf die Brust gefallen, der Kopf angewinkelt auf der Seite wie bei einer Leiche.
»Hallo, Martin«, sagte ich und massierte mir den Nacken. Er lächelte mich an und tätschelte mir die Schulter.
Seit Martin hier eingezogen ist, ist er mir sehr ans Herz gewachsen. (Ich weiß, ich habe mir geschworen, es nicht so weit kommen zu lassen.) Er gehört zu diesen sanften Wesen, die immer sehr darauf bedacht sind, nur ja niemanden zu belästigen. Seine zunehmende Abhängigkeit von anderen quält ihn sehr.
Niemand besucht ihn. Gott sei dank weder seine Tochter, diese Schlampe, noch seine ältere Schwester Abby, die in Baltimore lebt und zu krank ist, um zu reisen, und auch nicht seine Enkelkinder, weil die Schlampe sie nie mitbringt.
Seine Frau Doreen ist vor neun Jahren an Lungenkrebs gestorben. Martin war gerade in Rente gegangen. Er hat dreiundvierzig Jahre lang als Abteilungsleiter in einer Druckerei gearbeitet. Zum Abschied bekam er eine kleine Medaille, auf der eine alte Druckerpresse und sein Name eingraviert sind. (Er bewahrt sie auf seiner Seite der breiten Kommode auf, die wir uns teilen, neben einem Bürsten-und-Kamm-Set aus Silber, das er als Kind geschenkt bekommen hat, einem weißen Keramikabguß der Hand seines Enkels, als dieser zwei Jahre alt war, und einem Bild von Doreen, auf dem sie mit leicht geneigtem Kopf und lachend in der Brandung am Strand von Jersey steht und ihr gelbes Kleid bis zu den Knien hochgezogen hat.) Martin und Doreen hatten geplant, an Kreuzfahrten teilzunehmen, Golf zu spielen und die Enkelkinder zu verwöhnen; als sie starb, hatten sie gerade eine Reise auf die Bahamas gebucht. Ein Jahr darauf verlor Martin fast seine ganzen Ersparnisse durch ein Immobiliengeschäft, das ein junger Makler eingefädelt hatte, dessen Vater ebenfalls in der Druckerei arbeitete. Von da an ging es mit seiner Gesundheit bergab.
Letztes Wochenende habe ich ihn mit zu Sean genommen, wo wir zu Abend aßen. Dann spielte er dort zwei Stunden lang mit Kenneth Dame und unterhielt Michael mit Taschenspielertricks. Jedesmal, wenn Katy zu uns herkam, gab er diese komischen Klicklaute

von sich und zog dabei seltsame Grimassen, so wie es alte Leute oft für kleine Kinder machen. Es gefiel ihr sehr.

Ein paar Wochen, nachdem Martin eingezogen war, saßen wir beide auf der vorderen Terrasse, in der Hand kleine Pappbecher mit Limonade, die uns irgendwelche geschäftstüchtigen Enkelkinder für zehn Cent pro Stück verkauft hatten.

»Sind sie nicht niedlich?« sagte er und nahm einen kleinen Schluck. Die Limonade floß ihm aus den tief herabgezogenen Mundwinkeln. »Schwer, sich auszumalen, wie häßlich sie mal aussehen werden, so in etwa siebzig Jahren.«

Martin puffte mich mit dem Ellbogen. »Christopher wird nächsten Monat fünf. Ich habe Trudy gebeten, mir Bilder von der Geburtstagsparty zu schicken. Es gibt nichts Schöneres als den Geburtstag von so einem Kleinen.«

»Es gibt nichts Schöneres als ein Kind.«

»Als wäre es erst gestern gewesen, nicht?«

»Manchmal auch, als wäre es heute.«

Wir saßen eine Weile schweigend da, dann sagte er: »Heute vor zehn Jahren bin ich in Rente gegangen.«

»Tatsächlich? Gratulation.«

Ein breites Lächeln legte sich auf sein Gesicht. Jahrestage waren ihm wichtig.

»Hat dir die Arbeit all die Jahre über in dieser Druckerei wirklich gefallen?«

»Es war schön, daß ich wußte, wo ich hingehöre.« Sein Kopf wippte auf und ab, als hätte er eine Feder im Hals. Er sprach auch oft stammelnd, wodurch er noch scheuer wirkte. »Mir gefiel die Kameradschaft, die Burschen, mit denen ich die ganzen Jahre über zusammengearbeitet habe. Der Alltag.«

»Die Arbeit selbst nicht?«

»Die Arbeit nicht.«

»Und was hat Doreen gemacht?«

»Tja, sie war zu Hause und hat Trudy großgezogen. Dann bekam sie eine Stelle in einem Stoffladen. War für sie eine Möglichkeit, rauszukommen, mit Menschen zu reden. Sie tratschte für ihr Leben gern.«

»Wie lange wart ihr beiden zusammen?«
»Vierzig Jahre.«
»Hast du schon in der High School mit ihr angebandelt?«
»Eigentlich nicht.« Er schwieg, starrte auf seinen inzwischen leeren Pappbecher und sagte dann: »Wir mußten heiraten. Sie war schwanger.«
»Ach.«
»In Wahrheit war ich zu dieser Zeit in eine andere Frau verliebt, aber die war in dem Sommer in Maine.«
Martin blickte stur geradeaus, und mir fiel auf, daß sein Kopf noch mehr wackelte.
»Doreen war auch in jemand anderen verliebt.«
»Und was war mit dem? Nein, laß mich raten. Er war wiederum in eine andere verliebt.«
»Genau. Es hat Doreen das Herz gebrochen.«
»Wie kam es …«
»Wir lernten uns eines Abends auf einer Feier kennen und badeten beide in Selbstmitleid. Ich glaube, wir hatten nicht einmal vor, uns danach wiederzusehen.«
Ständig schlugen irgendwelche Autotüren zu, und ein Strom von Kindern ergoß sich über den Rasen hin zum Eingang. Ihre Mutter rief hinter ihnen her. Sie trug eine große Einkaufstasche, vollgestopft mit Partyutensilien.
»Was war mit der Frau, in die du verliebt warst?«
Er lächelte. »Sie hieß Lara. Lara Tennant. Sie war Schottin. Liebte Dudelsackmusik. Genau wie ich.« Er schüttelte den Kopf. »Ich sehe sie vor mir, als würde sie hier sitzen. Kurzes braunes Haar, haselnußfarbene Augen. Das schönste Lächeln, das man sich nur vorstellen kann. Wir hatten uns erst ein paar Mal getroffen, aber ich wußte genau, daß sie die Richtige war. Es war zu schön, ich konnte einfach nicht glauben, daß sie mich haben wollte. Ich malte mir schon ständig unsere Hochzeit aus: eine Menge Dudelsäcke und Tanz.«
»Hat sie dich geliebt?«
»Ich weiß es nicht. Wirklich nicht. Als sie aus Maine zurückkam und

von den Gerüchten hörte, war Schluß. Sie wollte mich nicht einmal mehr sehen.«
»Das ist hart.«
Martin blickte mich an. »Das ist meine Tragödie. Jeder hat seine eigene Tragödie, stimmt's?«

*

Beim Fahren schielte ich dauernd zu Julia hinüber und überlegte, wie es wohl wäre, wenn mir von ihr nichts anderes bliebe als die Erinnerung. Wie lange würde es dauern, bis dieses Gesicht, diese Augen und dieses Lächeln verblaßten? Monate? Bestenfalls ein paar Jahre? Würde ich mich noch an den Klang ihres Lachens erinnern können? Wir fuhren durch die Region Meuse-Argonne nordwestlich von Verdun, entlang der alten Hindenburg-Linie, die sich durch Wälder, offene Felder und um kleine Dörfer herum zog.
Julia sah schweigend aus dem Fenster, die Hände im Schoß gefaltet. Ich rätselte, ob sie tief in Gedanken versunken war oder sich einfach in die vorbeiziehende Landschaft verlor, aber irgendwie schien es mir, als sei sie ein wenig wie ich selbst: ständig mit mehr Gedanken, Bildern und Erinnerungen angefüllt, als sie bewältigen konnte.
Sie war schwer zu durchschauen. In der einen Sekunde verblüffte sie mich, weil sie wie die stärkste, unabhängigste Frau auftrat, der ich je begegnet war, und schon im nächsten Augenblick schien sie aufs äußerste zerbrechlich, als quälten sie Wunden, die nicht heilen wollten. Manchmal, wenn ich sie beobachtete, richtete sie sich auf, straffte fast unmerklich den Rücken, zog Kopf und Schultern hoch und setzte ein Lächeln auf, als sei sie entschlossen, das Beste aus allem zu machen. Mich erstaunte immer wieder, wie echt dieses Lächeln aussah. Ich hatte immer geglaubt, daß Trauer und Fröhlichkeit nur abwechselnd die Bühne betreten. Bei Julia schienen sie einträchtig nebeneinander zu existieren.
Wir ließen das Auto am Rand eines Waldes neben einer tiefen Schlucht stehen. Ich vermutete, daß sich dort ganz in der Nähe die *Kriemhild-Stellung* – so hatten die Deutschen einen Abschnitt der Hindenburg-Linie genannt – befand, sagte aber nichts. Statt dessen

konzentrierte ich mich auf den anmutigen Schwung von Julias Hüften, als sie vor mir den schmalen Pfad hinunterstieg. Ich hoffte, daß wir über keine Gedenkstätten mehr stolpern würden.
»Ich laufe doch nicht zu schnell, oder?« fragte sie. »Meine Mutter meinte immer, für eine Frau hätte ich einen zu schnellen Gang.«
»Nein, Sie laufen nicht zu schnell.« Ich stellte mir vor, wie sie als kleines Mädchen mit fliegenden Zöpfen ihrer Mutter davongelaufen war.
»Sie sind ein Einzelkind, stimmt's?« fragte ich.
»Mein Vater starb kurz nach meiner Geburt. Meine Mutter hatte sich wohl immer gewünscht, sechs oder sieben Kinder zu haben.«
»Das muß ja schrecklich für sie gewesen sein.«
»Man kann nicht vermissen, was man nie besaß, oder?«
Ich war da anderer Meinung, sagte aber nichts. »Ist Ihre Mutter …«
»Sie ist vor sechs Jahren gestorben.«
Noch ein Verlust, der sich in ihr Gesicht eingegraben hatte. »Das tut mir leid. Sie beide müssen sich sehr nahegestanden haben.«
Einen Augenblick lang schien sie in Gedanken versunken, dann sagte sie: »Als ich größer wurde, fühlte ich mich für sie verantwortlich – ein schwieriges Gefühl für ein Kind. Sie hatte ein großes Herz, war aber nicht sehr stark. Ich glaube, der Tod meines Vaters hat sie regelrecht zerbrochen.« Julia sprang auf einen dünnen Stamm, der quer über unserem Pfad lag, balancierte mit weit ausgestreckten Armen auf ihm entlang und hüpfte dann herunter. »Aber sie hat nie ihr Lachen verloren. Sie hatte einen so wunderbaren Sinn für Humor!« Bei der Erinnerung daran mußte sie lächeln. »Wir lachten immer so sehr, daß wir Schluckauf bekamen.«
»Ich hasse Schluckauf.«
»Bestimmt nicht so wie ich. Ich hatte ständig einen, so daß er mir fast die Kindheit zerstört hat.« Sie lachte wieder, diesmal aus vollem Herzen. »Vor allem dann, wenn man nicht lachen durfte. O Gott, es hat mich schier umgebracht.« Sie verdrehte die Augen, lachte immer noch, versuchte aufzuhören, schaffte es aber nicht. »Es kam soweit, daß es meiner Mutter peinlich war, mit mir zur Kirche zu gehen.«

Bei der Erinnerung daran mußte sie noch mehr lachen, so daß ihr nichts anderes übrigblieb, als stehenzubleiben und sich an einen Baum zu lehnen. Sie sah absolut umwerfend aus.
»Sogar während des Weihnachtsspiels bekam ich Schluckauf. Können Sie sich das vorstellen? Ich sollte eines der Geschenke unter dem Baum darstellen, eine kleine Puppe ...« Die Tränen liefen ihr übers Gesicht, das ganz rot geworden war. »Meine Mutter hatte wochenlang an meinem Kostüm genäht ...« Vor lauter Lachen konnte sie kaum noch sprechen. »Und das einzige, was ich tun sollte, war, den ganzen Akt über einfach vollkommen still dazuliegen.«
»Lassen Sie mich raten.«
Julia nickte und hielt sich lachend den Bauch. »Und da fingen alle anderen Geschenke plötzlich an zu kichern. Ich konnte nicht mehr aufhören. Der Weihnachtsbaum wackelte schon. Sie mußten den Vorhang herunterlassen.« Da bekam sie Schluckauf. »O verdammt«, sagte sie und klopfte sich mit der Faust gegen die Brust.
»Klingt doch ganz nett.«
Sie drohte mir mit der Faust. »Kein Wort mehr«, sagte sie und gab mir einen Stupser in die Rippen. Dann wandte sie sich ab und mußte wieder hicksen.
»Vielleicht versuche ich mal, Sie zu erschrecken.«
»Funktioniert ... nicht«, stotterte sie, unterbrochen von einem Schluckauf. »Hab' schon *alles* ausprobiert.«
Sie marschierte weiter. Ich blieb dicht hinter ihr und sah, wie ihre Schultern rhythmisch zuckten. Erst nach einer halben Stunde hörte es auf.
Als wir auf einen Betonbunker stießen, blieb ich stehen. Ich untersuchte den Eingang, stieg dann vorsichtig eine kurze Treppe aus abbröckelnden Stufen hinab und spähte in die Düsternis. Der feuchte Geruch kam mir sehr vertraut vor, nur der Gestank von Urin und Schweiß fehlte noch. Vor der Wand waren die Umrisse eines Stuhls und eines Tischs zu erkennen, am Boden standen ein paar Kisten. Weitere Gegenstände in der Ecke waren nicht zu identifizieren. Ob wohl seit Kriegsende schon einmal jemand diesen Bunker betreten

hatte? Oder war alles noch genau so wie damals vor zehn Jahren, als er Hals über Kopf aufgegeben wurde?

»Sie wollen doch wohl nicht weiter da hinein?« fragte Julia, die hinter mir stand.

»Zu wenig Licht«, sagte ich, drehte mich langsam um und stieg die Treppe hinauf. Ich hätte gern eine Kerze gehabt.

Auf unserem weiteren Weg achteten wir darauf, nicht auf den herumliegenden, verrosteten Stacheldraht zu treten. Julia sagte kein Wort. War sie wieder traurig, oder dachte sie vielleicht an gar nichts? Mir gelang es nie, an nichts zu denken, aber ich beneidete alle, die es konnten. Ich sah zu ihr hinüber und versuchte ihren Blick zu ergründen. Sie wirkte ruhig und gelassen, aber aus ihren Augen sprach Erwartung.

Ich dachte wieder an ihre Mutter und daran, wie schwer es für Julia gewesen sein mußte, als auch sie starb. Wie ergeht es einem, wenn alle, die man liebt, einen verlassen?

»Wie war Ihre Mutter?« fragte ich.

»Sie war scheu, außer wenn sie mit ihren Busenfreundinnen zusammen war. Sie liebte die Musik, vor allem das Singen. Am meisten begeisterte sie der Kirchenchor.«

»War sie glücklich?«

»Wenn sie lachte, war sie es. Für sie war alles entweder unglaublich komisch oder äußerst tragisch. Dazwischen gab es nicht viel, oder zumindest hat sie es nicht wahrgenommen.«

»Vielleicht wußte sie es nur zu gut.«

Julia blickte mich gedankenverloren an. Hinter ihr warf die Sonne gelbe Strahlen durch ein Stück Wald mit hohen Bäumen.

»Eine meine Freundinnen heiratete einen Mann, den sie in den Ferien in Nantucket kennengelernt hatte. Als sie eine gemeinsame Wohnung bezogen, merkte sie, daß sie einen schrecklichen Fehler begangen hatte. Sie riet mir, mich niemals in einen Mann zu verlieben, den ich in den Ferien kennenlerne, nicht, bevor ich ihn in seiner eigenen Umgebung erlebt habe.«

Weshalb erzählte sie mir das? Wollte sie mir damit andeuten, daß sie sich in mich verlieben könnte? Und hatte ihr ein wenig spöttisches Lächeln etwas zu bedeuten, oder las ich einfach zuviel in alles hinein?

Ich horchte auf das Geräusch der roten, gelben und orangefarbenen Blätter, die unter meinen Füßen knackten.

»Haben Sie je daran gedacht, sich irgendwo dauerhaft niederzulassen?«

Sie zuckte die Achseln. »Manchmal schon, aber nach ein paar Monaten beginne ich jedesmal, mich zu langweilen.«

Während ich sie ansah, fragte ich mich, ob sie vielleicht deshalb so ruhelos war, weil sie fürchtete, nirgendwo glücklich werden zu können. Und weil sie das wußte, war ihre einzige Hoffnung, ständig in Bewegung zu bleiben.

»Dieses ständige Umziehen muß ganz schön strapaziös sein«, sagte ich.

Das Lächeln verschwand aus ihrem Gesicht. »Ich bedaure es sehr, keine Wurzeln zu haben. Kein Zuhause. Und ich bin es leid, arm zu sein. Ich habe schon mehr Stellen aufgegeben, als die meisten Leute je in ihrem ganzen Leben haben.«

»Sie haben einfach gekündigt?«

»Ach, manchmal lege ich eine hübsche Szene hin, bevor ich den Ort des Geschehens fluchtartig verlasse. Ich mag es nicht besonders gern, wenn mir jemand Anweisungen erteilt.« Ich beobachtete ihre Gebärden, die sie beim Sprechen vollführte, und merkte, daß sie stärker in ihrem Körper lebte als ich.

»Wer mag das schon?«

Eine Weile gingen wir schweigend nebeneinander her. Ich dachte an Charlotte und Sean, und sie schienen mir ganz fern. War ich wirklich ein Familienvater? Erstaunlich. Der kleine alte Paddy hat geheiratet. Ein Haus. Eine Karriere. Wie schnell alles geschah, und ich konnte mich kaum noch daran erinnern, irgendwelche Entscheidungen getroffen zu haben.

Ich schielte zu Julia hinüber. Vielleicht würde mir das alles wie ein Traum vorkommen, wenn ich wieder in Paris war. Vielleicht würde es mir aus der Distanz sogar töricht erscheinen, wie ein kurzes, egoistisches Vergnügen, aber das glaubte ich selbst nicht recht. Trotz-

dem wäre es schön, Sean wiederzusehen. Ich war noch nie länger als ein paar Tage von ihm getrennt gewesen. Gibt ein Dreijähriger überhaupt lange genug Ruhe, daß er seinen Daddy vermissen könnte? Bei dem Gedanken an ihn mußte ich lächeln.
»Möchten Sie wissen, wer einer meiner Helden ist?« fragte Julia und blieb an einem schmalen Bach stehen.
»Wer?«
»Michelangelo. In einem Buch habe ich gelesen, daß ihn einmal jemand fragte, was er mit seinem Meißel machte. Und wissen Sie, was er antwortete?«
Ich sah sie erwartungsvoll an.
»Er sagte, er wolle versuchen, einen Engel zu befreien.«
Als wir über die Steine im Bach kletterten, griff ich nach Julias Hand. Wir gingen auch noch Hand in Hand, als wir die bewaldeten Hügel hinaufstiegen, und jedesmal, wenn wir an einem zerstörten Bunker, Graben oder einem verrosteten Bajonett vorbeikamen, fühlte ich den sanften Druck ihrer Hand in der meinen.

*

Es regnet wieder, große kalte Tropfen, die beim Marschieren auf uns einhämmern. Die Franzosen behaupten, der Krieg habe das Klima verändert. Darüber sollte man nachdenken. Es erinnert mich an das afrikanische Sprichwort: Wenn Elefanten kämpfen, leidet das Gras. Irgendwie sind auch wir Elefanten.
Mitte September. Wir sind die ganze Nacht marschiert. Überall Anzeichen eines riesigen Aufmarschs: neu errichtete Feldlazarette, getarnte Versorgungsdepots, endlose Kolonnen von Soldaten.
Wir sind irgendwo südöstlich von Saint-Mihiel, nur ein paar Kilometer hinter der Front, es geht im Eiltempo zu unseren Stellungen. Ich habe schon zwei Tage nicht mehr geschlafen. Bei der nächsten Rast sollte ich mir die Füße waschen, habe aber Angst, die Stiefel auszuziehen. Manchmal bekommt man sie nämlich nicht mehr übergestreift. Vielleicht morgen.
Vor ein paar Stunden kamen wir an einem dieser Schiffsgeschütze vorbei, einem 14-Zoller, montiert auf einem Eisenbahnchassis. Wir

zählten auch vierzehn Renault-Panzer. Es gab eine Debatte darüber, was schlimmer wäre: in einem Panzer oder in einem U-Boot sitzen zu müssen. Die meisten von uns würden eher den Panzer vorziehen. Gestern mußte ich kotzen. Daniel befürchtete, mich hätte die Grippe erwischt. Ich glaube aber, es war nur wegen des Gestanks: der Geruch von verwesendem Fleisch, von Chlor, Gas, unserem Affenfraß, von Urin und Scheiße. Wenn keiner hersah, holte ich eine kleine Flasche Kölnisch Wasser aus dem Tornister und hielt sie mir unter die Nase. Dann schloß ich die Augen und kämpfte mit den Tränen.

Alle Lastwagen fahren mit eingeschalteten Lichtern. Manchmal müssen wir einen aus dem Straßengraben hieven. Es kommt vor, daß Soldaten einfach überrollt werden, aber das hilft einem, wach zu bleiben.

»Verflucht, ist das finster hier!« schimpfte Giles, als er auf mich drauf lief.

»Wo zum Teufel sind denn die Stellungen?« fragte Page.

»Ungefähr noch eineinhalb Kilometer«, erwiderte Daniel. »Die Ausgangsbasen sollen mit einem weißen Band markiert sein.«

»Was?«

»Schaut nach dem weißen Band.«

»Ja, lauft nicht über das weiße Band.«

»Nein, verdammt noch mal, ich laufe schon nicht über das weiße Band. Verflucht, ist das dunkel.«

Dann begann das Bombardement, das heftigste, das wir je erlebt hatten.

»Schaut euch das bloß an«, sagte Daniel.

Wir blickten hoch zu dem riesigen Firmament aus weißen, orangefarbenen und gelben Strahlen und Blitzen; eine von Menschenhand geschaffene Aurora.

»Wette, das sind mehr als tausend Geschütze«, sagte Giles. Ich sah, wie die Lichter auf seinem Gesicht tanzten.

»Die kann man nicht mehr zählen«, meinte Page. »Das ist wie ein Trommelwirbel.«

Wir standen alle schweigend da, blickten hinauf und lauschten. Die

Detonationen überlagerten einander, so daß es unmöglich war, eine einzelne herauszuhören.
»Zumindest können wir jetzt die weiße Linie erkennen«, sagte Daniel.
»Ja, lauft nicht über die weißen Linien«, sagte Lawton.
Den Rest des Wegs marschierten wir schweigend.

*

Ich trat auf einen amerikanischen Infanteristen. Unter meinem Fuß gab etwas nach, und dann hörte ich das Knacken von Rippen. Oder war es das Genick? Das Weizenfeld war übersät mit Toten und Verwundeten, ich rannte wie die anderen Kameraden in wilder Flucht davon, und konnte den Körpern der Toten und Verwundeten nicht ausweichen, ich konnte es nicht.
Ich bete darum, daß er schon tot war.

*

Daniel hat Lawton nie verziehen, daß er den jungen Deutschen erschoß, der die Hände gehoben und »Kamerad!« gerufen hatte, als wir das Maschinengewehrnest in einem Wald bei Thiaucourt stürmten. Die beiden anderen Schützen der Maxim-Mannschaft lagen tot neben ihm, und der Deutsche stand zitternd da, das Blut lief ihm übers Gesicht, sein Helm lag am Boden. Daniel ging gerade auf ihn zu, als Lawton das Gewehr hob und ihm zweimal in die Brust schoß.
»Du verdammter Idiot!« schrie Daniel, riß Lawton die Waffe aus der Hand und schleuderte sie zu Boden. Dann ging er zu dem Deutschen hinüber, kniete sich neben ihn und untersuchte seine Wunden. Ich stand neben Daniel und blickte ihm über die Schulter. Der Deutsche kann nicht älter als fünfzehn gewesen sein. Er hatte ein sanftes Gesicht, war unrasiert und hatte auf dem Nasenrücken Sommersprossen. Ich wußte, er war tot.
»Was ist los mit dir, MacGuire? Das ist ein verdammter Mörder«, sagte Lawton und hob sein Gewehr auf. »Versuch doch nächstens mal, wenn du vor einem von denen stehst, die Hände zu heben. Versuch's einfach mal.«

»Er ist noch ein Kind«, sagte Daniel und legte den Kopf des Deutschen sanft zur Seite, um ihm am Nacken den Puls zu fühlen. »Er ist doch noch ein Kind.«

*

»Guten Morgen, Patrick.«

»Hallo, Dr. Tompkins.«

»Geht es Ihnen heute gut?« Er spähte durch seine Bifokalbrille auf mich hinab, ein Klemmbrett in der Hand.

»Natürlich.« Ich saß auf der Bettkante und angelte mit den Füßen nach meinen Schuhen.

»Nehmen Sie auch Ihre Medizin?«

»Ja.«

»Hilft sie Ihnen?«

»Ein wenig.«

»Immer noch so viele Schmerzen?«

»Manchmal.«

»Die Laborergebnisse sind da.«

»Ja. Und?«

»Nicht gut, fürchte ich. Aber wir haben bei der Schmerzbekämpfung enorme Fortschritte gemacht.« Er kritzelte etwas auf sein Klemmbrett. »Ich möchte ein anderes Medikament ausprobieren. Sie sollen es dreimal täglich einnehmen. Es wird Sie wahrscheinlich …«

»Was ist mit den Laborergebnissen …«

Er hörte auf zu schreiben, setzte mit einer Hand die Brille ab, klappte sie ordentlich zusammen, steckte sie in die Brusttasche seines weißen Laborkittels und sah mich an. »Es sieht nicht gut aus.«

»Tja, natürlich nicht. Ich bin einundachtzig. Da sieht nichts mehr gut aus.«

Er beugte sich vor, fuhr mir mit der Hand prüfend über den Nacken. Dann legte ich mich zurück, worauf er mir das Hemd hochzog und meinen Unterleib abtastete. Ich zuckte zusammen.

»Hier?«

»Ja.«

»Und hier?«

»Ja.«
»Wie ist es hier? Tut das auch weh?«
»Ja.«
Nachdem er gegangen war, zog ich mich im Badezimmer aus und stellte mich unter die Dusche, den Kopf unter der Brause. Ich drehte das Wasser so heiß, wie ich es gerade noch ertragen konnte.
Das ist nicht auszuhalten, dieses Wissen, dieses geschärfte Bewußtsein, wie es um einen steht. Wer hält so etwas schon aus?
Ich stellte die Dusche ab, griff nach einem Handtuch und trocknete mich ab.
Wenn ich mich nur ein wenig einlullen könnte, indem ich an irgendwas Erfreuliches denke. Das ist doch der Trick, nicht wahr?
Beim Ankleiden ließ ich mir Zeit. Um nicht über die Schürsenkel zu stolpern, verknotete ich sie doppelt.
Zumindest begreife ich allmählich, daß all die anderen Ängste in unserem Leben einer genauen und unvermeidlichen Ausrichtung folgen und daß Julia wohl recht hatte: Sie sind alle nur heimliche Ängste vor dem Tod und dem Verfall, vor dem unabwendbaren Grauen, daß wir alle nichts anderes sind als Nährstoff für den Kosmos. Und vollkommen überflüssig. Deshalb klammern wir uns so verzweifelt an Religion und Kunst, denn sie sind unsere profundeste und ausdrucksvollste Antwort auf unsere elende Zwangslage, es sind kühne Vergewisserungen, daß trotz allem das Leben einen Sinn hat.
Ich stellte mich vor den Spiegel und kämmte mir die Haare, dann reinigte ich mir mit Zahnseide die Zähne, streifte mir die Armbanduhr über und zog sie auf. Nachdem ich zweimal kontrolliert hatte, daß der Reißverschluß meiner Hose auch wirklich hochgezogen war, steuerte ich zur Cafeteria. Auf dem Weg überlegte ich mir, ob ich heute Cheerios oder Cornflakes nehmen sollte. Und sann darüber nach, ob Dr. Tompinks alle seine Patienten in so gute Laune versetzte.

*

Ich wählte Cheerios, schaffte aber nicht die ganze Schüssel. Jetzt sitze ich auf einer Bank im Flur und hoffe verzweifelt, zumindest einen kurzen Blick auf Sarah, Janet oder Erica werfen zu können – auf irgendwas, was die Verzweiflung vertreibt.

Es ist dieses Warten, was mich umbringt. Noch mehr als der Geruch, die Trübnis und die Gebrechlichkeit. Alle warten wir hier wie Kühe im Pferch, daß man uns über die Rutsche hinab in die Ewigkeit treibt, zerrt und zieht. Jeden Tag werden wir gefüttert, angekleidet und in Gemeinschaftsräume verfrachtet wie Mobiliar, damit wir herumsitzen, warten und pfurzen, bis endlich wir an der Reihe sind, mit wehenden Kliniknachthemden in die Dunkelheit davongetragen zu werden.

Das unausweichliche Herannahen des Todes bedrückt mich jeden einzelnen Tag so sehr, daß ich, anstatt mich an dem zu erfreuen, was mir noch bleibt, einfach an nichts anderes mehr denken kann und die Spannung kaum mehr ertrage. Ich sehe nicht nur, wie der Sand durch die Sanduhr rieselt, ich *höre* ihn sogar, ein ständiges, fließendes, zischendes Geräusch, das mit jeder verstreichenden Stunde lauter wird.

Deshalb ist für uns Alte nichts wichtiger, als sich einzureden, man habe nicht einen riesigen Teil seines Lebens vergeudet. Natürlich haben die meisten von uns die Zeit zwischen den Fingern verrinnen lassen, als wäre sie Kleingeld. Und deshalb drohen wir an unserem brodelnden Groll und unserem Bedauern zu ersticken, bis jeder Gedanke mit »Hätte ich doch nur …« oder »Ich wollte ja immer …« anfängt. Im Alter holt uns die Feigheit schließlich ein. Und wir weichen entsetzt zurück beim Anblick der Verschwendung.

Darum drehen sich alle Geschichten, die endlosen Monologe, mit denen alte Männer und Frauen jeden überschütten, der bereit ist, ihnen zuzuhören. Unser Leben erscheint uns ausgefüllter, wenn wir es zu Geschichten weben können, selbst wenn sie nicht immer wahr sind und wir damit nur eine Verschleppungstaktik betreiben in der Hoffnung, daß unsere Nummer noch nicht aufgerufen wird – solange wir immer weiterreden.

Die Zeit ist ein übles Luder, kein Zweifel. Ich glaube nicht, daß wir je in der Gegenwart leben. Wir sind entweder diesseits der Vergangenheit oder der Zukunft, ängstlich schwankend zwischen Erwartung und Erinnerung. So habe ich mein Leben verbracht, immer wartend, hoffend, wünschend. Und so sind dann irgendwie die Tage verstrichen, bis ich wußte, daß ich mich nie wieder verlieben, nie wieder heiraten und mit anderen in einem Haus leben, ihre Stimmen hören, ihre Herzschläge spüren würde. Ein paar frühe Fehlentscheidungen, und schon war ich die lange Strecke in die Nachbargalaxie hinübergesegelt ohne Chance auf Rückkehr. Allein schon der Gedanke daran versetzt mich in Panik, als würde man mir den Kopf unter Wasser drücken.

Ach was, scheiß drauf. Jeder hier ist aus der Bahn geraten, Lichtjahre vom nächsten bewohnbaren Planeten entfernt, und schlägt Purzelbäume durch das Miasma. Kein Wunder, daß das Altwerden zu einem großen Teil darin besteht, zu lernen, seine Erwartungen niedriger zu schrauben. Nur nennen wir das Reife und Weisheit, damit es nicht zu defätistisch klingt.

Wenn man jung ist, will man Ekstase; wenn man alt ist, ist man mit allem zufrieden, was nicht Leiden mit sich bringt.

Mit allem.

*

Vermutlich schreibe ich deshalb Briefe an Schwester Sarah. Liebesbriefe, wenn Sie es genau wissen wollen. Es fing vor einem halben Jahr als Jux an, als Steckenpferd eines alten Mannes, der loswerden wollte, was ihm an Liebe noch geblieben war. Inzwischen schreibe ich ihr einmal wöchentlich, meist fast zwei Seiten, die Träumereien eines Menschen, der in der Gegenwart – oder auch nur im Dasein – eines anderen Trost findet.

Natürlich sind es anonyme Briefe, adressiert an ihre Privatanschrift, in einfachen weißen Umschlägen. Sie zeigt sie mir sogar. Das erste Mal zitterte ich, als sie meine Zeilen laut vorlas, eines Morgens neben mir am Bett, die eine Hand gegen die Brust gepreßt. Nun habe ich Angst, sie könnte sich in diesen Mann verlieben oder zumindest

in seine Worte und das, was sie zu eröffnen scheinen. Ich weiß nicht, wie ich damit aufhören soll, ohne sie oder mich zu verletzen.
»Hören Sie sich das an«, sagte sie und legte mir die Hand auf die Schulter. Sie stand neben meinem Sessel im Aufenthaltsraum, in dem außer uns niemand war. »Er schreibt: ›Schönheit ist das Antlitz der Liebe, und Liebe das Gefühl, erleuchtet zu sein.‹«
»Nicht schlecht.«
»Und sehen Sie einmal diese Handschrift. Ich hätte nie geglaubt, daß ein Mann so schreiben kann. Sieht aus wie die Unabhängigkeitserklärung.«
Ich stimmte ihr zu, daß der Brief ganz erstaunlich sei, und überlegte laut, was er über den Verfasser aussagen könnte.
»Offensichtlich ist er gebildet«, sagte sie. »Gott, das ist Folter!«
Ja, das ist es.
Inzwischen hat sie sämtliche Männer in ihrem Leben in drei sehr unterschiedliche Kategorien eingeteilt: erstens diejenigen, von denen sie hofft, daß sie der Briefschreiber sein könnten – eine sehr kleine Gruppe. Zweitens diejenigen, von denen sie sicher ist, daß sie die Briefe nicht geschrieben haben, zu denen natürlich auch ich gehöre. Und drittens diejenigen, von denen sie inständig hofft, daß unter ihnen nicht der Schreiber ist; mit Abstand die größte Gruppe. Sie verdächtigt jeden: den Portier, den Kellner im Restaurant, den Polizisten, der ihr eine Verwarnung wegen zu schnellen Fahrens ausstellt, die Ehemänner ihrer Freundinnen. Vor allem die Ehemänner ihrer Freundinnen.
»Ich wette, er ist verheiratet und gibt sich deshalb nicht zu erkennen«, sagte sie eines Morgens, als sie mir gerade den Puls maß. »Denn wenn er dies alles wirklich für mich empfindet, müßte man doch meinen, daß er mich um ein Rendezvous bittet, oder etwa nicht?«
»Ich bin sicher, er hätte gern ein Rendezvous«, sagte ich. »Vielleicht befürchtet er, es könnte etwas an ihm sein, das Ihnen nicht gefallen würde.«
»Oh, wie Cyrano de Bergerac?« Sie runzelte die Stirn. »Meinen Sie, er ist furchtbar häßlich?«

»Oder gelähmt, blind oder taub. Es könnte alles mögliche sein. Vielleicht ist er auch noch ganz jung.«

»Nicht mit dieser Handschrift. So schreibt kein Teenager. Außerdem – Teenagern würden solche Sachen gar nicht einfallen.«

»Da haben Sie recht.«

»Tja, ich wünschte, er würde mir irgendeine Möglichkeit zeigen, wie ich mit ihm Verbindung aufnehmen kann«, sagte sie. »Diese Beziehung ist sehr einseitig. Ich verstehe nicht, was er davon hat.«

Ich zuckte die Achseln.

Sie faltete die Hände vor der Brust zusammen. »Hm, wenn er mir nicht bald seine Adresse nennt, mache ich einfach seine Briefe nicht mehr auf.«

Am gleichen Nachmittag fuhr ich mit dem Bus in die Stadt und mietete ein Postfach an.

Der erste Brief von ihr war argwöhnisch und voller Fragen. Nach und nach wurde sie immer offener. Inzwischen ist sie freundlich, ja sogar leidenschaftlich. Letzte Woche legte sie ein Photo bei, auf dem sie vor einem Rosenbusch in ihrem Garten posiert. Ich steckte das Bild ein.

»Was meinen Sie, welches Photo soll ich ihm schicken?« hatte sie mich gefragt und mir fünf verschiedene Aufnahmen gezeigt. Auf keiner davon war sie in voller Körpergröße zu sehen – sie wollte bescheiden sein –, also wählte ich dasjenige, auf dem sie gerade zu einem Lachen ansetzte und sich an den Kopf griff. Ich hebe es in meiner Brieftasche auf. Ich schrieb ihr zurück, daß ihr Gesicht auf dem Bild wie ein Talisman oder Amulett sei, das mir Hoffnung und Sinn gebe, obwohl ich wußte, daß es Julias Gesicht war, nach dem ich in Wirklichkeit suchte.

Nun hat Sarah angedroht, keinen Brief mehr zu schreiben, wenn ich ihr nicht ein Photo von mir schicke.

⋆

»He, Daniel, hast du noch Zigaretten?« Wir lagen Seite an Seite auf einem Heuboden ein paar Kilometer von der Front entfernt, ließen eine Flasche Wein kreisen und unterhielten uns im Finstern.

»In meinem Rucksack.«
»Scheiße, ich kann überhaupt nichts sehen. Warte mal.« Ich griff nach dem Kerzenstummel in meiner Tasche.
»Hast du Streichhölzer?«
»Ja, hier.«
Als ich die Kerze angezündet hatte, tänzelte das Licht auf dem Heu und tauchte alles in einen blaßgelben Schein. In der hinteren Ecke der Scheune flatterte etwas hoch und verschwand. Daniel kramte in seinem Tornister und holte schließlich eine Packung Sweet Caporals heraus.
Jeder von uns zündete sich eine an und legte sich zurück.
»Ich bin jetzt mit dem Gedicht, an dem ich gearbeitet habe, fast fertig«, sagte Daniel ein wenig lallend. Es klang fast, als sei er betrunken. Ich habe ihn kaum je betrunken erlebt.
»Das für Julia gedacht ist? Dein Epos?«
»Bevor ich es abschicke, möchte ich es dich gerne lesen lassen.«
»Ich verstehe aber nicht viel von Gedichten«, sagte ich, zog kräftig an meiner Zigarette und sah zu, wie sich der Rauch mit meinen Worten vermischte.
»Das brauchst du auch nicht. Das ist ja das Schöne daran.«
»Gut, ich seh es mir an.« Ich konnte es kaum erwarten, es zu lesen.
»Keine Ahnung, wie ich es meinen Eltern beibringen soll«, sagte er und schnippte sich die Asche in die Handfläche, um sie anschließend am Hosenbein abzuwischen.
»Hast du schon mal was von ihnen gehört?«
»Nichts.«
»Das tut mir leid. Ich verstehe nicht, wie …«
»Ich schreibe ihnen aber weiterhin.«
»Das würde ich nicht.«
Er sah mich an. »Sei dir mal nicht so sicher.«
»Aber wieso denn, wenn sie nicht zurückschreiben?«
»Weil meine Lage nicht danach ist, Groll zu hegen.«
»Tja, bestimmt werden sie mal weich.«
Er zuckte die Achseln.
Nach einigen Minuten blies ich die Kerze wieder aus und steckte

den Stummel zurück in meine Tasche. Dann legte ich mich wieder hin und schloß die Augen.
»Patrick?«
»Ja?«
»Du bist in Ordnung.«
»Danke.«
»Das meine ich ernst.«
»Du auch.«
Er schob mir die Flasche Wein herüber, bis sie an meine Schulter stieß. Ich nahm sie, setzte mich auf, hob sie an die Lippen und ließ den sauren Rotwein erst im Mund ein wenig kreisen, bevor ich ihn schluckte.
»Darf ich dir einen Rat geben?« fragte er.
»Nur zu.«
»Paß auf, daß dich dieser Krieg nicht kaputt macht.«
Seine Worte bestürzten mich. »Mich kaputt macht? Er wird mich nicht kaputt machen, solange man mir nicht die Eier wegschießt.«
»Ich meine es ernst. Er macht eine Menge Leute kaputt. Laß das nicht zu, verstehst du?«
»Ich werde mein Bestes tun – solange ich noch heil bin. Andernfalls werde ich wohl ein bißchen griesgrämig werden.«
»In Ordnung.« Er nahm die Flasche aus meiner Hand und hob sie an die Lippen, dann atmete er laut aus.
»Weißt du, was mich am Krieg am meisten verblüfft?« fragte er.
»Was?«
»Er macht so verflucht einsam.«
»Auf den Gedanken wäre ich nie gekommen. Es gibt so viele beschissene Aspekte an der ganzen Sache, daß kein einzelner … he, das ist doch wohl kein Annäherungsversuch, oder?«
Er lachte aus vollem Herzen.
»Ich kann nämlich auch draußen schlafen …«
»Träum weiter.« Er nahm wieder einen Schluck.
»Ich glaube, du bist betrunken.«
»Ich bin nur entspannt«, erwiderte er.
»Oder bei dir ist was locker.«

Er warf ein Büschel Heu auf mich.
Wir schwiegen ein paar Minuten, dann sagte er: »Wenn du dir irgendeinen Platz in der Welt aussuchen könntest, wo würdest du jetzt gern sein?«
»In einem warmen Bett«, sagte ich und nahm ihm wieder die Flasche ab.
»Ich wäre gern auf einer tropischen Insel und würde dort am Strand liegen, so, daß mir die Wellen um die Füße spülen«, sagte er.
»Geht das jetzt so die ganze Nacht lang weiter?«
»Eigentlich kann ja Julia gar nicht schwimmen.«
»Dann laß sie doch am Strand.« Ich reichte ihm wieder die Flasche.
»Nächsten Monat ist es soweit bei ihr. Ich hoffe, es geht ihr gut«, sagte er.
»Bestimmt tut es das.«
»Weißt du, es ist schon komisch. Ich fühle mich eigentlich gar nicht wie ein werdender Vater. Ich meine, es ist noch nicht bis zu mir durchgedrungen. Es scheint so ... so weit entfernt zu sein.«
Er schwieg eine Weile, dann sagte er: »Kannst du dir vorstellen, ein Baby im Arm zu halten? Dein eigenes Baby. Herr im Himmel.«
»Ich kann mir vorstellen, daß es mir leichter fallen würde, deins zu halten als meins.«
»Wie es wohl aussehen wird? Wahrscheinlich wie eine Mischung aus Julia und mir.«
»Wird bestimmt eine Schönheit.«
Er drückte seine Zigarette auf einer Bodendiele aus. »Ich werde mir kein Haus leisten können. Und ich habe keine Versicherung. Herrgott, was für ein Vater werde ich sein?«
Ich blickte Daniel an, der mit geschlossenen Augen rücklings dalag. »Du wirst ein toller Vater sein. Das weiß ich.« Ich stellte mir ihn mit einem Kind vor und daß er wunderbar sein würde. Glückliches Kind.
Ich schloß die Augen und horchte auf das Grollen der Geschütze in der Ferne. Plötzlich erschreckte mich ein langes, tiefes Rumpeln. Ich setzte mich auf. »Was war das?«

Daniel schwieg einen Augenblick, dann sagte er: »Donner.«
»Donner?«
»Ja, Donner.«
Wieder ein langes, tiefes Poltern in der Ferne.
»Das ist Donner, oder?« sagte ich. »Erinnert dich das nicht an deine Kindheit, als du nachts wach lagst, ganz warm und sicher unter der Decke?«
Das nächste Donnern war noch lauter. Fünf Minuten später begann es zu regnen. Die Tropfen klatschten auf das Scheunendach, das sich nur ein paar Meter über uns befand. Dann konnte man durch ein kleines Fenster zu unseren Füßen den Blitz sehen. Darauf noch einen, gefolgt von einem ungeheuren Donnern. Ich sprang hoch. »Jesusmaria.«
Beim nächsten Blitz sah ich, daß Daniel sich aufgerichtet hatte.
»Man kann sie nicht mehr hören«, sagte er.
»Was hören?«
»Die Kanonen. Man kann die Kanonen nicht mehr hören.« Er lächelte.
Ich lauschte. »Nein, man hört sie nicht mehr, oder?«
»Das ist gut«, sagte er.
Beim nächsten Blitz sah ich, daß er sich wieder auf den Rücken gelegt und die Augen geschlossen hatte.
»Ja, das ist sehr gut«, sagte ich.

*

Julias Bluse war voller Schweißflecken, als wir die Spitze des Hügels erklommen hatten. In der leichten Brise fing ich den Duft ihrer Haut auf. Ich stand neben ihr und wischte mir mit dem Taschentuch Nakken und Stirn. Wir blickten auf das Flickenmuster aus Feldern und Wäldern hinab, das sich über eine weite Ebene erstreckte, bis schließlich nur noch Äcker zu sehen waren. Auf der Linken schlängelten sich alte Grabenlinien wie riesige Schwielen über die Erde. Und überall war der Boden noch mit Bombenkratern übersät, als wäre hier vor langer Zeit ein Meteoritenschauer niedergegangen.
»Was für ein herrlicher Tag«, sagte sie und sah lächelnd zum Him-

mel empor, an dem ein dünnes weißes Band aus hohen Wolken langsam vorüberzog, jede einzelne Wolke ganz für sich wie Wellenmuster im Wüstensand.

»Ich weiß noch, wie ich als Kind rücklings im Gras lag und die vorbeiziehenden Wolken betrachtete«, sagte ich. »Auf der ganzen Welt gab es nur mich und diese Wolken und das Gras unter mir.«

»Für mich bedeutete Glück, nachts während eines Gewitters warm und trocken im Bett zu liegen und zu wissen, daß meine Mutter im Zimmer gleich nebenan war.«

»Im Bett habe ich mich immer an meinen Hund gekuschelt und ihm bei Kerzenlicht Geschichten vorgelesen.«

»Sie haben Ihrem Hund Geschichten vorgelesen?«

»Es war ein kluger Hund.«

Sie lächelte, fegte mit dem Fuß ein paar Blätter beiseite und setzte sich. Ich ließ mich ihr gegenüber auf einem Stein nieder.

»Für Erwachsene ist Glück was anderes, meinen Sie nicht?« fragte sie. »Es ist sehr flüchtig. Wie etwas, das man nicht sieht, selbst wenn man schon fast mit der Nase darauf stößt.«

»Ich glaube, für viele Leute bedeutet Glück einfach die Abwesenheit von Unglück«, erwiderte ich.

»Das genügt mir nicht«, sagte sie.

»Mir auch nicht. Im Krieg haben wir alle uns fest vorgenommen, daß wir, ganz gleich was wir im Leben machen würden, glücklich werden wollten, denn um was ginge es denn sonst im Leben?« Bei der Erinnerung daran mußte ich lachen. »Können Sie sich all diese jungen Männer vorstellen, die sich gegenseitig dazu gratulieren, daß sie irgendwann einmal glücklich sein werden, sofern ihnen nur nicht der Hintern weggeschossen wird?«

»Nun, ich bin froh, daß Ihnen das nicht passiert ist«, sagte sie.

»Ich auch.«

»Hoffentlich fühlen Sie sich nicht schuldig …«

»Daß ich überlebt habe? Ja, ein wenig schon, aber es ist mehr ein Gefühl der Verantwortung: daß ich etwas aus meinem Leben machen muß – es richtig machen muß –, weil ich das Glück hatte, eine zweite Chance zu bekommen.«

»Das ist ein ganz schöner Druck.«

»Aber das war das Entscheidende bei allem, worüber wir redeten: Wie würden *leben*, wenn der Krieg zu Ende wäre. Alles nachholen. Unsere eigenen Regeln aufstellen. Keine Minute vergeuden.«

»Aber das schafft doch niemand.«

»Stimmt, aber man kann es zumindest versuchen«, erwiderte ich.

Sie holte eine Rebe Weintrauben aus ihrer Tasche, teilte sie sorgfältig in zwei Hälften und reichte mir eine davon. Ich legte sie mir in den Schoß und pflückte die Trauben einzeln ab, während ich über das Tal blickte.

»Zumindest sind Sie nicht normal«, sagte sie.

»Bin ich nicht?«

»Nein, Gott sei Dank. Finden Sie normale Leute nicht auch so langweilig? Sie verheimlichen all die wichtigen Dinge.« Ihre Miene wurde ganz ernst. »Ich habe die Gesellschaft eines anderen Menschen schon seit Jahren nicht mehr so genossen.«

»So geht es mir auch.« Ich spürte wieder das Brennen in meiner Brust. Könnte sie sich je in mich verlieben, oder war es nur Freundschaft, was sie brauchte? Aber wer könnte auf diese Weise bloß Freund bleiben? Es war nicht auszuhalten.

Sie stand auf und wischte sich den Rock ab. »Sollen wir wieder ein Stück laufen?«

Als der Pfad schmaler wurde, ließ ich sie vor mir gehen. In dem leichten Wind fing ich den lieblichen Duft ihres Parfüms ein. Seltsam, wie Düfte die Gefühle ansprechen können. Und wie individuell sie sind. So unterschiedlich wie Gesichter.

Nach einer Stunde legten wir wieder eine Rast ein, auf einer Lichtung neben einem Stapel zersplitterter Baumstämme. Hinter ihnen lag ein Haufen verrosteter Blechbüchsen und daneben ein paar leere, zerbrochene Munitionskisten. Ich holte eine Flasche Wein heraus und entkorkte sie. Wir hatten vergessen, Gläser mitzunehmen, also tranken wir aus der Flasche, die wir hin und her wandern ließen.

»Woran denken Sie, wenn Sie malen?« wollte ich wissen.

»An alles.« Sie lächelte in sich hinein. »Daniel meinte, die Künstler versuchten sich selbst wiederherzustellen, sich durch ihr Werk selbst zu heilen. Er bewunderte sie, weil er glaubte, sie würden etwas vor dem menschlichen Elend retten. Aber manchmal kommt es mir vor, als sei Kunst eher so etwas wie heiße Lava tief aus dem Erdinneren, ausgespeit von einem Vulkan.«

»Die Buchhalterei läßt nicht viel Speien zu.«

»Nein, das glaube ich gern.« Sie lächelte noch mehr. Immer wenn sie lächelte, errötete sie ein wenig, wodurch sie ausgesprochen natürlich wirkte.

»Ich glaube, jeder wäre gern Künstler, wenn er das Talent dazu hätte«, sagte ich. »Kunst scheint genau das Wesentliche zu erfassen.«

Sie nahm einen Schluck aus der Flasche und reichte sie mir wieder.

»Was inspiriert Sie zum Malen?«

»Ich glaube, es sind all die Dinge, die ich sagen möchte, aber nicht sagen kann. Nicht mit Worten.«

»Und Sie können sie dann mit Ihrem Pinsel ausdrücken?«

»Das versuche ich zumindest. Und das reicht schon.« Sie zündete sich eine Zigarette an und blies den Rauch langsam aus. »Ohne Kunst, ohne Gemälde, Bücher, Skulpturen und Musik wäre die menschliche Seele völlig unergründlich, meinen Sie nicht auch?«

Sie sah mich mit einem Ausdruck an, den ich noch nie zuvor gesehen hatte. In den Augenwinkeln lag so etwas wie Aufregung, als habe sie plötzlich etwas entdeckt, wonach sie gesucht hatte. Dann stand sie auf und lehnte sich an eine Birke, die Arme nach hinten um den Stamm geschlungen, und sagte: »Als ich in Paris war, ging ich in den Louvre. Es war mein erster Besuch dort. Ich war überwältigt!«

Ich konnte es sofort in ihren Augen sehen und dachte, wie wundervoll es wäre, Arm in Arm mit ihr durch den Louvre zu schlendern, Gemälde für Gemälde, und danach an der Seine zu sitzen und die Weit aus der Sicherheit unserer Zweisamkeit zu betrachten.

»Den ganzen Tag lang bin ich durch die Säle gewandert, habe mir die *Mona Lisa* angesehen, Canovas *Psyche und Cupido*, die *Venus von Milo* und Caravaggios *Tod Mariä* und Hunderte anderer Werke in allen Formen, Größen und Farben. Meine Füße brannten höllisch.

Und kurz bevor ich gehen wollte, erblickte ich Michelangelos *Sterbenden Sklaven*. Mit einem Mal begriff ich, daß alle Bilder, die ich gesehen hatte, immer nur das eine ausdrückten, dieses mächtige Verlangen nach Schönheit, Unsterblichkeit, Gerechtigkeit und Mitgefühl. Es war, als würden diese Künstler aus sämtlichen Jahrhunderten in diesen riesigen Sälen allesamt den gleichen qualvollen Schrei ausstoßen, in tausend verschiedenen Sprachen. Mir kamen die Tränen, und ich lief davon. Ich mußte einfach nur noch raus.«
Ich sagte nichts, sah nur die wunderschöne Frau vor mir, mit Tränen in den grünen Augen, die aus dem Louvre läuft, durch die Tuilerien, und in der Menge verschwindet.
»Danach habe ich mich nicht mehr so allein gefühlt. Ich hatte begriffen, daß die tiefsten, unbeschreiblichsten Teile meiner Seele von diesen Künstlern empfunden, verstanden und übersetzt worden waren. Aber es machte mich auch traurig, weil ich einsah, daß wir nur eins tun können: unsere Sehnsüchte und unseren Schmerz ausdrükken. Wir können nie damit aufhören.«
»Aber ist denn alles im Louvre so traurig?«
»Das meiste erschien mir traurig. Auserlesen traurig, weil es zugleich auch so wunderschön war. Die gesamte menschliche Seele ist dort ausgestellt. Es ist alles gesagt.«
»Und der Trost besteht darin, zu wissen, daß es gesagt wurde.«
Sie nickte. »Und wenn ich daran dachte, was es gekostet hat, diese Werke zu erschaffen, bei Kerzenlicht mit müden Händen und überanstrengten Augen zu malen oder zu bildhauern, ja, da wußte ich, daß diese Künstler ganz tief im Inneren fürchterlich gelitten haben. Können Sie sich vorstellen, daß sie sich ihr ganzes Leben lang abrackern, weil sie es einfach müssen?«
Ich versuchte es, aber immer wieder hatte ich ihr Lächeln vor Augen, dann die Tränen und die Frau, die aus dem Louvre flieht.

★

Als Daniel und ich uns in einem Obstgarten mit Äpfeln versorgten, stießen wir auf das Wrack einer Fokker. Der Bug war in den Boden gerammt, das Heck ragte in die Luft. Der Pilot saß noch, vornüber ge-

beugt, in seinem Sitz, sein Körper war übersät mit Fliegen. Wir lugten beide in das Cockpit, doch der Gestank ließ uns zurückschrecken.
»Wie lange, glaubst du, liegt die schon hier?« fragte ich, während ich langsam um das Flugzeug herum ging und auf die großen schwarzen Kreuze starrte, die auf Flügel, Heck und Rumpf gemalt waren. Letzterer war von einer Reihe Kugeln durchsiebt.
»Ein paar Tage«, meinte Daniel und steckte seinen Finger in eins der Einschußlöcher.
Keiner von uns hatte zuvor ein Flugzeug aus solcher Nähe gesehen, deshalb untersuchten wir es eine Weile, fuhren mit den Händen daran entlang, traten mit den Stiefeln dagegen, als ob wir auf das Gerippe eines Raubtiers gestoßen wären, von dem wir nicht ganz sicher wußten, ob es auch wirklich tot war.
»Ob das wohl einer von diesen berühmten Fliegerassen ist?« fragte ich und blickte erneut zu dem Piloten, dessen Gesicht so verstümmelt war, daß ich mich abwenden mußte.
Daniel zuckte die Achseln. »Wir sollten ihn begraben.«
»Du machst wohl Witze?« erwiderte ich, obwohl mir im selben Augenblick klar war, daß er es ernst meinte.
Daniel zog den kleinen Spaten aus seinem Rucksack und begann, ein paar Schritte vom Flugzeug entfernt ein Loch zu schaufeln. Wir wechselten uns alle zwanzig Minuten ab, bis wir ein flaches, aber brauchbares Grab ausgehoben hatten.
Dann krochen wir durch den demolierten Rumpf und stellten uns zu beiden Seiten des Piloten, packten ihn unter den Achseln, zählten bis drei und versuchten, ihn hochzuhieven. Doch er rührte sich nicht vom Fleck, und wir probierten es noch einmal aus einem anderen Winkel. Uns ekelte vor dem Gestank und den Fliegen, die wir uns ständig aus dem Gesicht pusten mußten.
»Ist zwecklos«, sagte ich, nachdem wir bereits eine Viertelstunde gekämpft hatten, und sprang von dem Wrack hinunter. »Seine Beine sind eingeklemmt.«
»Aber wir müssen ihn da rausholen«, sagte Daniel und zerrte erneut am Arm des Piloten.
»Warum überhaupt? Herrje, der Kerl ist doch tot.«

»Würdest du nicht wollen, daß man dich beerdigt?«
»Wahrscheinlich wäre es mir scheißegal«, sagte ich. Tatsächlich? Weder das eine noch das andere schien mir eine sonderlich angenehme Vorstellung.
Daniel kroch so weit den Rumpf hinauf, bis er hinter und über dem Piloten stand, und begann, wie wild an seinem Mantel zu zerren. »Komm schon, verdammt noch mal!« schrie er immer wieder, bis ihm der Schweiß über das Gesicht rann. Schließlich ließ er los und schlug mit der Faust gegen die Maschine. Dann rutschte er seitlich herunter und verbarg seine Hand in der Armbeuge.
Ich hatte noch nie erlebt, daß er die Beherrschung verlor, und es bestürzte mich wie ein Kind, das seinen Vater weinen sieht. Ich ging zu ihm und legte ihm den Arm um die Schulter. »Komm«, sagte ich, »wir müssen los.«
Daniel schlug mit der freien Hand erneut gegen das Flugzeug. Seine Schultern bebten.
Nach ein paar Minuten des Schweigens stand er auf und nahm den Spaten und den Sack mit Äpfeln. Dann gingen wir durch die Obstplantage zur Straße und machten uns auf den Rückweg zum Lager.

> Ich bin abgestumpft: ich nehme nicht einmal mehr die Zigarette aus dem Mund, wenn ich VERSTORBEN über ihre Briefe schreibe.
>
> – *Wilfred Owen, British Army, in einem Brief nach Hause. Gefallen 1918, sieben Tage vor dem Waffenstillstand.*

Gestern abend habe ich das Essen ausfallen lassen. Statt dessen habe ich mich in meinem Zimmer an den Schreibtisch gesetzt und an einer Zeichnung von Julia gearbeitet. Eine Weile dachte ich, ich hätte sie einigermaßen hingekriegt, wenigstens den Mund und den hohen Bogen ihrer Wangenknochen. Aber dann entglitt mir alles, so daß ich das Bild nicht einmal mehr ansehen konnte. Ich steckte es in meine Schublade, zu den anderen. Anschließend ging ich nach draußen, setzte mich hin und sah zu den Sternen hinauf, bis mir der Nacken wehtat.
Schon als Kind haben mir die Sterne das wunderbare Gefühl gege-

ben, unbedeutend zu sein. Vielleicht deshalb, weil der Himmel zu den wenigen Dingen gehört, die so groß sind, daß sie meine eigenen Probleme winzig erscheinen lassen und sogar meine heftigen Angstgefühle in die richtige Perspektive rücken. Ich bin ganz zufrieden, wenn ich mir klein vorkomme, vorausgesetzt, meine Probleme verkleinern sich damit ebenfalls. Deshalb liebe ich Meere und hasse Sonntagabende.

Für einen Augenblick schloß ich die Augen. In der tiefen Dunkelheit sah ich, wie meine Großmutter im Schaukelstuhl neben mir auf der vorderen Veranda saß. Schaukelnd hielt sie meine Hand in ihren Händen und sang: »Ich sehe den Mond, der Mond sieht mich, der Mond sieht jemanden, den ich gerne sehen würde ...«

Ich öffnete die Augen, wickelte mir den Pullover fest um die Schultern und blickte zu den flackernden Pünktchen empor. Plötzlich überkam mich das Gefühl, daß die Chronologie meines Lebens völlig durcheinander purzelte. Egal ob mit acht Jahren, mit zwölf, vierundzwanzig, vierunddreißig oder achtundfünfzig: Die Sterne sehen immer genau gleich aus. Wie viele andere Dinge in unserem Leben bleiben konstant, während es mit uns bergab geht? Nicht genügend viele.

Möchte ich eine Grabinschrift? Ich machte mir eine Notiz, daß ich darüber nachdenken wollte, ob ich mein Zuhause für die Ewigkeit mit einem markigen Spruch schmücken will. Wahrscheinlich nicht. Was sollte da schon drauf stehen? DAS SPIEL IST AUS?

Ich habe mal gelesen, daß die Sonne in etwa fünf Milliarden Jahren verlöschen wird. Nicht gerade ein brennendes Thema, aber ich frage mich doch: Wenn wir sicher wüßten, daß das ganze Menschengeschlecht und alles, was wir geschaffen haben, irgendwann in einer riesengroßen solaren Aufräumaktion weggeputzt wird, würde das irgend etwas ändern? Gewiß würden die Probleme der Welt plötzlich vergänglicher erscheinen, obwohl das natürlich auch für die Regenwälder und Kunstschätze des Planeten gilt. Das Wissen um unsere letztendliche Vernichtung würde unserer Wichtigtuerei, die ja nur auf Illusion beruht, einen gehörigen Dämpfer versetzen und unser darwinistischer Kampf um die Weitergabe unserer Gene

der Lächerlichkeit preisgeben. (Wer möchte schließlich *seine* Nachkommen um sich sehen, wenn die Lichter ausgehen?)
Ich wandte mich um und blickte durch das große Fenster in den Aufenthaltsraum, der in warmes, gelbes Licht getaucht war. An diesem Abend wurde Bingo gespielt, und die weißhaarigen Männer und Frauen beugten sich über ihre Tische und suchten nach einer Drei oder Acht oder Sieben. So, wie einige von ihnen zu den anderen rüberschielten, war klar, daß Verwirrung herrschte darüber, welche Zahlen von welchem Durchgang gerade aufgerufen worden waren. Dann sah ich, daß Mitzie hereinspazierte und sich langsam mit der hydraulisch wirkenden Bewegung, die für das hohe Alter typisch ist, hinsetzte. Vielleicht träumte sie von Verehrern, die niemals kamen.
Auf dem Rückweg zu meinem Zimmer kam ich an Rollstühlen vorbei, die kreuz und quer abgestellt waren wie die Hinterlassenschaft eines lang zurückliegenden, katastrophalen Verkehrsstaus. Die Fahrer saßen unbeweglich darin, nach Urin stinkende Decken – die Teddybären des Alters – waren über ihren Schoß gebreitet. Urin und Bodenreiniger, ja, danach riecht es, mit einer Spur Sagrotan oder einem ähnlichen Antiseptikum. Ich setzte meinen Stock sanft auf den Boden, als ich mich zwischen den Rollstühlen hindurchschlängelte, wobei ich mir in Anbetracht der Umstände bemerkenswert flink vorkam. Die wenigen anderen Mitbewohner, die sich bewegten, taten das so langsam, daß es wie in Zeitlupe aussah, während die Schwestern und Besucher im Vergleich dazu geradezu chaplinesk wirkten.
Zuerst wusch ich mir die Hände, dann knöpfte ich mir vorsichtig das Hemd auf und hängte es an den ersten Haken in meinem Schrank, neben meinen blauen Blazer. Nachdem ich das Oberteil meines Schlafanzugs angezogen hatte – reine, hellblaue Baumwolle mit lachhaft großen Knöpfen –, setzte ich mich aufs Bett und kämpfte mit der Hose. Schließlich stand ich wieder auf und putzte mir die Überreste meiner Zähne, bevor ich mit einem halben Glas Wasser wieder zum Bett ging. Martin schlief bereits, er lag ausgestreckt auf dem Rücken, das Laken unter die Achseln geklemmt, die nackten Arme auf dem Bauch. Selbst zum Lesen zu müde, legte ich

mich auf den Rücken und zog die Decke bis ans Kinn. Ich schloß die Augen und lauschte, zunächst auf die Geräusche aus dem Flur, den Klang der Schritte und gedämpfter Gespräche. Dann horchte ich auf die Geräusche meines Körpers. Und während mein Atmen immer lauter wurde, spürte ich allmählich, wie ich mit in der Luft rudernden Armen ins Vergessen sank.

Werde ich mir am Ende ein bißchen Würde bewahren, Haltung und Anstand, oder werde ich in heiligem Schrecken brüllen wie einer dieser Rhesusaffen, die irgendwo in einem Universitätskeller mit Elektroden an den freigelegten Gehirnen eingeschlossen sind? Wahrscheinlicher ist, daß ich wie die meisten anderen in Great Oaks meinen Geist aushauche: mechanisch und fast demütig, so daß mein letztes Diminuendo kaum wahrgenommen wird. Dann das Laken über den Kopf gezogen, und ab geht die Post, auf dem Klinikbett, das quietschend durch den Flur rollt, Zehen und Nase ragen hoch wie Zielpfosten, und man schafft mich weg zu meiner ewigen Ruhe.

Und danach? Das reine Nichts? Werden wir von der Erde gestrichen? (Zumindest gefällt mir der Gedanke, daß der Tod das Ende von Angst und Durchfall ist, was kein kleiner Sieg wäre). Oder kann ich selbst im Tod noch triumphieren? Ohne Religion, die mich immer im Stich gelassen hat, was bleibt mir da am besten zu tun? Ein Werk hinterlassen, irgendein Gemälde oder Gebäude, das noch ein paar Jahrhunderte standhält, bevor es auch untergeht? Dazu habe ich kein Talent. Garantieren meine Kinder mir vielleicht eine Art biologische Unsterblichkeit (obwohl meine Gene in wenigen Generationen furchtbar verwässert sein werden), und wenn ja, hätte ich da nicht meinen Samen weiter ausstreuen müssen? Oder kann ich mich durch reine Liebe vor der Auslöschung bewahren? Wie steht es mit einer edlen Tat oder einem Akt der Barmherzigkeit, die mir jenseits des Grabes Wohlwollen garantieren, vielleicht sogar eine Statue auf dem Stadtplatz? Könnte ich dann in den Herzen anderer in liebevoller Erinnerung bleiben? Was geschieht, wenn jene Herzen einmal zu schlagen aufhören, was zwangsläufig geschehen wird?

Das Problem mit dem Geld besteht natürlich darin, daß man es nicht mitnehmen kann, aber das gilt für alles andere auch: Mozarts geniale Musik, Freundschaften, Liebe, ein gutes Rezept für Fischcracker. Und je mehr man hat, desto mehr hat man zu verlieren, deshalb bedaure ich es nicht mehr, keine Fremdsprache erlernt zu haben.
Ich rollte mich auf die eine Seite, dann auf die andere, fand jedoch keine bequeme Position. Deshalb legte ich mich wieder auf den Rücken, aber nur kurz. Schon als Kind konnte ich in so einer exponierten Lage nicht einschlafen. Statt dessen kauere ich mich immer zusammen, als würde ich mit Schlägen rechnen. Ich glaube, Menschen, die auf dem Rücken schlafen, haben mehr Vertrauen als Menschen, die dabei auf der Seite oder auf dem Bauch liegen. Vielleicht fordern Leute, die auf dem Rücken schlafen, den Ärger geradezu heraus.
Wenn ich eine Erdbestattung wünschen würde – was nicht der Fall ist –, würde ich darauf bestehen, daß man mich im Sarg auf die Seite oder den Bauch legt.
Ich rollte mich wieder auf die linke Seite und dachte, daß die ganze Geschichte mit dem Sterben einfacher wäre, wenn wir jemanden dafür verantwortlich machen könnten. Statt dessen verbringen wir unsere letzten Tage damit, ein Schattenboxen mit den wunderlichen Einfällen der modernen Medizin auszufechten. Ein Massengenozid, ohne daß dafür jemand zur Verantwortung gezogen wird. Ich wünsche mir, daß dies als Kriegsverbrechen geahndet wird, daß Tribunale und Verurteilungen wegen Verbrechen gegen die Menschlichkeit stattfinden. Zumindest wünsche ich mir jemanden, auf den ich mit dem Finger zeigen könnte.
Mir fehlt es an Würde, daran besteht kein Zweifel. Warum vor dem Exekutionskommando herumstammeln und zittern, wenn ich auch aufrecht stehen, vielleicht sogar meine Mörder verspotten könnte, weil sie sich auf so billige Weise einen Nervenkitzel verschaffen? Warum soll ich ihnen nicht den Vogel zeigen und diese Welt mit einem frechen Grinsen im Gesicht verlassen, wie ein Märtyrer, der sich selbst auf dem Scheiterhaufen noch weigert, zu widerrufen? Aber Märtyrer wofür? Ich bin an einen Pfahl gebunden, während

Rauch die Luft schwängert, mir in Lunge und Nase dringt und ich nicht einmal weiß, wie die Anklage lautet. Wessen werde ich beschuldigt? Würde mir bitte mal jemand die Anklage vorlesen?

*

Camus schrieb, der Mensch flirte auf düstere Art mit Gott. Ich flirte schon lange nicht mehr.

*

Ich wollte Julia festhalten, ließ es aber bleiben. Was hätte ich tun sollen, einfach die Hand nach ihr ausstrecken? Sie fragen? Wie hätte sie darauf reagiert? Sie trauerte immer noch um Daniel, und ich, nun ja, ich war verheiratet. Vielleicht fühlte sie sich deshalb so wohl in meiner Gegenwart. Ich stellte keine Gefahr für sie dar. Wie ein Bruder. Aber ich wollte wohl kaum als Bruder betrachtet werden. Und die Tage verstrichen. War es möglich, daß sie nichts von der Anziehung spürte, die mich in Bann hielt?

Auf dem Rückweg zum Wagen schwieg sie, doch während der Fahrt zum Hotel erzählte sie lustige Geschichten aus ihrer Kindheit, wobei sie manchmal so heftig lachte, daß sie die Hände fest über der Brust kreuzte, als wolle sie auf diese Weise verhindern, zu zerplatzen. Die ganze Traurigkeit schien von ihr abgefallen zu sein, und beim Sprechen wirkte sie gelöster. Zur Unterscheidung der Leute, die in ihren Geschichten vorkamen, änderte sie immer wieder ihren Tonfall, und sie sang sogar ein paar Strophen aus alten Liedern. Doch als es dunkel wurde, fiel sie wieder in Schweigen und konzentrierte sich auf eine gelbe Blume, die sie auf einer Wiese gepflückt hatte und jetzt mit beiden Händen am Stengel festhielt.

»Es hat mir gefallen, mit Ihnen zusammen zu sein«, sagte sie und blickte mich an. »Das werde ich nie vergessen.«

»Ich auch nicht.«

»Sie freuen sich bestimmt schon auf Ihre Familie.«

Ich sah sie an, wollte etwas sagen. Aber mir fiel nichts ein. Wortlos wandte ich mich wieder ab.

Sie drehte die Blume in ihren Händen. »Ich bin zu dem Schluß gekommen, daß die Priester recht haben: Wenn wir in unserem Leiden keinen Sinn sehen, finden wir auch in unserem Leben keinen Sinn. Der Schmerz überdeckt dann einfach alles.«
»›Ein tiefes Leid hat meine Seele menschlicher gemacht.‹«
»Von wem stammt das?«
»Wordsworth.«
»Sagen Sie das noch einmal.«
Ich tat es und fügte hinzu: »Damit wollte er wohl zum Ausdruck bringen, daß seine Trauer oder sein Schmerz ihn befähigt hat, sich in das, was andere erleiden, einzufühlen. Daß das Leiden uns zusammenbringen, das Beste in uns zutage fördern sollte.«
Ich bremste ab, weil ein Bauer die Straße überquerte, der an einem dicken, ausgefransten Strick einen Esel hinter sich herzog. Auf der rechten Seite fiel mir ein kleines Straßenschild mit einer verblaßten deutschen Aufschrift ins Auge, das an eine weiße, verputzte Mauer genagelt war.
Nach einer Weile sagte Julia: »Ich glaube, die meisten Menschen empfinden ihr Leben als persönliches Martyrium aus geheimen Ängsten oder Leidenschaften.«
Ich sah sie an. Sie erwiderte meinen Blick. »Haben Sie das noch nicht bemerkt, vor allem bei alten Leuten?« fragte sie mich, wobei sie den Kopf ein wenig neigte. »Ich habe es bei meiner Mutter gesehen: an ihren Augen, an der bewußten Art, wie sie ihre Gesten kontrollierte, und daran, wie sie ging, mit geradem Nacken und das Kinn nach oben. Vielleicht ist das gemeint, wenn von Mut und Anstand im Alter die Rede ist. Daß man nicht darüber redet.«

⋆

Worüber, Julia? Worüber?

⋆

»Martin?«
»Was ist los?«
»Ich fühle mich nicht gut.«

»Soll ich die Schwester rufen?«
»Nein, ich wollte nur sagen, daß es mir nicht gutgeht.«
»Verstehe.«
»Das weiß ich. Wirklich schade, daß wir uns nicht früher kennengelernt haben. Wir wären tolle Zimmergenossen geworden. Kannst du dir uns beide in einer hübschen Wohnung in Greenwich Village vorstellen? Wir hätten uns gut amüsiert. Denk nur mal an die Partys, die wir veranstaltet hätten.«
»Aber ich bin doch verheiratet gewesen.«
»Weiß ich. Ich träume ja auch nur«, erwiderte ich.
»Ja, ich verstehe dich sehr gut.«
»Du jammerst nie, stimmt's?«
»Hat ja doch keinen Zweck.«
»Woran denkst du, wenn du so daliegst?«
»Ich weiß nicht. Orte, an denen ich gewesen bin, und so.«
»Nichts Spezielles?«
»Nein, nichts Spezielles. Meine Gedanken wandern.«
»Ja, meine auch. Nach all den Jahren komme ich mir vor wie ein alter Köter, der immer noch jeden Winkel im Hof abschnüffelt, obwohl er ihn schon jahrelang kennt. Er schleicht hin und her, schnuppert an denselben alten Büschen und Bäumen und sucht nach einer Öffnung irgendwo im Zaun.«
»Du entdeckst immer noch was Neues, stimmt's?«
»Ja, du doch auch, oder?«
»Ich hoffe, dir geht's wieder besser.«
»Danke.«

*

Ich spüre beinahe ihre Hände auf mir. Und ihre Lippen und den sanften Druck ihrer weichen Haut auf meiner. So viele Jahre ist es her, und doch ist sie plötzlich da, blickt mir in die Augen, zieht mich an sich, flüstert meinen Namen. Wieder und wieder.
Willst du mich in den Wahnsinn treiben?

*

Ich sitze mit einer alten Taschenbuchausgabe von *König Lear* draußen auf einer Holzbank neben einer Gruppe Pinien, ein wenig abseits. Den ganzen Tag habe ich mich elend gefühlt, und jetzt ist es noch schlimmer geworden. Manchmal muß ich mich, weil mir so schwindelig ist, an einer Seite der Bank festhalten. Vorsichtig nehme ich meine Brille ab und putze sie mit einem Zipfel meines dunkelblauen Pullovers, dann senke ich den Kopf, um sie wieder aufzusetzen. Ich ziehe meinen kleinen Block aus meiner Hemdtasche und überfliege meine Notizen. Der erste Punkt lautet »Reißverschluß überprüfen«. Ich gucke auf meinen Hosenschlitz. Er steht weit offen.

Verflucht.

Nachdem ich den Reißverschluß hochgezogen habe, beobachte ich zwei kleine Jungen auf dem Rasen vor dem Haus, die Purzelbäume und Räder schlagen und mit Stöcken, die Gewehre darstellen sollen, aufeinander schießen. Ihre Mutter ist wahrscheinlich drinnen und bringt der Oma eine weitere Lieferung See's-Bonbons.

»Ich habe dich erschossen! Du mußt umfallen.«

»Du hast mich nicht getroffen! Du hast daneben gezielt.«

»Was heißt hier *daneben gezielt?* Ich war doch ganz nah! Ich habe dir direkt in den Kopf geschossen.«

»Peng! Jetzt habe ich *dich* erwischt.«

»Das geht nicht. Du kannst mich nicht erschießen. Ich habe dich doch schon erschossen. Du mußt umfallen. Du bist tot.«

»Nein, du. Peng! Getroffen, direkt im Gesicht.«

»Nein, das geht nicht.«

»Peng! Jetzt habe ich deinen Bauch getroffen.«

»Hör auf damit!«

»Peng! Direkt in die Augen.«

»Wenn du nicht stirbst, spiele ich nicht mehr weiter.«

»Peng peng peng!«

»Halten Sie die Bank auch schön warm, Mr. Delaney?« sagt June, die Waschfrau mit dem ausladenden Hinternteil und dem weiten Herzen, die zweimal am Tag einen großen Karren mit sehr schmutzigen Laken über den Weg schiebt.

»Ich sitze nur hier und sehe all den hübschen Damen beim Vorbeiflanieren zu«, erwidere ich. Mit einem Mal fröstelt mich.
Sie lächelt, dann stemmt sie sich gegen ihren Karren und gibt ihm einen kräftigen Stoß. Ich winke ihr zu und schlinge zitternd die Arme um die Brust.
Früher ist mir immer schrecklich heiß gewesen, und ich habe geschwitzt, sobald es wärmer als vierundzwanzig Grad war. Mit jeder Frau, mit der ich schlief, habe ich mich wegen des offenen Fensters und der Heizung gestritten.
»Sieh mal, Liebling, noch mehr kann ich nicht ausziehen«, pflegte ich zu sagen, wenn ich in Boxershorts dastand und trotzdem ausgiebig schwitzte. »Du hingegen kannst dir soviel überziehen, wie du willst, bis es dir angenehm ist.«
In Great Oaks gibt die Temperatur ständig Anlaß zu bitteren Klagen und Vorwürfen. »Bitte, Schwester, ist irgendwo ein Fenster offen?« sagte Die-Frau-deren-Name-mir-nie-einfällt, ein schillerndes Persönchen mit Händen wie Bonsaibäumchen und dem Betragen eines Jack-Russel-Terriers.
»Mir ist in meinem ganzen Leben noch nicht so kalt gewesen«, zischt Helen, die sogar im Sommer mehrere Pullover übereinander trägt.
»Es ist eine Schande, daß sie hier nicht heizen«, schimpft das kleine Geschöpf in der Ecke, dessen riesengroße zusammengekniffene Augen immer irgendeine Flüssigkeit absondern. »Ein Verbrechen.«
»Es zieht! Ich finde, es zieht!« heult Mitzie und zerrt an ihrem Pullover.
Allmählich wird uns allen kalt.

*

Betäubende Kälte. Damit uns wärmer wurde, saßen wir eng beieinander – Daniel, Page, Giles, Lawton, Tometti und ich –, zusammengedrängt auf der Ladefläche eines *camion*. Wir fuhren in einem langen Konvoi, der über den Rand einer schlammigen, vom eisigen Oktoberregen durchweichten Piste hinausdrängte. Obwohl ich mir unablässig die Hände rieb, verweigerten sie selbst den einfachsten

Dienst. Der Lastwagen schaukelte hin und her, und ich mußte mich festhalten, um nicht hinunterzufallen, so daß meine Hände nur noch kälter wurden.
»Wann haben Deutsche und Franzosen das letzte Mal Krieg gegeneinander geführt?« fragte ich. Ich stampfte mit den Füßen auf die Bretter der Ladefläche.
»Das war 1870«, sagte Page, dessen gebrochene Nase immer noch nicht ganz verheilt war. Es war bei einer Detonation passiert, die ihn im Graben gegen einen Balken geschleudert hatte. Ich fragte mich, ob er jemals wieder so aussehen würde wie vorher.
»Und worum ging's dabei?«
»Nationalismus«, erwiderte Page.
»Wer hat gewonnen?«
»Rate mal.«
Wir nickten alle.
»Die Deutschen hatten Paris eingekesselt«, sagte Page. »Hätten es fast ausgehungert. Der einzige Weg raus aus der Stadt war mit dem Ballon.«
»Mit dem Ballon?«
»Ein französischer Politiker ist tatsächlich aus der Stadt entkommen. Er wollte auf dem Land den Widerstand organisieren.«
»In Europa gibt's 'ne Menge böses Blut.«
»So ist es.«
»Verflucht, ist das kalt.«
Ich blickte nach hinten. Ein alter Mann auf einem krank aussehenden Pferd zockelte vorbei. Seine schwarze Baskenmütze saß ziemlich elegant auf dem Kopf, den er wie zum Trotz gegen den ganzen Schlamassel übertrieben hoch hielt. Weiter vorn verlegten Soldaten mit dem Fernmeldekorps Telegrafenleitungen, während in der Nähe andere um ein kleines Feuer standen und dabei die Hände über die Flammen hielten.
»Franzosen und Engländer waren früher Feinde, oder?« fragte Giles.
»Erzfeinde.«
»Haben die Franzosen im Unabhängigkeitskrieg nicht auf unserer Seite gekämpft?« wollte Tometti wissen.

»Du bist gar nicht so blöd«, meinte Lawton. »Zumindest nicht für so einen italienischen Eselstreiber wie dich.«
Tometti warf ihm ein paar italienische Flüche an den Kopf.
»Lafayette war das«, sagte Page.
»Wo zum Teufel soll's überhaupt hingehen?« fragte Lawton.
»In dieses gemütliche kleine Hotel da vorn an der Straße. Wunderbare große Federbetten. Ein hübsches Restaurant. Und nebenan ein Bordell, das gar nicht so schlecht ist«, erwiderte ich.
»Sehr witzig.«
Inzwischen fuhren wir an den Ruinen eines Bauernhofs vorbei und sahen deutsche Gefangene in langen grauen Mänteln, die einen Zaun errichteten. Ein einzelner älterer Franzose stand daneben. Er hielt ein Gewehr in der Armbeuge.
»Jemand schon mal in Reims im Puff gewesen?« fragte Giles, wobei er in die hohlen Hände sprach, um sie zu wärmen. »Hab' gehört, man kriegt da eine halbe Stunde für fünf Franc.«
»Tja, Giles, dann bekommst du ja noch was raus, wenn du einen Franc hinlegst«, meinte Lawton. In letzter Zeit hatte er weniger gelispelt, und ich fragte mich, ob die Kälte seine Libido gedämpft hatte.
Tometti fand das unglaublich komisch.
Giles versetzte ihm einen Stoß mit dem Ellenbogen. »Eines Tages, Tometti, kommst auch du in die Pubertät, und dann wird deine Stimme in die Binsen gehen – wenn wir dir nicht vorher die Eier abschneiden.«
Tometti murmelte wieder italienische Kraftausdrücke vor sich hin. Zumindest nahm ich an, daß es welche waren, obwohl sie im Italienischen ziemlich poetisch, fast wie das Gegenteil klangen.
»Sie haben Feldjäger vor den Puffs aufgestellt, damit kein Amerikaner hineinkann. Pershing ist ein gottverfluchter Puritaner«, sagte Lawton. »Ich wette, der war noch nie im Bordell.«
»Seine Frau und seine Kinder sind in San Francisco bei einem Brand in einem Armeestützpunkt umgekommen«, erklärte Page.
»Tatsache?«
Wir schwiegen eine Weile. Dann meinte Lawton: »Ich hab' gehört, daß die Nutten sowieso ziemlich häßlich sind. Und alt. Fett und alt.«

»Ich dachte, du magst gerade die dicken«, erwiderte Giles.
»Nein, ihm gefallen die alten, dürren«, sagte ich.
Lawton rollte mit den Augen. »Ich habe nicht ein einziges hübsches Mädchen gesehen, seit ich hier bin«, sagte er. »Dabei sollen die französischen Mädchen doch so schön sein.« Sein Lispeln machte sich wieder bemerkbar. Ich stellte mir vor, daß es ihm beim Liebesakt komplett die Sprache verschlagen mußte.
»Die hübschen verstecken sie vor uns, du Dummkopf«, meinte Giles. »Wenn der Krieg vorbei ist und sie uns wieder nach Hause verfrachtet haben, wird es in den Dörfern nur so von ihnen wimmeln.«
Jeder von uns stellte sich in diesem Augenblick Dörfer voller junger Französinnen vor. Großbusige französische Mädchen in weißen Spitzenkleidern, die einen breit anlächelten, mit dichtem Haar und den samtweichen Arm um einen Picknickkorb geschlungen.
»Ich denke, wenn man als junger Franzose den Krieg überlebt, hat man ganz schön gute Karten«, sagte ich.
»Scheiße, wahrscheinlich raufen sie sich um die, die keine Krüppel sind«, meinte Giles.
»Amerikanische Mädchen sind einfach unschlagbar«, sagte ich, wobei ich an ein hübsches Mädchen namens Nancy dachte, die in meiner Straße wohnte. Mir ging wieder durch den Kopf, warum sie sich wohl so standhaft weigerte, mich auch nur anzusehen, seit ihre Familie vor neun Jahren in das Viertel gezogen war. Vielleicht würden ein paar Orden alles verändern.
Tometti griff in seine Hemdtasche, holte ein kleines schwarzes Lederetui hervor und klappte es ehrfurchtsvoll auf. »Keine ist so schön wie meine Teresa«, sagte er. Seine Stimme klang so schrill, daß ich zusammenzuckte.
Ich beugte mich zu ihm hinüber und betrachtete das Photo. »Willst du uns etwa weismachen, daß dieses großartige Geschöpf auch eine Photographie von dir mit sich herumträgt?«
»In genau dem gleichen Etui«, sagte Tometti strahlend. »Wir haben sie im selben Laden in New York gekauft.«
Einige schüttelten den Kopf.

»Was machst du, stellst du dich unter ihr Fenster und singst?« fragte Page.
»Früher ja, aber dann hat ihr Vater gedroht, mich zu erschießen.« Daniel beugte sich vor und bedeutete Tometti, er solle ihm das Bild hinüberreichen. Er nahm es und studierte es sorgfältig. »Was macht eigentlich ein schönes Gesicht schön?« fragte er und gab das Photo zurück. Den ganzen Morgen hatte er kaum einen Ton gesagt, und ich überlegte, ob es wegen der Kälte war oder weil er an Julia dachte. Wenn man verliebt war wie er, dann half einem das wahrscheinlich in harten Zeiten, aber es bedeutete auch, daß man mehr zu verlieren hatte.
Tometti zuckte die Achseln.
»Denkt mal darüber nach«, meinte Daniel. »Woran liegt es, daß uns das eine Gesicht so viel reizvoller erscheint als das andere?« Lawton und Giles und Page blickten ihn an und verzogen plötzlich nachdenklich die schmutzigen, unrasierten Gesichter. Ich versuchte, mir Julia vorzustellen, aber das einzige, woran ich denken konnte, war, wie warm ihre Haut sein mußte und wie kalt meine sich anfühlte. Ich sah vor mir, wie ich nackt mit ihr ins Bett kroch, wie ich ihre vollen Brüste spürte, ihren weichen Bauch, ihre Schenkel, ihre Hüften und ihren Nacken. Der Gedanke daran machte mich krank vor Sehnsucht.
»Nehmt einmal an, ihr hättet zwei Frauen mit ähnlichen Gesichtern vor euch, nur daß die eine ziemlich normal aussieht und die andere umwerfend«, fuhr Daniel fort. »Warum macht ein Zentimeter hier oder da so viel aus, so viel, daß man an der einen vorbeigeht und für die andere sein Leben riskiert?«
»Ich würde beide nehmen«, erklärte Giles.
»Mal im Ernst, warum berührt uns ein bestimmtes Aussehen so?« fuhr Daniel fort. »Was löst dieses bestimmte Gesicht in uns aus?«
»Hat dein Daddy nicht mal ein Gespräch unter vier Augen mit dir geführt?« fragte Lawton.
»Ist ein interessanter Gedanke«, meinte Page.
Als ich wieder aus dem Lastwagen schaute, sah ich Reihen von Kreuzen auf einem Feld. Am hinteren Ende hoben weitere deut-

sche Gefangene unter Bewachung frische Gräber aus. Über die Symmetrie mußte ich lächeln.
»Ich frage mich manchmal, ob wir nicht alle eine Schablone für eine bestimmte Frau im Kopf haben, für die Frau, die genau auf uns zugeschnitten ist«, sagte Page, der ständig mit den Handflächen über seine Schenkel rieb.
Daniel zündete sich eine Zigarette an, dann sagte er: »Als ich Julia das erste Mal sah, hatte ich das Gefühl, ich hätte etwas gefunden, das ich verloren hatte. Sie hatte so was Vertrautes.«
»Genau, sie kommen einem vertraut vor«, sagte Page lächelnd. »Man sieht sie und hat dieses merkwürdige Gefühl des Wiedererkennens. Ich weiß noch, wie ich in Harvard einmal über den Hof ging, plötzlich hochguckte und diese Frau vorbeigehen sah. Ich war absolut von Ehrfurcht ergriffen.«
»Na, dann erzähl uns doch mal was über ihre Titten«, sagte Lawton, der inzwischen wieder heftig lispelte.
»Nein, das ist es ja gerade. Ich fand sie nicht sexy. Oder besser gesagt, sexy schon, aber das war's nicht. Der Punkt ist, ich *kannte* dieses Gesicht. Es war, als wäre ich nur noch eine Handbreit von meiner Erlösung entfernt. Ihr Gesicht verfolgt mich immer noch.«
Ich blies mir in die hohlen Hände und stampfte wieder mit den Füßen.
Page fuhr fort: »Ich wette, daß es nicht mehr als vier oder fünf solcher Gesichter auf der ganzen Welt gibt.«
»Meinst du wirklich, nur vier oder fünf?« fragte ich. »Mit solchen Zahlen kann ich nichts anfangen.«
»Deshalb geben sich die meisten Leute mit weniger zufrieden«, meinte Daniel.
»Das ist ja deprimierend«, meinte Giles.
Tometti drückte das Photo von Teresa an die Lippen und küßte es.
»Was ist mit Julia?« fragte ich. »Hat sie genauso empfunden, als sie dich kennenlernte?«
»Ich hatte Glück«, sagte Daniel und wandte sich lächelnd zu mir.

»Wo kommen denn eigentlich diese Schablonen her?«
»Meine stammt jedenfalls aus dieser kleinen Zeitschrift, die ich mal in Chicago gekauft habe«, erklärte Lawton.
»Ich glaube, das Gesicht ist irgendwie aus mehreren Teilen zusammengesetzt«, sagte Daniel, ohne auf Lawton einzugehen.
»Aber woraus?« fragte ich.
»Aus unseren Träumen. Träume von Frauen, die wir gekannt und gemocht haben. Aber es ist mehr als das. Wenn ich Julia anschaue, denke ich: Sie ist das, was mir fehlt.«
»Dann bist du also jetzt ganz?« fragte ich.
»So ungefähr.«
»Erinnert ihr euch noch an Platos Allegorie?« fragte Page.
»Platos Allegorie? Was zum Teufel ist das schon wieder, eine Vorlesung über Philosophie? Ich sollte ein Diplom dafür bekommen, daß ich mir diesen Mist anhöre«, sagte Lawton und trat seine Zigarette aus.
»Daß der Mensch früher einmal vier Beine und vier Arme und zwei Gesichter hatte, bis die Götter uns in zwei Teile spalteten, damit wir keine Bedrohung mehr für sie darstellten, und daß wir seitdem nach unserer anderen Hälfte suchen?«
»Ich habe davon gehört«, sagte Daniel und schürzte nachdenklich die Lippen.
»Tatsächlich?« fragte ich und blickte ihn an.
Er lächelte mir zu.
»Was hältst du davon?« fragte Page.
»Finde ich ziemlich gut.«
»Aber glaubst du auch, daß es da draußen nur einen einzigen anderen Menschen für uns gibt?« fragte ich.
»Ich weiß nicht«, erwiderte Daniel. »Giles, was meinst du?«
»Tja, ich persönlich kann mir drei Mädchen aus meiner Heimatstadt vorstellen, für die ich meinen rechten Arm opfern würde. Und es ist nur eine kleine Stadt. Also wenn es, sagen wir, fünfzig Countys in Ohio gibt, und in jeder wohnen mindestens ...«
»Du hast eben keinen Geschmack«, unterbrach ihn Tometti und schenkte seine Aufmerksamkeit wieder Teresa.

»Sagen wir mal, du hättest das Glück und würdest diese Person finden – hält es denn auch an?« wollte ich wissen.
»Die Liebe?« fragte Daniel.
»Nein, nicht nur die Liebe. Meine Eltern lieben sich auch. Ich meine mehr als das. Das, worüber wir vorher gesprochen haben. Diese Magie.«
»Das weiß ich noch nicht«, antwortete Daniel.
»Ich habe da meine Zweifel«, sagte ich. »Ich bin mir nicht sicher, ob wir uns jemals lange als ein Ganzes fühlen.«
»Ich glaube, Delaney hat recht«, meinte Page. »Außerdem, ich habe immer das Gefühl gehabt, daß Schönheit auch etwas Trauriges hat.«
»Bringt man euch so was in Harvard bei?« fragte Lawton.
»Weil sie in der Regel unerreichbar ist«, sagte ich. Ich mußte Page zustimmen.
»Oder weil wir wissen, daß wir nicht ewig leben, um uns an ihr zu erfreuen«, fügte Daniel hinzu.
»Also hat sogar die Schönheit was mit dem Tod zu tun«, sagte Page.
»Ihr seid blöde Spinner«, erklärte Giles und spuckte hinten aus dem Lastwagen.
»Oder die Verlockung der Schönheit besteht darin, daß sie über den Tod siegt, zumindest zeitweise«, sagte Daniel, der die Hände unter die Achseln gesteckt hatte. »Es ist wie ein Blick in den Himmel.«
»Dann reden wir also jetzt über Engel, verstehe ich das richtig?« fragte Lawton.
»Da komm ich nicht mehr mit.«
Giles spuckte erneut.
»He, gib mir das mal«, sagte Page und streckte die Hand nach Tomettis Photo aus. Als er es betrachtet hatte, nahm ich es, aber meine Hände zitterten so sehr, daß ich die Frau darauf gar nicht richtig erkennen konnte. Ich reichte es Tometti zurück, vergrub die Hände in meinen Achseln und verbrachte die nächsten paar Stunden mit der Vorstellung, wie ich nackt zu Julia ins Bett kroch.

»Wie *ist* sie denn im Bett?« Es war die Frage, die ich ihm seit Monaten stellen wollte, und als Daniel und ich kurz vor der Dämmerung bei einem riesigen Stapel Munitionskisten Wache schoben, beschloß ich, es einmal zu versuchen.
»Ich habe nicht vor, dir zu erzählen, wie sie im Bett ist.«
Das war das andere, was ungewöhnlich war an Daniel: Er prahlte nicht mit seinen Eroberungen, egal ob sie wirklich waren oder nur Phantasie. Ja, er war der einzige Soldat, den ich je getroffen habe, der nicht gern über Sex sprach. Als ob das etwas zu Schönes sei, um mit ein paar verlausten Kameraden darüber zu tratschen.
»Nur ganz allgemein.«
»Allgemein?«
»Ja, allgemein.«
»Sie ist leidenschaftlich.«
»Wie leidenschaftlich?«
Er sah mich an und grinste. Ich hatte ein Riesenverlangen nach einer Zigarette, aber es herrschte strikter Befehl, nicht zu rauchen.
»Sehr leidenschaftlich.«
»Wie in ...«
»Ja genau, *sehr* leidenschaftlich.«
»Verstehe.«
Den Rest des Tages versuchte ich, mir etwas unter *sehr* leidenschaftlich vorzustellen. Am Abend lispelte ich praktisch.

*

Heute nachmittag bin ich in einem großen braunen Lesesessel im Aufenthaltsraum eingeschlafen und habe von der netten kleinen Amy Sperling geträumt, der süßlich duftenden Erscheinung, die mich während der ganzen siebten Klasse geradezu hypnotisiert hat. Ist Amy tatsächlich schon in den Achtzigern? Ob sie wirklich Fesseln wie eine Russin hat und schwindende Oberarmmuskeln, die beim Gehen herabhängen und hin und her schlenkern wie der Schnabelsack eines Pelikans? Ich kann es nicht glauben. Nicht meine Amy Sperling. Für mich wird Amy immer vierzehn bleiben, ihr weiches Gesicht eingerahmt von noch weicherem blonden Haar, das eine Baskenmütze Sachen machen ließ, die keine Baskenmütze seitdem mehr macht.

Amy war eine der Hübschesten in der Winthrop Junior High School. Sie hatte eine vollendete Figur, war immer vollendet gekleidet und hatte ein melodiöses Lachen, das um ihre vollendeten Zähne spielte, bevor es über den Flur tanzte wie ein glänzender Stein, der in vollendeter Bahn über das Wasser hüpft. Selbst die Art, wie sie ihre Bücher trug, mit beiden Händen an die Brust gepreßt, verursachte mir ungeheure Schmerzen. (Ach, eins dieser Bücher zu sein!) Und wie sie an der Tafel stand und ihre Buchstaben malte, so makellos und dekorativ, während meine unleserlichen, bemühten Schriftzüge die Tafel aufheulen ließen, egal, wie ich die Kreide hielt.

Wenn ich wußte, daß sie nicht zu Hause war, ging ich hin, nur um die Fenster anzustarren, und fragte mich, welches wohl ihres war und wie um alles in der Welt ihr Schlafzimmer aussah. Aber so sehr ich mir auch ein Bild zu machen versuchte, die Einzelheiten ihres Zimmers blieben meiner Vorstellung verschlossen: Ich sah immer nur einen heiligen Ort, der in blendendes Licht getaucht war. Was hätte ich darum gegeben, mich nur einmal in ihre Laken wickeln zu können, was hätte ich um eine Reliquie meiner lieben süßen Amy mit den herrlichen Baskenmützen gegeben!

Ich glaube, Amy hat mich in dem ganzen Schuljahr höchstens zweimal angesehen, doch beide Male wurde mein Körper von Adrenalin geradezu überschwemmt, und ich hatte dasselbe schwindelerregende Gefühl, das einen in Gegenwart einer königlichen Hoheit oder einer berühmten Persönlichkeit überkommt. Meiner Ansicht nach besaß Amy die Macht, mit einem einzigen Blick einfache Jungs in Weiße Ritter zu verwandeln. Da ich nur drei Plätze von ihr entfernt saß, hatte ich das Gefühl, direkt ins schwüle Zentrum des Universums gebettet zu sein.

Ich war Amy nicht immer treu. Schließlich saß nur sechs Plätze weiter Nina Zumbrowski mit ihrem langen schwarzen Haar und ihren blauen Augen. Auch Nina sah nicht gerade oft zu mir herüber, aber das war egal. Um so leichter war es, sie anzustarren, ohne daß sie es merkte. Und wie ich starrte! – gebannt von ihren feinen Handgelenken, ihrem Nacken und ihren Schultern, die im Gleichklang mit ihrem Hintern vor und zurück zu schwingen schienen. Ich wußte mit Sicherheit, wenn Nina mich küssen würde, würde ich für den Rest meines Lebens nur noch Einser bekommen, und ich wußte mit Sicherheit, daß Nina mich nie küssen würde.

*

Für Dienstag, Howards Geburtstag, kurz nach dem Mittagessen, hatte ich ein Klavier kommen lassen. Es war ein kleines, abgenutztes schwarzes Hausklavier, das ich für zwanzig Dollar einen Monat lang gemietet hatte. »Er kriegt ein paar Stunden, und dann werden wir ja sehen, wie er damit zurechtkommt«, erklärte ich Martin.

»Du hast ein Klavier für ihn besorgt?«

»Ich habe eins für ihn geliehen. Aus dem Branchenverzeichnis. Nichts Ausgefallenes. Außerdem muß hier unbedingt ein Klavier her. Hast du etwa schon von einem Altenheim gehört, in dem es kein Klavier gibt?«

»Ach, Junge, ich hoffe nur, er hat sein Inhaliergerät dabei, wenn er es sieht.«

Lächelnd schaltete ich die Leselampe aus.

Drei Monate später gab Howard sein erstes Konzert, eine abgespeckte Version von »Laras Thema« aus *Doktor Schiwago*. Er trug einen hellblauen Seersucker-Anzug und eine rote Fliege und hatte sich einen zusätzlichen Spritzer von seinem billigen Aftershave verpaßt. Ich servierte Brandy aus meiner Privatsammlung, die ich hinten in meinem Schrank versteckt habe, und hatte einen blauen Blazer mit weißem Taschentuch in der Brusttasche an, was zwar nicht meine Art ist, aber genau darum ging es ja. Helen trug ein leuchtend grünes Kleid, das um die Hüften spannte, und ihr ohnehin schon grelles Lachen wurde noch breiter durch den Lippenstift, den sie sich ein gutes Stück bis hin zu den Ohren aufgetragen hatte.

»Ach, ich lebe richtig auf!« verkündete sie, während sie sich in einen Sessel neben mir plumpsen ließ.

Die-Frau-deren-Name-mir-nie-einfällt sah aus wie Glinda, die

Gute Hexe, eingehüllt in verschiedene rosafarbene hauchdünne Tücher, das blaue Haar geformt wie ein Buchsbaum, während Mitzie ein langes, purpurnes Abendkleid mit einem riesengroßen purpurnen Tuch anhatte, das wie ein Python um ihre Schultern geschlungen war. »Du weißt, was das hier ist, nicht?« fragte sie mich verschwörerisch. Ihre Vorderzähne waren mit Lippenstift verschmiert, und ihr Atem roch nach dem im Heim üblichen Durchfallmittel. »Es ist eine Soirée!«

Anfangs schwebten Howards Hände noch zitternd über den Tasten, als warteten sie auf ein Signal von oben, und wir saßen mucksmäuschenstill da. Doch allmählich wurden wir nervös und harrten darauf, daß Howard endlich Oscars krächzendes Atmen übertönte. Schließlich beugte er sich vor, schloß fest die Augen und begann zu spielen, wobei er heftig schnaufte und mit zunehmendem Tempo vor und zurück wippte. Er gab an diesem Abend sieben Zugaben, während wir im Kreis um ihn herum saßen, aus Einwegbechern unseren Brandy schlürften, mitsummten und klatschten. Ich fragte mich, ob außer mir noch jemand den kleinen Jungen strahlend vor Stolz auf dem Klavierstuhl hocken sah. Jedenfalls glaube ich, daß er etwa neun Jahre alt war.

*

An manchen Tagen ist die Musik das einzige, was mir sinnvoll erscheint, die einzige Erfahrung, die bestätigt, was ich nie habe artikulieren können, nicht einmal meinen engsten Freunden gegenüber. Ich frage mich, ob nicht die Musik für die Seele die einzige Ausdrucksform ist, die bei ihrer Vermittlung keinen Schaden erleidet. Ich glaube schon. Ja, ich bin mir dessen ganz sicher.

Verflucht. Ich hätte Musiker werden sollen. Noch besser ein großer Musiker, der mit einer großen Musikerin verheiratet ist, und jeden Morgen hätten wir uns Partituren auf unsere Kopfkissen gelegt.

Das wäre Liebe gewesen, oder genauer gesagt der reine Ausdruck von Liebe.

Ich weiß noch, wie ich 1947 in der Bostoner Philharmonie saß. Es war wie bei einer Massenséance, bei der die Musik die Kluft zwischen den einzelnen Zuhörern füllte, bis man von einem zum andern wandern konnte, als würde man auf dem Wasser wandeln. Obwohl wir allein in dieser Menschenmenge waren, teilten wir die intimsten und unbeschreiblichsten Gefühle, Gefühle, die wir auch mit Händel und Mozart und Beethoven teilten. Für einen Augenblick reichten wir uns alle irgendwo tief innen die Hände, waren aufs engste miteinander verbunden. Als die Musik endete, ließen sich alle wieder los. Rasch verließ ich den Konzertsaal. Um keinen Preis wollte ich in ein Gespräch verwickelt werden.

*

Vielleicht braucht man im Leben eine gute Begleitmusik, besonders in den langen Abschnitten, wenn nichts Interessantes gesagt wird. Eine Begleitmusik könnte den Dingen ein wenig Würde verleihen und uns mit der angemessenen Dramatik, mit Spannung und Pathos adeln.

Ich schlendere durch die Korridore, die Schultern durchgedrückt, das Kinn gereckt, und summe leise: »People stop and stare, they don't bother me, for there's nowhere else on earth that I would rather be ...«

Andrew Lloyd Webber und Rodgers und Hammerstein und Leonard Bernstein und Stephen Sondheim und Alan Jay Lerner und Frederick Loewe und Jerry Herman und Maurice Jarre in den Orchestergraben, bitte, Patrick kommt. Etwas Inspirierendes, vielleicht sogar Erregendes, wenn's geht. Vielen Dank.

Wenn das Leben aus Musik bestünde, würden wir alle in Tränen ertrinken, fürchte ich.

*

Heute abend habe ich mich freiwillig für die Patrouille gemeldet. Mit Daniel und Tometti. In einer Viertelstunde brechen wir auf, um unseren Drahtverhau zu reparieren, hier und da den deutschen Stacheldraht durchzuschneiden und mit einem bißchen Glück ein paar Deutsche zu schnappen, die dasselbe tun. Neuerdings wird in den Befehlen die Notwendigkeit betont, die Gefangenen zu verhören.

Wir gehen alle davon aus, daß eine Offensive bevorsteht, auch wenn wir nicht sicher sind, auf welcher Seite.
Wir schwärzen unsere Gesichter mit verbranntem Kork, was unweigerlich das Weiße in unseren Augen hervorhebt und es sogar zum Leuchten bringt. Dann arbeiten wir uns am Lattenrost entlang zum Ende eines feindwärts gelegenen Stichgrabens vor. Page hat Wachdienst und nickt uns zu. Tometti kriecht als erster raus, er hat die Drahtschere. Ich folge ihm auf den Fersen, mit dem Gesicht berühre ich fast die abgetretenen Sohlen seiner Stiefel. Daniel ist dicht hinter mir, mit einer Drahtrolle im Schlepptau. Wir lassen uns an der Vorderseite der Brustwehr hinuntergleiten und schlüpfen durch die Öffnung in unserem Drahtverhau, ein geheimer, sechs Meter langer Durchlaß, der im Zickzack durch die Drahtwalze führt. Am anderen Ende bedeutet mir Daniel, ich solle ein Ende des Stacheldrahts nehmen, den er trägt und den wir nun vor eine durch eine Granate verursachte Lücke in dem Drahtverhau spannen.
Das Kratzen des Drahtes im Dreck erscheint mir unerträglich, ich habe das Gefühl, meine Ohren klingeln, daß es weh tut, als würde ich mir die Nase zuhalten und so fest wie möglich blasen. SCHHH... ZANG! Eine deutsche Leuchtgranate saust himmelwärts. Kurz bevor sie sich entzündet und wie ein Falke über uns schwebt, der auf der Suche nach Beute seine Kreise zieht, lassen wir uns in einen Granattrichter sechs Meter vor uns gleiten. Dann Stille. Kilometerweit nur ungeheure Stille, die Hunderte und Tausende in die Erde eingegrabener Soldaten zudeckt. Wir verhalten uns vollkommen ruhig, sind erstarrt wie Mäuse, die versucht haben, zwischen zwei riesigen Katzen hindurchzuschlüpfen, von denen sich eine plötzlich bewegt hat. Zu meiner Linken rieche ich verfaulendes Fleisch, aber ich drehe mich nicht um. Statt dessen ziehe ich langsam meine linke Hand an den Körper.
Daniel gibt mir ein Zeichen: noch fünf Minuten. Dann schleichen wir zum Drahtverhau der Deutschen hinüber. Ich blicke in Tomettis jungenhaftes Gesicht, das ganz verkrampft aussieht. In seinen Augen lese ich Panik. Rasch wende ich mich ab, bevor mich dieser

Anblick fertig macht, ich spüre, wie mein Unterkiefer zittert und frage mich, ob mir die Zähne klappern. Ich presse das Kinn an mein Gewehr und konzentriere mich auf das Atmen, was schwierig ist, als ob ich in einen riesengroßen schwarzen Schlund gefallen wäre und die Erde sich über mir schließen würde. Ja, genau, ich werde zerquetscht zwischen den beiden wütenden Hälften der Welt wie ein Bergmann, der kilometertief unter der Erde in einem sechzig Zentimeter dicken Flöz auf dem Rücken liegt, als die Erde nachgibt.

Daniel tippt mir auf die Schulter. Vorsichtig spähe ich aus dem Granattrichter und robbe los, den Helm tief in die Augen gezogen. Mal das Gewicht auf der linken, mal auf der rechten Seite, wie ein Baby, das über den Boden krabbelt.

Die Kugel eines Scharfschützen wäre das beste, was einem passieren kann. Ein knallendes, schepperndes Geräusch, das den Schädel zerplatzen läßt wie eine Wassermelone, die auf dem Boden aufschlägt. Besser, als durch eine Granate zerfetzt zu werden, sich die Glieder abreißen zu lassen und die Freunde zu bespritzen. Und bei weitem besser als ein Bajonett. All die Hiebe mit der Klinge, das Aufschlitzen der Eingeweide, die verzweifelten Versuche, sie mit bloßen Händen zu halten, und der Blick in das Gesicht des Deutschen, wenn er weiß, daß er dich hat.

Ich krieche um einen stinkenden Haufen dreckiger Khakiuniformen, zusammenreißen, zusammenreißen, zusammenreißen. Mein Kiefer schmerzt, Schweiß brennt mir in den Augen. Werde ich es spüren? Keine Kopfwunde. Manche Soldaten kriegen es nicht mit, wenn sie erschossen werden, oder? Ich spüre nichts. Habe ich einen Schuß gehört? Nein, aber die Stille ist so *laut.* Wir kommen immer näher heran. Noch drei Meter bis zur Drahtwalze. Von der deutschen Linie herüber höre ich jemanden husten. Wir sind da. Tometti durchschneidet vorsichtig den Stacheldraht, sehr vorsichtig.

Daniel und ich richten unsere Gewehre in die Dunkelheit. Kann ich etwas sehen? Ich habe das Gefühl, blind zu sein, reibe mir die Augen, weil ich nicht weiß, ob sie geschlossen oder offen sind. Wieder ein Husten. Es klingt näher.

Das solltest du sehen, Vater. Verflucht! Dein Sohn Patrick direkt an den deutschen Linien! Himmelherrgott, Vater, würdest du das glauben? Dein Sohn! Sieh mich an, Vater, sieh her, wie meine Füße über den Rand der Welt baumeln, wie ich auf den Mond springe und immer weiter hochsteige, höher als jemals einer vor mir.
Ich bin zu weit gegangen, nicht wahr, Vater? Wie komme ich nur zurück, ich will doch zurück. Ich weiß noch, wie ich als kleiner Junge einmal ganz oben in den Baum eines Nachbarn geklettert war und nicht wieder runter konnte. Ich fand keinen Halt mehr unter den Füßen, meine Hände erlahmten, und ich schrie und brüllte, bis Vater angelaufen kam. Ich konnte kaum über die Schulter zu ihm hinunter gucken, und er war so klein da unten, blickte zu mir hoch und sagte, ich solle da bleiben. Ich weiß noch, daß er den Baum hinaufkletterte, und ich spürte, wie seine Hand meinen Fuß ergriff und ihn auf einen Ast setzte und dann den anderen Fuß auf einen tieferen Ast, bis er mich in seine Arme nahm, ich mein Gesicht in seinem Hemd verbarg und der feuchte Geruch seiner Brust und das plötzliche Gefühl der Sicherheit mich noch mehr weinen ließen.
Vater?
Schnipp. Schnipp. Wieder ein Husten.
Daniel deutet mit dem Daumen rückwärts zu unserer Linie. Tometti reicht mir die Drahtschere. Ich lasse sie in den Sack gleiten. Dann drehen wir uns auf den Bauch und machen kehrt, und ich frage mich, ob jemand hinter uns ist, beschließe aber, mich nicht umzublicken.
SCHHH... ZANG! Wir lassen uns in einen Granattrichter hinunterrollen, in dem kaltes, breiiges Wasser steht. Peng peng. Peng peng. Scharfschützenfeuer entlang der Linie. Und weiter entfernt das Heulen einer Granate. Ssssss BOFF!
Wir warten. Daniels Gesicht, unter dem plötzlichen Lichtschein geisterhaft, wirkt völlig ausdruckslos. Als wäre es gar nicht Daniel. Ist er vielleicht im Schützengraben zurückgeblieben und schreibt womöglich gerade Gedichte? Tomettis Gesicht zittert wie das von meinem Großvater in den Monaten, bevor er starb. Als er, eine

Hand fest auf seinen Helm gepreßt, den Himmel absucht, sind seine Pupillen ganz nach oben verschoben.

Wenn ich sterbe und alle meine Freunde sterben, wer wird dann die Geschichte meines Todes über das Meer nach Hause tragen? Ich wünsche mir, daß jemand, der mich kennt, überlebt. Irgendwie wäre ich dann nicht ganz so vollständig ausgelöscht.

Peng! Peng!

Manchmal ist die Erwartung eines gewaltsamen Todes so quälend, daß man sich geradezu in ihn stürzen möchte, damit man es hinter sich hat. Wie bei einem Kind, das beim Versteckspielen hinter der Couch kauert: Während die Suchenden immer näher kommen, steigt die Spannung, bis sie unerträglich geworden ist und das Kind atemlos hervorspringt und sich keuchend vor Erleichterung ergibt.

Tometti kriecht als erster über den Rand des Trichters. Daniel und ich folgen ihm. Jetzt richtet sich die Angst auf etwas anderes. Was, wenn unsere eigenen Kameraden uns für den Feind halten? Eine Tragödie, die häufig vorkommt. Wer ist außer Page auf Wachposten? Ich blicke angestrengt zu unserer Linie hinüber.

SCHHH... ZANG! Wie viele Sekunden, bis die Leuchtgranate zündet? Eine, zwei, drei ... Wir gehen auf die Knie und kriechen so schnell wie möglich weiter, stehen auf, fallen, stolpern, krabbeln, vorwärts zu unserem Graben, plötzlich wird alles weiß, dann PENG PENG PENG PENG, wir sausen durch die Öffnung in unserem Drahtverhau und taumeln keuchend in ein Schützenloch.

Daniel zerrt an meiner Schulter, ich drehe mich um und starre auf das Loch in Tomettis Hals, es schäumt und blubbert. Daniel läuft los, um einen Sanitäter zu holen, und ich halte Tometti, der mich mit großen Augen anstarrt, aber ich weiß nicht, was man macht bei einer Halswunde. Ich knöpfe sein Hemd auf, halte und wiege ihn, und er starrt mich weiter an, seine Augen fragen, und Scheiße, Tometti, atme, atme, atme, was soll ich tun mit einer Halswunde, soll ich meine Hand dagegenpressen, damit dir die Luft nicht mehr entweicht, oder bekommst du jetzt direkt durch die Kehle Luft? Was ist denn, Tometti, nick doch oder mach irgendwas, Herrgott nochmal ATME TOMETTI ATME TOMETTI ATME SANI VER-

FLUCHT SANI ACH SCHEISSE TOMETTI ICH HALTE DICH ICH HALTE ICH HALTE DICH.

★

Wir begruben Tometti mit dem Photo von Teresa auf seiner Brust. Es war Daniels Idee. Es steckte in seiner Brusttasche, wo er es immer aufbewahrt hatte. Nur daß niemand jetzt mehr einen Blick auf die junge Frau werfen wollte.
Auf die Rückseite hatte sie geschrieben: »Damit Du mich nie vergißt.«

> Ich habe mich furchtbar verändert. Ich wollte Dir nichts von der entsetzlichen Müdigkeit erzählen, die der Krieg in mir hinterlassen hat, aber Du zwingst mich dazu. Ich fühle mich vernichtet … Ich bin am Boden zerstört.
>
> – *Marc Boassan, Französische Armee, in einem Brief an seine Frau. Gefallen 1918.*

Alle reden von der Krise in der Lebensmitte, aber nie von der, die danach kommt, der Krise des Alters, wenn es zu spät ist, sich auch nur scheiden zu lassen oder sich ein Motorrad zu kaufen. Allerdings muß ich zugeben, daß mich die Lederjacken in Henry Shays Herrenbekleidung ein bißchen gereizt haben. In so einer Jacke hätte ich wenigstens wieder Schultern wie früher.
Warum habe ich mir nie ein Motorrad zugelegt? Ich hätte mir durchaus eins leisten können. Und nachdem die Kinder groß waren, wem hätte es da noch was ausgemacht, wenn Dad wie ein widerspenstiges Opossum über die Route 66 gedonnert wäre. Aber damals habe ich mich bereits zu alt für ein Motorrad gefühlt, was mir im nachhinein ziemlich dumm vorkommt.
Heute morgen bei der Reha habe ich Hanford gefragt, ob er sich mit Motorrädern auskenne. »Mein kleiner Bruder hat eins«, sagte er. »Eins von diesen richtig lauten, Sie wissen schon, mit dem hohen, wimmernden Heulen, bei dem man noch drei Häuserblocks weiter hört, daß da wieder mal einer mit zu vielen männlichen Sexualhormonen unterwegs ist. Aber warum wollen Sie was über Motorräder

wissen? Wollen Sie Ihrem Sohn eins schenken? Ich raten Ihnen, kaufen Sie ihm nicht so ein verfluchtes Ding. Das ist etwas für Organspender, sage ich immer.«

»Ich habe gar nicht an meinen Sohn gedacht«, erwiderte ich.

»Ach so«, meinte er, während er meinen linken Arm nach hinten über meinen Kopf streckte.

»Ich habe dabei an mich gedacht.«

»Sie?« Er lachte. »Was wollen Sie denn mit einem Motorrad?«

»Zuerst mal, damit fahren, dachte ich. Wissen Sie, auf dem Highway Nr. 1 von Kanada nach Mexiko mit einer langbeinigen Mieze hinten drauf, die die Arme um mich schlingt. Das fehlt mir noch in meinem Erfahrungsschatz, Hanford.«

»Ich wußte doch, daß Sie mich veräppeln.«

»Nein, ich scherze nicht. Ich denke wirklich daran, mir ein Motorrad zuzulegen.«

»Allen Ernstes?«

»Allen Ernstes.«

»Aber man würde Ihnen gar nicht erlauben, ein Motorrad zu halten.«

»Ich möchte es auch gar nicht hier lassen. Ich werde es in der Stadt unterstellen.«

»Verstehe. Und was für eine Maschine?«

»Tja, wie ich schon sagte, ich kenne mich mit Motorrädern nicht besonders gut aus, aber ich glaube, eine Fünfhunderter wäre das Richtige. Gebraucht wahrscheinlich. Vielleicht vermache ich sie Ihnen dann später mal.«

»Nein, danke. Meine Frau würde mich umbringen, noch bevor der Feuerstuhl es tun würde. Was wollen Sie denn eigentlich mit einem Motorrad?«

»Dasselbe wie Ihr kleiner Bruder. Ich hatte einen Freund, muß so an die dreißig Jahre her sein, der zu mir gesagt hat, Motorrad fahren wäre besser als Sex. Das habe ich nie vergessen.«

Hanford schwieg, als er mit dem Armstrecken fertig war. Als ich mich dann aufsetzte, sagte er: »Ich weiß nicht, ob sie überhaupt die Kraft haben, mit einem Motorrad umzugehen.«

»Da gibt es nur eine Möglichkeit, das rauszufinden.«
»Vielleicht könnte mein Bruder Sie mal fahren lassen.«
»Nein, so verrückt bin ich nicht«, sagte ich und winkte zum Abschied, als ich hinausging.

*

Am Donnerstag morgen fuhr ich mit dem Bus in die Stadt und lief fünf Blocks zu Fuß zu Howard's Motorcycles. Es klingelte, als ich die Glastür öffnete, und ein junger Mann in Jeans und schwarzem T-Shirt tauchte aus einem Hinterzimmer auf. Ich nickte ihm zu und ging hinüber zu den Motorrädern, die entlang der Wand in tadelloser Formation aufgereiht waren, das Vorderteil alle ein wenig nach links gedreht.
»Kann ich Ihnen helfen?« fragte er. Er wirkte irritiert. Glaubte er, ich hätte eigentlich in die Apotheke auf der anderen Straßenseite wollen? Vielleicht sollte ich so tun, als hielte ich den Laden wirklich für eine Apotheke und wollte mal fragen, was er gegen Hämorrhoiden empfehlen könne. Oder vielleicht sollte ich einfach meine Geldbörse auf die Theke schmeißen und nach der größten, schnellsten Maschine fragen, die er hat. Und nach einem Lederkombi.
»Ach, ich überlege bloß, ob ich ein Motorrad für meinen Enkel kaufe. Dachte, ich schau mich mal um«, sagte ich. Mir fiel eine Blondine im Bikini auf, die von einem Kalender hinter der Kasse herabblickte. Es war Miss Juni, weshalb anzunehmen war, daß sie, da wir August hatten, besser aussah als Juli oder August. Ich wollte schon fragen, ob ich mir den August mal ansehen könnte, nur so zum Vergleich, entschied mich dann aber doch, es bleiben zu lassen. Verkaufen sich Motorräder mit hübschen Frauen wirklich besser? (»Ja, ich habe genau das, auf dem sie sitzt. Selbe Farbe, selbes Modell, alles gleich.«)
»Wie alt ist er denn?« fragte der Verkäufer.
»Hm, ungefähr fünfundzwanzig.«
»Und hat er Fahrpraxis?«
»Nein, eigentlich nicht.«

»Ist das Motorrad für den Alltag gedacht oder nur für die Freizeit?«
»Hauptsächlich für die Freizeit?«
»Soll es eine Straßen- oder eine Geländemaschine sein?«
»Straßenmaschine.«
»Mehr lange Strecken oder für kürzere Fahrten.«
»Eher kürzere Fahrten.«
»Und wieviel möchten Sie anlegen?«
»So ein paar Tausend. Hab ich mir noch nicht so recht überlegt.«
»Tja, die Auswahl geht von sehr leicht bis sehr schwer«, sagte er und kam zu den Motorrädern herüber.
»Welches ist denn zum Beispiel ein gutes leichtes?« fragte ich. »Nur für Kurzfahrten. Zum Rumtreiben sozusagen.«
»Zum Rumtreiben? Wie wär's mit dem hier?« Er klopfte auf den Ledersitz einer leuchtend roten Kawasaki.
Ich legte die Hand auf einen der beiden Griffe und drehte das Vorderrad. »Kann ich mich mal draufsetzen?« fragte ich.
Er musterte mich kurz, dann schob er das Motorrad in die Mitte des Raums vor. Während er es an einer Seite festhielt, hievte ich mein rechtes Bein über den Sitz, und schon saß ich drauf. Der Sattel war härter, als ich erwartet hatte. Dann packte ich beide Griffe und schwang den Lenker nach links und rechts. Der Verkäufer trat zurück und lächelte. »Sieht gut aus, Mann«, meinte er und nickte langsam mit dem Kopf. Ich kippte das Motorrad ein paar Zentimeter nach links, dann ein paar Zentimeter nach rechts, so daß ich ein Gefühl für sein Gewicht bekam. Wenn man sie richtig ausbalancierte, war die Maschine überhaupt nicht schwer. Ich stellte mir vor, wie ich sie anwarf und sie heiser dröhnend zwischen meinen Beinen vibrierte. Doch als ich dann die Maschine noch einmal nach links legte, kippte sie ein paar Zentimeter zu weit nach unten, und plötzlich drückte ihr ganzes Gewicht auf meinen linken Arm und mein linkes Bein. Als ich den Lenker mit der linken Hand hochzuziehen versuchte, rutschte das Vorderrad nach links, und ich merkte, wie ich mitsamt der Maschine langsam umfiel. Gerade noch rechtzeitig sprang der Verkäufer vor und fing mich auf.

»Vorsicht! Alles in Ordnung?«
»Ja. Es ist schwerer, als ich dachte.«
»Da sollten Sie erst mal die Monster da drüben ausprobieren«, meinte er und deutete auf die größeren Maschinen am anderen Ende der Reihe. »Wenn die umfallen, sind zwei Männer nötig, um sie wieder aufzuheben.«
»Von meiner Sorte wahrscheinlich vier«, sagte ich. »Danke für Ihre Hilfe. Ich möchte es mir noch überlegen.« Mein linkes Handgelenk fing an zu pochen.
»Kein Problem, wir haben auch sonntags geöffnet.«
Es klingelte erneut, als ich die Tür öffnete, und in der Scheibe konnte ich gerade noch einen Blick auf das Spiegelbild von Miss Juni erhaschen, bevor ich über die Straße in die Apotheke marschierte.

*

Am Sonntag darauf fuhr ich erneut mit dem Bus in die Stadt und bezahlte einundzwanzig Dollar an einen Mann, der mir für drei Stunden ein kleines, rotes Moped lieh, mußte ihm aber versprechen, daß ich nicht zu schnell und nicht zu weit fahren würde. Ich stieg vorsichtig auf, und dann saß ich da vor dem Laden, tat so, als wäre ich mit meiner Uhr und meinen Taschen beschäftigt, während ich in Wirklichkeit nur darauf wartete, daß der Besitzer wieder hineinging, bevor ich einen Fahrversuch unternahm. Aber er hatte nicht die Absicht, meine Abfahrt zu verpassen, und so beschäftigte er sich wiederum damit, immer wieder den Gehsteig zu fegen. Nachdem ich die Schaltung, das Gewicht und die Bremsen geprüft hatte, gab ich endlich ein wenig Gas und hob, unsicher, ob ich das Gleichgewicht halten würde, die Füße. Auf der Straße schließlich fuhr ich einen großen Bogen und dann, nach einigem Suchen, fanden meine Füße die Fußrasten. Mehr Gas. Ich sauste dahin.
Ich überquerte die Fourth Street und steuerte nach Westen aus der Stadt hinaus, dann über eine Reihe von Landstraßen, die in einem Bogen hinter Great Oaks herum führten, wo ich gerade in dem Moment in voller Geschwindigkeit vorbeizischte, als Janet zu ihrem Wagen ging. (Sie sah zweimal hin, erwähnte es aber später nie. Ich denke,

die Vorstellung, daß ich mit einem Motorrad an meinem eigenen Pflegeheim vorbeibrauste, überforderte sie einfach.) Dann fuhr ich zu Sarahs Haus (ich hatte schon lange vorher auf dem Stadtplan nachgesehen), hielt dort eine Weile, um mir auszumalen, daß es auch mein Haus wäre, und fragte mich, welches ihr Schlafzimmer war und wie es wohl aussah. Ich kam eine Stunde zu spät zurück und bot dem Besitzer an, die Differenz nachzuzahlen, aber er winkte ab.

»Wie ist es gelaufen?« fragte er belustigt, aber keineswegs erleichtert.

»Hat geschnurrt wie ein Kätzchen«, erwiderte ich und hatte alle Mühe, abzusteigen. »Danke. Ich weiß, daß Sie das nicht hätten tun müssen.«

»War mir ein Vergnügen. Freut mich, daß es Ihnen Spaß gemacht hat.«

Ich marschierte die fünf Blocks zur Bushaltestelle zurück und fuhr wieder nach Great Oaks. An diesem Abend war ich um sieben Uhr im Bett, unfähig, eine gewisse Traurigkeit abzuschütteln, die mir in der Kehle saß.

⋆

»Es heißt, wir sollen zur Hindenburg-Linie vorstoßen«, sagte Page, der irgendwo vor mir lief. Ich sah zu Lawton hinüber, der in letzter Zeit ungewöhnlich still war. Er erwiderte meinen Blick nicht.

»Was ist eigentlich die Hindenburg-Linie genau?« fragte Giles.

»Ihre wichtigste Verteidigungslinie«, sagte Page.

»O Scheiße.«

»Wie weit, glaubst du, werden wir kommen?« fragte ich.

»Bis Berlin«, erwiderte Page.

»Berlin? Scheiße. Das ist weit, oder?« fragte Giles.

»Nicht so weit, daß wir da nicht hinkämen«, meinte Page.

»Ich würde nur gern mal was von ihrem Bier probieren«, meinte Giles.

»Und ein oder zwei Fräulein«, fügte ich hinzu.

»Der Krieg ist zu Ende, bevor wir nach Berlin kommen«, sagte Daniel.

»Glaubst du wirklich?« fragte ich.
»Auf gar keinen Fall. Nicht gegen die Deutschen. Wir marschieren nach Berlin«, prophezeite Page.
»Wie lange, glaubst du, dauert der Krieg noch?« fragte ich Daniel.
»Vielleicht noch ein Jahr«, erwiderte er.
»Vielleicht auch ewig«, meinte Giles. »Wie so ein hundertjähriger Krieg.«
»Mein Gott, glaubst du wirklich?« fragte Lawton. Giles nickte grimmig.
»Wäre das nicht schrecklich, der letzte zu sein, der erschossen wird, bevor der Krieg zu Ende ist?« sagte ich.
»Sobald wir nach Berlin kommen, gibt's für mich keine Patrouillen mehr und keine Kommandounternehmen«, sagte Giles.
»Wie enden eigentlich solche Kriege wie der hier?« fragte ich. »Gibt es dafür 'ne Glocke oder so was?«
»Beide Seiten verkünden, daß es aus ist«, erklärte Daniel und wich einem großen Schlagloch aus.
»Zu einer festgelegten Zeit?« fragte ich. »Man schießt sozusagen bis nach dem Mittagessen aufeinander, und danach läßt man's gut sein?«
»So ungefähr.«
»Und woher zum Teufel sollen wir wissen, daß sie wissen, daß der Krieg vorbei ist?« fragte Giles. »Ich meine, was ist, wenn wir meinen, er ist um drei Uhr nachmittags zu Ende, und sie haben gesagt, um vier, oder sie haben Berliner Zeit oder was auch immer?«
»Ich stecke jedenfalls meine Rübe nicht raus, um nachzuschauen«, sagte ich.
»Sie müssen kapitulieren. Wir warten einfach darauf, daß sie kapitulieren«, sagte Daniel.
»Ich sehe noch nicht, daß diese Scheißkerle kapitulieren«, meinte Giles.
»Weil wir sie noch nicht geschlagen haben«, sagte ich.
»Deshalb müssen wir die Hindenburg-Linie nehmen«, sagte Page.
»Ja, vielleicht ist dann Schluß«, meinte Lawton.
»Wie sieht denn die Hindenburg-Linie genau aus?« fragte ich.

»Ein riesiger Scheißgraben«, sagte Lawton. »Tonnen von Stacheldraht, Maschinengewehrnester, aus denen in alle Richtungen gefeuert wird.«
»Macht euch, verdammt noch mal, bloß keine Gedanken«, sagte Giles und räusperte sich, um wieder mal zu spucken.

> Ich darf mir nicht anmerken lassen, daß ich Angst habe – denn die Angst ist eins von den Dingen, die am schnellsten um sich greifen. Wenn jemand im Graben vor Angst anfängt zu schreien und zu brüllen, verbreitet sich das wie ein Lauffeuer. Deshalb ist es am besten, den Kerl zum Schweigen zu bringen: Entweder man schlägt ihn nieder oder, wenn nötig, erledigt ihn.
>
> – *C. Miles, British Army*

Nachdem wir fast die ganze Nacht marschiert waren, saßen wir an einem ausgebrannten Bauernhaus und frühstückten Reis mit Getreidesirup, dann ging es noch drei Kilometer bis zu einer felsigen Lichtung, wo wir Schützengräben ausheben mußten. Daniel und ich schaufelten ein Loch für zwei Leute, danach genehmigten wir uns eine Zigarette. Beim Rauchen suchte Daniel mit den Fingernägeln in den Säumen seiner Uniform nach Läusen und zerquetschte sie. Ich zog einen alten Brief von meinem Vater heraus, las ihn noch einmal und steckte ihn wieder in die Tasche. Der Ton des Briefes war ungewöhnlich sentimental, weshalb ich mir Sorgen machte, Vater könnte krank sein. Oder er hatte Angst, sein Sohn würde nicht mehr nach Hause zurückkehren und er hätte keine Gelegenheit mehr, ihm bestimmte Dinge zu sagen. Würde ich je zurückkehren? Wieder suchte ich in mir nach diesem Gefühl, dieser Art intuitiver Sicherheit, was das eigene Leben anging. So viele Kameraden schienen diese Sicherheit zu haben, aber ich spürte nichts davon.
»Es stimmt also, daß du noch nie verliebt warst?«
»Verliebt? Eigentlich nicht. Weshalb fragst du?«
»Es verändert alles. Sogar wie die Dinge aussehen und klingen.«
Ich nickte.
»Aber es ist anders, als ich es mir vorgestellt habe«, fügte er hinzu.
»Besser?«

»Ja. Aber auch beängstigender.«
»Wieso?«
»Weil du dir nicht vorstellen kannst, was du ohne diesen Menschen machen würdest.«
»Aber darüber braucht man sich doch nicht den Kopf zu zerbrechen.«
»Man denkt automatisch daran. Das Erstaunliche ist ja, daß wir uns aus purem Zufall über den Weg gelaufen sind. Darum dreht es sich nämlich im Leben. Ein bißchen Glück.«
»Zumindest hast du es gehabt.«
»Bis jetzt.« Er drückte den Daumen in den Saum seiner Hose. Beim bloßen Anblick juckte es mich überall. Ich kratzte mich, dann schlug ich nach den Fliegen über meinem Kopf, die ziellos um mein vor Schweiß und Dreck verfilztes Haar schwirrten. »Wenn sie doch nur Kreosol sprühen würden.«
Daniel blies mir Rauch ins Haar.
»Danke«, sagte ich.
»Das Merkwürdigste ist, daß ich dir nicht erklären könnte, warum ich verliebt bin.«
»Aber was du von Julia erzählst, klingt für mich wunderbar.«
»Ja, das ist es auch. Ich könnte dir nur nicht sagen, was genau ich an ihr liebe. Ich kann einzelne Aspekte benennen, aber nicht das Ganze. Ich weiß einfach nicht, warum ich gerade sie liebe und nicht andere Frauen, die attraktiv sind und klug und lustig und freundlich.«
»Hauptsache, du fühlst es.«
»Aber ich möchte es trotzdem gern wissen, es verstehen. Wenn wir nicht richtig begreifen, weshalb wir jemanden lieben, was schützt uns dann davor, diese Liebe auf genauso rätselhafte Weise wieder zu verlieren?«
»Das klingt aber nicht wahrscheinlich.«
»Nein, glaube ich auch nicht. Aber ich wünschte, es wäre für mich nicht so unerklärlich wie ein Zauber oder so.« Er zog einen Brief von Julia aus der Tasche und fing an, ihn zu lesen. »Sie hat sich freiwillig zum Sanitätshilfsdienst gemeldet. Wenn sie nicht schwanger

wäre, würde sie zum Roten Kreuz gehen und versuchen, nach Frankreich zu kommen.«

»Dann kannst du ja von Glück sagen, daß sie schwanger ist. Herrje, wie habe ich die Überfahrt gehaßt, die ganze Nacht unter Deck bei verdunkelten Luken, nur mit diesen kleinen blauen Lichtern, und darauf warten, daß Torpedos in den Rumpf einschlagen.«

»Sie wäre eine wunderbare Krankenschwester.«

»Sie kann dich ja pflegen, wenn du wieder zu Hause bist.«

Er grinste. »Kommst du uns besuchen?«

»Klar.«

Er schloß eine Weile die Augen. Dann sagte er: »Weißt du was – ich habe keine Angst mehr.«

»Du bist mir nie besonders ängstlich vorgekommen.« Es war mir unheimlich, was er da gesagt hatte.

»Hm, war ich aber.«

»Was soll das heißen?«

»Das soll heißen: Weil es egal ist, ob ich Angst habe oder nicht, habe ich beschlossen, keine Angst zu haben.«

»Du hast das beschlossen?«

»Ja, das habe ich beschlossen.«

Galston kam zu uns. »MacGuire, Delaney, nehmt eure Spaten und geht zu Giles.«

Giles winkte uns zu sich. »Dort hinten hinter den Bäumen da«, deutete er. Wir folgten ihm.

»Schützengräben?« fragte ich.

»Gräber«, erwiderte Giles.

»Oh.«

Daniel schwieg.

Auf einer kleinen Lichtung lagen sorgfältig nebeneinander gelegt drei Reihen Leichen, alle mit einer dünnen Schicht Kalk bedeckt. Zwei Soldaten saßen neben mehreren flachen Gruben.

»Noch sechzig Zentimeter tiefer«, sagte der größere von den beiden.

»In Ordnung«, erwiderte Giles.

Ich sah zu den Leichen hinüber. Sie hatten genau die gleichen Stie-

fel wie ich – die Fersen lagen nebeneinander, die Fußspitzen waren seitlich abgespreizt – und genau die gleichen Wickelgamaschen. Auch die zerrissenen und blutbefleckten Hosen und Hemden sahen aus wie meine, nur daß sie mit Kalk bestäubt und inzwischen viel zu eng für ihre aufgeblähten Träger waren.
»Welches Bataillon?« fragte Daniel.
»Keine Ahnung«, sagte der kleinere Soldat und wischte sich mit dem Unterarm den Schweiß von der Stirn. »Sind gestern hier vorbeigekommen, Richtung Norden. Eine Granate hat die Jungs erwischt.«
»Sollen wir sie beerdigen?« fragte ich.
»Nein, nur die Löcher graben.«
Ich streifte meine Jacke ab und begann zu schaufeln.

*

Am nächsten Morgen fand ich Julia nicht. Ich saß über eine Stunde an einem der Tische vor dem Hotel, schlürfte Kaffee und wartete, aber sie tauchte nicht auf. Also lief ich ein wenig in der Stadt herum und kaufte in einer Bäckerei ein Baguette, das ich auf der Stelle aufaß. Dann kehrte ich zum Hotel zurück, setzte mich in die Eingangshalle und las zwei Stunden in einem Buch, im Hintergrund in der Ecke das Tick-tack einer großen Standuhr aus Opas Zeiten. Als es Mittag schlug, ging ich zum Portier und fragte ihn, ob er sie gesehen habe.
»Ihre amerikanische Freundin? Ja doch, sie ist heute morgen schon früh aufgestanden. Ist um sechs Uhr gegangen, glaube ich.«
»Aber sie ist nicht abgereist?«
»Nein, sie ist nicht abgereist.«
»Hat sie gesagt, wohin sie wollte?«
»Das geht mich nichts an.«
»Nein, natürlich nicht.«
»Machen Sie sich Sorgen?« Er musterte mich mit hochgezogenen Augenbrauen.
»Nein, es ist alles in Ordnung. Danke.«
Am Nachmittag rief ich im Hotel in Paris an und hinterließ eine

Nachricht für Charlotte, daß ich am folgenden Tag etwa zur Mittagszeit zurück sei. Dann zog ich los, um mich nach einem Geschenk für Sean umzusehen. Am Ende entschied ich mich für ein rot-blau bemaltes Segelschiff aus Holz mit dicken Leinwandsegeln und beweglichem Steuerruder. Nachdem ich mir alles auf meinem Bett zurechtgelegt hatte, setzte ich mich wieder vor das Hotel und trank noch eine Tasse Kaffee, danach ein Glas Weißwein. Hatte sie sich verlaufen? Ich konnte mir nicht vorstellen, daß sie alleine zum Hotel zurückfand – ja, nicht einmal zurück in die Stadt.
Kurz nach sechs Uhr tauchte sie auf. Sie marschierte mit ihrer Schultertasche, die sehr schwer aussah, raschen Schritts auf das Hotel zu. Als sie mich sah, winkte sie und lächelte. Sie lud mich zum Abendessen ein, wollte sich vorher nur noch ein wenig zurechtmachen. Ich fragte nicht, wo sie gewesen war. Sicher hätte sie das nicht gewollt.

*

»Martin, was ist heute für ein Tag?«
»Dienstag. Nein, Mittwoch. Ach verdammt, ich weiß es nicht.« Er ging in den Flur hinaus, mühte sich unterwegs mit dem Gürtel seines Bademantels ab und kehrte dann zurück. »Es ist Montag«, sagte er.
Hm, Montag. Elender Montag. Mit einem tiefen Seufzer lehnte ich mich in das Kissen zurück.
Ich habe den Montag immer gehaßt, jeden einzelnen. Montags werden die müden Massen mit der Peitsche wieder auf Trab gebracht. Vielleicht erinnert uns Gott auf diese Weise daran, daß wir nicht die Herren unseres Schicksals sind und das, was wir uns übers Wochenende zurechtgelegt haben, nichts als Illusionen waren.
Selbst zwölf Jahre nach meiner Pensionierung wache ich jeden Montag noch mit einer gewissen Furcht auf, mit diesem »Also, dann packen wir's wieder«-Gefühl tief unten in der Magengrube, wenn die Achterbahn sich klick klick klick zur höchsten Stelle hocharbeitet und dann – AHHHHHH!«
Es fängt am Sonntag nachmittag an, zwischen vier und fünf, je nach

Jahreszeit. Dann stottert das Wochenende mit seinen eben noch unerschöpflichen Möglichkeiten plötzlich aus wie ein absterbender Motor, und ich fühle mich erstaunlich schlecht gerüstet für die bevorstehenden Katastrophen. Als ob ich in nur zwei Tagen meine Spannkraft, meinen klaren Kopf, meinen Mut und sämtliche Abwehrkräfte gegen die böse, häßliche Welt da draußen verloren hätte, wo bald wieder mein elendes kleines Ich seinen Dienst erfüllen muß. Am Sonntag nachmittag merke ich, daß ich schrecklich weich geworden bin. Schafft den Montag ab.

*

Heute kam der Bücherbus. Für mich ist es der Eiswagen für die Alten, nur daß ich nicht so schnell aus der Tür rauskomme. Ich habe mir vier Bücher ausgeliehen: eine Biographie von Tolstoi, *Fiesta* von Hemingway und zwei schwergewichtig aussehende Abhandlungen über östliche Philosophie, mit der ich mich noch einmal beschäftigen möchte. (Sobald mich die westliche Philosophie enttäuscht hat, was unweigerlich immer wieder der Fall ist, fliehe ich in die östliche Philosophie, um dann ebenso frustriert wieder in die andere Richtung zu wechseln. Warum Stunden in unbequemer Haltung zubringen und sich damit abmühen, das Nichts zu erreichen, wo doch der Tod die Sache viel effektiver erledigt?)
Ich vermisse meine Bücher. Die meisten von ihnen habe ich weggegeben, als ich das Haus verkaufte. Ich hatte 2142 Stück, die Bücher in meinem Laden nicht mitgezählt, die ich auch als die meinen betrachtete, als meine kleinen Lieblinge, die zur Adoption freigegeben waren. Die Kinder haben sich genommen, was sie wollten, und den Rest habe ich der Bücherei am Ort vermacht. Seitdem fühle ich mich nackt, wie ein Soldat, dem man die Waffen abgenommen hat. Wie die meisten Bücherwürmer lese ich, um nicht allein zu sein, was oft die Leute ärgert, die sich mit mir zu unterhalten versuchen. Kürzlich habe ich angefangen, die Klassiker meiner Jugend wieder zu lesen – eine seltene Gelegenheit, die Vergangenheit noch einmal lebendig werden zu lassen –, obwohl ich zugeben muß, daß einige der Bücher überhaupt nicht mehr das sind, was sie einmal waren.

Bücher sind nicht nur meine Verteidigungswaffen, die Sandsäcke, mit denen ich meine Stellung festige. Sie sind auch die Bausteine meiner Seele, und ich bin die Summe alles dessen, was ich lese. In Wahrheit nämlich hat es sich für mich immer als befriedigender herausgestellt, etwas über das Leben zu lesen, als es selbst zu leben. Ganz sicher aber ist es viel interessanter, etwas über die Leute zu lesen, als ihnen – sagen wir, bei einer Abendgesellschaft – leibhaftig gegenüber zu sitzen. Im Buch werden die Menschen lebendig: Sie haben Sex, sie reisen, sie offenbaren ihre geheimsten Gedanken, sie kämpfen gegen alle Widerstände, suchen nach einem Sinn. Als reale Personen aber – tja, nur wenige Abendgesellschaften können einem auch nur annähernd soviel bieten.

Das Lesen ist sehr viel schwieriger geworden, was mich fast mehr deprimiert als alles andere. Mir tun die Augen zu schnell weh, und die Informationen, die bis in mein Hirn vordringen, werden oft falsch abgespeichert oder gehen einfach verloren. Ich fürchte das Schicksal, das Mitzie getroffen hat, die Jahr um Jahr dieselben drei Bücher liest *(The Yearling, Main Street* und *The House of Mirth).* »Sie gefallen mir, ich weiß, daß sie gut sind«, erklärt sie. »Ich sage immer, man soll sich an das Bewährte halten.« Natürlich hilft es, wenn sich die alte Schiefertafel alle paar Monate von selbst löscht.

Hätte ich zwei Leben, würde ich das erste dem Lesen widmen (und das zweite vielleicht auch). Ich weiß, daß bis Anfang des neunzehnten Jahrhunderts ein gebildeter Mensch fast jedes veröffentlichte Buch von Bedeutung lesen konnte, eine Vorstellung, die mich ganz kribbelig macht.

Einmal im Monat fahre ich mit dem Bus der Linie 42 zu Cooper in der Fourth Street und kaufe neue Bücher. Das Sortiment dort ist erstaunlich: ein paar literarische Titel eingequetscht zwischen endlosen Reihen von Wirtschaftsbüchern, Ratgebern zum Abnehmen und grellbunten Lebenshilfebüchern mit getürkten Photos von pharmakologisch aufgepeppten Männern und Frauen auf dem Umschlag. (Merkt denn niemand, daß die beste Lebenshilfe in der literarischen Abteilung zu finden ist?) Aber nachdem Hartley, ein Familienbetrieb, vor zwei Jahren geschlossen hat, ist Cooper die einzige Buchhandlung, die übriggeblieben ist. Letzten Monat habe ich dort nach den Memoiren von Pershing gesucht, die ich plötzlich unbedingt noch einmal lesen wollte. In dem Regal mit der Aufschrift »Militärgeschichte« fand ich drei Buchreihen über Vietnam, vier Reihen über den Zweiten Weltkrieg und ein einziges Buch über den Ersten Weltkrieg: *The Guns of August* von Barbara Tuchman. Auf der Rückfahrt beschäftigte mich die ganze Zeit die Frage, ob all diese Männer so bereitwillig gestorben wären, wenn sie dieses Bücherregal gesehen hätten. Oder waren sie einfach nur wie Bäume, die im Wald lautlos umstürzen?

> Habt Ihr schon vergessen? Schaut her und schwört bei den Gefallenen des Krieges, daß ihr nie vergessen werdet.
>
> – *Siegfried Sassoon, ›Aftermath, March 1919‹.*

Daniel sitzt auf einer Munitionskiste im Stollen und schreibt bei Kerzenlicht, während wir auf die Bombardierung der deutschen Linien warten. Unser Angriff beginnt um fünf Uhr am Morgen. Ich sitze da, reinige mein Gewehr und fühle mich verdreckt und müde. Drei Wochen in den Argonnen, ohne auch nur einmal die Kleider gewechselt zu haben. Nicht ein einziges Mal.

Eine heftige Detonation läßt den Stollen erzittern. Erdbrocken prasseln mir auf auf Helm und Uniform.

»Das dürfte eine hübsche Gasse in ihren Stacheldraht gesprengt haben«, meint Page, der seine Wickelgamaschen festzieht.

»Scheiße. Die haben doch immer noch mehr Stacheldraht. Seit wann haben die keinen Scheißstacheldraht mehr?« flucht Giles und fummelt an einem Zahn herum, der ihn schon die ganze Woche quält. »Wie soll man denn an diese Mistkerle rankommen, wenn sie sich dauernd hinter diesem Scheißdraht verstecken?«

Ich sehe zu Daniel hinüber. Es verblüfft mich immer wieder, daß er viel älter wirkt als ich, obwohl wir gleich alt sind. Ich beobachte, wie er mit krauser Stirn das Geschriebene noch einmal durchliest, dann legt sich ein vorsichtiges Lächeln auf sein Gesicht. Ob Julia ein Photo von ihm hat? Bestimmt. Sieht sie es sich jeden Tag an und versucht, sich an den Glanz seiner Augen und den Ton seiner Stimme – tief, aber voller Mitgefühl wie die eines guten Priesters – zu erinnern, an seine breiten Schultern und die großen, starken Hände? Zeigt sie das Photo ihren Freundinnen, oder bewahrt sie es in ihrem Nachttisch auf, und was empfindet sie, wenn sie es sich ansieht? Lohnt es sich überhaupt, einen Geliebten zu haben, wenn er auf der anderen Seite der Welt in einem Krieg ist? Die Männer wissen wenigstens, daß ihre Geliebten in Sicherheit sind – vielleicht nicht immer treu, aber in Sicherheit –, aber die Frauen? Wie können sie überhaupt schlafen?

Als Daniel den Brief fertig gelesen hat, steckt er ihn in seine Hemdtasche, rückt sich den Helm zurecht und greift nach seinem Gewehr. Kurz darauf stehen wir alle nebeneinander im Graben und warten auf das Signal zum Angriff, die Helme tief in die Stirn gezogen. Lawton steht links von mir, neben ihm Page.

»Hast du Angst?« fragt Page und bietet mir eine Zigarette an.

»Ja, ich habe Angst.«

»Ich auch«, sagt er.

»Einfach rauf und dann los«, sage ich, um mir selbst Mut zu machen.

»Ja, einfach rauf und los.«

Er drückt seine Zigarette aus und zündet sich sofort eine neue an.

»Wie spät ist es? Ich muß scheißen«, sagt er.

»Du hast noch ungefähr zwei Minuten.«

»O Gott, vergiß es.«

Ich blicke auf meine Hände, die unkontrollierbar zittern. Mein Atem geht schnell und flach, und mir ist übel.

Ich blicke zu Daniel hinüber. Er dreht sich zu mir um, versucht, mir einen aufmunternden Blick zuzuwerfen wie ein Vater seinem Kind, das ein Lied vortragen soll. Dann streckt er die Hand aus und klopft mir auf den Rücken.

»Wird schon alles gutgehen«, sagt er. »Bleib einfach immer neben mir.«

Ich nicke, prüfe dann noch mal meine Ausrüstung. Daniel wischt sich mit dem Ärmel den Schweiß aus den Augen.

»Weißt du was, Patrick?« flüstert er mir ins Ohr.

»Was denn?«
Er zögert, starrt mich an.
»Was ist? Sag schon.«
»Ich habe endlich ...«
Dann ein schriller Pfiff, und wir klettern hinauf über den Rand und fangen an zu laufen, Tausende von uns stürmen über das matschige Feld durch dichten schwarzen Rauch auf die deutsche Linie zu, die vor Feuer glüht. Links und rechts von mir stürzen Kameraden, zweimal stolpere ich. Ein kurzer Blick auf Daniel vor mir, dann verliere ich ihn aus den Augen. Eine Erschütterung schleudert mich zu Boden. Ich krabble wieder auf die Beine, während überall um mich her irgendwelche Dinge durch die Luft fliegen. Ich bekomme etwas ins Auge. Vor mir krümmt sich eine Gestalt zusammen. Dann noch eine. Ich springe über sie hinweg, halte mich mühsam auf den Beinen.
Jetzt bin ich an der Drahtwalze der Deutschen. Wohin nun? Mich überkommt Panik. Nach links? In dem Rauch kann ich nichts erkennen. Ich ducke mich zwischen Kameraden, die mühsam nach einem Weg durch den Verhau suchen. In der Nähe explodiert eine Handgranate, dann noch eine. Ich greife nach meiner Drahtschere, schneide an dem Draht herum, sofort sind meine Hände offen und bluten. Links von mir wird ein feuerndes Maschinengewehr hin und her geschwenkt. Bin ich getroffen? *Es kann mich jeden Augenblick erwischen.* Ich fühle mich so taub.
»In dem Scheißdraht ist nirgends ein Loch!«
»Weiter! Weiter! Weiter!«
Die Drahtschere gleitet mir aus den Händen.
»Wir kommen nicht durch!«
»Die Scheiß Artillerie hat den Stacheldraht nicht getroffen!«
»Versucht's links.«
»Holt eine Rohrbombe, verdammt!«
»Oh, mein Gott!«
»Hurensohn.«
»Hört endlich mit diesem Maschinengewehr auf!«
»Helft mir.«

»Schnell, Handgranaten.«
Noch eine Explosion, ganz nah.
»O Gott, ich bin getroffen.«
»Verdammte Scheiße!«
»Sani! Sani! Sani!«
»Mein Bein mein Bein mein Bein!«
»Ihr Scheißkerle!«
»Ich kann nichts sehen ich kann nichts sehen!«
»Kopf runter, verdammt!«
»Laßt mich nicht hier liegen. Bitte laßt mich nicht hier liegen.«
Großer Gott.
Ich renne nach rechts, lasse mich fallen und krieche weiter, und ich sehe Männer, die im Draht hängen wie Wäsche auf der Leine, und sie zerren und schreien, und Klumpen von Erde springen vom Boden hoch. Ich liege auf dem Bauch und spähe durch die zwanzig Meter lange Drahtwalze, und ich sehe deutsche Soldaten, die über ihre Gräben spähen und auf mich schießen, und ich schieße zurück und krieche weiter, aber der Draht zerrt immer noch an mir.
Es kann mich jeden Augenblick erwischen.
Bin ich tot? Mutter? Vater? Aber das kann nicht sein, weil das Schreien nicht aufhört. Dann verlangsamt sich alles, und ich sehe, wie Giles sich im Dreck vorwärtsarbeitet. *John, hier geht's lang, hier.* Aber er hat kein Kinn mehr, wo ist dein Kinn, John, dein Kinn?
Mein Hemd saugt sich voll Blut. Muß weiter.
Daniel? Nein, wer ist das? Ich krieche näher heran. Irgendwelche Gestalten rennen vorbei. Jemand steigt auf mich drauf.
Lawton? Bist du es, Lawton? Lawton kniet auf dem Boden und kotzt und versucht, seine Eingeweide wieder in sein Hemd zu stekken, aber sie passen nicht rein, und sie sind voller Dreck. *Ich helfe dir, Jack. Hole dir einen Sani. Die wissen, was zu tun ist.* Eine Kugel trifft ihn ins Gesicht. Dann noch eine.
Es kann mich jeden Augenblick erwischen.
Wieder eine Explosion. Etwas Feuchtes schlägt mir ins Gesicht. Vor mir eine abgetrennte Hand, die Handfläche nach oben. Meine? Nein, an einem Finger steckt ein Ehering.

Wer weint da? Ich höre jemanden weinen. Dutzende Schreie, vielleicht Hunderte, aber einer ist so nahe, jemand schluchzt wie ein Kind, das sich verlaufen hat. Wer schluchzt? Ich höre dich schluchzen, wer bist du? Ich glaube, ich sehe ihn, einen Schatten, der links von mir im Draht festhängt, aber ich kann sein Gesicht nicht erkennen. Nur ein Schatten, der im Draht hängt und schluchzt.
Ich komme zu dir ich komme zu dir halt durch. Ich zerre an dem Draht und schreie und bebe vor Wut.
»Zurück zurück!«
Jemand reißt mich rückwärts.
»Komm komm komm!«
Noch nicht noch nicht. *Laßt sie nicht allein hier.* Eine Hand zieht heftig an meinem Hemd. »Weg hier!«
Ich renne, aber irgend etwas packt mich an den Stiefeln, und ich stürze hin. O Scheiße, meine Schulter brennt, ich knie, Muter und Vater, krieche auf allen Vieren, werde ohnmächtig.
Ein Granattrichter? Ja. Ich falle hinein, rolle in die Dunkelheit hinunter.
Daniel?

> Beim Rückzug durch eine unter Beschuß liegende Zone sind die Verluste größer als beim Vorstoß. Sollte der Hauptangriff gestoppt werden – durch Hindernisse, feindlichen Beschuß oder durch beides –, bleiben die Truppen bis zum Abend, wenn der Rückzug im Schutz der Dunkelheit vollzogen werden kann, an Ort und Stelle, suchen Deckung, wo das Gelände sie bietet, oder schaffen sich behelfsmäßig Deckung.
>
> – *US-Army, Heeresdienstordnung, Kriegsministerium, 1913.*

Heute hat Sean mich angerufen. An seiner Stimme konnte ich erkennen, daß ihn der Gedanke beschäftigte, mich zu verlieren und wie es sein wird, wenn er nicht mehr sagen kann: »Dad?«. Deshalb hat er mich angerufen. Alte Menschen spüren es, wenn Freunde und Verwandte sich nur melden, um die Stimme zu hören, die bald ausgelöscht sein wird, oder wenn sie zu Besuch kommen, um einen ein letztes Mal zu sehen, weil sie eine Vorahnung haben. Dann klammern sie sich an jedes hingenuschelte Wort, als ob es das letzte sein könnte, als ob der Opa am Ende noch eine kosmische Weisheit von sich geben oder zumindest die Daten eines Schweizer Bankkontos preisgeben könnte. Das verursacht bisweilen einen enormen Druck, macht mich aber keineswegs redseliger. Wie werden meine letzten Worte lauten? »Wo ist das Abführmittel?« »Was für ein Tag ist heute?« »Wer um Himmels willen bist du denn?«

Ich habe mir wohl noch nicht allzu viele Gedanken wegen der letzten Worte gemacht. Vielleicht sollte ich das tun. »Tod, wo ist dein Stachel?« klingt ziemlich eingängig, aber auch wieder nicht besonders überzeugend, wenn es zwischen zusammengepreßten Zähnen herausgekrächzt wird. Wie wär's mit »So ein Mist« oder »Scheiße« oder »Verflucht«? Zu reflexartig, denke ich, wenn damit auch gewiß der Nagel auf den Kopf getroffen wäre. »Hilfe!« erscheint mir ganz passend, aber so ein Ausruf würde unweigerlich die ratlos Umherstehenden aus der Fassung bringen. Vielleicht versuche ich einfach, mit den Augen zu zwinkern, was sie dann deuten können, wie sie wollen, oder ich gebe irgendein unsinniges Zeug von mir, so daß ich jahrelang Gesprächsthema bleibe, weil die Familie darüber rätselt, was ich habe sagen wollen. (Wenn ich meine Kinder nicht so liebte, würde ich mit den Worten »Der Schatz befindet sich unter dem …« sterben, so daß ich gestärkt durch den Gedanken, daß sie den Rest ihres Lebens Löcher buddeln, ins Grab fahren könnte.)

Seans Stimme macht mich auch traurig. Der Grund ist weniger das, was mir geschieht, sondern das, was mit ihm passieren wird, wenn ich nicht mehr da bin. Wenn er alt wird, kann er mich nicht mehr anrufen und sagen: »Mensch, Dad, du glaubst ja nicht, was heute für ein Tag war! Du hast doch den ganzen Mist schon durchgemacht, wie zum Teufel hast du das bloß geschafft?«

»Wie geht's, Dad?« Seine Stimme war weicher als sonst, und ich fragte mich, ob etwas vorgefallen war.

»Gut, ganz gut. Und wie steht es bei dir?«

»Immer dasselbe. Weißt du, ich dachte gerade …«

»Ja?«

»Hm, weißt du noch, als ich ein Kind war, vielleicht sechs oder sieben, und immer sagte, wie sehr ich mir wünschte, daß wir beide gleichzeitig Kinder wären?«

Ich wußte es noch. Damals blickte ich auf das kleine Gesicht mit der Spur von Sommersprossen auf dem Nasenrücken hinunter, das Gesicht, das immer, wenn ich zu Besuch kam, zu mir aufsah und sagte: »Guck mich an, Dad, guck, wie ich gucke!«

»Ich wollte, du wärst erst fünfzig«, sagte er.

»Ja, zum Teufel, was glaubst du denn, wie ich mich fühle?«

»Ich meine, wie schön es wäre, wenn wir beide ein paar Tage wegfahren könnten, nach Alaska zum Angeln oder so. Ein paar Bierchen trinken, reden. Wir sind nie Angeln gegangen.«

»Ich hasse Angeln.« Er lachte.

»Weißt du, Dad, je älter ich werde, desto mehr habe ich das Gefühl, dich zu verstehen, oder zumindest ein bißchen von dem, was du durchgemacht hast.«

»Du armer Teufel.«

»Es muß furchtbar gewesen sein, als du und Mom euch habt scheiden lassen, zu sehen, wie ich und Kelly weinten und bettelten, daß du nicht nach jedem Besuch wieder weggehst.«

»Es ist immer noch furchtbar«, sagte ich.

»Habt ihr euch eigentlich jemals überlegt, um unseretwillen die Scheidung aufzuschieben? Ich sage nicht, ihr hättet es tun sollen, ich frage nur, ob ihr daran gedacht habt?«

»Daran denken alle Eltern, bis sie das Gefühl haben, innerlich zu zerplatzen. Man fragt sich: ›Ich würde ja mein Leben für meine Kinder geben, warum kann ich dann nicht für sie die Familie zusammenhalten, wenigstens noch ein paar Jahre?‹ Doch eines Morgens wachst du auf und stellst fest, daß die Luft zum Atmen nicht mehr für die ganze Familie reicht, daß alle ersticken werden, wenn du nicht weggehst. Aber das mindert nicht deine Schuldgefühle. Es versetzt dir nur einen Tritt, so daß du abhaust.«

Wir schwiegen beide, und ich überlegte gerade, was ich sagen könnte, als ich seine Stimme wieder hörte: »Ich denke viel über deine Erlebnisse im Krieg nach, und ich möchte dir sagen, daß du

immer eine Art Held für mich gewesen bist, auch wenn ich wütend war, als du dich von Mom hast scheiden lassen.«
»Ein Überlebenskünstler. Ich bin eindeutig ein Überlebenskünstler, obwohl meine diesbezüglichen Fähigkeiten in diesen Tagen ein wenig arg strapaziert werden.«
»Wie steht's mit deiner Gesundheit?«
»Ganz gut.«
»Sicher?«
»Sicher.«
Pause.
»Ich wünschte, du wärst öfter zu Besuch gekommen, als ich jung war.«
»Ich auch. Ich glaube, ich habe mehr vermißt als du.«
»Als Kind konnte ich gar nicht glauben, daß du und Mom nicht mehr zusammen wart, und heute kann ich mir nicht einmal vorstellen, daß ihr mal Mann und Frau wart.«
»Ich auch nicht«, sagte ich, fügte aber schnell hinzu: »Obwohl ich sie geliebt habe.«
»Dad, Sally und ich sind bei einer Eheberatung.«
»Verstehe.«
»Es ist ziemlich schlimm geworden. Jetzt, wo die Kinder aus dem Haus und nur noch wir beide da sind, hm, es ist, als wäre es zu ruhig.«
»Es lohnt die Mühe, Sean.«
»Ja, ich weiß.«
»Macht es dir Probleme? Möchtest du darüber reden?«
»Es ist alles in Ordnung. Ich bin schon spät dran, muß ins Büro, ich wollte dich einfach nur mal anrufen. Tut mir leid, daß ich mich nicht öfter melde.«
»Mach dir deswegen keine Gedanken.«
»Bis bald.«
Nachdem ich aufgelegt hatte, ging ich in mein Zimmer zurück und setzte mich an den Schreibtisch, den Martin und ich miteinander teilen. Nach ein paar Minuten zog ich mein Briefpapier heraus und begann eine Reihe von Briefen an Sean und Kelly, die sie

öffnen sollten, wenn sie sechzig, siebzig und achtzig Jahre alt wurden. Ich brauchte einen Monat dafür, doch als ich fertig war, beschloß ich, jedem noch einen Brief zu schrieben, den sie mit einundachtzigeinhalb öffnen sollen, falls sie so lange durchhalten. Ich wollte sehen, wie es ist, nicht als Sprecher einer unerreichbaren Vergangenheit einen Brief an meine Kinder zu schreiben, sondern als ob wir ein paar alte Säcke wären, die nebeneinander sitzen, sagen wir auf einer Bank, von der aus man aufs Meer blickt, oder an einem Feuer. Als ob wir einfach dasäßen und quatschten und nach all den Jahren einander eingeholt hätten, alle drei im selben Alter.

Schade, daß ich nicht dabei bin und ihre Gesichter sehe, wenn sie die Umschläge öffnen.

*

»Daniel?«

Ich ziehe mich hoch an den Rand des Lochs, aber die Maschinengewehre rattern immer noch, und ich rutsche wieder runter, lade mein Gewehr nach und starre auf den Torso unten in der Grube. Gott, das Schreien ist entsetzlich.

Und meine Schulter tut weh.

Bin ich der einzige, der noch lebt? Nein, ich höre eine Stimme hinter mir. Wie weit bin ich von unserer Linie entfernt? Ich werde warten, bis es dunkel ist, und dann zurückkriechen. Und wenn die Deutschen einen Gegenangriff unternehmen? Dann stelle ich mich tot. Kann ich das? Ich weiß es nicht. Soll ich mich auf den Bauch legen, um mich zu schützen? Aber wenn sie mich dann mit dem Bajonett angreifen, kann ich sie nicht kommen sehen.

Ich höre Daniel.

Ja, ich bin sicher, es ist Daniel. Erde regnet auf mich herab. Jemand wirft Handgranaten. Meine Schulter blutet.

»Daniel!«

Ich weiß, daß du es bist Herrgott wo bist du? Ich krabble wieder nach oben, lausche und spähe zwischen Erdklumpen hindurch und sehe durch den stechenden Rauch Hunderte von Gestalten laufen

und sich auf dem Boden winden und in den Drahtverhauen um sich schlagen.
»Daniel?«
Scheiße Daniel was machst du da draußen komm zurück.
»Daniel?«
Mein Gott bist du das dort in dem Stacheldraht? Nein bitte es darf nicht sein. Bist du das Daniel? Bist du das dort in dem Stacheldraht?

★

Ich sehe noch vor mir, wie sich Daniel in dem Stacheldraht windet.

★

Heute konnte ich ein paar Minuten lang mein Zimmer nicht finden. Es war kurz nach dem Mittagessen, und ich wollte ein Buch aus meinem Nachttisch holen, aber ich wußte nicht, wo ich hin sollte.
»Ja, was machen Sie denn für ein Gesicht?« hörte ich eine Frauenstimme sagen. Es war Sarah, meine Sarah. »Wollen Sie nach draußen, Patrick? Ein schöner Tag, nicht wahr?« Ich blieb stehen, eine Hand auf dem glänzenden Stahlgeländer, das den Flur entlang läuft. Oder war es Erica?
»Ja, ich wollte nach draußen.« In diesem Augenblick sah ich das Sonnenlicht und ging in dessen Richtung. Linkes Bein, rechtes Bein, linkes Bein, rechtes Bein. Vorsicht mit dem Stock. Sarah? Sarah, meine Kinnlade ist ganz taub, und ich habe mich verirrt. Sarah?

★

Scotty Wesley, ein neunzehnjähriger Hühnerzüchter aus Arkansas, lag achtundvierzig Stunden im Niemandsland. Oder zumindest haben wir ihn so lange gehört. Dann aber erfahre ich, daß irgendwo an der Front ein Deutscher vier Tage lang im Stacheldraht hing, bis ihn schließlich eine Granate zum Schweigen brachte.

★

Heute nachmittag habe ich Sarah in ihrer Pause draußen sitzen sehen. Sie trank Kaffee und las Zeitung, aber dann ließ sie die Zeitung sinken, zog einen Umschlag aus ihrer Jackentasche und las einen meiner Briefe noch einmal durch. Ich ging in mein Zimmer zurück, schloß die Tür hinter mir, legte die Kassette mit der Filmmusik von *Camelot* in den Rekorder und drehte laut auf.

⋆

Kurz nach elf Uhr in der Nacht hörte Daniel auf zu schreien. Ich hoffe, seine Augen waren geschlossen.

⋆

Heute morgen habe ich ein neues Photo von Katy bekommen. Sie trägt Zöpfe, hat ein blaues Kleidchen und Lackschühchen an, und sie lächelt, beinahe ist es ein Lachen. Ich sitze in meinem Zimmer in der Ecke und starre auf das Photo, das ich vorsichtig mit beiden Händen halte. Was ist dran an einem Photo von einer Urenkelin, daß ein alter Mann in einem Pflegeheim bei seinem Anblick außer sich gerät?
Alles. Ich mache mich wieder auf zu meiner Bank draußen, schneller als sonst.

⋆

Wenn im Ersten Weltkrieg alles in allem achtzehn Millionen Menschen umkamen, wie viele gebrochene Herzen sind das? Wie viele zermalmte, gepeinigte, zertrümmerte Herzen? Dreimal soviel? Viermal?
Wie viele hörten einfach auf zu schlagen?

⋆

Ich hasse dich, Gott.

⋆

Katy?

⋆

Daniels Leiche hing drei Tage lang im Stacheldraht, bis sie eines Morgens während eines Bombardements verschwand. Am Nachmittag überrannten wir die deutsche Linie, und ich hielt Ausschau nach Daniel, fand aber nur Fetzen von Kleidern und Leder und Gürtelschnallen und Helme und Stiefel und Metall und Papier und Knochen, alles ineinander und übereinander, dreckverschmiert und nicht zuzuordnen.

Deine Briefe, Daniel, was ist mit deinen Briefen? Ich kenne noch nicht einmal Julias Familiennamen.

*

Ein Bursche aus New Hampshire starb den saubersten Tod, den ich je gesehen habe. Wir fanden ihn kurz nach einem Sperrfeuer zusammengekauert neben der Latrine, als schliefe er tief und fest. Wir brüllten seinen Namen, schüttelten ihn und drehten ihn um, um nach Verletzungen zu suchen, aber nichts, nicht ein Kratzer. Also prüften wir, ob er atmete, fühlten ihm den Puls, öffneten seinen Mund und rissen ihm das Hemd auf, um zu sehen, was los war. Er wurde bereits kalt.

»Was zum Teufel ist mit ihm passiert?«

»Herzinfarkt?«

»Nicht zu fassen.«

»Bist du sicher, daß er tot ist?«

»Gas kann's nicht gewesen sein.«

»Schlaganfall?«

»Das ist kein Herzinfarkt, das ist ein Granateinschlag.«

»Granateinschlag?«

»Ja, einfach durch den Druck. Hab' ich in Château-Thierry gesehen.«

»Die Luft erdrückt einen?«

»Saugt einem einfach die Luft raus.«

»Scheiße.«

»So was hab' ich noch nie gesehen.«

»Los, nimm seine Beine.«

*

Der schrille Ton der Pfeife. Schon bin ich oben und renne los. So viel Krach, so viel Angst. Dann ein plötzlicher Schlag gegen mein Bein. Ich blicke an mir hinunter. Blut strömt aus meinem Schenkel. Eine Kugel? Ein Schrapnell? Ich mache einen Schritt, wanke, richte mich auf, mache noch einen Schritt, falle zu Boden. Ich kämpfe mich wieder hoch, aber meine Beine geben nach. Meine Hose ist blutdurchtränkt Ich drehe den Kopf zur Seite, Gestalten rennen vorbei. Auf Händen und Knien krieche ich weiter, dann breche ich erneut zusammen. Erschöpfung. Etwas schlägt mir den Helm vom Kopf. Dann ein stechender Schmerz im rechten Arm. Erneut richte ich mich auf, aber nur auf die Knie. Wohin jetzt? Nach rechts? Dieses Durcheinander. Jemand läuft vorbei, rennt mich um. Ich versuche wieder aufzustehen, aber es geht nicht.

*

Am Morgen des 11. November 1918 ließ das Artilleriefeuer mein Krankenhausbett erbeben - bis elf Uhr. Dann endlich verstummte die Westfront vollkommen, als hätte jemand einem wütenden Raubtier die Stimmbänder rausgerissen.

Ein Arzt stand mitten im Raum und zählte die Minuten. Wir lagen in unseren Betten, horchten und wußten, daß die Welt im Begriff war, sich zu verändern. Neben mir ein schwer verwundeter blonder Junge, auf dessen Wange man mit Silbernitrat die Buchstaben *GP* - deutscher Gefangener - gemalt hatte. Er murmelte etwas und versuchte unter Mühen, den Kopf zu heben.

Ich weiß nicht, ob irgendeiner von uns, die wir da lagen, wirklich glaubte, daß die Kanonen schweigen würden. Können vier Jahre Gewalt schlagartig beendet werden? Es schien mir undenkbar, daß der Krieg so zähmbar war, daß man mit einer Trillerpfeife die ganze Sache abbrechen konnte wie ein Fußballspiel. War das, was um 10.59 Uhr noch Tapferkeit war, um 11.01 Uhr gemeiner Mord? Mein Schenkel pochte vor Schmerz, aber es war nicht so schlimm, nicht so schlimm wie bei denen, die hinter dem weißen Vorhang am anderen Ende des Raums verborgen waren, wo man die Männer zum Sterben hinlegte. Ich war mir sicher, daß der Kamerad rechts von mir als nächster dran war. Seine Lunge war vom Gas zerfressen, und sie konnten ihm nur noch Zinksalbe auf die Blasen und Kastoröl auf die Augen schmieren und ihm Lügen erzählen. Ich versuchte, mit ihm zu sprechen, aber er konnte mich nicht hören, alles wurde von seinem Ringen nach Luft übertönt. Die, die in ihrem Schmerz und ihren Bandagen und ihrem Fieber nicht mehr richtig hören konnten, taten mir besonders leid, denn es lohnte sich gewiß, dem Wechsel vom Krieg zum Frieden zu lauschen.

Um 10.45 Uhr schwoll das Artilleriefeuer an, eskalierte zum großen Finale. Es waren vorwiegend unsere Geschütze, und ich fragte mich, wer wohl die Idee gehabt hatte, noch ein paar Granaten abzufeuern, bevor man anfangen konnte, die Minuten bis zum Ende zu zählen. Oder ging es darum, den Kontrast deutlich zu machen zwischen dem Lärm des Trommelfeuers und der plötzlichen, atemberaubenden Stille des Friedens, wenn sich endlich wieder die Lerchen Gehör verschaffen konnten? Aber wie lange dauerte es, bis die am weitesten entfernten Granaten aufschlugen? Würde nicht genaugenommen eine Granate, die um Punkt elf abgefeuert wurde, den Frieden zerstören?

Am meisten aber wunderte mich, wie viele Kameraden an jenem Morgen starben, und ich dachte, daß dies viel schlimmer war, als zu jeder anderen Zeit in den letzten vier Jahren gestorben zu sein, besonders wenn man hinter dem weißen Vorhang verreckte, während es rundherum still wurde.

*

Ich wünschte, du könntest dies hier hören, Daniel. Die Stille ist so gewaltig.

Am Frontabschnitt der Vierten Armee, etwa 200 Meter von der britischen Vorhut entfernt, feuerte um zwei Minuten vor elf ein Maschinengewehr ohne Unterlaß einen ganzen Patronengurt ab. Dann wurde ein einzelner MG-Schütze gesehen, der sich neben seiner Waffe erhob, den Heim abnahm, sich verbeugte, umdrehte und langsam im Hintergrund verschwand.

– *Herbert Essame, British Army*

Leb wohl, Daniel.

DRITTER TEIL

Sechs Wochen nach meiner Rückkehr aus Frankreich bestieg ich den Zug nach San Francisco, um Julia zu suchen. In den Wägen saßen überall Soldaten, und ich hörte genau hin, was für Geschichten sie ihren Freundinnen, Müttern und Vätern erzählten. Die, die nicht gekämpft hatten, tischten phantastische Schlachtschilderungen auf, während den anderen die Worte fehlten. Ich blieb für mich und sah mir abwechselnd die vorbeigleitende Landschaft an und las eins der Bücher, die ich eingepackt hatte.

Ich stieg in Oakland aus und nahm das Schiff über die Bucht nach San Francisco zu den Docks, wo Julia aufgewachsen war. Es war nicht mein San Francisco, sondern die Stadt von Julia und Daniel, und bei jeder Straße und jedem Laden dachte ich, wie oft sie wohl hier vorbeigegangen waren. Eigentlich wollte ich mir die Gesichter sämtlicher Passanten genau ansehen, bis ich Julia gefunden hätte, aber dann marschierte ich erst einmal geradewegs ins Städtische Archiv, um die Adresse von Daniels Eltern herauszusuchen. Drei Stunden später stand ich vor einem etwas heruntergekommenen, hellgrau gestrichenen Haus, das aus zwei Stockwerken bestand. Im selben Augenblick hielt ein älterer Mann in einem kleinen Fuhrwerk, das von einem erschöpft aussehenden Pferd gezogen wurde. »MacGuire & Sons« stand in hellroten Buchstaben auf den Seitenwänden geschrieben.

»Mr. MacGuire?« sagte ich und nahm die Mütze ab.

Er wandt sich um und sah mich an, argwöhnischer, als ich erwartet hatte.

»Sie sind doch sicher Mr. MacGuire?«

»Ja, so ist es«, erwiderte er mit einem starken irischen Akzent.
»Entschuldigen Sie, daß ich Sie belästige. Mein Name ist Delaney, Patrick Delaney.« Ich zögerte und suchte nach den richtigen Worten. »Ich war ein Freund von Daniel.«
»Oh, mein Gott, kommen Sie doch rein.« Er sprang vom Kutschbock, schüttelte mir kräftig die Hand und deutete auf die Eingangstür. »Mrs. MacGuire ist bei ihrer Schwester. Kommt erst in ein paar Stunden zurück. Warten Sie, ich hole Ihnen ein Bier.«
Wir setzten uns vorne am Haus auf die Veranda.
»Schon mal in San Francisco gewesen?«
»Nein, noch nie.«
»Hm, hübsche Stadt. Ein Jammer, was alles verbrannt ist, aber immer noch nett anzusehen, besonders im Herbst.«
»Ja, ich freue mich schon auf eine kleine Stadtbesichtigung.«
Er trank sein Bier sehr schnell aus und öffnete sofort eine neue Flasche. Seine Hände waren außergewöhnlich dick und schwielig. Immer wieder ballte er sie kurz zur Faust zusammen, wie um zu prüfen, ob sie noch beweglich waren.
Schließlich sagte er: »Dann waren Sie also mit Daniel zusammen.«
»Ja. So ist es.«
Er stellte die Bierflasche neben sich ab und sah in die Ferne. »Mein armer Junge.« Langsam schüttelte er den Kopf und murmelte dann irgendwas, vielleicht ein Gebet. Sollte ich etwas sagen?
»Er war sehr tapfer. Wir hatten alle großen Respekt vor ihm.«
Mr. MacGuire nickte, den Kopf zwischen die Knie gebeugt, die Hände vor sich gefaltet.
»Als er sich freiwillig gemeldet hat, sagte seine Mutter sofort: ›Daniel ist viel zu tapfer, um Soldat zu sein.‹ Sie hatte recht.«
»Es tut mir leid.«
Eine Weile legte er den Kopf in die Hände, dann sah er auf.
»Daniel führte mit mir das Geschäft. Guter Arbeiter, der Junge, hat sich nie beklagt.« Seine Stimme versagte. Er nahm noch einen Schluck. »Dann hat er eine Frau kennengelernt. Tja, Sie kennen die Geschichte ja wahrscheinlich. Ist weggelaufen. Hat uns das Herz gebrochen, ja.«

»Ich kenne die Geschichte nur zum Teil, ich weiß nicht alles.«
»Heilige Jungfrau Maria, warum mußte mein Sohn wegen einer Frau bis nach Frankreich gehen?«
»Ich glaube nicht, daß er wegen ihr nach Frankreich gegangen ist. Bestimmt ist er nicht wegen ihr in die Armee eingetreten.«
»Nein, nicht?« Er drehte sich um und sah mich an. Sein Gesicht war gerötet, und trotz seiner kräftigen Statur wirkte er alt. »Was, glauben Sie, hatte er sich dann dabei gedacht?«
»Ich glaube, er wollte, daß Sie stolz auf ihn sind.«
Sein Gesicht fiel in sich zusammen, und er wandte sich ab. Ich fragte mich, was er über Daniels Tod wußte und ob ich versuchen sollte, das Beste daraus zu machen. Vielleicht erzählte ich ihm am besten, daß sein Sohn nie gekniffen hatte und sogar der Captain zu ihm aufzublicken schien. Oder sollte ich lieber schweigen? Hätte Daniel gewollt, daß ich etwas erzählte? Gewiß, wir hatten doch darüber gesprochen, oder? Aber mir fielen die Worte nicht mehr ein, die passenden Formulierungen. Zumindest könnte ich sagen, daß er durch eine einzige Kugel ins Herz umgekommen war. Ganz plötzlich. Ohne daß er leiden mußte. Oder sollte ich ihm erzählen, daß Daniel die letzte Ölung bekommen hatte? Daß er gerade noch Zeit hatte zu sehen, wie Maria kam, um ihn zu holen?
Ich räusperte mich. »Ich habe mir gedacht ... wissen Sie zufällig, wo Julia wohnt, wie ich Sie erreichen kann?«
»Hab' nicht die geringste Ahnung«, sagte er ruhig und zupfte dabei an seinem Kinn.
»Wissen Sie, wie sie mit Nachnamen heißt?«
»Hat mich nie gekümmert.«
Wir blieben noch eine halbe Stunde so sitzen, doch uns fehlten beiden die Worte. Bevor ich ging, fragte er mich, ob ich Arbeit brauche. Ich bedankte mich für das Angebot und sagte ihm, daß ich versuchen wollte, mit ihnen in Verbindung zu bleiben. Doch da wußte ich schon, daß ich es nicht tun würde, weil der Gedanke an ihn und seine Frau und ihre einsamen Gespräche mit Gott, der Gedanke daran, daß sie überlegten, was sie falsch gemacht hatten, mich zu traurig machte.

»Wissen Sie, Daniels Mutter und ich, wir sind einfache Leute«, sagte er, als ich gerade die erste Stufe nahm. »Wir arbeiten und beten, und am Abend sind wir dankbar, daß wir uns ausruhen dürfen.« Ich nickte nervös. »Mein Großvater ist drüben in Irland *verhungert*, verstehen Sie?«
»Ja, hm, nein, das ist schrecklich.«
Er hob an, etwas zu sagen, hielt dann jedoch inne. Am Bordstein schüttelten wir uns die Hände.
»Daniel ist jetzt beim Herrn. Eher, als wir es uns gewünscht haben, aber trotzdem beim Herrn.« Ich nickte wieder, wandte mich um und ging über den Gehsteig davon. Dabei versuchte ich mir vorzustellen, was um alles in der Welt der Herr wohl mit Daniel anfangen sollte – und umgekehrt.
Nachdem ich zweimal Halt gemacht hatte, um etwas zu trinken, und ein weiteres Mal, um mir ein dunkles Brot zu kaufen, nahm ich mir ein kleines Zimmer im zweiten Stock eines Seemannshotels in der Nähe der Docks. Danach ging ich wieder auf die Straße, um nach Julia Ausschau zu halten. Ich suchte neun Tage lang, fragte Barmänner und Kellnerinnen, ob sie vielleicht von ihr gehört hätten, suchte in Kunstgalerien und saß manchmal den ganzen Tag an einer Straßenbahnhaltestelle, um die vorbeiziehenden Gesichter zu studieren. Einmal nahm ich sogar die Fähre über die Bucht nach Sausolito und fuhr mit dem Zug, der sich zum Mount Tamalpais hinaufschlängelte, von wo man bei gutem Wetter über die ganze Bucht bis zur Sierra Nevada sehen kann. Auf dem Rückweg stieg ich auf halber Strecke aus und nahm eine Droschke zum Stinson Beach hinunter, in der Hoffnung, daß ich eine Frau mit braunem Haar und hellgrünen Augen entdecken würde, die vor einer Leinwand sitzt und die rauschende Brandung malt. Statt dessen fand ich Dutzende Seeigel, die die Wellen ausgespuckt hatten. Ich wickelte die drei größten in mein Taschentuch und steckte sie in die Tasche, doch noch bevor ich die Stadt erreicht hatte, waren sie alle zerbrochen. Ich warf die Stücke ins Wasser.
Bevor ich wieder Richtung Ostküste aufbrach, um eine Ausbildung zum Buchhalter zu machen, ließ ich in San Francisco und auch in

Los Angeles eine Dauerannonce in die Zeitung setzen: die Namen von Julia und Daniel in Fettschrift und mein Name nebst Adresse in Kleindruck darunter. Nach einem Monat stellte ich die Zahlungen für die Anzeigen ein. Zwei Jahre später lernte ich bei einer Weihnachtsfeier Charlotte kennen, ein Jahr darauf heirateten wir. Schon in unseren Flitterwochen an der Küste von Carolina spürte ich, daß etwas fehlte. Ich weiß noch, wie ich nachts in der kleinen Wohnung, die wir gemietet hatten, im Bett lag und mich fragte, ob andere auch schon so früh dieses Gefühl hatten oder ob ich einfach nur ein totaler Idiot war. Doch so oder so konnte ich wohl zu diesem Zeitpunkt nichts anderes tun, als mich damit abzufinden und das Beste zu hoffen. Außerdem nahm mich die Arbeit in Beschlag, und Charlotte wurde bald schwanger, so daß unser Leben gewissermaßen zwangsläufig in eingefahrene Gleise geriet – wie bei allen, nehme ich an. Ich versuchte, Julia und Daniel und den Krieg zu vergessen, aber natürlich gelang mir das nicht. Nicht eine einzige Nacht.

⋆

Fünf Tage nach Ostern traf die Flasche ein. Die Flure waren immer noch mit Bildern von Häschen und Körben tapeziert, und in der Luft hing ein fauliger Geruch vom alljährlichen Eiersuchen, weil die Zahl der versteckten Eier die Zahl der gefundenen stets übertrifft.
Als ich an der Schwesternstation vorbeikam, hielt mich Erica auf. »Das ist für Sie«, sagte sie und deutete auf die Holzkiste auf der Theke. »Und seien Sie vorsichtig, es steht ›zerbrechlich‹ drauf.«
»Für mich? O nein, hoffentlich keine Ostereier mehr.«
Der Absender war in großen Blockbuchstaben mit einem schwarzen Filzstift geschrieben: Marblehead, Massachusetts. Ich war irritiert, dann wurde mir übel.
»Was ist, Patrick?«
Ich schloß eine Weile die Augen. »Würden Sie die Kiste bitte auf mein Bett legen?« sagte ich dann.
»Sicher. Ist alles in Ordnung?« Sie legte die Hand auf meinen Unterarm.

»Ja, alles bestens,«
An jenem Tag öffnete ich die Kiste nicht. Ich konnte nicht, starrte sie nur an. Martin war so klug, keine Fragen zu stellen.

*

»Page ist gestorben«, murmelte ich am nächsten Morgen. Wir saßen auf unseren Betten.
»Wer ist Page?« wollte Martin wissen.
»Nathaniel Page. Außer mir der einzige aus meiner alten Korporalschaft und Kompanie, der noch gelebt hat. Er war der Junge aus Harvard.« Ich lächelte wehmütig, versuchte, ruhig zu atmen. Martin wartete, daß ich weiterredete.
»Kurz nach dem Krieg haben sich zwölf von uns zum Essen in New York getroffen, und nachdem wir ein paar gehoben hatten, beschlossen wir, für eine teure Flasche Scotch – illegales Zeug, ziemlich gut – zusammenzulegen. Der Älteste, der von der alten Kompanie noch übrig war, sollte sie aufbewahren, und wenn er starb, sollte sie weitergegeben werden. Wer als letzter die Flasche bekam, der letzte Überlebende, sollte sie öffnen. Der Witz dabei war, daß derjenige dann wirklich einen ordentlichen Schluck brauchen würde, sofern er überhaupt noch was von dem Zeug vertrüge.«
»Und das bist du jetzt.«
»Das bin ich jetzt.« Vorsichtig zog ich die Flasche zwischen braunen Knäueln aus Packpapier hervor. Das Etikett war mit Unterschriften vollgekritzelt, einige klein und eckig, andere groß und ausladend. Ich entdeckte meine – das Gekritzel eines Betrunkenen – und die von Galston und Nathaniel Page. Auf dem Boden der Flasche entdeckte ich einen Sprung im Glas und fragte mich, wer sie wohl fallengelassen hatte. Der Betreffende mußte ganz schön erleichtert gewesen sein, daß sie nicht zerbrochen war. Ich wünschte, sie wäre zerbrochen.
Ich legte den Begleitbrief von Pages Witwe auf meinen Nachttisch und machte mich für das Frühstück fertig.

Fern sind wir von dem Land, in dem wir geboren,
Verraten hat uns das Land, in das wir kamen,
Die Guten waren vor uns verloren.
Geblieben sind die Langweiligen und Lahmen.

So steht denn standhaft und trinkt,
die Welt ist Lüge nur und Verderben.
Ein Hoch auf die, die vor uns gegangen sind.
Ein Hurra auf die nächsten, die sterben.

– Aus einem Trinklied des Lafayette-Geschwaders, einer Freiwilligeneinheit amerikanischer Flieger.

»Dann fahren Sie also morgen?« fragte Julia, als wir über eine holprige Straße mit Backsteinpflaster spazierten. Wir hatten in einem kleinen Restaurant am südlichen Stadtrand zu Abend gegessen.
»Ja, zurück nach Paris. Und Sie?«
»Wahrscheinlich bleibe ich noch ein paar Tage. Dieser Ort läßt mich nicht los.« Sie ging jetzt dicht neben mir, so daß sich unsere Schultern berührten.
Gab es eine Möglichkeit für mich, länger zu bleiben? Nur noch ein paar Tage? Ich dachte an Charlotte und Sean, und schon waren die Schuldgefühle und die Unsicherheit wieder da.
»Ihre Frau hat großes Glück«, sagte Julia und blieb stehen.
»Danke.«
»Aber ich habe auch Glück.« Ich wartete, daß sie weitersprach. »Denn jetzt weiß ich, daß Daniel nicht der einzige war.«
»Was meinen Sie damit?«
»Ich dachte immer, er sei der einzige Mann, mit dem ich wirklich reden konnte. Der einzige, der mich verstand. Und dann habe ich Sie kennengelernt.«
Ich spürte, wie ich errötete, und mußte mich beherrschen, um nicht die Arme auszustrecken und Julia an mich zu ziehen.
»Ich möchte nicht fahren«, sagte ich.
»Und ich möchte nicht, daß Sie fahren.«
Ich dachte an das Segelschiff, das ich für Sean gekauft hatte, und daran, daß er bis über beide Ohren lachen würde, wenn er es sah.

Er würde mich nicht mehr aus den Augen lassen, würde mir sogar zur Toilette hinterherlaufen. »Aber ich muß fahren.«
»Ja, sicher.«
»Ich weiß nicht, was ich tun soll«, sagte ich schließlich.
Sie sah mich unverwandt an.
»Ich habe das schreckliche Gefühl, daß ich eine große Gelegenheit verpasse ...«
»Aber Sie haben doch schon jemanden gefunden. Sie haben Glück. Ich möchte nicht ...«
»Das ist was anderes. Etwas ganz anderes, Julia.«
Sie ging wieder weiter. Ich wußte, daß sie nicht hören mochte, was ich sagen wollte. Hatte sie Angst davor? Ich jedenfalls hatte Angst.
»Ich würde morgen gerne noch einmal zu dem Denkmal gehen. Vielleicht versuche ich, es zu malen, obwohl ich nicht sicher bin, ob ich das kann. Nicht so, wie ich es gerne hätte.«
»Und ich dachte mir, daß ich auf dem Weg zum Bahnhof noch einmal dort Halt mache. Vielleicht können wir uns da treffen.«
»Ich werde sehr früh dort sein«, sagte sie.
»Ich auch.«
Sie sah mich wieder an, dann nickte sie. Als wir zum Hotel kamen, blieben wir noch eine Weile im Foyer stehen und unterhielten uns, beide etwas aufgeregt. Schließlich nahm sie meine Hände in ihre, bedankte sich für das Abendessen, gab mir einen flüchtigen Kuß auf die Wange und wünschte mir eine gute Nacht. Ich drückte ihre Hände, nur ganz leicht, bis ich spürte, wie sie sie langsam wegzog. Auf der Treppe wandte sie sich noch einmal um, ihr Gesicht schien voller Schmerz.

*

»Möchtest du vielleicht ein wenig spazierengehen oder so?« Martin sah mich erwartungsvoll an. Es war kurz nach neun Uhr morgens. Wir saßen beide auf dem Bettrand und wußten nicht, was wir mit uns anstellen sollten.
»Ja, klar, ich mache einen Spaziergang.«
»Keinen langen.«

»Nein, keinen langen.«
»Gut, machen wir einen Spaziergang.« Er beugte sich vor und stieß sich schwer ächzend vom Bett ab. Dann ging er zur Kommode und bürstete sich die Haare. Ich stand auf, knöpfte mir vor dem Spiegel mein Hemd zu und folgte ihm durch die Tür auf den Flur.
Draußen fanden nur ein paar Sonnenstrahlen den Weg durch den Morgennebel. Es roch nach feuchtem Grün, und mich überkam eine vage Erinnerung daran, wie ich meinem Vater beim Holzhakken zugesehen und ihm dann geholfen hatte, es sorgfältig aufzustapeln und die Enden des Stoßes abzustützen.
»Schöner Tag heute.«
»Ja, schöner Tag.«
Wir gingen langsam und hielten dabei wie alle alten Leute ständig den Blick auf den Boden gerichtet, um dort nach etwaigen Gefahren Ausschau zu halten.
»Ich wollte immer als erster gehen«, sagte er nach einer Weile.
»Als erster gehen?«
»Vor Doreen. Ich hatte immer gehofft, vor Doreen zu gehen.«
»Ach, *das* meinst du.«
»Ja, *das*. Sie war viel stärker als ich. Für sie wäre es nicht so schlimm gewesen.«
Fast alle Männer denken das von ihren Frauen. Und zu ihrem Glück erfüllt sich dieser Wunsch auch meistens.
»Ich glaube, ich habe einfach immer selbstverständlich angenommen, daß ich zuerst gehen würde«, sagte er, »und nicht viel darüber nachgedacht, daß es auch andersherum kommen könnte.«
»Na, wenn es dir ein Trost ist, ich hoffe, daß ich vor dir gehe«, sagte ich.
»O nein, bloß das nicht.« Wir warfen uns einen kurzen Blick zu und schenkten uns gegenseitig ein zaghaftes Lächeln.
»Meinst du, daß jeder einen Menschen hat, von dem er hofft, daß er ihn überlebt?«
»Bestimmt. Das einzige, was noch schlimmer ist, als zuerst zu gehen, ist, als letzter an der Reihe zu sein. Neben uns wohnte ein Ehepaar, die Bennetts, ihr Sohn kam bei einem Skiunfall ums Le-

ben. Ed und Nancy verließen ein Jahr lang kaum ihr Haus. Eines Tages sagte Ed zu mir – ich werde es nie vergessen –, er sagte zu mir, es wäre besser, wenn Gott nicht existierte, denn wenn es ihn gäbe, dann wäre er ein Irrer, der frei herumläuft.«

Wir gingen schweigend weiter. Dann sagte Martin: »Zwei Jahre lang habe ich ihre Kleider nicht weggegeben. Nicht ein einziges Stück. Manchmal stand ich in ihrem Kleiderschrank – sie hatte einen großen, begehbaren Kleiderschrank, den sie liebte, mit zwei Kleiderstangen übereinander und einer Menge Fächer, sie mochte Fächer –, und ich habe mir ständig ihre Sachen angesehen und daran gerochen. Es war, als ob sie noch da wäre.«

Ich tätschelte ihm die Schulter.

»Und dann stellte ich mir vor, wie ich ihre Stimme aus der Dusche hörte, daß sie mich fragte, ob sie das rote oder das grüne Kleid anziehen sollte. Bevor sie ausging, legte sie sich immer mehrere Kombinationen aufs Bett, mit den dazu passenden Schuhen, Taschen und Ohrringen. Manchmal meinte sie, kurz bevor wir ins Auto stiegen, daß ihre Kleidung nicht die richtige war, lief nach oben und zog sich um. Aber sie war nicht verschwenderisch. Sie nähte sich viele Kleider selbst.«

»Möchtest du noch weiter gehen?«

»Nein, ich hab' eigentlich schon genug.«

»Ich auch. Gehen wir zurück.«

»Ja, gehen wir zurück.«

Wir machten kehrt und spazierten langsam Richtung Heim.

*

Ich war wach, als sie klopfte. In einem Sessel am Fenster lauschte ich den knarrenden Geräuschen des Hotels und betrachtete den Mond. Es war irgendwann nach zwei Uhr. Nicht daß ich direkt gewartet hätte, ich saß nur da, dachte nach, hoffte und betete, konnte nicht einmal die Augen schließen.

Als ich öffnete, trat sie sofort ein und schloß die Tür leise hinter sich. Im Mondlicht konnte ich mit Mühe ihr Gesicht erkennen. Es war tränennaß.

»Gott sei Dank«, sagte ich, legte die Arme um sie und zog sie an mich. Ich spürte, wie ihr Rücken bebte.

»Ich mußte einfach kommen«, flüsterte sie, nahm mein Gesicht in ihre Hände und blickte mich an. »Ich mußte bei dir sein.«

»Julia, ich möchte dir etwas sagen.«

»Nein, bitte nicht.« Sie drückte einen Finger an meine Lippen. Ich küßte ihn, dann zog ich ihn weg und küßte sie intensiv auf Mund, Gesicht, Hals und Schulter. Ich spürte ihre Hände in meinem Haar. Ruhelos wanderten sie über meinen Rücken nach unten. Ich schob sie zum Bett, zerrte an ihren Kleidern und mußte mich beherrschen, um nicht die Dinge zu sagen, die ich sagen wollte.

Wir liebten uns mehrere Stunden, erschöpften uns an den Lippen, dem Mund, der Haut des anderen, bis das Bett durchtränkt war von unserem Schweiß. Irgendwann im Lauf der Nacht schwor ich, sie niemals gehen zu lassen, aber ich muß es doch getan haben, denn als ich in der Morgendämmerung aufwachte, war sie fort.

*

Den ganzen Tag habe ich auf ein leeres Blatt meines Skizzenbuchs gestarrt, aber es kam nichts. Vielleicht morgen.

*

Heute morgen kämpfte ich gerade mit meiner Hose, als Sarah ins Zimmer kam. Sie lud mich für den Vierten Juli zu sich nach Hause ein. »Wir möchten ein bißchen im Hof grillen, ich und die Jungs, und wir dachten, daß sie vielleicht gern dabei wären. Wir haben Wunderkerzen und die kleinen schwarzen Schlangen, aus denen Rauch steigt, und es gibt eine Menge Eis. Ich kann Sie abholen und auch wieder zurückbringen. Ist nur für ein paar Stunden.«

»Das würde mir sehr gefallen. Aber sind Sie sich sicher?« Ich hielt den Hosenbund zusammen und versuchte, auf dem Bett aufrecht zu sitzen.

»Wir würden uns sehr freuen.« Sie tätschelte mir die Schulter, drehte sich um und ging wieder.

Am Nachmittag nahm ich den Bus in die Stadt und stieg in der Nähe von Henry Shays Geschäft für Herrenbekleidung aus. Nach einigem Hin und Her entschied ich mich für ein neues Hemd: dunkelblau mit einem einfachen geknöpften Kragen. Wann habe ich mir das letzte Mal ein neues Hemd gekauft? Vor fünf Jahren? Früher gab ich viel auf Kleidung, aber nur weil es den Frauen gefällt, wenn ein Mann etwas von Kleidung versteht. Ich habe mich in meinen Sachen nie wohl gefühlt. Sie drückten nie das aus, was ich eigentlich sagen wollte. Nicht, daß ich gewollt hätte, daß meine Kleidung viel ausdrückte. Ich wollte nur nicht, daß sie das Falsche zum Ausdruck brachte, daß sie zu viel auf zu aufdringliche Weise sagte. Aber ich fand nie etwas, was nichtssagend genug aussah und mich sein ließ, wie ich war: zurückhaltend hieß langweilig, konventionell hieß konservativ, salopp hieß absichtlich unauffällig wirken wollen, formell hieß verklemmt.

Ein gedrungener Verkäufer mit dem Ansatz einer Glatze und einem gewinnenden, geschäftsmäßigen Lächeln maß meine Armlänge und meinen Halsumfang. Hatte ich früher nicht zweiundvierzig, lang, anstatt vierzig, normal, gebraucht? Ich bin mir sicher. Und wie alt waren die Sachen, die ich gerade trug? Sah ich aus wie ein abgerissener, sich von Katzenfutter ernährender Geizhals? Ich beschloß, in meinem Zimmer sofort meinen Kleiderschrank zu durchforsten und alles rauszuschmeißen, was Flecken oder einen Riß hatte.

Bevor ich wieder ins Heim zurückkehrte, ging ich noch in einen Spirituosenladen und kaufte eine Flasche Grgich Chardonnay – auf Empfehlung des Händlers –, die ich hinten in meinem Schrank neben dem Jim Beam versteckte. Ich überlegte auch, ein Geschenk zu kaufen, etwas fürs Haus vielleicht, hielt es dann aber doch für übertrieben.

Es kam darauf an, nicht gleich in Panik zu verfallen.

*

Am Freitag morgen wachte ich besonders früh auf, und vor dem Duschen schnitt ich mir vorsichtig die Haare in der Nase, die, kaum daß ich siebzig geworden war, wie Efeu sprossen. (Daß die letzten gesunden Zellen meines Körpers der Produktion von Nasenhaaren dienen, ist ein Faktum, das ich geradezu unbeschreiblich abartig finde.) Um acht saß ich fix und fertig angezogen in meinem Sessel in der Ecke, die Weinflasche in einem Beutel neben mir. (Ich hatte in einem Laden für Kunsthandwerk rotes Geschenkband entwendet und es um den Flaschenhals gebunden. Allerdings hatten meine Versuche, die Enden des Bandes mit einer Schere zu hübschen Lokken zu formen, dazu geführt, daß sie nun zerfranst und schlapp herabhingen.)

Während ich wartete, rief ich mir ins Gedächtnis zurück, daß Sarah nicht *mich* zu sich nach Hause eingeladen hatte, sondern einen alten Mann, für den sie vielleicht Mitleid empfand. Trotzdem war ich ausgesprochen nervös und guckte andauernd in den Spiegel, um zu kontrollieren, ob auch alles an seinem Platz war. Der Gedanke, mich zum Narren zu machen, war mir unerträglich. Nicht heute.

Um halb eins stand ich draußen vor der Tür, setzte mich auf eine Bank beim Taxistand und suchte die Straße nach Sarahs gelbem VW-Käfer mit Klappverdeck ab. Mit fünf Minuten Verspätung fuhr sie vor, sprang aus dem Wagen und öffnete mir die Beifahrertür.

»Schöner Tag, nicht?« sagte sie und half mir in den Sitz.

»Ein großartiger Tag zum Grillen.« Mit beiläufig klingendem Tonfall versuchte ich, die Mitte zwischen Begeisterung und Verzükkung zu finden.

»Ich hoffe, es macht Ihnen nichts aus, wenn das Verdeck offen ist. Zieht es Ihnen zu stark?«

»Überhaupt nicht.«

»Ich klappe es doch lieber zu.«

»Nein, bitte nicht. Ich bin schon seit Jahren nicht mehr in einem Cabrio gefahren. Es ist wunderbar.« Ich lehnte das Gesicht zum Fenster hinaus wie ein Hund, der neugierig aus seiner Hundehütte gesprungen kommt.

Sarah trug ein hellblaues Sommerkleid mit einem tiefen Rückenausschnitt, das ihr kaum bis zur Mitte der Schenkel reichte. Ihre Beine sahen gebräunt aus, und ich fragte mich, was sie wohl machen würde, wenn ich meine Hand auf ihren Schenkel legte, was mir plötzlich überhaupt nicht abwegig erschien. Würde sie schreien? Die Polizei rufen? Mich mit einem Medikament ruhigstellen? Lächeln? Natürlich würde sie nicht lächeln, aber es war ein angenehmer Gedanke. Sehr angenehm. Ich hielt meine Hände im Schoß gefaltet.

»Wie fühlen sie sich?« fragte sie, nahm mit einer Hand die Sonnenbrille ab und schob sie sich auf den Kopf, die Bügel ins Haar gesteckt.

»Nicht schlecht, danke.« Ich bedauerte, daß sie meine Patientenakte so gut kannte.

»Sie sehen heute gut aus.«

Wirklich? Aber natürlich sagte sie das nur so. Trotzdem, ich *fühlte* mich gut.

»Ich? Und Sie sehen einfach hinreißend aus.«

»Ach, Sie sind ein Schatz.« Sie drehte schwungvoll den Kopf zu mir und lächelte mich an.

Zehn Minuten später steuerte sie in die Einfahrt eines weißen Hauses im Ranchstil mit einem einzelnen Ahornbaum auf der linken und einem kleinen Flecken hoch gewachsenen Grases auf der rechten Seite. Unter dem Erkerfenster ihres Wohnzimmers wuchsen in einer Reihe ein paar zerzaust aussehende Rosenbüsche. In der Tür erschienen zwei Jungen, der kleinere verbarg sich vorsichtshalber hinter dem größeren.

»Jeffrey, das ist Mr. Delaney. Magst du Mr. Delaney Guten Tag sagen? Jeffrey ist in der fünften Klasse und lernt ganz fleißig, nicht wahr, Jeffrey?« Er lächelte schüchtern, als wir uns die Hand gaben.

»Und das hier ist mein Kleiner, Kevin, er ist gerade fünf geworden. Kevin, sagst du auch Guten Tag?« Ich konnte gerade noch sehen, daß er große braune Augen und dunkle Wimpern hatte, bevor er Deckung hinter seiner Mutter suchte.

»Ich hebe einen Händedruck für dich auf, Kevin«, sagte ich.

Sarah marschierte schnurstracks ins Wohnzimmer. »Tja, ist nichts Besonderes, aber sie zahlen einem ja auch nicht gerade 'ne Menge in Great Oaks.«

»Warum auch? Ihr tut ja den ganzen Tag nichts anderes, als das Leiden alter Menschen zu lindern. Ist schließlich nicht dasselbe wie mit Termingeschäften handeln.«

»Dann hab' ich wohl Glück, daß sie mir überhaupt was zahlen.« Ihre Stimme verlor sich in der Küche.

Langsam wanderte ich durch das Wohnzimmer, sah mir die Wandteller an und die gerahmten Photos, mit denen fast jede verfügbare Fläche vollgestellt war. Der Raum sah frisch gestrichen aus, und der weiße Teppich und das gelb geblümte Sofa ließen ihn fast unnatürlich hell erscheinen. Ich stellte mir vor, mit ihr auf dem Sofa zu liegen, nachdem die Jungen ins Bett gegangen waren, und mich mit ihr darüber zu unterhalten, ob die Rosenbüsche genügend Wasser bekamen und ob wir dieses Jahr mit den Kindern nach Disneyland fahren sollten. Mehr als genug Gesprächsstoff für einen Abend ...

»Es ist entzückend, sehr warm«, sagte ich.

»Die Klimaanlage ist aus.«

»Nein, ich meinte ...«

»Kommen Sie. Wir setzen uns draußen in den Schatten.« Ich folgte ihr durch eine Fliegengittertür, die hinter uns zuschlug. Jeffrey klappte einen Liegestuhl auseinander und bedeutete mir, Platz zu nehmen. Dann stellte er noch einen zweiten auf und setzte sich neben mich. »Ich hole etwas Eistee«, sagte Sarah und ging wieder hinein. Die Tür schlug erneut zu. Ich wandte mich zu Jeffrey, der die Hände unter die Schenkel geschoben hatte.

»Deine Mutter hat gesagt, du bist in der sechsten Klasse?«

»Fünfte.«

»Ja, fünfte. Ich habe die fünfte Klasse gehaßt. Und du?«

Er sah mich von der Seite an. »Ich glaube, es geht.«

»Was lernt ihr in der Schule?«

»Mathe, Englisch, Spanisch.«

»Machst du auch Sport?«

»Fußball.«

»Gefällt dir das?«

»Ist okay.«

»Du magst es nicht, so ausgefragt zu werden, stimmt's?«

Er lachte. »Mom sagt, Sie sind klasse.«

»Ja, erste Klasse.«
»Sind Sie krank oder so was?«
»Sehe ich krank aus?«
»Nein, eigentlich nicht, aber Sie sind viel älter als ich.«
»Du bist ganz schön frech für einen in der fünften Klasse.«
Er verschränkte die Füße unter dem Stuhl.
»Da du nicht um die Dinge herumredest, werde ich es auch nicht tun. Wie sind die Mädchen in deiner Klasse?«
Er lächelte und beugte sich vor. »Es gibt ein paar, die sind echt erste Sorte.«
»Erste Sorte? Du meinst, welche, die in die engere Wahl kämen, wenn du die Wahl hättest?«
»Erste-Sorte-Frauen sind schöne Frauen.«
»Ah ja. Ich mag auch Erste-Sorte-Frauen. Jemand speziellen im Auge? Ich verrate es auch nicht deiner Mom.«
»Nein, eigentlich nicht. Ich gehöre nicht zu den beliebtesten Typen.«
»Verstehe. Und warum nicht? In meinen Augen siehst du ziemlich erste Sorte aus für einen Kerl, und deine Mutter sagt, deine Noten sind auch gut, also ist es doch nicht so, daß du nichts zu bieten hättest.«
»Ich weiß nicht, vielleicht weil ich schüchtern bin.«
»Immer sind die Falschen schüchtern, findest du nicht? Ich habe schon früher immer gedacht, daß es viel sinnvoller wäre, wenn die Arschlöcher schüchtern wären und die netten Kerle aus sich herausgehen könnten, aber ich wette, daß es immer die Trottel sind, die reden.«
Er lachte, wurde aber gleich wieder ernst. »Ich habe mich letzte Woche geprügelt – aber Sie dürfen es nicht Mom weitersagen.«
»Aber nein, bestimmt nicht. Möchtest du mir davon erzählen?«
»Da ist so ein Typ in der Schule, Richard heißt er, aus irgendeinem Grund mag er mich nicht. Und eines Tages sind er und ein paar von seinen Freunden – richtige Trottel – bei den Fahrradständern auf mich draufgesprungen. Ich war nicht gerade schlimm verletzt, aber es war ein bißchen unangenehm.«
»Ein bißchen? Schlimmer kann's gar nicht kommen, und ich bin

schließlich Kriegsveteran.« Ich überlegte, ob ich ihm ein Pfefferspray kaufen sollte. Ob er dann von der Schule fliegen würde? Wahrscheinlich. Hm, aber als schüchterner Fünftklässler ein Pfefferspray in der Tasche zu haben, wenn so ein Schläger was von einem will? – die meisten Menschen müssen ihr Leben lang ohne eine solche Genugtuung auskommen.

»Wie ist es, Veteran zu sein?«

»Das reine Zuckerschlecken. Soldat sein, das war hart, zumindest immer dann, wenn es nicht langweilig war.«

»Haben Sie richtig gekämpft?«

»Ja, richtig.«

»Puh.« Er zerquetschte eine Mücke auf seinem Arm und schnipste sie weg. »Mein Großvater war bei der Marine, aber ich möchte lieber Kampfpilot werden.«

»Lebt dein Großvater noch?«

»Nein, ist vor zwei Jahren gestorben.«

»Siehst du deinen Dad oft?«

»Nee. Er hat wieder geheiratet, und er und Jean – sie ist meine Stiefmutter – haben ein Baby.«

»Ich hab' es ernst gemeint, als ich sagte, wie schwer man es hat als Kind. Zuerst einmal lebt man unter Kriegsrecht, da gibt es nichts dran zu rütteln. Man ist praktisch ein Gefangener, bis man sechzehn wird. Und die Sache mit dem Gefängnis ist die, daß die anderen Gefangenen viel gefährlicher sind als die Wärter. Um ehrlich zu sein, ich glaube, das Erwachsensein ist im Vergleich dazu ein Kinderspiel.«

»Ehrlich?«

»Ich schwör's. Sogar richtig alt sein ist leichter, als ein Kind zu sein, und das will was heißen. Der Fluch des Jungseins ist, daß man viel abhängiger von dem ist, was andere über einen denken, und diese anderen sind meistens«, ich senkte die Stimme, »Wichser.«

Er lachte.

»Aber wenn man älter wird, sieht man, daß die Welt viel größer ist und man ohne diese Leute auskommt. Soll heißen, daß das, was auf einen zukommt, nicht schlimmer ist, sondern viel besser. Nur wußte ich das noch nicht, als ich klein war und die coolen Typen mich ausgeschlossen haben. Ich dachte, es sei erst der Anfang einer Zermürbungstaktik, die das ganze Leben weitergeht, und ich dachte, ich dachte immer, Mist, verdammter, das macht einen fertig.«

Er schlug die Hände auf die Schenkel und grinste breit. Dann erschien Sarah mit Eistee und Limonade, was sofort weitere Mücken auf den Plan rief.

»Zeit für ein kleines Feuerwerk«, sagte ich.

Jeffrey öffnete gerade die erste Schachtel mit Schlangen, als ein Mann an der hinteren Tür auftauchte, in der Hand eine kleine blauweiße Kühltasche.

»O Peter, du hast es tatsächlich geschafft«, rief Sarah, sprang auf und lief ihm entgegen. Sie küßte ihn auf die Wange und führte ihn zu den Stühlen. »Peter, ich möchte dir gern Patrick Delaney vorstellen. Erinnerst du dich, ich habe dir doch von ihm erzählt.«

Ich stand auf und schüttelte ihm die Hand. Der neue Freund. Natürlich. Ich Idiot. Ich setzte mich wieder und sah ihn an: aalglattes, unglaubwürdiges Lächeln, starke, behaarte Unterarme und dichte schwarze Locken, dünne Lederschuhe und Sonnenbrille mit Spiegelglas, die an seinem obersten Hemdknopf baumelte. Am schlimmsten aber war dieser blasierte, selbstgefällige Gesichtsausdruck, wie ihn die Leute haben, die mit ständig eingeschaltetem Blinklicht durch die Gegend fahren, nicht mit einem leisen, sondern mit einem, das DING DING DING DING! macht und bei dem ein toller grüner Pfeil auf dem Armaturenbrett aufleuchtet.

Peter setzte sich, öffnete seine Kühltasche und zog eine dunkelgrüne Flasche mit ausländischem Bier heraus, entfernte mit einem Ruck den Kronenkorken, nahm theatralisch einen großen Schluck und wischte sich den Mund mit einem lauten »ahh« ab. Dann wandte er sich zu Sarah und erzählte ihr von seinen Immobiliengeschäften mit einem reichen Koreaner, der die Verhandlungen am liebsten in Bars mit Tischtänzerinnen führte. Sie faltete brav die Hände im Schoß und hörte ihm nickend und mit Lauten der Be-

wunderung zu – eine unnötige Bekundung von Aufmerksamkeit, wie ich fand.
Nachdem Peter und die Jungen das ganze Feuerwerk gezündet hatten, stellte er sich an den Grill, briet Hamburger, trank kräftig und tat bei alledem recht großspurig. Dann setzten wir uns zum Essen an einen kleinen Picknicktisch in der Ecke, aber ich hatte keinen Hunger. So saß ich nur da und hörte zu, wie Peter aß und redete und mit seinem ständigen »Ahh« zwei Burger und drei Kellen voll Kartoffelsalat vertilgte, die Sara aus einer großen gelb-weißen Schüssel auf seinen Teller geschaufelt hatte. Als sie merkte, daß ich einnickte, ging sie ihren Autoschlüssel holen, um mich nach Hause zu fahren, aber Peter bestand darauf, er werde das machen, was ihn vom Abwasch befreite und ihm, wie ich annahm, ein paar Treuepunkte einbrachte, die er später am Abend in bare Münze verwandeln würde. Sarah beugte sich durch das Wagenfenster und küßte mich auf die Wange, und ich sah, wie Jeffrey in der Eingangstür stand und winkte.
Auf dem Nachhauseweg schlief ich ein, und ich weiß nicht mehr, wie ich ins Bett kam.

*

Julia sagt, wenn der Mann, den man liebt, jung stirbt, wird ein Teil von einem nie alt. Was aber, wenn man alt ist und nicht in der Lage, die Frau zu finden, die man nahezu jeden Tag seines Lebens geliebt hat? Was dann, Julia.
Ich muß es auf der Stelle wissen.

*

Wieviel Zeit ist verstrichen? Eine Woche? Ein Monat? Das Laub sieht anders aus, und ich kann mich nicht erinnern, mitbekommen zu haben, wie es sich verändert hat. Als ich in den Spiegel blickte, sah ich, daß ich einen Zweitagebart hatte. Aber ich rasiere mich doch jeden Tag.
Wie entsetzlich.

*

»Ein Mensch ist ein zertrümmerter Gott.« Das stammt von Emerson. Es sagt gewiß sehr viel, aber jetzt stellt sich mir die Frage, was ist ein zertrümmerter Mensch? Das möchte ich gern wissen.

*

Julia stand bereits an ihrer Staffelei, als ich parkte und über den Schotterweg ging, sorgfältig darauf bedacht, nicht in die Regenpfützen zu treten. Frühmorgens hatte es geregnet, aber gerade aufgehört, als ich das Hotel verließ. Sie drehte sich um und beobachtete, wie ich auf sie zukam.

»Du mußt ja schrecklich früh aufgestanden sein«, sagte ich. Mir pochte das Herz, als ich sie sah.

»Das Licht war ideal. Ich wollte wissen, wie es hier bei Sonnenaufgang aussieht.« Sie hatte das Haar hinter die Ohren geschoben und trug ein khakifarbenes Hemd, das ihr bis zu den Knien reichte und in der Taille mit einem Gürtel zusammengehalten wurde.

Ich wollte sie in die Arme nehmen, aber sie wandte den Blick ab. Sollte ich sie küssen?

Sie malte noch eine Weile weiter, dann legte sie den Pinsel beiseite. »Patrick, ich möchte nur ... Du sollst wissen, daß ich nicht ... daß es mir leid tut. Nein, nicht leid, nur ...«

»Bitte, mach dir keine Vorwürfe. Ich ...«

»Sag nichts.« Sie legte ihre Finger auf meine Lippen. »Bitte.«

»Julia ...«

»Bitte.«

Wir sahen uns an, und ich hörte wieder die Vögel, einige saßen oben in dem Baum hinter dem Denkmal und zwitscherten lautstark im Chor. Julia griff nach ihrem Pinsel und wandte sich erneut der Leinwand zu.

Ich lief ein Stück weit auf die Wiese, blieb eine Weile dort stehen, schloß die Augen. Schließlich ging ich zu ihr zurück.

»Darf ich es sehen?«

»Ach, ich habe gerade erst angefangen. Du mußt mich mal besuchen, dann darfst du es sehen.«

Ich setzte mich an den Rand des Denkmals, den die Sonne noch

nicht erwärmt hatte, fuhr mit den Fingern über die Namen und spach jeden einzelnen leise aus.
»Du bist nicht in der nächsten Woche zufällig in Paris oder so?« fragte ich.
»Ich fahre für ein paar Tage nach Florenz, bevor ich nach Hause zurückkehre. Ich fürchte, ich habe alles für diese Reise ausgegeben, was meine Mutter mir vermacht hat. Es war nicht viel, von ihrer Arbeit als Kellnerin. Aber zumindest bin ich nach Europa gekommen. Ich werde nichts von alledem vergessen.«
Sie wandte sich der Leinwand zu, aber ich merkte, daß sie immer wieder zu mir herüber sah. Während ich mir eine Zigarette anzündete, überlegte ich, was ich sagen könnte. Sollte ich sie nicht einfach in die Arme nehmen?
Ein Vogel setzte sich auf das Denkmal, hüpfte ein wenig umher und flog wieder davon. Ich stand auf und ging langsam um das Denkmal herum, versuchte, mir jedes Detail einzuprägen, damit ich es beim nächsten Veteranentreffen beschreiben konnte. Ich empfand alles als ungewöhnlich intensiv.
»Du hast meine Adresse«, sagte ich.
»Ja.«
»Schickst du mir deine, wenn du wieder einen festen Wohnort hast?«
Sie nickte, dann wischte sie sich die Hände an einem Lappen ab, den sie unter den Gürtel geklemmt hatte, machte ein paar zögernde Schritte auf mich zu und blieb stehen. »Du verpaßt deinen Zug.« Ihre Unterlippe zitterte.
»Julia, ich weiß nicht, ob ich …«
»Patrick.« Ihr Blick gab mir Kraft, so wie Daniels. Sie trat näher zu mir und streckte mir die Hand entgegen.
»Wie …«
»Auf Wiedersehen, Patrick«, flüsterte sie.
Ich nahm ihre Hand in meine Hände, und da kam sie zu mir und grub ihr Gesicht in meinen Hals. Wir hielten einander umschlungen, und unsere Körper schwangen langsam hin und her. Ich wartete, bis sie ihren Griff lockerte und schließlich die Arme herabsin-

ken ließ. Dann zog ich sie wieder an mich und küßte sie verzweifelt, auf Gesicht, Hals, Lippen. Ich konnte nicht loslassen. Schließlich entzog sie sich mir mit Tränen in den Augen, legte die Hand an den Mund und wandte sich ab. Langsam ging ich zu meinem Wagen. Nach ein paar Schritten blieb ich stehen und drehte mich noch einmal zu ihr um.

»Komm nach Paris!« rief ich. »Ich bleibe zwei Wochen dort.«

Mit dem Rücken zu mir schüttelte sie den Kopf.

»Bitte! Ich halte am Arc de Triomphe nach dir Ausschau. Mittags. Ich werde jeden Tag um zwölf Uhr nachsehen. Bitte!«

Sie hob die Hand und sagte: »Bitte, geh jetzt.« Ihre Stimme zitterte. Ich spürte einen Schmerz in der Brust und sehnte mich verzweifelt danach, zurückzugehen, sie zu nehmen und festzuhalten.

»*Bitte*, Patrick.«

Ich drehte mich um, ging rasch zu meinem Wagen und fuhr über die nebelige, holprige Straße davon.

> Das Bild von dir hat ein Loch in Form einer Muschel. Ich habe vier Einschußlöcher in meinem Mantel, und meine Hose ist von einer Granate in Stücke gerissen worden, aber abgesehen von der Kugel in meiner Schulter habe ich nur Schnittwunden am Knie. Der Riemen an meinem Feldstecher ist von einer Kugel durchtrennt worden, meine Gasmaske hat ein Schrapnell in zwei Teile gerissen, und mein Helm hat Kugel abbekommen und eine Delle. Aber mich haben sie nicht erwischt.
>
> – *Maurice V. Griffin. US-Army, in einem Brief an seine Frau.*

»Martin?« Er war gerade erst aufgewacht, und ich hatte gehört, wie er nach seiner Brille auf dem Nachttisch tastete. Wie immer warf er dabei ein oder zwei Fläschchen mit Pillen um, was seine ruinösen Apothekenrechnungen erklärte.

»Hä? Was?« Er setzte die Brille auf und begann, an seinem Hörgerät herumzufummeln.

»Ich habe gerade an Lara gedacht.«

»Hä?«

Jeden Morgen sitzen Martin und ich eine ganze Weile auf der Bettkante und versichern uns, daß unser eingerosteter Seniorenkompaß

richtig ausschlägt, bevor wir das Bett verlassen. Ab einem gewissen Alter muß vor jedem wichtigen Schritt das ganze Koordinatensystem überprüft, die Bewegung selbst planmäßig überlegt werden. Wer einen Fehler macht, kommt um.
»Lara. Deine alte Flamme. Wie alt ist sie wohl jetzt?«
»Wieso fragst du?«
»Bin nur neugierig.«
»Sechsundsiebzig«, erwiderte er rasch. Er saß in seinen hellblauen Boxershorts, einem weißen T-Shirt und schwarzen Kniestrümpfen da, die Hände am Bettrand festgeklammert. »Aber warum fragst du?«
»Hm, du glaubst doch, daß sie geheiratet hat, stimmt's?«
»Ja.«
»Dann besteht also die Möglichkeit, daß sie noch lebt und ihr Mann, egal, ob Nummer eins oder zwei oder drei, tot ist.«
Er zuckte zusammen.
»Warum versuchen wir nicht herauszubekommen, wo sie wohnt?«
»Patrick, das ist jetzt fast sechzig Jahre her.«
»Nicht für dich.« Er schwieg. »Warum rufst du sie nicht an, sagst ihr Guten Tag?«
»Herr gott noch mal, Patrick, bist du *verrückt?*«
»Von Minute zu Minute mehr.«
Es war nicht schwer, sie zu finden. Martin glaubte fest, daß sie immer noch im Nordosten der Stadt lebte – wenn sie noch lebte –, und er wußte, daß sie enge Beziehungen zur Kirchengemeinde unterhielt. Ich sprach mit dem Pfarrer, und der sagte mir, daß Mrs. Lara Tennant Hutchinson in einem großen Haus nur fünf Häuserblocks von St. Marks entfernt wohne. Mr. Hutchinson sei vor drei Jahren gestorben. Schwerer Herzinfarkt. Es hatte ihn in seinem Golfwagen erwischt, der daraufhin in einen Teich rollte.
Ich habe nicht genau gehört, was Martin zu Lara sagte, als er sie anrief, aber ich konnte vom Gesellschaftsraum aus sein Gesicht sehen, es war über und über gerötet und zuckte. Wir hatten vorher durchgesprochen, was er am Anfang sagen sollte.

»Erzähl ihr einfach, du hättest gehört, daß sie noch lebt, und wolltest nur mal Guten Tag sagen, da du zufällig auch noch lebst.«

»Du meinst: ›Hallo, Lara. Hier ist Martin, der als Zwanzigjähriger in dich verliebt war, aber eine andere Frau geschwängert hat, nur daß ich jetzt fast achtzig bin und kaum noch pinkeln kann, was gibt's denn so Neues bei dir?‹«

»So ungefähr. Und sprich laut. Sie hört wahrscheinlich schlecht.«

Nach zehn Minuten in der Telefonkabine, die Hand auf dem Hörer, der immer noch auf der Gabel lag, machte Martin einen Rückzieher und verlangte ein Gläschen Brandy. Beim ersten kleinen Schluck verzog er das Gesicht, dann nahm er noch einen.

»Nur Mut, Junge«, sagte ich, als er das Glas abstellte. »Sie ist bloß eine alte Dame, vergiß das nicht. Eine alte Schachtel. Wahrscheinlich häßlich wie die Sünde.«

»Ja, du hast recht«, sagte er und schlurfte wieder zur Telefonzelle. »Eine alte Henne. Eine Oma. Hat wahrscheinlich so eine purpurschimmernde Afroperücke am Bett neben ihrem Gebiß und ihrem Hörgerät stehen.« Vor der Telefonkabine schob er die Füße über den Boden wie beim Shuffledance.

Eine halbe Stunde später kam er zurückgeschlurft, klopfte mir auf die Schulter und flüsterte: »Danke.« Ein Lied summend, das ich nicht kannte, trottete er durch den Gang zu unserem Zimmer.

*

Martin und Lara telefonierten einmal in der Woche miteinander. Außerdem schrieb er ihr fast jeden Morgen einen Brief von seinem Bett aus. Dazu baute er um sich herum Kissen auf, um sich zu stützen, und benutzte ein farbiges Holzbrett aus dem Laden für Kunsthandwerk, das er sich über den Schoß legte.

»Es ist immer noch ihre Stimme«, sagte er eines Abends, als wir schon im Bett lagen.

»Wessen Stimme hast du denn erwartet?«

»Aber es ist so lange her.«

»Ich fühle mich fast noch genauso wie damals. Du etwa nicht?«

»Nein, aber ich hätte einfach nicht gedacht, daß sie immer noch so vertraut klingen würde.«
Martin wollte nicht zu viel über Lara sprechen, als könnte es die ganze Sache verderben, wenn er sie mit jemandem teilte. Trotzdem gelang es mir, ihn ein wenig auszuhorchen. Sie hatte zweimal geheiratet, hatte aus jeder Ehe zwei Kinder, war bei erstaunlich guter Gesundheit und finanziell abgesichert. Ihr erster Brief, auf hellblauem, feinem Papier von Crane mit dazu passendem Umschlag, kam schon sechs Tage nach ihrem ersten Telefonat. Martin reichte ihn mir.
»Meinst du wirklich?« fragte ich.
Er bedeutete mir, ich solle ihn lesen. Der Brief begann so:

Mein liebster Martin,
du dummer Esel, in dem Sommer damals bin ich weggegangen, weil du mich nicht gebeten hattest zu bleiben. Weißt du nicht, daß ich vollkommen hingerissen war, als ich dich kennenlernte? Ich habe dich geliebt …

Nachdem ich den Brief durchgelesen hatte, gab ich ihn Martin zurück, stand auf, klopfte ihm auf die Schulter und ging in die Cafeteria. Als ich zurückkam, saß er immer noch auf seinem Bett, den Brief auf dem Schoß.
Zwei Monate später setzte er sich draußen auf einer Bank neben mich und verkündete: »Ich fahre nach Boston.«
»Um Lara zu besuchen?«
»Ja.«
»Wann?«
»In drei Wochen. Sie hat gesagt, sie würde es bezahlen, sie hätte mehr Geld, als sie brauchte. Ich habe soeben gebucht.« Sein Kopf und seine Hände wackelten stärker als sonst.
»Wunderbar. Absolut wunderbar.« Ich rang mir ein Lächeln ab.
»Vielleicht brauche ich ein wenig Hilfe beim Packen.« Er rieb sich nervös die Hände an den Knien.
»Saubere Unterwäsche. Nimm saubere Unterwäsche mit.«

★

Was, wenn Julia Witwe ist? Der Gedanke hat den ganzen Tag an mir genagt. Aber wo wohnte sie und wie hieß sie inzwischen mit Nachnamen? Ich wußte nicht, wo ich anfangen sollte.
Ich konnte es auch gar nicht, konnte nicht noch einmal nach ihr suchen. Nie mehr. Und wenn sie gestorben war, wollte ich es nicht wissen. Ich würde es nicht ertragen – der letzte von uns Dreien zu sein. Unvorstellbar auch, daß sie mich so sehen würde: dieses Wrack von einem Mann.
Nein, ich konnte es nicht ertragen, sie noch einmal ganz zu verlieren.

*

Oscar ist gestorben, heute morgen oder irgendwann in der Nacht. Ich habe gesehen, wie sie ihn kurz vor dem Frühstück rauskarrten, womit für mich jede Chance vertan war, ein wenig Appetit zu bekommen.
Ich habe ihn zwar nie genau nach seiner Meinung gefragt, aber ich habe mir eine Notiz gemacht, daß ich seine Angehörigen anrufen und verhindern muß, daß er eingeäschert wird. Bestimmt hätte Oscar das verabscheut.
Den ganzen Tag hatten weder Martin noch ich Lust, viel zu unternehmen, doch nach dem Abendessen beschlossen wir, Oscar zu Ehren Dame zu spielen. Sein Brett war noch da, es steckte in der hinteren Tasche seines Rollstuhls, der neben dem leeren Bett stand. Howard und Mitzie gesellten sich zu uns, und bald war ein munteres Turnier im Gange, das Martin gewann. Danach stimmten wir ab, ob wir Oscars Damebrett behalten oder zusammen mit seinen anderen Habseligkeiten weggeben sollten. Wir beschlossen einstimmig, es aufzubewahren.

*

Der heutige Tag könnte besser werden als die meisten anderen. Erheblich besser. Möglicherweise sogar großartig. Nach monatelangem Bitten und Betteln hat man uns endlich ein Modell aus Fleisch und Blut für den Zeichenkurs versprochen. Eine Frau. Vielleicht sogar eine nackte Frau. Es war schon immer mein Traum, mit einem Modell Schwung in den Zeichenunterricht von Great Oaks zu bringen. Mit einer gutgebauten College-Studentin, die sich ein paar Dollar dazu verdienen will. In der Regel sollen wir Vasen und auf einem Teewagen ausgelegte Plastikfrüchte zeichnen, die wir in der letzten Woche und in der Woche davor ebenfalls schon gemalt haben. Oft weigere ich mich und zeichne lieber Landschaften und Porträts aus dem Gedächtnis. Aber heute bin ich bereit, Neuland zu betreten.

Schon eine halbe Stunde vor Beginn stehe ich vor dem Unterrichtsraum, entschlossen, einen Platz in der ersten Reihe zu ergattern. Als sich um Punkt zehn Uhr endlich die Tür öffnet, stürmen wir zu Dutzenden hinein, darunter etliche Männer, die seit über sechzig Jahren zum ersten Mal an einem Zeichenkurs teilnehmen. Über der linken Ecke des Raumes ist ein großer Vorhang gespannt. Ich habe Glück, es gelingt mir, mich direkt davor zu setzen, und ich bin ganz aus dem Häuschen vor Freude darüber. Dann schlage ich ein frisches Blatt in meinem Zeichenblock auf und lege mir sorgfältig meine Pastellstifte zurecht. Der Lehrer steht vor dem Vorhang und mahnt uns, ruhig zu sein. »Heute haben wir wie versprochen ein hübsches Modell, das bereit ist, für uns zu posieren.« Ich reibe mir die Hände, dann versuche ich, hinter den Vorhang zu linsen und einen Blick auf ein oder zwei Studentinnenzehen zu erhaschen. Ein Schatten rührt sich. War sie bekleidet? Wie erhebend. Dann zieht der Kursleiter mit schwungvoller Geste den Vorhang beiseite und tritt mit erhobenen Armen einen Schritt zurück.

Dort in der Ecke, eine Schale mit Äpfeln im Schoß und dazu passendem Lippenstift über die vordere Zahnreihe geschmiert, sitzt Mitzie Smith, bekleidet (Gott sei Dank) mit ihrem lindgrünen Lieblingskleid und dem Hut, und lächelt bis über beide Ohren. »Überraschung!«

*

Die Zeit stellt wieder einmal alles auf den Kopf, läßt die Gegenwart zunehmend unbedeutend werden, während die Vergangenheit immer mehr an Schärfe gewinnt. An manchen Tagen fühle ich mich zurückgestoßen in alte Zeiten, wie unter Wasser getaucht, und ich erinnere mich plötzlich an Dinge, die ich jahrelang vergessen hatte. Gar kein so schlechtes Gefühl. In vielerlei Hinsicht genieße ich es sogar – das Gefühl, wieder mehr zu Menschen und Orten hingezogen zu werden, die längst hinter mir liegen. Vielleicht verblaßt die Vergangenheit ja gar nicht endgültig. Vielleicht kehrt im Alter die Zeit wie in einer Schleife zu sich selbst zurück, so daß wir wieder zu den Dingen finden, die uns am meisten bedeutet haben (und damit dem wachsenden Schrecken der Gegenwart entfliehen können).

Heute zum Beispiel hätte ich schwören können, wir hätten das Jahr 1941. Plötzlich Nachrichten über einen Ort namens Pearl Harbor. Erstarrte Gesichter kleben an großen Radiogeräten aus Holz, aus denen krächzend und knisternd ferne Stimmen ertönen. Menschenansammlungen in den Straßen, man tauscht, die Einkaufstüten zwischen den Füßen, Fragen aus. Die Bäume tragen kein Laub mehr, und die Schaufenster sind weihnachtlich dekoriert. Alle haben es eilig, und man könnte meinen, daß auf der Straße mehr Autos fahren als sonst. Dann ist also Krieg. Besteht für San Francisco keine Gefahr? Wo befindet sich die japanische Flotte? Wie schnell können wir mobil machen, und ab welchem Alter wird die Armee dieses Mal die Männer einziehen?

Und dann das flaue Gefühl im Magen, als ich am Fenster meines kleinen Häuschens sitze, im Schoß einen Stapel Referate von Schülern. Gleich nebenan ist die High School, an der ich unterrichte. Ich trage einen dunkelgrünen Pullover und Slipper und schaue zu, wie sich der tiefe weiße Himmel grau und schließlich blauschwarz verfärbt.

Europa ist schon wieder verrückt geworden. Hitler in Paris. Die Luftwaffe über London. Mein Gott, der Große Krieg ist umsonst gewesen. Vollkommen umsonst.

*

Es war noch hell, als ich in Paris eintraf. Ehe ich das Hotel betrat, blieb ich eine Weile davor stehen und betrachtete in einer Fensterscheibe mein Spiegelbild. Als Charlotte die Tür unseres Zimmers öffnete, lächelte ich so gut es ging. Ich versuchte, ihr von dem Denkmal und den Gräben und den Festungsanlagen bei Verdun zu berichten, aber ich fand nicht die richtigen Worte und hatte Angst, meine Stimme könnte unsicher klingen. Dann setzte ich mich in einen Sessel in der Ecke, nahm Sean auf den Schoß und hörte zu, wie sie mir erzählte, wo sie und Margaret überall gewesen waren, wo sie gegessen und wie gut sie sich amüsiert hatten.

Mit dem Kinn auf Seans Kopf, die Arme um seinen Körper geschlungen, saß ich da und starrte Charlotte an. Ich rief mir all das Schöne an ihr ins Gedächtnis: ihr Lächeln und ihr Lachen, die Art, wie sie mit Sean umging, ihr weiches Haar und die zarte Haut ihrer Hände und dann all die Dinge, die wir gemeinsam erlebt hatten. Und während ich sie so betrachtete und ihren Geschichten lauschte, wußte ich, daß ich sie immer noch liebte und sie nie würde verlassen können. Aber ich wußte auch, daß ich bei ihr nie das fühlen würde, was ich bei Julia empfand. Nicht einmal annähernd.

Sean gefiel das Segelschiff. Kaum hatte ich den Raum betreten, klammerte er sich an meinem Hosenbein fest und folgte mir überall hin. Wir tollten mit den Kissen auf dem Bett herum und bauten uns in der Zimmerecke mit einer Decke einen Unterschlupf, der eine Ritterburg darstellen sollte. Dann verkrochen wir uns in das Halbdunkel und genossen das wohlige Gefühl, geborgen zu sein und von niemandem beobachtet zu werden. Nachdem ich Sean aus drei Büchern vorgelesen hatte, steckte ich ihn ins Bett und legte mich neben ihn, bis er, den Kopf an meiner Brust, einschlief.

Danach duschte ich, küßte und umarmte Charlotte, sagte ihr, ich sei müde, und legte mich schlafen. Am nächsten Tag machte ich mich um kurz vor zwölf Uhr auf den Weg zum Arc de Triomphe und wartete dort auf Julia.

*

Eingezwängt zwischen Rollstühlen sitze ich am Frühstückstisch und starre auf das Essen, das ich nicht einmal angerührt habe, und plötzlich vermisse ich Daniel. Ich vermisse ihn schrecklich. Es ist wie ein

Hungergefühl oder die Krämpfe, die ich bekam, als ich mit dem Rauchen aufhörte. Nur noch schlimmer. Voller Selbstmitleid sehne ich mich nach etwas, das unerreichbar ist.

Wenn ein Mensch stirbt, sieht die ganze Welt trauriger aus, wie hohl, so daß man Echos hört, wo eigentlich gar keine sein können. Mit jedem Tag, der vergeht, jedem Monat und jedem Jahr, fehlt dem geliebten Menschen etwas mehr: Es wächst die Zahl der Menschen, Orte und Ereignisse, die er nicht mehr zu Gesicht bekommt oder von denen er nichts erfahren wird. Nach einem schrecklichen Verlust sieht man sich um und denkt: Das da, hätte ihm das nicht gefallen? Und das, o Mann, das hätte er gehaßt, und Mist, das erinnert mich an ihn.

Wenn jemand stirbt, ist es, als würde sich die Erde für einen kurzen Augenblick auftun und ihn verschlingen.

Mit ihrem Sterben verändern die Menschen etwas im Leben all derer, die sie geliebt haben. Ich spüre immer noch, wie der Tod durch mein Leben pulsiert, manchmal in feinen Wellen wie das sich kräuselnde Wasser auf einem Teich, dann wieder mit der Heftigkeit einer Druckwelle. Und das Merkwürdigste ist, wieviel die Toten noch reden – in unseren Köpfen. Inzwischen mag ich es sogar.

Aber ich kann die Traurigkeit nicht abschütteln. Manchmal überschwemmt mich die Wehmut wie eine Springflut, und dann schwimme ich kopfunter im Treibgut der Vergangenheit. Nicht die Wehmut, die mit dem Wechsel der Jahreszeiten kommt – die der Trauer schon ziemlich nahe kommt und rostfarben und blutrot ist, wollte man ihr Farben zuordnen –, nein, ich meine dieses tiefere Gefühl der Trübsal. Melancholie, wenn man so will.

Ich weiß, daß der Akt des Erinnerns die Vergangenheit verändert, und das ist auch verdammt gut so, denn sonst wäre das Altwerden geradezu unerträglich. Ab einem gewissen Alter erkennt man, daß das Erleben selbst nur der erste Schritt ist. Danach muß man herausfinden, was man mit seinen Erfahrungen anstellt, und das ist tatsächlich viel entscheidender als die Erfahrungen selbst. Das Alter ist dazu da, daß man tagtäglich in seinem Gedächtnis wühlt wie die bedauernswerten Philippinos im Müll von Manila und Bilder und

Gefühle zu verschiedenen Haufen sortiert, die dann schonungslos durchgesehen, neu sortiert und beiseite geschoben werden. Bis man dann endlich, wie immer an Thanksgiving und Weihnachten, in seinem Rollstuhl hinausgeschoben und vorgeführt wird und auf alle möglichen Fragen mit einer geschönten Version dessen antwortet, was man im Leben zustande gebracht hat, bevor man einnickt.

⋆

An einem Freitagabend im November schloß ich gerade meinen Buchladen, als eine Frau in einem langen grauen Regenmantel an die Glasscheibe der Eingangstür klopfte. Das Wasser tropfte ihr vom Hut auf die Schultern, und an ihren geröteten Wangen klebten dunkelbraune Haarsträhnen. Als ich die Tür öffnete, lächelte sie und bedankte sich.

Sie glich Julia, nur daß sie jünger war. Julia mußte damals etwa fünfundfünfzig sein, so wie ich.

»Es tut mir leid. Ich möchte nur ein Buch kaufen.«

»Aber das macht gar nichts, kommen Sie doch herein.« Ich schaltete wieder das Ladenlicht an. Als sie den Hut abnahm und ihr Haar schüttelte, spürte ich ein brennendes Gefühl in der Brust.

»Lassen Sie sich nur Zeit. Und wenn ich Ihnen helfen kann … suchen Sie etwas Bestimmtes?«

»D. H. Lawrence, *Liebende Frauen*.«

»Hier drüben.«

»Ach wunderbar. Ich habe endlich einmal einen Abend für mich, und da habe ich mir vorgenommen, ein gutes Buch zu lesen. Kein Fernsehen, keine billigen Zeitschriften.« Sie kam mit dem Buch in der Hand zur Ladentheke, und ich tippte den Preis ein.

»Schauen Sie sich ruhig noch ein wenig um. Ich habe es nicht eilig.« Darf man eine Frau bitten, bei einem zu Hause zu lesen? Nein, nicht, wenn es sich um eine Fremde handelt.

»Ich habe alles, was ich brauche, danke.« Sie hielt das Buch hoch. »Haben Sie schon viel von Lawrence gelesen?«

»Ein bißchen.«

»Das hier haben wir schon in der Schule durchgenommen, nur daß ich mich an nichts mehr erinnern kann.«

»Ich vergesse sogar Dinge, die ich erst vor einer Woche gelesen habe«, sagte ich.

»Meiner Ansicht nach sollten sich die Leute die wirklich wichtigen Bücher erst vornehmen, wenn sie mindestens dreißig sind, es sei denn, sie versprechen, sie noch einmal zu lesen.«

»Was lesen Sie denn gern?«

»Früher habe ich mich vor allem für Geschichte und Biographien und so was interessiert. Aber vor ein paar Jahren habe ich aufgehört, Bücher zu lesen. Fragen Sie mich nicht, warum. Jedenfalls habe ich wieder angefangen, nur daß mir inzwischen Romane lieber sind. Ich kenne so vieles noch gar nicht.«

Ob ich sie auf eine Tasse Kaffee einladen sollte? Nein, sie ist zwanzig Jahre jünger als ich. Eine Kundin. Aber mein Gott, diese Ähnlichkeit.

»Ich glaube, ich habe Sie noch nie hier gesehen.«

»Ich wohne im Westen der Stadt. Hatte hier in der Gegend was zu erledigen.«

»Sie stammen nicht zufällig aus Kalifornien?«

»Nein, warum fragen Sie?«

»Sie erinnern mich an jemanden.«

»Ich habe eine Cousine …«

»Julia?«

»Nein, Ann.«

»Tja dann. Ich hoffe, Sie schauen mal wieder vorbei.«

Sie lächelte. »Bestimmt.« Sie nahm das Buch und wandte sich zur Tür, blieb dann aber stehen. Diese Augen. »Sind Sie der Inhaber?«

»Ja.«

»Es muß schön sein, einen Buchladen zu besitzen. Es würde mir auch gefallen.«

»Es wirft nicht besonders viel ab.«

»Ach, das Geld wäre nicht so wichtig. Einfach nur all diese Bücher um sich zu haben.« Sie sah sich um. »Ich habe mir sogar schon mal überlegt, in einer Buchhandlung zu arbeiten.«

»Und wo arbeiten Sie jetzt?«
»Im Augenblick überhaupt nicht.«
»Sagen Sie mir Bescheid, wenn Sie Arbeit suchen. Könnte sein, daß ich jemanden brauche.« Lächerlich. In einem Monat war ich pleite.
»Mach ich.« Sie blieb an der Tür stehen. »Vielleicht können Sie mir nächstes Mal ein Buch empfehlen.«
»Gerne. Bevorzugen Sie einen bestimmten Autor oder ein Thema?«
»Nein, wählen Sie aus. Es würde mir gefallen.« Wieder dieses großzügige Lächeln, voller Verheißungen.
»Gut, wie Sie wollen.«
Als sie fort war, schaltete ich das Deckenlicht aus, trat ans Schaufenster und beobachtete, wie sie die Straße überquerte und auf der anderen Seite weiterging. Es regnete immer noch, aber sie hatte sich nicht die Mühe gemacht, ihren Hut aufzusetzen. Nachdem sie um die Ecke gebogen war, schaltete ich das Licht wieder an und begann, die Regale durchzusehen, vielleicht fand ich ja etwas für sie. Ich blieb bis nach Mitternacht und hatte am Ende einen Stapel von zwölf Titeln, die ihr gefallen könnten. Aber welches war der richtige? *Die Brüder Karamasow? A Room of One's Own? Anna Karenina?* Die Gedichte von John Keats oder vielleicht John Donne? *The Good Soldier? Look Homeward, Angel? Lie Down in Darkness?*
Am nächsten Tag nahm ich einige Bücher weg und legte neue hinzu. Nach einer Woche reduzierte ich den Stapel auf sechs Bände und deponierte ihn auf dem Ladentisch hinter der Kasse. Wenn ich ihr sechs zur Auswahl anbot, so meine Überlegung, konnte sie sich eins aussuchen, und ich mußte nicht die ganze Verantwortung tragen. Eine Woche später nahm ich ohne zu überlgen zwei Bücher weg, legte sie aber gleich darauf wieder dazu. Außerdem hatte ich einen Zettel in Reichweite neben meinem Bett, falls mir in der Nacht etwas einfiele.
Das Schwierige war, sich vorzustellen, wie sie die einzelnen Bücher las. Würde sie im Bett liegen – neben einem Ehemann vielleicht – oder am Kamin, oder setzte sie sich mit einer Tasse Kaffee an den

Küchentisch? Und würde sie beim Lesen an mich denken und überlegen, warum ich ihr gerade dieses Buch empfohlen hatte? Kann man sich auf diese Weise verlieben? Nein, natürlich nicht.
Nach einem Monat verstaute ich die Bücher in dem Fach unter der Kasse, wo sie weitere zwei Wochen blieben, dann wanderten sie ins Hinterzimmer. Und noch einmal zwei Monate später sortierte ich sie wieder in die Regale ein. Und als ich zu Hause war, zerriß ich die Liste.

★

Ich wartete zwei Stunden am Arc de Triomphe, ging auf und ab, setzte mich dann in ein Café in der Nähe und trank drei Tassen Kaffee. Einmal meinte ich, sie zu sehen, aber ich hatte mich getäuscht. Ich konnte an nichts anderes denken als das Klopfen an der Tür und ihr Gesicht, über das die Tränen liefen, und daran, wie sich ihre Haut auf meiner anfühlte.
Bei meiner Rückkehr ins Hotel fand ich eine Notiz von Charlotte vor, sie und Margaret seien zum Mittagessen gegangen und würden anschließend eine Besichtigungstour unternehmen. Sean spielte unterdessen mit einer Babysitterin, die sie gefunden hatten, es war die Tochter des Portiers. Ich bezahlte sie, holte Seans Sportwagen und machte mit ihm einen Spaziergang durch Paris – der Route folgend, die Daniel, Page, Lawton und ich zehn Jahre zuvor gegangen waren.

★

Ich wartete auch am nächsten Tag und am übernächsten, stand von halb zwölf bis halb eins im kalten Regen und lief dann ins Hotel zurück, um Charlotte und Margaret zu treffen. Meine Streichhölzer waren naß geworden, und so zündete ich mir eine Zigarette mit der gerade zu Ende gerauchten an, bis die Schachtel leer war. Trotzdem war ich froh, daß es regnete.

★

Ich döste in dem blauen Sessel im Aufenthaltsraum, das Skizzenbuch auf dem Schoß, als Sarah mir auf die Schulter tippte.

»Sie verpassen das Mittagessen.«
»Ich habe keinen Hunger.«
»Ach, kommen Sie. Sie werden mir noch vom Fleisch fallen.«
»Das werden Sie nicht verhindern können.«
»Bitte werden Sie nicht ärgerlich, aber ...«, sie setzte sich auf die Lehne meines Sessels und legte eine Hand auf meine Schulter, »ich möchte Sie etwas fragen.«
Ich sah auf, ließ den Blick langsam über ihren Nacken wandern.
»In Jeffreys Schule findet nächsten Monat die Woche ›Stimmen der Geschichte‹ statt, und wir – er meint, ob Sie vielleicht dort sprechen würden.«
»Ich? Worüber?«
»Über das Leben als Veteran. Über den Ersten Weitkrieg.«
»Vor Fünftkläßlern?«
»Nein, vor der ganzen Schule, und die Eltern sind auch eingeladen. Es würde Jeffrey viel bedeuten.«
»Ich bin kein guter Redner.«
»Quatsch. Sie machen das bestimmt gut, und für Jeffrey ist es aufregend. Freitag in drei Wochen. Ich fahre Sie hin.«

> Unsere Artillerie hatte diese Frontlinie sechs Tage und Nächte bombardiert, um den deutschen Stacheldrahtverhau zu zerstören, aber sie hatte nicht ein einziges Mal getroffen ... Folglich kamen wir nirgendwo an die Deutschen heran. Nicht einmal annähernd. Unsere Jungs wurden niedergemäht, einfach abgeschlachtet.
>
> – *W. H. Shaw, British Army*

Die Bühne war viel heller, als ich erwartet hatte. Ich mußte blinzeln, als ich mich auf einen Stuhl beim Podium setzte und darauf wartete, daß mich die riesengroße, spindeldürre und finster dreinblickende Direktorin, Mrs. Pertosi, die stark nach Knetmasse roch, ankündigte. Ich bedauerte sofort, daß ich meinen Stock nicht mitgenommen hatte. Aber zumindest konnte ich mich an dem Stehpult festhalten. Ich zog mein kleines Notizbuch aus der Brusttasche und überflog es, versicherte mich, daß ich auch ja nichts vergessen hatte, und warf einen verstohlenen Blick auf meinen Hosenschlitz.

»Und nun habe ich das Vergnügen, Ihnen einen ganz besonderen Freund von Jeffrey Fields aus der fünften Klasse von Miss Meyer vorzustellen. Im stolzen Alter von einundachtzig Jahren ist Mr. Patrick Delaney noch bestens in Form, und das zweiundsechzig Jahre, nachdem er die Werte unseres Landes im Ersten Weltkrieg verteidigt hat, der, sollte jemand unter Ihnen es vergessen haben, vor dem Zweiten Weltkrieg stattfand.« Vereinzeltes Gelächter.

»Heißen wir alle Mr. Delaney herzlich willkommen.«

Der Applaus war kräftiger, als ich erwartet hatte – kein schlechtes Gefühl. Langsam erhob ich mich und ging zum Pult, wobei ich sorgfältig auf meine Schritte achtete. Zuerst schüttelte ich Mrs. Pertosis große, feuchte Hand, dann hielt ich mich mit beiden Händen an dem Pult fest, um nicht das Gleichgewicht zu verlieren. Das Mikrofon war zuerst zu hoch und nachdem Mrs. Pertosi es verstellt hatte, zu niedrig. Ich beugte mich hinunter. »Danke, ja, vielen Dank.« Im Raum wurde es still, abgesehen von einem unterdrücktem Husten und Schniefen hier und da.

»Also, der Krieg.«

Unter den vielen Gesichtern, die mir zugewandt waren, suchte ich nach einem, an das ich mich halten konnte, doch sie schienen alle zu einer ununterscheidbaren Masse zu verschmelzen, die zwischen Neugier und Langeweile hin und her schwankte. Die Bühnenlichter strahlten Wärme ab und waren ausgesprochen grell, und ich fragte mich, ob sie durch meine Brille wohl noch verstärkt wurden, die ich vergessen hatte sauber zu machen.

»Nun, vielleicht sollten Sie als erstes wissen, daß – entgegen landläufiger Meinung – der Erste Weltkrieg nicht in Schwarz-Weiß geführt wurde.« Gelächter. »Genauso wenig wie, das versuche ich immer meinen Enkeln klarzumachen, meine Kindheit.« Wieder Gelächter.

»Das ist tatsächlich wichtig, wenn man einmal darüber nachdenkt.« Schweigen. »Vielleicht haben einige von Ihnen alte Filme vom Krieg gesehen. Ich darf Ihnen versichern, daß wir nicht so schnell marschiert sind.« Ein paar Lacher.

»Ich kam Anfang 1918 nach Frankreich. Der Krieg war seit 1914 im

Gang, damals war Deutschland aus allen möglichen komplizierten Gründen in Belgien und Frankreich einmarschiert. Und, ja, was ich da sah, hatte nichts mit dem zu tun, was ich mir vorgestellt hatte. Und ganz bestimmt nicht mit dem, was ich in den Büchern über glorreiche Säbelkämpfe und all das gelesen hatte.«

Ich spürte einen stechenden Schmerz im Unterleib.

»Es gibt ein altes Sprichwort, wonach der Haß auf den Feind mit der Entfernung vom Schlachtfeld zunimmt. Wir hielten zwar die Deutschen für unsere Feinde, doch ich glaube, daß dies auch für uns zutraf. Ein Franzose namens Marie-Paul Rimbault schrieb einmal: ›Nichts ist einem deutschen Soldaten in seinem Schützengraben so ähnlich wie ein französischer Soldat in *seinem*. Sie sind beide arme Kerle, mehr nicht.‹ Und ich will Ihnen noch etwas sagen: Ein toter deutscher Soldat sieht nicht viel anders aus als ein toter Amerikaner.«

Die Gesichter blieben unbewegt. Nur hie und da ein Hüsteln und das Knarren der Holzsitze.

Blöd, nicht wahr, Daniel, daß ich hier oben stehe und versuche, die Dinge in Worte zu fassen. Ich kann das nicht. Was soll ich ihnen denn erzählen? Daß Kriegführen schlecht ist? Tja, man kann doch schließlich einem Hitler nicht das Feld überlassen, stimmt's? Soll ich sagen, daß auch der Sieg keinen besonderen Spaß macht? Daß der Krieg Freundschaften schmiedet? Das ist ein interessanter Aspekt, findest du nicht? Wenn der Krieg nicht töten würde, wäre er für viele das Beste, was ihnen passieren kann, er zeigt ihnen, wie sehr sie einander brauchen, wie wichtig jeder Augenblick im Leben, wie wichtig ein Freund ist. Aber der Krieg hat diese Freundschaften gestohlen. Soll ich ihnen das auch erzählen? Soll ich ihnen sagen, daß der Krieg alles bis auf seine elementare Schönheit und seinen elementaren Schrecken bloßlegt, so daß man jede Krümmung und jede Spalte der menschlichen Seele sehen kann? Aber wie soll ich das anstellen?

Auf dem Podium stand ein großer blauer Krug mit Wasser, und ich schenkte mir ein Glas ein, was nicht ganz leicht war, denn der Krug war unerwartet schwer, und die Eiswürfel purzelten schneller ins Glas, als ich geahnt hatte. Ich packte ihn mit beiden Händen, und nachdem ich es geschafft hatte, trank ich einen Schluck und überlegte, was ich als nächstes sagen sollte. Als ich mich wieder zum Mikrofon vorbeugte, entstand eine Rückkopplung, die aber aufhörte, als ich mit dem Finger auf das Mikrofon klopfte.

»Es gibt etwas, das einem Soldaten mehr angst macht als das Sterben, und das ist, vergessen zu werden. Vielleicht ist das heute anders, aber das glaube ich nicht. Als der Zweite Weitkrieg begann, hatte die Kriegsgräberbehörde aus dem Ersten Weltkrieg noch nicht alle Toten gezählt. Wenn Sie jemals nach Frankreich kommen sollten, werden Sie all die Friedhöfe und Denkmäler sehen, die Gefallenen aus dem einen Krieg gleich neben denen aus dem nächsten. Man stelle sich nur vor – ein Soldat aus dem Zweiten Weltkrieg hätte hinter dem Grabstein seines Vaters, der im Ersten Weltkrieg gefallen war, in Deckung gehen können.

Aber wahrscheinlich interessiert Sie viel mehr, wie der Krieg aus der Sicht eines Soldaten aussah.« Ich trank noch einen Schluck Wasser. »Nun, ob Sie mir glauben oder nicht, es war manchmal schrecklich langweilig. Man marschiert viel und wartet und ist einfach damit beschäftigt, einigermaßen zurechtzukommen. Wir lagen die meiste Zeit in Schützengräben. Eine Art technisches Patt. Tja, man konnte von der Nordsee bis zur Schweiz laufen, ohne die Nase aus der Erde zu stecken. Der erste Gasangriff – von den Deutschen – war in der Zweiten Schlacht von Ypres im April 1915 erfolgt. Verursachte schreckliche Panik. Die ersten Panzer hatten die Briten im September 1916 in der Schlacht an der Somme eingesetzt. Aber eigentlich beherrschten Artillerie und Maschinengewehre das Geschehen, obwohl es auch Nahkämpfe gab.

Doch vielleicht sollte ich Ihnen von den Sanitätssoldaten erzählen. Da war dieser junge Kerl … ach, wie hieß er noch gleich?«

Ich hielt erneut inne und nippte an dem Wasserglas. Mir war heiß im Gesicht, und ich überlegte, ob ich darum bitten sollte, das Licht ein wenig zu verringern. War das Jeffrey da unten in der ersten Reihe? Ich suchte Sarah, konnte sie aber nicht entdecken.

»Tja, wo war ich stehengeblieben? Ach ja, es gab unterschiedliche Arten von Gas. Chlorgas. Phosgengas. Senfgas. Für die Opfer konnte man nichts tun, man mußte zusehen, wie sie erstickten. Um Ihnen die

Wirkung des Gases zu schildern, lese ich Ihnen vielleicht am besten eine Passage aus einem Text vor, die ich mitgebracht habe.«

Ich mußte zweimal meine Manteltaschen durchsuchen, bevor ich den zusammengefalteten Zettel fand, den ich eingesteckt hatte. Ich öffnete ihn und legte ihn auf das Podium, wobei ich die Falten mit der Handfläche flach drückte. »Es stammt von einer Krankenschwester. Sie schrieb:

›Ich wünschte, die Leute, die mit so gewandten Worten darüber schreiben, daß dies ein heiliger Krieg sei ..., würden einmal mit eigenen Augen einen Fall von Senfgasvergiftung im frühen Stadium sehen – besser noch zehn Fälle –, ich wünschte, sie könnten die armen Kerle sehen, die am ganzen Körper verbrannt und mit senffarbenen, eiternden Blasen übersät und erblindet sind ... alles feucht und verklebt, ständig ringen sie nach Luft, ihr Stimme ist nur noch ein Flüstern, sie sagen, ihre Kehle würde immer enger, und sie wissen, daß sie ersticken.‹«

Ich faltete das Blatt wieder zusammen und steckte es in meine Jackentasche. Als ich wieder hochblickte, sah ich nur die Lampen. Mir wurde schwindelig, und ich klammerte mich an das Pult.

»Der erste Tag der Schlacht an der Somme war der blutigste des ganzen Kriegs. Allein die Briten erlitten sechzigtausend Mann Verluste. Können Sie sich das vorstellen? Eine mehr als zwanzig Kilometer lange Front von Soldaten, die Schulter an Schulter in das deutsche Maschinengewehrfeuer marschieren? Die Lazarette waren so überfüllt, daß man Tausende Verwundete über den Ärmelkanal nach Großbritannien schickte, ohne vorher auch nur ihre Wunden zu reinigen. Die Züge – endlose graue Züge –, die in den Londoner Bahnhöfen Charing Cross und Paddington eintrafen, waren voller Verwunderter. Und nicht weit davon entfernt, in Victoria Station, hatte ein Großteil dieser Männer seine Reise an die Front angetreten, hatten Hunderttausende ihren Angehörigen zum Abschied zugewunken.

Wenn Sie dorthin kommen, einen Augenblick stehenbleiben und die Augen schließen, sehen Sie vielleicht das Meer von Khakiuniformen auf den Bahnsteigen. Versuchen Sie, sich ihre Gesichter vorzustellen und dann die Gesichter ihrer Mütter und Väter und Frauen und Kinder. Im Krieg hieß der steinerne Bogen dort das Tor des Abschieds.«

Ich hielt inne und zog ein Taschentuch heraus, um mir die Stirn abzuwischen. »Wußten Sie, daß am Vorabend des Zweiten Weltkriegs über dreitausend britische Veteranen des vorangegangenen Kriegs immer noch in psychiatrischen Anstalten eingesperrt waren? Nein, nicht wahr? Und auch heute schlummern um Verdun immer noch an die zwölf Millionen nicht gezündete Granaten in der Erde.« Ich trat ein paar Schritte zurück, gab mir Mühe, das Gleichgewicht zu behalten. »Tja, was soll ich Ihnen noch über den Krieg erzählen, über das Dasein als Kriegsveteran?« Ich wischte mir erneut die Stirn und faltete langsam das Taschentuch zusammen, bevor ich es wieder einsteckte. Dann blickte ich in die weißen Lichter und empfand plötzlich eine schreckliche Traurigkeit, die es mir schwer machte, weiter zu sprechen.

Ich kann mich Ihnen nicht verständlich machen, Daniel. Ich kann es niemandem verständlich machen. Vielleicht hättest du es gekonnt, ich nicht. Ich habe es nie gekonnt. Außer bei Julia. Sie verstand mich.

Ich stützte mich auf und räusperte mich. »Vermutlich wissen Sie nicht, daß ich der letzte von ihnen bin, nicht wahr? Wirklich. Alle sind tot außer mir, einem alten klapprigen Mann, in dessen Gedächtnis ihr Leben festgehalten ist. Und nach mir?«

Ich nahm noch einen Schluck Wasser, dann spürte ich erneut einen stechenden Schmerz im Magen und hielt mich am Pult fest. Viele Leute im Publikim husteten oder räusperten sich, oder nein, war es nicht etwas anderes? Ich lauschte aufmerksam, schloß die Augen, um besser hören zu können.

»Wer ist da?« Ich blinzelte in das Licht, konnte aber nichts erkennen. »Daniel?«

»Mr. Delaney?«

»Bist du es, Daniel?«

»Mr. Delaney?«

»Unsere Artillerie hatte ihre Drahtverhaue nicht getroffen. Es gab einfach nirgendwo eine Möglichkeit, durchzukommen.«

»Wie bitte, Sir?«
Ich trat zurück, wandte den Kopf und lauschte. »Daniel, bist du das im Stacheldraht?«
»Bitte, Mr. Delaney.«
»Daniel hängt im Stacheldraht.«
»Bitte, Sir.«
Plötzlich die feuchte Wärme in meiner Hose. Blut? Bin ich getroffen? Oh, mein Gott.
»Bitte setzen Sie sich doch, Mr. Delaney.«

★

Den ganzen Tag habe ich versucht, Briefe an Jeffrey und Sarah und die Schule aufzusetzen, um mich zu entschuldigen, aber nichts klang passend. Vielleicht fallen mir morgen die richtigen Worte ein. Jetzt muß ich erst einmal schlafen.

★

»Es ist jetzt schon zwei Wochen her, daß ich den letzten Brief von meinem geheimnisvollen Freund bekommen habe«, sagte Sarah. Sie hielt das Klemmbrett vor der Brust.
»Vielleicht fühlt er sich nicht wohl.«
»Das würde er mir sicher schreiben. Ich hoffe, er hat nicht das Interesse verloren.«
»Kann ich mir nicht vorstellen.«
»Wenn er krank wäre, würde ich ihm gerne helfen.«
»Ja, natürlich.«
»Seltsam, wie wichtig diese Briefe für mich geworden sind. Kann man jemanden vermissen, dem man nie begegnet ist?«
»Ach, ich denke schon.«
»Hm, dann vermisse ich ihn.«

★

Am vierten Tag sah ich sie. Sie saß in einem Café am Arc de Triomphe, trank Kaffee und zeichnete dabei auf einem kleinen Block. Als ich näher kam, blickte sie auf und lächelte.

»Julia.« Ich lief auf sie zu und umarmte sie, fühlte Tränen in mir aufsteigen, als ich sie hielt und auf den Kopf küßte, den sie in die Beuge meines Halses grub. »Gott sei Dank.«

»Ich mußte einfach kommen«, flüsterte sie, den Mund nah an meinem Ohr.

Ich schob sie ein wenig von mir und sah ihr in die Augen, dann umarmte ich sie erneut. Schließlich setzten wir uns. Als der Kellner kam, bestellte ich für uns beide Weißwein.

»Kannst du ein wenig bleiben?« fragte ich.

»Ein paar Tage.«

»Verbring sie mit mir.«

»Aber was ist mit …«

»Sie ist viel mit ihrer Schwester unterwegs, zum Besichtigen und Einkaufen. Ich kann mich losmachen, zumindest für ein paar Stunden.«

Sie versuchte, in meinem Gesicht zu lesen, was ich dachte, dann senkte sie den Blick. »Ich war mir nicht sicher, ob ich kommen sollte, aber ich konnte nicht anders.«

»Ich habe jeden Tag auf dich gewartet.«

Sie lächelte und fuhr mit dem Handrücken sanft über meine Wange.

Als der Wein gebracht wurde, nahm ich einen großen Schluck und bot ihr eine Zigarette an. Sie nahm eine, und während wir beide die vorbeischlendernden Passanten beobachteten, legte sie ihre Hand auf meine. Nach einer Weile sagte sie: »Du hast mir noch nicht erzählt, wie Daniel umgekommen ist.«

Ich trank das Glas aus und setzte es vorsichtig ab, atmete tief durch und begann langsam, ohne sie anzusehen:

»Wir griffen gerade an – es war wie ein ständiges Hin und Her: Angriff, Rückzug, Gegenangriff. Jedenfalls betrug der Abstand zur deutschen Linie etwa fünfhundert Meter, und unser Abschnitt sollte an einer Stelle durchbrechen, den unsere Artillerie sturmreif geschossen hatte. ›Wenn ihr die MG-Schützen habt, ist es nur noch ein Spaziergang‹, hatte man uns gesagt.« Ich goß mir noch etwas Wein ein und trank.

»Daniel schien nicht besorgt zu sein. Das war er übrigens nie, ich dagegen hatte entsetzliche Angst. Wie die meisten von uns. Es war die große Offensive. Es gab kein Zurück mehr. ›Die französische Armee verläßt sich auf euch‹, so was in der Art.«

»Und?«

»Wir haben es nicht geschafft.«

»Ihr seid nicht durchgekommen.«

»Wir fanden keine einzige Lücke im Stacheldraht der Deutschen.« Ich drückte meine Zigarette aus und zündete mir eine neue an.

»Hast …«

»Das war nichts Ungewöhnliches. Es passierte ständig.«

»Hast du Daniel gesehen?«

»Er war direkt neben mir, als wir aus dem Graben stürmten.« Ich sah sein Gesicht vor mir, diesen seltsamen Blick in seinen Augen, und ich dachte daran, daß er gerade etwas sagen wollte, als die Pfeife ertönte. Was hatte er sagen wollen?

»Er war immer direkt neben mir, als ob er auf mich aufpassen wollte.«

»Und dann …«

»Wir kletterten rauf und rannten los. Alle. Um uns herum nur Lärm und Rauch. Alle möglichen Dinge flogen durch die Luft. Wie bei einem gewaltigen Sturm.«

»Ist Daniel bis zum Stacheldraht gekommen?«

Ich sah sie an, dann wandte ich mich ab.

»Keiner von den Jungs hatte eine Chance. Sie wurden einfach umgemäht.« Ich hörte, wie mir die Stimme zitterte.

»Hast du Daniel gesehen?«

»Ja, ich habe Daniel gesehen.« Ich flüsterte nur noch.

»War er da schon tot?«

Ich zögerte, blickte zum Himmel hinauf.

»Bitte, sag mir die Wahrheit. Es ist alles, was mir bleibt.« Sie beugte sich vor, hielt meine Hände in ihren.

»Er hing im Stacheldraht fest.«

»Er ist im Stacheldraht gestorben?«

»Ja.«

»Bist du sicher?«
Ich nickte.
»Und wie schnell starb er?«
»Nicht schnell genug.«
»Konntest du ihn hören?«
»Ja, ich konnte ihn hören.«
Sie grub den Kopf in die Hände.
Nachdem ich bezahlt hatte, standen wir auf, gingen zur Notre Dame und zündeten dort eine Kerze an. Dann setzten wir uns in eine der hinteren Reihen, sahen zu den Buntglasfenstern hinauf und baten Gott, daß wir noch beten konnten.

*

»Wer ist sie?« Martin stand vor meinem Zeichenblock, der aufgeblättert auf meinem Bett lag.
»Wen meinst du?«
»Die Frau, die du ständig zeichnest?«
»Ach die.« Ich deutete auf das unvollendete Kohleporträt Julias, das ich am Tag zuvor gezeichnet hatte. »Irgendeine Frau.«
»›Irgendeine Frau‹ gibt es nicht«, erwiderte er und hob das Bild hoch, um es sich genauer anzusehen.
»Na gut. Ich habe sie mal gekannt.«
»Warum malst du sie dann noch dauernd?«
Ich zuckte die Achseln.
»Sie ist sehr schön.« Er legte den Block vorsichtig wieder aufs Bett.
»Sie war noch viel schöner.«
»Möchtest du mir von ihr erzählen?«
Ich überlegte einen Augenblick. »Was hast du heute vor?«
»Was ich vorhabe? Gar nichts. Mein Terminkalender ist noch vollkommen leer.« Er grinste.
Den Rest des Tages erzählte ich Martin von Julia.

*

Ein Leben, das keiner Prüfung unterzogen wird, ist es nicht wert, gelebt zu werden, doch können wir sicher sein, daß auch das Umgekehrte gilt? Nachdem ich fast ein Jahrhundert lang mein Leben

peinlich genau wie bei einem Gerichtsverfahren geprüft habe, bezweifle ich das.
Es ist später Nachmittag, und ich sitze am Schreibtisch, schreibe, denke nach, rätsele über verschiedene Dinge. Ein alter Teetrinker, der in den Blättern seiner letzten Tasse liest, verzweifelt auf eine Offenbarung hoffend. Durchs Fenster sehe ich Howard und Martin Krocket spielen. Helen kommt über den Rasen gelaufen, als ob sie hinter jemandem her wäre. Ich lasse die Jalousien herunter und wende mich einer neuen Seite in meinem Tagebuch zu.
Julia hat mich einmal gefragt, inwieweit ich in der Öffentlichkeit das Gefühl hätte, ich selbst zu sein. Aber ich konnte nicht viel darauf sagen. Sie fand es sehr bedauerlich, daß es eine Kluft gibt zwischen unserem öffentlichen und unserem privaten Ich – das wahrscheinlich einsamste Stück Niemandsland auf der ganzen Welt, wie sie es nannte. Dann erzählte sie mir, daß sie entsetzt gewesen sei, als ihr das erste Mal klar wurde, wie groß die Distanz zwischen den Menschen sei, selbst zwischen engen Freunden.
»Und wie war es bei dir und Daniel?« fragte ich.
»Ich glaube, wir sind uns so nah gekommen, wie es zwischen zwei Menschen in so kurzer Zeit möglich ist.«
»War es nah genug?«
»Es war nah genug.«
Danach sehnen wir uns alle, nicht wahr? Uns miteinander zu verbinden, wenn auch nur für einen Augenblick, und sich über den Abgrund hinweg die Hände zu reichen. Darum erscheinen Saufkumpane an der Theke fast wie liebestrunken, wenn sie einander plötzlich zum Zeichen des Einverständnisses auf täppische Weise um den Hals fallen. Darum flüstern sich Freunde und Liebende intime Codewörter zu, versuchen, mit Flaschenzügen und verstohlenem Händeschütteln, das über ihre ständige Einsamkeit hinwegtäuscht, die Kluft zu überbrücken.
Vielleicht bringt es uns um, daß wir nicht wir selbst sind, manchmal schon Jahrzehnte, bevor wir sterben. Daniel hatte das begriffen. Und Julia. Und sie haben mich davor bewahrt, nicht wahr? Aber dann haben sie mich verlassen.

Ich ziehe die Jalousien wieder hoch und spähe hinaus. Martin und Howard stehen vornüber gebeugt und zerren an einem Krockettor. Neben ihnen Helen, die aufmerksam zusieht. Plötzlich blickt sie zu meinem Fenster, deutet breit lächelnd auf mich und steuert auf das Haus zu. Ich lege rasch mein Tagebuch beiseite, eile ins Badezimmer und verriegele die Tür.

*

Am nächsten Tag trafen wir uns am Eiffelturm. Julia stand unten und wartete auf mich. Wir stiegen bis zur dritten Plattform hoch und betrachteten von oben die Stadt.
»Was hast du Charlotte gesagt?« fragte sie, nachdem sie wieder bei Atem war.
»Daß ich ein paar Militärmuseen besuchen wollte – sie haßt so etwas – und Page zum Abendessen treffen würde.«
»Hat es ihr etwas ausgemacht?«
»Überhaupt nicht.« Es stimmte, es machte ihr nichts aus. Das war das Gute an Charlotte, sie ließ mir meine Freiheit. Aber zu viel auch wieder nicht. Wie unfair von mir. Ich versuchte, nicht an sie zu denken.
Mit ausgestreckten Armen legte Julia die Hände auf das Geländer und holte tief Luft. »Das ist der schönste Blick der Welt«, sagte sie schließlich.
»Nein, ich habe den schönsten Blick der Welt.« Ich stellte mich hinter sie, schlang die Arme um ihre Taille, das Kinn auf ihrer Schulter. Sie drückte sich an mich, wandte den Kopf und küßte mich auf den Hals.
»Bist du mit Daniel auch hier oben gewesen?«
Mein Magen zog sich zusammen. »Es war geschlossen.«
»Ihm hätte es hier oben gefallen. Er konnte den ganzen Tag wandern, nur um einen guten Aussichtspunkt zu finden.«
»Ich werde nie Daniel sein«, sagte ich plötzlich.
Sie wandte sich rasch zu mir um. »Das möchte ich auch gar nicht.« Sie blickte mir in die Augen, küßte mich fest auf die Lippen. Ich genoß es, ihren Körper zu fühlen, der sich an mich preßte.

»Schauen wir uns Paris an«, sagte sie, nahm mich bei der Hand und zog mich zur Treppe.
Zuerst gingen wir zum Grab Napoleons, starrten auf den glatten, roten Porphyrsarkophag und stellten uns vor, was darin lag. Ich versuchte, mich an die verschiedenen Arten der Särge zu erinnern, aber es gelang mir nicht, und so las ich sie laut aus dem Reiseführer vor. Dann erklärte ich Julia, daß die zwölf großen Statuen um das Grab geflügelte Siegesgöttinnen darstellten, die jeweils einen Feldzug symbolisierten. Sie wies mich darauf hin, daß sie die Köpfe wie in ewiger Niederlage gesenkt hielten. Da mußte ich daran denken, daß Daniel an derselben Stelle gestanden und mit der Hand über den glatten Stein gestrichen hatte. An jenem Tag war er trauriger gewesen denn je. Wußte er es damals schon? Hatte er beim Anblick der Stadt all die Dinge gesehen, die er niemals würde Julia zeigen können? Es muß schrecklich gewesen sein für die Männer, die es *wußten*. Und das waren viele.
Nach dem Dôme des Invalides spazierten wir zum Palais du Luxembourg, setzten uns in den Park und unterhielten uns, dann aßen wir irgendwo am Boulevard Saint-Michel zu Mittag. Wie blieben zwei Stunden dort, erzählten uns Geschichten, lachten, hielten uns unter dem Tisch die Hand. Ich hatte Julia noch nie so glücklich gesehen, und ich fragte mich, wie sie wohl gewesen war, bevor Daniel starb. Nach dem Essen machten wir noch einen Spaziergang, lehnten uns aneinander und flüsterten uns zu, was uns über die verschiedenen Leute einfiel, an denen wir vorbeikamen. »Sieh mal, die beiden dort«, sagte ich und deutete auf einen untersetzten, etwas bäuerlich wirkenden Mann, an seiner Seite eine große, dürre Frau, die wie ein Frettchen aussah. »Glaubst du, daß Gegensätze sich wirklich anziehen?«
»Nur so lange, bis die Unterschiede die Oberhand gewinnen«, erwiderte sie.
»Und wie steht es bei den beiden?«
»Sie befinden sich in dem Unterschiede-gewinnen-die-Oberhand-Stadium.«
»Kein Liebesleben?«

»Zwei oder drei Mal im Jahr. Im Dunkeln. Kein Muckser«, meinte sie und schlang die Arme um mich. Dann zog sie an meiner Jacke. »Guck mal, das Gesicht der Frau dort, auf der Bank. Was sagt es dir?«

Ich blickte zu einer Frau mittleren Alters, die allein auf der Bank saß, die Handtasche auf dem Schoß fest umklammert. »Sag du zuerst. Ich möchte wissen, was du siehst.«

Julia schaute sich die Frau einen Augenblick genauer an. »Sie ist verheiratet, unglücklich. Gerade hat sie herausgefunden, daß ihr Mann eine Geliebte hat, aber es macht ihr eigentlich nichts aus, weil sie sich nicht mehr zu ihm hingezogen fühlt. Sie hat zwei Kinder, vielleicht auch drei, und sie nehmen sie mehr in Anspruch, als sie je gedacht hat. Und jetzt sitzt sie dort auf der Bank, fragt sich, wieso ihr Leben an einen solchen Punkt gekommen ist, und versucht, die nötigen Kräfte zu sammeln, um ihre Besorgungen zu erledigen und wieder nach Hause zu gehen.«

Ich sah noch einmal zu der Frau hin und fand, daß Julia genau richtig lag.

»Und was hast du gesehen, als wir uns zum ersten Mal begegnet sind?« wollte ich wissen.

Sie schwieg eine Weile. »Das ist eine schwierige Frage.« Sie öffnete ihre Handtasche, zog eine Zigarette heraus und zündete sie sich an. »Aber ich sage es dir. Ich sah einen freundlichen, mitfühlenden Mann, der viel einsamer war, als er sich einzugestehen wagte.«

Meine Augen füllten sich mit Tränen. Mir fiel nichts ein, was ich hätte erwidern können.

»Ich wollte dir nicht weh tun.«

Ich zuckte die Achseln. »Du hast dich nicht getäuscht.«

»Und was hast du damals in mir gesehen?«

Ich fuhr mir durchs Haar und vergrub dann die Hände in den Taschen.

»Du mußt mir nicht antworten.«

»Doch, ich möchte.« Aber wie es in Worte fassen?

Sie blickte mich erwartungsvoll an.

»Ich sah, was ich immer gesucht hatte.«

Sie lächelte zaghaft, als ob sie mir nicht richtig glaubte. Ich wollte noch mehr sagen, doch ich wußte nicht recht, wie ich es ausdrücken sollte, ohne zuviel zu sagen.

Wir gingen eine Weile schweigend weiter, hielten ab und zu bei den Bouquinisten am Kai und durchstöberten die Auslagen. Dann kauften wir uns eine Flasche Wein, setzten uns ans Ufer, tranken, hielten uns die Hände und sahen den vorbeifahrenden Schiffen zu.

»Ich wollte, ich hätte dich gefunden, nach dem Krieg«, sagte ich.

»Ich auch.«

»Alles wäre anders.«

Sie nickte. »Aber wenigstens haben wir uns jetzt getroffen. Ich glaube, Daniel hätte sich sehr darüber gefreut.«

»Ich muß dir sagen, daß ich Schuldgefühle habe.«

»Da bist du nicht der einzige.«

»Nicht nur wegen Charlotte, auch wegen Daniel.«

»Wegen Daniel mußt du dich nicht schuldig fühlen. Nicht, was uns beide betrifft.«

»Tu ich aber.«

»Ja, ich weiß. Ich kann es an deinen Augen ablesen.« Sie beugte sich vor und küßte mich.

»Du bist so anders als Charlotte. Ich weiß nicht, warum ich überhaupt …«

»Du brauchst es mir nicht zu sagen. Es geht mich nichts an. Trotzdem habe ich ein schlechtes Gefühl, wenn du von ihr sprichst.«

»Dann höre ich auf damit«, sagte ich.

»Außerdem kann uns nichts diesen schönen Tag verderben«, meinte sie fröhlich.

Als wir den Wein ausgetrunken hatten, standen wir auf und gingen weiter zur Madeleine. Dann setzten wir uns in ein Café und teilten uns eine große Portion Schokoladencremetorte. Als mir ein Stück davon auf den Schoß fiel, ich es aufheben wollte, es aber auf meinem Schuh landete, mußte Julia lachen und verschluckte sich. Da bekam sie wieder ihren Schluckauf.

»Ojemine«, stöhnte sie.

»Das geschieht dir recht, so zu lachen«, sagte ich, beugte mich hinunter und versuchte, die Creme mit dem Löffel abzukratzen.
Sie schlug die Faust an die Brust.
»Versuch, den Atem anzuhalten.«
»Glaubst du etwa, das hätte ich nicht schon versucht?« Sie hickste mitten im Satz.
»War ja nur so eine Idee.«
»Aber es gibt etwas, das vielleicht funktioniert«, meinte sie und beäugte mich mit einem verschmitzten Grinsen.
»Ach, wirklich?«
»Wirklich.«
Als wir in ihrem Hotelzimmer waren, knöpfte sie mir schweigend Hemd und Hose auf und fuhr dann mit den Händen langsam über meine Brust. Dann zog sie ebenso langsam ihre Bluse aus und schlüpfte aus ihrem Rock. Ich hob sie hoch, trug sie zum Bett und legte mich auf sie, wobei ich mich mit den Armen abstützte, um sie ansehen zu können.
»Du bist so wunderschön«, sagte ich.
»Du auch.« Sie hob den Kopf und küßte mich, dann zog sie mich an sich. Als ich langsam mit den Lippen an ihrem Hals entlangglitt, hinunter zu ihren Brüsten und ihrem Bauch, bog sie den Rücken und wiegte den Kopf hin und her. Ich drang in sie ein, und sie flüsterte meinen Namen, zog mich tiefer in sich hinein und bog den Rücken noch mehr. Ich nahm sie und zog sie mit all meiner Kraft langsam hoch.
Nachdem wir uns geliebt hatten, blieben wir noch eine Stunde im Bett liegen, sahen uns an und lauschten den Geräuschen der Stadt. Ich hatte den Geschmack von ihrem Schweiß auf den Lippen, und immer wieder preßte ich die Nase an ihren Körper, um ihren Geruch einzuatmen.
»Mein ganzes Leben habe ich an dich gedacht«, sagte ich, während ich die Fingerspitzen über ihre Haut gleiten ließ.
»Aber du hast mich doch noch gar nicht gekannt.« Wir hatten das Gesicht einander zugewendet, feuchte Haarsträhnen klebten an ihrer Stirn.

»Doch, weißt du das denn nicht? Es ist komisch, aber ich habe dich immer schon gekannt, nur daß ich dein Gesicht nicht sehen konnte, ehe Daniel es mir beschrieben hat.«
»Und dann hast du es gesehen?«
»Ja, ganz deutlich. Aber ich habe mir nie träumen lassen, daß ich es einmal berühren dürfte.«
Als wir uns noch einmal liebten, überraschte mich die Kraft ihrer Arme und Beine. Und während ich in ihr war, wollte ich ihr sagen, daß ich sie liebte, aber ich tat es nicht. Zumindest glaube ich, daß ich es nicht getan habe.
Als wir danach aneinander geschmiegt auf dem Bett lagen, zitterten meine Armmuskeln von der Anstrengung. Ich versuchte, eine Faust zu machen, und mußte lachen, als es mir nicht gelang.
»Warum lachst du?« frage sie und drückte ihren Kopf an mich.
»Weil ich mich so gut fühle.«
»Ich auch.«
Tränen stiegen ihr in die Augen.
»Ich habe dir weh getan.«
»Nein, es ist wunderbar. Es ist nur, weil ich schon jahrelang mit niemandem mehr zusammen war.«
Ich zog sie an mich und küßte sie auf die Augenlider.
»Du solltest nie allein sein.«
»Niemand sollte allein sein«, flüsterte sie.

*

Ich zog mich zuerst an, setzte mich in einen Sessel in der Ecke und betrachtete sie, während sie sich ankleidete und auf den Bettrand setzte, um sich die Haare zu bürsten.
»Laß uns zur Pferderennbahn gehen«, sagte ich. »Wir könnten uns in Auteuil die letzten Rennen ansehen.«
»Möchtest du wirklich? Ich habe noch nie …«
»Komm, wir springen in ein Taxi.«
Offenbar bester Laune nahm sie meine Hand, und wir verließen das Zimmer.
Wir saßen ganz oben auf der Haupttribüne und beobachteten das

Rennen durch ein geliehenes Fernglas. Julia durchschaute rasch die verschiedenen Wettmöglichkeiten – besser als ich nach unzähligen Versuchen – und hatte bald ein kompliziertes Wettsystem auf der Grundlage der Pferde- und Jockeynamen aufgestellt. Sie gewann zweihundert Franc.

»Ich hatte keine Ahnung, daß es so leicht ist, zu Geld zu kommen«, sagte sie und zog die Blicke der Umstehenden auf sich, als sie den Gewinn der letzten Wette in ihre Handtasche steckte. Ich dagegen hatte niederschmetternde Verluste gemacht.

»Vielleicht, aber es entgeht einem das Gefühl, etwas geleistet zu haben wie nach einem Neunstundentag«, sagte ich, immer noch außer Atem vom ständigen Hin- und Herlaufen zwischen Totalisator und Tribüne.

Als das letzte Rennen gestartet wurde, sprang Julia auf und feuerte ihr Pferd an. Es war herrlich, sie so glücklich zu sehen.

»Ich finde es unglaublich, wie sie diese Hecken überspringen«, sagte sie, während sie durch das Fernglas spähte.

»Jetzt kommt der Wassergraben«, sagte ich.

Zwei Pferde stürzten. Nur eins kam wieder hoch.

»Ist der Jockey verletzt?« fragte ich.

»Nein, es scheint ihm nichts passiert zu sein. Aber das Pferd kommt nicht mehr auf die Beine.«

»Ist es deins?«

»Nein. Aber darum geht es mir auch nicht, ich möchte nur, daß es wieder hochkommt.« Sie schaute weiter durch das Fernglas. Das Pferd blieb auf der Seite liegen.

»Was werden sie machen?« fragte sie, nachdem das Rennen zu Ende war und die Tribüne sich leerte.

»Sie warten, bis alle weg sind, dann erschießen sie es.«

»Das macht alles kaputt, findest du nicht?« sagte sie, als wir ins Taxi stiegen.

»Ja, da hast du wohl recht«, erwiderte ich. Auf der Rückfahrt in die Stadt mußte ich ständig daran denken, wie Giles erklärt hatte, auf welche Weise man am besten ein Pferd erschießt.

Als wir in der Stadt ankamen, waren die Seinebrücken erleuchtet.

Wir gingen eine halbe Stunde am Fluß spazieren, sahen den Anglern zu und den Flachbooten und betrachteten die Spiegelungen des Lichts im Wasser.
Plötzlich blieb Julia stehen, schob mich an einen Laternenpfosten und küßte mich. Ich schlang die Arme um sie und zog sie an mich. Als wir weiterspazierten, meinte sie fröhlich: »Ich sterbe vor Hunger.«
»Essen?«
Sie nickte. »Und dann wieder küssen.«
Ich küßte sie erneut. »Abgemacht.«
Wir liefen bis zum Boulevard Saint-Germain und gingen dort in eine große Brasserie.
Als wir uns setzten, fragte Julia mich: »Meinst du, ich hätte Daniels Eltern besuchen sollen? Ich habe oft darüber nachgedacht – sie sind schließlich Robins Großeltern –, aber ich konnte den Gedanken nicht ertragen, abgewiesen zu werden.«
»Ich weiß nicht. Sie müssen inzwischen ziemlich alt sein.«
»Es quält mich.«
»Das verstehe ich.« Ich schwieg eine Weile, dann sagte ich: »Du mußt deine Mutter sehr vermissen.«
Sie nickte langsam. »Ich wünsche mir so oft, ich könnte sie um Rat fragen. Gerade bei schwierigen Entscheidungen war sie sehr gut. Und ich leider gar nicht.«
Wie war ich bei schwierigen Entscheidungen?
»Und ich wünschte mir, Robin hätte sie noch kennengelernt. Sonst habe ich ja keine Angehörigen mehr.«
»Zumindest hat Robin eine wunderbare Mutter.«
»Aber ich bin mir nicht sicher, ob das reicht. Ich mache mir Sorgen um sie, weil sie keine richtige Familie hat, keinen Vater, keine Tanten oder Onkel oder Großeltern, nicht einmal ein Haus voller Erinnerungen.«
Mir fiel nichts ein, was ich darauf hätte antworten können. Schließlich sagte ich: »Ich würde sie gern mal irgendwann kennenlernen.«
»Ja, das fände ich auch schön.«
Der Kellner brachte die Speisekarten. »Verstehst du irgendwas?« fragte Julia.

»Nicht ein einziges Wort. Ich wähle nach dem Zufallsprinzip.«
»Dann nehme ich, was du auch nimmst.«
»Natürlich könnte es auch Hirn sein.«
»Untersteh dich.«
Sie nahm die Weinkarte. »Hättest du Lust auf Champagner? Ich habe erst einmal welchen getrunken.«
»Dem können wir abhelfen.« Ich bestellte eine Flasche.
Nachdem wir angestoßen hatten, beugte ich mich vor und küßte sie. »Weißt du was? Daniel hatte recht, alles sieht tatsächlich anders aus.«
»Was meinst du damit?« fragte sie lächelnd.
»Daß ich die Dinge um mich herum noch nie so gesehen habe wie jetzt. Nicht diese Gabel oder den Teller oder die Leute am Nachbartisch, die Bäume, die Häuser oder den Himmel. Es ist alles vollkommen anders.«
Sie drückte meine Hand. Dann verschwand plötzlich das Lächeln aus ihrem Gesicht. »Als ich dich bei dem Denkmal zum ersten Mal sah, hatte ich Angst«, sagte sie.
»Weshalb?«
»Weil bestimmte Menschen das Leben anderer für immer verändern können.«
Glaubte sie wirklich, ich könne ihr Leben verändern? Nein, ich würde nie sein, was Daniel für sie gewesen war. »Du hast meins jedenfalls verändert«, sagte ich.
Sie nickte langsam. »Auf uns«, sagte sie und hob ihr Glas.
»Auf uns.«
Sie zündete sich eine Zigarette an und blies den Rauch zur Decke hoch. »Wann mußt du wieder zurück sein?«
Ich sah auf meine Armbanduhr. »Erst in ein paar Stunden.«
»Würdest du dann mit mir zum Tanzen gehen? Nur ein bißchen.«
»Wenn du mir versprichst, mich nicht auszulachen.«
»Warum sollte ich dich auslachen?«
»Weil ich ein jämmerlicher Tänzer bin.«
»Dann passen wir ja gut zusammen.«
Nicht weit von dem Restaurant entfernt fanden wir einen kleinen Nachtklub, wo wir uns etwas zu trinken bestellten, eine Stunde un-

unterbrochen tanzten, lachten, uns küßten und versuchten, nicht über den anderen zu stolpern. Julia war Feuer und Flamme, als sie mir ein paar Tanzschritte beizubringen versuchte, und mir blieb nicht verborgen, daß sie die Mitglieder des Orchesters, die ihr zusahen, zum Schmunzeln brachte. Da wurde mir klar, daß sie zu den Menschen gehörte, die die Atmosphäre in einem Raum so verändern, daß die anderen plötzlich das Gefühl haben, am richtigen Ort zu sein. Ist das das Geheimnis des Lebens, sich mit Menschen zu umgeben, die voller Leidenschaft sind, die zwar Trauer kennen, nicht aber Bitterkeit? Ich sah in ihr Gesicht. Es sprühte vor Leben und Begeisterung, und ihre Augen waren voll von all den Dingen, die man nur mit den Augen sagen kann.

»Jetzt einfach mit dem linken Bein hierhin«, sagte sie und machte es mir vor.

»Du bist großartig«, flüsterte ich ihr ins Ohr.

»Du sollst mir zuhören.«

»Ich bin etwas verwirrt. Man hat mich nämlich dazu erzogen, einer Frau nicht auf die Beine zu starren.«

»Ich gebe dir eine Sondererlaubnis«, erwiderte sie.

»Also gut«, meinte ich und blickte auf ihre Beine, während sie mir den Tanzschritt noch einmal vorführte.

Als wir zu unserem Tisch gingen, klebte mir das schweißnasse Hemd an Brust und Rücken, aber es machte mir nichts aus. Am liebsten wäre ich die ganze Nacht geblieben.

»Das war ein wundervoller Tag«, sagte Julia und rückte ihren Stuhl neben meinen. »So ganz anders als sonst mein Leben.«

»Als meins auch.« Ich dachte darüber nach: Es war mir, als hätte ich mein vorheriges Leben mit all seinen Einschränkungen und Vorgaben schnurstracks hinter mir gelassen, wenn auch nur für ein paar Stunden. Dann dachte ich an Sean, daran, daß er immer zusammengerollt wie ein kleines Tier in seinem Bettchen lag und schlief. Ob er sich fragte, warum Daddy ihm heute abend keinen Gutenachtkuß gab?

»Ich glaube, die ungelebten Teile unseres Lebens faszinieren uns besonders«, sagte sie und drehte ihr leeres Glas in der Hand. »So vieles schlummert in uns.«

»Aber das muß nicht unbedingt so sein.«
»Nein, aber in der Regel ist es so, oder nicht?«
Wir blieben eine Weile sitzen und tanzten dann noch einmal, bis ich Julia zum dritten Mal auf den Fuß trat.
»Es tut wirklich nicht weh«, sagte sie, legte die Hand auf den Mund und versuchte, ihr Lachen zu unterdrücken. »Ehrlich.«
»Legen wir trotzdem eine kleine Pause ein«, sagte ich. Als wir zu unserem Tisch zurückkehrten, kam ein gutgekleideter Herr mit einem freundlichen, geröteten Gesicht auf uns zu.
»Gefällt Ihnen das Orchester?« fragte er und beugte sich über uns.
»Sie spielen wunderbar«, erwiderte Julia.
Er nickte zustimmend.
»Sind Sie der Inhaber?« fragte ich.
»Ja«, antwortete er stolz.
»Es ist sehr angenehm hier«, meinte Julia.
Er musterte uns eine Weile, setzte sein großzügiges, freundliches Grinsen wieder auf und meinte dann freudestrahlend: »Sie sind verlobt, nicht wahr?«
»Oh, nein ...«
»Ja, ja«, warf ich ein. »Wie haben Sie das erraten?«
Julia wandte sich rasch zu mir um und sah mich fragend an. Ich reagierte nicht darauf.
»So etwas erkenne ich sofort«, erklärte er. »An der Sprache des Körpers, an den Augen, am Gesicht. Ich irre mich nie. Darf ich Sie zu einem Getränk einladen?« Er drehte sich um und winkte den Kellner herbei. Dann beugte er sich zu mir herüber und meinte: »Ihre Verlobte ist sehr schön.«
»Ja, nicht wahr?«
Julia, die mich immer noch verständnislos anstarrte, errötete.
»Wann werden Sie heiraten?«
Ich sah Julia an und nahm ihre Hand. »Liebling?«
Ihr Blick wanderte von mir zu dem Mann. »Das ist ein wenig verzwickt«, stotterte sie. »All die Dinge, die man klären muß und so. Die Verwandten. Und dann die Frage, wo ...«
»Schieben Sie es nicht zu lange hinaus«, meinte er an mich ge-

wandt. »So eine Frau kann man schnell wieder verlieren.« Er zwinkerte mir zu. Ich zögerte, bevor ich zurückzwinkerte.
Als er gegangen war, zwickte mich Julia in die Seite. »Du bist betrunken«, sagte sie mit einem scheuen Grinsen.
»Ich wollte nur sehen, wie es ist, wenn ich das sage. Hoffentlich war es dir nicht peinlich.«
»Vielleicht ein wenig unvorbereitet.« Sie faltete ihre Cocktailserviette zusammen und wieder auseinander. »Und wie war es für dich?«
Wieder dieses Brennen in der Brust, nur daß es diesmal noch stärker war. »Gut«, sagte ich sanft. »Sehr gut.«
Sie wurde erneut rot und senkte den Blick. Als die Musik wieder einsetzte, stand sie auf, ergriff meine Hand und führte mich auf die Tanzfläche. Ich schlang beide Arme um ihre Taille, und sie legte ihre um meinen Hals. Wange an Wange geschmiegt, waren meine Lippen ganz nah an ihrem Ohr.
»Wann fährst du wieder in die Vereinigten Staaten?« fragte sie.
»Heute in einer Woche.« Dann fügte ich rasch hinzu: »Aber ich könnte noch umbuchen oder Charlotte und ihre Schwester und Sean vorausschicken.«
Ich spürte, wie sie sich ein wenig von mir zurückzog.
»Das darfst du nicht.«
»Ich könnte mit dir nach Florenz fahren.« Konnte ich das?
Sie schob mich noch weiter von sich und sah mich an. »Du kannst nicht mit mir kommen, verstehst du das nicht?«
Ich überlegte, was ich entgegnen sollte, aber der Alkohol vernebelte meine Gedanken. Warum konnte ich nicht bei ihr sein? Aber ja, wegen Charlotte und Sean. Zu viele Hindernisse. Keine Wahl.
»Halt mich fest«, sagte sie und drückte sich wieder an mich.
Und so hielt ich sie ganz fest, schloß die Augen und ließ mich von der Musik tragen.

*

Ich habe beschlossen, das Rauchen wieder anzufangen. Nur hin und wieder eine Zigarre nach dem Abendessen auf der Terrasse. 1960 habe ich aufgehört – damals rauchte ich eine Schachtel am Tag –, als ein beißender Husten mir in Erinnerung rief, daß der Bundesgesundheitsminister nicht rauchte. Das war der zweite große Kummer in meinem Leben.
Zigaretten waren die Satzzeichen in meinem Alltag gewesen, die Punkte, Kommata, Gedankenstriche und Ausrufezeichen (besonders nach dem Sex), die mein Dasein gliederten und ihm eine Struktur gaben. Ohne sie fühlte ich mich wie ein endloser Bandwurmsatz, ein unförmiges, kompaktes Bündel, das nur aus Qualen bestand, immer aus dem Gleichgewicht, wie ein Mensch, der wochenlang nicht auf die Uhr schauen darf. Tastend und grapschend griff ich an meine Hemdtasche, als suchte ich einen Körperteil, den man mir amputiert hatte. Was um Himmels willen sollte ich Stunde für Stunde, Tag für Tag, Woche für Woche mit meinen Händen anstellen? Ich beobachtete andere Nichtraucher, um zu sehen, was sie mit den Händen machten, aber nichts überzeugte mich, und meine Hände, besonders meine rechte, zappelten und zuckten wie die einer Näherin, die seit Jahrzehnten zum ersten Mal arbeitslos ist.
Nach Frauen und Kindern – und manchmal auch vor ihnen – waren Zigaretten meine große Liebe, die einzige Konstante in meinem Leben, die mich stets befriedigte. Als ich mit dem Rauchen aufhörte, kam es mir vor, als müßte ich den Rest meiner Jahre in einem Zustand äußersten Unbehagens verbringen, als wäre der eigentliche Zweck meines Lebens, die Schlacht, der ich meine ganze Lebensenergie opfern sollte, der Kampf ums Nichtrauchen. Wenn ich in einer Bar war, stellte ich mich so hin, daß ich den Zigarettenrauch meines Nachbarn mitbekam, und sog ihn unauffällig, aber mit tiefen Zügen ein. In meinen Träumen kompensierte ich meinen Verlust mit drei bis vier Schachteln pro Nacht.
Allmählich aber ließ das Verlangen nach, bis die Zigaretten verblaßten wie eine Exfrau. Unmöglich, sie vollständig zu vergessen, aber wenigstens hatte ich sie nicht mehr unmittelbar vor Augen. Aber jetzt? Zum

Teufel mit alledem, oder? Also werden meiner Kleider wieder stinken. Seit einiger Zeit hilft es sowieso nicht mehr viel, nicht zu stinken. Und ehrlich gesagt, ich könnte ein Laster gebrauchen.
Es ist beschlossene Sache. Morgen werde ich den Bus in die Stadt nehmen, zum Smoke Shop gehen und eine Kiste Montecristo Double Coronas aus dem begehbaren Humidor mit der Schiebetür kaufen. Damit dürfte ich auskommen.

⋆

Ich war gerade auf dem Weg in mein Zimmer, weil ich zur Toilette wollte, als Erica mich anlächelte. Es war ein Lächeln, das sich über das ganze Gesicht breitete, als hätte man plötzlich den Vorhang vor einer großen Bühne weggezogen, hinter dem sich ein vollständiges Orchester mit schimmernden Instrumenten verbarg.
Oh, mein Gott.
Ich frage mich, warum so ein Lächeln plötzlich wieder Hoffnungen in einem weckt und einen aufleben läßt, warum die Schönheit einem manchmal wie die Lösung der drängendsten Probleme erscheint, so sehr, daß man in den anderen versinken möchte, man sich um diese Schönheit winden möchte wie ein zu schneller Wagen um einen Telefonmasten, laut hupend.
Ich glaube, die Schönheit stellt ein Bedürfnis im Blick des Betrachters dar, ein Bedürfnis, das nie ganz erfüllt wird. Was man sieht, ist nicht das, was man bekommt. Was man sieht, ist das, was man nicht bekommt, deshalb muß man immerzu hinschauen.
»Hallo, Erica.«
Als ich in meinem Zimmer war, ging ich ins Bad, vermied es, in den Spiegel zu schauen, dann packte ich mir meinen Zeichenblock und eilte wieder hinaus.

⋆

Heute fühle ich mich beschissen, bin nur noch ein erbärmlicher Haufen sich verschlimmernder Symptome. Dr. Tompkins beugte sich kurz über mich, und jemand hängte mich an den Tropf. Glaube, es war Sarah, bin mir aber nicht sicher. Ich weiß überhaupt nichts mehr.

Ich erinnere mich, wie sich schon einmal Schwestern und Ärzte über mich beugten. Erst der Verbandsplatz, direkt hinter der Front, wo ein Sanitäter mir eine Tetanusspritze verpaßte, die Schrapnellwunde in meinem rechten Schenkel mit Jod auspinselte und ein riesiges, saugfähiges Pflaster draufklebte. Dann lag ich in einem großen, überfüllten Hof zwölf Stunden lang auf dem Boden, bis mich zwei Männer in blutverschmierten Kitteln in einen Krankenwagen hoben und vier, fünf Kilometer weit in ein Feldlazarett brachten. Danach wieder Warten auf dem dicht besetzten Boden eines dunklen Gangs. Schließlich trug man mich in einen Operationsraum, der nur von der nackten Stichflamme eines tragbaren Schneidbrenners erleuchtet wurde. Das silbrige Operationsbesteck lag aufgereiht auf einem weißen Emailtisch, der hin und wieder bebte, wenn Detonationen den Raum erschütterten. Der unerträgliche Gestank von Chlor, Wundbrand, Acetyl und Äther brachte mich zum Würgen. Ich kämpfte gerade gegen einen heftigen Brechreiz, als eine erschöpft wirkende Krankenschwester mir Vaseline ins Gesicht schmierte, mir dann eine Maske auflegte und diese mit Äther beträufelte. Ich wehrte mich kurz, aber zwei Männer preßten mich auf die Krankenbahre.

Später erwachte ich, als mir gerade eine andere Schwester den Verband wegschnitt. Dann untersuchte ein Arzt die Wunde mit seinen Instrumenten und wusch sie mit in Dakinscher Lösung getränkter Gaze aus. Anschließend entfernte er kleine rote Gummischläuche, die zum Teil tief in der Wunde saßen, und ersetzte sie durch neue, die aus der frisch verbundenen Wunde heraushingen. Alle zwei Stunden goß eine Schwester Dakinsche Lösung durch einen Glasbehälter in die Schläuche, um die Wunde trockenzulegen, bis es wieder Zeit war, die Wunde neu zu verbinden.

»Wie geht's, Patrick?«

Eine sanfte Stimme, ganz nah an meinem Gesicht. Eine warme Hand, die auf meine Stirn drückt. Ich blicke in das Licht, bis ich eine Schwester erkenne. Sarah. Ja, Sarah. Ich nicke und führe dann meine rechte Hand langsam zu meinem rechten Schenkel hinunter, ertaste mit den Fingerspitzen die lange Narbe. In der anderen Hand halte ich den Notrufknopf fest umschlungen.

Ich wünschte, die Sache mit Gott würde noch funktionieren. Oder zumindest, daß ein paar der Ersatzgötter eine beruhigendere Wirkung hätten, daß es eine überzeugende Alternative zur unretuschierten Wirklichkeit gäbe, eine Möglichkeit, dieses ganze Elend zu umgehen. Eine Widerlegung der Finsternis.

Also, da wäre der Materialismus (Wenn ich ein dem Untergang geweihtes Geschöpf bin, dann zumindest ein beschwerdefreies, gutaussehendes, gottähnlich in meiner Pracht, wenn nicht sogar in meinen Chromosomen). Dann die Wissenschaft (Der Gedanke, daß wir Gott überlisten, seine Schlösser knacken und die Herrschaft übernehmen – hah!). Es gibt die wirre Vorstellung der Erlösung durch Selbsterkenntnis, obwohl das schrecklich teuer ist, und außerdem hört damit nicht das Leiden auf (Einsicht allein bewirkt das nie, im Gegenteil, sie kann Wunden aufreißen). Und schließlich die Liebe, die ebenfalls fehlerhaft scheint, aber vielleicht doch nicht allzusehr.

Wenn also mein Name nicht groß am Himmel steht,
wenn ich mich Gott nicht anvertrauen kann,
dann möchte ich wenigstens auf der Seele
einer Frau mich niederlassen
wenn auch nur für einen Augenblick
bevor ich stürze.

*

Am nächsten Tag traf ich Julia nicht. Ich hatte keine Zeit dazu. Am Morgen mußte ich Sean hüten, und danach trafen wir uns mit Charlotte und Margaret zum Picknick im Bois de Boulogne. Als wir wieder im Hotel waren, hielt Sean ein Nickerchen, und Margaret unternahm einen Spaziergang, während Charlotte und ich Karten spielten. Dann sagte ich, ich wolle noch ein Stündchen an die frische Luft, lief zu Julias Hotel hinüber, um ihr zu hinterlassen, daß ich versuchen würde, sie am nächsten Tag zu treffen, und daß ich sie vermißte. Auf dem Rückweg kaufte ich ein Geschenk für sie.

Am Abend aßen wir in einem kleinen Restaurant an den Champs-Elysées, wo wir jedoch nicht lange blieben, weil Sean plötzlich einen Löffel durch den Raum schleuderte und eine kleine Ziervase auf einem Sims damit traf, die auf dem Teller einer Frau landete, so daß dieser sowie die Vase zu Bruch gingen, was wiederum die Frau veranlaßte, uns unflätig zu beschimpfen. (Ich wußte gar nicht, daß Sean so viel Kraft besaß.) Nachdem ich beim Wirt den Schaden beglichen hatte, bummelten wir lange an der Seine entlang. Während Margaret fast pausenlos redete, waren Charlotte und ich schweigsam. Ich fragte mich, ob das normal war oder ob Charlotte ahnte, daß ich Geheimnisse hatte, Geheimnisse, die mir, wie ich fürchtete, aus den Augen starrten.

Wieder im Hotel angekommen, schrieben Margaret und Charlotte Briefe, und ich las Sean aus einem Buch vor.

»Wir waren noch gar nicht in Versailles«, meinte Charlotte, während sie einen Umschlag zuklebte. »Warum fahren wir nicht gleich morgen hin?«

»Eine wunderbare Idee!« meinte Margaret. »Ich habe *alles* darüber gelesen.«

»Aber es gibt noch so vieles in Paris, was ich mir anschauen möchte«, sagte ich.

»Versailles muß man gesehen haben«, erwiderte Charlotte.

»Um ehrlich zu sein, ich fühle mich nicht wohl«, sagte ich, legte das Buch beiseite und hob Sean von meinem Schoß.

Charlotte sah mich skeptisch an.

»Er war den ganzen Tag schon so merkwürdig«, meinte Margaret, die oft von mir sprach, als befände ich mich in einem anderen Raum. Ich hatte Margaret noch nie gemocht, und jetzt erreichte meine Sympathie für sie einen nie gekannten Tiefpunkt. »Vielleicht solltest du dir einen neuen Anzug kaufen.«

»Einen neuen Anzug?«

»Das könnte deine Laune heben.«

»Meinst du?«

Als Margaret das Zimmer verlassen hatte, sagte Charlotte: »Stimmt etwas nicht mit dir? Du wirkst ein wenig ...«

»Es geht mir gut. Bin nur müde.«

»Du bist böse, daß ich nicht mit dir zu der Einweihung gefahren bin, stimmt's?«

»Nein, überhaupt nicht.«
»Ich hätte mitfahren sollen. Es war egoistisch von mir, hier zu bleiben.«
»Ich bin dir nicht böse. Bestimmt nicht. Du hättest dich sowieso nur gelangweilt.«
»Aber ich hätte bei dir sein sollen.« Sie kam zu mir und umarmte mich. Dann sah sie mich an und sagte: »Du mußt es einmal vergessen.«
»Vergessen?«
»Es ist zehn Jahre her.«
»Zehn Jahre.«
»Du darfst nicht zulassen, daß es dein Leben zerstört.« Sie beugte sich vor und gab mir einen sanften Kuß auf die Wange. »Du solltest schlafen gehen.«
Am nächsten Morgen brachen sie um neun Uhr auf. Sobald die Tür ins Schloß gefallen war, sprang ich aus dem Bett, badete, zog mich an und lief zu Julias Hotel. Sie saß in dem kargen Speisesaal hinter dem Foyer und frühstückte.
»Ich habe den ganzen Tag frei«, sagte ich.
Sie stand auf und gab mir einen Kuß. »Wo sind sie?«
»In Versailles.« Ich mußte lachen. »Ich sehe direkt vor mir, wie sich meine Schwägerin in den vielen Spiegeln bewundert. Sie werden Tage brauchen.«
»Und was machen wir?« fragte Julia, setzte sich wieder und nippte an ihrem Kaffee.
»Warum schließen wir uns nicht in deinem Zimmer ein und warten ab, was geschieht?«
Sie zog ihren Zimmerschlüssel heraus und ließ ihn vor mir hin und her baumeln. Ihr Lächeln weckte ein unbändiges Verlangen in mir, ihre Haut auf meiner zu spüren.
Der Kellner nahm meine Bestellung auf. Als mein Frühstück kam, schlang ich es hinunter, während Julia mir zusah, dann bezahlte ich und folgte ihr auf ihr Zimmer. Kaum hatte sie die Tür hinter sich geschlossen, hob ich sie hoch, wirbelte sie einmal herum, trug sie zum Bett und legte sie sanft ab. Schweigend zogen wir uns gegenseitig

aus, knieten uns aufs Bett, betrachteten einander und ließen die Finger über die Haut des anderen gleiten. Ich strich mit der Hand über ihren Rücken und ihre Schenkel, dann seitlich hoch zu ihren Schultern, umfaßte sanft ihre Brüste und küßte sie. Julia ließ sich in die Kissen sinken. Als wir uns liebten, beherrschte sie sich, um nicht vor Lust laut zu schreien. Anschließend lagen wir eng umschlungen auf dem Bett und schwiegen. Ich weiß nicht, wie lange.

»Ich möchte so viel über dich wissen«, sagte ich, setzte mich auf und griff nach den Zigaretten.

»Da gibt es nicht viel zu sagen.«

»Aber es gibt immer viel zu sagen.« Ich zündete eine Zigarette an und reichte sie ihr. Wir lagen, die Ellenbogen aufgestützt, nebeneinander.

»Dann frag mich.«

»Wann hast du Geburtstag?«

»Am achtundzwanzigsten Oktober.«

»Wer ist dein Lieblingsschriftsteller?«

»Emily Brontë. Und Tolstoi.«

»Komponist?«

»Chopin.«

»Farbe?«

»Hängt vom Tag ab.«

»Jahreszeit?«

»Herbst.«

»Was hast du lieber, die Berge oder das Meer?«

»Das Meer.«

»Was interessiert dich mehr, die Vergangenheit oder die Zukunft?«

»Auf jeden Fall die Vergangenheit.«

»Spielst du ein Instrument?«

»Wollte ich immer. Aber wir hatten kein Geld dafür.«

»Bist du ein Morgen- oder ein Nachtmensch?«

»Beides.«

»Beides geht nicht.«

»Wer sagt das?«

»Hast du Schlafstörungen?«

»Erst seit ich dich kenne.« Sie mußte grinsen.
»Was ist dein Lieblingsessen?«
»Englisches.«
»Englisches?«
»War nur Spaß. Eigentlich italienisches, obwohl mir nicht viel am Essen liegt. Und vergiß nicht, ich bin eine schrecklich schlechte Köchin.«
»Ich werde einmal für dich kochen«, sagte ich.
»Wann ist einmal?«
Ich lehnte mich zurück und blickte zur Decke, wobei mir die Risse in der hellblauen Farbe auffielen.
»Tut mir leid, das hätte ich nicht sagen sollen«, meinte sie. »Außerdem haben wir den ganzen Tag vor uns. Reden wir lieber über heute.« Sie legte sich auf mich.
»Zuerst einmal habe ich etwas für dich.« Ich schlüpfte unter ihr aus dem Bett, holte die schmale Schachtel aus meiner Manteltasche und reichte sie ihr.
Ohne den Blick von mir abzuwenden, öffnete sie sie. Als sie die Halskette sah, klappte sie die Schachtel sofort wieder zu, um gleich darauf erneut hineinzuspähen.
Sie musterte mich eine Weile, blickte dann wieder auf das dünne Goldkettchen, an dem ein Saphiranhänger baumelte. »Es ist phantastisch.«
»Probier es an.«
Vorsichtig nahm sie das Kettchen aus der Schachtel und legte es sich um den Hals. »So etwas Schönes habe ich noch nie gehabt.« Sie stand auf und sah in den Spiegel. »Du bist verrückt, Patrick.«
»Stimmt.« Ich stand ebenfalls auf, stellte mich hinter sie und legte die Arme um ihre Taille, strich über ihren Bauch und ihre Brüste. Langsam bog sie den Rücken, drehte sich um und küßte mich. Als ich in ihr war, kam ich schnell und heftig, und plötzlich war ich den Tränen nahe. *So ist das also: So nah können sich zwei Menschen sein.*
Wieder im Bett, sahen wir uns eine ganze Weile schweigend in die Augen.
»Wegen dir hat sich alles gelohnt. Alles, was ich durchgemacht

habe. Ich habe mich noch nie so gefühlt wie jetzt, jetzt, wo ich dich kenne.«

»Du meinst den Krieg?« fragte sie sanft und strich mit den Fingern über mein Gesicht.

Ich nickte. Sie küßte mich auf die Stirn und umarmte mich.

»Im Krieg dachte ich immer, niemand dürfte mehr lachen und singen, nicht nach all dem Gemetzel. Und der Gedanke, daß die Reichen auf ihren weichen Samtstühlen in den Opernhäusern von Paris und Berlin und Wien sitzen, nur eine Zugfahrt entfernt von der Hölle, war mir unerträglich. Es erschien mir fast wie ein Verbrechen.«

»Und was meinte Daniel dazu?«

»Er meinte, wir müßten uns das Lachen bewahren.«

*

Nachdem wir uns angezogen hatten, wollte Julia für ein paar Stunden mit ihrer Staffelei zum Kai hinunter, um die Schiffe auf der Seine zu malen. Wir gingen bis zum Pont Neuf jenseits der schmalen Spitze der Ile de la Cité, und als Julia ihre Utensilien bereitgelegt hatte, setzte ich mich daneben und sah ihr zu.

»Macht es dir etwas aus, wenn ich zuschaue?«

»Ich fühle mich geschmeichelt.«

Sie begann, die Farben auf ihrer Palette zu mischen, tauchte den Pinsel ein und beugte sich vor. Ich betrachtete ihre langen Finger, die Handgelenke, Arme, Beine, dann wieder ihre Finger, die den Pinsel sorgfältig hin und her führten.

»Weißt du, wie ich mich gerade fühle?«

Sie blickte zu mir herüber. »Wie denn?«

»Eigentlich kann ich es gar nicht beschreiben.«

»Versuch es.«

Ich dachte einen Augenblick nach. »Wahrscheinlich halten viele Menschen nur deshalb Tag für Tag durch, weil sie hoffen, sich eines Tages so zu fühlen wie ich in diesem Augenblick.« Auf dem Fluß glitt gerade ein Boot vorbei. »Daniel hat mich einmal gefragt, ob ich jemals verliebt gewesen sei. Er wußte, daß dem nicht so war, und ich glaube, es tat ihm leid. Jetzt weiß ich, warum.«

Sie legte den Pinsel beiseite und blickte mich an, noch offener und aufmerksamer als sonst.
»Er wußte, daß ich nichts hatte, woran ich mich festhalten konnte. Keine Erinnerung an überschäumende Freude und rauschhaftes Glück. Nichts, was mich das Elend ertragen ließ. Wohingegen er auch in der größten Trostlosigkeit das Gefühl hatte, einen Ort zu haben, an den er gehörte. Er hatte dich.«
Sie schwieg, immer noch den Blick auf mich gerichtet. Schließlich nahm sie den Pinsel und malte weiter. »Dann hast du von nun an auch so einen Ort«, sagte sie mit einem traurigen Lächeln.

*

Ich saß zwei Stunden da, sah ihr einfach nur zu, spürte die Sonne auf meiner Haut und lauschte den Geräuschen der Stadt. Nein, so hatte ich mich wirklich noch nie gefühlt: wie in einem Rausch und zugleich so klar, als hätten sich mit einem Schlag die schwierigsten Fragen des Lebens gelöst. Ständig dachte ich, jeder sollte sich einmal so fühlen, wenn auch nur für einen Tag. Besonders die Millionen, die in Schmutz und Schlamm gestorben waren. Was hatte es sonst für einen Sinn, geboren zu werden?
Als Julia fertig war, brachten wir ihre Utensilien ins Hotel und machten einen Schaufensterbummel. Arm in Arm spähten wir in die Läden und bewunderten die verschiedenen Auslagen. Als wir an einer Kirche vorbeikamen und Musik hörten, gingen wir hinein, stellten uns in die Nähe der Pforte und lauschten einem Konzert von Studenten der Universität. Ich versuchte herauszufinden, welche Geschichte die Buntglasfenster über ihren Köpfen erzählten, aber es gelang mir nicht recht, bis auf die letzte Szene: Jesus am Kreuz blickt auf uns herab und sehnt sich verzweifelt nach dem Ende des Leidens.
Wir blieben bis zum Ende des Konzerts und spazierten dann weiter zum Bois de Boulogne. Auf einer Wiese zog sich Julia die Schuhe aus und nahm sie in die Hand. »Wußtest du, daß ich sehr schnell bin?« fragte sie.
»Nein. Wie schnell?«

»Wahrscheinlich schneller als du.«
»Das ist nicht besonders schnell. Wollen wir wetten, daß ich dich noch vor dem Baum da vorne einhole?«
»Nur, wenn ich es will«, erklärte sie. Dann gab sie mir einen flüchtigen Kuß, drehte sich um und rannte los. Ich folgte ihr, versuchte, nicht laut herauszulachen, gab mir jedoch Mühe, sie einzuholen. Kurz bevor sie den Baum erreichte, drehte sie sich um, breitete die Arme aus und fing mich auf, so daß wir übereinander zu Boden fielen.
»Ich war nahe dran«, sagte ich und rollte mich auf den Rücken, so daß sie auf mir lag.
»Ich konnte nicht länger warten«, meinte sie. »Außerdem weiß ich, daß es für Männer nichts Schlimmeres gibt, als zu verlieren.« Sie fing an, mich zu kitzeln, bis ich mich auf sie legte und festhielt. Als ich sie küßte, überkam mich das sehnsüchtige Verlangen, in ihr zu sein.
»Weißt du überhaupt, wie schön du bist?«
»Weißt du überhaupt, wie gern ich dich küsse?« Rasch bedeckte sie mein ganzes Gesicht mit Küssen und rollte sich wieder auf mich. Ich nahm ihr Gesicht in meine Hände und sah sie an.
»Jetzt weißt du es«, sagte sie und stand auf. Nachdem wir uns gegenseitig das Laub abgeklopft hatten, spazierten wir Arm in Arm durch den Park und blieben bei einer Gruppe alter Männer stehen, die Boule spielten.
Anschließend nahmen wir ein Taxi zur Sacré-Coeur, setzten uns dort auf den abschüssigen Rasen und blickten über die Stadt. Julia nahm meine Hand und küßte sie. »Es ist schon so lange her, daß ich mich so wohl – so friedlich – gefühlt habe, daß ich fast vergessen hätte, wie das ist«, sagte sie.
Ich zögerte eine Weile, dann erwiderte ich: »Etwas an dir verstehe ich nicht.«
»Was denn?« Sie sah mich ängstlich an.
»Ich verstehe nicht, wieso du so viele Jahre allein geblieben bist. Gerade du. Es ergibt überhaupt keinen Sinn.«
»Wessen Leben hat schon einen Sinn?«

»Haben dir nicht andere Männer Anträge gemacht?«
»Um Himmels willen, nein.« Sie lachte.
»Ich hätte es getan.«
»Patr...«
»Wirklich.«
»Du solltest so etwas nicht sagen. Es ist zuviel für mich.«
»Ich kann den Gedanken nicht ertragen, daß du allein bist. Daß wir voneinander getrennt sind.«
»Zumindest kann ich jetzt immer an dich denken.« Sie lehnte sich an mich.
»Aber das reicht nicht. Mir jedenfalls nicht. Ich muß dich sehen, berühren, dich in den Armen halten. Nachts im Hotel kann ich vor lauter Sehnsucht nach dir nicht schlafen.«
»Jetzt bin ich ja da.« Sie umarmte mich.
»Weißt du eigentlich, was andere hierfür geben würden?« Ich versuchte, mit fester Stimme zu sprechen. »*Alles*, Julia. Die meisten Menschen würden alles hierfür geben.«
Sie nickte langsam, und als ich mich auf dem Rasen ausstreckte, legte sie den Kopf auf meine Brust.
»Dann sind wir glücklicher als die meisten anderen Menschen«, sagte sie leise.
»Sind wir das?«
Sie antwortete nicht.
Wir müssen eine ganze Weile geschlafen haben, denn als wir aufwachten, hatte der Himmel eine andere Farbe, es hatte abgekühlt, und Regen kündigte sich an. Wir bummelten noch ein wenig durch die Straßen von Montmartre, bewunderten die Arbeiten der Künstler des Viertels und kehrten dann in einem Restaurant ein.
»Ich möchte gern einmal mit dir in den Louvre«, sagte sie, als wir gegessen hatten.
»Liebend gern. Seitdem du mir damals von deinem Besuch im Louvre erzählt hast und davon, daß die Bilder dort dich zum Weinen gebracht haben, träume ich davon, einmal mit dir zusammen hinzugehen.«

Sie sah auf ihre Uhr. »Ich glaube, du mußt zu deinem Hotel zurück.«
»Ich habe noch ein wenig Zeit.«
»Aber nicht genügend, oder?«
Ich beugte mich vor und nahm ihre Hand. »Ich könnte Charlotte verlassen.«
Sie zog ihre Hand zurück. »Nein, das darfst du nicht. Nicht deine Frau und deinen Sohn. Bitte, sag das nicht noch einmal.«
»Aber was sollen wir tun?«
Sie schwieg eine Weile, bevor sie antwortete: »Verstehst du denn nicht? Wir können nichts tun.«
»Was meinst du damit? Ich könnte es nicht ertragen, dich zu verlieren.«
»Es war unerträglich für mich, Daniel zu verlieren.«
»Aber mich mußt du nicht verlieren.«
»Ich habe dich nie gehabt, *begreifst du das nicht?*«
Ich kämpfte mit den Tränen und senkte den Blick, ballte die Fäuste. »Herrgott noch mal.«
Sie strich mit der Hand über meinen Rücken. »Ich hätte nicht nach Paris kommen sollen.«
»Sag so etwas nicht.« Ich zündete mir eine Zigarette an und machte einen tiefen Zug.
»Ich wollte nicht dein Leben zerstören, Patrick. Lieber möchte ich dich nie mehr wiedersehen als wissen, daß ich dich deiner Frau und deinem Sohn weggenommen habe.«
»Meinst du das im Ernst?«
Sie nickte langsam und biß sich auf die Lippen.
»Ich werde überall nach dir suchen«, sagte ich. Doch als ich das sagte, meinte ich Furcht in ihren Augen zu sehen. Vor mir? Vor dem, was sie getan hatte?
»Bitte, mach nicht alles noch schlimmer«, sagte sie.
Als der Kellner die Rechnung brachte, bestand sie darauf zu bezahlen. Draußen fiel leichter Regen, die Straßen waren ruhig und leer. Langsam machten wir uns auf den Weg zu ihrem Hotel, blieben ab und zu stehen und betrachteten das Licht der Straßenlaternen, das über die

Pfützen vor unseren Füßen hüpfte. Außerstande, uns schon voneinander zu verabschieden, jedoch zu traurig, um in der kurzen Zeit, die uns blieb, noch einmal hinaufzugehen und miteinander zu schlafen, blieben wir vor dem Hoteleingang stehen. Schließlich sagte sie: »Weißt du, warum ich so durcheinander war, als ich den Louvre besucht habe, warum ich hinausgerannt bin?«

»Warum?«

»Weil mir dort zum ersten Mal klar wurde, was der Louvre uns sagt.«

»Und was sagt er uns?«

»Daß unser Leben – unser aller Leben – ein Kampf ist zwischen Liebe und Verlust.«

»Und wer von beiden gewinnt?«

»Das weiß ich noch nicht.«

Ich streichelte ihre Wange und küßte sie auf die Stirn.

»Ich warte auf dich«, sagte sie, als sie sich umdrehte und hineinging. Ich sah ihr nach, bis sie die Treppe erreicht hatte. Dann lief ich zu unserem Hotel, wo ich mich auf Zehenspitzen ins Bett schlich. Als Charlotte mich am nächsten Morgen fragte, wo ich gewesen sei, erzählte ich ihr, es sei mir wieder besser gegangen und ich hätte mir am Mittag irgendwo ein Restaurant gesucht. Dort hätte ich einen französischen Kriegsveteranen kennengelernt, der wunderbare Geschichten erzählte und mir ein Glas Wein nach dem anderen spendierte, bis ich kaum noch gerade gehen konnte.

*

Im Zimmer auf der anderen Seite des Flurs wohnt eine blinde und teilweise gelähmte Frau namens April Lessing. Sie verläßt ihr Refugium nur, wenn es unbedingt nötig ist, deshalb besuche ich sie mehrmals in der Woche. Dann setze ich mich in dem ständig abgedunkelten Raum neben ihr Bett auf den kleinen Stuhl aus Metall und Holz, und wir unterhalten uns. Manchmal legt sie mir eine Hand auf das Gesicht und läßt ihre Finger langsam von meiner Stirn zum Kinn hinunter wandern. Zuerst hat es mich gestört, besonders, wenn sie dabei beschrieb, wie sich mein Gesicht anfühlte. Schöne hohe Wangenknochen, aber ein wenig eingefallene Backen, sagte sie immer. Gutes Kinn. Starke Kieferknochen. (Wenn sie wüßte!) Aber mittlerweile gefällt es mir, obwohl ich oft das Gefühl habe, daß sie mich mehr durchschaut, als mir lieb ist.

April ist zweiundneunzig. Sie hat eine tiefe, rauhe Stimme wie ein Raucher, aber sie sagt, sie habe schon vor vierzig Jahren aufgehört. An ihrem Bett liegen drei Rosenkränze: ein rosafarbener, ein gelber und ein weißer. Und sie beklagt sich immer noch über die Reformen des Zweiten Vatikanischen Konzils. »Es gibt nichts Geheimnisvolles mehr«, meint sie, »wenn die Messe auf englisch gelesen wird.«

»Ich glaube, dahinter steckt der Gedanke, daß die Leute besser verstehen sollen, was gesagt wird«, erwidere ich.

»Die Leute *wollen* doch gar nicht verstehen, was gesagt wird, begreifst du das nicht? Wenn man die Worte versteht, ist die ganze Sache nur halb so eindrucksvoll.«

Aprils Mann ist vor sechsunddreißig Jahren gestorben, mit siebenundsechzig. »Ich habe zu meinen Töchtern gesagt: ›Ihr könnt ja machen, was ihr wollt, aber heiratet keinen Mann, der älter ist als ihr, es sei denn, ihr wollt zweimal heiraten. Die Frauen sind ja dumm, wenn sie ältere Männer heiraten, wo die Männer doch ohnehin schon sieben oder acht Jahre vor ihnen sterben! Das ist wirklich ausgesprochen blöd.‹«

»Aber wenn man sich verliebt …«

»Das ist mir auch passiert, nur daß ich nicht wußte, daß alle Männer in den Siebzigern sterben. Die in unserem Klub starben wie die Fliegen. Herzattacken auf dem Golfplatz, Schlaganfälle im Umkleideraum, Infarkte im Speisesaal. Herrje, was für ein Theater! Und die meisten Frauen finden keinen anständigen zweiten Ehemann, weil die alle tot sind oder im Sterben liegen oder verheiratet sind und im Sterben liegen.

»Ich wußte gar nicht, daß ich so eine Ausnahme bin.«

»Ach, aber bei dir haben wir es aufgegeben.«

»Tatsächlich?«

»Klar, du bist schon vergeben.«

»Bin ich das?«
»Natürlich. Du bist dein ganzes Leben lang vergeben gewesen. Glaubst du, ich bin blind?«

⋆

Als junger Mensch erscheint es einem ja unvorstellbar, daß man jemals vergessen könnte, wie alt man ist, doch kaum hat man die Mitte des Lebens erreicht, muß man – besonders, wenn die Frage danach aus heiterem Himmel kommt – die Finger zu Hilfe nehmen. Tja, und wenn man noch älter wird, geschieht dasselbe bei der Frage, welches Jahr wir schreiben, nicht nur, ob 1980 oder 1981, sondern auch, ob 1980 oder 1970. Und dann denkt man sich, gütiger Himmel, welcher junge Kerl ist jetzt Präsident? Und während man versucht, sich zu erinnern, hat man plötzlich diesen Geruch aus der Kindheit nach Bleistiftspänen in der Nase, und schon steht man wieder da und leert den schwarz-silbernen Bleistiftspitzer, der im Klassenzimmer an die Wand geschraubt ist, und steht neben dem hübschen Mädchen im blau-weißen Baumwollkleid, was der eigentliche Grund ist, warum man den Bleistiftspitzer leert. Doch dann bringt einen der Schmerz wieder zurück in die Gegenwart, und man fragt sich, welches Jahr wir haben und wer Präsident ist.

⋆

Gerade habe ich Jungs Autobiographie zu Ende gelesen: *Erinnerungen, Träume, Gedanken.* Mich hat verblüfft, daß er nicht in der Lage war, nach Rom zu fahren. Er behauptet, er habe nicht die Kraft dazu, die Kraft, mit dem Geist, der dort laste, fertig zu werden, dem Geist, der jeden Stein und jede Schicht bis hin zur Antike durchtränkt. Bei seinem letzten Anlauf, nach Rom zu fahren, fiel er, als er die Tickets kaufen wollte, in Ohnmacht.
Und ich? Hätte ich die Kraft, noch einmal nach Frankreich zu fahren?

⋆

Erst als mich die Polizei nach Einbruch der Dunkelheit einen Kilometer von Great Oaks entfernt und sogar ohne meinen obligatorischen Pullover fand, erzählte mir Dr. Tompkins in seiner umständlichen Art, daß ich den Verstand verlieren würde.
»Früher Ausbruch«, sagte er, versicherte mir aber, daß die Krankheit den Krebs nie einholen werde.
»Gehirn verfault, was?«
»Na, nun machen Sie mal keine Affäre daraus.«
»Woher wußten Sie, daß ich gern eine Affäre hätte?«
Er verzog keine Miene.
Ich weiß nur noch, daß Sarah froh war, mich zu sehen, als ich kurz vor Mitternacht, gestützt von einem Polizisten, das Haus betrat. Und ich erinnere mich, daß sie mich in den Arm nahm und beinahe geweint hätte. Ich fragte mich, was ihr Schreckliches passiert sein könnte, bis sie es mir erzählte. Dann schämte ich mich wie ein Junge im Kindergarten, der sich in die Hose gemacht hat. Sofort erklärte ich mich bereit, das Grundstück nie mehr allein zu verlassen.
An jenem Abend wartete ich lange auf den Schlaf, und als er kam, trug er mich ganz schnell ganz, ganz weit davon, allein.

⋆

Nicht mehr lange, Julia. Gar nicht mehr lange.

⋆

Ich glaube, die meisten von uns peinigt tief innen der Gedanke, nicht mehr vollkommen zu sein, das nagende Gefühl, daß nicht nur alles besser sein könnte, sondern daß alles einmal besser war. In unseren Herzen können wir uns an einen Zustand des Glücks erinnern, aber wir können ihn nicht wiederherstellen, und *das* ist unsere größte Qual. Es geht nicht einfach darum, daß wir uns äußerstes Glück vorstellen können, sondern darum, daß wir es gekostet haben – vielleicht, so würde Freud sagen, an der Mutterbrust. Und da wir es gekostet haben, schmeckt nichts mehr so wie dieses selige Glück, weshalb im Leben so vieles bittersüß ist.
Ich glaube auch, daß wir niemals aufhören, danach zu suchen, nach

jenem unendlichen Wohlgefühl, jener Geborgenheit. Tief in unseren Herzen sehnen wir uns alle nach einer Art Wiedererrichtung des Reiches Gottes. Und genau das verspricht uns die Liebe, sie ist unsere einzige Chance, zu einer himmlischen Gemeinschaft zurückzufinden, wie wir sie einst erlebt haben. Und vielleicht ist das auch der Grund, warum man selbst die Liebe auf den ersten Blick als eine Wiedervereinigung erlebt.

Und ohne Liebe? Ohne Liebe sind wir Singvögel, die nicht singen können.

*

Ist Julia tot? Den Gedanken ertrage ich nicht.

*

Ich lehnte an einer Eiche neben dem Aussichtspavillon und erbrach mich, als Martin mich entdeckte.

»Fehlt dir was?« fragte er und legte mir die Hand auf den Rücken.

Ich winkte ab und übergab mich erneut.

»Ich hole eine Krankenschwester«, meinte er und wandte sich zum Gehen.

»Nein, bleib da.«

»Aber du ...« Mein ganzer Körper krümmte sich, während Martin mich an der Schulter festhielt. »Ich hole jemanden«, sagte er.

»Nein, bitte, es ist nichts.« Ich wischte mir den Mund mit dem Ärmel ab.

»Du bist krank. Ich hole den Arzt.« Er machte erneut Anstalten zu gehen.

»Warte.«

Er machte kehrt und stellte sich wieder neben mich.

»Es ist nicht das Endstadium, nur das dicke Ende nach einer Zigarre«, sagte ich.

»Was?«

»Zigarre. Ich habe eine Scheißzigarre geraucht.«

»Du hast eine Zigarre geraucht? Aber du rauchst doch gar nicht.«

»Ich weiß, daß ich nicht rauche.«

»Warum hast du dann eine Zigarre geraucht?« Martin war irritiert.
»Weil ich Lust darauf hatte.«
»Und da ist dir schlecht geworden, was?«
»Ja, mir ist schlecht geworden.« Ich richtete mich mühsam auf.
»Komm, ich helf dir.« Er nahm meinen Arm und führte mich über den Rasen ins Haus zurück.
»Ich glaube, du solltest nicht mehr rauchen«, meinte er.
»Ja, das glaube ich auch.«

⋆

Gott, ich bin's, Patrick. Patrick Delaney. Patrick E. Delaney. Zimmer vier, wenn dir das weiterhilft. Gerade habe ich mich gefragt, ob die Leute, die an dich glauben, etwas wissen, was ich nicht weiß. Gibst du ihnen eine Art Geheimwissen, eine Erkenntnis, ein Zeichen? Denn wenn das so ist, glaube ich, daß du mich übersehen hast. (Ein Flackern der Lampen würde genügen.) Und wenn nicht, stehe ich vor einem Rätsel.
Die Wahrheit ist – und ich werde mich kurz fassen, weil du bestimmt wenig Zeit hast –, die Wahrheit ist, daß es allmählich schrecklich verführerisch ist, an dich zu glauben, das heißt, die Alternativen sehen ziemlich trostlos aus. Ich sage es äußerst ungern, Herr, aber am Ende hast du mich vielleicht doch noch am Wickel. Und doch frage ich mich die ganze Zeit: Wenn du wirklich existierst (und ich habe immer noch große Zweifel), besteht da eine Chance, es mir ein wenig leichter zu machen? Und außerdem, muß *ich* immer reden?

⋆

Zwei Tage lang war es mir unmöglich, Julia zu treffen. Es regnete stark, Sean war krank, und es gab keine Gelegenheit, mich davonzustehlen. Mir blieb nur, jeden Tag durch den Regen zu ihrem Hotel zu laufen und ihr zu hinterlassen, daß ich sie vermißte und es am nächsten Tag wieder versuchen würde.
Und an diesem nächsten Tag saß ich an Seans Bett, legte ihm nasse Waschlappen auf die Stirn und sang für ihn »Old King Cole«, »Swanee River« und »Five little Sailors«. Und immer wenn ich an die Über-

fahrt nach New York dachte, ballte ich die Fäuste, biß die Zähne zusammen und hätte am liebsten in den Regen hinaus geschrien.

*

Gestern roch es draußen nach Rinde, ein Duft, den ich seit Jahren nicht mehr gerochen habe. Und während der Rindengeruch in meiner Nase hing und alte Baumhäuser und Lagerfeuer und Fangenspielen und Räuber und Gendarm heraufbeschwor, stellte ich fest, daß die Vögel lauter sangen als sonst, und die Blätter an den Bäumen traten deutlicher hervor, ihr saftiges Aussehen und ihre Reinheit erschienen mir fast ein wenig übertrieben. Ich rührte mich nicht, wartete, daß irgend etwas auf einen Anfall oder eine Herzattacke hinwies. Aber mir tat nichts weh. Ich atmete tief ein, langsam zunächst, dann kurz hintereinander, schmeckte die Luft, die in meiner Lunge kreiste, und dachte, daß der erste Herbstgeruch so ist, als stieße man zufällig auf ein vermißtes Album mit Photographien aus der Kindheit.

Und heute fühle ich mich, ja, kaum zu glauben, *gut*. Klar im Kopf. Frisch sogar, obwohl das kommt und geht. Alles scheint von ungewöhnlicher Tiefe, und die Farben leuchten mehr als sonst, als wären meine Sinne besonders geschärft. In meiner Brust spüre ich Fülle. Eine angenehme Fülle – wie das Aufsteigen aus der Tiefe, das man vor einem guten, längst überfälligen Schrei empfindet.

Nur zwei Dinge in meinem Leben hatten die Macht, mich gänzlich an die Gegenwart zu fesseln: Julia und die deutsche Armee. Aber das jetzt? Was ist das?

Es ist der Tod, nicht wahr? Die Zugabe. Ich lächelte, unterdrückte ein Lachen, als Besucher vorbeieilten. Wenn dies das Nahen des Todes ist, dann beneide ich nicht mehr die, die plötzlich sterben und nie die Macht erfahren, die der nahende Tod hat. Ich werde tief einatmen, so tief ich kann, und für einen Moment die Augen schließen. Ja, dieses Gefühl absoluten Friedens, diese Entspannung, als ob alles überfließen würde.

Oh, Herr, ich weine, dabei habe ich kein Taschentuch bei mir. Aber ich bin nicht traurig. Nein, überhaupt nicht. Ich bin irre glücklich, wie ein Junge im Regen, der das Gesicht den Wolken zuwendet, die Arme erhoben, die Fäuste geballt. Lebendig!

*

Als ich Julia wiedertraf, stand sie vor dem Hotel und lehnte, die Hände in den Taschen ihres Regenmantels, an der Mauer. Ihr Haar war naß, und sie lächelte nicht, als sie mich sah. Ich hatte nur ein paar Minuten Zeit, bevor ich Charlotte und Margaret treffen würde.

»Was ist los?« fragte ich und strich mit den Händen über ihre Wangen.

Sie wandte sich ab.

»Sag es mir. Bitte.«

Sie sah mich an. Ihre Augen waren geschwollen.

»Ich habe dich mit deiner Frau und deinem Sohn gesehen. Wie ihr aus dem Hotel kamt.«

»Du hast uns beobachtet?«

»Und ich bin euch in den Park gefolgt. Ich habe zugeschaut, wie du mit Sean gespielt hast und du und Charlotte beim Gehen einander die Hände gehalten habt.« Sie schluckte schwer. »Ihr habt so wunderschön ausgesehen zusammen. Alle drei.«

»Aber warum …«

»Ich wollte wissen, wie es ist. Ich wollte es sehen – daß du verheiratet bist.«

Mir fiel ein, daß ich Sean im Park auf den Schultern getragen hatte und mit ihm galoppiert war wie ein Pferd. Dann hatte ich eine Münze versteckt und so getan, als würde ich sie hinter seinen Ohren wieder hervorziehen, ein Trick, der ihm immer wieder gefiel und zur Folge hatte, daß er mehrmals am Tag hinter seinen Ohren nach weiteren Münzen suchte.

Nervös zog ich meine Zigaretten heraus. Julia fing an zu weinen.

»Es war so schrecklich, Patrick.«

»Das tut mir leid.«

»Ich konnte es kaum aushalten.«

»Du darfst nicht …«

»Es ist mein Fehler.«

»Bitte, sag das nicht.«
»Es gibt keinen Platz für mich in deinem Leben. Ich sollte nicht hier sein.« Sie wandte sich ab, als wollte sie gehen.
»Es muß einen Platz für dich geben.« Ich flüsterte.
»Es gibt keinen. Ich kann das nicht.«
Meine Fäuste ballten sich so fest zusammen, daß beide Arme zitterten. Der Druck in meinem Kopf verursachte einen stechenden Schmerz hinter den Augen. »Du darfst mich nicht verlassen, Julia. Du bist der einzige Mensch, der mir Hoffnung gegeben hat. Durch dich hat sich alles für mich verändert, begreifst du das denn nicht?«
Sie sah zu mir auf, setzte zum Sprechen an, hielt dann aber inne und ließ die erhobenen Hände schlaff herabhängen wie mitten in einem Satz. Ich konnte sie kaum anschauen.
»Gib mir noch etwas Zeit«, sagte ich. »Bitte.« Wieder dachte ich an Sean, sah vor mir, wie wir am Morgen im Badezimmer zusammen gespielt hatten und er kreischend lachte, als er mich plötzlich von oben bis unten vollpinkelte.
Sie schwieg.
Ich packte sie bei den Schultern. »Du wartest noch eine Weile, ja? Sag, daß du wartest.«
»Ja, ich werde warten«, hauchte sie.
Den Rest des Tages verbrachte ich damit, im Schlepptau von Charlotte und Margaret in Paris herumzulaufen und sämtliche Schuhgeschäfte abzuklappern – Margarets Idee. Und als wir uns zum Mittagessen in ein teures Restaurant beim Panthéon setzten, gab ich mir alle Mühe, nur ja nicht zu vergessen, daß von mir ein fröhliches Gesicht erwartet wurde.
In der Nacht konnte ich nicht schlafen. Am nächsten Morgen machte ich schon früh einen Spaziergang mit Sean, suchte mit ihm einen Park auf, damit er Tauben jagen konnte. Dann setzten wir uns auf eine Bank und beobachteten den Sonnenaufgang, der einen orangefarbenen, dann gelben Schimmer auf Straßen und Gebäude warf. Sean saß auf meinem Schoß, und da es kalt war, knöpfte ich mein Jackett auf und schloß sie um seinen kleinen Körper. Er drehte den Kopf, sah mich an und packte mich an der Nase. Dann

wand er sich heraus und durchsuchte mit seinen kleinen Händchen, die noch Grübchen hatten, meine Taschen. »Bon bon?« fragte er mit einem unwiderstehlichen Lächeln.
Ich streichelte seine Wange. »Kein bon bon. Kannst du ›Bonjour‹ sagen? ›Bonjour, Papa‹?«
»Nein, bon *bon*, Papa«, meinte er streng und schob den Kopf vor. Ich griff in die Innentasche meines Jacketts, zog ein kleines rotes Bonbon heraus und gab es ihm. Dann nahm ich ihn bei der Hand und ging mit ihm zum Hotel zurück. Nachdem ich ihn Charlotte übergeben hatte, rannte ich hinüber zu Julias Hotel, aber sie war nicht da.
»Warum verdrückst du dich ständig?« fragte Charlotte, als ich zurückkam. Sie saß vor dem Spiegel und schminkte sich.
»Was meinst du damit?«
»Das weißt du sehr gut. Immer läufst du irgendwo hin.«
»Ich bin nur mal eben hinausgegangen, um mir Zigaretten zu holen.«
»Aber du bist stundenlang allein unterwegs.«
»Ich möchte dich nicht mit den Militärmuseen langweilen. Und du weißt, daß ich diese Einkaufsbummel nicht ausstehen kann – vor allem durch Schuhgeschäfte.«
»Es ist wegen Margaret, nicht wahr? Du meidest sie. Ich habe mir schon immer gedacht, daß du sie nicht magst. Und glaub bloß nicht, sie wüßte es nicht.«
Ich wollte es schon abstreiten, doch dann dachte ich: Nein, laß sie in dem Glauben.
»Die Babysitterin kommt in einer Viertelstunde. Margaret und ich gehen in die Stadt. Du kannst dich uns gerne anschließen.«
»Zum Einkaufen?«
»Du mußt ja nicht mit in die Läden hinein.«
»Nein, treffen wir uns lieber später. Wir könnten schön zu Abend essen.«
Charlotte sah mich im Spiegel an. »Margaret hatte recht. Du bist merkwürdig.« Sie stand auf und wühlte in ihrer Handtasche nach dem Lippenstift, den sie dann sorgfältig auftrug. Als sie fertig war, zog sie den Reißverschluß an ihrem Kleid hoch, schlüpfte in ihre

Schuhe und ging zur Tür. »Du solltest nicht ewig an den Krieg denken, Patrick.«
»Ja, ich weiß.«
»Warum amüsierst du dich nicht, solange wir hier sind?«
»Du hast recht. Vielleicht kaufe ich mir sogar so einen Anzug.«
»Versuch es wenigstens.«
»Tu ich.« Ich ging zu ihr und gab ihr rasch einen Kuß. »Bis zum Abendessen.«
»Bis zum Abendessen.«
»Mach's gut.«
Als ich wieder zu Julias Hotel kam, saß sie im Foyer und las Zeitung. Sie sprang sofort auf, ihre Augen strahlten vor Glück. »Es tut mir leid wegen gestern«, sagte sie. »Ich hätte mich nicht so anstellen sollen.«
»Ist schon in Ordnung«, sagte ich und umarmte sie.
»Ich hatte schreckliche Angst, dich nie mehr wiederzusehen.«
»Es wird schwieriger, wegzukommen.«
Ich sah, wie sich die Muskeln in ihrem Gesicht spannten. »Wieviel Zeit haben wir?«
»Ich bin mit ihnen zum Abendessen verabredet. Und morgen kann ich mich vielleicht auch für ein paar Stunden absetzen.«
»Gehen wir doch in den Louvre. Nein, lieber erst auf mein Zimmer und danach in den Louvre.«
Wir liebten uns stumm und rasch. Zu rasch. Alles ging zu schnell, die Zeit, die wir zusammen verbringen konnten, kam uns immer kürzer vor.
Als wir uns anzogen, blickte ich mich in dem kleinen Zimmer um, sah auf den Koffer, der auf dem Boden in der Ecke stand, ihre Sachen, die sorgfältig auf der Kommode ausgebreitet lagen, das Bett und die blaue Deckenfarbe mit den Rissen. Wie oft würde ich noch hierher kommen? Ich beschloß, nicht darüber nachzudenken.
Draußen auf dem Gehsteig gelang es mir kaum, mit ihr Schritt zu halten. »Ich kann es gar nicht abwarten, dir zu zeigen, was ich im Louvre entdeckt habe«, sagte sie. Sie wirkte aufgeregt wie nie zuvor.
»Was denn?« fragte ich.

»Du wirst schon sehen.«
Sobald wir das Museum betreten hatten, bemerkte ich eine Veränderung an ihr. Sie bewegte sich anders und sprach mit gedämpfter Stimme, als wären wir in einer Kirche oder einem Mausoleum. Drei Stunden lang schlenderten wir schweigend durch die breiten Gänge und blieben hier und da geraume Zeit stehen, um Statuen, Büsten, Gemälde, alte Schmuckstücke oder antike Gebrauchsgegenstände zu bewundern. Ich blickte in die Augen von Königen und Königinnen, Kaisern und Prinzen, Bauern und Sklaven, alten Männern und kleinen Kindern, und ich sah aus hundert Jesusen, die sich am Kreuz wanden, das Blut tropfen. Ich sah Mantegnas *Heiligen Sebastian*, gefesselt und von Pfeilen durchbohrt, und Tizians verlockende *Frauen im Spiegel* und *Die Freiheit führt das Volk* von Delacroix, die Freiheit, die mit entblößter Brust die Barrikaden stürmt, zu ihren Füßen die Toten. Vor dem Porträt der *Infantin Margarita* von Velázquez dachte ich an Robin, und beim Anblick des *Bettlerknaben* von Murillo kamen mir all die Kriegswaisen in den Sinn, und plötzlich glaubte ich, das Zeitgefühl zu verlieren, als bliebe die Welt mit kreischenden Bremsen stehen und ich genösse das Privileg, auf ihr umherzustreifen und ihre Geheimnisse zu entschlüsseln, ihre wunderbaren und ihre erbärmlichen, und Julia würde mich dabei führen.
Als wir langsam durch eine von Statuen gesäumte Halle auf die *Venus von Milo* zu schritten, wandte sich Julia zu mir und fragte: »Spürst du es?«
»Du meinst, den Geist der Geschichte, das, was all diese Künstler zu sagen versucht haben?«
Sie nickte.
»Ja. Es ist wirklich überwältigend. Aber auch beängstigend, diese vielen Gesichter, die einen aus der Vergangenheit anblicken.«
»Nicht wahr?« Sie ging wieder weiter.
»Es ist so gewaltig, wie ein riesiger Tribut an die Menschlichkeit.«
»Und, haben sie es richtig erfaßt?« fragte sie.
»Was meinst du damit?«
»Haben die Künstler es erfaßt? Die Dinge, die du und Daniel erlebt

habt, was ihr gefühlt und gesehen und getan habt. Nicht nur die schlimmen Dinge, auch die guten. Haben sie es richtig erfaßt?«

Ich blickte in das ernste Gesicht einer Skulptur. »Ja, sie haben es erfaßt.«

»Das ist gut.« Sie biß sich auf die Lippe.

»Sollen wir ein wenig hinausgehen, eine Zigarette rauchen und vielleicht einen Kaffee trinken?« fragte ich.

Sie nickte, und wir schlenderten zum Haupteingang zurück.

»Ach du liebe Güte.«

»Was ist?«

»Charlotte ist hier. Mit ihrer Schwester.« Ich versteckte mich hinter einer Traube von Touristen und beobachtete, wie Charlotte und Margaret langsam auf uns zukamen.

»Ich hatte keine Ahnung, daß sie hier sind.« Als ich Julia ansah, wirkte sie wie vom Blitz getroffen.

»Haben sie uns bemerkt?« fragte sie.

»Ich weiß nicht.«

Während Charlotte und Margaret näher kamen, entfernte sich Julia ein paar Schritte von mir. Ich sah mich nach einem Ausgang um, dann nach Julia. Sie stand weiter hinten in der Halle neben einer großen Statue und starrte auf Charlotte. Ich versteckte mich erst hinter einer Säule, dann versuchte ich, mir einen Weg zu Julia bahnen. Sie sah zu mir herüber, schüttelte den Kopf und wich noch weiter zurück.

»Wo treffen wir uns?« flüsterte ich laut.

Aber Julia schüttelte nur erneut den Kopf.

Ich drängte mich durch eine Gruppe von Touristen, doch Julia entfernte sich immer weiter von mir.

»Patrick? Bist du es?«

Ich erstarrte.

»Patrick?«

Langsam drehte ich mich um.

»Charlotte?«

»Was um Himmels willen machst du hier?«

Neben ihr stand mit finsterem Blick Margaret.

»Ich dachte … Ich dachte, ich würde dich vielleicht hier finden.« Ich

drehte mich zu Julia um. Sie beobachtete uns mit zusammengezogenen Brauen.
»Das ist aber lieb von dir«, meinte Charlotte, beugte sich vor und gab mir einen Kuß. »*Unglaublich*, daß du uns tatsächlich gefunden hast.«
Ich sah wieder zu Julia. Sie weinte.
»Patrick, hörst du mir überhaupt zu?« Charlotte wandte sich um und folgte meinem Blick. Ich war drauf und dran, zu Julia hinüber zu gehen, doch sie schüttelte wieder abwehrend den Kopf und zog sich, die Faust an den Mund gepreßt, immer weiter zurück.
»Ich ... ich dachte, ich hätte einen alten Freund gesehen, aus dem Krieg. Hab' mich wohl getäuscht.«
Geh nicht fort, Julia.
»Du schwitzt ja«, sagte Charlotte und fuhr mir mit dem Finger über die Schläfe.
Julia.
»Ja, es ist heiß hier drin, nicht wahr?«
»Eigentlich nicht«, erwiderte Margaret, die einen Pullover trug.
Charlotte hakte sich bei mir unter. »Gerade habe ich gedacht, wie schön es doch wäre, mit dir zusammen hier zu sein. Es gibt da ein Bild, das ich dir gern zeigen möchte. Ich bin regelrecht hingerissen.«
Weitere Touristen strömten durch den Saal. Ich versuchte, Julia im Blick zu behalten. Sie war noch da, jedoch inzwischen am anderen Ende des Saals, und sie beobachtete mich immer noch und schüttelte den Kopf. Meine Beine wollten loslaufen. *Folge ihr.*
Margaret starrte mich mit großen Augen an. Ich starrte zurück.
Charlotte zog mich am Ärmel. »Komm.«
Ich dachte an Sean, der im Hotel geblieben war. An seine braungrünen Augen, sein Kichern, an sein freundliches Grinsen, wenn er ins Zimmer spazierte, daran, daß er immer meine Nase packen und abreißen wollte. Ich dachte an Charlotte, unsere Hochzeit, unser behagliches Heim und unser beruhigendes Alltagsleben, daran, wie froh wir waren, endlich ein Haus zu besitzen, und daß die Nachbarkinder so lieb zu Sean waren. Ich dachte an den Krieg, das Glück, überlebt zu haben, daran, daß ich niemals zulassen wollte, daß Sean mit so etwas

konfrontiert wurde. Ich dachte an Lawton und Giles und Tometti und Daniel und all die Dinge, die sie nicht mehr erleben durften. Und ich dachte an den Blick in Daniels Augen am Tag, als er starb – daß er versucht hatte, mir Kraft zu geben.

Gib mir Kraft.

»Ist das alles hier nicht unglaublich?« sagte Charlotte. »Hast du die Ägyptische Sammlung gesehen? Und die Schmuckstücke. Hast du den Schmuck in den Vitrinen gesehen?«

Nur noch mit äußerster Anstrengung konnte ich Julia erkennen.

Geh zu ihr.

Charlotte zog erneut an meinem Ärmel. Langsam folgte ich ihr. Margaret glotzte mich immer noch an.

Laß sie nicht allein. Nicht noch einmal.

»Ist das nicht schön?« fragte Charlotte und deutete auf eine Marmorstatue.

Ich drehte mich noch einmal nach Julia um.

»Ja, sehr schön«, sagte ich.

Daniel, was soll ich tun?

»Du zitterst ja«, meinte Charlotte. »Fühlst du dich nicht gut?«

Ich schüttelte den Kopf.

Ich weiß nicht, was ich tun soll, Daniel.

»Du Armer.« Sie legte den Arm um mich und küßte mich erneut, dann fühlte sie meine Stirn. »Herrje, du glühst ja.«

Hörst du, Daniel?

Ein letztes Mal drehte ich mich nach Julia um, aber sie war fort.

⋆

Daniel?

⋆

Drei Stunden lang standen wir vor Gemälden und Statuen und lasen in Margarets Reiseführer, doch ich sah immer nur Julia mit ihren grünen Augen vor mir, die weinend aus dem Louvre floh.

Als wir wieder draußen waren, wollten Charlotte und Margaret etwas trinken gehen, doch ich sagte, ich würde lieber zum Hotel zu-

rückkehren, dort könnten wir uns ja dann treffen. Sobald ich um die Ecke war, rannte ich den ganzen Weg bis zu Julias Hotel, aber sie war bereits abgereist. An der Rezeption sagte man mir, sie hätte das Hotel überstürzt verlassen.
Zwei Tage später traten wir die Rückreise nach New York an.
Mir schnürte es die Kehle zu.

*

Bist du es, Daniel?
Ja. Wie geht es dir, Patrick?
Aber du kannst es nicht sein. Scheiße. Ich bin so verwirrt.
Hast du es Julia gesagt?
Was? Daß du … daß du tot bist? Daniel, ich habe sie nicht gefunden. Erst am Denkmal habe ich sie getroffen.
Sie ist schön, nicht wahr, Patrick?
Oh, ja. Und du hast eine Tochter.
Ein Mädchen also?
Robin. Es tut mir so leid, Daniel. Du hättest überleben müssen, nicht …
Darüber hatten wir nicht zu bestimmen.
Aber ich habe so ein Unheil angerichtet.
Du liebst Julia, nicht wahr?
Ja, das tue ich, Daniel. Aber ich wollte nicht …
Meine geliebte Julia.
Sie vermißt dich so. Du hättest sie sehen müssen. Den Blick in ihren Augen. Sie war genau so, wie du sie mir beschrieben hast, nur trauriger.
Und du hast sie auch verloren?
Ja, ich habe sie auch verloren.

*

Zehn Monate mußte ich warten, bis ich einen Brief von Julia bekam. Der Umschlag war in New York abgestempelt, aber es fehlte der Absender. Der Brief selbst war kurz und förmlich Wahrscheinlich fürchtete sie, er könne Charlotte in die Hände fallen. Sie schrieb:

Lieber Patrick,
vielleicht erinnern Sie sich noch an mich: Ich bin die Frau, die Sie bei der Einweihung des Denkmals kurz kennengelernt haben. Sie waren ein enger Freund von Daniel, dem Vater meines Kindes. Jedenfalls dachte ich, Sie sollten erfahren, daß ich demnächst heiraten werde. Mein Verlobter ist ein wunderbarer Mann, und ich bin sicher, daß er meiner Tochter Robin ein guter Vater sein wird.
Ich hoffe, Sie und Ihre Familie sind bei bester Gesundheit, und ich danke Ihnen noch einmal für Ihre Freundlichkeit.
Mit herzlichen Grüßen,
Julia

Verheiratet.
Ich stand an unserem Briefkasten am Ende der Auffahrt und versuchte, das Gleichgewicht zu halten.
Verheiratet.
Ich faltete den Brief zusammen, steckte ihn wieder in den Umschlag und dann in meine Tasche.
Verheiratet.
Ich ging ein Stück den Gehsteig entlang, entfernte mich von unserem Haus. Vom Garten her hörte ich Sean lachen, Charlotte rief nach ihm.
Verheiratet.
Ich sagte das Wort laut vor mich hin.
Verheiratet.
Das war's dann also, das Ende jeder Hoffnung. Und so schnell. Nicht einmal ein Absender. Keine Möglichkeit, zu antworten.
Ich trug den Brief tagelang mit mir herum, versuchte, in den Worten, in der Handschrift noch etwas zu finden. Schließlich verbrannte ich ihn im Kamin.
Verheiratet.
Sie hatte also jemanden gefunden. Jemanden, mit dem sie reden konnte. Jemanden, der sie verstand. Jemanden wie Daniel.
Ich war vernichtet.

Ein Jahr danach wurde Kelly geboren. Ich nehme an, ich hatte mich damit abgefunden, das Beste aus dem zu machen, was ich besaß – was Charlotte und ich besaßen. Auch ich brauchte einen Menschen, den ich lieben und an dem ich mich festhalten konnte. Wenn ich nach Hause kam, konnte ich es kaum abwarten, Kelly und Sean zu sehen, sie in den Arm zu nehmen und mit ihnen auf dem Teppich herumzutollen, und jedes Mal, wenn ich mich unserem Haus näherte, schwor ich mir, mich mehr auf Charlotte einzulassen, mich auf das zu konzentrieren, was wir hatten, und nicht auf das, was uns fehlte.

Manchmal stand ich nachts im Zimmer der Kinder, betrachtete sie im Schlaf und sann darüber nach, ob ich sie je hätte um Julias willen verlassen können. Und immer lautete die Antwort, nein, ich hätte es nicht gekonnt. Zumindest nicht, solange sie nicht viel älter waren. Dann betrachtete ich die schlafende Charlotte und fragte mich, ob ich jemals aufhören könnte, an all das zu denken, was mir fehlte – das, was ich bei Julia empfunden hatte –, und ich wußte, daß die Antwort darauf ebenfalls nein hieß.

Ich bin mir nicht sicher, ob man den genauen Augenblick benennen kann, in dem man merkt, daß man mit dem falschen Menschen verheiratet ist, oder ob die Erkenntnis schleichend kommt, sich zunächst nur gelegentlich heranpirscht und sich dann unablässig Geltung zu schaffen versucht, bis man nicht mehr leugnen kann, daß man sich einsamer fühlt, als wenn man allein wäre. Doch wenn das Gefühl einmal da ist, überwuchert es jeden Gedanken und jede Geste wie Efeu. Ich glaube nicht, daß Charlotte je herausgefunden hat, was damals passiert ist. Sie zog sich nur von mir zurück, wurde ungehalten und machte schließlich ihre eigenen Pläne. Ich weiß nicht, wie lange ich geblieben wäre, wenn sie nicht um die Scheidung gebeten hätte, als Kelly zwei war. Sie hatte einen wohlhabenden Immobilienmakler namens Arnie mit leuchtend blondem Haar und einem großen leeren Haus in Florida kennengelernt. Als ich darum bat, die Kinder zu bekommen, brach sie in Tränen aus, schrie und sagte, sie würde um sie kämpfen. Und so blieb ich die ganze Nacht auf, dachte nach, heulte und

trank, und am nächsten Morgen sagte ich zu ihr, sie gehörten zu ihrer Mutter.
Ich besuchte Sean und Kelly dreimal die Woche, bis zu dem Tag, als sie nach Fort Lauderdale zogen. Damals versprach ich Charlotte, das Haus für sie zu verkaufen, und als sie weggefahren waren, setzte ich mich auf den nackten Wohnzimmerboden und weinte, während ich in den leeren Mauern vergeblich nach dem Gelächter und den Tränen, all den Geburtstagen und den Thanksgiving- und Weihnachtsfeiern suchte.
Bevor ich das Haus verließ, ging ich noch einmal nach oben. Zuerst in das Badezimmer, das immer noch nach Charlotte roch. Ich schloß die Augen und atmete tief ein, stellte mir vor, wie sie vor dem Spiegel stand. Dann mußte ich plötzlich trotz meiner Tränen lachen. Charlotte hatte einfach nicht den richtigen Geruch. Selbst wenn sie gerade aus dem Bad kam, hatten ihre Haut und ihr Haar nicht den richtigen Geruch, jedenfalls für mich nicht. Egal welches Parfum sie trug, ihr eigener Geruch drang immer durch. So ist es immer. Ich glaube, wenn der Geruch eines Menschen nicht stimmt, wenn er nicht die richtigen Duftstoffe produziert, sollte man auch den Rest der Beziehung einfach vergessen. Man würde sich eine Menge Kummer ersparen.
Ich ging weiter zu den Kinderzimmern, betrachtete die Kreidestriche und die Aufkleber an den Wänden, die verstreuten Bauklötzchen und die kleinen Hefte, die immer noch auf den Schrankböden herumlagen. Doch dann hielt ich es vor Traurigkeit nicht mehr aus, lief aus dem Haus und fuhr drei Stunden durch die Gegend, danach kehrte ich in die kleine Wohnung zurück, die ich gemietet hatte. Sechs Wochen später verkaufte ich das Haus und schickte Charlotte das Geld. Dann kündigte ich meine Stelle als Buchhalter – die Geschäfte liefen damals so schlecht, daß es ohnehin nicht genügend Arbeit für mich gab –, nahm mir sechs Monate Zeit, um durch das von der Depression zerrüttete Land zu fahren, und überlegte, was ich mit dem Rest meines Lebens anfangen sollte.
Wenn ich zuviel getrunken hatte, was selten der Fall war, fragte ich mich, ob Julia überhaupt jemals existiert hatte oder ob sie nur für

einen Augenblick aus dem Nebel aufgetaucht war wie der Engel von Mons – eine Vision, die Soldaten in Not vorbehalten war. Damals fing ich an, Briefe an sie in mein Tagebuch zu schreiben, in denen ich ihr alles mitteilte, was ich hatte sagen wollen, aber nicht sagen konnte. Bis spät in die Nacht Seite um Seite vollzuschreiben, war die einzige Möglichkeit, ihr so nahe wie möglich zu sein, obwohl auch das nicht sehr nah war, vor allem nicht, wenn ich das Licht ausgeschaltet hatte.

⋆

Liebe Julia,

was schreibe ich Dir heute abend, an diesem Abend, an dem ich mich wieder einmal frage, wo Du wohl bist und ob Du wirklich glücklich bist und ob du noch jemals an unsere gemeinsame Zeit in Frankreich denkst. Ich habe meine Stelle gekündigt, Julia, habe ich Dir das schon erzählt? Du wärst stolz auf mich, glaube ich, ich arbeite nämlich ab Herbst als Geschichtslehrer an einer kleinen High School in Vermont. Weißt du, daß Daniel immer sagte, es gebe nur drei Berufe im Leben, die es wert seien, sie auszuüben? Nun, Du weißt, daß ich kein Künstler bin und mich im Augenblick nicht stark genug fühle für eine soziale Tätigkeit, deshalb habe ich mich fürs Unterrichten entschieden. Es würde Dir gefallen, stimmt's? Und habe ich Dir gesagt, daß ich jetzt den Sommer über Sean und Kelly bei mir haben werde? Sie hassen die Hitze in Florida, und ich werde ein kleines Häuschen direkt neben der Schule bekommen, wo sie eine Menge machen können. Ich vermisse sie so, und oft denke ich, wie es Deiner Familie wohl geht und ob Robin inzwischen einen Bruder oder eine Schwester hat.

Bitte, paß auf Dich auf.

Gute Nacht, Julia.

⋆

Wie frisch und klar meine Erinnerung heute ist! Juli 1955, ich hatte gerade europäische Geschichte auf dem Lehrplan, als mir eine Schlagzeile in der Zeitung auf meinem Schreibtisch ins Auge sprang. Eine schreckliche unterirdische Explosion in Belgien, bei Messines: Eine von zwei riesigen Minen, die am 7. Juni 1917, als bri-

tische Mineure die deutschen Linien untergraben hatten, nicht detoniert waren, hat auf einen Schlag zehntausend Opfer gefordert. Eine Mine bleibt noch. Und wartet.
Ob Julia davon gehört hatte? Sie hätte an mich gedacht. Sie muß an mich gedacht haben. Die Schüler starrten mich erwartungsvoll an. Ich habe die ganze Stunde nur über die Minen von Messines gesprochen.

*

Endlich habe ich ihr Gesicht getroffen. Nicht ganz, aber besser als jemals zuvor. Und sicher besser als jemals wieder. Ich habe vier Tage für das Porträt von Julia gebraucht, am letzten Tag habe ich mich in mein Zimmer zurückgezogen.
Das Bild hängt nun an der Wand über meinem Bett. Alle stellen Fragen. Robert meint, sie sei absolut scharf. Martin gab zu, daß sie genauso schön sei wie Lara.
Ich sitze gern in meinem orangefarbenen Sessel und betrachte sie. Ich bin so stolz, und ich weiß, daß ich sie jetzt nicht mehr verlieren kann. Außerdem ist es tröstlich, daß sie da ist und mich bewacht. Wie ich das geschafft habe, weiß ich nicht. Aber ich habe es ja auch fünfzig Jahre lang versucht. Es ist wunderbar, sie immer wieder anschauen zu können.

*

Lohnt es sich, gerettet zu werden, wenn man dann doch vernichtet wird? Genauso ist es doch gekommen, oder? Während ich hier sitze und Julias Bild betrachte, wird mir klar, daß sie mein Leben erst lohnenswert gemacht hat, selbst in den schlimmsten Zeiten. Und doch hat sie es auch zerstört, weil ich mich nach ihr bei Charlotte nicht mehr wohl gefühlt habe (wäre ich nicht einigermaßen glücklich geworden mit ihr, wenn ich Julia niemals kennengelernt hätte?) und mich den Rest meines Lebens das Wissen gequält hat um das, was ich einst besessen und dann verloren habe.
Wird aus allem, was wir besitzen, einmal ein schmerzlicher Verlust? Ist es das, was das Ende ausmacht? Und wie lange hätten die Ge-

fühle angehalten? Wären Daniel und Julia ihr Leben lang zusammengeblieben, ohne ihre Leidenschaft füreinander einzubüßen? Und ich und Julia? Wie wäre es gewesen, mit ihr alt zu werden?
Ich betrachte ihr Gesicht an der Wand – ihre Augen (ich habe sie richtig getroffen!), ihr Haar, ihre Lippen, ihren Hals. Nun, wenn wir alle am Ende unweigerlich dem Untergang geweiht sind, dann habe ich zumindest erfahren, wie es ist, gerettet zu sein, wenn auch nur für ein paar Tage.

*

Wenn mir keine Liebe mehr zuteil wird, bevor ich sterbe – und im Moment sieht es sehr danach aus –, dann möchte ich zumindest ein paar kluge Sprüche anbringen, eine Sammlung von tröstlichen Glaubenssätzen oder Einsichten. Ein Destillat all dessen, was ich gesehen und gedacht habe, so daß ich sagen kann: »Aha, das also ist des Pudels Kern«, und wissend nicke, bevor ich meinen Abgang mache.
Es ist schon nach Mitternacht, und ich sitze am Fenster, mein Tagebuch offen auf dem Schoß, den Federhalter in der Hand. Ich sitze einfach da, denke nach und lausche Martins langsamen, volltönenden Atemzügen, die den Raum erfüllen.
Plötzlich erscheint mir alles so furchtbar komisch, daß ich lachen muß, und zwar so sehr, daß nur noch ein schlimmer Gedanke mich davor retten kann, zu ersticken. Was sind wir doch für arme Teufel! Von Geburt an in uns selbst verliebt, klammern wir uns wie ersaufende Ratten an die Vorstellung von einem festen, starken, dauerhaften Ich – eine Selbsttäuschung, die durch materiellen Besitz, Titel und Diplome untermauert und durch Drogen, Therapien und gesellschaftliche Konventionen gestützt wird. (Es liegt eine gewisse Ironie darin, daß wir unser echtes Ich um so mehr kompromittieren, je besser unser falsches funktioniert.) Und so wiegen wir uns, wenn auch nur kurz, in der Illusion, wir hätten alles im Griff. Was kostet die Welt!
Aber ach, das bedauernswerte kleine Ich wird am Ende niedergeschrien, von Krankheit zerschmettert, von seinem eigenen Niedergang gedemütigt und schließlich vom Tod übertrumpft. So sehr wir

auch versuchen mögen, uns zu behaupten, bald werden wir von den Felsen in die kosmische Suppe zurückgespült, und dagegen anzukämpfen bedeutet nur, noch mehr zu leiden.
Was ist das Leben denn anderes als der verzweifelte, übermütige, leidenschaftliche und am Ende doch tragische Versuch zu beweisen, daß wir mehr sind als ausgesprochen nützlicher Dünger? Die Suche nach dem Heiligen Gral! Und so stolpern wir weiter, sehnen uns nach Erlösung durch Liebe und Heldentum, die beiden Königswege zur Seele. Sancho, mein Pferd!
Martins Schnarchen wird lauter. Ich sehe zu ihm hinüber, dann zu Julia über meinem Bett. Lächelnd lehne ich mich zurück.
Die Liebe spricht für sich: Wenn es der richtige Mensch ist, gibt er einem das Gefühl, so gut wie unsterblich zu sein, impft einen sozusagen mit seiner Zuneigung. Solange man in seinem Herzen bleibt, ist man zumindest für eine Weile außer Gefahr, ja mehr als das. Für einen Augenblick befindet man sich im Zustand der Gnade.
Unser Streben nach Heldentum ist etwas peinlicher. Ich meine nicht das offensichtliche Heldentum, bei dem man Medaillen gewinnt und Applaus erntet, nein, das Heldentum des alltäglichen Lebens. Geh nach Princeton, und du bist ein Held der Pädagogik, mach einen Marathonlauf, und du bist ein Sportheld, scheffle Unmengen Geld, und du bist ein Held der Finanzwelt – der Held schlechthin in unserer Kultur. Jede Tätigkeit, jede Rolle im Leben hat ihre eigenen strengen Rituale, was das Vorwärtskommen betrifft, ein eigenes System der Belohnung, von dem Parkplatz für den Angestellten des Monats bis zur Anwartschaft auf Aktien. Aber entscheidend ist weder der Princeton-Abschluß noch die Medaille für den Marathonlauf oder das Geld oder der Parkplatz, sondern das, was all dies über uns aussagt – daß wir einzigartig sind, daß wir uns, zumindest für den Augenblick, herausgehoben haben aus der lärmenden Masse und eine schwindelerregende Ahnung von dem bekommen, was Göttlichkeit bedeutet.
Die Krise unsere Zeitalters besteht nicht darin, daß wir uns als fähig erwiesen haben, uns in immer größerer Zahl gegenseitig abzu-

schlachten (das ist lediglich ein Meisterstück der Technik), sondern darin, daß in immer mehr Menschen das Gefühl nagt, einem blödsinnigen Heldentum der Machbarkeit um ihrer selbst willen hinterherzulaufen und nicht dem zu folgen, was in unseren Genen steckt, dem wahren Archtetypus des Heldentums, wie er in Stammesritualen zum Ausdruck kam. (Welch eine Ironie, daß sogenannte primitive Kulturen viel besser in der Lage waren, ihren Angehörigen ein heroisches Selbstwertgefühl zu vermitteln.)

Vielleicht kam der Wendepunkt mit dem Ersten Weltkrieg, als die Maschinen den Menschen zum Gespött machten. Männer zogen in die Schlacht, weil sie sich danach sehnten, Helden zu sein, doch das schiere Ausmaß des Blutbads überdeckte einzelne Akte der Tapferkeit. Und so wurde selbst Heldenmut bedeutungslos, bis er am Ende tagtäglich gefordert und so wertlos war, daß die einzige Möglichkeit, sich einen Namen zu machen, darin bestand, Corporal Alvin York zu übertrumpfen, der mit nur einer Hand achtundzwanzig Deutsche getötet und 132 gefangengenommen hatte.

⋆

Achtundzwanzig ist nicht so viel, wirklich nicht. Nicht für den Großen Krieg. Ein geschickt positionierter MG-Schütze konnte an einem Morgen gut und gerne tausend Soldaten abknallen, sofern das Maschinengewehr keine Ladehemmung hatte.

Es ist wichtig, sich das klarzumachen.

⋆

Ich liege wach, kann nicht schlafen. Oder habe ich Angst zu träumen?

⋆

»Martin?« Die Sonne schob sich zwischen den weißen Jalousienstäben hindurch und zeichnete helle Querstreifen an die gegenüberliegende Wand. Ich hörte, wie die Schwestern die morgendliche Medikamentenrunde vorbereiteten, Fläschchen mit Pillen und Tropfen schüttelten und den Wagen, der wie eine kleine Lokomotive ratterte, durch den Gang schoben. »Martin?« rief ich erneut. Er lag, das Laken bis zum Kinn hochgezogen, auf dem Rücken und rührte sich nicht. »Martin?« Da wußte ich Bescheid, drückte immer wieder den roten Knopf am Kopfende meines Bettes, streckte die Hand nach ihm aus, fühlte, und schrie, so laut ich konnte.

Martin.

Am Nachmittag rief ich Lara an. Als ich es ihr erzählt hatte, brachte sie kein Wort mehr heraus, deshalb sagte ich, ich würde später wieder anrufen, und hängte sachte auf. Und während ich so, die Hand noch auf dem Hörer, in der Telefonkabine saß, fiel mir plötzlich ein, im Branchenverzeichnis etwas herauszusuchen. Ich wollte noch einen anderen Anruf für Martin tätigen. Und für Lara. Ein angemessener Abschied.

Ich setzte mich draußen auf eine Bank unter der größten Eiche, nicht weit entfernt von der Stelle, wo Howard und ich Eleanor Kravitskis Pennys vergraben hatten. Ich weinte zwei Stunden lang.

⋆

Als ich kurz vor dem Gottesdienst Martins Tochter begrüßte, erwartete ich, daß sie mich nach seinen letzten Minuten, Tagen oder Wochen fragte. Statt dessen beugte sie sich nur vor und flüsterte: »Wir kommen später in sein Zimmer und holen seine Sachen.« Dann drehte sie sich um und ging zu ihrem Platz.

Dutzende alter Männer und Frauen und Mitglieder des Personals drängten sich in den hinteren Bänken der Kapelle. Die Rollstühle bildeten zwei zusätzliche Reihen. Der Gottesdienst war äußerst anonym, nicht ein einziges Wort zu Martins Leben oder seiner Einstellung und seinem Denken, nur ein allgemeiner Monolog über das ziemlich prosaische und vorhersehbare Schicksal von uns armen Tröpfen. Ich saß stocksteif da, betrachtete die große weiße Skulptur Jesu am Kreuz, das über dem Altar hing, und fragte mich, wie weh es eigentlich tat, gekreuzigt zu sein, oder ob es Schlimmeres gab.

Ich kam zu dem Schluß, daß es Schlimmeres gab.

Als der Gottesdienst zu Ende war, öffnete sich die Tür der Kapelle und ein Dudelsackspieler, bekleidet mit einem richtigen Kilt, erschien. Der Priester wirkte irritiert, während Martins Tochter sich umdrehte, um zu sehen, was da vor sich ging. Ich zwinkerte Howard zu, der direkt gegenüber auf der anderen Seite des Gangs saß, und als der Dudelsackpfeifer zu spielen begann, schloß ich die Augen und legte den Kopf in den Nacken. Ich machte mir nicht die Mühe, die Tränen zurückzuhalten, die über mein Gesicht und auf mein Hemd strömten.

Adieu, mein Freund.

Nach dem letzten Takt stand ich auf, schlich mich aus der Kapelle und ging schnell auf mein Zimmer, wo ich Martins Lieblingssachen in eine kleine Schachtel legte und diese an Lara adressierte. Dann winkte ich Robert, der gerade vorbeikam, zu mir.

»Tun Sie mir bitte einen Gefallen, Robert.«

»Aber natürlich.«

»Würden Sie das hier für mich aufgeben?« Ich legte einen Zehn-Dollar-Schein auf die Schachtel und gab sie ihm.

»Ich hole sie nach der Arbeit ab«, sagte er.

»Es wäre mir lieber, wenn Sie sie in Ihrem Vorratsraum aufbewahren, bis Sie gehen. Sie würden mir damit einen großen Gefallen tun.«

»Ja sicher, wenn Sie wollen.«

»Und noch etwas.« Ich griff in meinen Schrank und holte den Helm heraus. »Würden Sie den hier Hanford geben?« Er sah den Helm an, dann mich, nickte und wandte sich zum Gehen.

»Robert ...«

»Ja?«

Ich zögerte. »Nichts. Passen Sie auf sich auf.«

»Sie auch, Mr. Delaney.«

Als er gegangen war, legte ich die Kassette mit *Shenandoah* in mein Deck, setzte mich an den Schreibtisch und schrieb eine Notiz für Robert, die ich dann an den Rekorder lehnte. Anschließend verfaßte ich einen Brief an Sarah – er wurde eine ganze Seite lang –, den ich zusammen mit dem besten Schwarzweißphoto von mir, das ich finden konnte, in einen Umschlag steckte. Das Photo stammte aus der Zeit, als ich vierunddreißig war, also nur ein Jahr älter als sie

jetzt. Erst vor kurzem hatte ich es nachmachen lassen, so daß zumindest das Papier neu aussah.
Ich legte den Umschlag auf mein Kopfkissen und fing an zu packen. Zuerst meinen kleinen Koffer. Die Scotch-Flasche wickelte ich sorgsam in zwei Pullover ein. Dann steckte ich meine Tagebücher, Geldbeutel, Paß und zwei Bücher in die hellbraune Ledertasche, die ich 1928, kurz bevor ich mit Charlotte, ihrer Schwester und Sean nach Frankreich fuhr, in New York bei Abercrombie und Fitch gekauft hatte. Als ich fertig war, ging ich in den Flur, suchte mir einen leeren Rollstuhl und schob ihn ins Zimmer. Ich legte mein Gepäck hinein, breitete eine Decke darüber und setzte mich auf mein Bett. Schwer atmend sah ich mich noch einmal um.
Nach einer Weile stand ich auf, stellte mich vor den Spiegel und kämmte mich. Dann ging ich wieder zum Bett hinüber, löste vorsichtig das Bild von Julia von der Wand, und sah es mir noch einmal an, bevor ich es fest zusammenrollte und in die Ledertasche steckte. Anschließend spähte ich in den Flur, packte den Rollstuhl und verließ schnell das Haus. Am Taxistand reichte ich einem jungen Mann, der wohl aus dem Nahen Osten stammte, meinen Koffer. Als ich ihn bat, mich zunächst zu meiner Bank und anschließend zum Flughafen zu fahren, lächelte er vielsagend.

VIERTER TEIL

Die Tragödie des Menschen ist, was in ihm stirbt,
während er noch lebt.

– *Albert Schweitzer*

Vom Rücksitz des Taxis betrachtete ich neugierig das Armaturenbrett. Es war gespickt mit Photos von lachenden Kindern und einer Flagge, deren Nationalität ich nicht kannte. Der Mann fuhr schnell, zu schnell, aber als wir über die Golden Gate Brücke Richtung Süden rasten, hatte ich keine Angst. Eins meiner Kinder besitzt, glaube ich, eine Aufnahme von mir, auf der zu sehen ist, wie ich bei der Eröffnung 1937 auf dieser Brücke stehe. Es war während einer meiner Reisen an die Westküste. Ich weiß noch, wie ich an einem Abend in einer Bar in der Nähe von Fisherman's Wharf zu viel getrunken hatte und die ganze Nacht durch die Stadt wankte, insgeheim hoffend, Julia noch einmal über den Weg zu laufen, selbst wenn ihr Mann bei ihr war. Ob ich wohl laut gesungen habe, als ich durch die Straßen stolperte und torkelte, die von dem feuchten Nebel des Ozeans schimmerten?
Hin und wieder blickte der Taxifahrer in den Rückspiegel und blinkte mich mit einem Lächeln an wie ein Leuchtturmfeuer.
»Schöner Tag, was?« sagte er in den Spiegel.
»Ja«, antwortete ich dem Spiegelbild.
»Haben Sie große Familie?« fragte er.
»Eher mittelgroß. Drei Urenkel.« Bei dem Gedanken an sie mußte ich lächeln, widerstand aber der Versuchung, ihre Photos herauszuziehen. Vielleicht hätte ich es sogar getan, wenn er nicht so schnell gefahren wäre.
»Ich habe zwei Enkel«, sagte er freudestrahlend. Und während er auf die kleinen Gesichter auf seinem Armaturenbrett deutete, sprach er, wie mir schien, immer schneller, bis ich ihm nicht mehr

folgen konnte. Plötzlich schnürte sich mir vor Panik die Brust zusammen, mir wurde schwindelig, und ich war desorientiert, wußte nicht mehr, was ich in diesem Taxi zu suchen hatte und wohin ich fuhr. Tränen stiegen mir in die Augen. Ich starrte auf meine lederne Schultertasche, bis ich den ganzen Vormittag rekapituliert hatte bis zu meinem Entschluß am Morgen, das Heim zu verlassen. »Ich fahre heute nach Paris«, sagte ich schließlich, wahrscheinlich nicht sehr überzeugend.

»Ich mag die Franzosen nicht«, meinte der Fahrer, behielt aber sein Lächeln bei. »Die sind nicht wie die Amerikaner. Ich habe zwei Jahre in Frankreich gelebt und mich nie richtig wohl gefühlt. Sehr grobe Menschen.« Ich stellte mir vor, wie er in einem kleinen Peugeot über die Champs-Elysées brauste und die Fußgänger in alle Richtungen davonstieben.

»Die Amerikaner haben nur ein Problem«, fuhr er fort und beugte sich über das Lenkrad. »Sie kümmern sich nicht um die Familie. Leben alle soweit auseinander. Ist doch verrückt, oder?« Ich nickte. »Können Sie mir vielleicht sagen, wie man ohne Familie überleben soll?« Ich nickte erneut. »Meine Mutter, sie ist fünfundachtzig, hat fünf Jahre bei mir gewohnt, nachdem mein Vater starb. Sie ist nicht mehr klar im Kopf, wissen Sie. Erkennt nicht mal ihren eigenen Sohn, mich, Achmed, aber was soll ich machen, sie auf die Straße werfen?« Ich schüttelte den Kopf. »Ich, ich habe Respekt vor Menschen, die älter sind als ich.«

»Freut mich zu hören«, erwiderte ich. Schließlich fühlte ich mich auch wie einer, der älter war als er.

»Ich achte die Familie. Auch wenn ich sie nicht ausstehen kann, wie meinen Bruder, diesen Idioten. Leiht sich dauernd Geld von mir, schmeißt immer wieder die Arbeit hin, der faule Mistkerl, verstehen Sie?«

Im Rückspiegel sah ich, daß seine Augen hin und her tanzten, und ich fragte mich, ob er die Strecke vielleicht auswendig kannte und blind fahren konnte.

»Und meine Frau, die Gute, sie ist eine wunderbare Köchin, eine gute Mutter, aber nach unserer Hochzeit wurde sie dick, wissen

Sie? Heute ist sie richtig fett. Ja, fett. Fett wie eine Seekuh. Wissen Sie, was eine Seekuh ist? Ein dickes, rundes Tier, so eine Seekuh. Aber was soll ich machen, meine Familie kaputt machen, weil meine Frau fett ist wie eine Seekuh? Kommt nicht in Frage, ich nicht. Bin ein Familienmensch. Achte die Familie.«

⋆

Am Flughafen gab ich zwei Päckchen mit den Briefen an Sean und Kelly und der Anweisung auf, sie erst zu öffnen, wenn sie das in großen Ziffern auf jeden Umschlag geschriebene Alter erreicht hatten. Dann bezahlte ich das Ticket nach Paris mit Fünfzig-Dollar-Scheinen aus der großen braunen Lederbörse, die ich letzten Herbst im Bastelkurs genäht und hinten in meinem Wandschrank unter ein paar schmutzigen Kleidungsstücken aufbewahrt hatte. (Selbst die Gier hat ihre Grenzen.) Die Frau am Schalter fragte mich, ob ich allein reise, was sie überraschte, da sie mir sofort anbot, mich von einem Angestellten des Flughafens im Rollstuhl zum Flugsteig schieben zu lassen. Um sie zu beruhigen, sagte ich, ich würde drüben von meiner Familie abgeholt. Dabei versuchte ich, einen möglichst heiteren Eindruck zu erwecken, obwohl mir die Hüfte vom Gehen weh tat.

Ich stieg als erster ins Flugzeug und steckte dem jungen Mann, der mich im Rollstuhl durch den Flughafen geschoben hatte, einen Fünf-Dollar-Schein zu. Dann tastete ich mit dem Stock herum, bis ich einigermaßen im Gleichgewicht war, und ging zu Reihe neunzehn durch. Ich hatte einen Fensterplatz, was gut war für den Fall, daß es mir gelang, während der Reise zu schlafen. Nachdem ich meine Tasche unter dem Sitz deponiert und den Sicherheitsgurt angelegt hatte, wartete ich auf die anderen Passagiere und beobachtete, wie das Gepäck auf einem Fließband in den Bauch der Maschine befördert wurde und dort verschwand. Ein Teil davon, so stellte ich mir vor, für immer.

Während ich so dasaß und aus dem Fenster blickte, fiel mir plötzlich ein, daß mich Julia an unserem letzten Abend in Paris gefragt hatte, ob ich glaube, der Zweck des Lebens sei die Liebe. Ich hatte es bejaht, es muß so sein, denn die Liebe ist das einzige, was stärker ist als unser Schmerz. Bis dahin hatte ich überhaupt nicht darüber nachgedacht, aber jetzt bin ich mir sicher, daß ich damals recht hatte.

Ich zog die Sonnenblende herunter und legte den Kopf auf das Kissen. Als ich die Augen schloß, sah ich Julia vor mir. Sie saß mir gegenüber am Tisch und beugte sich vor, wie sie es immer tat, wenn sie etwas Wichtiges sagen wollte.

»Dann habe ich ja wohl Glück«, hatte sie mir mit ihrem typischen Lächeln in den Augen erklärt.

»Aber du bist noch jung. Du hast noch …«

»Trotzdem, ich habe Glück gehabt, meinst du nicht auch? Jedenfalls verglichen mit anderen Menschen.«

»Irgendwie schon.«

Nachdem der Kellner uns nachgeschenkt hatte, blickte sie auf und sagte: »Glaubst du, daß es Menschen gibt, die dich wirklich kennen?«

»Ein paar, ja«, erwiderte ich, obwohl ich wußte, daß es nicht stimmte.

»Dann gehörst du zu den Ausnahmen«, meinte sie und drückte ihre Zigarette sorgfältig in einem weißen Porzellanaschenbecher aus.

»Glaubst du?« Jetzt kam ich mir albern vor.

»Ja, ich denke nämlich, die meisten Menschen verbergen ihr Ich so gut, daß sie aus den Augen verlieren, was ihr Leben eigentlich für einen Sinn hat.« Sie hielt inne, dann fuhr sie fort: »Und das möchte ich auf keinen Fall.«

»Das Gefühl haben, daß alles sinnlos ist?«

»Mich selbst verlieren. Das Gefühl haben, mich selbst zu verraten.«

»Aber bestimmt …«

»Manchmal ist es schwer zu sagen, was man empfindet, nicht wahr?« fragte sie. »Vielleicht liegt es daran, daß die wirklich wichtigen Dinge im Leben eine verborgene Bedeutung haben.«

»Glaubst du?«

»Ja, ich bin mir ganz sicher. Auf diese Weise bleiben auch unsere Träume lebendig.« Ich bemerkte, daß ihre Hände zitterten. Plötzlich redete sie sehr schnell: »Ich will damit sagen, wir suchen doch alle nach Bestätigung dafür, daß wir nicht ganz und gar allein sind. Und die finden wir in der Literatur, in der Malerei, in der Musik, ja vielleicht sogar im Blick eines anderen. Hinweise, die zeigen, daß ein anderer dieselben unglaublichen Gefühle gehabt, dieselben Dinge gesehen hat oder an derselben Stelle vorbeigegangen ist, selbst wenn dies vor Jahrhunderten geschehen ist, als es nur Kerzenlicht gab. Das bedeutet uns alles, denn es ist, als würde man auf einer einsamen Insel Fußspuren im Sand entdecken.«

⋆

Ich habe deine Fußspuren verloren, Julia.

⋆

Ich hatte mir das Buch *The Arms of Krupp* von William Manchester mitgenommen, das ich jetzt aus dem Netz am Vordersitz zog und auf den Schoß legte. Ich bin gespannt auf die Familie, die all die Waffen hergestellt hat, die einmal auf mich gerichtet waren. Als das Flugzeug mit einem Ruck vom Flugsteig abkoppelte, bot mir die Stewardeß ein zusätzliches Kissen an, und ich nahm es. Dann verfolgte ich aufmerksam ihre Sicherheitsanweisungen.

Ich gaffe viel zu oft die Stewardessen an, als wäre ich Zuschauer bei einer Show. Dabei vergesse ich vollkommen, daß sie genau sehen können, wie ich sie anstarre, und daß dies keine Show ist, sondern ein schlecht bezahlter Job. Es gab zwei Flugbegleiterinnen, eine lange, dürre Brünette mit spitzem Gesicht und eine kleinere Blonde mit dick aufgetragener Schminke. Sofort entschied ich, daß die Brünette vor drei oder vier Jahren von einem schweren Trinker geschieden wurde, der keinen Unterhalt für die Kinder bezahlt, und jetzt muß sie kämpfen, um zwei pickelige Jungen in den unteren Klassen der High School großzukriegen, die unbedingt eine kieferorthopädische Behandlung brauchen. Die Blonde hingegen ist Single und teilt sich mit zwei anderen Flugbegleiterinnen ein Zimmer. Alle drei träumen davon, eine gute Partie zu machen und dann ihre eheliche Prachtvilla mit weißen Teppichen und riesiger Küche, in der es eine wirklich praktische Kochinsel gibt, mit geblümtem Dekor auszustatten. Ich fragte mich, ob sie einen 100 000 Dollar schweren Rentner akzeptieren würde, nahm aber an, daß sie ein Auge auf einen Flugkapitän oder was noch Besseres geworfen hatte. Im übrigen ziehe ich die Brünette vor.

Als die Maschine abhob, blickte ich selig aus dem Fenster und genoß das dumpfe Dröhnen der Triebwerke. Daß ich während des Zwischenaufenthalts auf dem JFK schlief, irritierte mich zwar, aber zumindest konnte ich mich auf diese Weise ein wenig ausruhen. Kurz nach Mitternacht sah ich aus dem Fenster und stellte mir die dunklen Wellen kilometerweit unter mir vor und darunter kilometerweit Kälte und schweigende Dunkelheit. Ich dachte an Oscar Bellamy, sein Damebrett und seine nicht enden wollenden Ängste. Wie würde es ihm wohl ergehen, wenn er über die Meere flöge? Nicht so gut, wahrscheinlich.

Den jungen Mann neben mir – er war in New York zugestiegen – schätzte ich auf etwa Dreißig. Sein ordentliches blondes Haar sah aus, als wäre es vor genau einer Woche geschnitten worden und davor ebenfalls vor genau einer Woche. Aus seinen teuren Lederschuhen schloß ich, daß er im Bankwesen arbeitete oder zumindest entsprechende Leute vertrat. Er trug einen dunkelblauen Anzug, Kammgarn, denke ich, und ein frisches weißes Hemd, das eine gelbe Paisleykrawatte zierte. Sein Aftershave, erst vor kurzem aufgetragen, roch ein bißchen zu süßlich und erinnerte bloß an andere wohlhabende Männer seines Alters, die zu süßlich riechen. Bestimmt hieß es Wall Street oder Attaché oder VIP oder Portfolio, und ich stellte mir vor, wie er sich jeden Morgen zum Spiegel hin neigte und sich etwas auf die Backen klopfte, POFF! POFF! Genau wie in der Werbung. Er hatte ein schönes Gesicht – kräftiges Kinn und gerade Nase –, aber es wirkte leblos. Ein gutes Gesicht zum Pokern, aber nicht, um Freundschaften zu schließen. Inwiefern sind wir das Produkt unseres Gesichts, und inwiefern ist das Gesicht das Produkt unserer Persönlichkeit? Ich habe Menschen gekannt, deren

Gesicht immer ein natürliches Lächeln hatte, und ich bin mir sicher, daß dies sich auf ihr Leben auswirkte.

Ich beobachtete, wie er sich ein Kissen in die Lendengegend schob und dann ein dickes, ledergebundenes Notizbuch aus seinem Aktenkoffer holte, es öffnete und auf die Seiten starrte. Der Art, wie sie beschrieben waren, entnahm ich, daß es sich um einen Terminkalender handelte.

»Sieht aus, als wären Sie ganz schön beschäftigt«, sagte ich. Er schreckte hoch.

Er beäugte mich eine Weile, schwenkte dann das Buch und meinte: »Es hilft mir, mich nicht völlig zu verzetteln.«

Ich fragte mich, was ich wohl in einen Terminkalender schreiben würde. Medizin einnehmen? Die Patientenerklärung noch einmal durchlesen?

Ich zog das Flugmagazin aus der Sitztasche und versuchte, meine Rückenlehne zu verstellen, bis der junge Mann bemerkte, daß ich damit nicht zurechtkam, eine Hand auf die Lehne legte und sie nach hinten drückte. Ich bedankte mich und blätterte die Zeitschrift durch, dann schloß ich die Augen und stellte mir vor, ich sei eine Möwe und glitte nur ein paar Meter über den Wellen dahin, die unter mir ihren rhythmischen Tanz auf dem Meer aufführten.

> Sobald eine Welle niedergemäht war, rollte dahinter schon die nächste heran. Unsere MG-Schützen sagen, es widere sie furchtbar an, sie zu töten.
>
> – *Harold Coulter, British Army*

Ich war zehn, als mein Vater mich nach Antietam mitnahm, damit ich das Schlachtfeld sah und etwas über Strategie und Tapferkeit lernte, vor allem aber, um mir die dünne weiße Tafel mit dem Namen meines Großvaters (und Namensvetters) zu zeigen, die aus dem feuchten Gras emporragte. Das war 1908, wir gingen in Kälte und Nebel über die Felder und dann die Sunken Road entlang, die, wie mein Vater mir erklärte, auch Bloody Lane, Blutgasse, hieß. In der einen Hand hielt er einen großen Krug mit frischem Apfelsaft, mit der anderen deutete er auf die Stellen, wo die Armeen gestanden hatten. Ich lauschte aufmerksam, um den Lärm der Geschütze und der stampfenden Hufe und das Aufeinanderprallen von Metall zu hören, aber ich vernahm nur das Schwappen des Safts im Krug. Dennoch fürchtete ich mich, als ich über die Wiese zum Wald blickte und mir sie voller Soldaten vorstellte, die auf mich zielten und jeden Moment losschießen würden.

»Dein Großvater ist irgendwo hier gefallen«, sagte Vater und richtete den Blick auf eine Grasfläche. »Er starb im Kampf gegen die Sklaverei und für die Einheit unseres Landes.« Schon damals wurde mir klar, daß es wohl keinen besseren Tod geben konnte, und ich wählte sorgfältig eine Stelle aus, die etwa in der Mitte zwischen zwei Baumgruppen lag. Dann starrte ich hin, bis ich Urgroßvater Delaney mit einem Glorienschein umgeben dort liegen sah, als er wieder und wieder für Freiheit und Gerechtigkeit starb.

»Wir besitzen immer noch den Brief seines Captains, in dem es heißt, daß er in der zweiten Angriffswelle fiel und schon tot war, als er zu Boden stürzte. Eine Gewehrkugel traf ihn mitten in die Brust.«

Ich hatte da meine Zweifel, sagte aber nichts, als wir über die Wiese zu einem Friedhof gingen, der von einer niedrigen Steinmauer umfaßt war. Für mich sahen die Grabsteinreihen wie Dominosteine aus, und ich sann darüber nach, ob sie wohl alle umfallen würden, wenn ich den ersten fest genug anstieß. Unter der Grasnarbe sah ich reihenweise Skelette liegen, in blauen und grauen Uniformen, einige sogar noch mit dem Säbel neben sich.

Als wir zum Grabstein meines Großvaters kamen, kniete Vater nieder. »Ich erinnere mich noch an den Tag, an dem der Brief mit der Post kam«, sagte er ruhig. »Das Gesicht meiner Mutter werde ich nie vergessen.«

Ich versuchte, ihren Kummer nachzuempfinden, aber die verwitterten Buchstaben meines Namens, die in den weißen Stein gemeißelt waren, interessierten mich mehr, und ich dachte, wie wohl mein Namensvetter da unten in der fetten schwarzen Erde unter meinen Füßen aussah.

Jedes Jahr am 11. November um elf Uhr morgens kam der Verkehr in New York City vollkommen zum Stillstand. Wirklich, es ist wahr. Die Polizisten bliesen in ihre Trillerpfeifen, und alle hielten an.
Erinnert sich noch jemand daran? Ist denn keiner mehr da, der sich noch erinnern kann?

*

Daniel? Daniel? Daniel? Mir ist schrecklich heiß, Hände werden auf meine Schultern gedrückt. Julia? Ich schaffe es nicht mehr bis zu ihm. Julia, ich schaffe es nicht!
Wer schüttelt mich da? Ich habe Schmerzen in Hüfte und Bauch, und mein Atem geht immer schneller, bis es plötzlich ganz hell ist. Ich starre ins Licht, allmählich erkenne ich ein Gesicht. Das Gesicht eines jungen Mannes.
»Sir, geht es Ihnen nicht gut?«
»Was?« Ich saß eine Weile da, ohne mich zu rühren, wartete, daß alles um mich her stillstand. Blinzelnd sah ich mich um. Ich befinde mich in einem Flugzeug. Einem Flugzeug nach Paris. Ich habe nur geträumt.
»Tut mir leid«, sagte ich und hustete. »Schlecht geträumt. Das sind die Medikamente.«
»Ist schon in Ordnung.« Er sah besorgt aus, vielleicht fürchtete er, ich hätte einen Anfall oder würde hier neben ihm auf dem Flug Nummer 506 nach Paris sterben. Es war mir peinlich, und ich entschuldigte mich nochmals, während ich meine Sitzlehne gerade stellte.
Er wandte sich wieder seinen Papieren zu und ich meinem Buch. Aber ich konnte mich nicht lange auf die Wörter konzentrieren, und so klappte ich schon bald das Buch wieder zu und widmete meine Aufmerksamkeit den Flugbegleiterinnen. Als sie aus meinem Blickfeld verschwanden, sah ich dem jungen Mann neben mir zu, wie er flüchtig seine Unterlagen durchblätterte.
»Was sind Sie von Beruf?« fragte ich.
»Anwalt. Für Wirtschaftsrecht.«

»Interessant?« Eine grausame Frage, aber ich langweilte mich.
»Das Geld schon.«
»Denken Sie manchmal dran, was anderes zu machen?«
»Oh, eine ganze Menge, aber da verdient man nicht genug.«
»Zum Beispiel?«
»Hm, mal überlegen, ich glaube, ganz tief in meinem Herzen wäre ich gern Berufsmusiker, aber mir fehlt das Talent dazu.«
»Komisch, ich wollte auch immer Musiker sein.«
»Spielen Sie ein Instrument?«
»Nein, hab' ich nie gelernt. Ich glaube, jeder wäre gern Musiker. Bleibt die Frage, wonach sich Musiker sehnen?«
»Wahrscheinlich nach einem ordentlichen Monatsgehalt.«
»Ja, genau. Sie sehen übrigens aus wie ein Musiker.«
»Wirklich, finden Sie?« Er richtete sich auf.
»Nur die Haare sind ein bißchen kurz. Was für ein Instrument spielen Sie?«
»Gitarre. Ist ein guter Ausgleich nach der Arbeit, obwohl meine Nachbarn vielleicht anderer Meinung sind.«
»Schreiben Sie manchmal eigene Stücke?«
»Leider schon länger nicht mehr, weil ich soviel zu tun habe. Aber früher schon, vor allem in der Collegezeit.« Er lächelte. »Wenn Schluß war mit einer Freundin, hatte ich gute Einfälle. Das Problem ist, daß ich nur schreiben konnte, wenn ich deprimiert war.«
»Ja, so ist das mit der Kunst. Sie hilft einem *wirklich*, unglücklich zu sein.«
»Vielleicht schreiben deshalb so viele Musiker keine guten Sachen mehr, sobald sie populär werden.«
»Dann können Sie ja froh sein, daß Sie nie groß rausgekommen sind.« Die Art, wie er in sich hinein lachte, strafte seine Jugendlichkeit Lügen und machte ihn mir plötzlich sympathisch.
Die blonde Stewardeß servierte das Abendessen: Huhn mit einem kleinen Salat, ein Brötchen und ein Schokoladenplätzchen, das mit Nüssen bestreut war. Ich tauschte mein Plätzchen gegen das Brötchen des jungen Mannes, dann aßen wir schweigend. Als ich fertig war, zog ich aus meiner kleinen schwarzen Reisetasche meine sämt-

lichen Pillenfläschchen, schüttelte mir jeweils eine Tablette auf die Hand und schluckte sie.

»Warum reisen Sie nach Paris?« fragte er, als die Tabletts abgeholt wurden.

»Vorstellungsgespräch.« Ich warf die letzte von acht Tabletten ein. Als er mich etwas irritiert ansah, zwinkerte ich mit den Augen. Seit ich alt bin, zwinkere ich ziemlich oft. Einmal kurz zwinkern bedeutet »in Ordnung«. Zweimal kurz hintereinander mit offenem Mund bedeutet »Das bleibt unter uns, ja?« Mit den Augen zwinkern gehört zu den wenigen Dingen, die einem besser gelingen, wenn man alt ist. Ja, ich glaube sogar, daß keiner unter fünfundsechzig richtig zwinkern kann. Bei jungen Leuten sieht es immer so aus, als hätten sie Probleme mit den Kontaktlinsen. Wenn alte Leute zwinkern, ist es, als würden sie große dicke Rauchringe ausstoßen, die vor versteckter Bedeutung nur so strotzen. Vielleicht ist das Zwinkern das geheime Händeschütteln des Alters. Mich aber verfolgt der Gedanke, daß ich ungefähr zu dem Zeitpunkt im Zwinkern gut wurde, als ich im Bumsen richtig schlecht wurde. Vielleicht zwinkern alte Leute deshalb so viel, sozusagen, als machten sie einen Scherz unter Eingeweihten nach dem Motto: Du kriegst ihn auch nicht mehr hoch, was? (Ist Gott nicht ein toller Kerl?)

»Nein, im Ernst, ich dachte mir, ich besuche mal ein paar alte Freunde, solange ich noch laufen kann«, sagte ich.

»Das bewundere ich. Ich glaube, man ist nur so alt, wie man sich fühlt.«

»Nein, das ist es nicht, ich fühle mich eigentlich ziemlich jung, zumindest im Inneren – so jung wie Sie etwa. Aber der Rest von mir ist schrecklich weit über dem Verfallsdatum.«

Er lachte. »Gut gesagt. Sie fühlen sich wohl ein wenig eingeschränkt.«

Ich verschränkte die Arme über der Brust. »Ist interessant, wenn man mal drüber nachdenkt. Ich meine, Sie haben, was ich brauche, und ich habe, was Sie brauchen.«

Er sah mich etwas irritiert an.

»Sie möchten gern wissen, was ich habe, was?«

»Weisheit, Erfahrung«, meinte er etwas unsicher.
»Etwas noch Wichtigeres.«
»Was denn?«
»Ich habe den physischen Beweis dafür, daß Leute in Ihrem Alter sich wirklich einmal in Leute meines Alters verwandeln. Und zwar ziemlich schnell.«
»Die Zeit fliegt nur so dahin«, sagte er.
»In meinem Fall ist sie schon verflogen.« Ich wedelte kurz mit der Hand, wie um eine Fliege zu verscheuchen – »Pfft.« Dann beugte ich mich weit zu ihm hinüber und sagte: »Soll ich Ihnen etwas verraten?« Er nickte zögernd. »Es ist ganz einfach. Sobald Sie in mein Alter kommen, stellen Sie fest, daß die Dinge, die die Leute in Ihrem Alter für wichtig halten, in Wirklichkeit Schrott sind.« Ich stieß ihm den Finger in die Brust. »Vollkommener Schrott, absolut wertlos. Aber wenn Sie es merken, ist es einfach zu spät, etwas zu ändern, und das ist erst recht beschissen! Aber zumindest habe ich Sie gewarnt.«
Er schob sein Klapptischchen hoch und lehnte sich zurück. »Ich habe gerade hin und her überlegt, ob ich ein 7-Up oder einen Scotch nehmen soll, aber Sie haben mir die Entscheidung abgenommen.«
»Ich nehme auch einen«, sagte ich und blickte wieder aus dem Fenster.
Nach zwei weiteren Scotch und mehreren Bekenntnissen wandte sich der junge Mann zu mir und meinte: »Ich habe ein Problem.« Er kniff die Augenbrauen zusammen, woraus ich schloß, daß er es ernst meinte. Um ihn zu ermutigen, hob ich meinerseits die Augenbrauen und wartete. »Ich glaube, meine Frau geht fremd.«
»Sie *glauben* es?«
»Hm, ich bin mir nicht sicher, aber soviel kann ich sagen, daß unsere Ehe eine Katastrophe ist.«
»Haben Sie Kinder?«
»Gott sei Dank, nein. Obwohl ich denke, Kinder hätten uns zusammengehalten.«
»Ich will Ihnen was sagen – und ich liebe Kinder –, aber Kinder zu

haben, um eine Ehe zu verbessern, ist, als ob man den Hund erschießt, um seine Flöhe loszuwerden.«
»Das werde ich mir merken.«
»Was ist Ihre Frau von Beruf?«
»Sie ist Börsenmaklerin, sehr erfolgreich.«
»Seht Ihr beiden Energiebündel euch überhaupt manchmal?«
»Es ist schwierig, die beiden Berufe und das alles miteinander zu vereinbaren.«
»Mögen Sie, wie sie riecht?«
»Was?«
»Ihre Frau. Finden Sie, daß sie gut riecht?«
»Das hat mich noch nie jemand gefragt. Ich glaube, ja. Manchmal. Ich weiß es nicht.«
»Denken Sie mal darüber nach«, sagte ich.
»Das werde ich.«
»Haben Sie eine Geliebte?«
»Nein, aber ich kann nicht sagen, daß mich andere Frauen nicht reizen würden.«
»Glauben Sie mir, das kann niemand sagen, jedenfalls nicht, wenn er ehrlich ist. Wieso glauben Sie, daß Ihre Frau fremdgeht?«
»Es gibt da einen Kerl, mit dem sie zusammenarbeitet. Bei einer Feier in ihrem Büro – sie haben nicht geflirtet oder so was, aber dieser Blick.«
»Aha, *dieser* Blick.«
»Ja, ich meine, finden Sie nicht auch, daß man es den Leuten ansieht, wenn sie miteinander geschlafen haben? Ich glaube, wenn ich einen Raum betrete, kann ich auf den ersten Blick sagen, welche von den Leuten vor dreißig Jahren miteinander geschlafen haben.«
»Meine Erfahrung ist, daß jeder, der auch nur ein bißchen interessant ist, mindestens ein hübsches kleines Geheimnis hat, meist Sex oder Geld betreffend.«
»Das Unheimliche ist, daß ich mir nicht sicher bin, ob es mir überhaupt noch etwas ausmacht. Ich weiß nicht, ob ich sie noch liebe. Dabei sind wir erst drei Jahre verheiratet.«
»Ehejahre zählen wie die Lebensjahre eines Hundes«, sagte ich.

»Und Sie haben noch nicht einmal Kinder – Sie sind noch nicht einmal eine Familie.«

»Das kann ich mir nicht vorstellen. Schon ein gemeinsames Bad zu haben ist nervenaufreibend. Wenn sie es benutzt hat, sieht es immer aus wie auf einer Notfallstation. Man könnte meinen, dort seien Leute gerade noch vor dem Tod gerettet worden.«

»Ist schon hart, was man so alles mitmacht.«

»Aber wenn ich andere Frauen sehe und mir vorstelle, mit ihnen zusammen zu sein, weiß ich, daß es nur eine Frage der Zeit wäre, bis ich sie auch für selbstverständlich nehmen würde. Das ist nun mal die menschliche Natur, oder?«

Ich zuckte die Achseln.

»Vielleicht schraube ich meine Erwartungen zu hoch«, meinte er.

»Meine waren so hoch, daß ich immer noch Single bin.« »Ihr ganzes Leben lang?« Er sah mich ungläubig an.

»Nein, ich war einmal verheiratet. Aber nicht glücklich.«

»Meinen Sie, daß jeder Verheiratete sich insgeheim fragt, ob er es nicht besser haben und jemanden finden könnte, der besser zu ihm paßt?«

»Natürlich. Und manche fragen sich das nicht nur insgeheim. Soll ich Ihnen etwas Schreckliches verraten?«

»Klar«, erwiderte er zögernd.

Ich sprach ganz leise. »Wie Sie es auch anstellen, es wird Sie immer das Gefühl quälen, daß Ihnen das Leben davonläuft und andere ein glücklicheres Liebesleben haben als Sie. Ein viel glücklicheres.«

Er vergrub den Kopf in den Händen.

»Aber wenn es Sie tröstet, jeder hat dieses Gefühl.«

»Das ist furchtbar deprimierend«, sagte er. »Ich weiß noch, als Ann und ich anfingen, miteinander zu gehen. Wir haben bestimmt fünf Mal am Tag telefoniert. Und beim Einschlafen lagen wir aufeinander. Glauben Sie, daß es überhaupt eine Möglichkeit gibt, dieses Gefühl zu bewahren, wenigstens ein bißchen länger?«

»Die ehelichen Beziehungen auf ein Minimum beschränken. Nicht in den Schrank des Partners gucken. Getrennte Badezimmer. Nicht zu viele Fragen stellen.«

Er trank seinen Scotch aus und sah sich nach einer Stewardeß um. »Ich hatte einmal einen Englischlehrer«, sagte er, »Gott, er hat mir die Literatur regelrecht vermiest, hat sie in kleine Stücke gerissen und wollte dann wissen, was jedes Stück bedeutet, wobei natürlich nur er die richtige Interpretation hatte und sich damit wahrscheinlich sogar über den armen Autor selbst hinwegsetzte. Einmal wollte ich ihm sagen, daß Byron wohl gerade vernascht worden war, als er diese Strophe schrieb, aber ich konnte es mir nicht leisten durchzufallen. Jedenfalls meinte dieser Lehrer immer, romantische Liebe sei nicht echt, sie sei nur ein vorübergehender Rausch und beruhe auf Idealisierung und Mystifizierung, während wahre Liebe – oder rationale Liebe – auf Wissen, Respekt, Mitgefühl und Reife beruhe. Das klingt ja ganz schön, solange man das eine Gefühl nicht mit dem anderen vergleicht. Mann, was für ein Unterschied. Ich würde die romantische Liebe jederzeit vorziehen. Erinnern Sie sich noch daran, wie Sie zum ersten Mal verliebt waren? *Scheiße.*« Er wandte den Kopf und sah sich im Gang nach einer Stewardeß um.

»Ja.«

»Oder wenn man entdeckt, daß ein Mädchen sich in einen verliebt hat? Was für ein *Gefühl*, als könnte einem nichts mehr was anhaben.«

»Ist mir nicht gerade oft passiert.«

»Mir auch nicht.« Er winkte einer Stewardeß, die ihn jedoch nicht zur Kenntnis nahm. »Was also soll man tun – sie auf ein Podest stellen? Eine Beziehung nie ausleben? Das ist Folter! In der siebten Klasse hatte ich fast mal einen Nervenzusammenbruch, weil ich jeden Tag neben Sally Manley saß.«

»Der Preis, den wir bezahlt haben in den harten, prägenden Jahren der Pubertät«, sagte ich, woraufhin er lachte. »Es ist deshalb eine Qual, weil man sich immer fragt, ob man diese Liebe, dieses Gefühl der romantischen Liebe, hätte bewahren können, wenn man mit dem richtigen Menschen zusammen wäre.«

Er schwieg eine Weile und kaute auf seinem Daumennagel herum, dann meinte er: »Wie lange es wohl anhält, wenn man jemanden nur aus der Ferne liebt? Jemand, mit dem man nicht zusammen sein, den man nicht einmal berühren kann.«

»Ich nehme an, das Gefühl würde sehr lange anhalten.«

»Ich frage mich, ob es das wert ist. Ob man das aushält. Zum Beispiel die Frau, die ihr Leben lang insgeheim den Mann ihrer Nachbarin liebt, oder der Mann, der sich insgeheim wünscht, er hätte eine frühere Freundin geheiratet, oder der sich in die Schwester seines Schwagers verliebt. So was in der Art.«

»Ich glaube nicht, daß Menschen, die sich aus der Ferne lieben, dies freiwillig tun.«

Er rieb sich die Augen und fuhr sich mit den Händen durchs Haar, eine Geste, die ich schon seit Jahrzehnten nicht mehr zustande gebracht habe. »Ich glaube, ich bekomme Kopfschmerzen«, sagte er, stand auf und ging zur Toilette. Als er zurückkam, meinte er: »Darf ich Sie fragen, wie alt Sie sind?«

»Einundachtzig.«

»Hu. Das sieht man Ihnen aber nicht an.«

»Nur weil ich noch atme.«

»Was haben Sie geträumt vorhin, als Sie plötzlich zusammengezuckt und aufgewacht sind? Sie sahen fürchterlich erschrocken aus.«

»Das war ich auch.« Wovon hatte ich geträumt? Ich wußte es nicht mehr. »In meinem Alter wird es jeden Tag schwieriger, Träume und Wirklichkeit, Vergangenheit und Gegenwart auseinanderzuhalten. Mein Leben neigt sich inzwischen so stark der Vergangenheit zu, daß ich mich manchmal wie ein Schiff mit Schlagseite fühle.«

»Eine Menge Echos, was?«

»Massenweise«, erwiderte ich.

*

Liebe Julia,
endlich fahre ich wieder nach Frankreich. Ich sitze gerade im Flugzeug, irgendwo über dem Meer. Sachlich betrachtet, bin ich davongelaufen. Aber mach Dir keine Sorgen, mir geht es gut. Und ich habe einen furchtbar netten jungen Mann kennengelernt.
Bist Du auch noch einmal dort gewesen? War es schwieriger oder leichter als beim ersten Mal? Ich hoffe, daß es nicht viel schwieriger ist. Übrigens habe ich mir gedacht, daß ich vielleicht doch nicht so dumm dastehe am Ende, weil die Entscheidung meines Lebens nicht darin lag, Dich zu lieben oder mir jemand anderen zu suchen, den ich lieben könnte. Vielleicht bestand die Wahl darin, Dich zu lieben, wie ich es getan habe, oder wie all die anderen Leute nie zu erfahren, was Liebe ist, die ohne jede Magie in ihrem Leben bleiben, ohne Sterne, die sie leiten. Deshalb fühle ich mich gar nicht so schlecht. Ich habe das Nordlicht gesehen. Die ganze Zeit.
In Liebe,
Patrick

⋆

Ich schlief noch einmal eine halbe Stunde und wachte mit Magenkrämpfen auf. Vorsichtig tastete ich mich zur Toilette vor, wo ich hinter einem großen Teenager mit Kopfhörern im Ohr anstehen mußte. Als ich endlich drin war, verriegelte ich sorgfältig die Tür und knöpfte mir die Hose auf. Kaum hatte ich mich hingesetzt, ging das rote Signallicht an, das einen auffordert, wieder zu seinem Platz zurückzukehren, und das Flugzeug begann zu wackeln. Ich kümmerte mich nicht darum und hielt mich an einem Handgriff fest. Bevor ich die Spülung betätigte, warf ich einen Blick in die Kloschüssel. Blut. Ich wusch mir die Hände und säuberte das Becken sorgfältig mit dem Papierhandtuch. Es dauerte eine Weile, bis es mir gelang, die Tür aufzuschließen. Wieder an meinem Platz, war der junge Mann erneut in seine Arbeit vertieft. Auf seinem Schoß lag ein Stapel Papier. Er blinzelte und rieb sich die Schläfen, wahrscheinlich fiel es ihm schwer, sich zu konzentrieren.
»War Ihr Vater auch Anwalt?« fragte ich.

»Nein, nur ein kleiner Geschäftsmann, machte ständig was anderes. Ein Lebensmittelladen, ein paar Autowaschanlagen, in der Art. Er stand immer kurz vor dem großen Durchbruch.«

»Lebt er nicht mehr?«

»Er ist vor drei Jahren gestorben. Letzten Winter mußten wir meine Mutter in ein Pflegeheim bringen. Sie hat die Picksche Atrophie. Eine Form von Altersschwachsinn.«

»Das ist schlimm.«

Er stopfte seine Unterlagen in die Sitztasche. »Wir haben alles versucht, damit sie so lange wie möglich zu Hause bleiben konnte, aber am Ende hat sie jedes Mal, wenn sie in die Nähe der Küche kam, die Brandmelder ausgelöst. Ich hatte Angst, sie würde eines Tages im Bademantel zum Einkaufen gehen.«

»Oder ohne Bademantel.«

»Ja.« Er wiegte langsam den Kopf hin und her. »Wir bezahlen ein Vermögen für dieses Altersheim – es ist das beste, das wir finden konnten –, aber mein Gott, es ist so deprimierend. Ich bringe es kaum über mich, sie zu besuchen. Wenn es sich irgendwie vermeiden läßt, sollten Sie nicht in so ein Heim gehen.«

»Danke für den Tip.«

»Jedes Mal wenn ich sie besuche, sitzen da all die Leute, die ihre Eltern füttern und ihnen den Mund abwischen. Und es stinkt nach ...«

»Pisse. Es stinkt nach Pisse.«

Er sah mich einen Augenblick an. »Stimmt. Pisse. Ein bißchen ...«

»Moderig. Wie im Grab.«

»Genau«, sagte er und deutete mit dem Finger auf mich. »Als sie krank wurde, habe ich sofort eine Patientenerklärung verfaßt. Ich sage nur: ›Zieht den Stöpsel raus, Freunde. Sajonara.‹«

»Herr seines Schicksals bleiben.« Ich nickte zustimmend.

Er nickte ebenfalls, aber sehr heftig, und starrte zur Decke. »Wissen Sie, ich werde nämlich nie vergessen, daß meine Eltern ihr ganzes Leben lang nicht glücklich waren.«

»Natürlich nicht. Es waren ja schließlich Ihre Eltern. Da durften sie nicht glücklich sein. Ihre Aufgabe bestand darin, Ihnen wie Ebenezer Scrooges Weihnachtsgeister im Kopf herumzuspuken, bis Sie

es besser machten als sie. Hören Sie nachts nie das Rasseln der Ketten?« Er lachte in sich hinein. »Sie haben den Auftrag, die Fehler Ihrer Eltern auszubügeln.«
»Da werde ich ja ganz schön zu tun haben.«
»Was möchten sie denn eigentlich machen?«
»Was ich machen möchte?«
»Ja, aus Ihrem Leben.«
»Ach so. Hm, na ja, 'ne Menge jedenfalls. Ich glaube, ich möchte erfolgreich sein.«
»Und was ist für Sie Erfolg?«
»Ein gutes Gehalt, Anerkennung im Beruf.«
»Das ist alles Mist.«
»Mist?«
»Ja, die Leute verstehen alle das Falsche unter Erfolg, darum sind sie so mürrische Säcke, wenn sie in mein Alter kommen und merken, wie dumm sie waren, ihre Ehe, ihre Kinder, ihre Gesundheit und ihre Seele für die Karriere zu opfern, nur damit sie jemand waren im Beruf. Das ist, als würde man seinen Glücksstern an den nächsten Hydranten nageln. Niemand schert sich einen Dreck darum, außer den anderen Karrieristen, die denselben katastrophalen Fehler in ihrem Leben begangen haben und hartnäckig darauf bestehen, daß sie wer sind, damit niemand entdeckt, was dieses Wer-sein eigentlich ist: ein ständiges Spekulieren mit nicht realisierten Aktiengewinnen.« Ich lachte laut und nahm noch einen Schluck Scotch. »Es ist eine Frage der Selbstwertschätzung, darum sind manche Leute beim Börsenkrach auch aus dem Fenster gesprungen. Es war nicht das Geld – jeder weiß, daß sie all das und noch mehr bezahlt hätten, wenn sie sich damit hätten freikaufen können –, nein, ihr Geld stellte ihren Selbstwert dar. Ohne Geld fühlten sie sich wertlos, als wären sie bereits tot.«
»Tja, wenn Sie so verdammt klug sind, warum sagen Sie mir dann nicht einfach, wie Sie es gemacht haben, damit ich dem großen Meister nacheifern kann?«
»Ich fürchte, das wäre katastrophal.«
»Ach wirklich?« Er beugte sich zu mir herüber. »Auf welche Weise haben *Sie* denn alles vermasselt?«

»Auf so viele, daß ich es gar nicht erklären kann.«
»Na, dann mal los.«
Ich hielt einen Augenblick inne. »Ich glaube, ich habe immer auf Dinge gewartet, die nie eintraten. Ich habe die falsche Frau geheiratet. Ich habe nicht genügend Zeit mit meinen Kindern verbracht. Solche Sachen.« Ich nahm mein Glas und trank aus.
»Hm, zumindest haben Sie sich nicht totgearbeitet.«
»Das ist ein echter Trost.«
»Was würden Sie denn tun, wenn Sie an meiner Stelle wären?« Er schlang die Arme um die Brust.
»Wenn ich einen Tag lang in Ihrer Haut stecken würde? Ich nehme an, als erstes würde ich mir mal ein Schäferstündchen gönnen – das meine ich ernst –, dann würde ich überlegen, ob ich meine Frau aus den richtigen Gründen liebe, und wenn ja, würde ich versuchen, sie zurückzuerobern. Wenn nicht, würde ich meine Koffer packen.«
»Bei Ihnen klingt das alles so leicht.«
»He, das ist alles nur ein Gedankenspiel. Ich meine, wenn ich wirklich an Ihrer Stelle wäre, würde ich wahrscheinlich alles noch schlimmer machen. So ist das im Leben: Selbst wenn wir eine zweite Chance hätten, würden wir sie wahrscheinlich vermasseln, stimmt's? Ich glaube nämlich, der einzige Trost, wenn man beim ersten Mal alles verpfuscht hat, besteht darin, zu wissen, daß man auch beim zweiten und dritten Mal alles verpfuschen würde. Also warum sich groß den Kopf zerbrechen? Es ist schlicht und einfach – menschlich.«
»Ich habe oft übers Alter nachgedacht, wie es wohl sein wird«, meinte er.
»Sie sind wohl ein bißchen morbid, was?«
»Hm, ich denke, ich möchte auf mein Leben zurückblicken und sagen können, daß ich das Richtige getan habe.«
»Viel Glück.«
»Tja, danke.«
»Das Problem ist doch, daß das Glücklichsein zwar in greifbarer Nähe ist, das Unglücklichsein aber auch. Und ehrlich gesagt, das Unglücklichsein liegt beträchtlich näher.«

»Natürlich.«
»Ich habe mal eine Frau gekannt, die meinte, man sollte immer vom Tod ausgehend denken, um ein erfüllteres Leben zu haben«, sagte ich.
»Wie meinen Sie das?«
»Nun, je weniger Zeit man hat, desto wertvoller ist diese Zeit, richtig?«
»Klar.«
»Also schätzt man umgekehrt jeden Augenblick um so weniger, je mehr Zeit man zu haben glaubt, oder? Vielleicht kann uns der Tod – die Einsicht in unsere Sterblichkeit – befreien.«
»Ich komme mit dem Tod nicht zurecht.«
»Dann kommen Sie auch mit dem Leben nicht zurecht.«
»Glauben Sie das wirklich?«
»Sagen wir mal, es ist viel schwieriger, wenn man so tut, als ob man die einzige Ausnahme wäre, die ewig lebt – obwohl ich mir das erst vor kurzem eingestanden habe.«
Er kaute auf einem Stück Eis herum. »Ich weiß nicht recht. Mir paßt einfach der Gedanke nicht, daß ich nur ein wertloser Haufen Zellen auf einem mickrigen kleinen Planeten sein soll, der um eine Sonne kreist, die wiederum« – er reckte den Finger in die Luft – »nur einer von dreihundert Milliarden Sternen in der Milchstraße ist und die wieder nur eine von Milliarden Galaxien im Universum, das selbst wahrscheinlich nur ein Muttermal auf dem großen weichen Hinterteil Gottes ist.« Er ließ sich in den Sitz zurückfallen.
»So einen Gedanken muß man erst mal verdauen.«
»Vielleicht haben die Leute in meinem Alter unrealistische Erwartungen. Ich meine, wir wollen wirklich *glücklich* sein, und wenn wir das nicht sind, schlagen wir einen Mordskrach.«
»Ich war genauso gierig, nur habe ich nie herausbekommen, wie man Krach schlägt. Ein Freund von mir sagte immer, das Glück sei wie eine Erektion: Es hält eine Weile – besonders, wenn man es mit jemandem teilt –, aber man kann es nie lange aufrecht erhalten. Und Mann, es kann verdammt schnell wieder zusammenschrumpfen.«

»Die meisten der Leute, mit denen ich zusammenarbeite, sind viel zu beschäftigt, um glücklich zu sein«, sagte er.

»Das ist es ja gerade. Sie sind auch zu beschäftigt, um unglücklich zu sein. Haben Sie schon mal einen Workaholic – einen von diesen reichen, übergewichtigen – gesehen, der sich am Strand entspannen will? Es ist wahnsinnig komisch. Man könnte meinen, so einer wäre gerade den ersten Tag auf Entzug.«

»Darum ist auch Schlaflosigkeit so brutal«, meinte er. »Keine Ablenkungen. Herrje, ich bin die halbe Nacht auf und male mir die schlimmsten Katastrophen aus.«

Ich lehnte mich zurück, schloß die Augen und flüsterte:

Du schütz mich dann: der Tag, der abklang, scheint
Sonst auf mein Kissen, um mit Weh zu drohn.
Bewahr mich vorm Gewissen, das mich quält,
Wühlts wie ein Maulwurf sich ins Dunkle ein;
Den Schlüssel dreh im Schloß um, wohlgeölt,
Und sanft verriegle meiner Seele Schrein.

»Haben Sie das geschrieben?«

»Ich fühle mich geschmeichelt. Nein, das ist Keats. Ein Gedicht, es heißt ›Schlafen‹.«

»Ich sollte auch ein paar Gedichte auswendig lernen.«

»Eins nach dem anderen.« Ich setzte mich zurück und genoß es, daß der Schmerz für einen Augenblick aufgehört hatte. Das hatte ich dem Scotch zu verdanken, der sich mit meinen anderen Medikamenten zu einem wunderbaren Cocktail vermischt hatte. Nach Jahren zunehmender Schmerzen und Leiden ist die Abwesenheit von Schmerz geradezu eine Sensation, wie ein Moment der Stille in einer lärmenden Menge.

»Wie stellen Sie es an, nicht in Nostalgie zu versinken? Ich glaube, ich werde schrecklich nostalgisch sein, wenn ich alt bin. Ja, ich denke jetzt schon voller Wehmut an das College zurück.«

»Man wird statt dessen einfach griesgrämig.«

Er hob sein Glas. »Prost.«

»Prost.«
»Was war das?«
»Die Räder werden ausgefahren. Oder das Triebwerk ist rausgebrochen. Man kann da nie sicher sein.«
»Danke.« Er klammerte sich krampfhaft an die Armlehnen. Seine Daumennägel waren bis aufs Fleisch abgenagt, so daß er sogar schon angefangen hatte, die Haut bis zum Knöchel hinauf abzuweiden.
Nach einer Weile fragte er: »Werden Sie am Flughafen abgeholt?«
»Nein, ich nehme ein Taxi zum Gare de l'Est. Von da geht's weiter nach Reims.«
»Ich mach Ihnen einen Vorschlag. Ich habe einen Mietwagen, da könnte ich Sie zum Bahnhof bringen.«
»Macht Ihnen das nicht zu viele Umstände?«
»Ich würde mich glücklich schätzen, wirklich.« »Das ist sehr freundlich von Ihnen, danke. Ich nehme das Angebot gerne an.«

*

Ich komme, Daniel. Ich komme zurück

*

Der junge Mann fuhr in einem blauen Saab an den Bordstein und öffnete den Kofferraum. »Tut mir leid, daß es so lange gedauert hat«, sagte er und nahm meinen Koffer. »Eine schrecklich lange Schlange vor dem Leihwagenschalter.«
»Ich hab' keine Eile.«
Während der Fahrt schwiegen wir fast die ganze Zeit. Ich blickte aus dem Fenster und beobachtete, wie Autos und Gebäude vorbeiglitten. Nichts wirkte vertraut.
»Sind Sie schon mal im Louvre gewesen?« fragte ich, als wir kurz vor dem Bahnhof waren.
»Nein, das kann ich nicht sagen. Aber was man so hört, ist es ein Erlebnis.«
»Sie sollten einen ganzen Tag dort verbringen. Würde Ihnen vielleicht guttun.«

»Mal sehen, vielleicht kann ich mich für eine Weile davonstehlen.« Er sah mich an, dann fügte er hinzu: »Ich würde Sie gerne zum Essen einladen, wenn Sie mal nach New York kommen.«
»Mach ich. Vielleicht finden wir sogar was, wo der Bär tanzt.« Ich zwinkerte zustimmend.
Wieder gluckste er wie zuvor schon einmal.
Am Bahnhof schüttelten wir uns zum Abschied die Hand, und dann stand ich an der Bordsteinkante und sah dem davonfahrenden Wagen nach. Als ich ihn aus dem Blick verlor, suchte ich mir einen Platz zum Hinsetzen, um mich mit dem Bahnhof vertraut zu machen und herauszufinden, wo ich eine Fahrkarte nach Reims bekam.

*

Ich weiß, daß ich so etwas nicht tun sollte. Aber ich konnte nicht anders, ich mußte die junge Frau anstarren, die zwei Sitze weiter auf der linken Seite saß. Sie war kurz nach mir eingestiegen. Ich hatte beobachtet, wie sie langsam durch den Gang schlenderte und nach einem passenden Platz für sich suchte. Dann schob sie ihren oliv-beigefarbenen Segeltuchkoffer in die Ablage und setzte sich auf einen Fensterplatz. Kaum hatte sich der Zug in Bewegung gesetzt, zog sie ein Buch aus ihrer schwarzen Ledertasche, schlug es langsam auf, drückte es mit der flachen Hand am Falz entlang nach unten und begann zu lesen. Schon nach einer Seite wandte sie sich dem Fenster zu und schaute hinaus, wobei sie sich hin und wieder umdrehte und irgend etwas hinterher sah, während der Zug daran vorbeibrauste.
Wir fuhren nach Osten, nach Osten Richtung Front. Ob sie an die Front dachte? Wohl eher nicht. Inzwischen befanden wir uns etwa fünfzehn Kilometer östlich von Paris. Im September 1914 näherte sich die deutsche Armee Paris bis auf zwanzig Kilometer, bevor französische Verstärkung, die in beschlagnahmten Taxis herbeigekarrt wurde, sie an der Marne aufhielt. Ob sie das wußte? Als ich durch das Fenster die Felder, Häuser und Straßen vorbeiziehen sah, verspürte ich plötzlich einen stechenden Schmerz im Unterleib und krampfte mich zusammen. Langsam lehnte ich mich wieder zurück, zog ein weißes Taschentuch aus der Manteltasche und

trocknete mir die feuchte Stirn. Dann legte ich eine Hand auf die Lehne des Vordersitzes, um mich abzustützen, wandte mich zur Seite und blickte aus dem Fenster. Mir war furchtbar heiß.

Ein Mann wanderte am Bahndamm entlang. Nein, es war ein Soldat, ein Soldat, der mit gesenktem Kopf, das Gewehr über der Schulter, marschierte. Ich blinzelte und starrte wieder hin, zwinkerte, starrte erneut hinaus. Ihr Großvater. Natürlich! Es war der Großvater des Mädchens, bereit, sich dem deutschen Angriff entgegenzustellen, er marschierte, um Paris und Frankreich zu retten. Wie jung und schön er aussah, obwohl er müde und hungrig wirkte. Ich klopfte ans Fenster.

Sollte ich es dem Mädchen sagen? Vielleicht konnte sie wenigstens winken oder ihm einen Kuß zuwerfen oder eine Träne vergießen? Nein, das ist nichts, womit ich sie behelligen sollte, obwohl ich das sichere Gefühl habe, daß er nicht mehr zurückkommt. Aber was beobachtet sie durch ihr Fenster? Sieht sie überhaupt etwas? Das Feld dort auf der linken Seite, fragt sie sich, ob es genau das ist, auf dem ihr Großvater fiel, ihr Großvater, der 1914 irgendwo an der Front verschollen ist? Was ist mit dem braunen Haus da vorn, wurde dort vielleicht achtundzwanzig Jahre später ihr Vater von einer anderen deutsche Armee umgebracht, zusammen mit sieben anderen an die Wand gestellt und standrechtlich erschossen wegen Sabotage an den Eisenbahnschienen? Oder haben sich ihre Eltern den arischen Herrenmenschen unterworfen, haben sie vielleicht sogar mit den großspurigen Besatzern in ihren zackigen Uniformen kollaboriert?

Einmal drehte sie sich um und sah mich an, ein kurzer, offener Blick. Ein altbekanntes Verlangen packte mich an der Kehle. Ich lächelte, versuchte, sie nicht allzu begierig anzusehen. Wirkte ich verzweifelt? Bemitleidenswert? Konnte sie sehen, daß mir die Tränen kamen? Sie lächelte und drehte sich wieder um, blickte erneut aus dem Fenster.

Ich rührte mich nicht, die Hände hielten den Stock zwischen meinen Knien fest umschlungen. Sehnsüchtig.

*

Wieder Schmerzen. Und stärker, so daß ich mich darauf konzentrieren muß, nicht das Bewußtsein zu verlieren. Die Augen offen halten. Langsam atmen. Das ist wichtig.

Seltsam, daß der Schmerz mich ihnen näher bringt: Giles und Daniel, Page und Lawton und Tometti, und den anderen, den Millionen Vergessenen und ihren unsagbaren Qualen.

Man versuche nur einmal, es sich vorzustellen. Nur für einen Augenblick. Versuch, dir die schrecklichste, groteskeste Wunde vorzustellen, die es gibt, und versuch dir weiter vorzustellen, du wüßtest mit absoluter Sicherheit, daß genau diese Wunde hunderte und tausende und abertausende Male genauso ausgehalten wurde, daß alle möglichen brennenden, stechenden, ziehenden, mit einer gezackten Klinge dem menschlichen Körper zugefügten Schnitte, alle Risse und Verletzungen immer wieder ertragen wurden von jungen Männern aus Deutschland und England, Frankreich und Rußland, Italien und Österreich-Ungarn, Kanada und Neuseeland, Indien und Irland, aus der Türkei und Bulgarien, Griechenland und Serbien, Südafrika und Rumänien und Schottland und aus aller Herren Länder, und sie hatten Namen wie Henry und Karl, George und Sergej, Antonio und Erich, Dominic und Albert, Juri und Étienne, Alexej und Heinrich, Miklos und Pierre, Janos und Kemal und Dieter und Jan.

Vielleicht liegt darin ein Trost, in all diesem vielsprachigen Schmerz. Vielleicht fühlen wir uns in unserem eigenen letzten Leiden zumindest nicht so schrecklich allein, wenn wir wissen, daß alle erdenkliche Pein schon einmal erlitten wurde, daß wir selbst in dem quälendsten Abstieg zu unserem erbärmlichen Ende in der Gesellschaft von Millionen anderen sind. Millionen von Menschen, die wie wir den Schmerz nicht einen Augenblick länger ertragen konnten und dachten, wie konnte mir dies geschehen ich kann es nicht ertragen ich kann nicht ich kann nicht.

Millionen. Siehst du nicht ihre Gesichter?

*

Ich bin zu schnell aufgestanden. Deshalb bin ich gestürzt, als der Zug plötzlich einen Ruck machte, bevor er hielt. Ein junger Mann half mir auf. Dann stand die Frau vor mir, hielt mir den Stock hin und die Ledertasche. Ich dachte, sie werde gleich etwas sagen, aber sie tat es nicht, lächelte nur schüchtern, als hätte sie Mitleid mit mir. Ich dankte ihr und setzte mich, wartete, bis alle draußen waren. Von meinem Fenster beobachtete ich, wie sie schnell über den Bahnsteig lief und in der Menge verschwand. Dann stand ich auf und ging zur Tür.

*

Zahlen. Ich erinnere mich an die Zahlen. Die sauberen, klaren und unerbittlichen Zahlen. Die tadellosen gottverdammten Zahlen.
Verdun, 21. Februar 1916. Eine Million Deutsche greifen entlang einer dreizehn Kilometer langen Front an. (Sieh sie kommen). In den ersten fünf Monaten werden 23 Millionen Geschosse abgefeuert. (Horch.) Zehn Monate später sind 650 000 Soldaten gefallen. (Knie nieder.)
Patt.
Schlacht an der Somme, Tag eins, 1. Juli 1916. Nach einem heftigen siebentägigen Artilleriefeuer tauchen 60 000 Soldaten, gestärkt durch Rum der Marine, aus ihren Gräben auf und laufen über Niemandsland. Innerhalb von Stunden sind über 20 000 tot. (20 000 Mütter, 20 000 Väter, 20 000 Briefe nach Hause, 20 000 Grabsteine, wie viele Söhne und Töchter und Schwestern und Brüder und Geliebte?) Vier Monate später haben die Engländer insgesamt 96 000 Tote, die Franzosen 51 000, die Deutschen 164 000 zu verzeichnen. Die britische Linie ist um zehn Kilometer vorgerückt, weniger als die am ersten Tag angezielten Bodengewinne. Zähl sie: eins, zwei, drei, vier, fünf, sechs … Oder 32 395 Soldaten pro Kilometer, 32 Soldaten pro Meter. Ein Soldat auf jeweils drei Zentimeter. Ein Körperteil alle paar zig Millimeter. Blut alle Millimeter. Tränen alle … alle was?
November 1918. Waffenstillstand. Schlußbilanz der geschätzten, nur in der Schlacht Getöteten (durch Kugeln, Granaten, Bajonette,

Messer, Gas, mit bloßen Händen): Deutsche – 1,8 Millionen, Russen – 1,7 Millionen, Franzosen – 1,4 Millionen, Briten – 800 000, Italiener – 600 000, Österreicher/Ungarn – 1,3 Millionen, Rumänen – 340 000, Amerikaner – 48 000 (weitere 62 000 fielen der Grippe zum Opfer), Australier – 60 000, Kanadier – 60 000, Bulgaren – 90 000, Inder – 50 000, Serben – 45 000, Belgier – 45 000, Türken – 325 000 …

> Im November kam der Waffenstillstand … Als ich die Nachricht hörte, ging ich hinaus … fluchte und schluchzte und dachte an die Toten.
>
> *– Robert Graves, British Army*

Der Zweite Weltkrieg beginnt in 250 Monaten. Zähl sie. Eins, zwei, drei, vier …

*

Einige Zahlen sagen mehr als andere. 1919 entdeckte man eine Reihe von Gewehren und Bajonetten, die bei Verdun aus der Erde ragten. An der Stelle waren 1916 zwei Dutzend Franzosen in ihrem Graben verschüttet worden (lebendig?). Man kann die Waffen heute noch sehen, sie weisen in den Himmel. Die Franzosen nennen den Ort Tranchée des Baïonnettes.
Es gibt auch andere Namen dafür.

*

Ich fand das Denkmal ohne große Mühe. Den dunkelgrünen Fiat, den ich im Hotel ausgeliehen hatte, parkte ich auf dem Bankett der Straße, die immer noch ländlich wirkte, jetzt aber beiderseits von viel größeren Bäumen gesäumt wurde. Überall waren die Bäume größer und machten dadurch meine Erinnerungen kleiner. Ich war froh darum.
Ich kurbelte die Scheiben herunter, blieb eine Weile einfach im Auto sitzen und sah hinaus. Kaum zu glauben, daß inzwischen genau zweiundsechzig Jahre seit dem Tag vergangen waren, als die 152 Namen auf dem Denkmal einfach nichts anderes mehr waren als Namen, eingraviert in Stein. So lange schon ist es her, daß selbst

Jahrestage unbeachtet verstreichen, bis eines Tages das Denkmal selbst Sprünge bekommt, allmählich zerfällt und schließlich abgerissen wird, um Platz zu schaffen für ein Bürogebäude wie die Indianergräber in Manhattan.

Erst nach drei Anläufen gelang es mir, aus dem Sitz zu kommen, der mir lächerlich tief zu liegen schien. Leise schloß ich die Tür und lehnte mich keuchend an den Wagen. Die Luft roch feucht und süß, wie nach einem Regen, und der Schotter unter meinen Füßen knirschte laut, als ich mich, mit festem Griff den Spazierstock haltend, auf den Weg hinüber zum Denkmal machte.

Nach ein paar Metern mußte ich stehenbleiben, um wieder zu Atem zu kommen. Ich war mir nicht sicher, ob mir zu kalt oder zu heiß war. Als ich blinzelnd hochblickte, sah ich eine junge Frau, die neben dem Denkmal kniete und dort mit einer Gartenschere das Gras stutzte. Auf der Umfassung hinter ihr stand ein Korb mit frischen Blumen. Um die Frau nicht zu erschrecken, stampfte ich beim Näherkommen mit dem Stock laut auf. Sie drehte sich um und sah mich an, und als sie erkannte, daß ich viel zu schwach war, um eine Bedrohung darzustellen, entspannte sich ihre Miene sofort.

Ich winkte mit dem Stock und schlurfte auf der gegenüberliegenden Seite des Denkmals weiter. Von dort aus konnte ich zu der niedrigen Bergkette jenseits des Feldes hinüberblicken, die ein paar hundert Meter entfernt war. Die Frau, etwa Anfang Zwanzig, erhob sich und kam zu mir herüber.

»*Bonjour*«, sagte sie.

»Guten Tag«, erwiderte ich. Im gleichen Moment spürte ich heftige Krämpfe im Unterleib. Sie hatte ein wunderschönes Gesicht, und ich gab mir alle Mühe, nicht zu zucken, während ich mich schwer auf den Stock stützte, um im Gleichgewicht zu bleiben. Mit der Linken suchte ich in meiner Jackentasche nach dem Fläschchen mit den Schmerztabletten.

Ach, was für ein Gesicht.

»Sind Sie Amerikaner?« fragte sie in perfektem Englisch.

Ich nickte.

»Sie müssen ein Veteran sein«, meinte sie und kam näher.

»So ist es.« Ich versuchte, mich gerade zu halten.
»Haben Sie hier gekämpft bei dieser Schlacht?«
»Leider. Bin schon ganz schön alt, was?«
Sie legte die Schere beiseite und wischte sich die Hände ab. »Ich habe hier gerade ein wenig saubergemacht«, sagte sie. »Einmal im Jahr komme ich her …«
»Zum Jahrestag?«
»Ja.«
»Ich hätte nicht geglaubt, daß noch jemand daran denkt«, sagte ich.
»Sie sind der erste, den ich je hier getroffen habe.« Sie kam noch ein paar Schritte näher und blickte mich an.
»Nett von Ihnen, daß Sie sich um das alles kümmern«, sagte ich.
»Wohnen Sie hier in der Nähe?«
»Ich bin hier aufgewachsen, aber jetzt lebe ich in Paris. Und Sie?«
»Ich bin ein Weltenbummler.« Stimmte das?
»Sind Sie schon oft hier gewesen?« wollte sie wissen.
»Bisher nur ein einziges Mal, vor vielen Jahren.«
»Hat es sich sehr verändert?«
»Ja, sehr. Aber das Gefühl ist das gleiche geblieben, zumindest hier an diesem Ort.«
»Stört es Sie, daß es sich verändert hat?«
Ich zuckte die Achseln. »Man gewöhnt sich daran.«
»Ich weiß nicht, ob ich das könnte. Aber ich rede zuviel. Na, dann suche ich mal meine Sachen zusammen und lasse Sie in Frieden.«
»Nein, bitte, kümmern Sie sich nicht um mich. Ich möchte mich nur ein wenig hinsetzen.«
»Bestimmt?«
Ich nickte.
Sie nahm die Schere und ging zur anderen Seite des Denkmals. Ich lauschte dem Geräusch des Grasschneidens.
»So, das reicht für heute«, meinte sie und wischte sich mit dem Handrücken die Stirn. Dann verstaute sie die Schere in ihrem blauen Nylon-Rucksack und setzte sich zu mir.
»Diese Zeit des Tages mag ich sehr«, sagte sie. »Wenn man die Dinge allmählich nicht mehr ganz klar erkennen kann.«

»Zwischen Tag und Nacht.« Ich mußte lachen.
»Was amüsiert Sie so?«
»Ich dachte gerade daran, daß der Krieg die Morgen- und Abenddämmerung kaputtgemacht hat.«
»Kaputtgemacht?«
»Ja, zu diesen Stunden war die Gefahr am größten, daß wir angegriffen wurden. Also mußten wir bei Sonnenauf- und Sonnenuntergang jeweils eine Stunde mit aufgepflanztem Bajonett in Bereitschaft stehen.«
»Verstehe.«
»Und der Jammer dabei war, daß wir nur einen schmalen Streifen vom Himmel sehen konnten, wenn er sein Farbenspiel veranstaltete.«
»Gott, daran habe ich nie gedacht. Aus einem Schützengraben kann man wirklich nicht viel sehen, nicht wahr?«
»Es war, als würde man in einer riesigen Schachtel wohnen, deren Deckel offen ist«, sagte ich.
Während sie mich unverwandt anblickte, meinte sie auf einmal: »Sie kommen mir so bekannt vor«, und beugte sich zu mir herüber.
»Alte Leute sehen sich oft ähnlich«, erwiderte ich und merkte, wie mir die Röte ins Gesicht stieg, weil sie mir so viel Aufmerksamkeit schenkte.
»Nein, es liegt an Ihrem Gesicht, Ihren Augen.« Sie starrte mich an, als sei ich ein Ausstellungstück in einem Museum.
»Mein Gott, Sie sind der Mann auf dem Porträt, nicht wahr?« Sie betrachtete mich fast mit Ehrfurcht, und mir fiel auf, wie klar ihre Augen waren, als wären sie eben erst erschaffen worden.
»Das Porträt?« Ich stand auf und klammerte mich an den Stock. Mein Atem ging schnell und flach, und ich hatte Mühe, das Gleichgewicht zu halten.
»Ja, das Porträt, das meine Großmutter vor Jahren gemalt hat. Es hing bei ihr im Wohnzimmer, Gott, ich weiß nicht wie lange – ewig.«
»Julia?« Ich stütze mich noch stärker auf den Gehstock.
»Ja, Julia!«

Ich stolperte ein paar Schritte auf sie zu.
Sie erzählte rasch: »Es gab das eine Porträt von Großvater Daniel, auf dem er gerade über ein Feld geht. Im Hintergrund erkennt man einen Kirchturm, und er sah sehr erschöpft und verdreckt aus. Wirklich traurig. Und dann gab es da noch ein anderes Bild von einem Mann - von Ihnen -, wie Sie hier stehen, direkt vor dem Denkmal, mit einem Mantel, als habe es gerade geregnet. Sie sagte, Sie beide wären die einzigen Männer gewesen, die sie je geliebt hätte. Und ich habe immer geglaubt, Sie wären ... tja, ich glaubte, Sie wären tot, sie hätte Sie verloren.«
Sie hat mich geliebt. Julia hat mich tatsächlich immer geliebt. Ich blickte hinauf in den Himmel.
»Sie dachten also, ich wäre ...«
»Nun, sie hat nicht ausdrücklich gesagt ›tot‹. Es lag einfach an der Art, wie sie über Sie gesprochen hat. Für Julia waren Sie beide - Sie und Daniel - in der Zeit eingefroren. Für immer jung. Ihre jungen Soldaten ...«
»Und was war mit ihrem Mann?«
»Welcher Mann?«
»Der, den sie geheiratet hat, so um 1929?«
»Sie hat nie geheiratet.«
»Was?«
»Nein. Wir haben sie deshalb immer geneckt. Sie war doch so wunderschön.«
»Sind Sie sich sicher?«
»Natürlich bin ich mir sicher. Wie kommen Sie darauf, daß sie verheiratet war?«
Ich sah sie an, brachte aber kein Wort heraus. Was hatte das zu bedeuten? War die Hochzeit abgesagt worden? Wenn ja, weshalb hatte sie mir das nicht geschrieben? Oder hatte es überhaupt keine Hochzeitspläne gegeben? Ich war erschüttert: *Es hat gar keinen anderen Mann gegeben.* Nicht für Julia. Erst recht nicht so rasch. Nein, sie hatte mir diesen Brief geschickt, um mich zu schützen und davon abzuhalten, nach ihr zu suchen. Deshalb das alles, nicht wahr? Sie hätte es nicht ertragen, mich meiner Frau und meinem Kind

wegzunehmen, auch wenn das bedeutete, bis ans Ende ihrer Tage allein zu bleiben. Und doch war auch ich allein geblieben.

All die Jahre.

Die junge Frau mit den hellgrünen Augen starrte mich immer noch an, offenbar neugierig, wie ich reagierte. Nach einer Weile sagte sie schließlich: »Ihr Porträt ist sehr schön, wirklich. Ich habe es in meiner Pariser Wohnung. Die Bilder von Ihnen und Großvater hingen jahrelang in Julias Haus zu beiden Seiten des Kamins.«

»Julias Haus ...«

»Keine acht Kilometer von hier.«

»Hier?«

»Ja, sie kam – warten Sie mal, ich glaube, es war 1928 – nach Frankreich zu Besuch und blieb dann hier.«

Also bist du dageblieben. Jemand anderer muß den Brief aus New York an mich aufgegeben haben. So warst du also all die Jahre über in Frankreich. Allein zwischen den Ruinen.

»Sie hat meine Mutter nachkommen lassen ...«

»Robin?«

»Ja. Fühlen Sie sich nicht gut?«

»Sagen Sie mir, Julia, lebt sie ...« Aber dein Blick hat mir die Antwort schon gegeben. Nicht fallen, bloß jetzt nicht fallen.

»Es tut mir furchtbar leid. Sie ist letztes Jahr gestorben.«

Ich setzte mich rasch wieder hin, und sie setzte sich neben mich, etwas näher als vorher. »Mit ihrer Kunstgalerie hatte sie ein recht gutes Auskommen. Ich habe sie immer sehr bewundert – ihre Arbeit im Widerstand während des Zweiten Weltkriegs, ihre Unabhängigkeit, die langen Spaziergänge auf dem Land, die sie bis zuletzt unternommen hat. Ich glaube, die Landschaft hatte für sie etwas Magisches. Und sie hat sich immer ganz besonders um dieses Denkmal gekümmert. Wir haben ihre Asche hier ringsum verstreut. Nach ihrem Tod dachte ich, daß es nun an mir wäre, mich darum zu kümmern.«

Ich blickte zu dem Korb mit den Blumen hinüber und legte mir den Stock auf die Knie, unfähig, etwas zu sagen.

»Ich lasse Sie mal kurz allein«, meinte sie, stand auf und ging zu der

Baumgruppe. Ich blickte zum Himmel hinauf und beobachtete einen vorbeiziehenden Vogelschwarm.
Als sie zurückkam und sich vor mich hinstellte, sah ich das Halskettchen.
Sie legte die Hand darauf. »Erkennen Sie es wieder? Es hat Julia gehört.« Sie nahm es ab und reichte es mir. Ich hielt es sachte in der Handfläche und strich mit den Fingern bis zu dem Saphir-Anhänger.
»Haben Sie es ihr geschenkt?«
Ich nickte.
»Dann behalten Sie es, bitte.«
»Nein, ich will es nicht haben.«
»Bestimmt nicht?«
»Nein.« Ich gab es ihr zurück. Verlegen legte sie die Kette wieder an.
»Sie sind ihr wie aus dem Gesicht geschnitten.«
»O ja, alle haben das gesagt. Ich bin wirklich sehr geschmeichelt.«
»Wie heißen ...«
»Natalie. Ich studiere an der Sorbonne. Malerei.«
»Sie stehen in einer guten Traditionslinie.«
»Ist ein Ausgangspunkt.«
»Ein guter Ausgangspunkt.«
Ich musterte ihr Haar, ihre Hände und ihr schlankes Gesicht. Dann blickte ich hinüber zu dem offenen Feld, das sich zwischen zwei Hügelketten erstreckte. »Zwiebeln«, lachte ich. »Im Niemandsland wachsen jetzt Zwiebeln.«
Sie folgte meinem Blick auf das nun kultivierte Schlachtfeld und lächelte.
»Ihr Großvater hat Zwiebeln gehaßt«, sagte ich.
»Leider weiß ich nicht viel über ihn. Aber ich bin sehr neugierig. Für mich war er immer so was wie ein Held, nicht nur wegen des Kriegs, sondern auch wegen der Art und Weise, wie er und Großmutter sich kennengelernt haben und zusammen ausgerissen sind. Es klang immer so romantisch, vor allem als ich noch ein kleines Mädchen war.«
Eine Weile saßen wir schweigend da, und ich konnte den Duft ihres Haars riechen.

»Wie wär's mit einem Drink?« fragte ich und griff in meine Ledertasche.
»Hm, ich habe etwas Wasser dabei, danke.«
»Tja, aber keinen Scotch.«
»Scotch? Sie zog die Augenbrauen hoch, und ihre Mundwinkel wanderten verschmitzt nach oben.
»Ich habe nämlich eine Flasche Scotch mitgebracht – falls es Ihnen nichts ausmacht, mit mir das Glas zu teilen, das ich aus dem Hotel stiebitzt habe.«
»Nein, überhaupt nicht, danke.« Sie sah mir zu, während ich vorsichtig die Flasche aufschraubte, einen Augenblick innehielt, um die Unterschriften zu betrachten, und schließlich das Glas füllte. Nachdem sie einen Schluck getrunken hatte, achtete ich darauf, genau an der gleichen Stelle wie sie aus dem Glas zu trinken, ohne daß sie es merkte. Ein sanfter Windhauch trug ihren Duft zu mir herüber und in meine Brust.
»Tut mir leid, daß ich Sie so anstarre, aber Sie rufen eine Menge Erinnerungen in mir wach«, sagte ich.
»Macht nichts«, meinte sie verlegen. »Schließlich habe ich Ihr Gesicht jahrelang angestarrt.« Sie drehte sich um und ließ die Finger über einen der eingravierten Namen gleiten: John Giles. Ich dachte an seinen Hund und daran, daß er davon geträumt hatte, in Cleveland ein Filmtheater zu eröffnen.
»Heute abend habe ich eine Verabredung zum Essen, die ich einhalten muß. Darf ich Sie in Ihr Hotel zurückfahren?« fragte sie.
»Danke, aber dort drüben steht mein eigener Wagen«, erwiderte ich. »Oder genauer gesagt, ich habe ihn mir vom Portier im Hotel ausgeliehen. Er steht gleich unten an der Straße. Hätten Sie gedacht, daß ich zu alt bin, um ein Auto zu mieten? Ist anscheinend ein zu großes Risiko. Konnte den Autoverleih nicht davon überzeugen, daß ich durchaus noch die eigene Hand vor den Augen erkennen kann. Jedenfalls würde ich gerne noch ein Weilchen hier sitzen bleiben.« Ich sah hinüber zu Jack Lawtons eingraviertem Namen, und ich hatte wieder das Bild vor mir, wie er lispelnd eine seiner zotigen Geschichten zum Besten gab.

»Ja, ich verstehe. Aber es muß recht traurig sein, an all diese armen Soldaten zu denken.« Sie legte mir die Hand auf den Unterarm. »Ich habe noch nie Orte gemocht, wo früher einmal Menschen waren, die ich geliebt habe, und jetzt sind sie nicht mehr da und ich schon. Das ist gruselig.«

»Das hier liegt schon sehr weit zurück«, erwiderte ich und blickte auf unsere beiden Arme, der ihre sanft und weiß, der meine grau und runzlig.

Sie hob an, etwas zu sagen, hielt kurz inne und meinte dann: »Darf ich Sie malen?«

»Mich?«

»Ja. Ich würde morgen wieder hierherkommen – falls Sie einverstanden sind. Würden Sie mir Modell stehen? Hier, vor dem Denkmal?«

»Sie wollen wirklich einen alten Kauz wie mich malen?« Ich blickte auf den Namen von Nathaniel Page, der einmal gesagt hatte, der Schönheit hafte etwas Trauriges an, weil sie niemals von Dauer sei.

»Ich wollte ohnehin wieder herkommen, um zu malen. Das habe ich mir schon lange vorgenommen. Und jetzt, wo Sie hier sind, tja, die Vorstellung, ich könnte den Mann malen, den meine Großmutter schon gemalt hat …«

»Ja, natürlich.«

Sie erhob sich. »Also abgemacht?«

»Abgemacht.«

»Wie wär's mit morgen mittag?«

»Sollten wir nicht das Morgenlicht nutzen?« fragte ich.

»Sie haben recht. Falls es Ihnen nichts ausmacht.«

»Ganz und gar nicht. Wie wäre es mit sieben Uhr morgens?«

»Sehr gut. Und es ist wirklich Ihr Ernst?«

»Ich werde hier sein.«

»Und Sie erzählen mir dann, wie es zwischen Ihnen und Julia war? Sie war sehr wortkarg, was Sie betraf, und ich würde schrecklich gern mehr darüber erfahren.«

»Das ist keine lange Geschichte.«

»Bitte, ich würde sie so gern hören.«

»Dann erzähle ich sie Ihnen. Ich erzähle Ihnen die ganze Geschichte.«
»Wunderbar.« Sie sah mich einen Augenblick lang prüfend an, als überlege sie schon, wo sie am besten mit dem Malen anfing. Schließlich sagte sie: »Also, dann auf Wiedersehen.«
»Ja, bis morgen.«
»Bis morgen.« Sie ging ein Stück, drehte sich kurz um und winkte mir zu, ehe sie sich endgültig entfernte – mit so leichtfüßigem Schritt, daß ich lächeln mußte. Während sie langsam in der Dämmerung verschwand, winkte ich ein paar Mal, obwohl sie mich gar nicht mehr sehen konnte.
Als ihr Wagen die Schotterstraße hinunterfuhr und in den hellgrauen Dunst eintauchte, goß ich mir noch ein halbes Glas Scotch ein und stellte die Flasche vorsichtig auf dem Erdboden ab. Dann holte ich mein Tagebuch aus der Tasche, schlug es auf und legte es mir auf den Schoß. Ich trank einen Schluck, holte einen Stift heraus und begann einen Brief an Julia, in dem ich ihr erzählte, daß ich ihre wunderschöne Enkelin kennengelernt hätte, die morgen ein Porträtbild von mir malen wolle. Ich schrieb auch, wie sehr ich sie vermißte und wie traurig ich sei, weil ich zu spät gekommen war und nun nicht wußte, wie ich mich je von ihr verabschieden sollte.
Als der Regen einsetzte, klappte ich das Tagebuch zu, wandte das Gesicht dem Himmel zu, öffnete den Mund und ließ die Tropfen auf meine Zunge fallen. Dann trank ich noch etwas Whisky, prostete zu dem Denkmal hinüber und kniff die Augen zusammen, bis ich die in Stein gravierten Namen entziffern konnte. Ich las sie laut, einen nach dem anderen, von vorne bis hinten, wieder und wieder und so laut ich nur konnte.

EPILOG

Ich mußte ihn aus dem Gedächtnis malen. Direkt neben dem Denkmal im Morgenlicht. Er steht dort mit seinem Spazierstock und der Ledertasche über der Schulter, während die Sonne ihre Schatten auf die eingravierten Namen hinter ihm wirft. Ich brauchte lange, bis das Bild fertig war. Vielleicht weil es mich so traurig stimmte, vor allem, nachdem ich sein Tagebuch gelesen hatte. Ich hatte sofort gesehen, daß dies die Geschichte war, die er mir hatte erzählen wollen – die Geschichte von Patrick und Daniel und Julia.

Sein letzter Eintrag war ein Brief an Julia. Er schrieb ihr, daß er gerade ihre Enkelin in Frankreich getroffen habe und sie ihr wie aus dem Gesicht geschnitten sei. Was mich sehr anrührte, waren die letzten Zeilen, wo seine schöne Handschrift plötzlich abbricht:

Wann wußtest Du, daß Du für immer bleiben würdest, Julia? Wann? War es, weil auch Du verliebt warst? War es das, was Du gemeint hast, als Du sagtest, gewisse Dinge dürfe man nicht aussprechen, selbst wenn das bedeutete, für den Rest des Lebens allein zu bleiben? Daß Du mich immer geliebt hast? Und in jener Nacht damals, das warst Du nicht? Du hast zu mir gesprochen, mir zugehört und mich in Deinen Armen gehalten. Dann waren wir all diese Jahre vielleicht gar nicht allein. Vielleicht besaßen wir das, wofür andere Leute alles riskieren würden, wenn sie nur einmal eine Chance bekämen: einen Ort in unseren Herzen, zu dem wir immer gehen konnten, einen Ort, an dem uns nichts geschehen konnte, ein heiliger Ort voller Wunder, einen Ort, an dem die Liebe über den Verlust siegt.

Nun bin ich auch da, Julia. Ich bin endlich nach Hause gekommen. Es ist nicht leicht für mich, hier zu sein. So viele Erinnerungen! Das Lachen. Die Schreie. Deine Augen. Aber es ist mein Platz. Hierhin gehöre ich. Der letzte zu sein ist eine schlimme Sache. Das schreckliche Gefühl, überlebt zu haben. Aber jetzt bin ich bereit. Nach all diesen Jahren bin ich endlich bereit. Ich habe nicht einmal Angst. Nur eines möchte ich noch fragen, eines möchte ich noch von Dir wissen: Wenn unsere Liebe wirklich stärker ist als der Tod, wenn unsere Seelen selbst ihm trotzen können, darf ich Dich dann noch fragen, ob Du meine …

Seine Habseligkeiten habe ich seinen Kindern geschickt. Wir haben uns einige Male geschrieben, und sie versprachen, mich bald einmal zu besuchen. Sie haben sich auch bereit erklärt, den Leuten in Great Oaks Bescheid zu geben, vor allem Janet, Erica, Hanford, Robert, Sarah und Jeffrey.

Einige Monate nach Patricks Tod, an einem Samstag, ging ich gerade durch eine Straße in Paris, als mir plötzlich einfiel, was an meinem Porträt nicht stimmte. Ich rannte den ganzen Weg nach Hause, holte das Bild hervor und arbeitete drei Tage lang daran. Als ich es beendet hatte, heulte ich, nicht aus Ärger, sondern weil ich wußte, daß es endlich stimmte. Julia war jetzt auch auf dem Bild, direkt neben Patrick, so daß sie sich fast berühren. Der Morgentau auf dem Granitdenkmal hinter ihnen beginnt zu verdunsten, und das Licht dringt durch die Bäume.

Ja, und ich ließ sie beide lächeln, obwohl sie vor einem Denkmal stehen. Ich dachte einfach, daß sie lächeln würden, wenn sie zusammenwären. Ich glaube nicht, daß Daniel etwas dagegen hätte. Für mich bleibt er das Sonnenlicht.